《红楼梦》新解

张金成◎著

吉林文史出版社

图书在版编目（CIP）数据

《红楼梦》新解 / 张金成著. -- 长春 ：吉林文史
出版社，2024. 9. -- ISBN 978-7-5752-0657-0

Ⅰ. I207.411

中国国家版本馆 CIP 数据核字第 2024AQ2462 号

《红楼梦》新解
HONGLOUMENG XIN JIE

著　　者：张金成
责任编辑：王　新
封面设计：郑州永乐图文科技有限公司
出版发行：吉林文史出版社
地　　址：长春市福祉大路 5788 号
邮　　编：130117
电　　话：0431-81629357
印　　刷：天津画中画印刷有限公司
开　　本：170mm×240mm　1/16
印　　张：32.25
字　　数：440 千字
版　　次：2024 年 9 月第 1 版　　印　　次：2024 年 9 月第 1 次印刷
书　　号：ISBN 978-7-5752-0657-0
定　　价：198.00 元

印装错误可与印刷厂联系退换。

作者：张金成

本书供图作者：张慕华

序

《红楼梦》开篇第一回:"列位看官:你道此书从何而来? 说起根由虽近荒唐,细按则深有趣味。待在下将此来历注明,方使阅者了然不惑。……出则既明,且看石上是何故事。"

"你道此书从何而来?"到"出则既明",这是何等重要的一段话,它将《红楼梦》一书的书名来历,以及《红楼梦》一书的写作体裁、写作背景、写作内容、写作要点、写作宗旨、所关之处,表达得清清楚楚、明明白白。"出则既明",这个"出"就是指"出处",就是指本书写作的出处,"出则既明",就是将本书写作的出处已经讲明白了。读懂开篇这段话,是正确理解《红楼梦》的重中之重。作者开篇已经把本书的写作动机与出处交代得十分清楚了,只要我们顺着这段提示性的话语探索下去,思考下去,我们就完全可以找到解读《红楼梦》的钥匙,就会少走许多弯路。

大千世界,无奇不有,但能称得上奇中之奇者,唯《红楼梦》一书也。奇处一,写作对象奇。历来小说一般是以写人叙事为对象的,可《红楼梦》一书是以"文化"为写作对象的,此书是将"文"当"人"来写;一般小说写的是人类社会的事情,而《红楼梦》一书写的却是文化社会的事情。奇处二,写作动机奇。人家写书是尽量做到清楚明了,而此书却是挖空心思增加其深度,制造其难度,能难尽难,难上加难,作者有意把这部书打造成了一部名副其实的"奇书"。奇处三,写作内容奇。人家写书一条线,而此书却同时涉及一虚、一实、一影射三条线,而且还穿插进去了五件事,一共八个方面的内容。奇处四,写作体裁奇。表面看是小说,可内里则是野史。奇处五,写作目的奇。此书表面上写的是人的情感,可实际上写的是野史,讲的是理治。奇处六,人物姓名奇。"名"指的是"文化",而"姓"则是给这种"文化"定性。"字""号""表字",再给"文化"加以更深层次的说明。奇处七,写作手法奇。

此书写作一隐到底,如果说春秋有微词,史家多曲笔,那此书则完全用微词与曲笔写成,能曲则曲,能隐皆隐。奇处八,书名奇。人家的书只一个书名,而此书则有五个书名。奇处九,表面上看到的并不是本书的实质,实质都隐藏在书中的字里行间。奇处十,别的书是用来读的,而此书则是用来思、悟、参的。这所有的"奇"加在一起,就构成了一部千奇百怪的《红楼梦》,并将《红楼梦》打造成了一部名副其实的奇书。我们解读《红楼梦》的过程,其实是一个参玄悟道的过程,所以,作者在书里强调:"若非多读书识事,加以致知格物之功,悟道参玄之力,不能知也。"作者的意思已非常明了,如果我们达不到这种境界,我们是无法理解此书真实的目的的。

作者开篇诗曰:"满纸荒唐言,一把辛酸泪。都云作者痴,谁解其中味。"作者收篇诗曰:"说到辛酸处,荒唐愈可悲。由来同一梦,休笑世人痴。"开篇与收篇诗都说此书"荒唐",大概也就是针对这十大奇处而言的。

《红楼梦》是古今中外书海里最智慧的精灵,是世界文化海洋里最丰富的知识宝库,是人类思想世界里最伟大的奇迹,是人类精神世界里最伟岸的丰碑,是世界文化史上最璀璨的瑰宝。它是一部"为天地立心,为生民立命,为往圣继绝学,为万世开太平"的巨著。它的博大与精深,让世界上所有的文化在它的面前都黯然失色,都显得是那样的渺小与微不足道。二百多年来,一代又一代中华红学人,从来没有停下寻找的脚步,都在不遗余力地探寻着其中的答案,但《红楼梦》始终迷雾重重。今天来破解《红楼梦》,其意义不仅仅在于此书本身,更多的是一种使命和担当,是要告诉全世界,《红楼梦》是世界文化史上独一无二的存在,而中华民族的文化瑰宝,更是世界文化史上智慧、强大、优秀的文学作品。事实上,当我们知道了《红楼梦》的写作真相之后,我们的民族自豪感、文化自信心,将会上升到无限的高度。

《红楼梦》一书本就是一百二十回本,不存在其他回目,不知什么原因,当时只有前八十回流传于世,而后四十回则没有被传抄出来。其实,《红楼梦》一百二十回本,全部出自曹雪芹先生一人之手,后四十回与前八十回前后无缝对接,并无一丝一毫不合,也并无别人续写之可能,只是程伟元与高鹗在编印《红楼梦》时,对后四十回原稿在内容上进行了厘剔与增删而已。也不仅仅是后四十回,前八十回程高也同样进行了修改与增删。

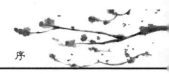

《红楼梦》一书的写作体裁是"野史",写作目的是阐释"理治",写作动机是"游戏笔墨,陶情适性",《红楼梦》一书类属"玄学";《红楼梦》一书的核心写作手法是将"文"当"人"来写,通过写人的特征来反映文化的特征,再通过写人的命运来反映文化的命运,也就是说,本书并无一人一物,"人"只是"文"的代表,"文"才是作者要写作的真正对象。

《红楼梦》一书所涉时间跨度相当长。这是因为各种文化的兴起、兴盛与衰落的时间是不相同的,所以在时间上也有所不同。上至春秋战国,下至明末清初,但结束点是南明朝的灭亡。南明灭亡之后,本书就戛然而止。如史湘云,所谓的湘云,指的是"湘水"与"楚云",代表湘楚文化中的《楚辞》,也代表湘楚文化。而《楚辞》的始创者是战国时期的屈原,可屈原以及他独创的《楚辞》,很快就消逝在了历史的长河之中,它不像诗与词那样有着很强的生命力。书中对湘楚文化命运的描写是:"富贵又何为?襁褓之间父母违。展眼吊斜晖,湘江水逝楚云飞。"意思是说,湘楚文化中的《楚辞》这种文体形式,刚诞生时就与"父母"相违,脱离了湘楚文化的父体与母体,很快就消逝在了历史的长河之中,而这个时间点指向的正是战国后期。屈原之后,湘地又出了一个辞赋名家——宋玉,而宋玉之后就很少有人继承《楚辞》之风了,即使偶有零星作品出现,也已是日暮穷途。又如,三秦文化的代表人物秦可卿,她是以"安史之乱"中上吊而死的杨玉环为原型的,她的死是三秦文化从兴盛走向衰落的一个分水岭,而这个时间段正是唐明皇后期。湘楚文化进入衰退期是在战国后期,而三秦文化进入衰退期是在唐中期,时间相差悬殊。所以说,每种文化进入衰退的时间点各不相同,而《红楼梦》描写的正是每种文化进入末世时期的场景。如果有人要问,本书故事发生的时间点如何界定?《红楼梦》的作者在书中就特别强调"假借汉唐",这就把《红楼梦》所描写的故事发生时间假定在了"汉唐时期"。所以,不管是哪一种文化,不论衰退期是什么时候,都有了一个共同的时间点——汉唐。作者为何要将故事发生的时间假定为汉唐时期呢?这是因为本书所描写的时间跨度实在是太长了,涉及的朝代实在是太多了,所以只能"假借"。

《红楼梦》所反映的是各种文化进入末世时的情景,描写的是各种文化进入末世时的命运,"末世"才是本书的写作要旨。《红楼梦》一书所涉及文化的末世特征,主要是选择有广泛代表性的人物和重大历史事件作为该文化走向衰落或衰亡的一个例证。

　　《〈红楼梦〉新解》一书,是站在一个全新的角度,立足于文化去解读《红楼梦》的,今天,我就将它公之于世,是与不是,我将接受所有同好的检读。

前　言

"开谈不说《红楼梦》，读尽诗书也枉然。"

一

余一介凡夫，以技为生，然闲暇之时，喜读《红楼梦》。但读后疑窦丛生，百思不解。于是，只好多方求索，买书籍、查资料、看网络，想获取更多有用的信息。这样一番折腾之后，时间精力虽花去不少，不但没能把问题搞清楚，反而越读越迷糊，且看得越多，就越是不解。更奇怪的是红学研究，不论是专家名流，还是学者教授，只要发表一个观点，便会遭到无数的质疑与攻击，且都理由充分，证据确凿，让人一头雾水，不知所措。解释者，释得有理，反对者，反得也有理，谁对谁错，没有人能说得清楚、道得明白，整个红学研究可谓莫衷一是，乱象丛生，几乎没有一个观点是被公认的、是不可辩驳的。更让人奇怪的是，不但本书体裁不知，就连《红楼梦》一书的作者与书名，都在争论不休，更别说写作内容了。看到这种局面，我很好奇，也很纳闷，是一部怎样的书，会让读者产生如此大，又如此多的分歧与争论呢？而且这种争论，自从这部著作问世以来的 260 多年时间里，就从来没有停止过，跨越时间长达两个半世纪。特别是近百年以来，这种争论达到了一个空前的高度，人说"一千个人眼中，就有一千个哈姆雷特"，这对于《红楼梦》一书来讲，可谓是小巫见大巫了，只要是稍懂《红楼梦》的人，他的眼中、心中都有一个不同的《红楼梦》。为什么会出现这种奇怪的现象呢？答案只有一个，就是我们还没有搞清楚《红楼梦》究竟写的是什么内容，也就是说，我们误读、误解了《红楼梦》。正因为如此，我决心致力于红学研究，试图去寻找它写作的真相，找到一个无可争议的答案，让真相大白于天下。

　　随着时间的推移，我觉得自己好像走进了一个迷宫，又好像掉进了一个无底的黑洞之中，我试着用无数种方法去解读它，但等待我的却是无数次的失败，这使我陷入了深深的绝望之中。一天晚上，我又开始了我的思考，忽然，我想到贾元春的丫鬟名字叫"抱琴"，贾迎春的丫鬟名字叫"司棋"，贾探春的丫鬟名字叫"侍书"，贾惜春的丫鬟名字叫"入画"。这四个丫鬟的名字不正好构成了"琴、棋、书、画"四大才艺吗？此时此刻，我脑子突然跳出一个想法，难道"金陵十二钗"并非指金陵十二个女子，而是指金陵十二种文化？难道《红楼梦》写的是文化，而不是人？这个想法着实让我吓了一跳，继而又兴奋起来，我打开台灯，将"金陵十二钗"的画与判词又逐个细致分析了一回，看能否找到除"琴、棋、书、画"四大才艺之外的其他文化元素。"可叹停机德，堪怜咏絮才。玉带林中挂，金簪雪里埋。""咏絮才"？什么是"咏絮才"？"咏絮才"不是来自东晋才女谢道韫之典吗？不是诗文写得好的女子才能称得上"咏絮才"吗？难道林黛玉代表的是"诗"这种文化吗？继而又想到林黛玉的诗在十二钗里是写得最好的，难道真代表的是"诗"吗？继而又想到她姓"林"，难道这个"林"是指"诗林"？抑或指"文林"？一连串的疑问在心中翻江倒海。"黛玉"？它的字面解释不就是指"黑色的玉"吗？"林黛玉"这个名字难道是指文林翰海里的"墨"吗？文房四宝中的"墨"，不就是像一块黑色的玉吗？林黛玉姓"林"，把"林"与"墨"加起来，不就是"墨林"两个字吗？难道林黛玉是代指文林之中的"墨林"吗？继而又想，写诗行文，只有墨是不行的，应该有文房四宝才对啊？于是，我试着在林黛玉身边去寻找与文房四宝有关的"笔、纸、砚"。"紫鹃"？首先跳到我的眼前，"紫鹃"的谐音，不就是"纸和绢"吗？纸和绢不都是用来写字的吗？我又兴奋不已。文房四宝，现在已找到了"墨"与"纸"两宝，但还有两宝又在哪里呢？这时"雪雁"又跳入我的脑海。"雪雁"的谐音不就是"雪砚"吗？"雪砚"又谐音"血砚"，血是红色的，红色的砚台不就是"丹砚"吗？"丹"与"端"读音相同，"丹砚"不就是"端砚"吗？"端砚"乃中国四大名砚之首也。其实，"血砚"就是"端砚"中的一种。现在文房四宝已找到了墨、纸、砚三样，但"笔"始终没能找到。我又将目光投向"绛珠草"三个字，难道这个"绛珠草"是指毛笔吗？我想，毛笔的上端是竹管，下端是狼毫，整体不就是像一株草吗？但细想又很牵强。我心里反复念叨着"绛珠草"三个字，忽然想起古人说的一句话来："文章锦绣，字字珠玑。"难道"绛珠草"是指能"降下珠玑的草"？是指能"降下珠玑的毛笔"？"珠玑"，不是用来形容优美的文章和华丽辞藻的吗？在此，你会想到一个人手握笔管，饱蘸墨汁，挥毫运笔，而笔下锦绣文章字字叠出的情景。虽是这样想，心中还是不确定，它不像"紫鹃""雪雁"那样直接谐音就可，容易分析。此时此刻，我又想到林黛玉的住处——"潇湘馆"，她的斋号是"潇湘妃子"。"潇湘妃子"在古代不也是喻指"斑竹"吗(娥皇女英之典)？毛笔不也是用竹子做的吗？不论是"降(绛)珠草"，还是"潇湘妃子"，不都是指向"毛笔"吗？且"潇湘馆"的谐音乃"潇湘管"也。这里的"管"，就是指毛笔管的"管"。"潇湘"指竹，再加上一"管"字，不就是"竹管"或"笔管"吗？综合这三点，可以肯定地说，"潇湘妃子"就是"毛笔"的代称，毛笔就是"潇湘妃子"。到这里就可以肯定地说，"绛珠草"，就是指能"降下珠玑的毛笔"。这样文房四宝——笔、墨、纸、砚就全齐了。

原来，"林黛玉"的"林"是指"文林翰海"之"林"，所谓的"黛玉"，是指黑色的"墨"，代指墨林。林黛玉这个名字的字面意思是"文林翰海之中的墨林"。"墨林"在古代又代表"诗文之林"，"诗文之林"也代表着"文林"，所以在林黛玉的身上，同时体现出了"文林""墨林""诗林"这三大特色。

由于"文"最能展露出一个人的才气，如果才气不佳，则文章不华，所以"文"的核心是"才"。那么，这支代表"才"的"绛(降)珠草"——毛笔，降生在了哪里呢？她降生在了东南方之地的"姑苏"。因为毛笔是用来写文章的，衡量文章的好坏，就要看文章所展现出来的才气优劣，那么这支代表才气的毛笔降生到了哪里，就等同于这个"才"降生到了哪里。书中这支毛笔降到了姑苏，所以姑苏之地历朝历代才人辈出，文章熠熠，是名副其实的才子之乡。世有"江东出才子""江南才子"之说。

林黛玉所代表的"诗才"(咏絮才)，是除琴、棋、书、画四种文化之外，又一个新的文化元素——"诗林"就诞生了，这样就更加坚定了我的猜测是正确的。

破解了林黛玉所代表的"人文符号"，很自然想到的就是薛宝钗所代表的文化元素。她俩在"金陵十二钗"中的位置比皇妃贾元春还高，但别人都是一画一判词，为何独她俩同一幅画，同一首判词呢？只有破解了"薛宝钗"所代表的文化，真相才能大白于天下。

为了搞清薛宝钗所代表的"人文符号"这个问题，首先，我想从"宝钗"两字入手。但"宝钗"的字面意思就是指"簪子"之类的头饰，别的又找不出什么其他的解释。这条路走不通,我又从她的丫鬟"莺儿"入手,也无任何收获。最后,我想从薛宝钗的"姓"上找到突破口。我想,黛玉姓"林",指"文林",而宝钗姓"薛",难道指"薛林"不成?"薛林"又是什么意思呢?中国辞海之中也没有"薛林"之说啊!突然,我脑海里闪现出一个想法,难道这个"薛林"是指"血林"吗?那"薛宝钗"不就变成了"血宝钗"了吗?"血宝钗",不就是指"带血的宝钗"吗?"带血的宝钗"不就是"杀人的宝钗"吗?"宝钗"是头饰,又怎么能杀人呢?继而又想,"宝钗"虽不能杀人,但像"宝钗"一样的武器,如"宝剑",是可以杀人的呀!难道说这个"宝钗"指的不是头饰,而是指的像"钗"一样的"宝剑"一类的武器?我静静地躺着,口里反复念叨"薛宝钗""血宝钗"。难道是指"带血的宝剑"?那这个"带血的宝剑"又是指什么呢?此刻,我想起了古人说的一句话:"勇者必狠,武者必杀,谋者必忍,智者必诈。"杀人不就是"用武"吗?用武不就是要流血吗?流血不就代表着杀人吗?此刻,我恍然大悟,原来"薛宝钗"这个名字的意思是指"带血的宝剑,杀的武器",代表着"用武"。这就是"宝钗"为什么姓"血"的原因,因为她是一种带血的文化。这就是作者为何在"血宝钗"身上挂上一个"金锁"的原因,因为"金"在古代是"武器"的总称,代表着杀戮。

"用武"分两种形式,第一种是赤裸裸的杀戮,这叫作"勇";第二种是用计谋来杀人,这叫作"谋"。血(薛)家两姊妹,血(薛)蟠不读书,人称"呆霸王",最是天下第一个弄性尚气的,而且使钱如土,粗鄙不堪,杀人成性,是谓"勇"者;血(薛)宝钗,从小喜读书,通古今,不显山,不露水,精于算计,惯使计谋,八面玲珑,左右逢源,深藏不露,是谓"谋"者。哥为"勇",妹为"谋",一勇一谋,智勇双全,此是"武文化"的最高境界。

"谋"这种文化分为两种,一谓阳谋,一谓阴谋。为国家而谋,为民族而谋,是谓阳谋;为一己之私而谋,为杀人而谋,是谓阴谋。那薛(血)宝钗代表的是阴谋还是阳谋呢?你看作者给她的丫鬟起的名字就知道了。她的丫鬟名叫"莺儿",千万不要以为这个"莺"是指黄莺,作者用的是"莺"的谐音,即"阴"也。薛(血)宝钗代表"谋",丫鬟谐音为"阴",你把一主一仆二人加起来,不就是"阴谋"两个字吗?所以薛(血)宝钗在书中代表的是"阴谋诡计"这种文化。"谋"这种文化,是人都要用,这很正常,只是层次的差别。但"谋"这种文化,到了它的末世就变得又阴又毒,成了要阴谋,使诡计,薛宝钗在书中正是一个要诡计、使阴谋的主,代表着"阴谋"这种文化。

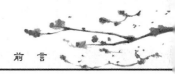

阴谋诡计好比是用暗箭伤人，所以作者将这支"暗箭"形象地比作"宝钗"，是一支带着血腥味的"宝钗"，这就是薛（血）宝钗这个名字的真实含义。

谋略这种文化，是建立在智慧基础之上的文化，没有智慧就不可能产生好的"谋略"，所以中华文化将"谋"又称为"智谋"。在书中，薛（血）宝钗就是以智、以谋、以武而出现的。而薛（血）宝钗一家从金陵来到贾（假）府后，被安排到了"咱们家的东北角的梨香院住"。这个家，是指的国家，这个东北角，就是指中原政权的东北地区，所以，在薛（血）宝钗身上，又体现出东北方文化的特色，这个特色就是"尚武精神"，就是"血性"。北方人为何总比南方人更具血性，这与北方文化的特色有着密不可分的关系。

如果林黛玉代表着"文"，薛宝钗就代表着"武"；如果林黛玉代表"文林"，薛宝钗就代表"武林"；林黛玉是"咏絮才"，那薛宝钗就是"停机德"（因"停机德"用的是"乐羊子妻"之典，代表着智慧和谋略，所以"停机德"实指"智谋"）。一个有"才"，一个有"智"。林黛玉与薛宝钗为什么是同一幅画，同一首判词呢？原来真相就在于此。作者是要说明一个重要的问题，林黛玉代表"文"，薛宝钗代表"武"，两者同框，就代表着"文武合璧"。文与武合璧，不就是"文武双全、文武兼备"吗？对于治国理政来说，不就是"文治武功"吗？

文武双全是衡量一个人才能的最高标准，缺一不可。如果一个人只能文而不能武，就会太过懦弱；如果一个人只能武而不能文，又太过粗俗，只有"文武兼备"才是两全其美，才是"兼美"，才是最理想的人生状态，这是其一。其二，一个是"咏絮才"，有才，一个是"停机德"，有智。一个代表"才"，一个代表"智"，"才"与"智"同框不就是"才智兼有"吗？

林黛玉生于东南方文化之地的姑苏，代表东南方文化；薛宝钗一家来到贾府，被贾政安排到了"咱们家的东北角"，代表北方文化。一南一北两种文化，就构成了兼美。

原来书中所谓的"兼美"，是指兼文武之美，又指兼才智之美，而且兼南北两种地域文化之美。作者在这里给我们讲的是一个"文与武、才与智、南与北"两种文化之间的关系问题。传统红学都以为"兼美"是指兼"林黛玉的袅娜之美，与薛宝钗的丰腴之美"，想一想，一瘦一胖，怎么能同时体现在一个人身上呢？又怎么能兼美呢？

林黛玉是个美丽的女子，她代表的是东南方文林儒海之中的"诗词"之美;薛宝钗也是一个美丽的女子,她代表的是北方文化中的"智谋"之美;贾府四姐妹之美,代指的是"琴、棋、书、画"四大才艺之美。顺着这个思路,《红楼梦》中我们所看到的一个个活鲜鲜的人,其实指的都是一种种文化。书中一个个美丽的女子,其实就代表着一种种美丽的文化,书中的四百几十个人,就代表着四百几十种文化,你说《红楼梦》奇不奇?

自此,我坚定了我的认识。可以肯定地说,《红楼梦》一书就是写的文化现象,玩的是"游戏笔墨,陶情适性"的游戏,而并非写人及人的故事。人只是文化的代表符号,而文化才是作者所要写作的主旨。所谓的"金陵十二钗",指的就是金陵十二种不同的文化,并不是指金陵十二个女子。她包括:琴(元春)、棋(迎春)、书(探春)、画(惜春)、诗(黛玉)、谋(宝钗)、理(李纨)、凤(凤姐)、佛(妙玉)、情(可卿)、《楚辞》(湘云)、乞巧(巧姐)十二种文化。贾府原来是一座文化之府,是一个文化的王国,是一座文化的圣殿。在"府"字前面,加有一个"假"(贾)字,所以贾府乃"假府"也,是一座假的文化之府,假的文化王国,假的文化圣殿。

只要是假的东西,都是要毁灭的,所以,作者把一个假的文化社会定义为"末世"。《红楼梦》整部著作,写的就是这个末世文化社会毁灭的过程。

作者把所有的文化,通过贾府这个平台聚集在一起,让他们生活在一起,再通过写人与人的交往,和性格特征的展示,来折射出各种文化在她们进入"末世"时的末世现象与末世特征,从而达到讲历史、说理治的目的。说简单一点就是,书中写人的行为,其实展现的是文化现象;书中写人的命运,其实写的是文化的命运——文运。

从这一天起,我走上了一条漫长而艰辛的,以文化为突破口的破解之路。这条破解之路虽然艰辛,但畅通无阻,越走越宽,《红楼梦》里绝大部分的疑难问题,都能迎刃而解,我坚信这是一条破解《红楼梦》之谜的正确道路。

二

《石头记》本就是一百二十回,为什么《石头记》只有前八十回的手抄本而无后四十回流行于世呢?这只有天知道了。但可以想象的是,曹雪芹先生在前八十回问世之后不久,或二年左右,或许一年,或许更短的时间,他就病逝了,根本没来得及或原本就来不及将后四十回推出。程伟元在程甲本

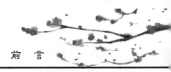

《红楼梦》序言中和程伟元与高鹗在程乙本《红楼梦》的引言中,已充分陈述了关于《石头记》章回问题和后四十回来历的过程:"然原目一百廿卷,今所传只八十卷,殊非全本。即间称有全部者,及检阅仍只八十卷,读者颇以为憾。不妄以是书既有百廿卷之目,岂无完璧,爰为竭力搜罗,自藏书家甚至故纸堆中无不留心,数年以来,仅积有廿余卷。一日偶与鼓担上得十余卷,遂重价购之,欣然翻阅,见其前后起伏,尚属接榫,然漶漫不可收拾。及同友人细加厘剔,截长补短,抄成全部,复为镌刻,以公同好,红楼全书始自是告成……"程高序言与引言,其真实性毋庸置疑,后四十回百分之百是曹雪芹先生真迹无疑,读者大可放心阅读。我不知道胡适与俞平伯先生是根据什么非要认为程、高序言与引言是谎言?俞平伯临终呓语:"胡适、俞平伯是腰斩《红楼梦》的,有罪……"

即使程、高在序言之中不说,通过后四十回的写作方法和写作内容也能充分证明这一点,是与不是,其实判断的标准很简单。《石头记》前八十回是通过写人来达到写文的目的的,它的写作对象是"文化",而并非写"人物",是借写人来写文的。既然这样,那就看后四十回是不是立足于"文"来写的,如果是,后四十回必是曹雪芹先生原著无疑。如果不是,后四十回必是后人补上去的;前八十回之中,人物的名字绝大部分用的是谐音,如果后四十回也出现了这样的情况,那必是真迹无疑;前八十回文中藏有曹雪芹家事,如果后四十回还有这种写法,那必是真迹无疑;前八十回在文中藏有史事,如果后四十回还藏有史事,那必是真迹无疑;前八十回写的是真与假的问题,如果后四十回还在写真与假的问题,那必是真迹无疑。通过对照分析,后四十回与前八十回的写作风格和写作方法完全一致,并无半点不同,所有的写作特点,在后四十回中都存在,怎么能说后四十回是高鹗续写的呢?后面我会用大量的事实具体说明这个问题。

只可惜一百二十回程、高本《红楼梦》,后四十回与前八十回一样,都被程、高修改过,特别是将"异文异句"几尽数删除。后四十回除了增删以外,还多了一个"厘剔"与"截长补短"的过程,因为两次收回来的残本"漶漫不可收拾",前后顺序也混淆了,里面还可能夹杂着作者五次增删遗留下来的残稿。问题是,前八十回增删之后,尚有许多手抄本真迹存世,可做重新订正之蓝本,而后四十回原稿真迹,存世只此一份,那可是曹雪芹先生的真实手迹,没有经过任何人的抄写。这个经程伟元"铢积寸累"收集回来的后四十回真迹，完成了它一百二十回刻本《红楼梦》的使命之后，就消失得无影无踪了。至此，曹雪芹先生所著后四十回原稿真迹，则永远消失无考了，这也成为无法弥补的最大遗憾！如果说程、高有过失的话，那也就在这一点上。

好在程、高增删有限，特别是后四十回的修订，程、高申言："书中后四十回，系就历年所得，集腋成裘，更无它本可考，惟按其前后关照者，略为修辑，使其有应接而无矛盾，至其原文，未敢臆改，俟再得善本，更为厘定。"这说明程、高二位先生对后四十回的修辑很少，并无伤筋动骨之损，无伤大雅。

《石头记》后四十回能被发现，真乃中华文化之幸，作者曹雪芹先生之幸，这一切的幸运都归功于程伟元先生也，没有他，何来完整的一百二十回本《红楼梦》！

"……后因曹雪芹先生于悼红轩中披阅十载，增删五次，纂成目录，分出章回，则题曰《金陵十二钗》……"。"增删五次"？列位看官，世上作书者，有在书还没有写完的情况下就进行修改增删的吗？而且一改就是五次。请问，如果书还没有写完，作者拿什么去增，又拿什么去删？即使是写一篇小作文或信件，那也得等写完之后才能进行修改呀！可以肯定地说，《石头记》百分之百写完了，而且一百二十回本一回不缺，且已经定稿，不存在后四十回是别人续写的这种可能性，所有的猜测都是没有根据的，都是不成立的。

在我初识《红楼梦》时，我也曾受到过这种说法的影响。看完前八十回后，后四十回就不想看了，最后只是走马观花地随便看了看，根本就不重视，反正是高鹗续写的，又有什么看头呢？后来，我也问过身边的几个《红楼梦》爱好者，他们也与我有同感。其中有人压根就不看后四十回，认为阅读后四十回就是浪费时间，可见高鹗续写之说影响有多大。

三

本书开篇第一回就说："后因曹雪芹先生于悼红轩中披阅十载，增删五次，纂成目录，分出章回，则题曰《金陵十二钗》……"一百二十回结尾："那空空道人牢牢记着此言，又不知过了几世几劫，果然有个悼红轩，见那曹雪芹先生正在那里翻阅历来的古史……"前面的《情僧录》《红楼梦》《风月宝鉴》，虽有三个书名，但整部著作重点写的却是《金陵十二钗》，写十二钗的生

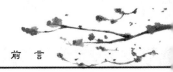

活,写十二钗的命运。而《金陵十二钗》是曹雪芹先生拟定的书名,言之凿凿,这不就是明说作者是曹雪芹吗?

开篇曹雪芹,结尾还是曹雪芹,写的又是《金陵十二钗》,这作者除了曹雪芹先生,那还会有谁呢?"金陵十二钗",就是指金陵十二种文化,而作者从头到尾写的都是文化,这种不为他人所知的写作技法,除了本书作者以外又有谁能知道?两个半世纪以来都不曾被人所理解,难道又有第二个人知道这种"人文"转换的写作技巧?

《红楼梦》在很大程度上,是以曹雪芹先生家为背景作为故事的大致原型的,里面大量引用了曹家的家事作为本书的素材,虽然没有公开指名道姓,但也跟指名道姓差不多了。如"江南甄家接驾四次""江南甄家藏匿财产""江南甄家被抄家"……我们之所以将《红楼梦》当成曹雪芹先生的自传体小说来看,不也就是因为它与曹雪芹先生家的家事差不多吗?将曹雪芹先生的家事穿插于书中,本就是作者的一个写作意图,他想让人们知道他家曾经的辉煌,他家发生的重大事件,他家被抄的真实原因。

第十六回:"……凤姐笑道:'若果如此,我也可见个大世面了。可恨我小几岁年纪,若早生二三十年,如今这些老人家也不薄我没见世面了。说起当年太祖皇帝仿舜巡的故事,比一部书还热闹,我偏没造化赶上。'赵嬷嬷道:'嗳哟哟,那可是千载希逢的!那时候我才记事儿,咱们贾府正在姑苏扬州一带监造海舫,修理海塘,只预备接驾一次,把银子都花得像淌海水似的!说起来……'。凤姐忙接道:'我们王府也预备过一次。那时候我爷爷单管各国进贡朝贺的事,凡有的外国人来,都是我们家养活。'……"赵嬷嬷道:"那是谁不知道的?……还有如今现在的江南甄家,嗳哟哟,好势派!独他家接驾四次,若不是我亲眼看见,告诉谁谁也不信。别讲银子成了土泥,凭是世上所有的,没有不是堆山塞海的,'罪过可惜'四个字竟顾不得了。"凤姐道:"我常听见我们太爷们也这样说,岂有不信的。只纳罕他家怎么就这么富贵呢?"赵嬷嬷道:"告诉奶奶一句话,也不过拿着皇帝家的银子往皇帝身上使罢了!谁家有那些闲钱买这个虚热闹去?"

上面这段描写,就是发生在曹雪芹家真实事情的穿插,讲的是曹家四次接驾的真事。妃子、太监、王子、用人、护驾人等,浩浩荡荡一支支队伍住在曹家,吃喝拉撒,玩乐住行,"把银子都花得像淌海水似的……凭是世上所有的,没有不是堆山塞海的"。这得花多少钱?可皇帝只是象征性地拿了几千两银子,这要是不亏空才怪呢?作者在这里几乎毫无遮掩地告诉世人,曹家的亏空就是四次接驾所造成的。可最后又因亏空问题被皇家查抄,你说冤枉不冤枉?请问,还有第二个作者会这样写吗?有把一个与自己家一点关系都没有的事,却费尽心机藏之于书中的作书人吗?你说除了本书作者曹雪芹之外,还有谁能为曹家申冤呢?

为什么说"江南甄家"就是指江南曹雪芹家呢?书中说"江南甄家接驾四次",在中国历史上也仅此一例,除了曹家接驾过康熙四次之外,再找不到第二件这样的事情。这个"甄"在《红楼梦》中代指"真",这与甄士隐的"甄"姓是一个用法。"江南甄家",即是指"江南真家"。为什么曹雪芹先生不直接写"江南曹家"呢,原因大概有以下几点:一是不能说,如果说"江南曹家四次接驾,银子花得像淌海水似的",恐怕麻烦就大了;二是曹雪芹先生想为曹家洗刷亏空的罪名:"谁家有那些闲钱买这些个虚热闹去,无非是拿着皇帝家的银子往皇帝身上使罢了",这就把曹家亏空的原因说得再清楚不过了;三是要说明我们曹家是一个"尚真"的家庭,不是一个弄虚作假的人家。如果不是曹雪芹先生本人,又有谁还去为曹家洗清亏空的污名呢?

四

根据史料记载,程伟元与高鹗所编印镌刻的程乙本《红楼梦》,成书于乾隆五十七年(1792 年)。根据程、高《新镌全部绣像红楼梦》引言:"一、是书前八十回,藏书家抄录传阅几三十年矣,今得后四十回合成完璧……"那么此话被理解为"程高编印程乙本时,《石头记》传抄入世已近三十年矣"。根据这个时间推算,镌刻编印程乙本《红楼梦》的时间,是在乾隆五十七年(1792 年)往前推 30 年,即是乾隆二十七年(1762 年)。此时的曹雪芹先生已 47 岁,离他去世仅一年时间。根据"藏书家抄录传阅几三十年矣"这一句话,再往前推一至二年,曹雪芹也只有 44 到 45 岁,离他去世也仅相隔二三年时间,这部著作就已问世了。确切地说,《石头记》约问世于乾隆二十七年(1762 年)。再根据《石头记》"披阅十载,增删五次",《石头记》开始创作的时间应在乾隆二十七年的基础上再减去 10 年,也就是乾隆十七年(1752

年），此时的曹雪芹先生 37 岁。完稿后，再安排脂砚斋抄写。但要用毛笔抄写一部八十回本六十多万字的著作，不知需要多长时间，姑且按一年计算吧！用 1752 年再减去一年，即是 1751 年。也就是说，曹雪芹先生开始创作《石头记》的时间，大约在 1751 年，即乾隆十六年，此时的曹雪芹先生 36 岁。也就是说，曹雪芹先生开始创作《石头记》的时间，大约在乾隆十六年（1751年），成书大约在乾隆二十六年（1761 年）。传抄者抄书用时大约一年时间，那此书传世时间大约在乾隆二十七年（1762 年）。

曹雪芹先生生于康熙五十四年（1715 年）五月二十八日，卒于乾隆二十八年（1763 年）二月十二日，也就是说曹雪芹先生约 36 岁时开始创作（乾隆十六年，公元 1751 年），约 46 岁时完稿（乾隆二十六年，1761 年），传抄者约花一年时间抄写，也就是说，在曹雪芹约 47 岁时此书问世，即乾隆二十七年（1762 年）。曹雪芹先生逝于乾隆二十八年，时年 48 岁。也就是说，《石头记》刚传世一年左右的时间，曹雪芹先生就去世了。

现在我大胆猜测一下：曹雪芹先生去世得很突然，甚至突然得来不及将这后四十回传抄于世。若干年后，不知是什么人，将这一稀世珍宝当作废品卖给了"鼓担"，鬼使神差，最终被程伟元发现并重金买回。幸亏是程伟元不遗余力地坚持搜寻，否则，哪有什么一百二十回本的《红楼梦》全璧问世？万幸！万幸中之万幸也。

五

《石头记》与《红楼梦》有很多版本，这么多的版本读哪一个好呢？前八十回我选择了戚序本《石头记》，这个版本保留了大量的异文异句和原著原貌。后四十回我选择的是程甲本与舒芜序《红楼梦》，它应该是在曹雪芹先生所撰《石头记》后四十回原著的基础上，"惟按其前后关照者，略为修辑，使其有应接而无矛盾，至其原文，未敢臆改，俟再得善本，更为厘定，且不欲掩其本来面目也"而来的，它改动的地方可能比前八十回《石头记》还要少一些。由于这个版本是程、高第一次印行本，只是做了"略微修辑"，所以，程甲本后四十回是最好的选择。我就是参考了这两个版本，作为蓝本来阅读和研究的。

六

《红楼梦》这部著作之所以奇特和与众不同，主要在于它的写作构思和写作技巧。其一，它大量运用谐音和同音进行"文人"转换；其二，大量运用古老文字的造字结构的含义来表达其深意；其三，常话异说、以物寓意，是本书的基本写作方法；其四，大量运用古典来表达现实用意；其五，将文当人来写，是作者写作的真正意图；其六，本书表面看是故事，又像是自传，实则讲的是野史，说的是理治；其七，由于本书写作的奇特性，致使这部著作完全变成了一部玄学类书籍，它隐藏得深之又深，有时一个问题需要转换几次才能得出结果。如果说《春秋》多微词，史家多曲笔，那么《红楼梦》全是用微词与曲笔写成的。

作者硬是将一部关于野史和理治类的书，写成了一部写人的故事书，我们要想理解它，就得反过来，要从这个故事之中去揭示其中的野史与理治，这个破解之路实在是太艰难了，我们需要通过那些被作者挖空心思隐藏在字里行间里的内容，去捕捉作者的写作意图。说《红楼梦》是一部玄学类书籍还不够，它应该是玄之又玄才对。"若非多读书识事，加以致知格物之功，悟道参玄之力，不能知也"。

也就是说，作者苦心打造的这部《红楼梦》，其动机就是要尽一切的可能，将它推到一个尽可能达到的文化高度，让它成为一部永远无法被超越的神品。

七

"但我想，历来野史，皆蹈一辙，莫若我这不借此套者，反倒新奇别致……再者，市井俗人喜看理治之书者甚少，爱看适趣闲文者特多。历来野史，或讪谤君相，或贬人妻女……竟不如我半世亲睹亲闻的这几个女子……"。

作者本是要通过野史来讲述理治，但这样的书在当时是很少有人读的，怎么办？于是作者运用了一种很特殊的方法，将说历史、讲理治的内容，融入"大旨谈情"的小说之中去。这样一来，果然与前人写的野史大不相同，真的是"不借此套者，反倒又新奇别致"。但问题是这种方法也太过新奇别致了，完全不按常理操作，以至于在两个半世纪多的时间，也无法被世人所理

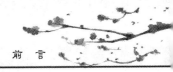

解,这才造成了今天的理解现状。

认识到了贾宝玉在书中所代表的意义,就读懂了《红楼梦》的一半,如果再认识到了林黛玉在书中所代表的意义,那就基本上读懂了《红楼梦》的写作方向。因为这两人不但是"木石前盟"中的两个主角,更重要的是,他们两人还是《红楼梦》中这桩"风流公案"中的两个主角。更为重要的是,书中说《红楼梦》中的所有人都是来陪他们来了结这桩"风流公案"的。如果我们连这桩"风流公案"的两个主角是谁都认识不清的话,那我们还怎么来读懂《红楼梦》?认清贾宝玉是谁,是正确理解《红楼梦》的关键。但要认清贾宝玉是谁,并不是一件容易的事情,所以作者才在书中说:"若非多读书识事,加以致知格物之功,悟道参玄之力,不能知也。"这就是说,必须达到这三句话六要素,才能知道贾宝玉是谁,否则,《红楼梦》争论再多年可能都不会有结果。

多读书才能多识事,致知才能格物,有悟道之力才能参玄,参透了《红楼梦》里的玄机,问题也就解决了,《红楼梦》也就真相大白了。所以,参与悟是读懂《红楼梦》一书的重要因素。

八

"满纸荒唐言,一把辛酸泪。都云作者痴,谁解其中味。"

"说到辛酸处,荒唐愈可悲。由来同一梦,休笑世人痴。"

以上这两首诗同时提到了此书"荒唐",一前一后,两相呼应。两个半世纪多以来,人们都将《红楼梦》视作奇珍异宝,明清四大名著,其位列第一。可作者说它是:"满纸荒唐言""荒唐愈可悲"。这难道不让人奇怪吗?一部字字珠玑的《红楼梦》,作者为何自轻自贱地说它是"满纸荒唐言",这应该是我们深思的问题。这可不是作者随便之言,其中必有缘故。作者说它荒唐,必有其荒唐的道理。思其根源,现在想来无非是:一因这部著作的写作内容有悖于常理;二因作者的写作对象奇特新奇;三因作者的写作技法千奇百怪。大概就是因为有这三种奇思妙为的聚合,才导致了这一部"荒唐"的《红楼梦》的产生。

举个例子:如"贾政"这个人物,作者其实是从"假政"上谐音过来的,作者真正要写的是一个假的政权,一个假的政治,但他不敢明目张胆地写,于是就采用了曲笔的方法。这样一变，就把本书所要写的"假政"给变没了，而我们所看到的就只有"贾政"这个人物。"贾赦"是从"假赦"上谐音而来的，代指"假的律法"；"贾母"是从"假母"上谐音而来的，代表的是"假道学、伪道学"。书中所有姓"贾"的人，都姓"假"，指的都是假的文化。

《红楼梦》中有四百几十个人物，每个人其实代表的都是一种文化。作者就是因为采用了这样一种奇特的写作方法，才将一部说野史、讲理治的著作，变成了一部表面上看是写人叙事的适趣闲文，成功将一部写"野史"的内容，变成了一部写人叙事的小说，这就是《红楼梦》异于其他书籍而"荒唐"的地方，你说荒唐不荒唐。

九

《红楼梦》自问世以来，被无数人解读过，现将具有真知灼见的语录摘录如下。

谈到历代对《红楼梦》的点评，就不能不说脂砚斋了，他与曹雪芹先生的关系虽多有猜测，在此姑不做论，我想说的是，曹雪芹先生能将这样的重任托付于他，无非看中的是他身上所具备的几大优点：一是看重他的人品，二是看重他的能力，三是看重他的学识，四是看重他的一手好字。除此之外，都不重要，远亲也好，近邻也罢，为这事搜寻枯肠毫无意义。

之所以要重点谈论脂砚斋，是因为他评阅了很多本《石头记》，写了很多的评语。对于这些评语，如果我们只是作为一般的参考也就无所谓了，但许多红学人都拿他的评语当作研究《红楼梦》的法宝，这麻烦就大了。

我想说的是，不管脂砚斋与曹雪芹先生是什么关系，但曹雪芹先生绝不会将本书的写作方法和真正的写作宗旨，告诉脂砚斋，或是畸笏叟的。作者之所以使用这样曲笔的方式写《红楼梦》，就是要给这个世界留下永久的"玄念"，让人去猜，让人去想，让人去悟，如果作者将所书之真实，如实告诉了脂砚斋，那还有什么玄妙可言？其实，脂砚斋评语的那点分量就足够证明曹雪芹先生什么也没有告诉脂砚斋，而脂砚斋也没有读懂《石头记》，所以脂砚斋与我们普通的读者没有什么两样，除了通过自己的理解得到一点心得体会而加以点评之外，其实他也是一个门外汉。你去看看脂砚斋的那些评语，有哪一条是真正有价值的？我所看到的就是"叹""哭"或"更待高明"这一类的话,要不就是对每句话的特点进行点评赞美,什么"毕肖""毕真"等语之类。一到关键的地方就打马虎眼,没有一点真知灼见,有哪一点能让人相信他是知道《石头记》一书内情的人?

脂砚斋就是一个评书人,或是一个自抄自评的人,他的那些言论,也只是一己之见,跟我们现在所有评论《红楼梦》的人的言论一样,没什么区别,切不要误把他当成知情者,而将他的言论作为破解《红楼梦》的根据和理由;不要让它误导读者,左右读者的思路,羁绊读者的灵魂;不要动不动就拿那些评语作为法宝,来作为论证的依据。

今天这样讲这个问题,就是要让读者知道那些脂批、脂评本身就不靠谱,千万不要认为他们是知情人而轻信他们的言论,而将自己带入歧途。

明清有一种职业,叫作"选评家",他们专门收集科举考试中的优秀考卷加以点评,然后卖给考生,从中获利,我觉得这个脂砚斋或畸笏叟,就像是这一类的人。

鲁迅先生说:

"谁是作者姑且勿论,单是命意,就因读者的眼光而有种种:经学家看见了《易》,道学家看见了淫,才子看见了缠绵,革命家看见了排满……"

"其要点在敢于如实描写,并无讳饰,和从前的小说叙好人完全是好,坏人完全是坏的,大不相同……"

作家王蒙先生说:

"《红楼梦》令你觉得汉语汉字真是无与伦比。他似乎已经把汉语汉字汉文化的可能性用尽了,把我们的文化写完了。"

王国维先生说:

"《红楼梦》哲学的也,宇宙的也,文学的也。"

蔡元培先生说:

"《石头记》者,作者持民族主义甚挚,书中本是在吊明之亡。"

"吊明之亡",千真万确。

《大英百科》评价说:

"《红楼梦》的价值等于一整个欧洲。"

不!我要说,《红楼梦》的价值等于整个世界。

吴世昌先生说:

"红楼一世界,世界一红楼。"

是的，一部《红楼梦》就等于一个世界，一个世界就在一部《红楼梦》之中。

戚蓼生先生序说：

"吾闻绛树两歌，一声在喉，一声在鼻；黄华二牍，左腕能楷，右腕能草，神乎技也，吾未之见也。今则两歌而不分乎喉鼻，二牍而无区乎左右，一声也而两歌，一手也而二牍，此万万不能有之事，不可得之奇，而竟得之《石头记》一书。嘻！异矣。夫敷华掞藻、立意遣词无一落前人窠臼，此固有目共赏，姑不具论；第观其蕴于心而抒于手也，注彼而写此，目送而手挥，似谲而正，似则而淫，如春秋之有微词，史家之多曲笔。试一一读而绎之：写闺房则极其雍肃也，而艳冶已满纸矣；状阀阅则极其丰整也，而式微已盈睫矣；写宝玉之淫而痴也，而多情善悟，不减历下琅琊；写黛玉之妒而尖也，而笃爱深怜，不啻桑娥石女。他如摹绘玉钗金屋，刻画芳泽罗襦，靡靡焉几令读者心荡神怡矣，而欲求其一字一句之粗鄙猥亵，不可得也。盖声止一声，手只一手，而淫佚贞静，悲戚欢愉，不啻双管齐下也。噫！异矣。其殆稗官野史中之盲左、腐迁乎？然吾谓作者有两意，读者当具一心。譬之绘事，石有三面，佳处不过一峰；路看两蹊，幽处不逾一树。必得是意，以读是书，乃能得作者微旨。如捉水月，只挹清辉；如雨天花，但闻香气，庶得此书弦外音乎？乃或者以未窥全豹为恨，不知盛衰本是回环，万缘无非幻泡，作者慧眼婆心，正不必再作转语，而千万领悟，便具无数慈航矣。彼沾沾焉刻楮叶以求之者，其开卷而痦者几希！"

戚蓼生先生所序，真高知灼见也，当属260多年来"品红"第二人。他看到了《石头记》有两条线，且双管齐下，一气呵成。同时又看到了人物的两面性，还看到了《石头记》都是用曲笔与微词写成的，这很了不起。只可惜他没有留下任何注解《石头记》的书籍，深以为憾。

张新之《红楼梦》读法曰：

"……《石头记》脱胎在《西游记》，借径在《金瓶梅》，摄神在《水浒传》。"

这一认识，准确无误，真的是了不起！

纵观这些人的评论，认识最为深刻的当属毛主席，他从《红楼梦》的故事中读出了历史，看出了《金瓶梅》是《红楼梦》的祖宗，当属红学第一人，戚蓼生先生则次之。

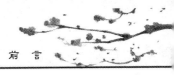

十

《红楼梦》写于二百六十多年之前，所涉时间，是从"假借汉唐"到明亡清兴这一时间段。所涉清朝之事主要集中在曹雪芹先生的家事上。

"悼红"即"吊红"也，"吊红"是本书的主旨。由于"红"是中国的国色，也是中华民族的本色，所以，"吊红"就是站在中华文化的角度去凭吊中华文化之失和中华民族之失。由于明朝是朱家政权，"朱"乃红色也，所以这个"吊红"也是在凭吊朱家明朝政权之亡。这里一定要注意，所谓的"吊红"，本旨是凭吊中华文化与中华民族之失，而凭吊中华民族之失的结束点正好落在了明亡这一节点上，而明朝政权的统治者又正好姓"朱"，所以"吊红"才与这个"吊朱"有了瓜葛，这不能不说是历史的一个机缘巧合。有人认为，《红楼梦》是在"悼明骂清"，这是错误的，吊明存在，但绝不存在骂清的情况。

书中所涉观点基本代表的是作者的观点，都是严格遵循原文，紧扣一字一词、一句一段，严谨分析而得来，不敢妄加胡拟，稍加穿凿。

书中所涉及的民族问题，是明末清初之前的中国历史之格局，与现在民族大团结的局面是不相同的。但解读此书必须触及那段历史真实，不可回避，也不能回避，这完全是一个学术问题，本人不是在有意伤害民族情感。特此！特此！

《红楼梦》描写的是末世社会的末世文化特征和末世文化的命运，此书是以特定的末世为背景的，所有文化的表现都取材于末世，与盛世无关。

由于《红楼梦》写的是文化的末世，并不是写人的末世，里面的男女人等全都代表的是一种文化。文化是没有男女之分的，也没有人与物的区别，所以《〈红楼梦〉新解》一书，里面没有"他、她、它"之分，也没有"他、她、它"之别，都称作"他"或"它"。这也是在时刻提醒读者注意，《红楼梦》写的是"文"，而不是"人"。

《红楼梦》经过"人文"转换后，读者阅读时心中一定要牢记，你所看到的人，其实代表的是一种文化；人物的姓名，其实是在给文化定性。如：贾母转换后就是"假母"，薛姨妈转换后就是"血姨妈"，贾政转换后即是"假政"……这样就不易造成混乱，也免得产生误解，本来这一层面纱就是应该首先揭去的。

《〈红楼梦〉新解》一书，有许多重复的地方，这是因为在举例子的时候，有些内容需要重复使用。我也想一笔带过，但这样会造成理解上的困难，所以索性就又重复解释了一遍。同一个问题,前后的解释稍有一些不同,一是因为内容的需要,二是因为表达的不同,这没关系,不会影响主旨的。

由于本书的写作对象是文化,所以字字皆真实,一个人叫个什么名字,就代表一种什么文化。如:贾赦的"赦"字,就是指"赦"这种文化。姓"假"(贾)是给"赦"这种文化定性的。贾赦即"假赦"也,意味假的赦政。又如:贾政的"政",就是指"政"这种文化,姓"假"(贾)是给"政"这种文化定性的,贾政即"假政"也,意味假的政治、假的政权等。所有名字皆指文化,在解读时无不细心、严谨,一切以书本为依托,一切以文字为准绳,紧扣一字一词来分析,并无妄拟瞎猜之嫌。

《红楼梦》是一部关于理治的教科书,它给我们带来的是治国理政的方略,也是修身养性的宝典;是一座知识的宝库,也是一座智慧的殿堂。它给我们所带来的智慧胜过千书万卷。

《石头记》这个书名,是曹雪芹先生原著的书名,后因程伟元与高鹗在编印此书时,将书名改为《红楼梦》,从此《红楼梦》这个书名就流传了下来,历经230多年而未变。现在我们都只知道《红楼梦》,而不知《石头记》,殊不知《石头记》才是它原该有的名字。正是这个原因,我也很无奈地套用了《红楼梦》这个名字,于是才有《〈红楼梦〉新解》一书云云。

目　录

第一章　《红楼梦》是一部怎样的书

第一节 《红楼梦》一书的出处

此书开篇,有这样一大段话:"列位看官:你道此书从何而来? 说起根由虽近荒唐,细按则深有趣味。待在下将此来历注明,方使阅者了然不惑……出则既明,且看石上是何故事。"

这是第一回开篇的一段话,别看这段文字篇幅不长,可它却是《红楼梦》写作的核心描述,是解开《红楼梦》之谜的关键所在。什么是"出则既明"?"出"是指出处。出处就是指关于《红楼梦》一书写作的出处与缘由,是对《红楼梦》写作真相的提示性内容,其中包括:一是介绍作品书名的来历;二是介绍本书的写作体裁、写作背景、写作内容、写作目的、写作宗旨的来历等。如果我们把这段话理解清楚了,对《红楼梦》的破解,就会少走很多弯路错路。反之,如果我们忽视了这段话,那将会在理解上形成天大的麻烦。我们一定要将这段话分析清楚,千万不要忽略了这段话。在这段话里,作者已把他的写作要点,明明白白地告诉了我们,而我们却还在到处寻找它的真相,争论这本书是该叫《石头记》,还是该叫《红楼梦》。还在争论它的写作体材是野史,还是小说,还在争论它所发生的时间和地点。

这个"出处"分两个部分,第一部分是讲《红楼梦》这个书名的出处,第二部分是讲《红楼梦》写作内容的出处。这个"出则既明"一语,对于破解《红楼梦》一书实在是太过重要了,重要到了不能再重要的地步。我们如果把本书的"出处"搞清楚了,哪还有解不开的谜。如果放过了此段文字,就失去了方向感,想破解《红楼梦》就难了。

这部书的出处内容告诉我们:

第一,《红楼梦》是一部野史类的书籍。

引证:"但我想,历来野史,皆蹈一辙,莫如我这不借此套者,反倒新奇别致……历来野史,或讪谤君相,或贬人妻女,奸淫凶恶……竟不如我半世亲睹亲闻的这几个女子。"

第二,《红楼梦》是一部再现历史真实的书籍。

引证:"至若离合悲欢,兴衰际遇,则又追踪蹑迹,不敢稍加穷凿,徒为哄人之目而反失其真传者。""虽其中大旨谈情,亦不过实录其事,又非假拟妄称。"

第三，《红楼梦》是一部写作手法新奇别致的书籍。

引证："但我想，历来野史，皆蹈一辙，莫如我这不借此套者，反倒新奇别致。"

第四，《红楼梦》是一部荒唐的书籍。

引证："你道此书从何而来？说起根由虽近荒唐……""满纸荒唐言，一把辛酸泪。都云作者痴，谁解其中味。"

第五，《红楼梦》假借汉唐，时间从东汉末年一直写到明朝灭亡。

引证："我师何太痴也！若云无朝代可考，今我师竟假借汉唐等年纪添缀，又有何难。"

第六，《红楼梦》是一部在"悼红"的书籍。

引证："后因曹雪芹于悼红轩中披阅十载，增删五次，纂成目录，分出章回，则题曰《金陵十二钗》。""悼红"是"吊红"的谐音，是在凭吊中华文化与中华民族之失。

第七，《石头记》这个书名的来历。

引证："……忽见一大块石上字迹分明，编述历历。空空道人乃从头一看，原来就是无材补天，幻形入世，蒙茫茫大士、渺渺真人携入红尘，历尽离合悲欢炎凉世态的一段故事。"

注：在这里把后面一百二十回的内容也添加在了里面，作为一个全面的论证。

第八，《红楼梦》的内容全是"假语村言"。

这里引证的是一百二十回的内容："说你空空，原来你肚里果然空空。既是假语村言，但无鲁鱼亥豕以及背谬矛盾之处，乐得与二三同志，酒馀饭饱雨夕灯窗之下，同消寂寞……"

第九，《红楼梦》是一部"游戏笔墨、陶情适性、敷衍荒唐"的书。

这里引证的是一百二十回的内容："果然是敷衍荒唐！不但作者不知，抄者不知。并阅者也不知。不过游戏笔墨，陶情适性而已！"

《红楼梦》就是这样的一部作品，所以，所有对《红楼梦》一书的解释，都必须符合以上这九个要点，否则……

如果说《红楼梦》是一部野史，且阐释的是理治，恐怕每个红学人都会说我胡说八道，但这就是真实，这是作者明确告诉我们的，可以不相信我，但作者亲言亲述是不能不相信的。

方向已经明确,剩下的就看如何根据以上的九条内容来破解此书了。以上九点哪怕有一条得不到满足和印证,那都说明我的破解有欠缺。只有全部得到印证,那才算是真正破解了《红楼梦》。

第二节 《红楼梦》是一部荒唐的书

第一回:

你道此书从何而来?说起根由虽近荒唐……

满纸荒唐言,一把辛酸泪。都云作者痴,谁解其中味。

第一百二十回:

说到辛酸处,荒唐愈可悲。由来同一梦,休笑世人痴。

第八回:

女娲炼石已荒唐,又向荒唐演大荒。失去幽灵真境界,幻来新就臭皮囊。好知运败金无彩,堪叹时乖玉不光。白骨如山忘姓氏,无非公子与红妆。

开篇即是"荒唐",一首为开篇诗,一首为结尾诗,另一首为第八回诗。这些描述有一个共同的特点,那就是都用到了"荒唐"这个词,当然书中还有多处地方也提到"荒唐"。好好一部著作,作者为何自轻自贱,反反复复说它"满纸荒唐言"呢?并且还是由作者亲口说出。千万不要以为这是作者随意的戏言或自嘲,也不是作者的自谦自轻,而是此书的写作内容真真切切非常荒唐,荒唐得让人无法理解,匪夷所思。哪有自己说自己"披阅十载,增删五次",辛辛苦苦打造的这一部鸿篇巨制,是"满纸荒唐言"的呢?但当你知道了这部著作的真实写作内容的时候,你就理解了作者这样说的原因了。

当我们知道一部涉及四百几十个人的巨著,里面竟然连一个人都不存在的时候,难道有比这更为荒唐的事吗?当我们知道一部表面上看去是故事的书,而实际上讲的却是野史,说的是理治的时候,难道我们不觉得荒唐吗?当我们认为《金陵十二钗》就是指金陵十二个美丽的女孩子,可作者却写的是金陵十二种美丽文化的时候,我们难道还不认为它荒唐吗?当我们以为贾赦是一个人,但作者却指的是"假赦",指假的法律,假的江山社稷的时候,这难道还不荒唐吗? 当我们以为贾政是一个人,但作者却指的是"假政",指假的政治、假的政权的时候,这难道还不够荒唐吗?……

《红楼梦》最为荒唐的地方,是写作对象的荒唐。本书居然写的不是人与人的故事,而写的是文化及文化社会的兴衰。书中居然不存在一个人,每个人代表一种文化符号,《红楼梦》里的四百几十个人,居然指的是四百几十种文化。这种写法可谓千古奇文,闻所未闻。所以作者将此书称作"满纸荒唐言",也就算是实话实说了。

第三节 《红楼梦》是一部游戏笔墨、陶情适性的书

"果然是敷衍荒唐! 不但作者不知,抄者不知,并阅者也不知。不过游戏笔墨,陶情适性而已!"(第一百二十回)。

这是《红楼梦》最后一回的结语,从这一段结尾语中可以知道:

第一,此书是一部"敷衍荒唐"的书,又一次提到了荒唐。作者一次又一次地告诉读者,此书的写作内容非常荒唐,那一定就有它的荒唐之处。

第二,此书是一部"游戏笔墨,陶情适性"的书。原来作者玩的是一个"游戏笔墨"的文字游戏,然后,通过这个"笔墨游戏"来陶冶自己的情操,抒发自己的性情,这才是作者的写作本旨。请记住"游戏笔墨、陶情适性"八个字。也就是说,《红楼梦》整部著作,作者玩的都是一个"文字游戏",通过这种文字游戏的方式来陶情适性。

写书就是写书,怎么就在书中玩起了文字游戏呢? 可这种文字游戏的玩法,怎么一点蛛丝马迹都看不出来呢? 这又是怎样的一种文字游戏呢? 这就是我们所要追寻的目的与真相。现在举几个例子,来说明一下作者是怎样进行这种文字游戏的,怎样来"游戏笔墨,陶情适性"的。

举例一:比如说贾赦的夫人是邢夫人。贾赦就是"假赦","赦"哪有个什么夫人不夫人? 其实作者是要对这个"赦"字的词义做个解释。赦,指大赦天下的"赦"。封建社会新君登基,都要大赦天下,以告世人,我是一个仁德之君,要以仁德治天下。所以,这个"赦"指的是"赦政",而"赦政"的核心就是"德政",就是德。贾赦的夫人是"邢夫人"。何谓"邢"?《易经》曰:"井,

德之地也。"古代"邢"与"井"相通,所以这个"邢",代表着"德"。

"赦"的核心是"德","邢"的核心也是"德",这个"赦"与"邢"就像是天生的一对夫妻,而"邢"字是对"赦"字本义的说明。于是《红楼梦》中就出现了贾赦与邢夫人这样一对夫妻的形象,这就是作者玩的文字游戏,这也就是书中所说的"游戏笔墨"。

作者玩这样一个荒唐的文字游戏究竟想干什么?他可不是没目的地乱玩,他是要通过这样的文字游戏达到说理的目的,他是要阐释文化与文化之间的关系。作者为了体现写作的深刻性、趣味性和隐蔽性,于是首先将"文化"变成一个"人"。怎样将一个"文化"变成一个"人"呢?作者首先给这个"赦"字加上了一个"贾"姓,这就出现了"贾赦"这个人名。此刻,作者瞬间就将一种文化,彻底变为了一个人。由于"赦"这种文化到了它的末世,变得又虚又假,所谓的"赦",就变成了"假赦",指假的"赦政",或假的"赦令",或假的"社稷"。于是,作者就开始写"贾赦"这个人的行为特征与命运,去折射"假赦"的特征与命运。

作者采用同样的方法,把《红楼梦》中的四百几十种"文化",都"假托"成了四百几十个人,然后通过写这四百几十个人的命运,去折射四百几十种文化的命运,这才有我们现在所看到的一部轰轰烈烈、千奇百怪的《红楼梦》。

举例二:如贾政的夫人是王夫人。"政",指的是"政治、政权"。"王夫人"去掉"夫人"两字,就是个"王"字。"王"与"政"两字合起来,就是"王政"。"王政"指的是王用王道来治理国家之政。作者为何说"政"的夫人姓"王"呢?这是因为封建王朝的政治是由"王"来统治的,简单地说就是"王政"。作者所要阐释的是封建王朝政治的本质,就是"王政"。王与政,政与王,作者将这两者文化的关系,形象地比喻为姻缘天成的一对夫妻关系。

这里使用的方法与"贾赦"所使用的方法一样。先在"政"前面加上一个"贾"姓,将"文化"变成一个人,后又在"王"字后面加上"夫人"两字,又将"王"字变成一个人,然后将"王政"中的王与政安排成一对夫妻,这样就达到了说"王政"的目的。然后通过写贾政与王夫人的行为与命运,来折射"假王政"的特征与命运。

但当这个政权进入末世之后,所谓的"王政"就变成了"暴政"。这里的"王"就变成了"称王称霸、横行霸道"的王了。别看书中说他俩是夫妻,其实讲的是"王"与"政"的因果关系。作者既阐释了封建统治的治理性质,又揭露了"王政"即是"暴政"的本质。贾政与王夫人执政,就相当于是在行使"暴政"。

举例三:"李纨,字宫裁。"作者将"理"用"李"来替代,将"完"用"纨"来替代,这样将"理完"这种文化,瞬间就变成了"李纨"一个人的名字,我们一看李纨很自然就认为是一个人的名字。可作者所要说的"理完",指的是"理完了"。理完了之后会怎么样呢?那社会从此便进入一个无理的世界。一个不讲理的社会,就是一个无理的社会。一个无理的社会,怎么来判断谁有理谁无理呢?那就全凭当官的一张嘴说了算,当官的说你有理你就有理,说你没理你就没理,所以,"李纨,字宫裁"。何谓"宫裁"?即"宫里裁决"。宫里都是当官的人,所谓的"宫裁",即是"官裁",指当官的来裁决。从此,"理"完全掌握在了当官人的手中,社会从此便成为一个混乱无理的世界。

举例四:李纨与贾珠的婚姻。上面讲了,"李"即谐音为"理"。而贾珠的"珠",作者又开始游戏笔墨了。"珠"在古代特指"珍珠",古人又将"珍珠"称为"真珠"。作者就从"真珠"之中取出一个"真"字来。贾珠与李纨结婚,就是指"真"与"理"结婚。"真"与"理"一结合,岂不就是"真理"两个字了吗?所谓的贾珠与李纨结为夫妻,引出来的是"真理"这种文化。

后来珠儿结婚生子之后一病而死,你想,珠儿与李纨结婚就构成了"真理"两字,现在珠儿死了,也就是相当于"真理"之中"真"死了。"真理"的"真"死了,就只剩下"理"了。所谓真理,有真便是真理,无真便是无理,失去了"真"的"理",就变成了歪理邪说了。作者在这里,讲的是一个理治的问题,阐释的是"真"与"理"的辩证关系。

举例五:"贾珠十四岁进学,二十岁结婚生子。"他们生的这个儿子名"贾兰"。这又是什么意思呢?所谓的"兰",在古代是花中四君子"梅、竹、兰、菊"中的"兰花",这个"兰"在古代寓指"君子"。前面讲了,贾珠与李纨结婚,其实是指"真"与"理"的结合,指"真理"。现在"真理"生养了一个"儿子",这个儿子就是一个"正人君子",也就是作者笔下的"兰"。作者是在告诉人们:"真理"这种文化,是孕育正人君子的摇篮,所以,作者将"真与理"生养出来的"孩子",取名为"兰儿",也就是君子。这就是说,真理是孕育正人君子的摇篮,歪理邪说是滋生邪恶小人的温床。

书中所有人与人的关系,都是作者玩的文字游戏。这个文字游戏可不是随便玩玩的,他阐释的是理,是理治,是深刻的道理,正所谓"游戏笔墨,陶情适性"。好!这里就不多举例了,留着以后再讲吧。

第三,"作者不知,抄者不知,并阅者也不知。"(第一百二十回)。

作者"石头",抄者"空空道人",评阅者"脂砚斋"等,这些人名你到哪里找去?唯一能知道的就是那个"批阅十载,增删五次,纂成目录,分出章回,则题曰《金陵十二钗》,并题一绝云"的曹雪芹先生。众多的不知,都将成为永久的不知,唯曹雪芹先生是可知的,这也为佐证《红楼梦》的作者之争,增加了一条重要的铁证——曹雪芹就是《红楼梦》的原作者无疑。

第四节 《红楼梦》是一部野史类书籍

"石头笑答曰:'我师何太痴耶!若云无朝代可考,今我师竟假借汉唐等年纪添缀,又有何难。但我想,历来野史,皆蹈一辙,莫若我不借此套者,反倒新奇别致,不过只取其事体情理罢了,又何必拘拘于朝代年纪哉!再者,市井俗人喜看理治之书者甚少,爱看适趣闲文者特多。历来野史,或讪谤君相,或贬人妻女,奸淫凶恶,不可胜数;更有一种风月笔墨,其淫秽污臭,荼毒笔墨,坏人子弟,又不可胜数;至若佳人才子等书,则又千部共出一套,且其中终不能涉于淫滥,以致满纸潘安子建、西子文君,不过作者要写出自己的那两首情诗艳赋来,故假拟出男女二人名姓,又必旁出一小人其间拨乱,亦如剧中之小丑然。且鬟婢开口,即者也之乎,非文即理。故逐一看去,悉皆自相矛盾,大不近情理之说。竟不如我半世亲睹亲闻的这几个女子,虽不敢说强似前代书中所有之人,但事迹原委,亦可以消愁破闷,也有几首歪诗熟词,可以喷饭供酒。至若悲欢离合,兴衰际遇,则又追踪蹑迹,不敢稍加穿凿,徒为哄人之目,而反失真传者。今之人,贫者日为衣食所累,富者又怀不足之心,纵一时稍闲,又有贪淫恋色、好货寻愁之事,那里有工夫看理治之书?所以我这一段故事,也不愿世人称奇道妙,也不要世人喜悦检读,只愿他们当那醉淫饱卧之时,或避世去愁之际,把此一顽,岂不省了些寿命筋力?就比那谋虚逐妄,却也省了口舌是非之害,腿脚奔忙之苦。再者亦令世人换新眼目,不比那些胡牵乱扯,忽离忽遇,满纸才人淑女、子建文君、红娘小玉等通共熟套之旧稿。我师以为何如?"(第一回)。

通过以上这段话,有以下一些启示。

其一,《红楼梦》里故事所发生的时间,这个问题也是红学人最为关心的问题,争论非常大,但作者明确地告诉人们,这个时间是"假借汉唐"。"假借汉唐",说明此书并不完全是写汉唐的事,只是"假借汉唐"这个年纪在说事,但实际所涉朝代跨度相当长,确实从汉唐开始一直延伸到明朝灭亡为止。但说到某种文化的根源之处,却涉及更为久远的春秋战国时期,总之是"石头"所能看得到的历史,也就是作者曹雪芹先生所能看得到的历史。

《红楼梦》中贾家的"贾",是"假"的谐音,作者实际要写的是"假家""假府"。《红楼梦》描写的实际是"假"的灭亡,"假家"的灭亡。在作者的心里,"假"才是社会走向衰落的根本原因,所以,作者将一个"假"的社会称作是"末世社会"。

作者认为,从东汉末年开始,"假"的文化就产生了。作者在第二回这样写道:"若论起来,寒族人丁却不少,自东汉贾复以来,支派繁盛……"这里的"贾复",是从"假复"上谐音而来的,意思是自假文化恢复以来。文化之衰,必将影响到国家的兴衰。

其二,《红楼梦》的写作体裁。此段话在谈到本书的创作意图时,两次提到"野史"。"历来野史……莫若我……,历来野史……竟不如我……"这说得太清楚不过了,曹雪芹先生所著的《红楼梦》就是一部野史。书中反复把自己的野史与前人的野史进行比较,讲出了自己写的野史与前人写的野史不同的地方。人家的野史是"讪谤君相,贬人妻女,奸淫凶恶,不可胜数。更有一种风月笔墨,其淫秽污臭,荼毒笔墨,坏人子弟……"(如兰陵笑笑生所著的《金瓶梅》)。而他的野史,则是"眷眷无穷,称功颂德,毫不干涉时政";人家的野史一般是伤时骂世,而曹公的野史是在讲理治。

关于《红楼梦》的体裁,一般有三种说法,一说小说,二说自传,三说自传体小说。但从来没有一个人认为它是一部野史,如果说《红楼梦》是一部野史,谁能相信?但作者说得明白,道得清楚,白纸黑字就摆在那里,这不是相信与不相信的问题,这是千真万确的存在,容不得我们不相信。

明明是一部小说,作者为什么偏要说是一部野史呢?那书中的野史又是从哪里体现出来的呢?作者究竟采用了一种什么方法,从一部看上去是小说的书,表达出野史呢?这就是每个"红学"人所要面对的最大挑战。这个问题事关"红学"的成与败、功与过,只能直面,想绕是绕不开的。如果在书中能看出野史来，就说明我们读懂了《红楼梦》，如果看不出野史来，那就说明我们没有读懂《红楼梦》。

其三，"不借此套者，反到新奇别致"。同样是写野史，但作者没有借前人之俗套，而是别出心裁，另辟蹊径，用了一种完全不为世人所知的方法，写出了一部如故事一样的野史——《红楼梦》。作者认为这样"反倒新奇别致"，但问题是，这样的写作方法与技巧也太过新奇别致了，让人们摸不着头脑，分辨不出头绪，始终把握不住这种写作的要领，而无法正确理解作者的写作意图。作者所谓的"让世人换新眼目"，其结果是眼目确实换新了，可《红楼梦》的真实却石沉大海。

其四，"只不过取其事体情理罢了"。这说明作者取的是事体，讲的是情，说的是理，并不是写人的故事。我们所看到的《红楼梦》就是这样一部讲理治的书，寓情于理、融理于史。

其五，作品所涉及的时代，正是世风日下、人心浮躁的时代，人们的格调普遍庸俗而低下，"贫者日为衣食所累，富者又怀不足之心"，他们哪有心思去看一些理治之书呢？偶有闲暇，也只喜爱读一些"适趣闲文"，而对理治之书读者甚少。"再者，市井俗人，喜看理治之书者甚少，爱适趣闲文者特多"。在这种背景之下，如果作者按常规写法去操作，那这部说历史讲理治的《红楼梦》，又有谁去看呢？于是作者就求新、求变，这样一变就变出了一部千奇百怪的《红楼梦》。

其六，《红楼梦》虽情节复杂，人物众多，但始终坚守真实这条底线不变，对书中重要的内容"不敢稍加穿凿""至若悲欢离合，兴衰际遇，都追踪蹑迹"。可见《红楼梦》一书中的内容是多么真实，特别是涉及历史的问题，那更是"不敢稍加穿凿"，照史直述，一是一，二是二，就事论事。既然《红楼梦》是一部野史，讲的是理治，这里的真实就是指历史的真实，或者说是真实的历史。

其七，"……只愿他们当那醉淫饱卧之时或避世去愁之际，把此一顽，岂不省了些寿命筋力？"意味深长，我们都知道书是用来读的，而作者告诉我们《红楼梦》是用来"把玩"的。把玩？是握于手中玩赏、玩味的意思。可见，这部书的厉害之处在于须精读细研、精品细赏、精揣细摹，否则，如捉水月、如雨天花，不得要领。

第五节 《红楼梦》是一部用"假语村言"写成的书

"说你空,原来你肚里果然空空。既是假语村言,但无鲁鱼亥豕以及背谬矛盾之处,乐得与二三同志,酒馀饭饱,雨夕灯窗之下,同消寂寞,又不必大人先生品题传世,似你这等寻根究底,便是刻舟求剑,胶柱鼓瑟了。"(第一百二十回)。

这句话有如下启示:

其一,说明《红楼梦》是用"假语村言"写成的。所谓的"假语村言",指的是"假借之语、村野之言"。作者为何说《红楼梦》是用的"假借之语"呢?因为本书写的是"文化",但作者却将所有的"文化"借用"人物"去替代,这就是说,我们所看到的人物及人物的故事,其实只是一个假象,而作者真正要写的是文化的特征与命运,作者只是假借"人物"来真写"文化",这就是作者所说的"假语"。"村言",字典解释为"粗俗的语言"。如果说字字珠玑的《红楼梦》是用粗俗的语言写成的,恐怕谁也不会同意,这明显是作者的自谦。可以这样说,"假语"是千真万确的,但"村言"却是作者的自谦。

其二,说明读懂《红楼梦》非一人之力所能为也,需要二三同志聚在一起研讨,各抒己见,集思广益,共同分析才行。果如作者所言,你看,为了揭开《红楼梦》的真相之谜,我国还专门成立了一个"红学会",何止是二三同志,是千千万万人在一代一代地研究它、分析它,可见此书的厉害之处,那不是随随便便就能解得开的。

其三,《红楼梦》一书,由于构思复杂,且几条线索又同时展开,所涉及的内容包括三线五事多达八个之多,所谓的八个内容,一是虚线,二是主线,三是影射线,四是历史史事,五是曹家家事,六是异文异句,七是己意己见,八是历史疑案。

作者是如何将这八个内容协调在一起的呢?他在主线铺叙的同时,运用穿插的手法,择机将另外七个方面的内容一个一个融入其中,当作者将这些非主要的内容穿插完之后,就又从这些非主要的内容之中跳出来,重新再回到主要内容的铺叙上。这样就给读者造成了一个非常混乱的感觉,不知此书写的究竟是什么,理解起来非常困难,不知所措,让人摸不着头绪,总觉得好像在写这,又好像在写那。哪是主,哪是次,混在一起,分扯不清,这也是《红楼梦》陷入破解困局的最主要原因。由于这种穿插的写作方法非常隐蔽,一般不易被读者发现,所以,读者很难分清哪是主要内容,哪是穿插进去的内容,而将主次混作一谈。这种写作方式,虽然给《红楼梦》的创作提供了巨大的写作空间,但也给读者造成了巨大的混乱,所以,作者在此特别做了交代,要我们不要过于刻板苛求,凡事只要合于事体与情理就行,如果凡事都要寻根问底、吹毛求疵,便是"刻舟求剑,胶柱鼓瑟"。毕竟要将八大内容混合在一块,难度是相当大的,一定会有前后衔接不严合的地方,出现结构上的瑕疵,在内容上也会出现跳跃的现象,这是在所难免的。

第六节　读《红楼梦》需要六个要素

雨村笑道:"果然奇异。只怕这人来历不小。"子兴冷笑道:"万人皆如此说,因而乃祖母便先爱如珍宝。那年周岁时,政老爹便要试他将来的志向,便将那世上所有之物件摆了无数,与他抓取。谁知他一概不取,伸手只把些脂粉钗环抓来。政老爹便大怒了说将来酒色之徒耳,因此便大不喜悦……"雨村罕然厉色,忙止道:"非也。可惜你们不知道这人来历。大约政老前辈也错以淫魔色鬼看待了。若非多读书识事,加以致知格物之功、悟道参玄之力者,不能知也。"(第二回)。

"抓周"是一个古老而传统的习俗,目的是通过抓周来测试小儿将来的志向喜好。贾宝玉周岁抓周时,抓取的居然是"脂粉钗环"等女用之物,也难怪贾政以"酒色之徒""淫魔色鬼"看待了,换别人也会这样想。但书中借雨村之口,话锋突转:"非也。可惜你们不知道这人来历。大约政老前辈也错以淫魔色鬼看待了。"为何这样说呢?这说明这里大有蹊跷。难道说这个"脂粉钗环"不是指女用之物,也不代表女性,而是暗指别的什么。即使抓着它也不算是"酒色之徒""淫魔色鬼"吗?回答是肯定的。那这"脂粉钗环"又是指什么呢?这个人又有什么来历呢?书中又说:"若非多读书识事,加以致知格物之功、悟道参玄之力,不能知也。"越说越玄乎。可见,要知道此人来历和"脂粉钗环"所代指的真实含义,不是一件容易的事情。贾宝玉不就是贾政和王夫人生的儿子吗?这还有什么别的来历?抓着"脂粉钗环"即使不是"酒色之徒""淫魔色鬼",怎么理解也好不到哪里去。可这段话明确告诉了我们:"非也。"可见里面大有玄机,解开这个玄机,就基本打开了《红楼梦》这扇神秘的大门,事实上也正是如此。所以读懂《红楼梦》,必须先要多读书,尽量将自己的知识水平提升到尽可能的高度。多读书识事,才能致知格物,这才能够悟透《红楼梦》的写作真谛。

在《红楼梦》中,这些"脂粉钗环"指的是谁呢?她们是:林、薛、迎、探、惜、湘云、李纨、可卿和大观园中的袭人、晴雯、麝月等。因为作者是将"文化"当"人物"来写的,所以,每个人代表的都是一种文化,林黛玉代表的是"诗",薛宝钗代表的是"谋",史湘云代表的是《楚辞》,贾迎春代表的是"棋",贾探春代表的是"书法",贾惜春代表的是"画",李纨代表的是"理学",秦可卿代表的是三秦文化中的"情义",还有晴雯代表的是"天文",麝月代表的是"占星",袭人代表的是"龙人文化",秋纹代表的是"农耕文化",碧痕代表的是"地理文化",等等,从这里可以看出,这个贾宝玉所抓取的"脂粉钗环"是诗词、谋略、楚辞、琴、棋、书、画、理学、情义、天文、占星、农耕、地理,等等,都是他所喜爱的文化。于是他就整天与这些文化腻在一块,而对于四书五经则深恶痛绝,对"仕途经济"则厌恶万分,对那些修身、齐家、治国平天下的书籍也从来不看。

我们都知道,像诗词歌赋、琴棋书画、谋略、天文、地理等这些文化,都是些非主流的文化,贾宝玉很是上心。而四书五经、治国理政、安邦定国、仕途经济类的书籍,都是主流文化,可他却一概不看。反而是对"老庄道学"情有独钟,爱不释手。

作者在书中把像"诗词歌赋""琴棋书画"等非主流且美好的文化,比作一个个美丽的女子,而去爱她们,他把主流文化都比作一个个浊臭男儿,而不去接近他们。这就是他抓取"脂粉钗环"的真实含义,可见这个"脂粉钗环"并不代表女色,也更谈不上是什么"酒色之徒""淫魔色鬼",贾政错就错在这里。

如果我们将《红楼梦》当成写人叙事的故事来看,死活都解释不清这段话的意思,如果我们把本书当成写文化社会的书来看,那就一目了然了。

在这些"脂粉钗环"中,贾宝玉只对林黛玉情有独钟,而林黛玉代表的是"诗林"。这就是说,贾宝玉最喜爱林黛玉,其实是喜爱林黛玉所代表的"诗"。对诗文化的喜爱,才是贾宝玉从小的志向。

我们都知道,诗这种文化虽然很美,但是它对于治理国家,对于建设小家,起不到多大的作用,这就是书中所说的"于国于家无望"。"诗词歌赋"虽不算主流文化,但它却是一种高雅文化,可这个贾政却错看了此事,他把贾宝玉误当成"酒色之徒"看待了。就是由于贾政的这一错误认知,人为地对贾宝玉的人格定下了一个基调——"酒色之徒,淫魔色鬼",也为贾宝玉的命运埋下了隐患。你看贾政对他的态度,哪像是父子,完全就像是仇人。

宝玉虽不是酒色之徒、淫魔色鬼,但终是成了不大气候的,因为他的所学全在诗书礼仪、伦理道德、老庄之学、琴棋书画等非主流文化上,而对"四书""五经"、修身齐家、治国平天下、仕途经济、人情世故等主流文化,则是深恶痛绝,知之甚少的,这样就只能成为一个连银子多少都不知道的,不食人间烟火的怪物。

贾政乃"假政"也,贾宝玉代表的是中原玉文化,在贾宝玉身上体现出来的特征,是末世中原玉文化的特征。贾政深恶贾宝玉,就是"假政"深恶"中原玉文化",而中原玉文化,是中华文化的命根子。如果"假政"将中原玉文化都排斥出去了,这个命根子文化就丢失了。

仅就一个人物,就要大费周折,可见作者所言不虚。要读懂《红楼梦》必须要理解三句话、六要素,否则只能看到表面的故事,而看不到隐藏于故事之中的历史和故事之中的理治。

第七节 《红楼梦》是一部穿插着奇文异句的书

《红楼梦》一书中有三条线,穿插了五大内容,其中就有"异文异句"的穿插。什么是异文异句呢?就是镶嵌于文中的一些句不成句,话不成话的内容,猛一看就像是胡言乱语。如:

(标黑字的为异文)

一、"说来更奇,一落胎胞,嘴里便衔下一块**五示莹**的玉来。"(戚序本《石头记》第二回)。

二、"这些之中也有**苻道蟪窍愕氘嵌渀艮课撸且恢执笘是芭兰**。……**藿蓏姜荨**……**纶组紫降**……(戚序本《石头记》第十七回)。

三、"湘莲忙笑说:'你又忘情了,还不住淞!**惢疵棺挥铮闳担骸凹仁钦**

14

獾鼱饲徘资露……牵航唡幌倡恚髻员记俺獭……。'"一大段几百字的异文。（戚序本《石头记》第六十五回）。

作者为何要挖空心思写出这样一些怪异的文字呢？究其原因，其一，还是要增加其理解的难度，让人去深入思考；其二，就是要为难天下的文化人，看你是否能释得出，解得开。现举几个例子，来分解一下这些异文的意思。

一、"五示莹"的玉，这里的"五示莹"就是异文。要解开它，就要用到甲骨文字的造字法来解释。"五"，会意字，属甲骨文字，从二，从乂（wu）。"二"的上一横代表天，下一横代表地，乂表示相互交午。《说文解字》曰："五，阴阳在天地之间交午也。""示"，甲骨文字，"示"是神的本字，从"示"的字都与神有关，如祈祷、祥、祀、祝、神……莹，指莹洁、莹润。"五示莹的玉"，合起来的意思就是："在天地相交之间最神圣莹洁的一块美玉。"而《红楼梦》通行本，把"五示莹"改成了"五彩晶莹"，差之千里也。贾宝玉的那块"补天之石"，根本就不是五彩的，它是莹洁的、洁白的。

二、"苻道蟪 窍愕氖嵌湃艮课撸 且恢执笤是苤兰"。这句异文就不能用古老汉字造字法来解读了，它要用到谐音与字义来解释。

"苻道蟪"：谐音为"富道熄"，指富贵之道熄灭。

"窍愕氖"："窍"指七窍，"愕"指惊愕，"氖"为"氖气"。"氖"是英国科学家在1898年发现的，曹雪芹先生所处的时代还没有这个字，那这个字是怎么得来的呢？这个"氖"字，是曹雪芹先生臆造的。他为何要臆造出这个字，他想要表达什么意思呢？这个"氖"，是由"气"与"乃"构成的，它的意思是"乃气"，即"乃生气"，或"非常生气"。

"嵌湃艮"："嵌"，指镶嵌，嵌入；"湃"，指大水；"艮"，指艮卦，是《易经》八卦之一。此卦相，主卦与客卦完全一样，主与客处于一种相对平衡的态势，但主卦受困于客卦。此时的主方须特别小心，谨言慎行，才能保持住这种平衡态势，稍有不慎就会打破这种平衡而导致失败的结局，最好的办法就是远离、潜隐。这个卦相的核心是"平衡"，是不能破坏主客之间所建立的这种平衡，可书中的"湃艮"是指这个"艮卦"被大水冲毁了。被大水冲毁了，就意味着这种平衡的态势被打破了。平衡的态势被打破了，就预示着主方会遭致祸灾。"嵌湃艮"，意思是加上一个失败的艮卦。

"课撸"："课"，在这里是指朝廷委以的官职与俸禄。"撸"，指撸掉或革除。"课撸"，是指朝廷委以的官职与俸禄被撸掉了，革除了。

"且恢执笤"：这里的"恢"是灰心丧气或灰飞烟灭的意思，"执笤"，是指拿起扫帚。"且恢执笤"，是指所有的一切荣华富贵，都灰飞烟灭了，就像用扫帚扫过一样干干净净。

"是莐兰"："莐"谐音"才"，"兰"谐音"难"，"是莐兰"，意味"这才是大祸临头的劫难"，也可以解释为"这才是一个做臣子的劫难"或"才子之难"。

整句话的意思是说，当荣华富贵之道熄灭时，让人感到无比惊愕与生气，再加上一个失败的艮卦，官职与俸禄也被革除了，让人感到心灰意冷、灰心丧气。从前的一切美好，如被扫帚扫过一样，是那样干干净净，这就是一个做臣子的劫难啊！

看起来乱七八糟的一句话，里面却含有丰富的意涵。

"藿薃姜荨"，谐音为"祸纳将寻"。藿薃，就是"祸纳"的谐音，也就是招惹上了灾祸。"姜荨"，谐音是"将寻"，也就是"将要寻上门来"。"祸纳将寻"，意味"灾祸将会寻上门来，或灾祸来临"。

"纶组紫降"，谐音为"官阻紫降"。"官阻"，是指官路受阻。"紫降"，是指紫气降落。紫气是祥瑞之气，紫气降落就意味着祥瑞之气已尽。"官阻紫降"，就是官路阻断，紫气降落。

像这样的奇文异句，戚序本《石头记》前八十回中有六十七条之多。更奇的是第六十五回，作者居然用这样的奇文异句做了一大篇文章，几百字的异文，你说奇不奇。

每条异文都必有深意，不直接写出来，一是隐，二是人为增加本书的难度。这样的异文，破解起来难度非常大，但只要摸清了其中的规律，都是可以破解的（后面将有逐条详细的破解内容）。

第八节 《红楼梦》里面的常话异说

宝钗笑道："你回来若作的不好了，把那肉掏了出来，就把这雪压的芦苇子搵上些，以完此劫。"（第四十九回）。

这段话就是典型的常话异说，他将一句众人皆知、耳熟能详的话，分拆开来表述，让你来猜，让你来想。他为什么不直接说出来，偏要用这样的一段话来表述呢？目的很明确，就是要为难读者。现在分析一下这段话说了

些什么。

破解这方面的内容要严格遵循一个原则,那就是要紧紧抓住书中的文字来分析、来思考,哪怕是一点点疏忽,都会产生错误。

"把那肉掏了出来":你想,把那刚吃到肚子里的肉掏了出来会怎么样呢?肚内是不是就空了。然后"就把这雪压的芦苇子摁上些"。我们再想,把这"雪压的芦苇子"再摁进肚内,那现在肚子里面会是一种什么状况?是不是一肚子"雪压的芦苇子"?"雪压的芦苇子",是一个什么样的芦苇子呢?没被雪压过的芦苇子很完整,一旦被雪压过之后,那这芦苇子不就变成"败絮"了吗?把这个"败絮"摁进肚子里,现在肚中是不是一肚子的"败絮"了。败絮在肚子中,不就是"败絮其中"了吗?"败絮其中"是个成语,前面还有一句话,这一句话就是"金玉其外"。合起来就是:"金玉其外,败絮其中。"

作者绕过去,又绕过来,说的不就是这个意思吗?直接说多省事,为何这样?这就是"常话异说",人为增加其难度也。增加难度是本书的一大特色,作者的目的就是要让你猜,让你想,看你是否能想得出,猜得透。作者这样做的目的也很明确,他就是要为难天下的读书人。

像这样的手法书中还有数处,如第四十九回,老太太吃的"牛乳蒸羊羔",也是属于这种写作手法。

"牛乳蒸羊羔":"牛乳",顾名思义,是牛的乳汁,也就是牛奶。由于它是从牛的乳房内挤出来的,所以是没有见过天地日月的东西。"羊羔",是指从母羊肚中取出来的,与牛乳一样,也是没有见过天地日月的东西。根据阴阳学说来理解,没见过天地日月的东西,是为"阴",见过了天地日月的东西,是谓"阳",所以作者在书中,就用这两种没有见过天地日月的东西,来比喻"阴暗"。"牛乳蒸羊羔"怎么就是一种阴暗的东西呢?它有着什么样的含义呢?现在分析如下:

我们试想一下,那"牛乳蒸羊羔",从蒸笼里端出来时是一种什么形态?那羊羔身上是不是满是未干的新鲜乳汁?是不是有着很浓郁的牛乳的味道?根据以上分析,我们试着用一个词语来形容一下当时的状态。用一个什么词形容它最合适呢?那就是——乳臭未干。原来这个"牛乳蒸羊羔",是变着花样在说"乳臭未干"这个词。

书中还说:"这是我们有年纪人的药,没见天日的东西,可惜你们小孩子们吃不得。今日另外有新鲜鹿肉,你们等着吃。""牛乳蒸羊羔"如果真是一道菜,谁都能吃,但老太太为什么说这道菜是老人的药,而孩子们吃不得呢?因为"乳臭未干"这句话是上年纪的人专门用来对付年轻人的。当年轻人听到这句话后,第一反应就是低着头站在那里很郁闷,一时语塞,说不出话来,不知如何应对。所以这句话是老年人专门用来对付那些好与老年人争论是非对错的年轻人的"专用词",是专治年轻人好顶撞老年人的毛病的,所以这句话是老年人的"药"。"乳臭未干"只能是老人说的,是老年人的专利,年轻人是不可能说的,没有哪个年轻人对别人说:"你这乳臭未干的毛小子。"

又如:"今日另外有新鲜鹿肉,你们等着吃。"(第四十九回)。

这又是什么意思呢?我们都知道,"鹿"在古代是神仙的坐骑,深受神仙宠爱,所以古代称鹿为"神宠"。如果有人吃了这个鹿肉,就等同于是把"神宠"吃进肚里了。如果人吃了这个"神宠",就有了"神气"。"神气",是指骄傲、得意的样子。这句话的寓意是说:"你们这些小孩子神气些什么,谁还没有年轻的时候?"湖北很多地方就有一句方言,如果一个年轻人对一个年长者口出狂言,出言不逊,没大没小,这个年长者就会大声呵斥道:"你是不是'吃鹿'了啊!"

你看,直接说人"神气什么"不就完事了么?而作者偏要说"今日另有新鲜鹿肉,你们等着吃"。如果破解者不知道鹿属"神宠",寓意"神气",那就破解不了这句话的含义了。

作者刻意增加了《红楼梦》的难度,使之更加高深莫测。将易变难,常话异说,这是《红楼梦》的又一大特色。

第九节 《红楼梦》一书的穿插艺术

一、"如今当今体帖万人之心……"(第十六回)。

二、凤姐道:"若果如此,我也见个大世面了。可恨我小几岁年纪,若早生二三十年,如今这些老人家也不薄我没见世面。说起当年太祖皇帝仿舜巡的故事,比一部书还热闹,我偏没造化赶上。"(第十六回)。

这两段话都用到了"如今",后一段话还用到了"当年"。作者为何要屡次用到这些关于时间概念的词,目的只有一个,就是要将写作的内容,从写作的过往之中拉回到现实,有时又从写作的当下,拉回到以往。比如"如今"

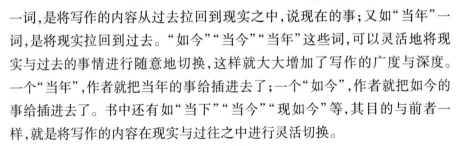

一词,是将写作的内容从过去拉回到现实之中,说现在的事;又如"当年"一词,是将现实拉回到过去。"如今""当今""当年"这些词,可以灵活地将现实与过去的事情进行随意地切换,这样就大大增加了写作的广度与深度。一个"当年",作者就把当年的事给插进去了;一个"如今",作者就把如今的事给插进去了。书中还有如"当下""当今""现如今"等,其目的与前者一样,就是将写作的内容在现实与过往之中进行灵活切换。

但一定要注意,后面的内容,本不是写作的中心,而是插曲,插进去的是如今或过往的事情,当作者把自己心中想要表达的东西说完之后,这个插曲就结束了,笔端就又回到原来的主题上,还原到正轨。如果我们不能理解这一点,就会造成这就是主题内容的错觉,其实这只是一个插曲而已。

作者在书中一般还通过两个人的对话,将大量的真实事情插进去。写到公麒麟的时候,作者就大谈阴阳理论,将阴阳的概念讲得明白透彻;写到香菱学习写诗的时候,就大谈写诗的方法;听到琴声,就大谈琴韵和琴谱;写到贾元妃省亲时,就大谈太祖皇帝南巡之盛况,顺带把曹家四次接驾的真实插进去。像这样的插曲,书中随处可见。

书中不但插进如今的事,而且大量插进历史史实,作者一般都是通过这些关于时间的词语和两人的对话,插进如今与当下、过去与当年的事。当作者把这些如今、当下、过去、当年的事情表达完之后,就又回到主题上,这样在书中就留下了一个个插曲、一条条曲线,所以本书的写作轨迹就像是一个心电图,"嘣"一下插进去一件事情,留下一根曲线,然后再回到那根主线上,就这样一路推进,一路穿插,一路前行,我把《红楼梦》这样的写作特点称作"穿插或镶嵌"。

《红楼梦》穿插的内容大概有以下几点:一是异文异句穿插,二是曹家家事穿插,三是历史史实穿插,四是作者观点穿插,五是清宫疑案穿插,五个方面的内容。千万不要以为此书是完全写曹家的家事,是自传体小说,挖空心思去寻找与曹家相关的线索,而对号入座。

还比如说,书中有"当今""如今当今体贴万人之心""当今自为日夜侍奉太上皇、皇太后……"这个"当今"指的就是当今皇上,所以书中才有"江南甄家四次接驾"。再加上金陵贾家接驾一次、金陵王家接驾一次,这加起来正好就是六次。六次南巡,曹家四次接驾,这不就是实指康熙六次南巡的史事吗?

你看《红楼梦》一书：凭添几字词，上下五千年。古今多少事，尽在笔纸间。

第十节　《红楼梦》是一部穿插着曹家家事的书

第十六回："赵嬷嬷道：'嗳哟哟，那可是千载希逢的！那时候我才记事儿，咱们贾府正在姑苏扬州一带监造海舫，修理海塘，只预备接驾一次，把银子都花的像淌海水似的！说起来……'凤姐忙接道：'我们王府也预备过一次。那时候我爷爷单管各国进贡朝贺的事，凡有的外国人来，都是我们家养活。粤、闽、滇、浙所有的洋船货物都是我们家的。'"

赵嬷嬷道："那是谁不知道的？如今还有个口号儿呢，说'东海少了白玉床，龙王来请江南王'，这说的就是奶奶府上了。还有如今现在江南的甄家，嗳哟哟，好势派！独他家接驾四次。若不是我们亲眼看见，告诉谁，谁也不信。别讲银子成了土泥，凭是世上所有的，没有不是堆山塞海的，'罪过可惜'四字竟顾不得了。"凤姐道："我常听见我们太爷们也这样说，岂有不信的。只纳罕他家怎么就这么富贵呢？"赵嬷嬷道："告诉奶奶一句话，也不过拿着皇帝家的银子往皇帝身上使罢了。谁家有那些闲钱买这个虚热闹去？"（第十六回）。

这段话是借王熙凤与赵嬷嬷之口，通过这种比较隐蔽的方式，讲述了康熙六次南巡和曹雪芹家四次接驾的史实。康熙一共六次南巡，一次是"我们贾府只预备接驾一次"，一次是"我们王府也预备过一次"，再就是"还有如今现在江南的甄家，嗳哟哟，好势派！独他家接驾四次……"历史上记载，康熙六次南巡，曹家四次接驾，这是毋庸置疑的。可为何作者在《红楼梦》中却写的是"江南甄家"四次接驾，而并非写"江南曹家"四次接驾呢？康熙六次南巡这是事实，曹家四次接驾也是事实，可历史上从来没有一个姓甄的家庭接驾过四次，可以肯定地说，这个"江南甄家"就是隐指"江南曹家"。但问题是作者为什么不直接写"江南曹家"而非要写"江南甄家"呢？我想原因大家是都知道的，不直接写曹家就是不想招惹祸灾。

作者为何要说"江南甄家"，而不说"江南李家"，或"江南陈家"等其他姓氏呢？这是因为"甄"在《红楼梦》中特隐指"真"，真假的真。这个

"江南甄家",即是"江南真家"。"江南真家"即是"江南曹家"。作者的意思是说:我们曹家是一个崇尚"真"的家族,从不弄虚作假,之所以亏空被抄,其实是康熙帝四次南巡住在曹家所造成的,不是我曹家贪赃枉法,其实是"拿着皇帝家的银子往皇帝身上使罢了,谁家有那些闲钱买这个虚热闹去"?这就将曹家亏空的真实原因,讲得再清楚不过了。所以,曹家成也康熙,败也康熙。

史料记载,在谈到曹家被抄的真实原因时,理由是"亏空"和"骚扰驿站"。我认为这只是借口而已,雍正去过江南,也在曹家住过,他能不知曹家亏空的真实原因吗?六次南巡,四次住在人家家里,好寝好住,好吃好喝,好玩好乐,"把银子都花得像淌海水似的"。曹家哪能有这么多的银子?"无非是拿皇家的钱,花在了皇帝身上",这样亏空也就产生了。可雍正最后却因为曹家的亏空,而抄了曹家。

曹家被抄家的真正原因根本就不是亏空,亏空只是个幌子而已。"骚扰驿站"更是无厘头,那又是因何而被抄的呢?我们从雍正在回复曹𫖯的圣旨里看得再清楚不过了:"……不要乱跑门路,瞎费心思力气买祸受。除怡王之外,竟可不用再求一人拖累自己。为什么不捡省事有益的事做,做费事有害的事?因你们向来混账风俗惯了,恐人指称朕意撞你,若不懂不解,错会朕意,故特谕你。若有人恐吓诈你,不妨你就求问怡亲王,况王子甚疼怜你,所以朕将你交与王子。主意要拿定,少乱一点,坏朕名声,朕就要重重处分,王子也救你不下了。特谕。"(1724 年,雍正二年批曹𫖯的奏折上的原话)从这个批复中我们可以看出,雍正查抄曹家有两点,一是"向来混账风俗惯了",二是曹家"坏朕名声"。这可是大罪,还有比坏雍正的名声更大的罪过吗?我以为没有被满门抄斩就已经是万幸的了。常言道祸从口出,你坏谁的名声不好,偏要去坏雍正的名声,这不是在找死吗?这个曹𫖯真是胆大包天,这是能随便说的吗?这样看来,曹家被抄的责任都在曹𫖯身上。

那曹𫖯坏了雍正的什么名声呢?最有可能就是说雍正是一个靠弄虚作假才登上大位的假皇帝,这也就是世上广为流传的"雍正登基疑案",说雍正是靠修改传位诏书而登上大位的。修改诏书,这是不太可能的,因为诏书有满汉两种文字,不好修改。难道他非要修改吗?他就不能重新拟一份诏书吗?反正这事都由雍正的舅舅——九门提督隆科多说了算,重新拟一份诏书又有何难?

雍正究竟是不是个假皇帝呢？曹雪芹先生在《红楼梦》一书中，通过一种非常隐蔽的手法透露出来了。根据曹雪芹先生所透露出来的内容来分析，雍正还真是一个靠弄虚作假登上大位的皇帝。曹家与康熙走得那么近，在这件事情上应该是最清楚不过的，既然曹雪芹先生都这样讲了，那一定非常有可信度，可见世传不虚。（作者是怎样通过一段非常隐蔽的文字，来揭露雍正是个假皇帝的，后有说明）。

《红楼梦》里有多处穿插进去了曹雪芹先生的家事，有些是世上已流传的，有些是第一次披露的，是人们以前还不知道的，但经曹雪芹先生这样一披露，就都坐实了。如曹家是否藏匿过财物，财物藏在了何处，曹颙是否有遗腹子，是谁在曹家落难时落井下石，等等，书中都有隐写。

第十一节 《红楼梦》五个书名的来历

"从此空空道人因空见色，由色生情，传情入色，自色悟空，遂易名为情僧，改《石头记》为《情僧录》。至吴玉峰题曰《红楼梦》。东鲁孔梅溪则题曰《风月宝鉴》。后因曹雪芹先生于悼红轩中披阅十载，增删五次，纂成目录，分出章回，则题曰《金陵十二钗》。"（第一回）。

一部著作，五个书名，奇奇怪怪，意义何在？现分析如下。

一、《情僧录》的来历

"从此空空道人因空见色，由色生情，传情入色，自色悟空，遂易名为情僧，改《石头记》为《情僧录》。"

从上面这句话中，我们可以看出，空空道人之所以改《石头记》为《情僧录》，是因为这个空空道人从《石头记》中看到了"空"。"因空见色"，这里的"色"并非指情色，而是指我们所生活的这个五光十色的人间世界。佛教认为，人有三生，即前生、今生与来生。佛教认为人死之后，还能再次投胎转世，重新来到人间，生生死死，往复循环。而佛教又认为，人世间是一个无边的苦海，是一个苦难的世界，而西方则是一个极乐世界。于是，佛教徒看空人世间的一切，不想再重新投胎到人间这个苦海中来。怎样才能脱离人间这个苦海，而又能永不再超生呢？方法只有一个，便是修行。修行的目的就是要永远脱离这个苦海,进入一个他们所认为的西方极乐世界,之后永不再超生。佛教还认为,人的前生不知在天地之间的哪个荒凉的角落,或草或树、或石或虫,或禽或兽……但一经通灵之后,便化育成人形而投胎到人世间为人,这也就是所谓的转世投胎。这些万物生灵的人类,他们起初都是带着美好的愿望而来的,是想享受这人间的快乐与荣华,去感受这五光十色的人间世界,从而摆脱那份孤独、空虚与寂寞。这便是"因空见色"的含义。

当他们刚来到这个五光十色的人间世界之时,发现一切都是那样美好,于是就对这个五光十色的人间世界充满了情感,充满着爱恋。这便是"由色生情"的含义。

既然这五光十色的人间世界是这样美好,索性就将自己全部的情感都投入这个五光十色的人间世界中去。这便是"传情入色"的含义。

当人们将所有的情感都投入这个五光十色的人间世界中去的时候,却发现好事多磨、美中不足、乐极悲生、生离死别、人非物换、苦不堪言,等等,一切的不幸与苦难都朝着自己重压过来,被折磨得死去活来,深感原来一切的美好终究是万境归空,落下的只有苦痛与悲哀。这便是"自色悟空"的含义。

当空空道人看到这部《石头记》后,他的人生观发生了根本性的变化,他从一个"道人"变成了一个"情僧",连自己的宗教信仰都改变了,由"道"变成了"僧"。由此可见,由"道"变"僧"的过程,是一个由追求长生不老到看空红尘的转变过程。为什么会有这样大的转变呢?就是因为他读了《石头记》的缘故,他从《石头记》的兴衰际遇之中看到了"空",所以他才从一个信奉道教的道士,转变成为一个信奉佛教的僧人,而改《石头记》为《情僧录》。

这是一种宗教信仰的改变,而改变这一切的原因,就是他看到了《石头记》里面的"空"。可见一部《石头记》的威力有多大,它大到可以改变一个人的宗教信仰。"情僧",是钟情于佛教的僧人。

道士属道教,情僧属佛教,两者都属于宗教,作者这一段话的意思是说:如果是站在宗教信徒的角度去看《石头记》,他们看到的是"空",那《石头记》就是一部《情僧录》。书中不是真有一个什么空空道人,作者只是通过空空道人来引出道教,又通过空空道人的改变,引出佛教。通过道教与佛教,而引出宗教,这才是作者的本意。

二、《红楼梦》的来历

"至吴玉峰则题曰《红楼梦》"。吴玉峰，别名吴雯（1644—1704），字天章，原籍奉天辽阳，后居山西蒲州，生于清世祖顺治元年，卒于清圣祖康熙四十三年，享年61岁。所著有《莲洋集》二十传，《清史列传》存于世，是一位深通历史的史学家。

这里有一个重要的问题，《石头记》既是曹雪芹先生所著，吴玉峰是看不到的，因为曹雪芹先生生于康熙五十四年，即1715年，两人相差71岁。这就是说，吴玉峰去世11年后，曹雪芹先生才出生，他怎么可能看到《石头记》？这很容易产生很大的误解，还以为《石头记》不是曹雪芹先生所著的，而是早在吴玉峰去世之前，就另有其人撰写了《石头记》。

既然吴玉峰没有看到过《石头记》，那么，他怎么可能题曰《红楼梦》呢？作者在这里不是说吴玉峰这个人真的看到了《石头记》，而是因为吴玉峰是一个"历史学家"，作者只是借他"历史学家"这个名头一用，意思是说：如果站在历史学家的角度去看《石头记》，那他看到的一定是荣辱兴衰，那《石头记》不就是一部兴衰史，不就是红楼一梦——《红楼梦》吗？

《石头记》描写的是贾家的兴衰，如果是一个历史学家，他看到的一定是荣辱兴衰，是这个红楼之家毁灭的一个过程，看到的是红楼一梦——《红楼梦》。

三、《风月宝鉴》的来历

"东鲁孔梅溪曰《风月宝鉴》。""东鲁"，指山东鲁地。孔梅溪（1648—1718），山东曲阜人，名尚任，字聘之，号东塘，孔子第六十三代孙，清初诗人，戏剧作家。他继承了孔子儒家思想的传统和学说，自幼即留意于礼、乐、兵、农等学问，还考证过乐律，是儒家思想的继承人。

孔梅溪生于1648年，卒于1718年，他比曹雪芹大了67岁，与吴玉峰是同时代的人，他去世时曹雪芹先生才3岁，所以他同样不可能看到《石头记》。作者为何要说"东鲁孔梅溪曰《风月宝鉴》"呢？作者在这里是借他"儒家传人"的身份，不是说这个"东鲁孔梅溪"真看到了《石头记》，作者的意思是说：如果站在儒家的角度来看《石头记》，那《石头记》就是一段风月史，就是一部《风月宝鉴》。并不是说孔梅溪本人真的看到了《石头记》。这里使用的方法,与吴玉峰是一样的。有很多学者都看到了这一点,但就是因为年龄的问题,而放弃了。

《石头记》在儒家眼里,他一定是站在儒家思想的角度,以道德作为评判的标准来判定的,所以,他看到的是风月,是情债,是《风月宝鉴》,不是说孔梅溪真的看到了《石头记》。

四、《金陵十二钗》的来历

"后因曹雪芹先生于悼红轩中披阅十载,增删五次,纂成目录,分出章回,则题曰《金陵十二钗》。"

曹雪芹(1715—1763),名沾,字梦阮,号雪芹……

以上三个书名是分别站在宗教、站在历史、站在儒家思想的角度,所看到的一个不一样的《石头记》,那曹雪芹先生是站在哪一个角度看待《石头记》的呢?为什么题名曰《金陵十二钗》呢?《金陵十二钗》又是指什么呢?

"金陵",从字面上解释,我们很容易就会理解为是古地名"金陵城",《金陵十二钗》,也很自然地被理解为古金陵的十二个女子,《金陵十二钗》的命运极易被理解成为金陵十二个女子的命运。可《金陵十二钗》之中的贾元春的丫鬟名"抱琴",代表古代四大才艺"琴棋书画"之中的"琴"文化;贾迎春的丫鬟名"司棋",代表"棋"文化;探春的丫鬟名"侍书",代表"书法"文化;贾惜春的丫鬟名"入画、彩屏",代表"画"文化。林黛玉代表的是东南方文化中的"诗才",薛宝钗代表的是北方文化中的"智谋",史湘云代表的是湘楚文化中的《楚辞》,秦可卿代表的是三秦文化中的"情义",李纨代表的是"理学"文化,妙玉代表的是"佛尼"文化,王熙凤代表的是"凤"文化,巧姐代表的是"乞巧"文化(关于这些文化是如何界定的,已有详细解释)。原来我们所认为的金陵十二个女子,在作者的笔下却代表着金陵十二种文化,也就是说,《金陵十二钗》就等同于"金陵十二种文化"。

"十二"在古代是一个周天之数,也可以看作一个满数,代表着所有的。也就是说,《石头记》中虽然说的是只有"十二钗",但却涵盖了所有的文化,只不过作者侧重描写了《金陵十二钗》这十二种文化的命运。这就是《金陵十二钗》的全部内涵。

《金陵十二钗》,指的是金陵十二种文化,但在书中,这"十二钗"并非都来自金陵,书中除了林黛玉、薛宝钗明确说明她们是来自金陵以外,还有一个来自"蟠香寺"的妙玉,那只能算是半个金陵人,而其他"九钗"都不来自金陵。既然不来自金陵,那为何又称之为"金陵十二钗"呢?这里只简单说一下其中缘由。关于这个问题,后面有详细说明。"金陵"在这里并不指地名,金陵是一个古文化之都,又是一个帝王之都,而且还是一个末世帝王之都。何谓末世帝王之都呢?这是因为所有在金陵建都的政权,都很短命,只要将都城建在这里,就没有长久的,所谓的六朝古都中的六朝,都是如此。所以,这个"金陵"代指的并不是地名,而是指"末世文化之都"或"末世文化王国",意思是指这"十二钗"所代表的十二种文化,都是自末世文化王国中而来,代表着十二种末世文化,作者描写的就是这十二种文化进入末世时的末世特征与末世命运。

这就是说,曹雪芹先生所题曰的"金陵十二钗",是站在文化者的视角来看《石头记》的,所以站在文化者的角度来看《石头记》,《石头记》就是一部《金陵十二钗》。

《金陵十二钗》,也有"金陵十二差"的含义。本书揭示的就是《金陵十二钗》这十二种文化,进入末世时的差错和问题,历数了这十二种文化的末世特征,揭示了这十二种文化的末世命运。

《石头记》所谓的另外四个书名,都是以《石头记》作为蓝本,各自站在四个不同的文化角度有感而发所提出来的书名。空空道人是站在宗教的角度,他看到了"空",所以题曰《情僧录》;吴玉峰是站在历史学家的角度,他看到了"衰",所以题曰《红楼梦》;孔梅溪则是站在儒家学者的角度,他看到了"淫",所以题曰《风月宝鉴》;曹雪芹先生则是站在文化者的角度,他看到了文化兴,则国家兴,文化衰,则国家衰的深刻道理,所以题曰《金陵十二钗》。但所有书名都是以《石头记》为基础而拟定出来的,没有《石头记》就不可能产生后面的四个书名。《石头记》这个书名是不可更改的,程伟元与高鹗把《石头记》改为《红楼梦》是极其错误的。

《石头记》一书虽属野史类书籍,但由于它的写作构思奇特,写作方法奇妙,所以能同时兼具四大特色,它除了是一部野史类书籍之外,还可以从中看到"空"而把它当成《情僧录》来读;还可以从中看到"衰"而把它当成《红楼梦》来读;还可以从中看到"淫"而把它当成《风月宝鉴》来读;还可以从这些历史之中,去探求导致历史兴衰的原因,而将它当成《金陵十二钗》来读。这就是《石头记》这五个书名的真正含义。

一部书能顶五部书,一个内容能同时演化出五个内容,常言道:"天下之大,无奇不有。"可这个世界上还有比《石头记》一书更奇的吗?

第十二节 什么是《石头记》?

前面讲到了四个书名的来历,但这四个书名都是以《石头记》一书作为蓝本来参考的,那么,这个《石头记》中的"石头"又是指什么呢? 这个《石头记》又记的是谁的故事呢? 现在解释如下。

所谓的"石头记"就是指的那块"补天之石",也就是后来经过一僧一道施展魔法而幻化出来的那块"神圣莹洁可佩可拿的美玉"。

第一回:"后来又不知过了几世几劫,因有个空空道人访道求仙,忽从这大荒山无稽崖青埂峰下经过,忽见大块石上字迹分明,编述历历。空空道人乃从头一看,原来是无材补天,幻形入世,蒙茫茫大士渺渺真人携入红尘,历尽离合悲欢炎凉世态的一段故事。"

很显然,所谓的《石头记》,就是这块"补天之石"降生到贾家之后的所见所闻、所经所历;讲的是它所看到的离合悲欢炎凉世态的一段故事;讲的是它所看到的贾家由兴到衰的一个过程。然后再回到大荒山无稽崖青埂峰后,就将这段故事记录在了石头之上,这便是《石头记》。

那么,这块"补天之石"它看到的是谁所经历过的离合悲欢炎凉世态的经历呢? 他就是"赤瑕宫神瑛侍者"。也就是说,这块"补天之石"所看到的是"赤瑕宫神瑛侍者"的所经所历,是"赤瑕宫神瑛侍者"所经历过的离合悲欢炎凉世态的故事,是他降生到贾家之后的故事。这里一定要将"补天之石"与"赤瑕宫神瑛侍者"这两者分开,千万不能把两者混为一谈。见证者是"补天之石",被见证者是"赤瑕宫神瑛侍者"。

那么这个"赤瑕宫神瑛侍者"又代表着什么呢?"赤",是指赤色或红色。"瑕",是指瑕疵。"赤瑕",是指"红的瑕疵",或者理解为"爱红的痴病"。"赤瑕宫",顾名思义,是一个有爱红瑕疵的宫殿,而这个宫殿代表的就是红色中国与红色中华民族,为什么这样说呢? 早在五千年之前的炎帝时期,炎帝就被称为"赤帝";我们祖祖辈辈生活的这方土地,就被称为"赤县";繁衍生息在这块红色土地上的炎黄子孙,就被称为"赤子"。赤胆、赤心、赤诚,红对联、红灯笼、红服饰、红色中国结、红旗、红星等，这个红无处不在，红成为中华民族神圣的颜色，它深入中国人生活的方方面面。

"神瑛"的"神"，是指神圣的神。"瑛"，是指玉石的光芒，或美石。"神瑛"，是指"散发着神圣光芒的美石或美玉"。历数中华七千余年玉石文化的历史，是一块什么样的玉石能够称得上是玉石之中的"神瑛"呢？那只有一种器物，它就是象征着皇权的——玉玺。除了玉玺，玉文化之中还能有比它更为神圣的器物吗？再者，"神瑛"的谐音就是"神印"，"神印"就是指神圣的玉印，能称得上玉印之中最神圣的印章，不还是那枚象征着皇权的"玉玺"吗？

综上所述：赤瑕，是指有着"爱赤或爱红的瑕疵"；神瑛，是指神圣的玉印——玉玺。"赤瑕宫神瑛侍者"的全部意涵是指"有着爱红瑕疵的神印玉玺的侍奉者"。至于"侍者"无实质意义，因为作者是将文化当人来写的，这才有人居住的"赤瑕宫"，与"赤瑕宫"里所居住的人。这就好比"绛珠仙草"一样，本来为草，作书者却将这株草幻化为了一个女体，然后降生到人间，这才有林黛玉这个人物，否则，一株"绛珠仙草"它又如何能降生到人间呢？其实，书中所谓的"木石前盟"，一个就是"绛珠草"——毛笔，一个就是神瑛侍者"——玉玺，"毛笔"与"玉玺"，一个属木质，一个属石质，这就是"木石前盟"的两个主体。解《石头记》，解的就是字词、字句的含义，比如"绛珠草"，你就一定要做字面解释，不能另求别解，就字论字，就词论词。"绛珠草"如果解释不清楚就不算读懂了《石头记》，想回避是回避不了的，"赤瑕宫神瑛侍者"亦然。

再者，既然"神瑛"是指"神印玉玺"，那玉玺就一定离不开"红色的印泥"，没有红色的印泥，玉玺就盖不上印章，就发挥不了它的作用，就行使不了它的权力，所以，这方"神印玉玺"与"红色的印泥"之间，是一种相生相依的关系。只要是"印玺"就一定会有爱红的痴病，否则它就不是印玺了。作者就将这枚玉玺幻化成人形，并给他起了一个名字"赤瑕宫神瑛侍者"，然后降生到了人间，这就是"贾宝玉"。贾宝玉是作者将"神瑛"幻化出来的一个人形，其实他代表的就是玉文化中的神品——玉玺。因为玉玺喜爱红色的印泥，所以他名为"怡红公子"，住的是"怡红院"，平时爱吃女儿嘴上的胭脂，总之是有着特别"爱红"的痴病。

玉玺这枚神玉，它不仅仅是一方印章，它有着至高无上的地位，象征着

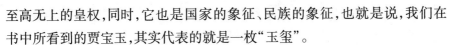

至高无上的皇权,同时,它也是国家的象征、民族的象征,也就是说,我们在书中所看到的贾宝玉,其实代表的就是一枚"玉玺"。

回到前面的解释,所谓的"赤瑕宫神瑛侍者",原来指的是一枚"玉玺",代表的是皇权。"赤瑕宫神瑛侍者"所遭受的离合悲欢、炎凉世态,原来影射的就是这枚"玉玺"。

除了以上解释,还可以通过一个古老的传说来解读"赤瑕宫神瑛侍者"。

话说在天地初开之时,昆仑山上有一块红色的石头,玉皇大帝在未入道之前,就打坐在这块红色的石头上修行,最终修成不坏金身,终成正果。后来到了天宫,成为统领天庭的皇帝,这便是人们常说的玉帝。后来,这块红色的石头由于得到了玉皇大帝的灵气,也幻化成为人形,玉帝敕封他为"灵虚真人",并让他执掌万石之事,成为万石之祖与万石之王,"赤瑕宫"就是灵虚真人的府邸。"神瑛侍者"与前者解释一致,意指"神印玉玺的侍者"。

纵观中华玉文化的历史,它的发展经历了从实用到象征。实用:玉铲、玉凿、玉刀、玉斧、玉钺等。象征:玉斧、玉钺象征着皇权。从神玉到礼玉。神玉:苍璧礼天,黄琮礼地,青珪礼东方,赤璋礼南方,白琥礼西方,玄璜礼北方。礼玉:《荀子·大略》曰:聘人以珪,问士以璧,召人以瑗,绝人以玦,反绝以环。从瑞玉到德玉。瑞玉:诸侯朝见帝王时所执玉器的统称。古有"公桓圭、侯信圭、伯躬圭、子穀璧、男蒲璧"之则。德玉:象征:仁、义、礼、智、信、忠、孝、悌、廉、洁……从象征皇权的玉玺到统治阶级所拥有的葬玉,再从统治阶层用玉,到世俗用玉的转变,最终进入百姓人家,一直到现在,玉文化可谓延绵不断,历久弥新。

玉文化的地位不随任何时代的改变而改变。从实用玉到与神相通之玉,从生活与生产用玉到武器用玉,从神圣的殿堂用玉到世俗百姓用玉,从象征君权的玉玺到代表品行的玉德,从代表信符的瑞玉到葬玉,玉文化家族既庞大又显赫,巍巍一品,堪称中华文化之最。

从古至今,所有以"玉"为主体的文化都属于玉文化的范畴。书中所说的"命根子",指的就是玉文化中的玉玺与玉德,推而广之,就是指整个玉文化。

世界上不是所有的文明都喜爱并崇尚玉石的,可中华民族却是一个例外,他对玉石有着一种特殊的爱好,不但实用,而且还赋予它生命与灵魂,道德与精神。由于石头坚实厚重、朴实无华、宁碎不弯等特性,在古代又被中华民族赋予了坚强不屈、百折不挠、真实纯朴、仁厚忠信等美好的品性。到了春秋战国时期，孔子更是直接赋予玉石以"仁、义、礼、智、信"等五德的德性。后来人们又将"忠、孝、廉、耻、悌"等德性也归之于"玉德"之中，一块玉几乎包含了所有的美德。

古人又讲"石之美者为玉"，石与玉本就同根同源，都生长在一起，所以都被赋予了美好的德性，从此玉石就成为"德"的代名词。古人佩玉其实佩的是"玉德"，不像现在的人把玉当钱看，当玩物，当趋吉避邪的护身符。"玉，君子之所秉也"，它昭示的是玉的德性，张扬的是君子的品格，故"君子无故玉不离身"。爱玉而守德是一个君子的风范，故玉是一个君子的精神寄托。本书表面看说的是玉石，而其实质是在说玉文化。

为何将中华民族称为礼仪之邦呢？就是基于中华民族是一个重道贵德、崇尚礼义、与人为善、与人相亲、以诚相待、以理服人的民族。

德是中华民族的根本，有德必兴，无德必亡，德丢之不得，也丢之不起，什么时候丢了德，什么时候就会迷失方向。为什么说这块石头是块"补天之石"呢？就是基于它寓含的德性，并不是指石头本身。

古圣先贤认为，德是中华民族的天柱，"天柱折，则地维绝，故日月星辰移焉，水潦尘埃归焉。"当中华民族之天失去了德，这根天柱就折了，四维就倾绝了，此时就需要把这块代表德的石头补上去，把缺失的道德给补回来，这个天柱就又立起来了，这就是这块"补天之石"在作者笔下的真实含义。

北宋大儒张载曰："为天地立心，为生民立命，为往圣继绝学，为万事开太平。"

本为大荒山无稽崖青埂峰下的一块不起眼的石头，如果我们不重视它，它就是块石头，躺在那个幽灵境界，也就躺在那里了。于是作者曹雪芹先生就感叹道：

> 女娲炼石已荒唐，
> 又向荒唐演大荒。
> 失去幽灵真境界，
> 幻来新就臭皮囊。
> 好知运败金无彩，
> 堪叹时乖玉不光。
> 白骨如山忘姓氏，
> 无非公子与红妆。

中华五千年,玉文化的命运与中华民族的命运始终连在一起,这在世界文化史上是独一无二的。

"补天之石"是石,"赤瑕宫神瑛侍者"也是石,这两者都属于玉石文化,是统一的。所以,作者就给这种文化挂上了一个标签,这个标签就是那块衔于口中,降生到人间,后来又穿上五彩缨络,挂于贾宝玉脖项上作为护身之符的那块"灵玉",这就是——玉文化。

用了这么大的篇幅来讲解这块"补天之石",就是基于它是《石头记》一书所要描写的中心。了解了补天之石所代表的内涵,就是打开《石头记》迷幻之门的钥匙。

对"补天之石"与"赤瑕宫神瑛侍者"的解释,是基于它是"玉德"和用玉石雕琢出来的"玉玺"这两种文化。玉是没有生命的,于是作者就赋予了它人的生命,让这两种文化伴随在一起诞生到了人世间。那么,这块"补天之石"降生到了哪里呢?

我们都知道,这块"补天之石"是衔在"赤瑕宫神瑛侍者"的口中而一同降生到人间的,这就是说,"赤瑕宫神瑛侍者"降生到了哪里,"补天之石"就降生到了哪里。

从书里的描写中,很明显,贾宝玉投胎的地方是贾府贾家,那究竟是投胎到了贾府还是投胎到了皇宫呢?放下这个问题,我们先来看看这个贾家是一个什么家。你看,这个家里面有贾赦,"赦"的谐音为"社",江山社稷的"社",代指国家;有一个贾政,"政"指的是政权;有一个贾琏,"琏",指瑚琏之臣,社稷之重器,书中的贾琏代指的是社稷之重——皇上;还有一个贾府最高的统治者太皇太后——贾母。可见,这个贾府贾家,有国家,有政权,有帝王,有臣子,和一个最高统治者太皇太后。从这里我们也可以看出,作者用人名模拟的是一个国家机器;从这里也可以看出,所谓的贾府,其实指的是中央政权。这就是说,"皇宫"与"贾府"的指向是相同的,皇宫就等同于贾府,贾府就等同于皇宫。其实,贾府是在"假府"的基础上谐音过来的,指的是一个假的府第。作者在这里,是将皇宫比作一个假府,是一个最假、最肮脏的地方。

但千万要注意,这个所谓的"假府",是完全用文字虚构起来的一个文化的殿堂,不是一个真正的皇宫,它是一座文化的宫殿,它把所有的文化都集中到了这里。赦,指社稷;政,指政权;王,指王者;琏,指帝王;"假母",是这座文化王国中的主宰,这个主宰就是"道"。而贾元春所嫁过去的地方,才是真正的皇宫。在这里看官可能都有些迷糊,这样讲吧,贾府是一座文化的宫殿,而皇宫才是真实的国家中心,一个是文化的宫殿,一个是现实中的宫殿。贾府的兴衰就是指的文化的兴衰,贾府的这段兴衰史就是指的一段文化的兴衰史。

整部《石头记》写的是贾府(假府)由兴盛到衰败的一个过程,也就是一个末世文化社会毁灭的过程。

空空道人、吴玉峰、孔梅溪、曹雪芹就是看到了这段兴衰史后,各自站在各自文化的角度所看到的一个不一样的《石头记》,这才有几个不同的题名。

话又说回来,石头是不会说话的,也不会写字,它更不可能将文字自刻于身。《石头记》是曹雪芹先生所著,那么,所谓的那块补天之石上所描述的故事,其实是作者曹雪芹先生所描写的故事,是作者曹雪芹先生所见所闻的故事,但作者曹雪芹并不是石头本身,他是以石头自比,而借石头之口,所述自己的所见所闻。

第十三节 《红楼梦》四大家族姓氏的含义

《红楼梦》描写的是文化及文化社会,所说的四大家族,其实指的是四大文化家族。现在来解释这四大姓氏的含义。

一、贾

作者真正要写的是"假",真假的假。但作者不能明写,于是就采取了曲笔与隐写的手法,用"假"的谐音"贾",将"假"替换掉了,这才有现在我们所看到的"贾府""贾家"与贾家一族,其实作者要写的是"假""假府""假家"与假家一族。凡贾家之人,不论主仆,不论姓不姓"假",都与"假家"有瓜葛,都为"假"。贾母,即为"假母";贾赦,即为"假赦";贾政,即为"假政";贾珍,即为"假珍";贾琏,即为"假琏";贾宝玉,即为"假宝玉"……只要姓"贾"都是"假",《红楼梦》写的就是一个"真假"的问题。

贾雨村,即是从"假语村"上谐音过来的,指一个说假话的社会。作者用"假语村"做楔子,通篇讲的是文化社会进入虚假时期的事情,一直写到这个虚假文化社会的毁灭。"假语村"与"真世隐"是一个"真"与"假"互为因果的关系,真隐则假来,假隐则真生,而本书则写的是"真隐假来"这个"假"的文化社会的百态,写的是一个"假"的文化社会的毁灭。

二、史

老太太姓史,史湘云姓史,史鼐、史鼎都姓"史",这个"史"可不是指姓,它指的就是"历史",指的是古老的历史文化。而老太太是"史侯家的小姐",也就是指历史文化中的"小姐",这个历史文化中的"小姐"就是"道"。"道"这种文化是春秋战国时期由老子提出来的,有两千多年的历史。所以史老太太姓"史";史湘云代表的是湘楚文化中的《楚辞》,《楚辞》这种文化产生于两千多年前的战国时期。所以湘云姓"史";史鼐,鼐,大鼎也。陶鼎,产生于七千多年前,青铜鼎,产出于商周时期。所以"鼐"与"鼎"也姓"史"。这就是这个"史"在书中的意涵。

封建历史文化的形成,有着一个非常鲜明的特征,就是鬼神崇拜。为什么会出现鬼神崇拜呢? 这是因为远古人类来到这个世界上的时候,他们最先看到的是一个他们完全不了解的陌生世界,他们又没有科学常识,不能用科学的方法来判断宇宙与自然界的各种自然与超自然的现象,他们对于宇宙与大自然的一切都一无所知,他们好奇:风为什么不扇而自刮,雨为什么不洒而自下? 天上为什么会打雷,又为何会闪电? 为何会下雪,为何又会下冰雹? 太阳为何早上从东方升起,晚上又在西边落下? 月亮为何晚上出来,而白天下去? 日食、月食、阴晴、寒暑,是怎么回事? 地上为何会生长万物? 草不种为何而自生? 树不栽为何而自长? 鱼鸟虫兽又从何而来? 人为何会生,又为何会死? 疾病、灾祸是怎么产生的? 等等,所有宇宙与大自然的一切自然现象,都让他们困惑不解。于是,他们很自然就会想到,一定是有一个什么很神奇的东西,在左右着宇宙与大自然万事万物的繁衍与运行;一定是有一个什么神奇的力量,在驱使着万事万物的产生。于是,他们就把这些自然与超自然的现象都赋予了神鬼的力量,认为是神鬼在操控,这大概就是神鬼文化萌生的起源吧! 什么风婆、龙王、雷公、电母、天神、地神、鬼怪、妖魔等,上至九天,下至十八层地狱;上有天庭,下有阴曹地府;地上有土地庙,水里有龙王宫,一部《封神演义》,就封了 365 位正神。鬼更是多如牛毛,无处不在,你看,所谓的人间世界,其实就是一个人神共舞、人鬼同域的神鬼世界。

不独中华文明起源于神鬼认知，纵观世界文明史，大概所有的人类，所有的文明，它在早期所面临的都是一个完全相同的世界，走过的是一条完全相同的道路，产生的是一个完全相同的认知，这就是神鬼意识与鬼神崇拜。

从以上分析可知，所谓的"史"，指的就是陈腐而古老的历史文化，而"史老太太"，是"史侯家的小姐"，这个历史文化中的"小姐"，就是"道"。由于古老的中华历史文化之中，融入了太多"巫觋文化"的色彩，以致其中充斥着太多封建迷信的东西，与封建迷信文化总有着千丝万缕、分扯不清的联系。《红楼梦》四大家族之中的"史"姓，其实代指的是一切腐朽没落的封建历史文化。

三、王

王，指的是王道、王事与王政。古人说的王政是指王用王道来治理国家的政治。但在封建社会，所谓的王政，到了政权的末期，其实质就变成了苛政、暴政。这个"王"就成了"称王称霸、横行霸道"的霸王了。《红楼梦》中的"王"，代表的就是"霸道"文化，用霸道文化来治理国家政治，这就等于是"暴政"。

四、薛

薛，作者要写的是"血"，指血腥的文化，带血的文化。可作者用了一个谐音，将"薛"替代了"血"，这样我们才看到了这个薛姓与薛家。薛姨妈，乃"血姨妈"；薛蟠，乃"血蟠"；薛宝钗，乃"血宝钗"；薛蝌，乃"血蝌"；薛宝琴，乃"血宝琴"，个个都是带着血腥的文化。

是什么文化带着血腥味呢？古人讲："勇者必狠，武者必杀，谋者必忍，智者必诈。"像勇、武、谋、智这些文化，到了末世，其本质就是杀人。杀人必见血，所以这些文化都姓"血"。"血姨妈"，指的是血腥文化；"血蟠"，代表的是"勇"；"血宝钗"，代表的是"谋"；"血科"（薛蝌）代表的是带血的科举制度或带血的苛政或科律；"血宝琴"，代表的是带血的音乐文化。所有杀人的文化，都姓"血"。

所谓的四大家族——贾、史、王、薛，其实指的是四大文化家族，这四大

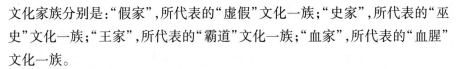

文化家族分别是："假家"，所代表的"虚假"文化一族；"史家"，所代表的"巫史"文化一族；"王家"，所代表的"霸道"文化一族；"血家"，所代表的"血腥"文化一族。

作者在书里讲："这四大家族紧相连属，一损俱损，一荣俱荣。"这里是在说，虚假、史巫、霸道、血腥，这四种文化紧相连属，一损俱损，一荣俱荣。作者是在告诉人们，当"假"横空出世之时，封建迷信文化也跟着猖獗了起来，霸道文化也跟着肆虐了起来，血腥的文化也随之而兴风作浪。一个假的社会，必然是一个封建迷信文化肆虐的社会，必然是一个霸道文化盛行的社会，必然是一个血腥文化猖獗的社会。这四种文化之中，其中一种文化兴盛，另外三种文化也随之而兴盛；其中一种文化败落，另外三种文化也将一同败落。而在这四大文化之中，"假"是起决定因素的。不管什么文化，只要一掺假，这种文化就得完，这就是四大姓氏的含义。

这些姓氏在书中是如何发挥其作用的呢？

如"政"，指政治。如果在"政"字前面加上一个"假"字，则变成了"假政"，也就是一个假的政权，或一个假的政治。一个假的政权，或一个假的政治，就是作者笔下的末世。然后，作者通过谐音，将"假政"转化为"贾政"。这样一转之后，"贾政"就变成了一个人。然后，作者就通过写贾政的语言行为与命运，去反映"假政"的政治行为与"假政"的命运。贾府就是假文化的集中地，假文化的殿堂，它把所有虚假的文化都集中在了这里。

如"宝钗"，是一件头饰。如果在她的前面加上一个"血"字，则变成了"血宝钗"。血宝钗是指杀人带血的宝钗。"宝钗"在书中，并非指头饰，它是用来比喻"暗箭"的，用暗箭伤人，就是指用阴谋诡计伤人，代表"阴谋"。当作者将"血宝钗"，通过谐音转化为"薛宝钗"后，薛宝钗就变为一个人。作者再通过写薛宝钗的语言行为及命运，去反映她所代表的"阴谋诡计"这种文化的行为及命运。

如"王"，代表着霸道。"王"中的"夫人"，指的就是"王道"，"夫人"是指这种文化像"夫人"一样高贵而正统。王熙凤的"王"，指的是"王后"。当这个王后到了政权的末世，她就走上了权力的中心，干涉朝政，称王称霸。王熙凤，是指一个霸道的"熙凤"（火凤凰）。王子腾、王子胜的"王"都是这种用法，指霸道。然后作者通过对"王夫人"行为与命运的描写，来影射这个"王"的末世命运。通过对王熙凤的语言行为与命运的描写，来展示后宫文化霸道的本质,和她悲惨的命运结局。

如"史",指的是腐朽没落的封建历史文化。湘云,指代湘水、楚云,指湘楚文化。在湘楚文化前面加上一个"史"姓,就是在说湘楚文化是一种很古老的历史文化。而"史氏太君",就是历史文化中的最高级别的文化,是历史文化中的"太君"。作者通过对史湘云语言行为与命运的描写,来展示湘楚文化的特征与命运。

说来也巧,"贾、史、薛、王"的谐音,正好构成了"假死血亡",就是假死了,血亡了。而且这四个字不论顺序怎么颠倒,都是一个意思。如:死假亡血、死血亡假、血死假亡、假血死亡、死亡假血……不知是作者有意为之,还是巧合,如果真是有意为之,这可真就是千古奇观了,哪有这样巧合的事呢?

第十四节 甄士隐与贾雨村的含义

一、甄士隐

书中曰:"甄士隐姓甄,名费,字士隐。"许多人都将他解释为"真事隐",意味《红楼梦》是一部将真事隐去,而借通灵之说来隐写曹雪芹先生家事的书,并以此来判定《红楼梦》是一部自传体小说。现在来具体分析一下甄士隐的真实含义。

"姓甄":其实作者要写的是"姓真",真假的真。但作者并没有直接写"真",而是用谐音"甄"把"真"给替换掉了,所以我们在书中看到的是"姓甄",而非"姓真"。

"名费":"费",是"废"字谐音过来的,作者真正要写的是"废",废掉的废,废除的废。他姓甄名费,就是姓"真"名"废",把姓与名连起来就是"真废",意思是将真废除了。我们想想,当一个真实的世道,把"真"废掉了之后,会是一个什么样子的呢?那不就成了一个没有"真"的世道了吗?一个没有"真"的世道,这个"真世"岂不就隐去了吗?这就叫作——"真世隐"。

"甄士隐姓甄,名费,字士隐。"谐音过来就是:"真世隐,姓真,名废,字世隐。"其意思是说:"一个真实的世道,是以'真'为先导的,当一个真实的世道把'真'废掉了之后,这个真实的世道就隐去了,就消失了,这就是真世隐。"

作者在本书中所要表达的是"真世隐",而不是现在大众所理解的"真事隐",更不是将曹家的真事隐去,而借《红楼梦》一书,立曹家之传。作者在这里,说的是"真"与"真世"的问题。

二、贾雨村

书中曰:"贾雨村姓贾名化,表字时飞,别号雨村者走了出来。这贾雨村原系湖州人氏……"(第一回)。

"姓贾",作者用的是"假"的谐音,其实要写的是"假",真假的假。"假"在书中是与"真"相对应的,真隐则假来,真来则假隐,真与假,假与真,相生相克,又此消彼长,往复循环。

"名化","化"是从"话"字上谐音过来的,其实要写的是"话",说话的话。"姓贾名话",就是"姓假名话",将姓与名连起来就是"假话"。作者本意要写的是"假话",但他没有直接写,而是用了谐音,将"贾化"把"假话"给替换掉了,所以我们看到的是"贾化"这个人名。

"别号雨村",这里的"雨村"其实是从"语村"上谐音过来的。我们将姓"假"与别号"语村"连起来,就是"假语村"。何谓"假语村"呢? 就是指一个说假话的村子,一个说假话的村社。作者把一个说假话的社会,形象地比喻为一个"假语村"。

"表字时飞","时飞",作者的本义是指"时非",意味"时政而非,或时道日非",也就是指时政与世道越来越坏,一日不如一日,一天不如一天。

"湖州",乃"胡诌"也,指胡说八道的意思,用的是"胡诌"的谐音。"贾雨村姓贾名化,表字时飞,别号雨村者,乃湖州人氏"的全部意思是说:"这个假语村的人都姓假,都爱说假话,办假事,虚情假意,世道一天不如一天,时政日非,世风日下,他们都是一些胡诌之人,都在胡说八道。"

有人将"贾雨村"解释为"假语存",这与"真世隐"从语法上来考量,对仗极为工整,意思也不偏离,意味一个真的世道隐去之后,一个假的社会便会应运而生,假语就存下来了。从意思上来说,这也是说得通的。但作者强调的是社会这个集体,由"真世"变为了"假世",他强调的是一个社会的转变。而"假语存"是指在语言上的转变,所以用"假语村"最为合理。一个真的世道隐去之后,取而代之的不就是一个"假语村"吗? 如果解释为"假语存",则与"真世"不相呼应。

从以上分析可以看出,所谓的"甄贾",其实说的是"真假"。作者在《红楼梦》一书中,写的就是一个真与假的问题。所谓的甄士隐乃是"真世隐"也;所谓的贾雨村乃"假语村"也。

甄士隐(真世隐)与贾雨村(假语村)在书中起到的是"楔子"的作用,这也是明清小说特有的一种写作技法。这个楔子的用意何在呢?作者是在说,当一个社会将真废了之后,一个真的世道就隐去了,而取而代之的是一个说假话、办假事、虚情假意的"假语村"。这就是"真隐假现"。

当"真"隐去了之后,"假"就出现了,社会从此便正式进入一个虚假的时期。作者就通过"真隐假来"作为本书发生的一个楔子(相当于一个故事发生的历史背景),这个楔子将《红楼梦》所要描写的故事内容,引向了虚假时期,作者然后描写这个文化社会进入虚假时期的文化乱象,和这个虚假文化社会毁灭的过程,也就是这个末世文化社会毁灭的过程。作者将一个虚假的文化社会,称为末世,因为一个虚假的文化社会,就是一个行将灭亡的社会,一个行将灭亡的社会,就是一个末世。

《红楼梦》最后是以"假的隐去,真的出现"而作为结束点的,这与开头"真的隐去,假的出现"正好相反,完全调了一个位置。因《红楼梦》写的是一个虚假文化社会毁灭的过程,而随着这个虚假文化社会的毁灭,一个真实的文化社会便会产生了,这就是《红楼梦》第一百二十回中所描写的:贾雨村这个"假",最后来到了急流津觉迷渡口,在甄士隐出家的那个草庵之中睡着了。而甄士隐这个"真",则进入了红尘,去引渡女儿"英莲",从此便再也没有回到草庵中来,从而完成了一次"真"与"假"的交替,社会从此便进入了一个"真"的时期。

从贾雨村出世,到贾雨村困于草庵之中,《红楼梦》中"假语村"这个"假",正好走过了一个从假的出现,到假的发迹,再从假的发迹,到假的辉煌,再从假的辉煌,到假的败落,又从假的败落,到假的出家,这一个完整的兴衰过程。最后,结束了这个"假"辉煌而又败落的一生,这就是《红楼梦》一书的"楔子",也是《红楼梦》一书的写作脉络。

都说明清小说有楔子,现在通过《红楼梦》一书中的这个楔子的脉络,可以解读出其中的技巧。这个楔子是以甄士隐这个"真"的出家,正式宣告一个"真世"的消失;以贾雨村这个"假"的出世,正式宣告了一个"假世"的来临而作为开篇。最后,又以贾雨村这个"假"的出家,正式宣告一个"假世"的结束;又以甄士隐这个"真"的出世,正式宣告了一个"真世"的回归,此书到此结束。这个楔子分别用两个人物,来代替"真"与"假"这两种文化,用这两个人的命运来衬托"真"与"假"的命运。故事是以"真"三劫之后而归隐,以"假"侥幸逃脱之后而飞黄腾达、平步青云而开始。最终,又以"假"的出家,宣告"假世"的灭亡;以"真"的回归,而宣告"真世"的到来,正好是一个真假的来回。

这个楔子在书中贯通全篇,总领始终。它深刻阐释了社会的变迁,其实质是按照"真隐假来、假隐真回"的运行规律而变化的,社会便在这真与假的变化之中往复循环交替着,这就是这个楔子的作用。可见楔子这种技法非常了不得,只可惜后人没能继承下来。

《红楼梦》这个楔子非常完整,正好是真与假的一个循环。照着这个思路,我们可以看出,《金瓶梅》中也有一个与《红楼梦》完全相同的楔子。《水浒传》中有楔子,《西游记》中有楔子,《儒林外史》中也有楔子,但它们中的楔子与《红楼梦》《金瓶梅》不同。四大名著中,独《三国演义》只有一个时代背景,而没有采用楔子的写作手法。明清小说,除以上几部作品有楔子之外,其他小说就没有了,至《红楼梦》之后,楔子这种写作技巧就销声匿迹了。

第十五节　什么是《金陵十二钗》?

所谓的《金陵十二钗》,是作者站在一个文化者的角度,去审视《石头记》,去探索导致民族兴衰、政权兴替的根本原因。作者深耕于中华文化与中华历史的沃土之中,作者通过对各种文化进入末世时的特征与现状的描写,深刻揭露了金陵十二种文化的问题与病态。

那么,什么是金陵十二种文化呢? 现在概要说一下。

贾元春——在书中代表着琴、棋、书、画四大才艺中的"琴"文化。由于琴在古代是弦乐器的总称,代表着音乐文化,贾元春是以"乐"这种文化而存在于书中的。作者在书中通过她的丫鬟"抱琴"之名,巧妙地点明了贾元春所代表的文化属性。

贾迎春——在书中代表着"棋"文化。她的丫鬟名"司棋",司棋就是司职棋运。迎春乃"赢春"也,输赢的"赢",下棋岂不就是争的一个输赢吗? 这个"迎"不应该被理解为"原应叹惜"的"应"。

作者给每个人取的名字，都带有很强的本文化的特点，名字不是随便起的。丫鬟点明的是文化，如"抱琴"代表的是"琴"文化，"司棋"代表的是"棋"文化，"侍书"代表的是"书法"文化，"入画"代表的是"画"文化等。而主子代表的就是文运，如贾元春代表的就是"琴运"，也就是"乐运"，贾迎春代表的就是"棋运"，贾探春代表的就是"书运"，贾惜春代表的就是"画运"等。

贾探春——在四大才艺之中，代表"书法"文化。她的丫鬟名"侍书、翠墨"。"侍书"是侍奉书法的人；"翠墨"是指文房四宝中的"墨"。探，是模拟书法运笔的一种技巧与动作。丫鬟之名都与书法文化紧密关联。

贾惜春——在四大才艺之中，代表着"画"文化。她的丫鬟名"入画、彩屏"。"入画"，是指进入画境；"彩屏"，是指彩色的画屏。"惜"，乃是"惜墨如金"之意。画画时，有时会浓墨重彩，有时会惜墨如金，此"惜"正是此意也。

林黛玉——林，指文林。黛，指黑色。黛玉，指像黑玉一样的"墨"块。"墨"，指的是"墨林"。前面的"林"姓，指的是文林，再加上后面的"墨林"，"林黛玉"这个名字的含意，指的就是"文林中的墨林"。"墨林"，字典中的解释指的是"诗文之林"。所以，"林黛玉"这个名字，代表着文林中的"诗林"。她的大丫鬟有"紫鹃"，谐音为"纸绢"，文房四宝有其纸；小丫鬟名"雪雁"，谐音为"血砚"，血砚是端砚的一种，砚石呈红色。文房四宝有其砚。加上林黛玉前生是"降（绛）珠草"，隐指"毛笔"，这就构成了"笔、墨、纸、砚"文房四宝。

薛宝钗——"薛"是"血"的谐音。所谓的薛姨妈，即"血姨妈"也；薛蟠，即是"血蟠"；薛宝钗即是"血宝钗"也。所谓的四大家族薛家，乃是"血家"也，指带血的文化一族。有哪些文化带有血腥的味道呢？古有"勇者必狠，武者必杀，谋者必忍，智者必诈"之说。也就是说，"勇、谋、武、智"都是以杀人为目标的，是一种杀人的文化。不论是弄枪也好，还是使棍也罢，其目的就是杀人。如书中之"血蟠"，粗鄙不堪，尚气弄性，大庭广众之下动不动就把人打死了。他在《红楼梦》中是以"勇"这种文化形式而出现的，代表着"武勇"。

还有一种带血的文化，它不像"血蟠"那样明火执杖打杀，而是靠使阴谋

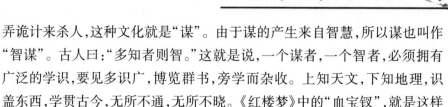

弄诡计来杀人，这种文化就是"谋"。由于谋的产生来自智慧，所以谋也叫作"智谋"。古人曰："多知者则智。"这就是说，一个谋者，一个智者，必须拥有广泛的学识，要见多识广，博览群书，旁学而杂收。上知天文，下知地理，识盖东西，学贯古今，无所不通，无所不晓。《红楼梦》中的"血宝钗"，就是这样的一个人，她在书中代表"谋"这种文化。

所谓的薛宝钗，乃指"血宝钗"也。"血宝钗"乃指"杀人的宝钗"。"宝钗"是头饰，不是用来杀人的，但作者在书中用了一个形象的比喻，他将"暗箭"比作"宝钗"。所以这个"宝钗"指的就是"暗箭"。用暗箭伤人就是用阴谋诡计来伤害人。你看，书中的"血宝钗"，从小博览群书，见多识广，极具智慧。不显山，不露水，不张扬，不高声，深藏不露，八面玲珑，心机叵测，机关算尽。这就是一个谋者、一个智者的形象。

当"谋"这种文化进入末世之后，就呈现出"阴谋诡计"的特征，所以作者将"血宝钗"的丫鬟起名为"莺儿"，取谐音"阴儿"之意。"血宝钗"代表"谋"，"莺儿"谐音为"阴"，这一主一仆合起来，不就是"阴谋"两个字吗？所以，书中所谓的"血宝钗"，是以"阴谋"这种文化而出现在书中的。

"血蟠"性情暴躁，粗鄙不堪，最是尚气好杀之人，是谓"勇"；"血宝钗"见多识广，博学多才，能忍能隐，足智多谋，最是工于算计之人，是谓"谋"。所谓的"血家"两姊妹，讲的是武文化中的两大核心文化，一为勇，二为谋，两者相合，就是"有勇有谋"。一味好勇而无谋，是谓一介武夫；一味好谋而无勇，是谓一介谋士。只有有勇又有谋，两者兼而得之，才是用武之最高境界。《红楼梦》中给我们呈现出来的"血家"两姊妹，其实讲的是"用武"文化的两种表现形式。

史湘云——她的判词之中有这样一句话："湘江水逝楚云飞，转眼吊斜晖。"所谓的"湘"，指的是湘水；所谓的"云"，指的是楚云。"湘"与"楚"合在一处，则为"湘楚"，指的是湘楚文化，也就是人们常说的楚文化。楚文化之中最具代表性的莫过于《楚辞》，史湘云这个人物在《红楼梦》中代表的就是《楚辞》这种文化。

妙玉——妙玉，乃是"庙玉"的谐音。"庙"是佛教徒修行之所，男子出家为僧，所修之所为"庙"；女子出家为尼，所修之所为"庵"。由于妙玉乃女子出家之人，所以，她的修行之所即为"庵"。妙玉，也就是人们常说的"尼姑"，代表的是"尼庵"文化。

李纨——李纨的"李",即指理学的"理",代表"理学",作者用的是"李"的谐音。纨,谐音为"完"。李纨,即是"理完",指理完了。如果一个世界理完了,那这个世界就成了一个无理的世界。谁有理、谁无理当然是那些当官的说了算啊!所以,"李纨,字宫裁"。何谓"宫裁"?就是靠宫里那些当官的人来裁度、裁决,他说你有理,你就有理;他说你没理,你就没理。有理没理,全凭当官的一张嘴说了算。

秦可卿——秦可卿,是"秦可亲"的谐音,"秦",指的是三秦文化之"秦";"可卿",指的是"可亲可敬"的人间亲情,秦可卿在书中,是以三秦文化中的"人间亲情"而存在的。所谓的秦可卿的弟弟秦钟,乃指"秦忠"也。何谓秦忠?就是指三秦文化之中的"忠孝"。前面的秦姓,指的是三秦之"秦"。后面的"钟",是"忠"的谐音。作者认为,三秦大地,男儿有忠孝,女儿有情义,"忠孝与情义"乃是三秦文化的根基之所在。

凤姐——"凤",为百鸟之王。凤姐,即是指女人中的王。女人中的王就是王后也。所以,凤姐在书中,代表的是"王后"这个角色。凤哥,是凤中之哥,凤代表王,凤哥就是"王哥",王哥就是王中的哥"皇帝"。

巧姐——巧姐之"巧",乃指"乞巧"这种文化,也叫"七夕"文化。巧姐,又称大姐,何谓大姐?"大姐"在字典中有几种意思,其中一种解释为:"指妓女或为妓女服务的丫鬟。"作者在书中所说的"大姐",正是指的"妓女"这种文化。作者是在告诉人们,"乞巧"这种古老的文化习俗,发展到了它的末世,很容易演变成为下流文化,它是产生下流文化的根源与温床。

乞巧节的最初,女孩儿会在农历七月七日这一天聚在一处,乞求女红巧艺,所以名曰"乞巧"。但后来慢慢演变成为乞求"郎君如意、婚姻美满"的活动。随着时间的推移,这种文化变得越来越低俗、下流,以至于变成较为下流的"妓女"文化。作者认为,"乞巧"文化是产生"大姐"(下流)文化的根源与温床。

有人不理解,凤姐本来只有一个女儿巧姐,怎么一会有一个巧姐,一会又有一个大姐呢?怎么会有两个女儿呢?其实,作者讲的是"乞巧"这种文化的演变,讲的是乞巧文化,由"巧姐"到"大姐"的一种演变,并不是真有两个女儿,也并不是一个女儿有两个名字。

从以上分析可以看出,所谓的《金陵十二钗》,指的是金陵十二种文化。即琴、棋、书、画、诗、谋、辞、理、尼、情、凤、乞巧十二种文化。"金陵十二钗"

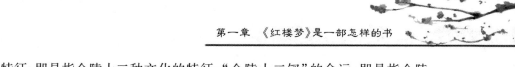

的特征,即是指金陵十二种文化的特征;"金陵十二钗"的命运,即是指金陵十二种文化的命运。

　　附:《金陵十二钗》人名与文化对照

　　贾元春——琴——乐——宫乐文化。

　　贾迎春——棋文化。

　　贾探春——书法文化。

　　贾惜春——画文化。

　　林黛玉——东南方文化——诗文化。

　　薛宝钗——北方文化——谋文化。

　　史湘云——南方文化(湘楚文化)——《楚辞》。

　　妙玉——佛教文化——尼庵文化。

　　王熙凤——凤文化——后宫文化。

　　李纨——理文化。

　　秦可卿——三秦文化——情义。

　　巧姐——乞巧文化。

　　晴雯——天文文化。晴雯,就是"晴文"。晴,乃晴天。晴文,乃指"天文"。

　　袭人——龙人文化。"袭",分拆开来就是"龙衣"两字。袭人,就是"龙衣人"。穿着龙衣的人,就是龙人。龙人往广义说,是指中华这个龙族的所有龙子龙孙。往狭义说,是指皇帝、皇妃、皇子及皇族。

　　香菱——菱香——清正之气。重在一个"香"字上。

第十六节　详解"金陵"的含义

　　《金陵十二钗》中的"十二钗",上文已经做了详细说明,分别指琴、棋、书、画、诗、谋、辞、情、尼、理、凤、乞巧等十二种不同文化。《金陵十二钗》,顾名思义就是指金陵的十二种文化,但从书中能很明显看出,《金陵十二钗》中的十二种文化并非都来自金陵,这十二钗之中的元春、迎春、探春、惜春、李纨、秦可卿、巧姐、湘云等并不来自金陵之地。既然是"金陵十二钗",又为何绝大部分人都不来自金陵呢？这又做何解释呢？理由只有一个，那就是说，"金陵"在作者笔下并不是指金陵这个地方，作者也并没有把"金陵"当一个地方来使用，而是另有所指。这让人有点儿匪夷所思，既然不指地名，那作者又把"金陵"当作什么来用的呢？听我慢慢道来。

《金陵十二钗》中的"金陵"，作者在书中的确指的不是金陵之地，而是指"金陵"这个地方的文化特色和历史定位。那么，"金陵"又有着什么样的文化特色与历史地位呢？这要从"金陵"在中华文化历史长河中，给人们留下的历史印记来说起了。

金陵之地在中华文化史上，给人印象最为深刻的是，首先，它是一座文化名城，此地文风鼎盛，文采俊逸，历朝历代才华盖世，才人辈出，它是以文才而闻名于天下，以文章而昭示于华夏，是名副其实的文化摇篮、才子的故乡。其次，金陵又被称作"江南佳丽地，金陵帝王州"。它又是一座名副其实的帝王之都，此地极具王者之气，在历史上有很多政权都建都于此，享有六朝古都的美誉，这还不包括南明、太平天国和民国。最后，在中国历史上，以金陵作为都城所建立起来的政权，都非常短命，国祚很浅，它虽有王者之气，但无王者之福，过不了多久政权就会灰飞烟灭，所以，古金陵又是一座名副其实的"末世帝王之都"。金陵城到民国为止，共有九个政权先后建都于此，但没有哪一个政权是长命的。基于这三个特点，"金陵"在《金陵十二钗》之中被作者定义为："末世帝王之都和末世文化之都。"《金陵十二钗》的全部意涵是指："末世帝王之都中的十二种末世文化。"简言之，"金陵十二钗"即是"末世十二钗"。"金陵"在作者笔下俨然就是"末世"的代名词，作者是将"金陵"当"末世"一词来使用的。

"十二钗"虽然来自不同的地方，但有一点是共同的，这就是她们都自末世而来，正经历着本文化的末世，这就是她们同为"金陵十二钗"的原因。作者在《红楼梦》中，就集中揭示了这个末世文化王国之中的十二种末世文化的特征和它们的末世命运。这十二钗（十二种文化），都自末世而来，最终又随着末世文化社会的毁灭而一同毁灭。

金陵之地在作者眼中，为什么会被定义为"末世文化之都"呢？在金陵之地所建立的政权又为何都很短命呢？说一千，道一万，还是一个文化的问题。金陵之地的文化究竟出了什么问题呢？究其原因，无外乎有以下几点。

其一，金陵虽有王者之气，但无王者之福，金粉之气太浓。

其二,金陵享乐主义文化太盛,风月文化浓厚。

其三,金陵宗教聚集,庙宇林立,封建迷信盛行,深受封建迷信所束缚。

其四,金陵虽才气贯世,但心胸狭隘,心机太深,惯于内斗。

其五,此地文化孤高自傲,尖酸刻薄,目中无物,缺乏包容。

其六,偏安苟且,鼠目寸光。

其七,利欲熏心,金钱至上,唯利是图。

其八,意志薄弱,坚韧不足。

其九,理学之风极盛,道学之风蔚然。

就是由于这些原因,才毁了这座帝王之都。

金陵之地有一个很奇特的现象,就是在秦淮河两岸,一边是贡院、国子监和孔庙,一边是青楼妓馆林立,脂粉歌妓云集,这大概就是金陵文化特色的真实写照了。一个生在温柔富贵乡中,花柳繁华之地的文化,很难守土安邦,开疆拓土。

每种文化都有兴衰之别,金陵文化也不例外。作者将金陵文化看作"末世文化",正是描述金陵文化进入衰退期的情景,并不是说金陵文化原本就是这样的,比如说古吴越文化就是很励志的文化。千万不要以为作者是在诋毁金陵文化,作者只是写的金陵文化的末世现象。

第十七节　什么是作者笔下的"末世"?

一棵参天大树,是由一粒种子从发芽到生长,然后慢慢成长起来的。但树也有生,也有死,也有枯,也有荣。"物极则必反,否极则泰来。水满则溢,月满则亏。"这是亘古不变的自然法则。世上万事万物的兴起与衰亡都脱离不开这个法则。有兴就有衰,有生就有死,文化也是一样,它也有一个从出现到发展,从兴起到兴盛,而后再走向衰落的一个过程,这个从衰落到毁灭的过程,就是作者笔下的"末世"。

"末世"是与"盛世"相对应的,"末世"又与"盛世"相互转换。末世出现,则盛世消失;末世消失,则盛世归来。末世社会是虚假的社会,一个虚假的社会是长久不了的,要不了多久,它就会毁灭,所以作者将这个虚假的社会称为"末世"。反之,一个昌明的社会,那便是盛世。

那么，末世社会究竟是一个什么样的社会呢？怎样判定一个社会是否进入末世时期呢？作者曹雪芹先生给我们量身定制出了一个标准答案，这个标准答案的核心就是两个字——"真"与"假"。也就是说，判断一个社会是盛世还是末世，就看这个社会是崇尚"真"，还是崇尚"假"。"真世即是盛世，假世即是末世"。如果一个社会崇尚真，践行真，讲真理，说真话，办真事，人与人之间以诚相待，那么，这样的社会就一定会是一个真世、盛世。反之，如果一个社会崇尚假，说假话，办假事，虚情假意，弄虚作假，那这个社会就是一个虚假的社会。一个虚假的社会就是"末世"社会。

曹雪芹先生的这种社会认识观，给我们认识社会提供了一个明确的判断标准。什么时候社会虚假了，这个社会就进入末世，就非常危险了。什么时候求真务实，社会风气正了，这个社会就会兴旺发达、长治久安，就会开创出一代盛世。盛世与末世，只在"真假"之间耳。

古圣贤在认识我们这个世界的时候，更多的是以"道德"作为标准的，强调的是德性。"有德必兴，无德必亡。""得道多助，失道寡助。"他们认为"德"才是判断一个社会兴亡的关键因素。而曹雪芹先生却强调的是"真"与"假"的问题，崇尚真，社会必兴，崇尚假，社会必危。他这种认识观是划时代的精论，比起古圣先贤的认识，更具先进性、实用性、客观性，是指导社会发展、民族兴旺、国家长治久安的纲领性定论。我们衡量《红楼梦》的价值，讨论曹雪芹先生的伟大，就是要着眼于他对中华文化的认识与理解。

那么，当一个文化社会进入末世时，究竟是一个怎样的状态呢？无论是主流文化，还是非主流文化，到了末世时都有一个共同的特征，那就是"假"。其表现形式就是："离经叛道、荒唐不经、乖僻邪谬。它们都背离其自身文化的父体与母体，偏离其最初的根本。"这就是作者在《红楼梦》写作中的一条重要原则。《红楼梦》中没有哪一种文化是例外的，所有文化的特征都遵循"末世文化"这个原则来写的，描写的都是各种文化的末世特征。你看书中的每一个人物（文化）在作者的笔下都是负面的，都有这样或那样的毛病，为什么呢？因为他们都处在末世之中。

"文运与国运相牵，文脉与国脉相连"。社会的衰落，必将造成文化的衰落；反过来，文化的衰落，又势必会导致国家的衰落。曹雪芹的《红楼梦》正是着眼于文化，从文化的视角来认识社会的。

第十八节 所谓的"风流公案"指什么？

"那僧笑道：'你放心，如今现有一段风流公案正该了结，这一干风流冤家尚未投胎入世，趁此机会就将此蠢物夹带于中，使他去经历经历。'那道人道：'原来近日风流冤孽又将造劫历世去不成？但不知落于何方何处？'"（第一回）。

"风流公案正该了结"？这桩风流公案，关键是在这个"公案"上。之所以称为"公案"，就不是一个小小的个人私案，它涉及国家的层面，是政权的变更。它可不是指男女之间的儿女情长，孽情冤债，它是指历史上的大变革，指的是历史上的改朝换代，目标直指明朝的覆灭，满清的兴起。

"正该了结"，是指明清政权更迭这桩"公案"正该了结。

"这干风流冤家"，具体指的就是以贾宝玉与林黛玉为中心，以"金陵十二钗"为主体，以贾府当权派为主导，以及所有宁荣两府之文化为辅助，所构成的一个庞大的文化群体。《红楼梦》所展现出来的，就是他们之间的情感纠葛与悲惨命运的大碰撞。

那么，宝黛这一对"风流公案"的两个冤家，究竟指的是什么呢？现将他们解析如下。

首先，说说宝玉吧！这个宝玉就是指"赤瑕宫神瑛侍者"，也就是神印"玉玺"。当这枚玉玺要要下世的时候，这个"蠢物"——补天之石，也夹带于中，去经受这生与死的考验。

"补天之石"，本来是石，但经一僧一道幻化之后，摇身一变而成为神玉扇坠，变成了玉（玉文化）。而春秋战国时期，玉文化又被孔子赋予了"仁、义、礼、智、信"五德的内涵，从此，"玉"又有了"德"的属性。《红楼梦》中的这块能补天的神玉，所代表的正是玉文化中的"玉德"。为何说代表玉德的"补天之石"是蠢物呢？只是因为这个玉文化到了末世之时，变得愚蠢不堪了。

"玉玺"，代表着皇权，"补天之石"代表的是玉石所拥有的"德"性。

曹雪芹先生为何将玉文化提到如此的高度呢？现在细细想来，还真是这样。玉文化真的是与中华民族"同时而诞"的。在新石器时代,玉石就有了应用,在此之后漫长的七八千年间,不论世道如何变迁,历史如何演变,而玉文化从来不曾消失过,且始终伴随着中华民族的生存而生存、发展而发展、繁荣而繁荣、兴旺而兴旺,且历久弥新,不断发展与壮大。从实用到象征,从生活到精神,从神玉到礼玉,从葬玉到佩玉,从德玉到玉玺,它见证了整个中华民族所有的成长与进步、幸福与苦难。玉玺所代表的皇权、补天之石所代表的德性,更是将玉文化推到了中华文化的巅峰。

风流公案的男主角已经知道了,那风流公案的另一个女主角林黛玉又指什么呢?《红楼梦》第一回写道:"那绛珠仙子道:'他是甘露之惠,我并无水可还。他既下世为人,我也去下世为人,但把我一生所有的眼泪还他,也偿还得过他了,因此一事,就勾出多少风流冤家来,陪他们去了结此案。"

这个风流公案的第二个主角就是"绛珠仙子","绛珠仙子"是指能降下字字珠玑的毛笔,前面分析过。而这支毛笔降生到了东南方文化之地的姑苏,姑苏是中华文化的才子之地,文化的故乡,它以"文才"而傲立于中华文化之林。从以上分析可以看出,这桩"风流公案"的两个主角,一个是代表中华民族权力的玉玺,一个是代表文化的毛笔。他们两者之间的关系,是东南方文化与中原文化两者之间的关系。

什么是"风流公案",什么是风流公案的两个主角,他们之间的关系是什么?在此都分析清楚了。

第十九节　《红楼梦》中各种文化的两面性

戚蓼生先生在他的《石头记》序言中说:"似谲而正,似则而淫,如春秋之有微词,史家之多曲笔。"通过这句话我们可以看出,《红楼梦》中的每一个人物都有其两面性,如林黛玉之美,世所罕兮,可她的性格实在是难堪;如薛宝钗之美,也世之罕见,可她惯耍阴谋,使诡计,无担当,事不关己,高高挂起,自私自利;如代表中原文化的主人翁贾宝玉,表面看上去"面若中秋之月,色如春晓之花,鬓若刀裁,眉如墨画,脸似桃瓣,睛若秋波……"珠光宝气一俊生,风流偶傥一少年。貌美如斯,真神童也。可他不学无术,消极厌世,乖僻邪谬,疯傻呆痴,"于国于家无望",两面性极其分明。王熙凤彩袖辉煌,恍若神妃仙子,可她心狠手辣,两面三刀,恶毒至极……书中金陵十二钗是这样,贾府所有之人也是这样,都有其两面性。为何每一个人所代表的文化都有其两面性呢?这是因为作者所描写的是每种文化的末世,描写的是他们进入末世时的特征。这些文化在没有进入末世之前,是一种状态,当它进入末世以后,又是另一种状态,所以就产生了两面性。没有进入末世时,各种文化呈现出来的是本文化的正面,一旦进入末世时,就表现出离经叛道、荒诞不经的反的一面。戚蓼生先生肯定是看到了书中每个人物的这一特征,于是就产生了"似谲又非谲,似正又非正。似淫又非淫,似则又非则"的这种感觉。

每一种文化不是一出现时就是末世,它们也走过了一个从兴起到兴盛,最终走向衰落的一个过程,只不过《红楼梦》写的都是它们的末世特征罢了,而非描写的是盛世特征,这就造成了每个人物(文化)的两面性。比如林黛玉所代表的东南方文化,美不美?确实很美。可它到了末世就如林黛玉一般,弱不禁风、多愁善感、心胸狭隘、尖酸刻薄、目无下尘,美则美矣,但呈现出来的是一种病态之美。凡林黛玉身上有的毛病,末世东南方文化都有。薛宝钗所代表的北方文化,美不美?确实很美,但到了末世"阳谋"变成了"阴谋",表现为诡计多端、心机莫测、淡泊无争、缺乏担当,不是自己的事一概不问。贾宝玉所代表的中原文化,美不美?也确实很美,但到了末世就如书中《西江月》词所描写的那样。贾迎春所代表的"棋文化",美不美?确实很美,但到了它的末世,表现得糊里糊涂、与世无争、不问世事。贾探春所代表的"书法文化",美不美?同样很美,但到了末世,表现为数典忘祖、只认"王"而不认"母"。贾惜春所代表的"画文化",美不美?同样很美,但到了末世,表现为淡泊人生、自决于根,心向空门。史湘云所代表的"湘楚文化",美不美?确实很美,但到了它的末世,表现为胸无城府、直言直性、快言快语、毫无含蓄。王熙凤所代表的"凤文化"可谓大美,但到了末世,表现为两面三刀、心狠手辣、无恶不作、恶毒低俗、贪得无厌。李纨所代表的"理学文化"也很美,但到了末世,表现为清心寡欲、淡泊无争、毫不作为。妙玉所代表的"佛尼文化"也很美,但到了末世,表现出不洁不空,虽身在佛门,可心存俗念,虚伪得很。秦可卿所代表的"三秦文化",可谓兼美,兼林薛之美,可到了末世,受困于儿女私情,心胸狭窄,奢靡浮华,最终短命……所有的文化到了末世,都背离其原有的母本,而积重难返。

所有的文化,都有它生成的环境与土壤,这就是文化的母体与根基。比如说吴越大地,此地钟灵毓秀,物华天宝,山清水秀,人杰地灵,历朝历代才人辈出,它以"才"享誉海内,是才子的摇篮;中原大地,厚道重德,厚德载物,尚善贵礼,重义重孝,它是以"德"立于中华民族之林的;三秦大地,厚道尚善,重孝贵礼,忠勇义节,文武兼备,此地是以"善"昭示于世的;楚地"善才贵仁",它是以"仁"行于天下的;北方之地"尚武好勇",极具血性,它是以"武"雄踞于世的;北方游牧民族则剽悍嗜杀,它是以"杀"为天性的。每一种文化都各有其根,各有其本,都有自己的根本。一旦脱离其根本,此种文化就产生了变异,走着走着就越来越不像自己了,离自己的"出生地"就越来越远了。当一种文化完全背离其母体的时候,那这种文化就离死亡不远了,这就是文化的末世。

作者在《红楼梦》一书中,就集中描述了各种文化在它进入末世时,离经叛道的众生相,从而让我们能深刻了解末世社会的末世文化特征。虽然一个世道消亡的理由有很多,但没有哪一种认识比站在文化的角度去看问题更为准确、更为深刻的。

《红楼梦》一书,由于它的写作对象是文化,所以,它所涉及的内容可以非常广泛,且能任意切换,如百蝶穿花、信马由缰一般。不像写人叙事的著作那样,一定得严格按照故事的情节与主题走,这就是《红楼梦》的写作方法区别于其他书的另一个地方。

由于《红楼梦》采用了一种奇诡的写作技法,这也成为判断《红楼梦》后四十回与《石头记》前八十回是否出自同一人之手的重要依据。说复杂也复杂,说简单也简单,如果写作手法和写作内容前后都是从文化入手,且前后一致,那《红楼梦》后四十回一定是真迹无疑,否则,那就是后来续写的。我进行过认真细致的比较,发现前后完全吻合,毫无偏差,且写作手法如出一辙,都是从文化入手,特别是结尾与开头更是高度契合,绝无续写之可能,哪有一点"狗尾续貂"之感?

如果没有续写之说,哪有今天的无端争论,误了多少读者。

第二十节 《红楼梦》是一部涉及六大地域文化的书

《红楼梦》是站在文化的角度,用文化构筑了一个文化的王国——贾府。它将所有的文化都集中在贾府之中,然后通过贾府这个文化的平台,去展示各种文化进入末世之后的文化乱象,去描绘这个末世文化王国毁灭的整个过程,从而去揭示社会衰落的根本原因之所在。

《红楼梦》一书,将中国地域文化分为了六大板块,即东方吴越、南方湘楚、西方三秦、北方幽燕、中部中原和北境游牧民族文化。并且在书中,分别用六个人物作为代表。东南方文化是以古"吴越"文化为中心的文化,以林黛玉作为代表;南方文化是以古"湘楚"文化为中心的文化,以史湘云作为代表;西方文化是以古"三秦"文化为中心的文化,以秦可卿作为代表;北方文化是以古"燕"文化为中心的文化,以薛宝钗作为代表;中原文化是以"魏"为中心的文化,以贾宝玉作为代表;北境文化是以"北方游牧民族"文化为中心的文化,以北静王作为代表。

从上面的六大地域文化可以看出,这六大文化体系正好涵盖了"东西南北中"与北境游牧民族整个中国文化版图。这可不是巧合,是作者的有意为之,《红楼梦》就是要说清楚一个问题,作者就是要演绎这六大地域文化最终演变的过程与结果。

这六大文化最终的结果会是怎样的呢? 在这里就先展示给观者。东南方文化的最终结局,是以东南方文化的代表人物林黛玉的结局而作为结局的,最终是病重而亡;南方文化的最终结局,是以史湘云的结局而作为结局的,她的丈夫是先患暴病,后染痨疾,最终守寡;西方文化的最终结局,是以秦可卿的结局为结局的,最终是病极而亡;北方文化的最终结局,是以薛宝钗的结局为结局的,她虽与贾宝玉联姻,但最终是独守空房;中原文化的最终结局,是以贾宝玉的结局为结局的,最终是遁入空门;北境游牧民族文化的最终结局,是以北静王的结局作为结局的。

《红楼梦》中,这六个人物的遭遇,其实是六大地域文化的遭遇;他们的命运,即是六大地域文化的命运;他们的特征,即是六大地域文化的特征;他们的结局,即是六大地域文化的结局。作者在书中详细剖析了这六大地域文化的特色和它的核心内涵与它们的变迁过程,这种认识是划时代的,极为精辟,自古至今从未有人达到过这样的认知高度,从未有人将中华文化认识得这样深刻、这样清楚。

作者在《红楼梦》中,主要列举了其中最为重要的六大文化体系,他将这六大文化体系的前世今生,和它的核心内涵剖析得入木三分,达到了前人所从未达到的认知高度,这是作者对中华文化最为伟大的贡献,他的认知将是震古铄今的,他的价值将是无法衡量的。现在结合《红楼梦》所展现出来的内容,分别分析和介绍这六大文化体系的特质和它的前世今生。

之所以要分析这六大文化体系,是因为它对于破解《红楼梦》太过重要了,如果不了解这六大文化体系的特质和核心,就不能破解《红楼梦》。

一、中原文化与"赤瑕宫神瑛侍者"

中原文化是黄河中下游地区物质文化与精神文化的总称,是中华文化的绝对主宰和母体。中原文化以河南为中心,以广大的黄河中下游地区为腹地,逐层向外辐射,影响着整个中国和周边地区。中原文化是中华文明的摇篮,是中华文化的源头和核心。中原在古代不仅是我国政治经济的中心,也是主流文化和主导文化的发源地,在中华历史上,有20多个朝代定都于中原地区,中国八大古都就有四大古都在中原,它们是洛阳、开封、安阳和郑州。如果把陕西也归入中原地区,八大古都就有五大古都在中原。西安共建都约1200年,河南共建都约2361年。自夏朝至清朝近4000年间,大中原地区合计建都约3561年,这足以说明中原文化在中华文化中的显赫地位。

中原以其独特的地理位置、历史地位和人文精神,使中原文化在漫长的历史长河中,长期居于正统和主流地位,中原文化在很大程度上代表着中国文化,在古代,中原就直接被称为中国。作者在《红楼梦》一书中,就是将中原与中国相提并论的,写中原的命运,就等同于是在写中国的命运。

在中国历史上,中原自上古到唐宋,一直都是中国政治和文化的中心,孕育了辉煌的历史和历史文化,像"道学"、《易经》《道德经》,对宇宙世界及其自然人生的认识,对中华文明的发展都起到了极其重要的作用,有着极其深远的影响,塑造了中国人的精神、性格、气质和灵魂。各种儒家经典所传播的思想、精神、伦理、道德,影响了中国几千年,一直到如今。礼义廉耻、忠孝仁爱、诚信善良,是其最最重要的核心价值观。

中原文化有四大显著特征:"一是尚龙,二是尚红,三是尚玉,四是尚德。"这四种文化对于中华民族来说,可谓影响深远、意义非凡。古人讲:"为天地立心,为生民立命,为往圣继绝学,为万世开太平。"其实这四种文化就是中华民族的心,就是中华民族的命,它是永葆中华民族万世基业的压舱石。这四种文化为何这样重要呢?现解释如下。

(一)龙崇拜的意义

中华民族是一个尚龙的民族,早在新石器时代末期,就有了龙的概念。后来又经过几千年的演变与发展,龙文化已深入中华民族的骨子里、血液中,成为中华民族的精神象征。我们的祖先将生活在中华这个大家庭之中的子孙,称作龙子龙孙、龙的传人,"龙"成为华夏民族共同的圣祖。我们的祖祖辈辈和我们的兄弟姐妹,就生活在这个龙人的大家庭中,生生不息、世代繁衍、和睦相处、亲如一家。我们尊龙、爱龙、尚龙,其核心是对中华民族的认同。我们爱龙、尊龙、尚龙,其实质是对中华民族的热爱与尊重。

中华民族的先人,为何要幻化出一个并不存在的龙来?而且还要将它作为中华民族的图腾来敬奉、崇拜。其实它的意义远远超越了龙的本身,其核心是一种对祖宗的认同感,和对中华民族的认同感。我们尚龙、尊龙、敬龙的目的,其实质是对我们这个民族的认同感。

(二)红色崇拜的意义

中华民族是一个尚红的民族,红色崇拜深入中华民族的血液之中、骨子里面。我们说我们是炎黄子孙,而炎帝在古代就被称为"赤帝";中原之国在古代就被称为"赤县";我们这个红色国度的子孙,又被称为赤子;赤心、赤胆、赤诚……红灯笼、红色中国结、红旗、红星……赤无处不在,红无处不在。中华民族尊红、尚红、爱红的实质,其实是对祖国的热爱;我们尊红的实质,其实是对祖国的尊重。爱红,其实体现出来的是一种国家认同感。

(三)玉崇拜的意义

中华民族又是一个尚玉的民族,玉文化贯穿了整个中华民族历史发展的进程,在几千年中华民族的历史长河中,兴起于七千年之前的新石器时代的玉石文化,走过了漫长的岁月,经历了从实用到神玉、礼玉、德玉、玉玺、葬玉和世俗玉的转变。神玉阶段,玉石被喻为天地的精灵,神圣的化身,与天相通,与地相接,与四方神灵相合。通天有苍璧,接地有黄琮,以青圭、赤璋、白琥和玄璜礼合于四方。在周朝瑞玉时期,玉不但是等级与身份的象征,也是诸侯与诸侯、诸侯与王之间相见的信物。玉文化家族,不但种类繁杂,而且大小规格以及适用对象都有明确并细致的规定,对玉种的用途也做了详细的划分,烦琐而复杂,细致而有序,让人瞠目结舌。"聘人以珪,问士以璧,召人以瑗,绝人以玦,反绝以环。"小小的一块玉,被赋予了太多的功能。由于玉石温润以泽、精光内润、其声舒扬、不挠不折,锐廉而不忮,又被春秋时期的圣人孔子,赋予了仁、义、礼、智、信五德的意涵,后人又将忠、孝、廉、耻、悌等德性也归入其中。在当时,佩玉已成为道德的象征,君子的时尚。故"君子无故玉不离身",佩玉就等同于是在佩德,这就是"德玉"阶段。玉文化家族赫赫扬扬,巍巍一品,但最显赫、最神圣的玉器,非"玉玺"莫属了,它将玉文化推到了一个最高峰。

作者在《红楼梦》中,就是根据玉文化所寓含的这种"德性"和"玉玺"所象征的皇权、民族、国家来布局谋篇的。"莫失莫忘、仙寿恒昌"之句,就是在告诉人们:"莫失德、莫忘德,就能国运昌盛、千秋永固。若失若忘,国家就会灭亡、民族就要遭殃。"玉石,象征玉德,我们不能丢,不能忘,作为玉玺,更是不能丢,更是不能忘。

这块补天之石,反面镌的是:"一除邪祟,二疗冤疾,三知祸福。"玉文化中有一个"神玉"阶段,里面有许多玉器都是用来通神的,这样的玉在中华民族文化中是能除邪避凶的,此谓"一除邪祟"。玉文化中又有一个"德玉"阶段,古人有"比德如玉"的观念,如果将玉丢了,就等同于是将德丢了。如果一个社会把德丢了,那一定就会产生冤疾。一个社会中如果人人重德尚德,就不会有冤疾的出现,此谓"二疗冤疾"。玉所代表的德性,是不能失不能忘的,什么时候把德丢了,国家就会大祸临头。"无德必亡",德在国在,德丢国丢,此谓"三知祸福"。

一块玉石,如果不赋予它特质,充其量就是一块石头,但我们的祖先却偏要把它制成各种器型,赋予它无数的使命,最终形成了一个庞大的玉文化体系,这应该是玉石之大幸也!

作者在《红楼梦》里,一是将玉石幻化成"神瑛"(神印玉玺)代表着皇权;二是将"补天之石"幻化成"玉德",然后将这块补天之石(德)挂在宝玉的脖子上。所以说,中华民族爱玉、尚玉、尊玉,已不再是一个简简单单的玉石崇拜的问题,其实是中华民族的一种"精神认同"。

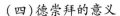

（四）德崇拜的意义

"尚德"，是中华民族的传统美德，是中华民族的立国之本。德的范围很广，它包括了人品行的方方面面，如仁、义、礼、智、信、廉、耻、忠、孝、悌、洁等的美好品行。

中华民族是一个以道德为核心的民族，是一个以道德作为最高价值标准的民族。古圣先贤关于道德的重要性有过许多的论断，有"得道多助，失道寡助"之说，又有"有德必兴，无德必亡"的论断，等等，将守德的重要性，提高到了民族与国家兴亡的高度。中华民族尚德、尊德、爱德，其实质强调的是一种"价值认同"。

从上面的解析，我们不难看出，中华民族的龙崇拜、红崇拜、玉崇拜、德崇拜，其核心意涵是，民族认同、国家认同、精神认同、价值认同，这四种价值观的认同。尚龙、尚红、尚玉、尚德，不是一个简简单单的感观认知，而是中华民族的精神象征和力量源泉，是中华民族赖以生存的法宝和命根子，是灯塔，是方向，是力量。

之所以用这么大的篇幅来解读中原文化，主要是要认清《红楼梦》中的男主角贾宝玉所代表的文化属性，扫清对贾宝玉认识上的障碍。

贾宝玉就是"赤瑕宫神瑛侍者"。"赤瑕宫"代表的就是"红色中国"，"神瑛"是从"神印"上谐音而来的，"神印"就是指"神印玉玺"。"神印玉玺"是皇权的象征。

"赤瑕宫神瑛侍者"降生到人间的时候，是带着"补天之石"一起降生到人间的，这就是书中所说的"衔玉而诞"。

那这个"赤瑕宫神瑛侍"，口衔着那块"补天之石"降生到了哪里呢？它只能降生到中国，也就是中原之国——中原。红学一直在探讨贾府究竟是在哪里，贾府乃"假府"也，顾名思义，是一个假的府第。这个假的府第里，有"假赦"（假的江山社稷），有"假政"（假的政权），有"王"（王夫人）。我想，分析到这里，我们一定会知道这个"假府"是一个什么府了，它指的就是一个假的国度，和一个假的政权，而且还有一个假的"王"，集三者于一地的地方，这个地方就是中国政治文化的中心——皇宫。这就是"赤瑕宫神瑛侍者"，衔着那块"补天之石"降生的地方。

在中华五千年历史上，有哪个地方是长期处在中国政治文化的中心？这个地方就是——中原。所以，"宝玉"就降生到了中原之地，代表着中原文化,在他身上体现出来的是中原文化的特质。

我们都知道,中原文化是中华文化的发祥地,它有着广泛的代表性和权威性,所以中原文化在某种程度上也代表着中华文化。《红楼梦》是站在"文化"的角度来深度剖析中华文化的变迁的。

现在再来谈谈"赤瑕宫神瑛侍者"与口衔的那块"神玉"的关系。前面已经分析过了,"赤瑕宫神瑛侍者",代指的是"神印玉玺"。玉玺,它不是一个简单的器物,它是君权的象征。

一定要注意,"赤瑕宫神瑛侍者"是"赤瑕宫神瑛侍者","补天之石"是"补天之石",两者不能混为一谈。前者代表中原文化或中华民族,后者代表着"玉德"。

二、东南方文化与"绛珠草"

东南方文化是以吴越文化为中心的,在吴越文化圈里,又数姑苏最盛,若论才气,姑苏当数第一。在中华文化历史长河之中,吴越之地以其华丽的辞藻、瑰丽的文采而称雄于世,历朝历代,吴越之地才人辈出,可谓名副其实的才子的沃土、人才的摇篮。特别是明清两朝,据统计,姑苏所出状元数占到了全国状元总数的三分之一,而整个东南方文化圈,状元人数更是占到了全国状元人数的四分之三。至于进士及第人数,则多如牛毛,数不胜数。所以说,明清两朝文运,基本是靠吴越文化来维持的;明清两朝朝政,基本是被东南方文化所把持着的。它左右着明清两朝的时局,引领着明清两代的文运。可以说,东南方文化对明清两朝的时局,起着举足轻重的作用。可以说,东南方文化强,则国家强;东南方文化弱,则国家弱;东南方文化衰,则国家衰。东南方文化的命运,直接影响到国家的命运,引一发而动全身。

东南文化之中,还有一个非常有名的职业,就是"绍兴师爷"。他们凭借着自己的智慧和远见卓识,为当时的官府出谋划策,这类谋才遍布于各衙门之中,当时就有"无绍不成衙"之说,可见这一时期的东南方文化是多么显赫。如果要问东南方文化最大的特点是什么? 那就一个字——"才",它是以才昭示于中华民族之林的,"才"就是东南方文化的名片和标签。

《红楼梦》开篇所描写的"当日地陷东南",不是指东南这个地方陷下去了,而是指东南方文化的崩塌与陷落。

上面一直在说东南方文化,这与林黛玉、与林家又有什么关系呢? 原来在《红楼梦》中,作者是以林黛玉来代表东南方文化的,书中对林黛玉的描写,就是对东南方文化的描写。现在我们根据书中对林黛玉的描写,来揭示东南方文化的前世今生。

(一)东南方文化的先天特征

林黛玉前生是一株生长在灵河岸边三生石畔的"绛珠草"。何为"绛珠草"呢?其实作者所要写的是"降珠草",可他没有直接写,而是用了一个谐音"绛",这样一变,读者都误以为"绛珠草"是一株红色的草,可作者所要表达的是"降珠草"。是指"能降下珠玑的草"。何谓"降下珠玑的草"呢?在古代,一般形容谁的文章写得好,都经常会说:"妙笔生花、字字珠玑","珠玑"是用来形容文辞如珠似玉的,形容文章写得好。在古代,写文章都用毛笔,所以,这个"降珠草"就是指能"降下珠玑"的毛笔,"草"是用来比喻毛笔的。原来所谓的"降珠草",就是喻指毛笔。

一支毛笔是怎么变成人而降生到人间的呢?作者在书中这样写道:"此事说来好笑,竟是千古未闻的罕事。只因西方灵河岸上三生石畔有绛珠草一株,时有赤瑕宫神瑛侍者日以甘露灌,这绛珠草始得久延岁月。后来既受天地精华,复得雨露滋养,遂得脱却草胎木质,得换人形,仅修成个女体,终日游于离恨天外,饥则食蜜青果为膳,渴则饮灌愁海水为汤,只因尚为酬报灌溉之德,故其五内便郁结着一段缠绵不尽之意。"(第一回)。

很显然,作者要写的是一支毛笔——"降珠草",但他却将毛笔人格化,将它幻化成人形,赋予毛笔人的生命,将一支"草胎木质"的毛笔,变幻成了一个有血有肉的女体,然后降生到人间,这便是后来的林黛玉。讲到这里,我们可能已清楚了,书中所谓的林黛玉,其实代指的是一支毛笔,是一支能降下字字珠玑、锦绣文章的毛笔,她并不是一个人。真是千古奇闻!原来作者要写的是"毛笔"这个物件,可他把这支毛笔转化成了一个"人",写这个人的命运,其实是为了写这支毛笔的命运,也是文运。

"女体":是较男人来说的,是将女人与男人进行比较。女人的性格比起男人来说,要柔弱很多,女人一般阴有余而阳刚不足,缺乏男人的阳刚之气,其性更比男人细腻而多情。作者是借这个"女体",来说明这支毛笔之下的文风,阴有余而阳刚不足,像个女人一样,只有阴柔之美,而无阳刚之气。

"终日游于离恨天外":终日在那个离恨天上游荡,很自然就会产生"离恨"。作者是在说这支毛笔被离恨所困,渲染的都是些离愁别恨的东西。

"饥则食蜜青果为膳"：什么是"蜜青果"？其实"蜜青果"不是什么水果，"蜜青果"其实是"迷情果"的谐音。一饿了就食"迷情果"，那肯定就会被情所迷，被情所困。

"渴则饮灌愁海水为汤"："灌愁海"里的水，带着满满的"愁"，如果常饮"灌愁海"里的水，饮进去的都是"愁"，那满肚子都会是"愁"。

"故其五内便郁结着一段缠绵不尽之意"：谓五脏六腑都满是缠绵不尽之情。

现在把以上这段话总结一下：这支笔（降珠草）先天就带着三样东西而降生于人世间，第一是"恨"；第二是"情"；第三是"愁"。这就叫作"爱恨情愁"。这支毛笔就带着"爱恨情愁"降生到了人间。这一大段话的全部意思是说："这支毛笔和神瑛侍者是天生的一对，在这支毛笔还没落'娘胎'之时，就受到了神瑛侍者的甘露之惠，是靠神瑛侍者用甘露喂养，才得以延续生命的。当'绛珠草'从草胎木质脱胎成为女体的时候，先天就缠绵于离愁别恨、爱恨情仇之中。"当这支毛笔带着离愁、别恨、迷情与缠绵不尽之意，降生在了东南方之地姑苏的时候，姑苏文化就会沉浸在离愁别恨、爱恨情仇、情意缠绵的氛围之中。由于姑苏是东南方文化的中心，所以也能代表整个东南方文化，这也就等同于说东南方文化，多缠绵于离愁别恨、爱恨情仇的格调之中，只有阴柔之美，而无阳刚之气，动不动就泪眼涟涟、愁眉不展，柔弱得像一个美少女。美则美矣，但如林黛玉一般，就像是一个病西施，是一种病态之美。

书中的这支毛笔，降生在了哪一个人家呢？——林家。那么，这支"笔"就与"林"连在了一起。"笔"与"林"连在一起，就是笔林。作者通过这样的方式，把"笔"与"林"连在一起，产生"笔林"一词。笔林，即文林，笔林的方向即是文林的方向。

文化之林范围极广，当这支笔降生到林家之后，林家给她起了一个名字叫作林黛玉。林黛玉，顾名思义，就是文林中的"黛玉"。何谓"黛玉"呢？黛，黑色也，黛玉就是黑色的玉。在文林中，黑色的玉是指什么呢？——墨也。"黛玉"指的就是文房四宝中的"墨"，林黛玉就是指"文林"中的"墨"，文林中的墨，也就是指文林中的"墨林"。翻开字典，"墨林"的意思是指"诗文之林"。这就是说，林黛玉这个名字的含义就是"文林中的诗林"，代表的是诗文文化。

书中又说林黛玉是"堪怜咏絮才"。何谓"咏絮才"呢？这里引用的是东晋才女谢道韫的"莫若柳絮因风起"之典。"咏絮才"，在古代是用来比喻能诗善文的才女的，作者在书中特指诗文之才。

这就是说，林黛玉这个名字，其含义代指的是"文林中的诗文之才"，也就是指"诗才"。

这支笔降生到了东南方之地的姑苏，所以在林黛玉的身上，体现出来的是东南方文化中诗文之林的现状，也是东南方文林的现状。

这个"咏絮才"降生在了姑苏，这说明老天眷顾姑苏，将这支象征"文才"的毛笔，降生到了这里，所以历朝历代，姑苏之地出才子。作者在这里，采用的是一种超现实的写作手法，他说东南方文化之所以有才，是因为老天偏爱姑苏，而把这支象征文才的"毛笔"降生在了这里。

毛笔是用来写文章的，但毛笔不能单独使用，它还需要配上纸、墨、砚，组合成文房四宝才可以，所以，书中围绕这支毛笔，作者还给它配上了文房四宝：

"绛（降）珠草"——比喻文房四宝中的"毛笔"。

"黛玉"——比喻文房四宝中的"墨"。黛，黑色也。黛玉，乃指黑色的玉。作者是将"黛玉"，比作像"黛玉"一样的"墨块"。

"紫鹃"——指的是文房四宝中的"纸与绢"。"紫"的谐音是"纸"；"鹃"的谐音为"绢"。绢，是古代用来写字的丝绢。

雪雁——谐音就是"血砚"。血砚，端砚的一种。

作者就通过这样的一种方式，将"笔、墨、纸、砚"文房四宝全都配齐。在文房四宝中最重要的是毛笔，以毛笔为主，以纸、墨、砚为辅。书中的这支毛笔(绛珠草)就成为主子，墨林(林黛玉)是她的名，而纸绢(紫鹃)、血砚(雪雁)则是她的奴仆，为这支毛笔服务。这不是偶然的，也不是想当然，而是作者有意为之。《红楼梦》写的就是文化，就是在"游戏笔墨，陶情适性"。别以为林黛玉与她的几个丫鬟都是人，其实指的是文房四宝。林黛玉代表"笔"与"墨"，紫鹃代表"纸"与"绢"，雪燕代表"砚"，一主二仆就构成了文房四宝"笔、墨、纸、砚"。她们之间的关系，是"笔、墨、纸、砚"文房四宝之间的关系。

（二）东南方文化的后天特征

描述一：

"那日偶又游至淮扬地面，因闻得今岁盐政点的是林如海。这林如海姓林名海,表字如海,乃是前科的探花,今已升至兰台寺大夫,本贯姑苏人氏,今钦点为巡盐御史,到任方一月有馀。"

"原来这林如海之祖曾袭过列侯,今到如海已经五世。起初时只封袭三世,因当今隆恩盛德,远迈前代,额外加恩,至如海之父又袭了一代,至如海便从科第出身。虽系钟鼎之家,却亦是书香之族。只可惜这林家支庶不盛,子孙有限,虽有几门,却与如海俱是堂族而已,没甚亲支嫡派的。今如海年已四十,只有一个三岁之子,偏又于去岁死了。虽有几房姬妾,奈他命中无子,亦无可如何之事。今只有嫡妻贾氏生得一女,乳名黛玉,年方五岁。夫妻无子,故爱女如珍,且又见他聪明清秀,便也欲使他读书识得几个字,不过假充养子之意,聊解膝下荒凉之叹。"(第二回)。

这是两段关于林如海的描述,看看作者写的是什么意思。

"淮扬",指秦淮河下游与扬州广大地区。中华文化的才子之地。

"盐政",并非指食盐之政,实指"言政",谓"言路之政",用的是"言政"的谐音。

"这林如海姓林名海,表字如海。"从这里我们可以看出,林如海的"名"与"表字"完全相同,这是极不正常的,哪有"字"与"名"相同的呢?作者是想表达一个什么意思呢?听我道来:

林如海的"林",是指"文林";"如海",是"儒海"的谐音,指"儒学之海"。将名与姓加起来,它的全部意思是指"文林儒海"。这是他的名的意思,现在再说说他表字的意思。表字"如海",这个"如海"也是取的谐音,但他的谐音与前面的谐音是不一样的。表字"如海"的谐音为"愚海",意思是指"愚蠢之海"。这个姓、名与表字合起来的全部意思是说:"现在所谓的'文林儒海',其实看起来就像是一个'愚蠢之海'。"表达了作者对末世"文林儒海"的批判。《红楼梦》凡有"表字",指的就是"表面看上去"和"现在的表面状态"。

那么,林黛玉就诞生在了这个"愚蠢的儒学之海"里,当她生在了一个愚蠢的儒学之海中,她接受的当然都是些愚蠢的儒学,岂有不愚之理?这是讲的林黛玉所代表的"墨林",生在了一个愚蠢的儒学之海里。

"乃前科探花"。唐进士及第后,朝中安排了一个隆重的庆典活动,活动之一,就是在杏花园举行探花宴。事先选取两名进士之中最俊者为探花使,遍游名园,沿途采摘鲜花,然后在琼林苑赋诗,并用鲜花迎接状元。但在作者笔下,这里的"杏"另有所指。相传三国吴董奉,隐居庐山,为人治病而不取酬,但使重病愈者,植杏五株,积年蔚然成林。后以"杏林"指代良医,并以"杏林春满""誉满杏林"等称颂医术高明之人。所以作者应是借"杏林"表达"良善"之意。"前科"指之前。全句的意思是:"之前的文林儒海,还尚属良善之林。"

"兰台寺大夫":兰台,是汉代宫中藏书的地方。西汉以御史丞掌管,东汉置兰台令史,典校图籍,治理文书。唐代为秘书省的别称,执掌图书秘籍。"兰台寺大夫",就是治理文书,执掌文坛的最高长官。

"本贯姑苏人士":姑苏指现在的苏州,古吴文化的发祥地。"本贯"指"本文化的出生地"。全句的意思是:"他本来自才子之乡的姑苏。"也就是说,姑苏这个文化之地就是他的出生地。苏州出才子,"本贯姑苏"的言外之意,就是在说这"文林儒海",是指才子之乡姑苏的文林儒海。

"钦点为巡盐御史":那这个"盐"就不能当"食盐"来理解了,它是从"言"字上谐音过来的,意指"言路"。"钦点为巡盐御史",意味"皇上钦点的巡察言路的御史"。

这第一段话的全部意思为:这个文林儒海,就是一个愚蠢的文化之海。但这里的文化之前还是很好的,也有很高的文化修养,是才子的故乡。现在正好被皇上钦点为疏通言路的钦差,才刚上任一月有余。

整个东南方的文林儒海,到了末世已表现得愚蠢非常,俨然是一个愚蠢之海。而皇上却用了一个愚蠢的人来疏通言路,执掌文坛,这只能使本已愚蠢的"文林儒海"更加愚蠢。

谈到吴越文化圈,虽有六朝古都之盛,但历史上最为辉煌的时期,莫过于朱元璋所建立的明朝,它是真正意义上的东南方文化兴盛的象征和巅峰。由于朱家明朝政权是在东南方文化基础之上建立起来的政权,所以朱明政权是被东南方文化所把持下的朝政。如果东南方文化"愚"了,整个朝堂就愚了。所以,作者说的"文林愚海",指的是当时整个朝堂文化的现状。也就是说,当时的朝政是被一群糊涂愚蠢的人把持着,这样的政权岂有不亡之理?

"已经五世":孟子曰:"三世而衰,五世而斩。"意思是一个家族历经三世之后,就会走向衰落;历经五世之后,就会走向灭亡。林如海"已经五世",这就说明东南方"文林儒海",正面临着"五世而斩"之局,正处在末世之秋,家业正在走向毁灭的时间段。

"至如海便从科第出身。虽系钟鼎之家,却亦是书香之族。只可惜这林家支庶不盛,子孙有限,虽有几门,却与如海俱是堂族而已,没甚亲支嫡派的。今如海年已四十,只有一个三岁之子,偏又于去岁死了。虽有几房姬妾,奈他命中无子,亦无可如何之事。今只有嫡妻贾氏,生得一女,乳名黛玉,年方五岁。夫妻无子,故爱女如珍,且又见他聪明清秀,便也欲使他读书识得几个字,不过假充养子之意,聊解膝下荒凉之叹。"

"科第出身",是指正宗嫡派。"支庶不盛",是指与正宗嫡派只有一点点血脉关系的其他文化并不兴盛。"今如海年已四十,只有一个三岁之子,偏又于去岁死了。"男儿在古代是香火继承人,如无儿,则后继无人。林如海代指"文林儒海",林如海无子,则说明"文林儒海"后继无人。如果"儒林"后继无人,"儒林"的香火就断了。"堂族",说明不是嫡系。"只有嫡女林黛玉","林黛玉"指文林之中的"诗文之林"。

上面的一段话是说:文林儒海之中的正宗嫡脉(主流文化),已后继无人,只有一个病态的"诗文之林"尚可延续香火,聊以解东南方文林儒海的荒凉之感。说通俗一点就是,主流文化已没有继承香火的人了,只有一个病态的诗文之林(林黛玉),聊可解东南方文林的荒凉之感。这里讲的是东南方文林儒海的现状。

父亲是"文林愚海",言林黛玉从小就受到愚蠢文化的影响。母亲又姓假(贾)名敏,"敏"指"才思敏捷"之"敏"。没有敏捷的才思是写不出好文章的,所以,"敏"是才子最为重要的基石,是谓才华之母。可"敏"在书中很早就死了,"敏"死了,敏捷的才思就枯竭了。这是在说林黛玉从小就失去了母亲——敏,意味东南方文化从小就失去了"敏捷"的才思。当东南方文化失去了"敏"之后,正所谓"江郎才尽"也。

后来又请来了一个姓"假"的西宾,名"假语村"(贾雨村)者。本来东南方的文林儒海已失去了敏捷的才思,可偏又请来了一个"假"先生,此时,东南方的文林儒海又受到了假文化的影响,此时的林黛玉所代表的笔林,是又愚蠢、又虚假,又失去了敏捷的才思。

再后来,林黛玉又随着"假(贾)雨村"来到了"假府"(贾府)。来到"假府"(贾府)之后,首先又受到"假母"(贾母)、"假老太君"的体贴照顾。老太太名"假母"(贾母),什么是"假母"呢?"假母"即是指假中之母,最假的母体文化。那么,什么文化是产生"假文化"的母体呢?作者指向了《易》和"巫"(后面有详解)。又受到贾母(假母)的照顾,意味又受到《易》和"巫"等封建迷信文化的影响,此时的林黛玉所代表的东南方文化,就集愚蠢、虚假、愚钝、迷信于一身。

这个代表"诗文之才"的林黛玉,来拜望"假敕"(贾赦),"假敕"不见。又拜望"假政"(贾政),"假政"不理。与王熙凤不睦,与邢王二夫人又合不来,与贾府上上下下都不融洽。特别是与宝玉的关系,老是磕磕绊绊、时好时坏、相互猜忌、互生嫌隙。除了与自己的几个丫鬟关系尚且过得去以外,与整个贾府上下都格格不入。这样一种尴尬的境况,岂能长久生存下去?又加之客居中原,更增添了无尽的怅感。书中说"一年三百六十五,风刀霜剑严相逼",可见,这就是东南方文林在中华文林之境中的真实写照。

描述二:

"举止言谈不俗,身体面庞怯弱不胜,却有一段自然的风流态度。"言东南方文化在言谈举止方面表现不俗,口才极好,嘴皮子功夫了得,但身体面庞怯弱不胜。脸面与躯体怯弱不胜,也就是在说东南方文化"嘴快身软",只会耍嘴皮子,功夫全在嘴上,现在除了这张嘴,就剩这张嘴了。但是!但是!东南方文化却有着一股子与生俱来的风流之态。

古人在谈到南方人与北方人的区别时,有两句很经典的话:"南方人的嘴,北方人的腿。""南方人嘴尖,北方人腿勤。"这种看法与曹雪芹先生对东南方文化的看法是高度一致的。其实,孔子在谈到南北文化的时候,有过很精辟的阐释:"宽柔以教,不报无道,南方之强也,君子居之。衽金革,死而不厌,北方之强也,而强者居之。"这就是南北两大文化的根本区别。

描述三:

"两弯似蹙非蹙罥烟眉,一双似喜非喜含情目。态生两靥之愁,娇袭一身之病。泪光点点,娇喘微微。闲静时如娇花照水,行动处似弱柳拂风。心较比干多一窍,病如西子胜三分。"

这一段话正是对东南方文化的一个全面而具体的概括。作者是在说东南文化,似愁非愁、似喜非喜、似泣非泣,满目含情、一身娇袭,泪光点点、娇喘微微,静如娇花、动如拂柳,多心多智、病如西子。给人的印象就是:美而弱、娇而愁,多心多窍多病的一种病态之美。

描述四：

"而且宝钗行为豁达，随分从时，不比黛玉孤高自许，目无下尘，故比黛玉大得下人之心，便是那些小丫头子们，亦多喜与宝钗去顽。因此黛玉心中便有些悒郁不忿之意……"

这里说的是东南方文化的另外一面，一是孤高自许，二是目无下尘，谁都看不上，谁都入不得他们的法眼。"恃才而傲物"，这也是东南方文化长期存在的一个通病。

综合以上分析，东南方文化后天的问题大概有以下几点。

第一，后天受到"文林愚海"的影响，变得比较愚蠢。

第二，她是"假敏"生养出来的，但现在"敏"死了，东南方文化便进入一个愚钝不堪的境地。

第三，林黛玉的老师姓"假"（贾雨村）。老师姓"假"，意味东南方文化从小就受到了一个"假"老师的教诲，受到了假文化的影响，就变得更加虚假了。

第四，东南方文化孤高自傲，目无下尘，尖酸刻薄。

第五，东南方文化心胸狭隘，心窍太多，心思太重。

第六，东南方文化多愁善感，情意缠绵，深陷在儿女私情之中。

综合东南方文化先天与后天的毛病，大概有以下特点：多愁善感，深陷爱恨情仇之中而不能自拔；深受假儒学文化的影响；失去了原有的敏捷的才思；受到了假文化的教育而变得虚假；娇弱而风流；孤高自傲、目无下尘、心胸狭隘；心窍太多，疑心太重。这就构成了一幅东南方文化进入末世之后的真实画卷。作者将末世东南方文化的前世今生，看得是入骨三分。

《红楼梦》中关于林黛玉性格特征的描写，都是针对东南方文化末世特征的描写。

我们现在再来看看，东南方文化的末世命运与大结局。她的命运是以一幅画为背景的，她的结局是以一首判词为总结的。

一幅画，画的是："只见头一页上便画着两株枯木，木上悬着一围玉带。""两株枯木"，即是两个"木"字，两个"木"字合起来就是一个"林"字。"林"字再加上一"枯"字，意味"林"已枯死。书中的"林"指的是"文林"，"林枯"，意味文林已经枯竭死亡。"两株枯木"的意思是说："文林已死，江郎才尽。"

"木上悬着一围玉带"。唐代三品以上大员都腰佩玉带，玉带是身份的象征。"玉带林中挂"，是指有一个佩戴着玉带的重要人物，在树上上吊而死了。在中国历史上,有东南方文化背景,且又最能代表着东南方文化的气运,而且腰佩玉带,并且最后吊死在了树上、符合这四个特征的人是谁呢?这个人就是北明朝的亡国之君——崇祯皇帝朱由检。

崇祯皇帝的命运与林黛玉的命运又有何干系呢? 作者为何要将这两个看似八杆子都打不着的人物联系在一起呢? 这是因为,明朝开国皇帝朱元璋生于安徽凤阳,是在东南方文化的沃土之中成长起来的皇帝,而且皇都又建在金陵。这就是说,朱家明朝政权是建立在以东南方文化为基础之上的政权,有着深厚的东南方文化的背景。由于林黛玉在《红楼梦》中所代表的是"东南方文化",所以,这就把崇祯皇帝与东南方文化联系在了一起。

东南方文化之盛,莫过于朱家所建立的大一统的明朝政权。明朝可谓中国历史上一次真正意义上的(除民国北伐成功之外的),东南方文化的第一次成功的北伐,是一次东南方文化北伐的伟大胜利。随着明朝崇祯皇帝在煤山自缢而殉国,又正式宣告了东南方文化的彻底失败。所以说,崇祯皇帝之死,是一次东南方文化的彻底失败,而东南方文化的彻底失败,正是以北明朝的灭亡为节点的。而北明朝的灭亡,又是以崇祯皇帝煤山自缢殉国为结束点的。

明崇祯皇帝上吊殉国,正式宣告了东南方文化的彻底失败,所以才有"木上悬着一围玉带"这样的画境。这幅画的意义在于,朱家明朝政权成也东南方文化,败也东南方文化;东南方文化盛也朱明,败也朱明。朱家明朝政权,在东南方文化之兴中而兴起,又在东南方文化之失中而失败。所以崇祯帝之死,与林黛玉的画境就联系在了一起。作者是借"玉带林中挂",而宣告东南方文化的彻底失败。

画的意思解释清楚了,现在再来解读关于林黛玉的判词。

"堪怜咏絮才,玉带林中挂。"这二句诗是对前画的补充与说明。前一句是对东南方文化命运的叹息,后一句是对以东南方文化为基石所建立的明朝政权结局的感伤。"咏絮才",是借东晋才女谢道韫"莫若柳絮因风起"之典,喻指女中的诗文之才。"堪怜咏絮才",是对东南方诗文之林命运的一声悲叹,也是对中华文化命运的一声悲叹。"玉带林中挂",就是"木上悬挂着一围玉带"的翻版,讲的是东南方文化之殇。

综上,作者认为,东南方文化最大的特点是以"文"昭示于世的,而文的核心价值就一个字——才。当江郎才尽之时,正是东南方文化陨落之时。

三、三秦文化与"秦可卿"

对于三秦文化的界定,现在的主流认知是归于中原文化体系的,但曹雪芹先生却不这样认为,他认为三秦文化虽与中原文化同根同源,但却有其独立性。从时间上来看,三秦文化为先,中原文化为后;三秦文化先于中原文化而发迹,而中原文化则次之;从文化核心价值上来讲,三秦文化重"善",中原文化重"德";从文化的侧重点上来讲,三秦文化侧重于精神教化,中原文化则侧重于政治治理。所以,作者将贾府分为宁、荣两府,宁为长,荣为次。

作者将精神教化文化之府"宁府"放在长房的位置,放在第一位置,而将荣身的文化"荣府"放在次要位置,放在第二位。他把人精神的化育,放在了治国理政的首位,这种观点,对国家的治理有着重要的启示意义。

贾母,既是荣府的老太太和老祖宗,又是宁府的老太太和老祖宗。这就是说"宁荣"这两种文化同根同源,同一个祖宗。

宁府的源头为"演"(贾演),荣府的源头为"源"(贾源)。"演",是指演化,指像演流一样慢慢浸润(指教化);"源",是指水源。水源如财源,水在中华文化中寓"财"。荣身的前提是首先要有钱,没有钱如何荣身?所以要想荣身,就要通过治理而达到荣华。简言之,宁府司职教化,荣府司职治理。

这里说一下对"文化"一词的解释,现在中外学术界有二百多种说法,没有形成一个统一的观点,很令人遗憾。但曹公有他独到的见解,他认为文化可分为两大类,第一类是精神教化文化,第二类是政治治理文化。前者是对人灵魂的塑造,后者是对人生活的治理。用现在的说法,就是精神文化与物质文化。

三秦大地,在中华历史长河之中,有它引以为傲的璀璨与辉煌,在这块土地上,曾经孕育出了十三个王朝,有长达约1200年之久的建都史。这里的文化曾经非常智慧与强大,在《红楼梦》中,作者称赞三秦文化为"兼美"。何为"兼美"?即兼林黛玉与薛宝钗之美。林黛玉代指"文才",薛宝钗代指"武略",兼两人之美,就是兼"文武"之美,又兼"才智"之美。作者是在说三秦文化同时具备东南方文化的文才,又具备北方的武略,能文能武,才智双全。并不是很多人所理解的,指有林黛玉的风流袅娜,又有薛宝钗的妩媚丰腴。

《红楼梦》中的三秦文化,是以秦可卿为原型的。但随着唐朝的衰落,三秦文化就彻底淡出了历史舞台,从此,三秦之地就再也没有真正作为都城而存在过。作者透过三秦文化的历史,深刻剖析了其中失败的原因。究竟是什么原因才导致三秦文化失败的呢?我们来看看书中对秦可卿的描写就知道了。

描述一:

"后面又画着高楼大厦,有一美人悬梁自缢。其判云:情天情海幻情身,情既相逢必主淫。漫言不肖皆荣出,造衅开端实在宁。"(第五回)。

"高楼大厦"在书中并不是指高楼大房子,是寓指巍巍华夏民族这座高楼大厦。

"有一美人悬梁自缢",这里记录的是一段真实的历史,讲的是杨贵妃在"安史之乱"中在马嵬坡被逼悬梁自尽的史事。作者为什么要讲这样一段历史呢?因为在杨贵妃这个事件上最能体现出三秦文化衰落的特征。杨贵妃被逼悬梁自尽一事,正式宣告了三秦文化失败的开始,从这个事件上,我们可以梳理出如下问题。

其一,杨玉环先为唐玄宗儿子寿王李瑁的妃子,而后居然被公公唐玄宗所夺占。这种乱伦的行为,除去荒淫无道不论,仅这种伤风败俗之举,作为一个帝王,他是如何做出来的?难道儿媳妇也是一个做公公的能随便占有的吗?虽然贵为皇上,天下女人都可占为己有,但起码的传统伦理道德是不能随便逾越的。历史上所谓的"脏唐臭汉",由此可见一斑。

其二,唐玄宗沉溺于酒色,不理朝政,宠信奸臣,重用无能,以致朝政混乱,纲纪败坏,而最终导致"安史之乱"。杨贵妃不论是前者或后者,都是被动的,一切都由不得她,可最终却将"安史之乱"的责任都归结到了她的身上,认为她是导致"安史之乱"的罪魁祸首,是红颜祸水。

朝廷上这帮手握军政大权的要员,不去反思朝廷的过失,皇上的荒淫无道,而将导致"安史之乱"的全部责任,一股脑儿全归究于一个女人身上,这真是荒谬透顶!她杨贵妃不就是长得美了一点儿吗?朝廷的事情是皇上说了算,是一帮文武大臣说了算,而不是杨贵妃说了算的。如果唐玄宗不荒淫无道,不宠信杨贵妃,不让杨国忠专权,她杨玉环长得再美又能如何呢?能有"安史之乱"吗?一帮男人的过错,却让一个女人来背锅,末世三秦文化之弱可见一斑了!

"高楼大厦,一美人悬梁自缢",其画意为:我巍巍华夏民族,居然容不得一个美女的存在!"安史之乱"的责任本在朝廷,可结果却要杨玉环来承担罪责,而逼迫其悬梁自尽。

杨贵妃的死,正式宣告了三秦文化衰落的开始。

三秦文化在作者笔下是兼文武之美的文化,它有勇有谋,智勇双全;有情有义、忠孝并举。可是到后来怎么就变得这样的狭隘与偏激了呢?作者曹雪芹先生将矛头直接指向了"情"和"教化",他认为,是滥情和滥性毁了三秦文化的人间真情。有判词为证:"情天情海幻情身,情既相逢必主淫。漫言不肖皆荣出,造衅开端实在宁。"作者是说:"三秦文化是情天、情海幻化出来的一个有情有义的文化之身。当三秦文化的'人间亲情',被'儿女私情'所污染之后,就变成了一个'淫'字。"作者认为,三秦文化之所以衰败,其主要原因是因为犯了一个"淫"字,是"淫"毁了三秦文化的"情"(指人间亲情)。

人间亲情,是维系中华民族人与人之间亲情的最重要的纽带,但当这个真情被"淫"所污染之后,这根纽带就断了。当人间的真情与亲情都失去之后,社会就会进入一个无情的时代。一个无情的时代,就是一个冰冷无情的世界。

书中列举了许多关于三秦文化堕落腐化的例子,以女人为例,其中就有:"武则天镜室之中的宝镜;伤了太真乳的木瓜;赵飞燕舞过的金盘;寿昌公主的卧榻;同昌公主的连珠帐。"这些都是三秦文化之中女人堕落的代表人物。"武则天镜室中的宝镜""伤了太真乳的木瓜""赵飞燕舞过的金盘",都是发生在三秦大地上的风流韵事与享乐之风。"寿昌公主的卧榻""同昌公主的连珠帐",都是发生在三秦大地上的奢靡之风与享乐主义之风。作者展示的是三秦大地上风流、奢靡、享乐的文化典例,并不是案上真供着这些个物件。

男人中有:父子聚麀、叔侄同牝、公占儿媳、子娶继母、偷娶尼姑、淫乱后宫,等等,乱伦的事。不论男人女人,他们都犯了同一个"淫"字。就是因这个"淫"字,毁了三秦文化的这个"情"字。

三秦文化这样强大的一种文化,为什么会变成这样呢?作者写道:"漫言不肖皆荣出。"这里的"荣"指的就是"荣华",意思是说,种种不肖都是由于过度追求荣华富贵所导致的。为什么人人都去追求荣华富贵呢?作者又写道:"造衅开端实在宁。"意思是说,首先挑起事端的是一个"宁"字,是

"宁"出了问题。"宁"代表教化,所谓的宁府,是一座司职教化的府第。"宁"出了问题,就是指道德教化出了问题。说白了,就是道德沦丧,价值观被扭曲所导致的。

这首诗的全部意思是说:"三秦文化,是秦天秦海幻化出来的一个有情有义的文化,但到了它的末世,却受到了乱情乱性文化的污染,使这个原本有情有义的文化变得淫邪不堪。表面上看来,好像是过度追求荣华富贵和崇尚奢靡享乐之风所导致的,但归根结底还是道德教化出了问题,是道德沦丧毁了三秦文化的根基。"

作者认为,三秦文化走向没落的最显著标志,是伦理道德的沦丧。你看在唐朝,有父亲夺走了自己儿子妃子的唐玄宗李隆基;有唐太宗李世民杀害兄弟,占有弟媳;有唐高宗李治与继母武则天私通,后娶继母为妃;有李建成淫乱后宫,等等。历史上就有"脏唐乱宋、脏唐臭汉"之说。书中,作者通过焦大之口,深刻揭露了末世三秦文化的症结所在:"扒灰的扒灰,养小叔子的养小叔子。"这虽是宁府焦大骂的话,但这却是末世三秦文化的真实写照。用柳湘莲说的话:"你们东府里除了那两个石头狮子干净,只怕连猫儿狗儿都不干净。"

秦可卿姓"秦",三秦之秦,谐音即是"情可亲"。意思是说,三秦文化是可亲可敬的文化。但三秦文化到了它的末世,就被淫乱之情所玷污,变得下流无耻了。

一个丧失了伦理道德的文化,它还能存在多久?秦可卿的死,寓指三秦文化之死,是以杨贵妃被赐白绫上吊而死作为历史节点的。在作者眼中,三秦文化在中华大地上是最有情有义、文武兼备的文化。当三秦文化死后,人间的情义就死了。人间情义死了,这个世界就变成了一个冰冷无情的世界。《红楼梦》第十三回"秦可卿死封龙禁尉,王熙凤协理宁国府",就是"三秦文化"死去的一个节点。秦可卿之死,是三秦文化走向衰落的一个分水岭,也是人间真情死去的一个节点。

作者认为,三秦文化,是兼南北文化之美的文化,是兼文武之美的文化,是兼才智之美的文化,所以称之为"兼美"。三秦文化还有一个最大的特点,就是男儿有忠孝,所以三秦大地生养出来的儿子名"秦钟",谐音为"秦忠",指三秦文化里的忠孝;女儿有情义,所以名秦可卿,谐音为"情可亲"。忠孝与情义是三秦文化的基石,所以秦钟与秦可聊的父亲名"秦业"。何谓"秦业"？指三秦文化的基业。忠孝与情义的父体文化是以"善"为核心的，所以秦业官居"营缮郎"之职。"营缮郎"乃"营善郎"也，意味营造"善"文化的郎官。

描述二：

秦可卿是作为三秦文化女人的代表，而秦钟则是三秦文化男人中的代表。书中写道："秦钟，表字鲸卿。"秦钟的谐音为"秦忠"，意思是三秦文化中的"忠"。"忠"是三秦文化又一个最重要的标志。可是，三秦文化到了末世，"秦钟"则变成了一个"情种"，他连庙里的尼姑都不放过。历史上，武则天出家之后，被继子唐高宗李治所娶；杨玉环出家之后，被公公李隆基娶为妃子。从这两个例子中我们可以看出末世三秦文化是何等无耻与下流。《红楼梦》通过对秦钟的描写，再现的就是这一段历史。《红楼梦》中的秦钟与水月庵尼姑智能儿的乱情，反映的就是发生在唐朝皇家的无耻史事。

皇家尚且如此，上行下效，整个唐朝社会不就出现了道德沦丧危机了吗？这大概就是"脏唐"的来由吧。所谓"鲸卿"中的"鲸"，指的是雄性鲸鱼。鲵，则为雌性鲸鱼。鲸鲵在古代也代指邪恶。

三秦文化的中心——皇宫，其男人"扒灰的扒灰"，其女人"养小叔子的养小叔子"。更有母子私通、兄妹乱情、兄弟同牝，父子、叔侄聚麀。整个皇宫肮脏至极，淫乱不堪，伦理道德在这里已荡然无存。

描述三：

"秦业"。顾名思义，乃"三秦文化之基业"。那三秦文化之基业是什么呢？是"营缮郎"。何为"营缮郎"？谐音即是"营善郎"，意味"经营善举的郎官"。作者认为，三秦文化的基石，总结起来就一个字——善，这个"善"就是三秦文化的基业，也就是根基。

这个善又具体体现在哪些方面呢？一个是"忠孝"，一个是"情义"。所以书中的秦业养了一子一女，儿子名"秦钟"（秦忠），女儿名"秦可卿"（情可亲）。这句话总结起来就是："三秦文化的标志就是'忠孝情义'，它的核心就是'善'。"

"忠孝情义"才是三秦文化历经十三朝，1200余年辉煌而不倒的根本原因。三秦文化后来为何又没落了呢？首先是代表"情义"的秦可卿死了，人间真情死了，三秦文化的根基也就不复存在了，所以，代表三秦文化之基业的"秦业"就接着死了。三秦文化的基础不存在了，忠孝也就不存在了，所以，代表"忠孝"的秦钟（秦忠）也死了。随着"忠孝情义"文化的相继死去，三秦文化的基础就彻底崩溃了，所以，自唐以后，三秦大地就再也没能作为皇都而存在过。

三秦文化的核心有二，一是忠孝，二是情义，概括起来就是一个字——善。"善"，是三秦文化产生的本源。

秦可卿这个原型，代表的是"三秦文化之情"，并不是指秦可卿真与公公贾珍偷情了，讲的是末世三秦文化的现状。什么"命丧天香楼"更是信口开河、胡说八道。但三秦文化之中，的确有公公与儿媳私通的，如寿王的妃子杨玉环，就与公公唐玄宗李隆基偷情，为达到长期霸占之目的，又为掩人耳目，杨玉环以假出家为名，后被唐玄宗名正言顺地招入宫中，纳为妃子。秦可卿所代表的三秦文化的房间布局，就展示了末世三秦大地上女性的种种淫邪之处。其中的代表人物有"武则天当日镜室中设的宝镜，有赵飞燕立着舞过的金盘，有安禄山掷过伤了太真乳的木瓜，有寿昌公主于含章殿下卧的榻，有同昌公主制的连珠帐"。上面所有的人，都有三秦文化的背景，而且是身居高位且最有代表性的人物。秦可卿的房间，就代表三秦大地这间大室宇，这里展示出的风流韵事，就是三秦大地上曾经发生过的风流韵事；这里呈现出的享乐奢靡之风，就是发生在三秦大地上的享乐奢靡之风；这里发生过的事，就是三秦大地曾经发生过的事。秦可卿的房间，就是末世三秦文化的一个展示平台。

有人认为寿昌公主是宋太宗之女，这是不对的，因为曹雪芹先生列举的都是发生在三秦大地上的风流韵事与奢靡之风，跟宋朝没任何关系。

四、湘楚文化与"金麒麟"

湘楚是楚文化之地。楚文化历史悠久，源远流长，仁爱和平，才华横溢，有刚有柔、刚柔并济。在中华文化历史长河中，曾有过短暂的兴盛与辉煌时期，但随后就淹没在了中华文化的汪洋大海之中。楚国在春秋战国时期是首屈一指的大国和强国，但自楚亡之后，就再也没有展现出往日的风采，不管是在政坛或文坛，都鲜有大作为，大成就者。

说到楚文化就不能不说《楚辞》，说楚辞就不能不说屈原之《离骚》。"帝高阳之苗裔兮，朕皇考曰伯庸。摄提贞于孟陬兮，惟庚寅吾以降。皇览揆余初度兮，肇锡余以嘉名：名余曰正则兮，字余曰灵均。……国无人莫我知兮，又何怀乎故都！既莫足与为美政兮,吾将从彭咸之所居!"整个辞风洋洋洒洒、豪放不羁、坦坦荡荡、铿锵有力、文采飞扬、辞藻华丽、直情直性、豁达率真、直言快语、无遮无掩。好一个《离骚》！把自己的一身,从头至尾,从小到大,所有的一切,似竹筒倒豆子一般,点滴不留,一股脑儿和盘托出。这就是《楚辞》之美,也是《楚辞》之弊。

屈原之后,《楚辞》造诣最精深者就数湘之宋玉了。楚之屈原,湘之宋玉,一湘一楚,就成就了一个楚文化的巅峰。在古代文化中,人们可以不知道楚国,但没有不知道《楚辞》的。《红楼梦》中的史湘云,就是楚文化与《楚辞》这种文化形式的代表。史湘云是以《楚辞》这种文体形式而出现在书中的。"湘",是湖南的简称,"云",指的是楚云,楚是湖北的简称。书中"湘江水逝楚云飞",描写的就是湘楚文化的大结局。现在根据《红楼梦》中的内容,来说明湘楚文化的末世特征。

首先对史湘云的画做一个评说,再对湘云的判词做个解释。书中曰:"后面又画几缕飞云,一湾逝水。其词曰:富贵又何为,襁褓之间父母违。展眼吊斜晖,湘江水逝楚云飞。"(第五回)。

"几缕飞云,一湾逝水。":"飞云"与"逝水",在这里都用来形容消失得很快,像云一样快速飞去,像水一样迅速流逝。这天飞云,这江逝水,是用来形容湘楚文化之中的《楚辞》这种文体形式,如过眼云烟,如江流飞逝,昙花一现,一出现很快就消逝了,这就是这幅画的意境。

诗词又是何意呢?

"富贵又何为":意味"即使是富贵了又能怎么样呢? 要不了多久就消失了"。

"襁褓之间父母违":意味"在刚诞生不久就与自己的母体文化相违背了"。这里的父母,是指文化的父体和母体。

"展眼吊斜晖":意味"展眼之间就要凭吊它的日暮西山、斜阳西下的结局了"。

"湘江水逝楚云飞":意味"湘楚文化中的《楚辞》,像逝水,像飞云,很快就消失在了历史的长河之中"。

以《楚辞》为代表的楚文化为何如逝水、飞云一般,很快就消失得无影无踪了呢?作者认为,一是因为这种文化形式,一出生就与它的父体、母体文化相背离,脱离了它的父体与母体;二是这种文化形式,太过于直白和锋芒,失去了原本的含蓄和低调、内敛与沉稳,如史湘云一般,别人不敢说的话,她敢说,别人不敢做的事,她敢做,大说大笑、大吃大喝、高谈阔论。这样很容易就伤害到别人,也容易伤害到统治集团,也不被其他文化所接受,没有生命力。所以这种文化形式很快就消失了,这也是情理之中的事。有人会问,难道坦坦荡荡不好吗?坦荡固然是好,但楚文化是建立在"阴阳"基础之上的文化。有刚有柔、刚柔并济、仁爱和平,才是它的母体和基石。像《楚辞》这样的文化形式,只有刚而无柔,只有阳而无阴,完全违背了它的母体,所以很难在这块土地上长期生存,如"逝水"、如"楚云",也就在所难免了。楚之屈原,湘之宋玉,一个是《楚辞》文化的创始者,一个是《楚辞》文化的传承者与杰出代表,但他俩的命运都很悲惨,这也就在情理之中了,毕竟谁都不喜欢直言快语、口无遮拦的人。

楚文化的人文符号,是以史湘云为代表的。"湘云",意指"湘水"与"楚云",代表湘楚文化或楚文化。"湘云"前面加上个"史"姓,就表明湘楚这种文化姓"史"。史,指历史,指具有悠久的历史,作者是在说湘楚文化之中的《楚辞》,是一种具有悠久历史的文化。

史湘云有两个叔叔,一个史鼐,一个史鼎。古代的鼎分三个等级,大曰鼐,中曰鼎,小曰鼐。鼎有多种功能,一为食器,一为祭器,一作为权力的象征。鼎最先是作为食器所用的,而后慢慢演变成为权力的象征与祭祀时的焚香之器,鼎与鼐在《红楼梦》中,正是指祭祀所用之器。这从另一个方面也反映出湘楚文化有着很深的封建迷信的色彩,与封建迷信文化走得很近,是近亲。鼎与鼐所代表的封建迷信文化,就像是湘楚文化的"叔叔"。

史湘云姓"史","假母"也姓"史",这表明她们所代表的文化都具有悠久的历史,都很古老。史湘云是史氏太君的侄孙女,她与贾宝玉是舅表亲,这表明湘楚文化与中原文化有着一个共同的始祖——"假母";这也表明史湘云所代表的湘楚文化与贾宝玉所代表的中原文化,是一脉相通的"舅表亲",他们有着一个共同的始祖,有着千丝万缕的血缘关系,毕竟这两种文化挨得很近。

湘楚文化究竟有哪些特点呢?作者给湘楚文化贴上了一个明显的标签,就是史湘云脖子上挂着的金麒麟。贾宝玉所代表的中原文化,脖子上挂着的标志是"通灵宝玉",代表着玉文化中的"玉德";薛宝钗所代表的北方文化,脖子上挂的是"金锁"。"金"在古代是兵器的总称,是杀人的武器,代表

"用武"。那"金麒麟"代表着什么呢？解释有三：其一，麒麟是一雄一雌的合体，雄谓麒，雌谓麟。在古代雄又被称为阳，雌又被称为阴，合二者，则为"阴阳"。而阴阳是八卦的核心，是《周易》的重要理论基础。其二，麒麟在古代是神仙的座骑。它温顺、和平、仁爱，被称作仁兽。其三，麒麟在古代也被用来比喻德才兼备的人才。由于在麒麟身上能同时体现出以上这三个特征，作者就把它作为一个标志物挂在湘楚文化的身上，这就表明湘楚文化有着仁爱、才气和阴阳易理这三个特征。所以一个"金麒麟"，就成为楚文化的标志物，挂在了史湘云的脖子上。

楚文化的核心如果用两个字来概括，就是"仁"与"才"，如果用一物来比喻，就是"麒麟"。这就是作者对湘楚文化的高度概括。

可是湘楚文化到了它的末世，就如史湘云一般，表现得胸无城府，口无遮拦，说话不知深浅，狂放不羁，似有疯傻之态。有时装疯卖傻，有时胡吃海喝，有时憨痴可笑，有时醉卧花裀，装小子、扑雪人、烤鹿肉……人人都知道不能说的话，而她却脱口而出，毫无顾忌，完全没有一点大家闺秀的矜持与风范。薛宝钗心知而不宣，贾宝玉阻拦而相劝，林黛玉讥讽而取笑，其他人都在看她的笑话，图乐趣。这样的一个史湘云（湘楚文化），实在是有点儿不堪。虽是"英豪阔大宽宏量，霁月光风耀玉堂"，可难免"云散高唐，水涸湘江"。

这种文化在贾府的存在只是间断性的，并不长久，时而现，时而没。你看史湘云，偶尔来贾府住一阵子，很快就回家了，不像林黛玉和薛宝钗，是贾府的常客。作者是在说湘楚文化不堪大用，在贾府这座文化的王国之中，从来都不曾大红大紫过，偶尔来到这个文化的中心，但住不了多久就消失了。

在文化历史的长河之中，楚文化圈除了作为楚国的都城和短暂的吴都外，没有一个全国性的都城建都于此。中华文化的舞台，从来不是楚文化唱主角的平台，它只是中华文化历史上的一个配角。

有阴有阳、有刚有柔，仁爱而多才、含蓄而有道，本是楚文化的根本。可到了它的末世时，表现得阳刚有余而阴柔不足。最后更是糊里糊涂了，薛宝钗仅用"几篓又大又肥的螃蟹，几坛好酒"就把这个史湘云给收买了，轻而易举地背叛了自己的祖根，抛弃了与林黛玉的情感，而投入了血（薛）宝钗的怀抱，最后还住在了血（薛）宝钗的家里，这也为这种文化的覆灭埋下了伏笔。我们已经知道了，薛宝钗代表着北方文化之中的"谋"，而谋的核心是"智"，

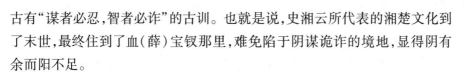

古有"谋者必忍，智者必诈"的古训。也就是说，史湘云所代表的湘楚文化到了末世，最终住到了血（薛）宝钗那里，难免陷于阴谋诡诈的境地，显得阴有余而阳不足。

贾宝玉在第三十一回"因麒麟伏白首双星"一回中，送给史湘云一只公金麒麟，为何不送母的非要送一只公的呢？这是因为楚文化到了它的末世，变得太过阴暗了，只有阴柔之气，而无阳刚之美。这就好比麒麟一样，现在只有麟（是雌，是阴）而无麒（是雄，是阳）。贾宝玉送给她一只象征阳刚之气的公麒麟，是在说：你史湘云投靠了薛宝钗，现在多阴而无阳，也惯于使阴谋耍诡计了，表现得阴有余而阳不足。我现在送你一只代表"阳刚"的公麒麟，给你配成"阴阳"一对，这样你就有阴有阳，有刚有柔，刚柔并济了，就回归到了自己原本应有的模样了。把宝玉的话反过来说就是："你史湘云不要一味地阴谋耍猾，你得阳光一点儿，光明磊落一点儿。"

曹雪芹先生在赞赏《楚辞》这种文体形式"英豪阔大宽宏量，霁月风光耀玉堂"的同时，他又对《离骚》和《楚辞》这种文体形式多有微词，形容它就像是一个喝醉了酒的人的醉笔，他将这豪放派的《楚辞》与酒联系在了一起。你看书中"憨湘云醉眠芍药裀""凹晶馆联诗悲寂寞""脂粉香娃割腥啖膻""芦雪庵争联即景诗"，都与酒有关。

"憨湘云醉眠芍药裀"，对应的是杨贵妃"海棠春睡图"之典，与酒有关。"脂粉香娃割腥啖膻"，再现的是辛弃疾的"八百里分麾下炙"之景。"醉里挑灯看剑"，起首便是醉，也与酒有关。作者特别将辛弃疾这首《破阵子》拿出来，目的就是要讽喻这种诗像"脂粉香娃"过家家一样，图个嘴快活，起不到多大的作用。"芦雪庵争联即景诗"，所谓的"天降大雪"，作者用的是谐音"天降大血"，指文化界的"血雨腥风"，并不是真下了一场什么大雪。于是文化界出于义愤，聚集在"芦雪庵"，联诗咏志，大吃大喝之后就装模作样联起诗来。

关于这个"芦雪庵"，有很多的争论，有的认为应该叫"芦雪广"等，究竟是该叫"庵"，还是该叫"广"呢？《广雅》曰："庵，舍也。"不要以为"庵"一定是指尼姑住的地方。有的书中作"芦雪广"，也对。"广"是个多音字，读guǎng，也读ān，当然书中肯定是读"ān"，意思与"庵"一样，指房舍。所以，"庵"即是"广"，"广"即是"庵"。

"芦雪庵争联即景诗"的场景（第五十回），"凹晶馆联诗悲寂寞"（第七十六回），史湘云吃过酒之后，佳词妙句连珠般迸发而出，像不像诗仙李白的"斗酒诗百篇"？凹晶馆联诗之中的"寒塘渡鹤影"的"鹤影"，是不是与杜甫"蝉声集古寺，鸟影度寒塘"有异曲同工之妙？也与苏轼"适有孤鹤，横江东来"意境有些相像？而杜苏两人也都属豪放派诗人。

作者从楚文化中的《楚辞》说到豪放派诗人，又从豪放派诗词说到酒与诗的关系。总之，作者是借史湘云这个人物的性格，从而体现出湘楚文化及《楚辞》这种文体形式的特征。

"襁褓中父母叹双亡，纵居那罗绮丛，谁知娇养。幸生来英豪阔大宽宏量，从未将儿女私情略萦心上，好一似霁月风光耀玉堂。厮配得才貌仙郎，博得个地久天长，准折得幼年时坎坷形状。终久是云散高堂，水涸湘江。"

这一段话是对《楚辞》这种文化形式特征及其命运的描写。在中华文林之中，《楚辞》这种文体形式，可谓开创了豪放词派之先河，影响极其深远。《楚辞》的命运，作者选取了两大辞赋名家屈原与宋玉的命运作为辞赋的命运。"云散高堂"，指的是宋玉的《高唐赋》，"水涸湘江"，选取的是屈原的《湘君》或《湘夫人》。作者的意思是说："写过《湘君》的屈原一生不得志，最后投江而死；写过《高堂赋》的宋玉，其结果也忧郁而不得志，随云而散。"

湘楚文化如"麒麟"一样，仁善和平、智慧才气、阴阳护体。但它云里来，雾里去，缺乏中原文化的那份厚重，吴越文化的那份才智，北方文化的那份血性，三秦文化的那份兼美，算不得伟大。你看中国文明五千年，从秦朝算来四五百个帝王，湖北出过两个帝王，而其中只有刘秀是一个土生土长的湖北人。有太多的人一直在寻找其中原因，其实就是一个文化的问题。此地的文化是建立在"仁"的基础之上的，什么是仁？《说文》说它"亲也"，《春初·元命苞》说它"……爱人……"，《礼记·儒行》说它"温良……"。友爱、亲和、温良，这才是楚文化的根本。一个秉承这种文化的人，为了自己能圆皇帝梦，去大杀四方、武夺天下，这恐怕是万万不可能的事。

"那云丫头在家里竟一点儿都作不得主。他们嫌费用大，竟不用那些针线上的人，差不多的东西都是他们娘儿们动手……想其情形来，自然从小儿没爹娘的苦。"（第三十二回）。

云丫头指的是《楚辞》这种文化，她的家指的是楚文化圈。在这个楚文化圈做不得主，说明她的地位不高，被边缘化了，不受待见，于是，只是干一些下人干的不起眼的针线活。《楚辞》的地位为何如此低下呢？想其原因，

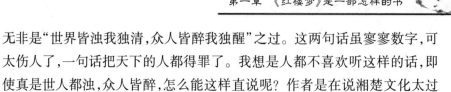

无非是"世界皆浊我独清,众人皆醉我独醒"之过。这两句话虽寥寥数字,可太伤人了,一句话把天下的人都得罪了。我想是人都不喜欢听这样的话,即使真是世人都浊,众人皆醉,怎么能这样直说呢?作者是在说湘楚文化太过直白,容易犯众怒。

"说着,下了炕,同宝玉一齐来至贾母这边。只见湘云大笑大说,见他两个来,忙问好厮见。"(第二十回)。

"大笑大说",这就是湘楚文化的特点。没有深沉,没有含蓄,没有内敛,有的只是"大笑大说"。

湘云道:"你敢挑宝姐姐的短处,就算你是好的,她怎么不及你呢?"

抬举一个人,打压另一个人,一切都当着面,还问上脸,太露骨了,黛玉再有涵养,也会生气的。

"那林黛玉严严密密裹着一幅杏子红绫被,安稳合目而睡。那史湘云却一把青丝拖于枕畔,被只齐胸,一弯雪白的膀子撂于被外,又戴着两个金镯子。"(第二十一回)。

前面对史湘云所代表的《楚辞》文化的表面进行了刻画,这里作者又将东南方文化的代表人物林黛玉,与南方文化的代表史湘云在私底下的特征进行了比较。林黛玉来到贾府,如履薄冰,屏声敛气,特别小心,非常严谨。"不敢多说一句话,多行一步路"。而史湘云一来到贾府,"大说大笑",大吃大喝,放诞不羁。两种文化形成了鲜明的对比。那私底下的时候又会怎样呢?

"那林黛玉严严密密裹着一幅杏子红绫被,安稳合目而睡。"(第二十一回),意味林黛玉所代表的东南方文化,连睡觉都严严实实地将自己包裹起来,严谨得很。而史湘云所代表的湘楚文化,则恰恰相反,她睡觉时"把青丝拖于枕畔",古人讲:"肤发受之于父母",但她也顾不得了。"被子齐胸",意味把自己的心声和胸襟也袒露出来了,没有任何保留。不仅如此,连"一弯雪白的膀子撂于被外,又戴着两个金镯子"。"雪白的膀子"是女人的隐私部位;"金镯子"谐音"金浊子",意味她将自己最私密的一面也袒露了出来。

从上面这段话里我们可以看出,史湘云在林黛玉面前,几乎毫无保留地袒露了一切,并且还将自己最私密的东西都表露了出来。可林黛玉呢,晚上睡觉还用一床杏子红绫被子把自己裹得严严实实的,让人捉摸不透她的一点内心。"杏子"乃"性子"也。"红绫",绫,谐音心灵的"灵"。

　　史湘云与林黛玉,白天两人争争吵吵,打打闹闹,相互取笑,搞得很不愉快,可是到了晚上,湘云居然睡到了林黛玉的床上,把千丝万缕的情思、自己的心胸、雪白的膀子(隐私)都袒露了出来,正所谓"英豪阔大宽宏量,从未将儿女私情略萦心上"。《增广贤文》里讲:"逢人且说三分话,不可全抛一片心。"可这个湘楚文化的代表人物史湘云,把自己所有的一切都抛出来了,内心没有一点隐私,这可是为人处世之大忌。

　　"至晚,宝钗将湘云邀往蘅芜苑去安歇。湘云灯下计议如何设东拟题。宝钗听她说了半日,皆不妥当,因向她说道:'既开社,便要做东。虽然是个顽意儿,也要瞻前顾后,又要自己便宜,又要不得罪了人,然后方大家有趣。你家里你又作不得主,一个月通共那几串钱,你还不够盘缠呢。这会子又干这没要紧的事,你婶子听见了,越发抱怨你了。况且你就都拿出来做这个东道也不够。难道为这个家去要不成?还是和这里要呢?'一席话提醒了湘云,倒踌躇起来。宝钗道:'这个我已经有个主意。我们当铺里有个伙计,他家田上出的好肥螃蟹,前儿送了几斤来。现在这里的人,从老太太起,连上园里的人,有多一半都是爱吃螃蟹的。前日姨娘还说要请老太太在园里赏桂花吃螃蟹,因为有事还没有请呢。你如今且把诗社别提起,只管普通一请。等他们散了,咱们有多少诗作不得的。我和我哥哥说,要他几篓极肥极大的螃蟹来,再往铺子里取上几坛好酒,再备上四五桌果碟,岂不又省事又大家热闹了。'湘云听了,心中自是感服,极赞他想的周到。宝钗又笑道:'我是一片真心为你的话,你千万别多心,想着我小看了你,咱们两个就白好了。你若不多心,我就好叫他们办去的。'湘云忙笑道:"好姐姐,你这样说,倒多心待我了。凭他怎么糊涂,连个好歹也不知,还是个人了?我若不把姐姐当亲姐姐一样看,上回那些家常话烦难事,也不肯尽情告诉你了。"(第三十七回)。

　　湘楚与吴越两种文化紧邻而居,虽是近邻的关系,又同属南方文化圈,但文化差异很大。这两种文化总是相互排斥,并不兼容,你看不上我,我看不上你,谁也"不服"谁。每到一块儿都针锋相对,相互讽刺,相互挖苦,吵个不休。但湘楚文化的代表史湘云,与北方文化的代表薛宝钗,却有着共同的语言,并且史湘云十分"感服"薛宝钗。特别是薛宝钗稍使手段,就将史湘云感动得一塌糊涂,彻底拜伏在了薛宝钗的面前。而薛宝钗所付出的,只不过是"几篓肥螃蟹"和"几坛好酒"而已。就这一点小恩小惠,就把史湘云彻底勾走了，甘愿将薛宝钗认作亲姐姐，且还将掏心窝子的真心话都一股脑儿告诉了薛宝钗。分析到这里，又想起了第四十五回"金兰契互剖金兰语"中的林黛玉，也是被薛宝钗的一个药方和一点冰糖燕窝感动道："你素日待人，固然是极好的，然我最是个多心的人，只当你心里藏奸。从前日你说看杂书不好，又说我那些好话，竟大感激你。往日竟是我错了，实在误到如今……怨不得云丫头说你好……"后来林黛玉也认了薛宝钗做姐姐，并还认了薛姨妈做亲娘。

可见，不论是东南方文化，还是湘楚文化，在北方文化面前都甘拜下风，都心甘情愿地认北方文化为亲姐姐。北方文化能够使整个南方文化都心悦诚服，而心甘情愿地以妹妹自居，可见此时的北方文化已显示出它的优势，已优于强于南方文化，出现了"北强南弱"的局面，彻底改变了几千年"南强北弱"、水火不容的格局。

史湘云所代表的湘楚文化中的《楚辞》，"襁褓之中父母违"，就等同于说《楚辞》及湘楚文化，一出生就与自己的父体与母体相违背了。当一种文化违背了自己的父体与母体之后，他就像一个失去父母滋养与护佑的孤儿。失去了父母的滋养与护佑，这种文化就失去了倚靠和方向，就会到处误撞误碰去寻找自己的归宿，于是就会到处认亲找娘（母体）。如史湘云、林黛玉一样，都将代表北方文化的血（薛）宝钗认作了亲姐姐，将血（薛）姨妈认作了亲娘，这是极具讽刺意味的。

北方文化与南方文化和东南方文化，没有本质的联系和过多的渊源与交集，这两种文化的根基与理念完全不相同，几乎是一对水火不相容的矛盾体。但他们都与贾（假）家是亲戚，是在贾府（假府）才认识的。

北方文化从"安史之乱"开始，正式拉开了北强南弱的序幕，它的鼎盛时期莫过于元朝与清朝。而随着满清的覆灭，又正式宣告北方文化的衰落与失败、南方文化的胜利与兴起。北京见证了这一历史变迁，自元朝定鼎北京以来，一直到现在它都作为都城而存在着。

"一方水土养一方人"。一方文化的性格品质，必定带有很强的地域性格特征，我们真要寻找文化的根，就必须立足于那方土地，去探索生养那方文化的本源。人或置身于黄土高原，或高山大川，或茫茫草原，或江南水乡……其所产生的性格品质，必定会带有那方土地的色彩与芬芳、神韵与气息，其必将产生一个不一样的文化。每一种地域文化都深深打上了这个地域的烙印,都有它的根,都有它的源,不是想变就能变的。它在血液里,它在骨子中,它在灵魂深处,它在人们的心中。

总结:湘楚文化的标志是"金麒麟",湘楚文化的核心是"仁","仁"是湘楚文化产生的本源。史湘云的性格特征,是湘楚文化的性格特征;史湘云的命运,即是湘楚文化的命运。

五、北方文化与"金锁"

北方文化是以薛(血)姨妈一家为人文符号的。有人会问,薛(血)家不是来自金陵吗?怎么能代表北方文化呢?是的,他们是来自金陵,可书中第四回,当他们一家从文化的王国金陵来到贾家荣府时,有这样一段描写:"姨太太已有了春秋,外甥年轻不知世路,在外住着恐有人生事。咱们家的东北角上梨香院一所十来间房,白空闲着,打扫了,请姨太太和哥儿姐儿住了甚好。"王夫人未及留,贾母也就遣人来说:"请姨太太就在这里住下,大家亲密些等语。"贾家一致同意将薛家安排在了"咱们家的东北角上"。从此,这种文化就扎根在了东北角,住在了"梨香院",也就代表北方文化。

"梨香院"并不是"梨院",它的谐音是"离乡院",是指一个"离乡背井"的所在。薛宝钗一家来自古金陵这座文化之都,而后却定居在"东北角"上,这岂不是"离乡背井"吗?

"原来这梨香院乃当日荣公暮年养静之所,小小巧巧,有十余间房舍,前厅后舍俱全。另有一门通街,薛蟠家人就走此门出入。西南又有一角门,通一夹道,出了夹道,便是王夫人正房的东院了。每日或饭后,或晚间,薛姨妈便过来,或与贾母闲谈,或和王夫人相叙……"

这个"我们家"的"家",不是一般的家,它有社稷(贾赦)、有政权(贾政),还有王(王夫人)、有瑚琏之臣(贾琏,"琏"指瑚琏,在古代用来比喻国之重臣)等,你说这个家是个什么家?只有国家才有"社稷"和"政权",才有"王"和"社稷之臣"的存在。所以,这个"我们家"是指以中原为中心所建立起来的国家,这就是书中所说的贾府,《红楼梦》描写的正是这个贾府所发生的事情。

书中所说的"我们家的东北角"又指哪里呢?当然是指中国的东北方了。具体是指我国东北方向这个角落,山海关的关内与关外隶属于中原政权统治的地区。它包括中原以北、长城内外由汉民族实际控制的中原政权

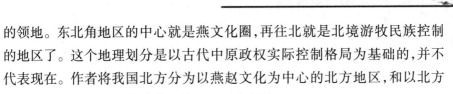

的领地。东北角地区的中心就是燕文化圈，再往北就是北境游牧民族控制的地区了。这个地理划分是以古代中原政权实际控制格局为基础的，并不代表现在。作者将我国北方分为以燕赵文化为中心的北方地区，和以北方游牧民族为中心的北境游牧民族地区两个板块。

"西南有角门"，这个"西南角门"不是指一个人家的西南角上的门，它指的是北方地区西南角的门户，就是指古燕之地的西南方进入中原地区的门户，这个门户就是"娘子关"。过了娘子关就进入了中原之地，所以北方要到中原，就要从娘子关这个所谓的角门进来。薛姨妈就住在中原以北、长城以南，且包括长城以外隶属于中原统治的广大地区，这就是书中定义的"北方文化圈"的范围，薛姨妈一家就住在这里。

北方文化在作者眼中是一个有着血性的文化，北方人的骨子里天生就有股子尚武好斗、好勇善谋、勇敢无畏的尚武精神，这是它区别于南方文化与中原文化最大的不同之处。薛姨妈一家，就降临到了这里，代表着北方文化。

什么是薛姨妈呢？所谓的薛姨妈的"薛"，作者是从"血"字上谐音过来的，就是指"血姨妈"，也就是指带血的姨妈，带血的文化。什么是"血"家？什么是带血的文化呢？古语讲："勇者必狠，武者必杀，谋者必忍，智者必诈。"而杀人就要流血，所谓的"血家"就是指"武家"，指武文化家族。作者认为，"武"文化就是一种杀人的文化、带"血"的文化。其实，用武就是杀人，就是流血，就是带血的文化。书中的薛（血）宝钗一家，就是代表杀人流血的文化——武文化。

现在，贾政将这个带血的武文化一家，安排到了"我们家的东北角"——北方地区，北方民族有尚武之风气，有血勇之性格，这个"血"姓就是对北方文化的一个定性。作者认为，北方文化是一个有着血性的文化，它是建立在"血"的基础之上的文化。

东南方文化"尚文"，作者就将那支象征文才的"毛笔"降生在了姑苏；湘楚文化"尚仁"，作者就在史湘云的脖子上挂上了一个象征"仁义"的仁兽"金麒麟"；中原文化"尚德"，作者就在贾宝玉的脖子上挂上了一个象征玉德的"通灵宝玉"；北方文化"尚武"，作者就给北方文化定制了一个象征用武的标签，这个标签就是挂在薛宝钗身上的"金锁"。什么是金锁？翻开字典，"金"在古代是杀人武器的总称，"锁"，是指"锁住"。金锁两字合起来就表示"用武力来锁住你"。一个"金"字,道出的是北方文化的核心。

所谓的"血家",就是"武家"。这个"武"家有一儿一女两个孩子。儿子"血蟠",外号呆霸王,他不喜读书,不学无术,尚气使性,性情傲慢,杀人成性,是为"勇"。女儿"血宝钗",博览群书,知书达理,足智多谋,行为谨慎,随分从时,是为"谋"。所谓的血家一儿一女,其实指的是武文化中的"勇"与"谋"两种文化。勇与谋就像是一对亲兄妹,作者将儿比为"勇",将女比为"谋",一儿一女,这就叫作有勇有谋、智勇双全。勇与谋是武文化中的两大核心,薛蟠所代表的"勇",粗鄙不堪,胡作非为,动不动就将人打死了。而薛宝钗所代表的谋,她伤害人靠的是阴谋。薛蟠杀人在明里,而薛宝钗杀人却在暗中。

薛宝钗代指"谋"文化,对她的描写,就是对"谋"这种文化的描写。谋略这种文化是要靠智慧做支撑的,所以谋又称为"智谋",没有"智"就没有好的"谋",所以薛宝钗又是以一个智者的身份存在于书里的。她既多谋,又多智,足智多谋,说话密不透风,做事严谨周密,在贾府是左右逢缘,八面玲珑,深得贾府上下的喜爱。其实,这就是一个智者与谋者的本质。

"谋"是一种重要的文化,它是一个国家的生存之本。但谋有阴谋与阳谋之分,那么《红楼梦》中,薛宝钗究竟是以阴谋,还是以阳谋的身份而出现的呢?书中有这样的描写,薛宝钗的大丫鬟名曰"莺儿"。什么是"莺儿"呢?"莺儿"即是"阴儿"的谐音。薛宝钗代表"谋",而她的丫鬟代指"阴",这一主一仆就组合成了"阴谋"两个字,所以,这个薛宝钗是以"阴谋"而出现于书中的。

现在继续接着前面的内容讲。"勇"靠的是蛮劲与勇力,没智慧,没文化。于是书中就根据"勇"这种文化的特点,塑造出了一个如薛(血)蟠一样的人物。对薛蟠的刻画,都是遵循"勇"这种文化的特点来描写的。说他不读书,没文化,粗鄙无知,尚情使性,只有血气之勇,动不动就打死人。作者要写"谋"这种文化,就塑造出一个薛(血)宝钗这样的人物,说他从小就读书识事、博览群书。人从书里乖,智从书中来,所以薛(血)宝钗与她哥哥不一样,具有智慧和谋略,凭计谋去杀人。

用计谋杀人,比起勇来,杀伤力会更大,且不留痕迹。从书中对薛(血)宝钗的判词里就更能印证这一点。"可叹停机德,金簪雪里埋。""停机德"是何意思呢?又与薛宝钗有什么联系呢?"停机之德",讲的是乐羊子妻断机而劝夫进学的故事，但乐羊子妻没有直劝，而是借用"断机"这种智慧的方法，从侧面委婉地规劝，最终收到了事半功倍的效果。"停机之德"用的是计策，靠的是智慧，这就与薛（血）宝钗所代表的"智谋"联系在了一起。书中第二十七回，薛（血）宝钗巧用"金蝉脱壳"之计，就将一桩不好的事情，轻而易举地转嫁给了林黛玉；第三十回又有，"宝钗借扇机带双敲"，一石二鸟，一箭双雕。这些用的都是智谋。两筐又肥又大的螃蟹，几坛好酒，就将一个史湘云给俘虏了；第四十五回"金兰契互剖金兰语"中，薛（血）宝钗只用了一点冰糖、几片燕窝、几句好话，就使得林黛玉悔过前情，剖腹衷肠，不但拜了薛宝钗做姐姐，还认了薛（血）姨妈做亲娘。为什么读《红楼梦》你总觉得薛（血）宝钗很阴险呢？原因就在这里，因为她是一个谋者，是一个智者。

自古道，多行不义必自毙。使用阴谋诡计而祸害人的人，最终也会伤害到自己，无论掩盖得多好，最终总有被人发现的那一天。机谋再多的人，最终会把自己也给算计进去，所以书中才有"金簪血（雪）里埋"之说。这里的"金簪"与"宝钗"用法相同，都是比喻用暗箭伤人的诡计。

综上所述，薛（血）姨妈一家，代表的是北方文化。北方文化有勇有谋，薛（血）蟠代表"勇"；薛（血）宝钗代表"谋"。"谋"这种文化到了末世就变成了"阴谋"。"阴谋诡计"是杀人的文化，所以作者用了一个"金锁"来概括这种文化的本质属性，并把它作为标志，戴在了北方文化的代表人物薛（血）宝钗的脖子上。"金"在古代是武器的总称，意味着杀戮。

如果我们要寻找北方文化的根脉，它就一个字——"武"。"武"的本质也是一个字——"血"。"血"的产生也是一个字——"金"。所以一个"金"字就是对北方文化的高度概括，"金"就是北方文化的"根"。什么时候北方人失去了血性和斗志，失去了尚武精神，北方文化就失去了它的母根。

北方文化尚武，东南方文化尚文。贾宝玉代表的是中原文化，林黛玉代表的是东南方文化，薛宝钗代表的是北方文化。在林薛对宝玉的争夺中，以北方文化的完胜，以南方文化的完败而结束。在贾府这个舞台上，林黛玉始终处于被动的境地，而薛宝钗则处处占尽先机，始终处在优势位置。最终以林黛玉之死，宣告东南方文化的彻底失败；以"金玉良缘"的结局，宣告北方文化的彻底胜利。

六、北境游牧民族文化与北静王

中原以北就是我们现在所说的我国的北方地区,但在明朝之前,长城以外大部分地区都是游牧民族居住区,所以曹雪芹先生将中原以北,长城以内和长城以外的部分属中原控制的地区,称为北方。而将长城以外的游牧民族控制地区称为"北境"。也就是说,曹雪芹先生将北方地区分为了北方与北境两部分。书中的北静王,指代的就是北境游牧民族地区的王,意味北境游牧民族地区的王者。北静王,是在"北境王"的基础上谐音过来的,代表着北境游牧民族文化。

"北境(静)王,名水溶……"(第十四回)。"水溶"代表什么,这也是一个争议很大的问题。这个"水溶"究竟是什么意思呢?在中华文化中,有金、木、水、火、土五行,且"五行"又分别与"东、南、西、北、中"五个方位相对应,即东对木、南对火、西对金、北对水、中对土。而北境(静)王是指北方之境的王者,这个"北方"所对应的正是"五行"之中的"水"。"水溶"之"水",代表的正是北方。"溶",形声字,从水,容声。本义:水势盛大的样子。《说文》曰:"溶,水盛也。"也就是水势盛大的样子。"水溶",也就是指北方游牧民族势力,像浩瀚大海里的水一样,声势浩大,气势磅礴,正处在旺盛的时期。"北境(静)王,名水溶"的意思是说:"北境王所统治的北境游牧民族地区的势力,像浩瀚的大海一样声势浩大。"作者是在从另一个方面说北境游牧民族之势正如浩瀚的大海,气势磅礴、如日中天。

悠悠中华五千年,华夏民族与北境少数游牧民族长期处在矛盾与对立之中,两种文化始终难以融合。可以这样说,中原地区在古代最大的祸患,就是来自北境游牧民族的威胁。在"安史之乱"之前,中原民族始终处在强势地位,而北境游牧民族也始终处在弱势一方,始终处在南强北弱的态势之中。但自唐"安史之乱"之后,这个南强北弱的格局发生了根本性的转变。自唐"安史之乱"起,南强北弱的态势被彻底扭转,形成了北强南弱的局面。

作者所说的"水溶",意指北境游牧民族势力,如浩瀚大海之水,声势浩大,气势磅礴,正说的是从唐"安史之乱"到明末清初这一时期,北境文化所拥有的强大势力。北境文化最强盛的标志性事件有两个,一是由西北蒙古民族所建立的大一统的元朝帝国;二是由东北满族所建立的大一统的大清帝国。

综合总结,林黛玉代表着东南方文林与诗林,而东南方文化的核心是"文";史湘云代表着湘楚文化与《楚辞》,而楚文化的核心是"仁";贾宝玉代表着中原文化,而中原文化的核心是"德";秦可卿代表着三秦文化,而三秦文化的核心是"善";薛宝钗代表着北方文化,而北方文化的核心是"武","北境王"代表着北境游牧民族文化,北境游牧民族文化的核心是"凶"。

从地域上来分,林黛玉、史湘云、秦可卿、薛宝钗、贾宝玉、北静王,分别代表"东""南""西""北""中""北境"六大地域文化。从地域文化的核心价值体系来分,又可分为:东"文"、南"仁"、西"善"、北"武"、中"德"、北境"凶悍"。此六大地域,六大文化体系,构筑起了强大的中国文化和一个强大的中国。

每一个地域文化都有着每个地域文化的特色,每个地域文化都有其缺陷与局限性,只有相互兼容,取长补短,才能发挥出最大的优势。所以团结包容,才是中华民族强盛的根本,只要中华各民族抱成一个团,拧成一股绳,就没有哪一个国家敢欺凌。

《红楼梦》所有人物之间的关系,其实是文化与文化之间的关系。比如林黛玉与贾宝玉的关系,从地域上来讲,是东南方文化与中原文化之间的关系,他俩相合,表明东南方文化与中原文化相融合。从文化特色上来讲,东南方文化以"才"见长,中原文化以"德"昭于世,他俩的关系又是"才"与"德"之间的关系,他俩相合就代表"德才兼备",他俩分离,则是才德分离。"木石前盟",阐述的就是"德"与"才"之间的关系,也讲的是东南方文化与中原文化相生相依的关系,又阐释的是文化与国家之间生死相依的关系。

贾宝玉与薛宝钗的关系,从地域文化上来讲,是中原文化与北方文化之间的关系,从文化特色上来讲,是"德"与"智"的关系。

贾宝玉与史湘云的关系,从地域文化上来讲,是中原文化与湘楚文化之间的关系。从文化特色上来讲,是"德"与"仁"之间的关系。

贾宝玉与秦可卿的关系,从地域文化上来讲,是中原文化与三秦文化之间的关系。从文化特色上来讲,是"德"与"善"之间的关系。

贾宝玉与北静王之间的关系,是中原文化与北境游牧民族文化之间的关系。为什么作者说这部《红楼梦》是野史,为什么作者说这部《红楼梦》阐释的是理治,因为《红楼梦》讲述的是文化的变迁,讲的是文化与国家之间的关系,讲的是南北两大文化体系之争。

南与北两大文化之争的结果,是以林黛玉的死,以薛宝钗与贾宝玉的联姻为结束的。中原文化与北境游牧民族文化之争的结果,是以宝玉的出家,以"北境王"入主中原为结束的。这个节点就是明亡清兴,满清入主中原。

第二章 《红楼梦》的写作内容

第一节 《红楼梦》一书的整体构思

一、写作总纲

泱泱中华,悠悠历史,作者深耕于五千年中华历史文化的兴衰更替之中。他站在文化的高度,通过对古今中国文化社会中的各种文化和文化结构深层次的分析,深刻领悟到了各种文化的本源与核心;深刻洞悉了文化社会各种文化之间相生相克、相互依存的关系,以及各种文化的末世特征与末世命运。

《红楼梦》一书,作者就是站在文化的角度,立足于中华文化发展的历史,深刻揭示出了各种文化进入末世时的末世特征与末世命运;深刻揭示出了末世文化社会的弊端和荒谬邪僻的本质。

作者将所有的文化,浓缩在了贾府这个文化社会之中,然后通过贾府这个文化的平台,让他们生活在一起。而后又通过他们的生活情境,去揭示他们的末世特征与末世命运;通过写贾府的兴与衰,去折射文化和文化社会的兴与衰;再通过文化与文化社会的兴衰,去折射现实社会的兴衰。

二、写作宗旨

《红楼梦》与其他书籍最大不同的地方,是将"文"当"人"来写,赋予了文化以人的内涵,人的生命和人的性格。然后,通过写人的命运,去揭示末世文化的命运,通过写人的性格特征,去揭示这种文化的末世性格特征。

《红楼梦》一书把写作内容延伸到了文化领域,本书并无一人一物,每个人物代表的都是一种文化。这种写作方式,创造了中华文化历史与世界文化历史的一个创作奇迹,开创了中华文学与世界文学创作史上的先河。《红楼梦》不论是创作风格、创作背景、写作内容、写作构思、写作技巧、写作水平,都是世界文化史上的登峰造极之作,是当之无愧的世界绝作与文学瑰宝。

三、写作内容

《红楼梦》一书,以描写文化社会各种文化进入末世时的末世命运为主线,用写人的方法来写文化,又通过描写人物的性格特征与命运,来揭示各种文化的末世特征和末世命运,再通过写末世文化社会的毁灭,来影射末世人生社会的毁灭。作者又把自己对某件事情的见解、家事、历史史实、历史疑案、异文异句五个方面的内容一起融入其中。这样,《红楼梦》的写作内容就涉及三条线、五件事,构成了一个"三线五事"的立体写作架构。

四、写作目的

《红楼梦》一书写作的目的是要讲理治,强调的是对人的治理和对社会的治理。它通过揭示每种文化的核心和每种文化的特点,阐释了文化与文化之间相生相依、相辅相成的共生关系。它给人类以启迪和引领,其价值亿万年不朽,它是世界文化史上当之无愧的文化瑰宝。

五、写作初衷

《红楼梦》的写作初衷是"游戏笔墨,陶情适性"。请一定记住,整部《红楼梦》都是在进行"笔墨游戏",游戏在文字与文字之间,游戏在文化的海洋之中。而游戏的目的,是在阐释道理,是在阐释治国理政的方略、为事为人的根本。

第二节 《红楼梦》一书的写作核心

一、《红楼梦》一书的写作对象

《红楼梦》的写作对象真的是惊世骇俗,独辟蹊径,它颠覆了世界文学创作史上的常规,写了一个不可思议、无法想象的内容,本书写的居然不是人及人生社会,它写的是文化及文化社会,涉及的是文化个体,触及的是文化的命运,并不是写的人生世界,所以本书并无人物。简单地说,就是将文化当人来写,写人其实是为了写文,作者将他的笔触伸到了文化社会这个领域之中。比如写贾赦，其实是为了写"假赦"；写贾政，其实是为了写"假政"；写贾母，其实是为了写"假母"；写薛姨妈，其实是为了写"血姨妈"和薛姨妈所代表的武文化；写林黛玉，其实是为了写林黛玉所代表的东南方文化；写薛宝钗，其实是为了写"血宝钗"和薛宝钗所代表的北方文化。然后，作者把这几百种文化的代表人物，都集中在一个文化的王国"贾府"之中，让他们生活在一起。然后通过描写每个人的性格特征和命运，去折射每种文化的性格特征与命运。作者就游戏在这个文化的海洋之中，通过游戏笔墨的方式，来陶冶自己的情操，抒发自己的性情。

也就是说，《红楼梦》写的不是人的故事，而是写的文化现象，书里并无一人一物，里面全是文化。每一个人都代表着一种文化，里面的几百个人就代表着几百种文化，只是作者将文化当人来写罢了，你说荒唐不荒唐。

现在举例来说明这个问题，说清楚了这个问题，是正确理解《红楼梦》的关键，是解读《红楼梦》的理论基础，如果不把这个问题说清楚，就无法使人完全信服，那所有对《红楼梦》的解读都将是一个笑话。

例一：

贾赦，他是一个人的名字，是一个人，书中又赋予了他一切人的属性，但作者却写的是"假赦"。贾赦是一个人，而"假赦"则是指假的赦令、假的赦。

例二：

贾政，我们都以为他是一个人的名字，是一个人，书中也赋予了他一切人的属性，但作者却写的是"假政"。"政"，是指"政治、政权"，那在"政治、政权"的前面再加上一个"假"字，不就是假的政治与假的政权了吗？

书中说贾母生养了贾赦与贾政两个儿子，这两个儿子，一个代指"假的王法"，一个代指"假的王政"。贾母代表的是封建腐朽的历史文化，作者是在说，一个封建腐朽的历史文化，生养了一个假的王法和一个假的王政。

例三：

妙玉这个名字，是在"庙玉"的基础上谐音过来的。"庙玉"之中的"庙"，指的是佛教中的僧人修行的住处。妙玉是一个出家的女子，女子出家所住的地方，被称为"庵"，所以，所谓的"庙玉"，指的是尼庵文化中的尼姑。也就是说，"妙玉"乃"庙玉"也，代表佛教文化中的"尼庵文化"。妙玉的命运，即是尼庵文化的命运；妙玉的结局，即是尼庵文化的结局。

妙玉是人，而"庙玉"还是人吗？

例四：

王熙凤,名凤姐,代表的是"后宫文化"。凤,百鸟之王也。"凤"就代表"王"。凤姐,乃指"王姐"。王姐,乃指女人中的王。女人中的王,即"王后"也。由于王后生活在后宫,统领着后宫,所以也代表着"后宫文化"。对王熙凤的描写,就是对一个王后的描写,也是对后宫文化的描写。

王熙凤代表王后,那与王后结为夫妻的贾琏是谁? 那不就是"皇上"吗? 皇上就是书中所说的"凤哥",书中说贾琏"退后一射之地",就是指皇上由前台退到了后台。皇上退到后台,而王后(王熙凤)却走上了前台,主持着贾府的日常事务,这是什么? 这不就是"王后干政"吗?

书中说贾琏还有一个妾,名"平儿"。贾琏是皇上,皇上的妾称为什么? 嫔妃也。所谓的"平儿",就是"嫔儿"的谐音也,指嫔妃。贾琏、凤姐、平儿的关系,其实就是皇上、王后、嫔妃三者之间的关系。作者不还是在"游戏笔墨"吗?

"贾琏"乃"假琏"也,"假琏"还是一个人吗? 凤姐,代表"后宫文化","后宫文化"还是一个人吗?

例五：

薛姨妈,表面是一个人的名字,是一个人,但作者要写的是"血姨妈",指带血的文化。"薛"是在"血"字上谐音过来的。古先贤曰:"勇者必狠,武者必杀。""武者必杀",杀人必见血,所谓的"血姨妈",代指的就是"武文化"。使用武力的实质就是杀人,就是流血,所以武文化就是一种带血的文化。

薛姨妈是一个人,但"血姨妈"还是一个人吗? 血蟠、血宝钗、血蝌、血宝琴,他们还是一个人吗? 不都代表着一种带着血腥的文化吗?

"血蟠",指带血的血气之"勇"。

"血宝钗",指带血的"阴谋诡计"。

"血蝌",指带血的"科律"或"血苟"。"血苟",指带血的苛政与暴政。

"血宝琴",指带血的"音乐文化"。

例六：

李纨,是一个人,是个人名。但作者要写的是"理"文化,"李"是在"理"字上谐音过来的。"李纨"是在"理完"的基础上谐音过来的。"理完",顾名思义,就是理完了。理完了,就谁都不讲理了。一个谁都不讲理的社会,岂不就完了吗?

李纨字"宫裁",何谓"宫裁",就是"宫里裁度",或"宫里裁决"。宫里都是些当官的,所谓的"宫裁",也就是"官裁"。何谓"官裁"呢?意思就是指当官的来裁度,也就是当官的说了算,当官的说你有理,你就有理,当官的说你没理,你就没理,这个"理"就掌握在当官人的手里。

李纨的父亲是"李守忠","李守忠"是从"理守中"上谐音过来的。"理守中",是指恪守理文化中的中庸之道。作者是在说"理"这种文化的父体与实质,其实恪守的是中庸之道,这里是对理文化实质的一种高度概括和总结。

李绮,谐音"理启",指理文化的开启。

李纹,谐音"理问",指问道于理或理文。

李霉,谐音"理现",指理文化的再现。

李嬷嬷,谐音"礼嬷嬷",指代古老的"礼教文化"。她是宝玉的教引嬷嬷,引导宝玉识礼、尊礼、守礼。

上面有哪一个人不是代指一种文化?理完、理守中、理问、理启、理现、礼嬷嬷,这哪里是人的名字,这不都是一种文化吗?

例七:

史湘云,是个人名,是一个人,但作者说的是"湘江水逝楚云飞",说的是湘水、楚云,代指的是湘楚文化中的《楚辞》。湘水与楚云是人名吗?

例八:

鲍二,他的谐音是"暴二"。暴,是指横征暴敛的暴。二,是指二次,或一次又一次。"暴二",就是指一次又一次的横征暴敛。一次又一次的横征暴敛,不就是暴政、苛政吗?

鲍二,是人名,是人。这个"暴二"还是人吗?

什么卜世人(不是人)、吴新登(无星戥)、何三(荷三)、傅试(趋言附势)、娇杏(侥幸)、王善保(忘善保)、王仁(忘仁)、封氏(封建世道)、封肃(封建世俗)、周瑞(租税)、冷子兴(能知兴替)、张如圭(脏如龟)、张华(脏滑,又脏又滑)、詹光(沾光)、单聘仁(善品人或善骗人)、王作梅(妄作媒)等,一个都不是人,全都是文化。

书中有多少个人物,就代表着多少种文化,在此不多做举例了,后面有详细解读。从以上分析可以看出,《红楼梦》写的就是一个文化的问题,它的写作对象就是文化,并不是写的人,作者只是把文化人格化,把文化当人来写罢了。

二、《红楼梦》一书的写作场景

《红楼梦》的写作对象不但十分奇特，而且写作的场景也非常奇怪，它再现的是一个末世文化社会与一个个末世文化个体，进入末世时的末世文化现象和末世文化的命运。简单地说，就是写的文化社会进入虚假时期的文化乱象，一个"末世"，才是本书写作的核心场景。

比如贾宝玉，作者其实写的是"假宝玉"，写的是这个"宝玉"进入虚假时期的特征。在书中贾宝玉代表的是末世中原文林，那么他所有的荒唐行为，都是他所代表的中原文化进入末世之后的荒唐行为。如："无故寻愁觅恨，有时似傻如狂……""女儿是水做的骨肉，男儿是泥做的骨肉""除了四书无好书""厌恶仕途经济""厌恶读书""自己烫了手，还问别人疼不疼""见到鸟儿与鸟儿说话，见到虫儿与虫儿说话"……各种各样的怪诞行为，荒唐之语，都写的是中原文化进入末世之后的荒唐特征。

又如林黛玉，她代表的是末世东南方文林，在林黛玉身上体现出来的是末世东南方文林的特征。如多愁善感、尖酸刻薄、目无下尘、多心多疑、心胸狭窄等，所有在林黛玉身上体现出来的毛病，都代表的是东南方文林进入末世之后的毛病。

如此类推，书中所有人的特征，都反映的是他们所代表的文化进入末世之后的末世特征。

三、《红楼梦》一书写作的所涉时间

《红楼梦》从表面上看是一部故事书，但实际却写的是一部野史。既然是野史，那一定有一个写作的时间段，那《红楼梦》一书究竟描写的是哪一段时间的历史呢？这就是文化社会进入末世时的这段时间的历史，也就是文化社会进入虚假时期的这一段历史，它从文化社会刚进入末世时开始写起，一直写到这个末世文化社会的毁灭为止，这一特定时间段文化社会的历史。简言之，就是从文化社会进入末世时开始写起，一直写到它毁灭这段时间的历史为止。

那文化社会是从什么时候开始进入末世的呢？作者把这个时间点定在了"真隐假来"这个时间节点上。这就是说，文化社会什么时候开始变假了，什么时候就进入了末世。那文化是什么时候开始进入虚假时期的呢？作者在书中第二回这样写道："若论起来，寒族人丁却不少，自东汉贾复以来，支派繁盛，各省皆有，谁能逐细考查？"这里的"贾复"，是从"假复"上谐音过来的。"假复"，就是指"假恢复以来"。作者认为，至东汉时，文化就开始进入一个虚假时期。但文化最终进入衰退时期的一个分水岭，却是在"安史之乱"，作者认为，自"安史之乱"起，文化就正式拉开了漫漫衰退之路的序幕，作者一直把这条衰退之路延伸到了明朝灭亡，明朝灭亡也就是《红楼梦》写作的最终结束点。至清朝入关之后，文化又走过了267年的更加衰败之路，这段时间的历史作者是看不见的。这就是说，自唐"安史之乱"起，到明朝的灭亡为止，就是《红楼梦》一书所要触及的历史，即755—1644年这段文化的历史。《红楼梦》一书所涉及的这段历史，跨度长达889年。但有一个说明，《红楼梦》之中穿插进去了许多曹家的家事，关于这个时间点，则牵涉了雍正六年曹雪芹先生家被抄这个时间节点上。特此特此！所谓的"悼明骂清"之说，是不成立的。

但书中有其特殊性，因为作者写的是每种文化的末世特征与末世命运，纵观古今文化的历史，每一种文化进入末世时期的时间点都是不一样的，比如说东南方文化衰亡的标志，是以明崇祯皇帝煤山自缢为节点的；三秦文化的衰亡，是以唐朝的灭亡为节点的；史湘云所代表的湘楚文化，是以《楚辞》之屈原与湘之宋玉的命运为节点的；贾宝玉所代表的中原文化，是以明亡清立为节点的……从这里一看，各种文化的衰退期最大相差了几千年。在这种情况之下，何以界定《红楼梦》所涉及的历史时间段呢？作者最终来了个折中。书中第一回这样写道"假借汉唐"，这就是说，作者是借汉唐来作为本书所述历史的时间点。虽然是这样说，但我们还是要知道其中的真相。

四、《红楼梦》一书写作的主基调

《红楼梦》的写作有一个总基调，作者描写的都是每种文化进入末世时所表现出来的离经叛道、荒诞不经、背离其母根的末世特征。所以，我们所看到的书中每一个人的表现特征，都是他们所代表的文化进入末世时的表现特征，描写的都是他们离经叛道、荒诞不经、背离其母根的最虚假的一面，和他们毁灭的整个过程，与他们所代表的文化的盛世无关。

比如"赦"，是指"赦政"，作者描写的就是这个"赦政"进入虚假时期的

一个末世表现特征,也就是"假赦"的表现特征,与它的盛世无关。

又如"政",是指"政权",作者描写的就是这个政权进入虚假时期的一个表现特征,也就是"假政"的表现特征,这与它的盛世无关。

又如林黛玉所代表的东南方文化,作者描写的是这种文化进入末世之后的末世文化现象,写的都是东南方文化进入末世之后的表现特征,这与它的盛世无关。

又如贾宝玉所代表的中原文化,作者描写的都是中原文化进入末世时的末世文化现象、中原文化进入末世之后的末世特征,以及中原文化进入末世之后的怪诞的一面,这与中原文化的盛世无关。

又如薛宝钗,她代表的是北方文化与北方文化之中的"谋",而作者写的就是这个"谋"进入末世时的末世特征,这个"谋"的末世表现特征就是"阴谋",作者写的就是北方文化"阴谋"的一面,与它的盛世无关。

又如贾迎春所代表的棋文化,棋文化的核心是争强好胜,它争的就是一个输赢,可这个贾迎春所代表的棋运,到了末世时,表现得与世无争,糊里糊涂,作者描写的就是这个棋文化进入末世时的表现特征,这与它的盛世无关。

又如秦可卿所代表的三秦文化的末世特征,给人的印象就像是一个"小家碧玉"的形象,她心胸狭窄,听不得半点儿不干不净的话,受不得半点儿委屈,最终一病而亡。这与三秦文化的盛世无关。

对所有人的描写都是如此,写的都是文化的末世特征。

五、《红楼梦》一书里的三线五事

本书以描写文化社会各种文化进入末世时的命运为主线,用写人的方法来写文化,通过描写人物的特征与命运,来展现各种文化的末世特征和末世命运。再通过写末世文化社会的毁灭,来影射末世人生社会的毁灭。作者又把自己对某件事情的见解,异文异句,家事,历史史实、历史疑案,都一起融入其中。这样,《红楼梦》的写作就涉及三条线、五件事,构成了一个"三线五事"的立体写作架构。

作者本来要写的是一个末世文化社会各种末世文化的末世现象与末世特征,可他偏将这些文化进行人格化,再通过写人而写文,这样一来,此书表面看起来完全是一部纯写人物故事的小说,完全看不到一点儿写文化的影子,我们所能看到的内容,其实只是一个表面,而作者真正要写的内容,却隐藏在了写人叙事的故事之中。这样,本书就存在两个面,一表一里,一虚一实。表面写人,实里写文,写人物是虚,写文化是实。而作者又通过写文化这个面,去影射历史,影射时局,这样就产生了第三个面。同时,作者在主线铺叙的同时,又将己见己意、历史史实、曹家家事、异文异句、历史疑案穿插于其中,这样就构成了三个面、五件事,共计八个方面的内容(书中有详细分析)。

六、《红楼梦》一书中人物姓、名、字、号、表字的作用

比如:赦,指的是赦令,代表法律。由于赦令是由"王"所发出来的法令,所以又指"王法"。在"赦"的前面加一个"假"(贾)姓,这就表明这个赦令、王法是一个假赦令、假王法。这个"假"是给"封建王法"定性的,指封建社会制度下的法令、法规,其实是一个假的王法。

"贾赦字恩侯","赦",就是大赦天下,这是一个王者对犯人的开恩,所以"恩"是对"赦"这个文化的定位。"贾赦字恩侯"的意思是说:"赦这种举措,就是施恩。"

又比如:政,指的是政权、政治。由于封建社会制度下的政权与政治,是由王所主导下的政权与政治,所谓的政治,其实就是"王政"。在这个"王政"的前面加上一个"假"姓,就是一个"假的王政",这个"假"姓就是给"王政"定性的。

"贾政字存周","存周",是"沉舟"的谐音。沉舟,是指快要沉下去的舟。"贾政字存周"的意思是说:"这个假的政权,就像是一条快要下沉的舟,马上就要灭亡了。"

书中又如甄士隐的"真"、贾雨村的"假"、薛姨妈的"血"、史湘云的"史"、赖嬷嬷的"赖"、王熙凤的"王"、李嬷嬷的"礼"、李纨的"理"等,都是用来给文化"定位"用的,而名、字、号、表字,都是对主体文化的一个说明与阐释。

七、《红楼梦》一书中人物的对立性

如:王夫人的"王",指的是霸王、霸道;邢夫人的"邢",指的是"邢德"。"王"与"邢"就是一对矛盾体,于是在书中,王夫人与邢夫人一般都出现在

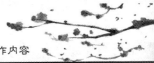

一起。

王熙凤的"王",代表"霸王、霸道";李纨的"理",代表道理。一个霸道,一个讲理,这就是一对矛盾体,于是在书中,她们两人一般参加宴请的时候都在一起。

贾兰的"兰",是君子之花;贾环的"环",是杀戮与迷信之器,这两种文化就是一对矛盾体,于是,他们一般都会在一起出现。

八、《红楼梦》中人物关系的说明性

主人与丫鬟相互补充说明,丈夫与妻子相互补充说明。

(一)仆对主的说明性

如:贾元春的丫鬟名叫"抱琴",抱着琴干什么? 奏乐。这说明贾元春与琴文化相关。贾迎春的丫鬟名"司棋",这说明贾迎春与棋文化相关。贾探春的丫鬟名"侍书",说明贾探春代表的是书法文化。贾惜春的丫鬟名"入画",这说明贾惜春所代表的是画文化。薛宝钗代表"谋",她的丫鬟名"莺儿","莺儿"是"阴儿"的谐音,"阴"与"谋"一主一仆加在一起,就是"阴谋"两个字,代表阴谋文化。周瑞的干儿是何三,"周瑞"是"租税"的谐音,"何三"的谐音是"荷三",负荷的"荷"。"荷三"是指赋税太多,负荷太重,一而再、再而三地收取租税。所以说,这个"荷三"就好像是"租税"的干儿子。

你看上面这些人物的关系,都有着一个相互的说明性。

(二)妻对夫的说明性

李纨的"李",是"理"的谐音;贾珠的"珠",是珍珠的"珠"。"珍珠"在古代也被称作"真珠",代表"真"。贾珠与李纨结婚,就是"真"与"理"结婚。"真"与"理"结婚就是"真理"两个字。后来贾珠死了,就相当于是"真"死了。当"真理"中"真"死了,就只剩下"理"了,所以这个"理"就成为一个"寡妇"。

九、人物的行为是文化的表现特征

如:贾宝玉的行为,就是末世中原文化的表现特征;贾政的行为,就是"假政"的表现特征;贾赦的行为,就是"假赦"的表现特征;林黛玉的行为,就是末世东南方文化的表现特征。所有人的行为,都是本文化的表现特征。我们研究《红楼梦》,也可以通过每个人的语言行为,去探索寻找出每个人物所代表的文化特征。

十、人物的服饰是文化的外衣与内衣

书中一个人穿戴的衣饰,体现的就是这个人所代表的文化的表象。穿在外面的,就叫作文化的外衣;穿在里面的,就叫作文化的内衣。这个问题太过复杂了,后面有具体的分析,这里就省略了。

十一、人物的一饮一食与文化

比如说,一个人吃进去了什么东西,都关乎的是文化,吃进去的是文化大餐。一个人喝进去了什么东西,也关乎文化,喝进去的是文化饮品。书中每个人的一饮一食,无不打上了文化的烙印。

这个问题后面也有,不多写。

十二、人物的命运与文化的命运

贾宝玉的命运,代表的是中原文化的命运;林黛玉的命运,代表的是东南方文化的命运;薛宝钗的命运,代表的是北方文化的命运;秦可卿的命运,代表的是三秦文化的命运;史湘云的命运,代表的是湘楚文化的命运;北静王的命运,代表的是北境游牧民族文化的命运;贾府的命运,代表的是文化社会的命运;贾赦的命运,代表的是社稷的命运;贾政的命运,代表的是一个假的政权的命运……每个人物的命运,无不代表着他所代表的文化的命运。

十三、人与人互赠的东西是文化的相赠

后面也有具体说明,在此只举两个例子。

(一)玫瑰露

玫瑰花有一个特点,就是花茎上长着许多锋利的刺,代表锋芒。如果将玫瑰制成露,就代表"锋芒必露"。如果把"玫瑰露"送给别人,就相当于是将"锋芒必露"这句话送给别人,意思是对别人说:"你这个人太软弱了,要有锋芒,要锋芒必露。"

(二)茯苓霜

茯苓长在松根之上,松根深埋于土里,隐伏于地下。茯苓也随着松根,深深扎根于土中,不张扬,不招摇。茯苓的"茯",也有伏于地下的用意,代表

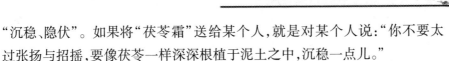

"沉稳、隐伏"。如果将"茯苓霜"送给某个人,就是对某个人说:"你不要太过张扬与招摇,要像茯苓一样深深根植于泥土之中,沉稳一点儿。"

十四、人物的结局与重要历史事件的对应关系

林黛玉的结局是东南方文化的结局,东南方文化的结局是以"玉带林中挂"为结束点的,它所对应的是"崇祯皇帝煤山自缢"这个重大历史事件。

妙玉,代表的是"庙玉"文化,也就是指佛教中的尼庵文化。妙玉的结局是:"可怜金玉质,终陷淖泥中。""庙玉"的命运,是以南宋临江青石镇女贞庵中的尼姑陈妙常这个人物为原型的。妙玉与妙常也都同了一个"妙"字。

贾元春,代表的是"宫乐"文化。她的结局是:"虎兕相逢大梦归。"她的命运是以唐玄宗时期的歌女"何满子"为原型的,以歌女何满子的命运结局,作为"宫乐"这种文化的命运结局。

贾赦,是以北明朝的灭亡为结局的。

贾政,是以"南明政权"的灭亡为结局的。

后面有专门的说明,在此不做多论。

十五、《红楼梦》一书中的曲笔与微词

如果说《春秋》之有微词,史家多曲笔,那《红楼梦》完完全全就是用微词与曲笔写成的,且一"曲"到底,这在中华文化史上堪称是一绝。在此不做细论,后面有详细介绍。仅就作者将"文化"当"人物"来写这一点,就是最大的曲笔,其他多如牛毛的曲笔与隐笔不可胜数。

总之,人物的一切活动都是文化的表现特征。

第三节 《红楼梦》一书的写作特点

一、《红楼梦》一书的写作体裁为"野史"

"……但我想,历来野史,皆蹈一辙,莫如我这不借此套者,反倒新奇别致,……历来野史,或讪谤君相,或贬人妻女……竟不如我……"(第一回)。

作者在这大段话里,强调了自己所写的野史,与别人所写的野史的不

同性。

二、《红楼梦》一书的写作目的是讲"理治"

"今之人,贫者日为衣食所累,富者又怀不足之心,纵一时稍闲,又有贪淫恋色好货寻愁之事,那里有工夫去看那理治之书?……"(第一回)。

作者写作的社会背景,正是人心浮躁、世风日下的社会,人们都不喜爱读书,特别是不喜欢读理治类之书,而作者要写的恰恰又是一部关于理治的书,里面全部讲的是理治,怎么办呢?于是作者就求新求变,这样一变,就变出了一部千奇百怪的《红楼梦》。

三、《红楼梦》一书的写作场景为末世文化社会

作者开篇即通过"真世隐"的隐去,而引出一个真的世道隐去的场景,然后通过"假语村"的出场,而引出一个假的社会的出现。他给我们展示的是一个"真隐假现"的时代背景。然后作者就给我们展示这个"假"文化的兴起与毁灭的全过程,来影射一个"假"的文化社会的毁灭。作者把这个"真隐假现"的社会,就称为"末世",因为一个假的社会,是一个注定不会长久的社会,是一个行将灭亡的社会。

四、《红楼梦》一书的写作特点

《红楼梦》的主要写作特点,是将"文化人物化",通过写人物而写文化,通过描写人物的性格特征、语言行为和命运,去影射文化的性格特征与命运。现在就举例来说明这个问题。

(一)甄士隐

作者本来要写的是"真世隐",意味一个真的世道隐去了。可他通过谐音将"真世隐"转化为了"甄士隐"。"真事隐"是一种文化,而"甄士隐"却是一个人。然后作者通过写甄士隐这个人遭受三劫之后,看破红尘出家,从而去影射"真"的消失与真的世道的消失。

(二)贾雨村

作者本意是要写"假语村"或"假语存",但他通过谐音的方式,将"假语村"或"假语存",转化为"贾雨村",转化成为一个人。这样一来,这个"假语村"或"假语存"就消失得无影无踪了,我们所能看到的就只有"贾雨村"这

个人了。然后,作者通过写"贾雨村"的命运,来影射"假"的命运。

(三)贾政

作者本意要写的是"假政",指一个假的政权和一个假的政治,但一经谐音转换之后,则变成了"贾政"。"假政"是一种文化,而"贾政"则是一个人。然后作者通过写"贾政"的行为,而去影射"假政"的特征。

《红楼梦》里所有人的姓名,都是有用意的,都被赋予了文化的内涵。既然这些所谓的人或人名,代表的都是一种文化,那《红楼梦》一书还是写人叙事的故事吗?它不就是写的文化的故事吗?《红楼梦》里有多少个人,就有多少种文化,里面不存在一人一物,人与物代表的都是一种文化,都被赋予了文化的内涵。

"将文化人物化",是《红楼梦》一书最最核心的写作方法,如果没有这种方法,就写不出《红楼梦》,如果我们认识不到这一点,就无法破解《红楼梦》。

五、《红楼梦》一书的写作侧重点

"金陵十二钗",指的是末世文化王国中的十二种末世文化,这十二种末世文化就是作者所要着重描写的对象,通过描写他们的语言行为,性格特征,去折射这十二种文化的特征;通过描写他们的命运,去折射这十二种末世文化的命运。

"金陵十二钗",也有"金陵十二差"的含义,就是历数这十二种末世文化的差错,揭示这十二种文化进入末世之后,离经叛道、荒诞不经的末世特征。

"十二"又是一个周天之数,有"多"与"满"的意涵,它也可以指所有的文化。作者就是写的所有文化,但侧重点是"金陵十二钗"。

六、《红楼梦》一书中"玉石"所蕴含的寓意

"玉石"在孔子所处的春秋战国时期之前,一般是作为神玉、礼玉、瑞玉、信玉而存在的,但这个孔圣人根据玉石金光内蕴、温润而泽、坚实不弯的特性,突发奇想,赋予其"仁、义、礼、智、信"五德的内涵,从此"玉石"就有了"德"的属性。

贾宝玉是"赤瑕宫神瑛侍者"的化身,代表"神印玉玺"。玉玺是君权的象征。"补天之石"象征着玉德"神印玉玺"象征着君权。所谓的《石头记》,正是这块"补天之石",衔于"神瑛侍者"的口中一同降生到人间,它看到这方

"玉玺"所遭受到的苦难,于是就把它的所见所闻都刻在了石头上,这便是《石头记》的来历。这个《石头记》中的石头,就是指的"玉玺"。由于这块"石头"诞生在中原,这个所谓的《石头记》,也可以看作是《中原记》。

七、《红楼梦》一书所承载的使命

《红楼梦》一书,是一部真正能"为天地立心,为生民立命,为往圣继绝学,为万世开太平"的绝世佳作。

"为生民立命":什么是生民的"命",作者曹雪芹先生认为是"玉德",他认为一个人要立于世,如果能始终守住这个"德"字,那么,我们的这个"命"就能立起来了。

"为往圣继绝学":不但要继承往圣的"学说",而且还要穷圣学之最,要把往圣的学问发扬光大,而且要达到一个最高的境界。这便是曹雪芹先生为何穷中华文化之绝,而历千辛万苦打造《红楼梦》一书的原因。

"为万事开太平":要做到让我们这个民族万世都能太平,长盛而不衰,就必然有一个万年不朽的核心价值观做支撑,那么这个核心价值观是什么呢? 曹雪芹先生认为是一个"真"字。他认为,一个社会如果能永远守住这个"真",这个社会就会历万世而不倒。什么时候这个社会变"假"了,这个社会就会倒下去。谈到社会兴亡这个问题,其实判断的标准非常简单,就两个字——"真"与"假"。其实,"真"也是一个普世价值观,它不分人种,不分民族,不分地域,适宜于所有的人类与所有的国度。他也是在为整个人类,为整个世界的和平立了心,树了标,定了调,他的观点能造福整个人类。

曹雪芹先生这个人,不管你怎么去赞美他,总觉得不够,那我就权称他为"人圣"吧! 这也许能概括得全面一些。

八、《红楼梦》一书的写作规则

《红楼梦》一书的写作规则,用作者自己的话说,就是"游戏笔墨,陶情适性"(第一百二十回)。作者就通过这种"游戏笔墨"的方式,游戏在中华文化的海洋之中,又通过这种"游戏笔墨"的方式,来达到"陶情适性"的目的,陶冶着自己的情操,彰显自己的性情。

九、《红楼梦》一书的成就

《红楼梦》一书,是一部对中华文化认识精深的作品,作者将中华文化的结构、层级、核心,看得是入骨三分。据笔者了解,古今中外还从未有人能对本民族文化的认知达到曹雪芹先生这样的高度,也从未有人将中华文化剖析得如此透彻。

第四节 《红楼梦》的写作重心

一、《红楼梦》一书的写作视角

作者在《红楼梦》一书中,阐释了文化兴,则国家兴,文化衰,则国家衰的深刻道理;揭示了文脉与国脉,文运与国运,生死相依,血脉相连的关系。

例如:林黛玉代表着东南方文化,东南方文化是以"才"立于中华文化之林的。但到了东南方文化的末世,就变得愚蠢不堪,多愁善感,疑神疑鬼,尖酸刻薄,目无下尘,孤高自傲,动不动就哭鼻子,抹眼泪,总是悲悲切切,泪眼涟涟,哭个不停。文风如此不堪,岂是长久之道?

贾宝玉代表的是中原文化,中原文化是以德昭示于世的,可他到了末世,变得"无故寻愁觅恨,有时似傻如狂。纵然生得好皮囊,原来腹内草莽。潦倒不通世务,愚顽怕读文章。行为偏僻性乖张,那管世人诽谤。

富贵不知乐业,贫穷难耐清凉。可怜辜负好韶光,于国于家无望。天下无能第一,古今不肖无双。寄言纨绔与膏粱:莫效此儿形状。"

薛宝钗代表北方文化中的"谋",可这个"谋"到了末世,就变成了耍阴谋,使诡计。不关自己利益的事,一概不问;不关自己得失的事,一句话也不多说。她把自己藏得深之又深,裹得严严实实。

贾政的政,代指政权,而这个政权到了末世,则变成了假政、霸政、王政与暴政。

贾赦代指仁德之政,而这种仁德之政到了末世,则忘记了善德(王善保)。

贾母代指"封建历史文化",而这种文化到了末世,则变成了纯封建迷信的文化,深受阴阳与巫觋两大文化的影响。更为关键的是,她老人家只知享乐,所有事情一概不问。不光自己享乐,而且还带着一帮子孙一起享乐。

后宫文化中的代表凤姐(王后),人美,衣美,母仪天下。可她到了末世,就开始变得非常阴险、毒辣、凶狠、残暴、自私、贪婪、巧言令色、利令智昏。

……

《红楼梦》中的所有文化,描写的都是它们的末世特征,都是它们离经叛道、荒诞不经的一面,这是贯穿全书的一条重要原则。

二、《红楼梦》一书的写作楔子(甄士隐与贾雨村的含义)

明清小说,大多开篇皆有楔子,这是毋庸置疑的。《红楼梦》也有这样一个楔子,只是这个楔子藏得深之又深,极不容易被发现,所以人们就忽视了。今天就将这个楔子公之于众。

《红楼梦》的楔子是以甄士隐与贾雨村为引子的,通过写甄士隐与贾雨村的命运,将本书的写作背景引入假世与末世之中。通过写甄士隐的出家,而正告"真世的隐去",宣告一个真世的结束;又通过写贾雨村的入世,而正告"假语村"的形成,与假世的到来。最后,又通过写贾雨村的出家,而正告假世的结束,"假"的消亡;通过写甄士隐的入世,而正告真世的回归,"真"的到来。从此,社会便进入一个真实的时期,这便是真与假的一个回环。这就是《红楼梦》中的楔子。

真去假来,真来假去。历史便在这真与假的交替之中而变迁,政权便在这真与假的交替之中而兴替,悠悠五千年历史,就是在这真与假的反复交替之中而完成的。

"甄士隐",谐音即是"真世隐",不是人们所理解的"真事隐"。"真世隐",顾名思义,是指一个真的世道隐去了,也就是一个真的世道消失了。

"贾雨村",谐音即是"假语村",意味一个说假话的村社产生了。作者将一个假的社会比喻成为一个"假语村"。当一个真的世道隐去之后,取而代之的将会是一个假的世道的产生,这就是作者笔下的"假语村",他将这个假的世道比作一个"假语村"。

"真隐假来",是衡量一个社会进入末世时的重要标志。"真世"即是盛世,"假世"即是末世。《红楼梦》写的就是这个假世、末世社会毁灭的过程。

第一回,"甄士隐梦幻识通灵,贾雨村风尘怀闺秀",就是本书的楔子,用

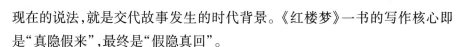

现在的说法，就是交代故事发生的时代背景。《红楼梦》一书的写作核心即是"真隐假来"，最终是"假隐真回"。

作者通过"甄士隐"，来谐音"真世隐"。当一个真的世道隐去之后，取而代之的就是一个假的世道的到来，一个"假语村"的产生。作者通过"贾雨村"，来谐音"假语村"。作者将一个说假话，办假事，虚情假意的社会，比喻为一个"假语村"。

现在，"真"隐去了，一个真的世道也就隐去了。真的世道隐去了，必然会产生一个假的世道，必然会产生一个"假语村"。于是，作者就将这个"假语村"变成一个人，并给他起了一个名字——贾雨村。然后写这个"假"从葫芦庙里跳脱出来，先是中进士，而后拜知县，接着拜知府，最后居然官拜"大司马，协理军机，参赞朝政"，集军政大权于一身，一人之下，万人之上也。这个"假"，步步高升，平步青云，一直达到人生的巅峰。

这个"假"跳得越高，这个世道就越假，"大司马"是这个"假"如日中天的时候。"水满则溢，物极必反"，从此，这个"假"开始走下坡路了。官至"大司马"，是这个"假"从巅峰走向衰落的一个分水岭，从此，这个"假"一步一步走向衰落，最后招致枷锁加身。最终，他来到急流津觉迷渡口，来到甄士隐这个"真"曾经出家的地方，也随之出家而被困入草庵之中。而与之相反的是，甄士隐所代表的"真"，重新回归社会。当"真"重新回归社会之时，那么一个真的世道就又产生了。

作者从"真世隐"，写到"假语村"，然后从这个"假"的发迹，一直写到"假"的毁灭，真世的回归。这个"假"经历了从发迹到辉煌，从辉煌到毁灭的全过程。这就是本书的"楔子"。这个楔子贯穿了本书的始终，是一个完整的链接。

真隐假来，假去真生。世道就在这真与假的变化之中而变迁；社会就在这真与假的变化之中而变革；政权就在这真与假的变化之中而兴替。作者认为，社会的兴替，其实就是真与假的一次循环。世上万事万物，都有其运行规律，"真"与"假"也不例外。

这个楔子真的是奥妙无穷，它不仅统领了《红楼梦》的全局，而且贯穿了本书的始终，并且道出了大千世界，万事万物自然发展的脉动规律。奇哉！异哉！

第五节 《红楼梦》一书的写作脉络

　　《红楼梦》的写作方向我们已经明确了,那本书又是按照什么顺序来写的呢? 由于《红楼梦》所记载的故事是在"真隐假来"的背景下发生的,所以本书是以"假"的命运作为写作的主线。本书从这个"假"正式登上历史舞台而开始,一直到这个"假"正式退出历史舞台而结束。它记录了这个"假"从进入文化社会开始,正式宣告一个"假"的文化社会的形成。又从这个"假"正式退出文化社会历史舞台为止,而正式宣告这个"假"的文化社会的结束。本书的写作过程是循序渐进的,从这个"假"自葫芦庙中侥幸逃脱作为开始,到这个"假"最终来到急流津觉迷渡口,困入草庵出家而结束。现在将这个脉络介绍如下。

　　第一,"贾雨村风尘怀闺秀"。首先这个贾雨村——"假"先生,住在葫芦庙中。葫芦在古代有着镇魔、降妖、辟邪的功能。所以这个"假"就被镇压在了这个葫芦里。在《红楼梦》里,这个葫芦庙就相当于是《水浒传》中的"镇魔殿",又相当于西方文化中所说的"潘多拉魔盒"。贾雨村这个"假"住在葫芦庙里,就相当于这个"假"被镇压在了葫芦里。"葫芦庙"也好,"镇魔殿"也好,"潘多拉魔盒"也罢,是轻易打开不得的,里面镇压的全是妖魔鬼怪,一旦打开,所有的妖魔鬼怪都会蜂拥而出,就会出现群魔乱舞的现象,进而扰乱社会,危害社稷。《红楼梦》这个开篇,与《水浒传》如出一辙,一个是镇魔降妖的"葫芦",一个则是"镇魔殿";一个说得隐晦而含蓄,一个则说得直截了当。葫芦庙不是真指一个庙,而是指的葫芦,指能降妖镇魔的葫芦,也不是有人所认为的像葫芦一样的小庙。

　　这个"假"被镇压在了葫芦庙中,与它相反的这个"真",就住在这个象征降妖镇魔的葫芦庙的隔壁。一个在葫芦庙里,一个在葫芦庙外。"假"在葫芦里,而"真"在葫芦外,这说明当时的社会还是"真"的天下,是一个真实的社会,因为"真"还在。"真"在葫芦庙外,"假"在葫芦庙里,一个"真"所主导的社会,就一定会是一个仁和清平的世界,所以书中就说甄士隐这个"真",住在"仁清巷里"。何为仁清巷呢? 即是指"仁义清和之巷"。当这个"假"从镇压他的葫芦庙中侥幸逃脱出来之后,这个"假"就正式登堂入室,登上了

历史的舞台。

　　这个葫芦庙里，只是侥幸逃走了"假"这个妖魔鬼怪，但后来这个镇妖降魔的葫芦庙，随着葫芦庙里"炸供"而被烧毁。这个"镇魔降妖"的葫芦被烧毁之后，此时被镇压在葫芦庙中的所有妖魔鬼怪就会倾巢而出，这个"潘多拉魔盒"就被彻底打开了，社会便正式进入一个群魔乱舞的时代。而"真"呢！女儿也丢了，房子也烧了，田庄也被抢了，这个"真"走投无路，最后出家当了和尚。从此，这个"真"就消失在了历史的舞台中央，这就出现了"真隐假来"的混乱局面，《红楼梦》一书的序幕就此便正式拉开。

　　从此以后，不论贾雨村走到哪里，就等同于是这个"假"危害到了哪里、渗透到了哪里，一直到他来到急流津觉迷渡口，沉睡于"草庵"之中而出家为止，这个"假"就走过了他从发迹到辉煌、从辉煌到落魄的一生，这个"假"就彻底退出了历史的舞台。

　　第二，第二回："原来，雨村因那年士隐赠银之后，他于十六日便起身入都。至大比之期，不料他十分得意，已会了进士，选入外班，今已升了本府知府。"

　　当这个"假"来到都城之后，就说明这个都城受到了"假"的侵蚀，京都皇城就成了一个假文化的都城。后来这个"假"先生，在科举考试中得中了进士，这说明科举制度也是假的。没多久这个"假"就"升了本府知府"，这说明朝廷起用了一个"假"东西做了知府，从此，官场就变成了一个虚假的官场。

　　第三，第二回："因闻得盐政欲聘一西宾，雨村便相托友力，谋了进去，且作安身之计。"

　　"盐政"老爷乃林如海也，这里的"林"，指的是"文林"；"如海"，用的是"儒海"的谐音。"林如海"是指"文林儒海"。这个"假"先生做了林黛玉的老师，那么林黛玉所代表的文林中的"墨林"，就受到了"假"的侵害，墨林就变假了；林如海招来了这个"假"先生做西宾，就说明这个"假"侵害到了教育阵地之中，腐蚀到了文林儒海，对文林儒海形成了侵害，那么文林儒海，就成为一个"假"的文化阵地了。所以林黛玉就受到了假文化的教育，就变得虚假了。

　　"盐政"，作者用的是"言政"的谐音，即"言政"，指的是"言路之政"。并非指食盐之政。

　　第四，第二回："雨村忙看时，此人是都中在古董行中贸易的号冷子兴者,旧时在都中相识。"

作者所说的"古董行",并不是指经营古董这个行业,他是指古董行的性质。古董行的性质是什么呢?是倒卖老祖宗留下的老物件。这个行业水太深,造假太严重,是一个虚假性很强的行业。所以说,这个"古董行贸易"的冷子兴,是靠倒卖老祖宗遗留下来的文化遗产过日子的人,是靠弄虚作假谋生的人,所以冷子兴也是假的。

作者在这里说"古董贸易"这种文化,其实质是一种虚假的文化,是一些文化投机骗子。这就是说,贾(假)雨村是假的,在古董行贸易的冷子兴,也是假的,两假相遇,就格外亲密。"雨村最赞这冷子兴是个有作为大本领的人,这子兴又借雨村斯文之名,故二人说话投机,最相契合。"正所谓"物以类聚,人以群分"。

第五,第三回:"却说雨村忙回头看时,不是别人,乃是当日同僚一案参革的号张如圭者。"

"张如圭",作者用到了两个谐音字,即"张",谐音"脏";"圭",谐音"龟"。"张如圭",即"脏如龟",意味像乌龟一样肮脏兮兮的。

你看这个贾(假)雨村交的都是些什么人,不是古董行的,就是如乌龟一样的脏东西,又虚假又肮脏。

第六,第三回:"……今打听得都中奏准起复旧员之信……"

此回的回目写的是"金陵城起复贾雨村,荣国府收养林黛玉"。"金陵城起复贾雨村"。"金陵城"是座皇城。"起复",是重新起用。"贾(假)雨村"姓"假"。这句话的意思是说:皇城帝都重新起用了这个"假"。当皇城帝都重新起用"假"之后,一个假的时代便产生了。于是这个"假"便一路高升,一飞冲天,假得不像个样子了。

第七,第三回:"有日到了都中,进入神京,雨村先整了衣冠,带了小童,拿着宗侄的名帖,至荣府门前投了。彼时贾政已看了妹丈之书,即忙请入相会。见雨村相貌魁伟,言语不俗,且这贾政最喜读书人,礼贤下士,济弱扶危,大有祖风,况又系妹丈致意,因此优待雨村,更又不同,便竭力内中协助。题奏之日,轻轻谋了一个复职候缺,不上两个月,金陵应天府缺出,便谋补了此缺,雨村辞了贾政,择日到任去了。"

现在这个"假",又投到荣府里了。我们都知道,荣府是座文化之府,是文化的王国,那"假"投了进来,就等于是这个"假"渗透到了文化的王国之

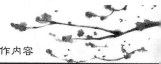

中。当这个"假"渗透进这座文化的王国之中时,那所有的文化就受到了"假"的影响,就变"假"了。

又由于这个"假"见到了"贾(假)政",这个"假"又渗透到了"政治"之中,所以这个政权就成了一个假的政权、假的政治了。

"应天府"又称京师、南京。南京是明朝时期的称谓,为明朝前期的首都。这个"假"主政"应天府",就说明这个"假"渗透进了应天府这个地域文化圈。

贾政,乃"假政"也,这个"假"的化身之所以能顺利主政"应天府",全托这个"假政"的福,全拜这个"假政"所赐,如果不是这个虚假的政权作怪,这个"假"又怎能进入官场呢? 作者在这里,是在辛辣讽刺这个假的政权、假的政治。

第八,第四回:"如今且说贾雨村,因补授了应天府,一下马,就有一件人命官司详至案下,乃是两家争买一婢,各不相让以至殴伤人命。……"

这是人命官司,也就涉及司法问题,贾雨村办案,就代表用"假"来办案子,这就说明这个"假"渗透进了司法行政之中。当"假"进入司法机关之后,就会导致冤假错案频发,所以才有"葫芦僧乱判葫芦案"这一节,引出了"护官符"这一臭名昭著的潜规则。

第九,第三十二回:有人来回说:"兴隆街的大爷来了,老爷叫二爷出去会。"宝玉听了,便知是贾雨村来了,心中好不自在……宝玉一边蹬着靴子,一面抱怨道:"有老爷和他坐着就罢了,回回定要见我!"

第十,第十六回:"且喜贾琏与黛玉回来,先遣人来报信,明日就可到家,宝玉听了,方略有些喜意。细问原由,方知贾雨村也进京陛见,皆由王子腾屡上保本,此来候补京缺,与贾琏是同宗弟兄,又与黛玉有师从之谊,故同路作伴而来。"

"进京陛见"? 陛下见的是谁? 陛见的是"假",这说明陛下起用的也是一个"假"东西。"补京缺",说明这个"假"来到了皇宫,做了京官,那皇宫也就理所当然地成为一个假话满天飞的宫殿。

第十一,五十三回:"当下已是腊月,离年日近,王夫人与凤姐治办年事。王子腾升了九省都检点,贾雨村补授了大司马,协理军机,参赞朝政。不题。"

"贾雨村补授大司马,协理军机,参赞朝政。""大司马"是执掌三军的最高指挥官,历朝多有变更,但到汉武帝时,大司马除执掌兵权外,还可以进入朝中参赞朝政,执掌枢机。这说明这个"假"已渗透到军事与政治之中,军政大权独揽。那么,此时的军队与政治都已被"假"所控制,这个"假"已把持了军事与朝政,可谓一人之下,万人之上。这也是这个"假"最辉煌、最鼎盛的时期。常言道"物极必反,水满则溢",从此开始,这个"假"就要走下坡路了,这里是这个"假"由盛极而转于衰退的分水岭。

第十二,一百零三回:"且说雨村升了京兆府尹,兼管税务。一日出都查勘开垦地亩,路过知机县,到了急流津,正要渡过彼岸,因待人夫,暂且停轿。只见村旁有一座小庙,墙壁坍颓,露出几株古松,倒也苍老。雨村下轿,闲步进庙,但见庙内神像金身脱落,殿宇歪斜,旁有断碣,字迹模糊,也看不明白。意欲行至后殿,只见一翠柏,下荫着一间茅庐,庐中有一个道士合眼打坐。雨村走近看时,面貌甚熟,想着倒像在那里见来的,一时再想不出来。从人便欲吆喝,雨村止住,徐步向前叫一声老道。……

……'学生虽溯洄思切,自念风尘俗吏,未由再睹仙颜,今何幸于此相遇,求老仙翁指示愚蒙。倘荷不弃,京寓甚近,学生当得供奉,得以朝夕聆教。'那道人也站起来回礼道:'我于蒲团之外,不知天地间尚有何物。适才尊官所言,贫道一概不解。'说毕,依旧坐下。

……雨村正无主意,那道人道:'请尊官速登彼岸,见面有期,迟则风浪顿起。果蒙不弃,贫道他日尚在渡头候教。'说毕,仍合眼打坐。"

第五十三回,贾雨村官至大司马,协理军机,参赞朝政。而这一百零三回,却只是一个京兆府尹了。"京兆尹"比起"大司马"官职要低好几个级别,这就说明这个"假"已开始走下坡路了。

"急流津",当人遭遇急流不测之时,就应该急流勇退,才能保全自己。

"觉迷渡口",这个"迷",是指"迷津"。"觉迷",即是"觉醒而迷途知返"。这段描述是说这个"假",已有了急流勇退之意,觉迷隐退之心,但他还是放不下他所拥有的荣华与富贵,最终还是没能跨出那一步红尘。

第十三,一百一十七回:"那两个人说道:'虽不是咱们,也有些干系。你们知道是谁?就是贾雨村老爷。我们今儿进去,看见戴着锁子,说要解到三法司衙门里审问去呢。我们见他常在咱们家里来往,恐有什么事,便跟了去打听。'贾芸道:'到底老大用心,原该打听打听。你且坐下喝一杯再说。'两人让了一回,便坐下,喝着酒道:'这位雨村老爷也能干,也会钻营,官也不小了，只是贪财，被人家参了个婪索属员的几款。如今的万岁爷是最圣明、最仁慈的，独听了一个'贪'字，或因糟蹋了百姓，或因恃势欺良，是极生气的，所以旨意便叫拿问。若是问出来了，只怕搁不住。若是没有的事，那参的人也不便。如今真真是好时候，只要有造化，做个官儿就好。'"

贾雨村被革职查办，导致枷锁加身，这就说明这个"假"被革职查办了，他已走到了此生仕途的尽头。

回想贾雨村这个"假"的一生，从第一回这个"假"侥幸逃脱，"得中进士"、官拜"本府知府""金陵应天府""候补京缺""官至大司马，协理军机，参赞朝政"，一路是顺风顺水，凯歌高奏。最后又官拜"京兆尹，兼管税务"，最终被革职查办，枷锁加身。正好是贾雨村这个"假"，从兴到盛、从盛到衰的一个全过程。

当这个"假大人"兴旺之时，正是"假"最猖獗之时。当"假"消失之后，一个"假"的世道就结束了。当一个假的世道结束之后，一个真的世道就会产生，这就是作者所说的"一个回环"。真与假，假与真，真的世道与假的世道，假的社会与真的社会，始终就是这样往复循环着，此起彼伏，此消彼长，这大概就是宇宙万物变化的自然法则吧！

当贾雨村所代表的"假"，开始走下坡路的时候，代表"真"的"甄家仆"就开始出现了，"真"就慢慢开始萌芽了。

第九十三回："甄家仆投靠贾家门"，就是"真"开始进入"假门"的时候。当"真"开始进入"假门"之时，这个"假门"就会慢慢开始朝着"真"的方向转变。不但真（甄）家仆已进入了"假门"，后来的真（甄）老爷"甄应嘉"这个"真"，也进入了假（贾）家门。这就说明"真"即将战胜"假"，"假"的末日已快要来临。

第一百一十四回："王熙凤历幻返金陵，甄应嘉蒙恩还玉阙"。"甄应嘉"的谐音乃"真应嘉"也，意味这个"真"应该受到嘉奖。而这个"真"老爷是奉皇上之命被招进京的，这就表明"真"正式走入了政治舞台的中央。

"玉阙"，指皇宫。"甄应嘉蒙恩还玉阙"，表明皇上正式将"真"招入了皇宫，社会从此将走上"尚真"的道路。不但真（甄）老爷重新被起用，真（甄）家夫人、真（甄）家宝玉与"真（甄）家家眷"，也一起来到了京城。从此，"真"取"假"而代之，正式登上了历史的舞台，一个假的时代正式结束。

当真（甄）家时来运转之时，正是假（贾）家走向没落败亡之日。你看，第九十三回，当"真（甄）家仆投靠贾家门"时，假（贾）家就出现了"水月庵掀翻风月案"的事情；第一百一十四回，当"真（甄）应嘉蒙恩还玉阙"之时，正是假（贾）家"王熙凤历幻返金陵"的时候；第一百一十五回，当假（贾）家"惑偏私惜春矢素志"的时候，正是真（甄）家宝玉"证同类宝玉失相知"的时候。真（甄）家来的是"真宝玉"，而假（贾）家是"假宝玉"，真与假两个宝玉本就不同根，有真就无假，有假就无真，两人决裂在所难免。作者这样的写作安排，是借鉴了《西游记》真假美猴王的写作方法。

第十四，一百二十回："不言袭人从此又是一番天地。且说那贾雨村犯了婪索的案件，审明定罪，今遇大赦，褫籍为民。雨村因教家眷先行，自己带了一个小厮，一车行李，来到急流津觉迷渡口。只见一个道者从那渡头草棚里出来，执手相迎……"

食毕，雨村还要问自己的终身，士隐便道："老先生草庵暂歇，我还有一段俗缘未了，正当今日完结。"……士隐说着拂袖而起，雨村心中恍恍惚惚，就在这急流津觉迷渡口草庵中睡着了。

先是甄士隐这个"真"，来到急流津觉迷渡口的草庵之中而出家。最后是贾雨村这个"假"，来到急流津觉迷渡口而困于草庵之中，此时的甄士隐这个"真"又重新进入了红尘之中，一个"假隐真现"的格局就产生了。

综上所述，第一回"甄士隐梦幻识通灵，贾雨村风尘怀闺秀"，它的意思是说这个"真"历经三劫之后，已大彻大悟，看破红尘，最后皈依佛门。我们想一想，当"真"遁入空门之后，那"真"就从尘世间消失了。当"真"从尘世间消失了之后，一个真的世道就隐去了。"贾雨村风尘怀闺秀"，表明这个"假"侥幸从葫芦庙里逃了出来，进入了尘世之中。当"假"进入尘世之中，一个假的社会也就产生了。作者将这个假的社会就称作一个"假语村"。简单地说，第一回写的是"真隐假来"。

第一百二十回正好相反，是甄士隐这个"真"从草庵中出来了，而贾雨村这个"假"却困睡在了草庵之中。简单地说就是"假隐真归"。当"真"重新回归到这世上的时候，表明一个真实的世道又重新产生了。当"假"困于草庵之中的时候，表明这个"假"遁入了空门，假就消失了。此时，"真"与"假"正好调了一个个儿。省去第一回与第一百二十回之间的所有章回的所有情节，仅就一前一后两个章回来说，"真"与"假"正好是一隐一现，一现一隐，正好是真与假的一个来回，也就是一个回环。

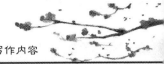

"真"与"假"本来是两个文字,但作者却把"真"与"假"当成两个人来写,再通过一些故事的情节将它们串联起来,用写人的方式来写文化,用写人的命运,来隐写文化的命运。不论人物性格如何,不论故事情节多么曲折,不论结局多么悲惨,其实,作者写的都是一个"真"与"假"的问题。

《红楼梦》写的就是"真"与"假"的事。真隐假来,假隐真出,真与假的一次回环,正好是社会兴与衰的一次更替。《红楼梦》从第一回到一百二十回,正好是一个完整的回环过程。从第一回"真隐",到第一百二十回"真来";从第一回"假出",到第一百二十回"假隐",《红楼梦》写的就是从"假"出现,再到"假"毁灭的整个过程。

从这里也印证了《红楼梦》一百二十回本,就是《石头记》一百二十回本的真本,是曹雪芹先生一人所著,不存在后四十回是由别人续写的可能。

现在把这个"假"的人生轨迹再现出来。

"贾雨村风尘怀闺秀"。——"假"从葫芦庵里出来,进入红尘之中。

"贾雨村会了进士"。——"假"侵入科举考试之中。"假"发迹的开始。

"贾雨村升了本府知府"。——"假"侵入官府之中。"假"继续高升。

"贾雨村被聘为林府西宾"。——"假"侵入文林儒海之中。

"金陵城起复贾雨村"。——"假"被朝廷重新起用。"假"又一次出山。

"补了金陵应天府的缺"。——"假"侵入应天府。"假"又一次开始进入官场。

"葫芦僧乱判葫芦案"。——"假"侵入司法判决之中。"假"危害司法。

十六回贾雨村与贾琏和林黛玉一同进京。——"假"侵入京都之中,侵害到了瑚琏之臣和林黛玉所代表的东南方文化的墨林之中。"假"危害到了整个官场与皇城。

"贾雨村补授大司马,协理军机,参赞朝政"。——"假"侵入军事与朝政之中。这是这个"假"最辉煌的时候,也是这个"假"最猖獗的时候。这是"假"的盛极时期,也是"假"由盛转衰的一个分水岭。

"贾雨村升了京兆府尹兼管税务"。——"假"侵入京兆府和税务之中。由"大司马"降为了京兆府尹。"假"开始由兴转衰。

"贾雨村老爷戴上了锁子"。——"假"已走到了尽头,被锁了起来。假已走向了末日。

"贾雨村困睡在了急流津觉迷渡口的草庵中"。

"假"的出家,宣告这个"假"彻底退出了历史舞台。——"假"彻底消失了。

"甄士隐出草庵"。——宣告这个"真"重新回归到社会之中,走到了历史舞台的中央。

这是这个贾雨村——"假大人",从发迹到毁灭的一个完整过程。以上这个过程,也是《红楼梦》一书写作的一个完整脉络。贾府(假府)是一座假的文化之府,这个假的文化之府,是随着贾雨村这个"假"而起舞的。贾雨村(假语村)之"假",是社会之"假",是一个时代的大方向。而贾府(假府)之"假",是文化之"假",是文化领域的虚假。"文运与国运相牵,文脉与国脉相连"。《红楼梦》为何侧重写文化的兴衰,其目的是要通过写文化的兴衰,而影射社会的兴衰。《红楼梦》的作者曹雪芹先生,将中国六大地域文化,以及几乎所有主要文化,在进入末世时的末世特征,都进行了细致入微的描述,将它们的前世今生看得入木三分。

第六节 《红楼梦》一书中人物与文化之间的关系

一、文化的外衣与内衣

每个人的外貌特征,代表的是这种文化的外在特征;每个人的衣着,代表的是这种文化的内在与外在的特征;每个人的一言一行,代表的是这种文化的表现特征;每个人的性格特征,代表的是这种文化的性格特征;每个人的命运,代表的是这种文化的命运;每个人的结局,代表的是这种文化的结局。以贾宝玉为例来说明以上问题:

第三回:"黛玉心中正疑惑着:'这个宝玉,不知是怎生个惫懒人物,懵懂顽童?'倒不见那蠢物也罢了。心中正想着,忽见丫鬟话未报完,已进来一位年轻的公子:头上戴着束发嵌宝紫金冠,齐眉勒着二龙抢珠金抹额,穿一件二色金百蝶穿花大红箭袖,束着五彩丝攒花结长穗宫绦,外罩石青起花八团倭缎排穗褂,蹬着青缎粉底小朝靴。面若中秋之月,色如春晓之花,鬓若刀裁,眉如墨画,脸似桃瓣,睛若秋波。虽怒时而若笑,即嗔视而有情。项上金螭璎络,又有一根五色丝绦系着一块美玉。"

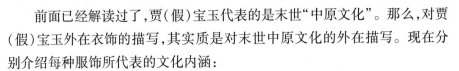

前面已经解读过了,贾(假)宝玉代表的是末世"中原文化"。那么,对贾(假)宝玉外在衣饰的描写,其实质是对末世中原文化的外在描写。现在分别介绍每种服饰所代表的文化内涵:

"头上戴着束发嵌宝紫金冠":

"紫金冠",又名"太子冠",是王公贵族公子哥所戴的冠冕,是高贵身份与地位的象征。因为宝玉是"赤瑕宫神瑛侍者"——玉玺,玉玺是君权的象征。这方玉玺降生在了中华民族的至中之地——中原,所以他也代表着中原文化。因为现在把这顶"太子冠"戴在宝玉的头上,也就相当是戴在了中原文化的头上。这就是说,作者认为,中原文化是中华民族文化中身份极其高贵、地位极其显赫、有王者之风范,是中华文化之中当仁不让的王者,所以作者就给中原文化戴上了一顶象征王冠的"紫金冠"。

"齐眉勒着二龙抢珠金抹额":

"二龙抢珠",是中华民族的吉祥图案。在这里描写的是中原文化的地理环境优势与地位优势。中原有何地理优势呢? 第一,中原之地有两大山脉汇聚于此。北有太行望首中原,南有昆仑余脉秦岭守望中洲;第二,北有黄河,南有淮河,黄淮两河穿行于中原大地。在古代,人们称山脉为龙脉,称河水为龙血。这就是说,中原有两条龙脉同时汇聚于此,有两条河流流经此地,它就像两条巨龙同时蜿蜒于中原大地之上,所以,中原是名副其实的中华龙兴之地,而中原就如一颗璀璨的明珠,镶嵌在中华大地上,这就构成了"二龙戏珠"的图景。书中为何说是"抢珠"呢? 这是因为中原有着得天独厚的地理优势,南北两大文化同时交汇于此,历朝历代中原都是兵家必争之地。古有"得中原者得天下"之说,所以南北两大文化从来没有停止过对中原的争夺。一个"抢"字,道出了南北两大文化对中原文化的争抢与夺占。

这句话的意思是说:中原文化有着得天独厚的地理环境优势,两山两河同时汇聚于此,中原之地就像是镶嵌在中华大地上的一颗明珠。中原之地,历朝历代都是南北两大文化相争相夺的交汇点。

中华民族为什么崇拜龙,又为什么被称为龙族,将龙视为中华民族的图腾? 应该就源自于此吧!"龙崇拜"深入中华文化的各个方面,以至于服饰之中就有着"二龙抢珠"的这种纹饰图案。

"穿一件二色金百蝶穿花大红箭袖":

"二色"兼具两层含义。第一层是指"阴阳"文化,具有一阴一阳的两面特色。谈起"阴阳"在中华文化中的地位，那可了不得，别看"阴阳"只有两个字，可它是中华文化产生的本源，是中华文明兴起的源头。第二层意思是指一黄一红二色。中原地区是中华至中之地，与"金木水火土"中的"土"相对应，"金木水火"围绕着四方，而"土"居中华至中之地。"土"是黄色的，黄土的颜色，是中原文化的本色，所以中原文化特别崇尚黄色。中原文化除了崇尚"黄色"以外，还特别崇尚"红色"，可以说，中原民族从诞生的那一刻起，就与红色结下了不解之缘。所谓的"二色"，作者是在说，中原文化一是"尚红"，二是"尚黄"，红黄二色兼具。"尚黄"与"尚红"是中原文化的又一大特色。

"百蝶"的"蝶"与耄耋的"耋"同音，在古代寓意长寿。百蝶，寓意长命百岁、千秋万代。

这句话的意思是在说：中原文化历史悠久，源远流长。

"束着五彩丝攒花结长穗宫绦"：

"五彩"指"五方、五行"配"五色"。即东对木，木对青；南对火，火对赤；西对金，金对白；北对水，水对玄；中对土，土对黄。五彩，是指"金、木、水、火、土"五行和与它相对应的"青、白、赤、黑、黄"五色。作者是在说，中原文化有着"五行"与"五色"的特质。

"结长穗"：

"穗"与"岁"同音。"长穗"即"长岁"，指长命百岁，寓意"历史悠久"。

"宫绦"：

寓意中原文化与处在中华权力中心的宫廷，有着不解之缘，与宫廷文化紧密地结合在一起。

这句话是在说，"中原文化深深打上了五行与五色的烙印，历史悠久，源远流长，长期处在中华文化权力的中心，与宫廷有着不解之缘，长期处在中华文化的中心位置"。

"外罩石青起花八团倭缎排穗褂"：

石青的"石"代表厚重；"青"代表庄严。"石青"，寓意着厚重而庄严。从石青这种颜色来分析，也是一种厚重而庄严的色彩。同时，石青色也是清朝官服的颜色。

"花"与"华"同音，代表华贵、华丽、富贵荣华。

八团的"团"代表团团圆圆。"八"在汉文化中是一个吉数，有"八八大

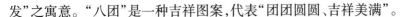

发"之寓意。"八团"是一种吉祥图案,代表"团团圆圆、吉祥美满"。

倭缎,这种面料原产自日本,后来我国也开始生产。这是一种带绒毛的面料,特别柔软,毛绒绒的,显得雍容华贵。

排穗褂的"穗"谐音"岁","排穗",代表多岁,长寿,岁岁平安。

青缎粉底小朝靴:

"青"与"清"谐音。"粉"是指粉白色。"青缎粉底",是指有清有白,清清白白。指中原文化崇尚清清白白。

"朝靴",是上朝时所穿的靴子,寄托着临宫登朝的美好愿景。头上是太子冠,脚下是朝靴,可见中原文化追求的是一种高贵而显赫的格调。

"面若中秋之月":

形容中原文化的面貌像中秋之月一样,高挂于天,又圆满又洁白。

"色如春晓之花":

"春花",寓指"春华、华美"。

"鬓若刀裁,眉如墨画,脸似桃瓣,睛若秋波。"

说明中原文化鬓眉严整而端肃,脸似桃花而美丽,睛若秋波而多情。

"虽怒时而若笑,即嗔视而有情":

这是在说中原文化即使在发怒时,也好像带着微笑;即使在生气时,也似乎含有柔情。意思是说中原文化,怒不像怒,笑不像笑,生气时也好像含着柔情,太过含蓄,缺乏锋芒。

"五色丝绦":

五色,指"青、赤、白、玄、黄"。"五色"并没有什么神秘之处,但关键是在古代中华文化中,五色与五方相对应,即:东对青、南对赤、西对白、北对玄、中对黄。四方又与四方神灵相对应,即:东青龙、南朱雀、西白虎、北玄武,四方之神守护着四方。这就是说,"五色"被赋予了神圣的色彩,成了一种护身避邪的法宝。比喻五色缕、五色绦、续命丝、长寿线、延年缕……还有一种用五色线编织的"五彩百索"。总之,"五色丝绦"被神化之后,就有着避邪禳灾、趋吉避凶的功效,这个"五色丝绦"正是这个意思。

综上,贾宝玉的外在装扮,体现出来的是中原文化的外衣,从这些装扮中我们可以看出,中原文化从头到脚、从上到下,全部被一些吉祥文化所包裹着,全部被一些华而不实的东西所充斥着。作者认为,处在末世时的中原文化,华而不实,且有点疯傻痴呆之状,将一个毫无关联的东西硬是想象成一种吉祥的寓意。如:将马与猴连在一起,寓意"马上封侯";蝠与灵芝,寓意"福至心灵";柿子与如意,寓意万事如意;莲与鱼,寓意"连连有余";莲蓬与蝙蝠,寓意"年年有福、多子多福";荷,寓意"和和美美";两朵莲花,寓意"并蒂莲"。玉堂富贵、花好月圆、花开富贵、连生贵子、岁岁平安、松鹤延年、竹报平安、知足常乐等,这些具有吉祥寓意的题材,层出不穷,名目繁多,花样百出。一个菱角,偏要把它想象成"聪明伶俐",一个花瓶,偏要把它想象成"荣华平安",连一只鹌鹑鸟,都要赋予它"平安"的寓意。所以,作者讥讽中原玉文化和中原文化,大有无中生有、无病呻吟、疯痴呆傻之状,用曹雪芹先生的话来说就是:"无故寻愁觅恨,有时似傻如狂。纵然生得好皮囊,原来腹内草莽……"

第三回:"一时回来,再看,已换了冠带:头上周围一转的短发,都结成小辫,红丝结束,共攒至顶中胎发,总编一根大辫,黑亮如漆,从顶至梢,一串四颗大珠,用金八宝坠脚,身上穿着银红撒花半旧大袄,仍旧戴着项圈、宝玉、寄名锁、护身符等物,下面半露松花撒花绫裤腿,锦边弹墨袜,厚底大红鞋。越显得面如敷粉,唇若施脂,转盼多情,语言常笑。天然一段风骚,全在眉梢;平生万种情思,悉堆眼角。"

这是宝玉脱掉外衣之后,里面露出的内衣,这叫作文化的内衣。文化的外衣是出门穿着好看的,也是给人看的;文化的内衣,是回到家里时的真实的真我,没有那种外衣的遮饰,露出的都是本真,现出的都是原形。现在来看看末世中原文化的本真与原形又是什么?

短发:头发在古代可有着很大的讲究,不像现在,想剃就剃、想剪就能剪的。为什么头发不能随便剪呢? 孔子说:"身体发肤,受之于父母,不敢毁伤,孝至始也。立身行道,扬名于后世,以显父母,孝之终也。"孔圣人认为,人的肤发受之于父母,是父母给的,得永久留着,否则就是对父母的不敬与不孝。所以古代人不论男女老少都得留着长发。留发不仅仅是留不留头发的问题,它涉及的是讲不讲孝道的问题。

"短发"是新长的,代表着后天的孝道。"顶中的胎发",是先天的,是在娘胎里就有的,代表着先天的孝道。作者是在表明,中原文化先天就带着孝道的基因而生,后天又围绕着这个"孝"字,派生出了无数的孝道学说与老旧的规矩,就像那一圈短发,一根一根,密密麻麻,盘根错节。先天的"长发"与后天的这些无数的"短发"总归在一起,就构成了一根象征"孝道"的又长又粗、又黑又亮的大辫子。

"又黑又亮的大辫子",是作者对"愚孝"的辛辣讽刺和无情的嘲笑,同时,也是对孔孟之道的无情鞭挞。一根头发本无什么,却偏要无中生有、没事找事,编出这样的一个故事来,把它与"孝"联系在一起。

今天,我们在面对中国传统文化时,不能盲目地去接受,去继承,应该要取其精华,去除糟粕,务实求真,批判性地去继承,不能让几千年的老教条、老传统、老思想、老风俗、老习惯,捆住我们的手脚。

"一串四颗大珠,用金八宝坠脚":"四颗大珠",寓含道教所认为的,青龙、白虎、朱雀、玄武四方之神。"八宝":佛教八吉祥相,即宝瓶、法轮、右旋螺、吉祥结、胜利幢、宝盖、双鱼、莲花。

列位看官,你看这根辫子是何等珍贵,非得用道家四神灵与佛家八宝来护佑,好像不这样,就不足以显示其尊贵身份;不这样,就不足以显示其孝道。

"银红撒花半旧大袄":中国是一个红色的国度,红是中国的国色,保持红的本色,是中华民族的灵魂,也是中华文化的核心。而"银红"乃是一种近乎于白色的淡红色。这就是说,中原文化已淡出了中华文化大红的本色,现在已蜕变成为了淡淡的白红色。"半旧":指中原文化说新又不新,守旧又不旧,半旧不新,好像一锅夹生饭。

这句话表达的意思就是:中原文化到了末世,已脱离了原有的大红的本色,而蜕变为淡淡的白红色,说弥新,又不新,说守旧,又不旧,处于一个半旧不新的夹生状态。"红"又代表着忠孝,而此刻表现出的是一种近乎于白的红色,中原所秉持的忠孝仁义,在此已淡出了中原文化的发展进程之中。

"仍旧戴着项圈、宝玉、寄名锁、护身符等物":

项圈:古时谁家生了宝贝儿子,都要给他脖子上套上一个项圈,怕妖魔鬼怪把他的魂魄摄走了而丧命,有了这个项圈,就能把这孩子的命给套住了,就死不了了。

宝玉:有一除邪祟,二疗冤疾,三知祸福的功能。能趋吉避凶、逢凶化吉,护佑孩子平安。

寄名锁:道教用来护佑孩子长命百岁的符箓。

护身符:道教又称为神符、灵符,有驱邪避祸,保命防灾的作用。

项圈、宝玉、寄名锁、护身符,功能都差不多,都是防身保命、驱邪避凶的迷信产物。曹雪芹先生批判末世中原文化，实在是变得有点疯傻痴呆、无病呻吟、糊里糊涂之态，表面看上去亮丽光鲜，实则腹内草莽，起不到任何作用，于家于国无望。

"下面半露松花撒花绫裤腿"：

松花：松花是一种淡黄色的花。中原在"金、木、水、火、土"五行中属土，称为土德。土是黄色的，所以"尚黄"是中原文化的又一大特色。而松花虽是黄色，但它与土黄色比较，却淡了许多，相差甚远。作者这是在说，中原文化已脱离了自己"黄土"的本色，失去了泥土的芬芳气息，越来越不接地气了。

撒花：意味变着花样，总想在这个黄色的基调上翻点花样，增加点华丽的色彩，殊不知黄土色才是中原文化质朴的色彩。中原文化保持着黄土的本色就好，如果在这黄土的本色上加上几分鲜艳与华色，那中原黄土的本色就被破坏掉了。

这句话的含义是在说，中原文化已脱离了它原本的质朴本色，增加了许多华丽的色彩，变得越来越不接地气了。

"锦边弹墨"：锦边与土色是相对应的。锦，乃指美丽。墨，黑色也，比喻污点。作者这是在说中原文化，脱离了它原本的质朴之美，却着意去追求华美的格调，其最终的结果是搞得污迹斑斑，不伦不类。

"厚底大红鞋"：鞋的底越厚，就离地越远。离地越远，就难已接地气。作者说的是鞋底，其实言的是中原文化不接"地气"。

"大红鞋"：大红代表忠诚、仁孝。可这个"大红色"现在被踩在了脚下。将"忠孝"踩在脚下，这样就显得不忠不孝了。作者是在说中原文化，不但没有继承忠孝的本色，而且忠与孝还遭到了无情践踏。

整段话都是在揭中原文化之失。

中原文化的特色：一是尚龙，二是尚红，三是尚黄，四是尚玉。可到了中原文化的末世，曾经那条呼风唤雨的飞龙，则演变成为一条只会爬行的"螭"；曾经以忠孝传家的中原民族，最终将象征忠孝的红色踩在了自己的脚下；曾经那个崇尚黄土色彩的民族，最终只剩得一点点淡淡的银红；曾经那个玉崇拜的厚重民族，最后却虚构出了许多庸俗而毫无实质意义的吉祥图文。

前一段对贾宝玉装扮的描写，是他外面的穿着打扮，代表着中原文化的

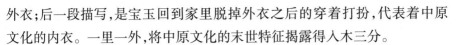

外衣;后一段描写,是宝玉回到家里脱掉外衣之后的穿着打扮,代表着中原文化的内衣。一里一外,将中原文化的末世特征揭露得入木三分。

宝玉这个人物的设定,是参照末世中原文化的性格特征量身定制的。他的外表,是中原文化的末世表象;他的性格,代表的是中原文化的末世性格特征;他的遭遇,代表的是末世中原民族的遭遇;他的命运,代表的是末世中原民族的命运。

二、文化与文化之间的关系

《红楼梦》中,人与人的关系,代表的是一种文化与另一种文化之间的关系;一个人的祖父母,代表的是这种文化的祖宗与根基;一个人的父亲,代表的是这种文化的父体;一个人的母亲,代表的是这种文化的母体;一个人的直系亲属,代表的是这种文化的直系血缘关系;一个人的旁系亲属,代表的是这种文化的旁系关系;一个人与另一个人关系的疏密,代表的是这两种文化之间的疏密关系;一个人喜爱另一个人,就代表这种文化喜爱另一种文化;一个人不喜爱另一个人,就代表这种文化不喜爱另一种文化……

比如,林黛玉代表东南方文化,贾宝玉代表中原文化,他俩之间的关系是东南方文化与中原文化之间的关系。东南方文化的核心是"才",中原文化的核心是"德",他俩之间的关系又是"才"与"德"之间的关系。林黛玉天生是一支毛笔,毛笔为"木质草胎";贾宝玉天生是"神瑛侍者","神瑛",即"神印玉玺",玉玺是玉石雕刻而成的。一个为"木",一个为"石",他俩的关系又是"木石前盟"的关系。

贾宝玉代表中原文化,北静王乃"北境王",代表的是北境游牧民族文化。贾宝玉与北境(静)王之间的关系,就是中原文化与北境游牧民族文化之间的关系。

贾宝玉与薛宝钗的关系,是中原文化与北方文化之间的关系。中原文化"尚玉"(玉),北方文化"尚武"(金),他俩之间的关系,就是"金与玉"之间的关系。

老太太代表着"封建历史文化",贾宝玉代表着中原文化。他俩之间的关系,是封建历史文化和中原文化之间的关系。

贾母代表着封建历史文化,而贾赦代表着"王法","王法"是君王之法,君王是一国之主。贾母生养了"贾赦",就代表着一个假的封建历史文化,生养出了一个假的国家。贾母生养了贾政，就代表着一个假的封建历史文化，生养出了一个假的政权。

贾元春代表琴文化，贾迎春代表棋文化，贾探春代表书法文化，贾惜春代表画文化，她们之间的关系就是"琴棋书画"四大文化之间的关系。

三、人之病乃文化之病

一个人病了，就表明着他所代表的这种文化病了；给一个人开的药方，就是治疗这种文化疾病的药方。

如林黛玉所代表的东南方文化病了，所开的药方都是治疗东南方文化之病的药方。林黛玉最大的病莫过于心病，人有了心病就一副愁眉苦脸的样子。所以药方要以"人参养荣"（人生养荣）为主，只要治好了她的心病，眉眼就舒展了，就不"蹙"了，也不"颦"了，就把她这个多愁善感、离仇别恨、爱恨情愁、愁眉苦脸的容貌给养好了。这就叫作"人生养荣"。

再如书中第八十回，有一个治疗妒妇的药方——妒妇方。怎么来治疗"妒妇"的妒病呢？于是"王一帖"就开出了一剂药方："极好的秋梨一个，二钱冰糖，一钱陈皮，水三碗，梨熟为度。每日清早吃这么一个梨。一剂不效，吃十剂；今日不效，明日再吃；今年不效，吃到明年……吃过一百岁，人横竖要死的，死了还妒什么？那时就见效了。"

我们现在来看看这个"妒妇方"，究竟表达的是什么意思。

"极好的秋梨一个"："梨"在古代，有"离"的寓意。"极好的秋梨"，其意思就是说：你要好好远离这个妒妇，当她看不见你了，她的妒心不就减了许多吗？常言道："眼不见，心不烦。"

"二钱冰糖"：冰糖是甜的，把糖熬成糖水给她喝，就表示用甜言蜜语去哄着她。如果反复用甜言蜜语去哄着女人，女人的妒心不就减少了吗？

"一钱陈皮"："陈皮"乃是陈年之橘皮，陈皮给人的感觉是皮厚色老。这里的意思是说：你这个男人要厚着脸皮，厚着这张老脸皮去俯就她，安慰她。

"水三碗"："水，善之善者也""上善若水"。"水三碗"言"多"，表示多用善言善意去感化她。你不能跟她来横的，更不能恶语相向。

每日清早吃这么一个梨：清早谓"早"，早上吃梨，即谓"早离"也。意思是说：你一早起来就离开妒妇，她一天连你的人影子都见不着，她找谁妒去？

这哪是什么药方，这就是治疗妒妇的方法。这个方法大概有五个内容，

第一是要好好离开妒妇一段时间；第二是要用甜言蜜语去安抚她；第三是要厚着脸皮说好话；第四是要用你的善言善意去感化她；第五是一早就离开她。

有好多人在分析这个方子时，都说人一妒忌就上火，一上火就肺燥，这个方子是保肺润燥之药。误矣。

又如薛宝钗代表的是北方文化中的"谋"，谋是属武文化的范畴。武文化天生就有一股子"热毒"，所谓的热病，即是血热之病，因为北方文化"尚武"，天生就有一股子血性。要治热病就得配"冷香丸"，以冷而治热。你看那个"冷香丸"的药方，不是"清"，就是"白"；不是"凉"，就是"寒"。意思是说，你要清清白白做人，把你那股子天生的"热毒"，用寒凉之物给压下去。

又如秦可卿所代表的三秦文化病了，开的药方就是治三秦文化之病的药方。三秦文化最大的毛病是"情天情海幻情身，情既相逢必主淫"。这就是说，三秦文化是犯了一个"淫"字，就是一个"淫"字，毁了三秦文化的"情"字。三秦文化是最有情有义的文化，但如果三秦文化被"淫"所污染，那就变得淫乱不堪了。

由于三秦文化已病入膏肓，所以张太医开的药方中，就有"人参、当归"。何谓"人参当归"？即"人生当归"也。言此病已治不好了，人生当要归西了。

四、给人吃的饭菜，就等同于给人吃的文化餐

"好容易等摆上来，头一样菜便是牛乳蒸羊羔。贾母便说：'这是我们有年纪的人的药，没见天日的东西，可惜你们小孩子们吃不得。今儿另外有新鲜鹿肉，你们等着吃罢。'"（第四十九回）。

"牛乳蒸羊羔"，这是老太太吃的一道菜。牛乳与羊羔都是没见天日的东西，为什么这么说呢？因为牛乳是从牛身上挤出来的，没见天日；羊羔是从母羊肚里剖出来的，也没见天日。没见天日就是没见阳光，没见阳光的东西，就是阴暗的东西，见不得人的东西。"牛乳蒸羊羔"，就是阴上加阴，非常阴暗的一道"菜"。"牛乳蒸羊羔"，就是将羊羔放入牛乳里蒸熟。这道菜做好之后，它的状态是羊羔被牛乳浸泡着，当这道菜端出来的时候，给人的印象就是，羊羔身上布满着牛乳，散发着乳香。如果用一个词来形容，就是"乳臭未干"。

为什么说"这是我们有年纪的人的药"呢？因为这句话是老年人的专

利,只有老年人说得,年轻人可说不得。这句话是老年人专门用来对付那些挑战老年人权威的年轻人的。我们经常听到一些老年人对年轻人说:"你知道什么?一个乳臭未干的毛小子,我吃的盐比你吃的饭还多,我过的桥比你走的路还多。"这些话非常阴毒,危害性极大,所以说这句话是"老年人的药"。它扼杀的是年轻人求知的天性,扼杀的是年轻人敢于挑战老传统、老权威、老说教的勇气。

"新鲜鹿肉",新鲜,意思是刚刚得来的。鹿肉,鹿在古代被称作"上古神兽与神宠",这里寓指"神气"。意思是说,你们这些年轻的孩子神气些什么?谁还没有年轻的时候!

"螃蟹",螃蟹"八跪而二螯",走起路来横着走,代表着"横行霸道"。书中说"贾府的人都喜爱吃螃蟹",这就等于是在说:这个"假府"里的人都爱横行霸道。

五、屋宇布局的文化内涵

(一)林黛玉的"潇湘馆"

第四十回:"刘姥姥因见窗下案上设着笔砚,又见书架上磊着满满的书……"林黛玉代表的是东南方文化中的"咏絮才",代表的是"文"。修文岂有不喜爱读诗书的?不多读书又何来的文才?所以对潇湘馆的描写,注重的是"书"和书写的"笔"。

(二)贾探春的"秋爽斋"

第四十回:"探春素喜阔朗,这三间屋子并不曾隔断,当地放着一张花梨大理石大案,案上磊着各种名人法帖,并数十方宝砚,各色笔筒,笔海内插的笔如树林一般。那一边设着斗大的一个汝窑花囊,插着满满的一囊水晶球儿的白菊。西墙上当中挂着一大幅米襄阳《烟雨图》,左右挂着一副对联,乃是颜鲁公墨迹,其词云:烟霞闲骨格,泉石野生涯。"

"案上设着大鼎,左边紫檀架上放着一个大官窑的大盘,盘内盛着数十个娇黄玲珑大佛手。右边洋漆架上悬着一个白玉比目磬,旁边挂着小锤。……"

贾探春在琴棋书画中,代表书法文化,所以在她的秋爽斋里,一是砚台多,二是毛笔多,三是名人法帖多。米芾与颜真卿,都是书法大家。而且还供奉着"金佛手"。书法需要砚台吧？需要毛笔吧？需要临摹名人法帖吧？特别是一双手，对于一个书者来说那是重中之重，因为书法作品的优劣，全在一双手上，有了一双佛手、圣手，就能写出好的书法来，所以她要将"佛手"供奉起来。

对秋爽斋的描写，完全是对一个书法者屋宇内设的描写。从这种描写中，我们也可以印证贾探春就是书法文化的代表。

（三）贾迎春的"紫菱洲"

贾迎春在"琴棋书画"文化中，代表"棋"文化，她的丫鬟的名字一名司棋，一名绣橘。

这两个名字明确无误地告诉人们，迎春就是棋文化的代表。司棋，就是下棋；绣橘，就是"秀局"的谐音，指秀一局，或下一局。迎春的名字也很有讲究，所谓的"迎"，是指输赢的"赢"，因为下棋的目的就是要争一个你输我赢。有人把贾家四姐妹解读为"原应叹惜"，其实贾家四姐妹指的是"琴、棋、书、画"四大才艺。古人经常将"琴、棋、书、画"相提并论，所以这四大文化，就如亲姐妹一般存在于书中。

"紫菱"，是从"指凝"上谐音过来的。"指凝"是指下棋时，两指拿起棋子，凝视棋盘，若有所思状。

（四）薛宝钗的"蘅芜苑"

第四十回："贾母忙命拢岸，顺着云步石梯上去，一同进了蘅芜苑，只觉异香扑鼻。那些奇草仙藤，愈冷愈苍翠，都结了实，似珊瑚豆子一般，累垂可爱。及进了房屋，雪洞一般，一色顽器全无，案上只有一个土定瓶中供着数枝菊花，并两部书，茶奁茶杯而已。床上只吊着青纱帐幔，衾褥也十分朴素。"

薛宝钗代表的是北方文化中的"谋"，谋的核心是"智"。"智者多隐"，所以薛宝钗又是一个隐者的形象。所以，对薛宝钗的屋宇描写，就切中一个谋者与智者和一个隐者的形象。

"土定瓶中供着数枝菊花"。"菊"是花中之隐，它符合一个谋者的特性，"谋"总是把自己隐藏得很深。在书中，薛宝钗是不是把自己隐藏得深之又深？"蘅芜"本就是古菊科植物，"蘅芜苑"本就是一座隐者之院。

"并两部书"。这两部书是什么书？书中并没有说清楚，但我们可以根据薛宝钗所代表的文化，大致分析出这两部书的书名。薛宝钗代表的是谋，一个谋者一般读什么样的书呢？肯定读的是关于谋略的书。那中华历史上，有哪两本书是关于谋略的书呢？首先，《三十六计》算一本，再就是《孙子兵法》算一本。

"床上吊着青纱帐幔"。青，乃黑也，青纱帐幔就是个黑帐幔。黑帐幔乃黑黢黢的，一点儿不透明，里面有人没人，外面是一点儿都看不清楚的。这里是用来比喻"谋"这种文化，隐藏得很深，一点儿都不透明。你想，"谋"这种文化就是不可告人的，如果很透明那就不是谋了。黑色也代表着阴暗，这也符合一个阴谋者的特性。

"谋者必忍，智者必诈"。谋者的行为是不能被人所知道的，这是"谋"这种文化的本质，所以谋者都很能隐忍，"小不忍则乱大谋"。薛宝钗就是以一个谋者、智者的形象存在于书中的，对她的描写，就是对"谋"与"智"这种文化的描写。

她又把自己隐在"青纱帐幔"里，一点儿都不透明，阴暗得很。于是老祖宗看到后就不高兴了，送了她四样物件："你把那石头盆景儿和那架纱桌屏，还有个墨烟冻石鼎，这三样摆在这案上就够了。再把那水墨字画白绫帐子拿来，把这帐子也换了。"

说的是物件，其实是老太太对薛宝钗说的话，提醒她要怎么做，应该怎么做。现在就分析如下：

"石"寓意"实在"；"纱"寓意"透明"；"石头盆景和那架纱桌屏"的意思是说：你这个人要实在一点儿，透明一点儿。

"墨烟冻石鼎"。"冻石"，是福建寿山石的一种，这种石特别细腻通透。这句话是在对薛宝钗说："你要通透一点儿，把你那阴暗神秘的一面收起来。"

"水墨字画白绫帐子"。"墨"是黑色的，黑也称为"青"。白绫是白色的，"青"与"白"合在一处，就是"清清白白"。（"清"是"青"的谐音）老太太的意思是说："你要清清白白一点儿。"

这一段话综合起来就是说："你做人要实在（石）一点儿，办事要透明（纱）一点儿，为人要透亮（冻石）一点儿，不要搞得那么阴暗（青帐幔），要清清白白（墨画白绫）一点儿。"

谋,有阳谋与阴谋之分,而薛宝钗在书中代表的就是"阴谋",她把自己隐藏得深之又深,让人看不清她的真面目,一有机会就使阴谋诡计害人。

(五)李纨的"稻香村"

李纨这个名字的谐音,就是"理完",指理完了。"李"是从"理"上谐音过来的。李纨住的地方,为何称作"稻香村"呢? 因为"稻香村"是从"道香村"里谐音过来的。何谓"道香"呢? 就是指带着道文化的芳香。"理"这种文化,始终与"道"有着不解之缘,我们一般不是总喜欢将"理"说成"道理"吗?

第十七回有一处对稻香村的描写,其中有:"有几百株杏花,如喷火蒸霞一般。"何谓"杏"呢? "杏"在书中特谐音为"信",指信义,诚信。作者为何要写这个稻香村有几百株杏花呢? 因为"理"这种文化是讲究诚信的,是讲究道义的,所以这个"稻香村"中,才有几百株的杏花。"几百株的杏花",就代表很多、极多的"信"。

所有文化的居所,无不带有本文化的特色,无不打上了本文化的烙印。作者对各种文化的屋宇的描写,都是刻意为之,并不是信手之笔。

六、房子在《红楼梦》中的寓意

房子是用来住的,所以在书中,作者将房子就寓意为文化的阵地;一个人住房的布局与摆设,代表的是这种文化的特点或特色;一个人住房的大小,代表着这种文化的势力大小。如王夫人这个"王",她住的房子一定是要符合一个王者的身份,所以她的房子布局,处处显示出一个王者的气势:"向南大厅之后,仪门内大院落,上面五间大正房,两边厢房,鹿顶耳房钻山,四通八达,轩昂壮丽,比贾母处不同。黛玉便知这方是正内室,一条大甬路,直接出大门的。进入堂屋中,抬头迎面先看见一个赤金九龙青地大匾,匾上写着斗大三个字,是'荣禧堂'……"(第三回)。

你看这个"王"者的屋宇,处处凸显的就是一个大,一个气派。为何? 就因为她是一个王者。

又如王熙凤的住房:"南边是倒座三间小小的抱厦厅。北边立着一个粉油大影壁,后有一半大门,小小一所房室。"(第三回)。

"倒座",寓指"倒行逆施";"粉油大影壁",粉油,比喻粉面油滑,大滑头一个。影壁,把后面的房子都遮挡着,寓意藏着掖着,有不可告人的秘密;"一半大门",只有一半大门,那另一半大门哪去了? 这里寓指的是末世后宫文化"破落户"的本质。

王熙凤代表的是末世后宫文化,末世后宫文化是一种"破落户"文化,所以她只有一半大门。这种文化特别阴险,所以她靠一个大影壁遮掩着,好把自己隐藏起来。这种文化倒行逆施,所以她住的是"倒座"的房子。

七、人物的长相和文化的命运与际遇

一个人能不能得到重用,代表着这种文化被不被重用;一个人飞黄腾达,就等同于这种文化飞黄腾达;一个人长得旺相,就代表这种文化兴旺,前途无量;一个人长得瘦弱,就等同于这种文化势弱。

如林黛玉来到贾府,老太太将她放在了"碧纱橱"里。什么是"碧纱橱"呢? 碧纱橱,是古代人在夏天用来消暑热睡的设施。就是在房间里用透气性能较好的绿色薄纱,覆在有支撑的木架上,在房间里隔出一个空间来,中间再放上一张床,铺上竹席、竹枕,夏天睡在里面又透气、又凉快。

贾母并没有给予东南方文化应有的尊重与地位,给她一栋象征地位的屋子,贾母没有这样做,而是将她暂放在了"碧纱橱"里,铺不像铺,房不像房,轻慢得很。

可当薛宝钗一家来到贾府时,贾家却给了她家"有着十来间房的屋子",可见薛宝钗所代表的北方文化与林黛玉所代表的东南方文化,来到贾府这座文化的王国时的境遇大不一样,出现了重北轻南的情况。

这个贾母将林黛玉放在了较凉快的"碧纱橱"里,而自己却睡在暖阁之中,这种描写正常吗? 并还要带上宝玉,可见这个贾(假)母对林黛玉多狠,没有给林黛玉房子住也就罢了,还把林黛玉晾在了一边。当她去拜见大舅贾(假)赦时,贾(假)赦不见她,还叮嘱她不要"外道";去见二舅贾(假)政时,贾(假)政也不见。赦老爷、政老爷都不见,贾母又不待见她,王夫人又要她不要接近宝玉。所以林黛玉来到贾(假)府,可以说是相当尴尬和不受待见。

林黛玉代表东南方文化之"才",林黛玉得不到重用,就是指"人才"得不到重用。"人才"得不到重用,蝇营狗苟的无耻之徒却飞黄腾达,一个不重视

才能的社会,就是一个不可持久的社会。

林黛玉"两弯似蹙非蹙罥烟眉,一双似泣非泣含露目。态生两靥之愁,娇袭一身之病。泪光点点,娇喘微微。娴静时如娇花照水,行动处似弱柳扶风。心较比干多一窍,病如西子胜三分"(第三回)。

此种长相乃夭亡之兆,岂是长寿之态?美而多病,一个病西施是对东南方文化病态最好的形容。一个整天愁容不展、似泣非泣、多心多窍、弱不禁风的病态之状,岂能长寿?

薛宝钗代表的是阴谋诡计这种带血的文化,可她与林黛玉的境况完全不一样。她一来到假府(贾府),假政(贾政)就将她安排在了"咱们家的东北角上的梨香院"住,给了他们"血家"应有的地位和荣耀。

林黛玉来自才子之乡的姑苏,而薛宝钗来自帝王之都的金陵,同属东南方文化之乡,一个代表"才",一个代表"智",但才与智这两种文化来到贾府(贾府)时,际遇却完全不一样,一个郁郁而不得志,一个顺风顺水,林黛玉之"才"不受任何人的待见,而血(薛)宝钗之"智"却深受假府(贾府)上下的喜爱,最终的结局也是天壤之别。

这两种文化虽然有其内在的原因,但这直接与社会的价值取向有着很大的关系。当整个社会都在用心计算计人时,智谋与阴谋这种文化就自然成为人们的不二选择,而"才"较于"智"来说,它的吸引力又有多大呢?所以,当整个社会都在争相提升智谋水准,而不注重文才修为的时候,作为"咏絮才"的林黛玉,她的命运早就注定了。

一个只"尚智"而不"尚才"的社会,到处都会是一些阴谋家,到处都会沉迷于明争暗斗、口是心非、口蜜腹剑、尔虞我诈的氛围之中。这样的社会,终将是要遭受灭顶之灾的。

血(薛)宝钗的相貌,与林黛玉可大不一样,她生得是兴旺之相,她品格端方、容貌丰美、举止娴雅、天生聪慧、博学多才。这种相貌与特质,是兴旺之相也。

薛宝钗容貌丰美,林黛玉骨瘦如柴。容貌丰美,乃有福之人;骨瘦如柴,乃寒窘之相。作者就通过对这种相貌的描写,来兆示她们所代表的文化的兴衰之相。

又如贾雨村(假雨村)这个"假"的长相:"腰宽背厚,面阔口方,剑眉星眼,直鼻权腮。"一看就不是凡品,必会权倾一时,洪福齐天,大有作为。我们再深入细想一下,当这个"假"大有作为的时候,就正是社会最黑暗的时候。

与之相反的是"真"(甄士隐):"庙旁住着一家乡宦(乡宦,言势微),姓甄(真),名费(名废),字士隐(世隐)。嫡妻封氏(封建世道),情性贤淑,深明礼义。家中虽不甚富贵('真'不显贵),然本地便也推他为望族了。因这甄士隐禀性恬淡(已无进取之心),不以功名为念(不取功名如何立于世间),每日只以观花修竹(无所事事而高乐),酌酒吟诗为乐(不问正事,诗酒为乐),倒是神仙一流人品。"

何为曲笔?这就是曲笔。作者首先将"真"与"假"这两种文化人格化,然后通过写人的方式来写文化。他不说这个"真"不思进取,而是说他"不以功名为念";作者不说他游手好闲,不务正业,而说他"每日只以观花修竹,酌酒吟诗为乐"。这个"真",一不思进取,二游手好闲,三不务正业,四只管高乐,这个"真"岂有不废之理?"真"废了,"真家"就废了。"真家"废了,一个真的世道岂不就废了吗(真世隐)?

而与之恰恰相反的是贾雨村这个"假",一是长得旺相,二是有进取之心,三是有远大的抱负,四是有豪气冲天的志向。你说这个"假"岂有不飞黄腾达、万人仰慕之理?书中有诗为证:

时逢三五便团圆,

满把晴光护玉栏。

天上一轮才捧出,

人间万姓仰头看。

作者将"真"与"假"分别用两个人来替代,将"真世隐"用"甄士隐"来替代,将"假语村"用"贾雨村"来替代。作者本来写的是真与假的问题,但他这样一变,就把两种文化变成了两个人,读者都以为本书写的是两个人,可谁知作者写的是两种文化。"把文当人来写",这真是千古奇闻,这开创了中华文化与世界文化创作的先河,创造了世界文化创作史上的奇迹。

其实这种写法早在450年之前就有了,由于人们并没有发现其中的奥秘,也就埋没在了历史的长河之中。两百年之后,一个叫曹雪芹的人,读懂了它,然后依葫芦画瓢,且在它的基础之上发扬光大,又增加了许多隐写与曲笔的手法,创造出了一部旷世绝品——《红楼梦》。这本没有被人读懂的书,就是兰陵笑笑生笔下的《金瓶梅》。没有人读懂《金瓶梅》,也自然就没人读懂《红楼梦》。

《金瓶梅》也不是这种写法的开先鼻祖,它之前还有《西游记》,《西游记》之前还有《水浒传》,《红楼梦》之前还有个《儒林外史》,但《红楼梦》可谓集所有此类写法之长,是此类书中之集大成者。

八、人的行为与文化的现状

比如:甄士隐这个"真",他禀情恬淡,不思进取,不以功名为念,每日只观花修竹,酌酒吟诗,无所事事,这样的行为岂是长久之道? 长期这样下去,这个"真"岂不就完了吗? 作者是通过写甄士隐的行为,来表达"真废"这一现状。

又如:贾赦(假赦),赦是大赦天下之赦,是仁德之举,仁德之政。可这个赦政、德政,把"一等将军之职"拱手相让于"假政"(贾政),自己则躲到贾府(假府)后花园淫乐享受去了。这就相当于这个"赦政、德政"正式退出了历史舞台。而接替他的是一个"假政"(贾政),一个假的政治。这就是说,"德政"享乐去了,"假政"主理着贾府(假府),一退一进,"假政"代替了"德政",很显然,一个假的政治正式走向了历史舞台。作者在这里给我们展示的是一个"德政"的消失,"假政"的产生。

又如:贾政(假政),指一个假的政权。这个"假政"接过"一等将军"之职后,就统领着贾府(假府)。可他除了在朝廷当差之外,家事一概不理不问,书中说他"一味高乐",一有闲暇,不是与相公们下棋取乐,就是与门客们酌酒吟诗、谈天说地。更为关键的是,这个"假政"的主政者,居然"不通庶务"。一个不通庶务的人,又怎么能主持贾府(假府)政务呢? 所以,他索性将贾府(假府)政务,一股脑儿委托于王夫人。而王夫人不是吃斋念佛,就是陪伴在贾母(贾母)身边,根本就不理政务。于是王夫人就把治理贾府(假府)的重任,委托了又恶又俗又毒又辣的后宫文化的代表王熙凤来管理。用一个毒辣又恶俗的文化来管理贾府(假府),这个"假府"岂有不败之理? 作者就通过对这些人的行为描写,来展示贾府(假府)的治理格局与现状。

总之,书中对人的一切描写,都是对文化的描写;书中的一物一品、一草一木、一言一语、一动一行,都代表着一种文化与文化的特征。

第七节　贾府所展现出来的文化内涵

一、"宁荣"两府的指向

　　世界文化界,包括中国,关于"文化"一词的解释,众说纷纭,理解众多,在网上加起来有二百种之多,谁对谁错,莫衷一是。曹雪芹先生在《红楼梦》一书中,对"文化"一词的理解有着自己独到的见解。他认为,中华文化虽然种类繁多,但主体文化只有两种,一是"宁"文化,二是"荣"文化,分别用了一个"宁"字和一个"荣"字来概括,也就是书中所写的"宁府"与"荣府"两个府。这两种文化有多大势力呢?作者在书中有一句论述:"去岁我到金陵地界,因欲游览六朝遗迹,那日进了石头城,从他老宅门前经过。路北,街东是宁国府,街西是荣国府,二宅相连,竟将大半条街占了……"这也就是说,"宁荣"这两大文化体系,占据了所有文化之街的一大半。而除了这两大文化之外,其他所有文化加起来,在这条文化之街中,所占比例只有一小部分。

　　从以上论述中可以看出,世界上所谓的"文化",是由"宁"文化与"荣"文化两大类和这两大类之外的其他文化所构成的。

　　那么什么是"宁"文化呢?顾名思议,是指保障人民身心安宁方面的文化。其中就包括人精神方面的安宁与人身方面的平安两个方面。要达到人精神的安宁,就需要有一套"思想教化"的学说体系,通过思想的教化,从而达到精神与身心的安宁,也就是精神与思想的教化,用我们现在的说法就是"精神文明"。宁,除了精神的安宁之外,还有一个人身与财产的安宁。要达到人身与财产的安宁,光靠思想教化是不行的,还需要有一支强大的军队来维护。除了有一支强大的军队之外,还需要有一个健全的法制制度与司法机构,比如现在的公、检、法等。

　　从上面的分析可以看出,所谓的"宁"文化,分两个方面:第一是指思想教化方面的文化,通过思想的教化,从而达到人精神的安宁。像四书与儒学、礼乐、伦理、道德、理学等,都是思想教化方面的文化。第二是人身财产方面的安宁。要保护人民生命财产的安全,就一定要有一支强大的军队和一支保护人民的法治队伍。所以,古人在定义"宁"文化时,分为两种:一种是用文去化育人,这就叫作"文化";另一种是用武力去化育人,这就叫作"武化"。"文化"是用文去教化众生;武化是用武力去阻吓、打击不法。"文化"与"武化"是教化的两个方面与两个阶段,或是教化的两个层级。它们可以相互作用,交替使用。比如在处理矛盾时,首先用文去教化,动之以情,晓之以理。但通过文而化解不了的情况下,最后只有"武化"这条路可走,用武力去解决问题。这就是我们常说的"先礼而后兵"。

上面讲的是"宁",现在再讲"荣"。什么是"荣"文化呢?意思是指能让人"荣身"方面的文化,也就是指物质生活方面的文化,用现在的说法就是"物质文明"。物质生活文化是指一切能使人荣华、富足、幸福方面的文化,它的核心是物质与财富的创造。如农耕文化、工业文化、酒文化、科技文化、畜牧养殖文化、冶金、木匠、瓦工、电工、裁剪等,总之是人们生活所需的一切技能技术方面的文化。

一"宁"一"荣",是对"文化"一词含义的高度概括和深刻理解。这比起世界文化界对"文化"一词的解释高明得多,而且容易理解。

(一)宁府

贾府是座文化之府,而这座文化之府又分为"宁荣"两大文化家族,住在宁府里的人,代表的都是"宁"方面的文化,也就是精神与思想教化方面的文化。作者在人的名字上做足了文章,每个人的名字都代表一种教化方面的文化,并且按教化文化的层级,将教化文化分为五个阶段,也就是书中所说的"五代"。现在做个详细的解释。

第一代:贾演。"演",就是演化,也就是指教化文化的最高级阶段。

"演",形声字,从水,寅声。本义是指水慢慢浸润,也指演进的长流,比如演流,地下河流。作者在书中指的是教化的最高层级——"演化"。演化,是指像潜流之水一样,靠慢慢浸润达到教化的目的,也就是指"潜移默化",通过潜移默化的方式而达到人精神的化育与归化。这一辈是属三点水的一辈——"水"字辈。这是贾府的第一代,也是教化最高级的阶段与最高境界。他通过灌输各种各样的思想,来达到潜移默化的目的。作者将潜移默化这种教化形式,用了一个形象的字来概括,这就是——演。

演化也是"文化",那如果靠演化而达不到目的怎么办呢?那就得用"武化"。你看这个"演"字,除了演化之外,还有另一层意思,就是演习与演练。演习与演练是起什么作用的呢?它是通过展示其武力,从而达到有效吓阻之目的,是在不使用武力的情况下,使其臣服与归化,这也是"武化"的最高级阶段。用武的最高境界,是"不战而屈人之兵",而演习正是这个阶段的具体体现。一个"演"字,能同时体现出教化文化中,"文化"与"武化"的两个方面,这太不可思议了。

第二代:贾代化。代化,这是教化的第二阶段。

"化",会意。甲骨文,从二人,如二人相转之形。古人曰:"二人相随,是一'从'字。二人相背,是一'北'字。二人相转是一'化'字。"《说文解字》曰:化,"变也"。化就是变,也就是通过教化而得到改变。通过这个字的结构,我们也能得知"化"的意思,两个"人"字相转,是指一个人彻底地转变,这就叫"化"。而教化,就是指以教而达到人彻底的转变。

"化",也分"文化"与"武化"。化,在字典中也有两种意思,第一层意思就是改变、转变。第二层意思是融解、消除。改变,是"文化";消除,则是"武化"。所以一个"化"字,同时含有"文化"与"武化"两层意思。

代,形声字。小篆字形,从人,弋声。本义更迭,代替。"代化",就是一个"人"手里拿着"弋",用武力的手段,来使其顺从、归化。化,是文化,而"代化"是武化。

这个"代"字辈,是第二代,也就是指教化的第二个阶段。这个阶段也就是一个用武力威慑的阶段,是在潜移默化不起作用的情况下,才手拿弓箭,来使其顺从,从而达到归化的目的。作者将这样的教化方式,用了一个形象的字来概括,这就是"代"。

第三代:贾敬。敬,这是教化的第三个阶段。

"敬",恭敬而礼貌。会意字。从攴,从苟。攴,是用手执鞭杖抽打。苟,本义指恭敬,端肃。恭在外表,敬存内心。敬,本义是指通过用鞭杖抽打来达到恭敬端肃的目的。这是教化的第三个阶段,也就是第三代,是在"代化"不起作用的情况下,被迫采取用鞭杖进行抽打的方式,使人们顺从教化,从而达到归化的目的。作者将这样的方式,用了一个形象的字来概括,这就是敬。

敬,是通过敬,而化之。但在敬不起作用的情况下,就用鞭杖进行抽打。这就是我们常说的:"敬酒不吃吃罚酒。"恭敬、端肃是"文化",而"文化"不成就用鞭杖抽打,这就是"武化"。

第四代:贾珍。珍,是教化的第四个阶段。

　　珍，形声字。从王，参声。在甲骨文中，如一人鞠躬而垂手状。"珍"在字典中没有详细解释，我以为，"珍"就像一个人躬身垂手站在"王"的面前，意味让人恭敬而尊王道。《周礼·典瑞》曰："珍圭，王使之端节。"这与我的解释差不多。珍，就是尊王道。

　　珍，是教化的第四个阶段，也就是第四代。它是在"敬"征服不了的情况下，用一种近乎尊敬的方式来达到使人归化的目的。当"珍"不起作用的时候怎么办？"珍"与"征"相谐音，"征"的意思是指在通过尊敬的方式达不到教化目的的情况下，采用军队征讨的方式来解决，达到使人们顺从、归化的目的。"尊敬"是"文化"，而"征讨"则是"武化"。作者将这样的教化方式，用了一个形象的词来概括，这就是珍。

　　第五代，贾蓉。古人讲："三世而衰，五世而斩。"这个第五代，就是末代，是马上快要完结的一代。

　　蓉，形声字。从草，容声。《红楼梦》贾府第五代子孙的名字。贾府第五代都是带有"草"字头的名字，也就是"草字辈"，"草字辈"，指无用之辈，没落的一辈，草包一个。贾府这一代人都是些草包，贾府岂有不亡之理？

　　容，乃指包容也。也就是通过包容的方式，来达到教化、归化之目的。在这个世界上，如果只是一味地包容，那接踵而至的大概率就是更加放肆与猖狂，是得寸进尺的无奈。一味地包容，只会带来一种结果，那就是全盘的失败。在这种情况之下怎么办？那就要出此下下策了，这个下下策就是"兵戎相见"。

　　"蓉"又与"戎"相互谐音，指"兵戎相见"之意。这是教化的第五个阶段，也就是贾（假）府第五代。意思是在第四代征讨不起作用的情况下，就只能采用包容的方式来实现归化。而包容又不起作用时，最后只有出此下策，兵戎相见。此时已是兵荒马乱，战祸叠起的阶段，离消亡只是一步之遥。

　　作者将教化的第五个阶段，用了一个词来概括，那就是蓉（容），包容的容。"包容"是"文化"，"兵戎相见"是"武化"。

　　贾府的五代，是一个从演—代—敬—珍—蓉（容）的阶段，分别代表教化文化的五个阶段与五个层级，它是一个由"水"到"草"的变化过程，也是一个由潜移默化的高级阶段，到兵戎相见的低级阶段的变化过程。

　　古人将教化分为两个方面，即"文化"与"武化"，这也符合中华民族的行事风格，这个风格就是"先礼而后兵"。先用文的方式来开导化育人，以礼相待,晓之以理,动之以情。当文化起不到作用时,就开始动粗,用武力的方式来解决。以上五个人名,就同时带有"一文一武"两层含义。

演:有"演化"与"演习"两义。一文一武。

代化:"代"分开是"人"与"弋"两义。一文一武。

敬:"敬"字分开是"茍"与"攴"两字。茍,善言。攴,敲打。一文一武。

珍:有"尊"与"征"两义。一文一武。

蓉:有"容"与"戎"两义。一文一武。

这五个阶段就是五代,而每代都有其特征:

第一代——演:属"水"字辈。"水利万物而不争",善之善者也。寓意仁者之辈。

第二代——代:属"人"字辈。寓意以人为本之辈。

第三代——敬:属"攴"字辈。寓意粗暴之辈。(攴,用鞭杖敲打。)

第四代——珍:属"王"字辈。寓意霸道之辈。

第五代——蓉:属"草"字辈。寓意草莽之辈。

从以上可以看出,所谓的五代,是按照一代不如一代的规律进行排列的。到了第五代,就是草莽之辈,草包一个,没落的一代。

作者将"教化"文化的层次、核心、方式、方法、变化,说得透彻无比,入木三分。

"教化"的目的,是要达到人精神的安宁和人身的安宁,最终是达到国家的安宁,所以作者用了一个"宁"字来概括。然后,作者又将所有关于教化方面的文化都集中在一个地方,这就构成了一个所谓的"宁府"。宁府是一座教化文化之府,是一座司职教化的府第。

（二）荣府

作者又把能使人荣身的文化,归结为"荣"。什么是荣身呢？就是能让人荣华富贵、生活幸福美好的文化。这种文化具有创造物质财富的能力,有了丰富的物质财富,就能使人荣身。如果用现在的说法,就是"物质文明"。所以作者用了一个"荣"字来概括。然后,作者将所有这些关于物质生活方面的文化都集中在一起,就构成了一个所谓的"荣府"。

住在荣府里的人,代表的都是"荣身"方面的文化,它包括一切物质生活文化。如贾（假）母所代表的"封建历史文化"；贾（假）赦所代表的"王法"与"赦政"；贾（假）政所代表的"王政",和整个贾（假）府几百种文化。

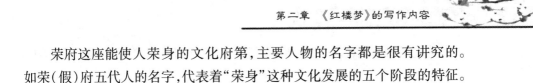

　　荣府这座能使人荣身的文化府第,主要人物的名字都是很有讲究的。如荣(假)府五代人的名字,代表着"荣身"这种文化发展的五个阶段的特征。现在详细说明如下。

　　第一代:贾源。

　　源,形声字。从水,原声。本义,水源、源头。水,在古代代表着"财"。"财"是一切物质生活文化的基础,是荣身的重要保证,没有财,一切都是枉然,所谓的荣华富贵,也只能是空中楼阁而已。

　　疏通财源,开源节流,是物质生活文化的第一个阶段,也是最高阶段,这就是第一代。作者将这种文化形象地称为源。

　　第二代:贾代善。

　　代,同前意。善,会意。从言,从羊。本义指吉祥。引申义为"美好"。"代善"的意思是指人手握弋,而达到善美的目的。这就是物质生活文化的第二个阶段,也就是所谓的第二代。"贾代善",也有以假代替善政的意思。

　　如果说第一阶段是疏通财源,开源节流,那么第二个阶段就是手拿武器去强制推行其政治理念,而达到善政。作者将这个阶段用了一个形象的词来概括,那就是代善。

　　第三代:贾赦。

　　赦,古代是指帝王赦免罪犯的赦令。大赦天下,是仁德之举,仁德之政。赦,也代表"赦令"。赦令是王的法令,代表的是"王法"。赦,从字面上分析,从攴赤声。本义是宽免罪过。

　　贾政,政,指的是帝王之政,代表的是"王政"。政,从攴,正声。攴,用棍棒敲击。正,是正大光明。本义"匡正"。也可以理解为通过棍棒敲击而达到政治治理的目的。

　　"王法"与"王政"这是治理的第三个阶段,这个阶段是用"王法"与"王政"来推行其政治理念的。

　　第四代:贾琏。

　　琏,是古代社稷之中用来祭祀"社神"与"稷神"的神器。它是在王祭祀社稷之神时,用来装五谷的器物,用以祈求神灵保佑,使社稷国泰民安,风调雨顺,五谷丰登。琏,是"王"字旁,代表着霸王与霸道。

　　这是治理的第四个阶段,是通过"王"的祭祀活动,来推行其王政。

　　第五代:贾兰。

这是荣府第五代。"兰",虽属草木科,但它却不像贾蓉的"蓉"、贾蔷的"蔷"、贾芸的"芸"字等,都带有"草"字头。"兰",是第五代人中唯一一个不带"草"字头的人。这跟第四代人中的贾宝玉一样,他是第四代人中唯一一个不带"王"字旁的人。

我们可以看出,"兰"虽属草木科,但它不带"草"字头,这说明他不是草莽之辈,因为"兰"代表的是君子,是贾府翻身的希望所在。宝玉不带"王"字旁,说明他并不称王称霸,并不霸道。

荣府中的五代,与宁府中的五代是一样的。也是一个由"水—代—支—王—草"的演变过程,也是一个一代不如一代的过程。

宁荣两府五代人名字的偏旁,非常有讲究,是按照一代不如一代的顺序来排列的。水,善之善者也,是最高级阶段;代,是人手中拿着"弋",达到"善"的目的,是谓"代善";支,是通过棍棒敲打,而达到"正"的目的,是谓"政";王,代表霸王之辈;草,是草莽之辈。

(三)宁与荣两大文化体系的比较

《红楼梦》中的"宁荣"两府,所代表的就是宁、荣这两大文化体系。"宁"代表着能使人安身立命的文化;"荣"代表着能使人荣身的文化。从书中可以看出,比起物质生活方面的文化,关于思想教化,人身安宁方面的文化要单薄许多,所以宁府人口稀少,而荣府则人口众多。

三秦文化的核心是"忠孝情义",秦钟是在"秦忠"的基础上谐音过来的。秦,代表"三秦大地"。忠,代表"忠孝"。"秦忠",指三秦文化中的"忠孝";秦可卿,是在"秦可亲"的基础上谐音过来的。秦,代表"三秦大地"。"可亲",代表三秦大地中的可敬可亲的人间"情义"。秦钟死了,就代表三秦文化中的"忠孝"死了;秦可卿死了,就代表三秦文化中的人间"情义"死了。

秦可卿的死,代表的是三秦文化中的人间情义之死;秦业的死,代表的是三秦文化的基业之死(秦业,指三秦文化的基业);秦钟的死,代表的是三秦文化中的忠孝之死。

三秦文化在作者眼中,既兼东南方文化的才气之美,又兼北方文化的智慧之美,是一种文武兼备的文化。既具有文才,又具有武略,文武兼修、才智兼备,在作者笔下就被称为"兼美"。

"宁"与"荣"这两大文化究竟谁更重要呢?作者在书中也做出了明确的说明。他将司职教化文化的"宁府",定义为"东府";而将司职物质生活文化的"荣府",定义为"西府"。"东"在古代是主位,"西"在古代是宾位,所以,东为主,西为次,主次分明。作者认为,思想教化为文化为首,物质生活文化则次之。思想教化文化是第一位的文化,它比起物质生活文化更为重要。作者在秦可卿的判词中也强调得非常清楚:"漫言不肖皆荣出,造衅开端实在宁。"作者认为,虽然一切的不肖与祸端都是尚荣尚贵之风引起的,但罪魁祸首却是"宁"文化出了问题,是人们失于教化,缺乏道德与信仰的约束,才导致了荣府的失败。作者是说,当人们失于教化,就会导致精神信仰的缺失。当人精神信仰缺失之后,就会出现物欲横行、追名逐利、道德沦丧的现象。这就是所谓的"首罪宁"。

作者还将"宁府"称作"长房",而"荣府"则次之。这也说明思想教化文化比起物质生活文化更为重要,道德的修为比起才智的培养更为重要。社会需要的是既守德,又有才,德才兼备的人才。古人在谈到德与才孰重孰轻的问题时,有一个观点:"德为才之帅,才为德之资。"也强调的是"德"为"才"之先的道理。

曹雪芹先生明确指出,"宁"文化是比"荣"文化更为重要的文化,对人精神与思想的化育,是比才学的培养更为重要的事情。

《红楼梦》里的贾府,代表的是一座文化之府。宁荣两府,分别代表着两大文化体系。"宁",是安宁,指给社会带来安宁的文化,也就是指"教化"文化,用现在的说法就是指精神文化;"荣",是"荣身"的文化,是给社会带来繁荣的文化,用现在的话说就是物质文化。宁荣两府的兴衰,就代表着宁荣两种文化体系的兴衰;宁荣两府的消亡,就代表着宁荣两大文化体系的衰亡。整个贾府的毁灭,就代表着整个假文化社会的毁灭。

宁与荣的关系,是相生相依的关系。"宁"代表安宁,"荣"代表繁荣。"宁"没有了,"荣"也就不存在了;"荣"没有了,"宁"也就不复存在。整个贾府的消亡,伴随的是"宁"与"荣"的消亡;"宁"与"荣"的消亡,带来的是整个贾府的消亡。

作者在书中给我们阐释的是"宁"与"荣"两者之间的辩证关系。"漫言不肖皆荣出,造衅开端实在宁。"作者是在警示人们,大到一个国家,小到一个家庭与个人,失败的原因,表面看是"荣"出了问题,是人们过度安富尊荣、尚富尚贵的恶习才导致了国破、家亡、人毁。而更深层次的原因是"教化"出了问题,是人们思想的退变、精神的迷失、道德的败坏,才导致了人的失败与国家的失败。

二、贾府所承载的功能

《红楼梦》写的是文化社会,书中有400多个人,代表着400多种文化。作者就把这400多种文化,浓缩在贾府之中,把它们都集中在这里,让它们像人一样生活在一起。然后通过描写每个人的行为、语言、性格、命运,来展示这种文化的行为、语言、性格特征和命运。贾府在书中充当的是一个文化平台的载体。而后,让这些文化个体在这个平台上充分地展示本文化的性格特征和命运。所有人物的一切特征,反映的皆是本文化的特征,所以,读者见其人,便见其文,通过人物的特征,去分析本文化的特征。

如林黛玉,她在书中代表的是末世东南方文化。第三回有一段对林黛玉外貌特征的描写,其实是对末世东南方文化外在特征的描写。"两弯似蹙非蹙罥烟眉,一双似泣非泣含露目,态生两靥之愁,娇袭一身之病。泪光点点,娇喘微微。闲静时如娇花照水,行动处似弱柳扶风。心较比干多一窍,病如西子胜三分。"其实,作者说的是东南方文化的外在特征,她给人的感觉是,多愁而善感、娇弱而多病、缠绵而悱恻的一个病西施的形象。林黛玉身上的这些特征,作者其实说的都是末世东南方文化的特征,作者认为,东南方文化到了末世,美则美矣,但是,是一种"病态之美",就像一个病西施一样。

这样一个有着一堆问题与毛病的文化,它的命运与结局,就可想而知了。东南方文化的死,是死于它"多愁善感、泪干而尽"。在她短暂的一生中,一是为木石之隙而泪,二是为石之遭遇而泪,三是为寄人篱下而泪,四是为无父无母而泪,五是为猜忌而泪。当哭无可哭,泪无可泪之时,最终泪干而死,这就是东南方文化的结局。一个老是愁眉不展、哭哭啼啼的文化,又有多大的生命力?

三、大观园所承载的功能

在荣府这座老宅子里,又有"大观园"这个新所在。一旧一新两个园子,就分别代表着一旧一新两个文化阵地。旧园子住的是老人和成人,代表的是老的传统文化与文化权威,它们始终处于绝对的支配和领导地位,拥有无可撼动的权力和尊严。而新的园子"大观园"里,住的全都是一些年轻的后

生,代表着新生的文化、新的思潮。这些新文化始终处在被动和被打压的境地之中,始终受制于老的传统文化与文化权威的制约与束缚,说抄就抄,说撵就撵,说嫁就嫁,说配小子就配小子,说清理出去就清理出去,而他们只能被动地接受,没有一点办法,没有一点自由,没有一点自主,没有一点权力,他们甚至连一句抱怨的话都不敢说,除了无奈,就是接受! 这就是末世文化社会的现状和格局。最终大观园的毁灭宣告了这座新文化之园的彻底毁灭。

大观园里的这些新文化,深受老的传统文化的打压与迫害,最终分崩离析。究其原因,它们的毁灭,一个原因是受到了老的传统文化势力的打压,而另一个原因则是来自这些新文化个体本身的问题。你看大观园中的这些"脂粉香娃",个个毛病一大堆,问题重重、娇生惯养、娇气十足、养尊处优、无所事事、衣来伸手、饭来张口、没事寻愁、无事生非、胸无城府、心无大志、四体不勤、五谷不分,身不能承如毛之担,而手又无缚鸡之力。他们天天锦衣玉食,只知吃香喝辣,连银子的多少、戥子的使用都不知道,更别说当家理事了。特别是贾宝玉,离开袭人的服侍就寸步难行。第五十一回,晴雯病了,请来一个胡太医,看完病后,要给一两银子的辛苦费,宝玉与麝月,竟然连戥子都不认识,最后胡乱挑了个大的捡了一块,足有二两半之多。扇子是可以用来撕的,碗也是可以用来摔的,只要不是在生气时摔就好。"女儿是水做的骨肉,男人是泥做的骨肉,我见了女儿便清爽,见了男人便觉浊臭无比。"各种怪诞邪妙,奇谈怪论,荒唐行为,难以尽说。你说这样的子孙,完全就是不识人间烟火,像这样的后代何以能持家立业? 一旦失去了别人的服侍,他们连最起码的生存都成了问题,更别说治家立业、守土安邦了。说到底这些新文化,即使不被老的传统文化所毁灭,它们自己也会把自己给毁灭掉。

四、附

古代先贤认为,宇宙万物的运行和发展都有其自身的运行规律,这个规律就是我们常说的:"物极必反,否极泰来。"那什么才算是"极点"呢? 古人又说:"月满则亏,水满则溢。"这就是所谓的"物极",就是指事物如满月一样,圆得不能再圆了,满得不能再满了。所谓的"否极",就是指事物如残月一样,残得不再残了,亏得不能再亏了。古人将万事万物的运行规律,比作运行的月亮,当它圆得不能再圆了,就开始朝着亏的方向运行;当它亏到不能再亏的时候,它就开始朝圆的方向发展,这就是事物的极点。宇宙万事万物的变化规律与过程,就是一个轮回。如月亮一样,圆了亏,亏了圆,就这样周而复始,往复循环。那么,一个家庭,一个社会,乃至一个国家的兴衰,又是如何发展变化的呢? 现在就用月亮做比,用月亮变化的五个阶段来说明事物发展的运行轨迹。

第一,始创阶段。——(朔月)

第二,复兴阶段。——(上弦)

第三,鼎盛阶段。——(望月)

第四,衰退阶段。——(下弦)

第五,消亡阶段。——(残月)

根据事物运行的这一自然法则,古人提出了一个五代理论。这既是一个自然存在于宇宙万事万物之中永恒不变的天理,也是一个兴盛与衰亡的自然法则。现在来探究一下存在于这个法则之中的内在机理。

第一代:这一代人处在社会的底层,也就相当于"否之极"。处在这一阶层的人,他们时刻都在想着改变自己的命运。贫穷的生活,练就了他们艰苦朴素的品质、坚韧不拔的意志、奋发向上的精神、一往无前的性格。他们吃得苦,耐得劳,克勤克俭,任劳任怨。天上不会掉馅饼,世上也没有免费的午餐,只要肯干、能干,就会有收获。经过顽强的拼搏,艰苦的奋斗,他们完成了财富的初步积累,终于过上了富足美满的生活。这就是起点。

第二代:由于第一代人的艰苦奋斗,辛苦创业,家里已拥有了财富的积累,他们不用再努力,也不用再辛苦劳作,就可以过上锦衣玉食的富足生活。于是他们养尊处优、逍遥自在、好逸恶劳、好吃懒做,甚至花天酒地、挥霍无度。有的五毒俱全,挥金如土,最终毁了自己也毁了家庭。

而导致这一切的,肯定有孩子自身的原因,但在很大程度上是父母的责任。他们不想自己的后代再吃他们曾经吃过的苦,再受他们曾经受过的罪,从小娇生惯养,尽一切努力给他们提供最舒适安逸的生活。殊不知,一个在温柔富贵乡中养出来的孩子,最是耐不得清贫,受不得寒苦的,也成不了大器。一旦破家败财,便是一败涂地。

不管你怎样富有,也不管你官有多大,从长远计,做父母的一定要从小为孩子树立良好的人生观和积极向上的人生态度。从小让他们多经受磨炼,千万不能一味让子女躺在温柔富贵乡里生活,这样就会应了古人讲的那句话"富不过三代",或"三世而衰,五世而斩"。不注重孩子的培养,再有钱又如何?到头来还不是照样倾家荡产,竹篮打水一场空。到头来难免会有"早知今日,何必当初"之叹。所以说,从长远计,与其物与,不如砥磨。

不要怕让孩子吃苦,吃苦与挫折才是人生最大的财富。自古道:"未曾清贫难成人,不经打击老天真。自古英雄出炼狱,从来富贵入凡尘。醉生梦死谁成器,拓马长枪定乾坤。"希望这首古训能给我们有所启示。

第三代:中落的一代,也是一个由富转贫的分水岭。祖宗留下的财富,经过第二代人的耗损,已经败得差不多了。再经过第三代人的消耗,已是囊中羞涩、家业凋零。而这一代人,又过惯了衣来伸手、饭来张口、锦衣玉食的舒适生活,一下子让他们过清贫的日子,辛苦地劳作,他们如何能接受得了?那副公子哥儿的臭架子一时半会又拿不下来,本身也干不得重活,而自身又无能力去改变这一切,这样就只能眼睁睁地看着家业一天天败下去,日子一天天穷困下去。

第四代:衰落的一代。老祖宗留下的基业到了这一代已所剩无几了,他们需要变卖田地或祖屋来维持生计。当祖上留下的基业全部败光之后,留给第五代人的就只有空气了。

第五代:败落与贫穷的一代。从前的富贵已成过眼云烟,曾经的荣华富贵已是空中楼阁,一切皆尽,重归于零。

总之,所谓的五代论,是一个从兴起到衰败的轮回,是一个一代不如一代的过程。

第八节 贾府所展现出来的文化层级与结构

一、从贾府的结构看文化的分类

(一)思想教化文化。

宁,宁府。

(二)物质生活文化。

荣,荣府。

二、从贾母看假文化的母体

水有源,树有根。中华文明有着悠悠五千年的历史,而中华文明在新石器时代之前就已形成。也就是说,自从有人类开始,文化就开始形成了。文化的形成,是与人类的诞生同时产生的。今天的我们,如果要追寻中华文化之根脉,就一定要从人类的诞生之初开始,根据已发现的史料,能早尽早,越早越能准确寻找到中华文化之根。知夏朝,就不能以商周为起始点。知伏羲《八卦》,就不能以《周易》作为起始点。知《河图洛书》,就不能以伏羲《八卦》为起始点。这就如寻找"三江源"的源头一样,一定要找到那个源点,哪怕最后寻找到的是一个"小水窝",那也是三江的源头。追根溯源,来不得半点的马虎,任何的好像、大概,那都是不负责任的伪命题。

曹雪芹先生所著《红楼梦》之中的贾母,乃"假母"也,指假文化之母。"假母",乃假中之假,假中之母,最大的假。这个"假母",在"假府"(贾府)这座文化的府第中,拥有着至高无上的权威和尊严,是假文化之府(贾府)中当之无愧的最高统治者。这就是说,贾府是座假的文化之府,而贾母是这座假文化之府之中最大的假,是假文化产生的母体。

我们现在知道了贾母,就是指假的文化之母。那么,什么文化才是假的文化之母呢?为了搞清这个问题,就必须从书中去寻找答案,根据书中对贾母的描写,来探寻这个假文化之母的本源,揭开这个假文化之母的神秘面纱。书中的贾母大概有以下特点。

(一)贾母本姓"史",是史侯家的小姐

因为贾母代表的是假文化之母,这就是说,这个假文化之母原本姓"史"。什么是"史"呢?史,即是指古老而腐朽的文化,这就是说,这个"假母"代指的是古老而腐朽的历史文化。贾母是"史侯家的小姐",也就是说,所谓的贾母,指的是腐朽没落的历史文化中的"小姐"。小姐,指的是千金小姐,金贵之身,这里是指腐朽没落历史文化中的像小姐一样金贵的一种文化。那这个历史文化中的如小姐一样"金贵"的文化是指什么文化呢?

(二)贾母四个称呼的意义

贾母,一为"老太太",二为"老祖宗",三为"老封君",四为"史氏太君"。

这四个称谓可不是一个简单的称呼,它暗藏着作者对这个假的文化之母所拥有的权威与地位的四种认知。什么意思呢?现在分析如下。

1. 老太太

老太太,是一家之长。在古代家长制社会中,一家之长在一个家庭中有着至高无上的权力与地位。这就是说,这个假文化之母在家庭中有着至高无上的权力与地位。

2. 老祖宗

老祖宗,是一族之长。一族之长,在古代宗法制度中,享有着至高无上的地位与族权。这就是说,这个假文化之母在宗族文化之中,享有着至高无上的权力与地位。

3. 老封君

老封君,是受到过皇上封赐的臣子的母亲。受到过皇上的封赐,这说明这个假的文化之母的社会地位极高,受到过君王的赏封,连皇家都要敬她三分。

4. 史氏太君

史,指的是历史。太君,是封建官员母亲的封号。史氏太君,指的是历史文化中的太君。也就是说,这个假文化之母,在中华历史文化中的历史地位极高,在历史上享有着至高无上的权威与地位。

综上所述,这个假的文化之母,在家庭之中享有着至高无上的权力与地位,受到家庭的追捧;在宗族之中,享有着至高无上的权力与地位,受到宗族的追捧;在皇族之中,享有着至高无上的权力与地位,受到皇家的追捧;在中华历史上,也享有着至高无尚的权力与地位,受到历史的追捧,历史地位极高。

(三)贾母所代表的文化

丫鬟的工作,是为主子服务的,因为贾母指的是"假"的文化之母,这就是说,这两个丫鬟是服务于这个假文化之母的两种文化。也就是说,这两个丫鬟,就代表两种文化,是这两种文化服侍、支撑着这个假的母体文化。那么,这两个丫鬟又分别代表着两种什么样的文化呢?

1. 鸳鸯

我们都知道,鸳鸯是一雄一雌两只鸟的合体,鸳为雄,鸯为雌。在"阴阳"文化体系之中,雄为阳,雌为阴。这就是说,所谓的鸳鸯,在作者的笔下,代表的就是"阴阳"文化,只是作者做了曲笔与隐写。"鸳鸯"与"阴阳"其实在读音上也有点儿相近。这就是说,"假母"所代表的文化,深受着阴阳文化的服侍与支撑。

2. 琥珀

"琥珀"谐音"唬魄"。唬魄,顾名思义,就是唬人魂魄,吓唬人。那么,是一种什么文化会吓唬人呢? 这就是"巫觋"文化。就如道教与民间的巫师、马脚、神婆所从事的请神捉鬼、伏魔降妖的迷信活动。如《红楼梦》中"大观园符水驱妖孽"中的道士,招将飞符除妖伏鬼的场景。

"琥珀"与"符帕"读音相近,"符帕"是道教中的"符咒",它是在如手帕大小的黄纸上画成的咒语,然后贴在家里,用来驱邪避凶。画符念咒是道教文化的产物。

阴阴,代表着阴阳与五行文化;符咒,是道教文化的产物,代表着道教文化与巫觋文化。从以上分析可以看出,"鸳鸯",代指"阴阳文化";"琥珀",代指"巫觋文化"和"道教文化"。这就是说,这个"假母"所代表的文化,是深受"阴阳"与"巫觋"这两种文化所服侍与支撑的。这也说明这个"假母",有"阴阳"与"巫觋"这两种文化的属性。

是一种什么文化能同时体现出这两种文化的属性呢? 能将"阴阳五行"文化与"道教"及"巫觋"文化都包含在内呢?

《易经·系辞上》曰:"一阴一阳谓之道,继之者善也,成之者性也。"这也就是说,阴阳文化与"道"文化有着千丝万缕的联系,也属"道"文化的范畴。而巫觋文化又与道教文化联系在一起,深受道教文化的影响。道教文化是建立在"道"的基础之上的文化。也就是说,阴阳与巫觋这两种文化都与"道"文化有着很深的联系。那么,书中所说的"假母"就非常明确了,就是指的假道学、伪道学。作者认为,"伪道学"是虚假文化产生的母体。书中的贾母(假母)代表的就是"伪道学"。

史学家很早就有"史出于巫"的说法,他们认为,早期的历史就是一部巫史。其实,鬼神崇拜、封建迷信,贯穿了整个中华文明的历史进程之中。作者将一切腐朽封建历史文化的糟粕,统称为"假母",认为它们是中华文化之中最虚、最假的文化。在中华民族历史上,腐朽封建历史文化影响着整个中国人和中国社会的方方面面,左右着中国人的思想与灵魂。而曹雪芹先生将一切腐朽封建的历史文化,看作是最虚假的文化——"假母"。

三、从贾府看文化的层次结构

贾府(假府)模拟的是一个中华文化的文化家园,在这个文化家园之中,贾母(假母)所代表的"神权"处在文化的最高位,是贾府(假府)当仁不让的王者。贾赦、贾政、贾珍、贾琏、贾宝玉、贾环、贾蓉、贾兰等所有文化,都在他的统治之下,可见道学与道学的核心——神权,在中华文化中的地位是多么显赫。但有一个问题,即使这样显赫的一种文化,在贾元妃的面前也得顶礼膜拜、俯首下跪。按道理来讲,贾元春是贾政与王夫人所养,贾母的孙女,哪有前辈给后辈下跪之理?但这是基于贾元春皇妃的身份与地位,她代表的是皇权。老祖宗跪拜的不是孙女,而是皇权。别说是妃子,即使是宫里的一个太监,在文武百官眼里那也是带有皇气的,也是马虎不得的。根据上面的分析,文化的层次结构与等级就比较明了了。

第一位,皇权。

以贾元春妃子的身份,作为皇权的代表。皇权在文化中是高于一切文化的最高权威。

第二位,神权。

以贾母为代表。神权是仅次于皇权的最高权威。

第三位,法权。

以贾赦为代表。法权受皇权与神权所左右。

第四位,政权。

以贾政为代表。所谓的政权,是建立在皇权、神权、法权基础之上的权力,受此三权所左右。

第五位,儒学。

以贾代儒为代表。儒学受皇权、神权、法权、政权四权所左右。

第六位,贾府里的所有人,代表的都是一种文化,他们都受以上五权所左右。这就是中华文化的架构。

作者在书中,是通过人与人的关系与人的地位来展现文化的层级的。地位越高,所代表的文化层级就越高。那些在"假府"当差的丫鬟、使女、嬷嬷、男仆,他们都是为主流文化服务的,本身的层级就不言而喻了。

四、从贾府看文化的从属关系

皇权。是以宫廷文化为代表的，它是统领一切文化的最高层级的文化，拥有不可超越的权威，一切文化均受皇权的控制。

神权。是以贾母为代表的。我们的远古祖先，最先对宇宙世界的认知，就是从鬼神认知开始的，在毫无科学常识的远古，我们的祖先对一切自然与超自然的现象，是一无所知的，日月的运行、星辰的变化、风雨雷电的形成、各种宇宙天象的产生、万事万物生成的本因、生死疾病等，都是无法解释的，最后他们把宇宙中一切自然与超自然现象，都赋予了神鬼的认知，他们认为，是神鬼的力量左右了这一切，于是他们开始信奉鬼神、敬拜鬼神。

其实，皇权也是尊崇神权的，之所以将皇权置于最高层次，这是因为神权总被皇权所操控着。你看书中神权的代表人物贾母，她统领着宁荣两府，为宁荣至尊，可她见了贾元妃倒头便拜，更别说见到皇上了。按道理，岂有祖母跪拜孙女的？但她跪的是孙女吗？她跪的是"皇妃"所代表的皇权。

法权。书中是以贾赦为代表的。贾赦、贾政都是贾母生养出来的，这也就是说，古代的所谓王法与王政，都是建立在"道"基础之上的文化，是道文化生养出来的，深受着道文化的影响。何止王法与王政，像哲学、医学、天文、地理以及人们的思想、行为等，都深深打上了"道"文化的烙印。

政权。书中是以贾政为代表的。你看书中政权的代表人物贾政，是不是唯贾母之命是从？他可曾有一次违拗过？

儒学。书中是以贾代儒为代表的。儒学在这五大文化中完全处于被支配的地位。贾政左右着它，贾赦左右着它，贾母更是左右着它，皇权就更不用说了。

代表王法与王权的贾赦与贾政，代表王化的贾珍，代表儒学的贾代儒，都在贾母的面前唯命是从，从不敢违逆，这就说明贾母的权力远在王化、王法、王权、儒学之上。一个权力比王化、王法、王权、儒学的影响力还大的是一个什么权威呢？这就是贾母所代表的"道"和"道"所代表的神权。

五、从贾府看文化的治理体系

前面分析过，宁府是一座思想教化之府，担负着人精神的教化，宁府有个世袭的一等将军，执掌着教化。"一等将军"？它并不是一个官职，它是指

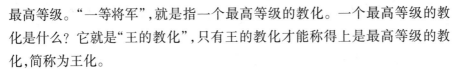

最高等级。"一等将军",就是指一个最高等级的教化。一个最高等级的教化是什么? 它就是"王的教化",只有王的教化才能称得上是最高等级的教化,简称为王化。

荣府是一座政治机构,它也有一个"一等将军",而执掌政府的一等将军是"赦"。赦,指的是大赦天下之赦,代表德政。赦,也代表"赦令"。"一等将军"就是指法令中的一等大法。一等大法就是最高法,以现在来说,就相当于是《宪法》,而封建社会的最高法,就是"王法"。

这个"一等将军",将他的一等之职交给了贾政,而他自己则躲进贾府后花园享乐去了。"赦"享乐去了,这个"赦政、德政"就没有了,而取而代之的就是"假政"(贾政)。

封建社会的政治,是在王主导下的政治,这叫作"王政"。王政是靠王权来推动的。封建社会的所谓王政,其实就是"假政"(贾政),"假政"即是"暴政"。现在的贾政在主政,就等同于是"假政"在主政。"假政"在主政,就形成了暴政。

贾代儒的"儒",代表的是儒学。他在贾府私塾里担任的是教师爷的职责,是传授儒学的老先生。

从以上分析可以得出封建社会治理体系的示意图:

宁府——司职教化——代表王化。

荣府——司职政治——代表王法与王政。

代儒——司职儒学——传授儒家思想。

"教化、政治、儒学",此三者,就是一个封建制度下的国家"治国理政"的三驾马车。

宁荣两府所承载的其他文化,又都置于这些文化之下。所有下层文化,也都有层级与从属关系。后辈从属于前辈,小的从属于大的,小弟小妹从属于大兄大姐,子女从属于父母,妻子从属于丈夫,妾从属于妻,丫鬟从属于主子,小丫鬟从属于大丫鬟,庶出从属于嫡出等。人际关系错综复杂,文化关系亦错综复杂。

儒学在作者眼中是受"王政"所左右的,从《红楼梦》一书中可以看出,在贾宝玉与秦钟上学这个细节上,贾政对贾代儒所提出的要求非常明确。第九回:"那怕再念三十本《诗经》,也都是掩耳盗铃,哄人而已。你去请学里太爷的安,就说我说的:'什么《诗经》古文,一概不用虚应故事,只是先把四书一气讲明背熟,是最要紧的。'"因贾政代表的是"假政",贾政给贾代儒讲的话,代表的就是一个政权给儒学提出的要求。这段话的意思是说,当时主政一方的统治者,要求儒学只重点教授四书就行了,不要再教授《诗经》与古文了。换句话说,就是只重四书,而废除五经与古文。

在宋、元、明、清时期,当时的取士制度规定,要以四书五经作为考试的内容,以八股文章的形式作卷。而这个假的政权只要求读四书,连五经、古文都不要了。

四书:《论语》《孟子》《大学》《中庸》。这四种书无一例外,宣扬的都是儒家思想,中庸之道。一个偏激的,只尊儒学的教书育人模式,那一定会导致灾难性的后果。

自宋朝以来,王朝取士以四书五经为要,作八股文章。宋朝是这样,元朝是这样,明朝也是这样。但到了贾政(假政)这里,只保留了四书,连五经也不要读了,更别说古文。我们知道四书的核心内涵无非是"在明明德,在止于至善"上,其核心体现的就是"仁义礼智信,忠孝节廉悌"等道德的内容。一个伟大的民族,一种伟大的文明,不光只是靠道德来维系的,它是建立在多元文化基础之上的文明,只提倡儒德而忽略其他文化,岂有不败之理?

一个合理的教育体制标准,必须达到四个方面的要求,那就是曹公所提出的:"能文能武,德才兼备。"像"假政"这样只重"仁德"修为,而忽略其他文化的习学,这种"唯仁唯德"的教书育人方式,是"反其道而行"的伪教育制度,是肯定要失败的。

古有"无德必亡"之说,但也有"唯德必危"之训。一个民族既不能无德,但也不能唯德。像"假政"这样只要求读四书,而忽略其他文化修为的做法,就等同于是自找死路。

孔孟之道统治中国两千多年而不变,这本身就是一种固化和失败。时代在变,世道在变,人心在变,文化教育也应与时俱进,适时而改、适时而变,这才是兴旺之道。

唐朝灭亡的原因,曹雪芹先生看得是很透彻的,唐朝的取士制度还是非常合理的、科学的,考试的内容非常广泛,不存在什么大问题。唐朝失败的主要原因,还是作者在书里所写的关于秦可卿的那首判词:"情天情海幻情身,情既相逢必主淫。漫言不肖皆荣出,造衅开端实在宁。"他的意思是说,三秦大地是情天情海幻化出来的具有人间情义的文化,但当这种有情有义的人间真情,被孽情所浸染后,就变成了一个"淫"字。而就是这个"淫"字,毁了三秦文化的"情"字。表面上看,好像是唐朝过度贪图荣华享乐文化而招致的失败,但其根本原因还是唐朝的教化出了问题,是道德的沦丧才导致了唐朝政权的覆灭。一个滥情滥性的社会,岂能长久生存? 历史上为何有"脏唐臭汉""脏唐乱宋"之论? 所谓的"脏唐",指的就是唐朝"乱伦乱性"的肮脏风气。

北宋朝建立之后,当时的文化界大概是认识到了这一点,他们想重新构建一个思想文化体系,重建被唐朝丢失了的天理与人伦,所以,宋朝"理学"便应运而生,从此理学之风盛行。而理学强调的是"天理",强调的是顺应自然法则。其实"理学"与"道学"是一脉相承的,道学所强调的"天道"与理学所强调的"天理",其实强调的都是自然运行的法则与规律。《道德经》中所谓的:"人法地,地法天,天法道,道法自然。"这个"自然",指的就是大自然运行的法则。理学的"顺天理",与道学的"道法自然",它们的核心内涵完全相同,都是强调自然法则和顺应自然法则而为。

北宋灭亡后,史学家在审视北宋灭亡的原因时,总想不通一个问题,北宋经济比较繁荣,人民也安居乐业,为什么说亡就亡了呢? 其中不乏军事羸弱之说、政治腐化之说,这也确实是原因,但为什么不去深入思考一下更深层次的原因呢? 曹雪芹先生认为,北宋的灭亡,就是文化之祸,是一个不合理的思想体系与不合理的教育制度,才导致了民族的灾难,而宋明理学就是罪魁祸首。宋朝"理学"提倡"存天理,灭人欲",其实就是陈腐旧套。

第九节　从贾母身上寻文化之源头

贾母,乃"假母"也。"假母",是指假的文化之母。是一种什么文化被作者称为"假母"呢? 寻找这个假的文化之母,是正确理解《红楼梦》的重要一步,如果我们连"假母"所代表的文化都没弄清楚,又怎能正确理解《红楼梦》呢?

前面已经对"假母"所代表的文化做了细致的分析,她代表的是"道"文化和与道文化所体现出来的神权。按照这种观点,就是说,贾母所代表的"道",就是中华文化的本源了。这种观点会使人产生非常大的疑问,老子之道,产生于二千五百年前时的春秋战国时期,而中华文明有着五千年的历史,可以不假思索地说,"道"绝不是中华文化的源头,而中华文化的源头肯定是在更遥远的远古之初。老子也只是像历代与现代学者一样,也是站在历史的当下,在探索与寻找宇宙自然生成的奥秘,寻找世上万事万物形成的本源,所以才提出了一个"道"的学说。

老子所处的时代,是没有科学常识的时代,他只看到太阳在运动、月亮在运行、星星在变化、风雨雷电在发生,但他并不明白是什么原因。他只看到万物在生长、植物在荣枯、河水在流动、四季在变化、寒热在交替……整个世界万事万物都在变化,但他也不明白这是怎么回事,究竟是一种什么力量在推动着这个宇宙世界万事万物的产生与运行的呢? 他没有办法去解释清楚,于是,他只好将这个看不见、摸不着、闻不到、猜不透的力量,归结为"道",他认为是"道"推动了宇宙的运转,万事万物的产生。

"有物混成,先天地生,寂兮寥兮,独立而不改,周行而不殆,可以为天下母。吾不知其名,强字之曰'道',强为之名曰'大'。故天大、地大、人亦大。人法地,地法天,天法道,道法自然。"

老子在《道德经》里又讲:"道生一,一生二,二生三,三生万物。"学术界也有太多的解读与争论,笔者并不同意他们的解释,现在将笔者对这句话的理解说明一下:"一",在古代代表"天","二",在古代代表"地","三"在古代代表"人"。"天、地、人"在古代被称为"三才"。"道生一",是指"道"生出了"天";"一生二",是指"天"生出了"地";"二生三",是指"地"生出了"人";"三生万物",是指"人"生出了万事万物。老子上面一段话的意思是说:"道生出了天,天生出了地,地生出了人,人生出了万事万物。"老子认为,是道与天、与地、与人这四者,创造出了一个万事万物的世界,而"道"是生成万事万物的本源。在这四大因素中,天、地、人是真实存在的,但唯有"道"是不知的。

其实,老子同时期的学者也不太赞成老子的这种说法,对宇宙变化的认识,也各有各的理解。既然都不知道宇宙万象及自然万事万物生存的本因,所以最终的结论都只能是一种猜测。你有你的想法,我有我的想法。你也猜,我也猜。你也悟,我也悟。悟去悟来,猜来猜去,最后形成了一个百家争鸣、流派纷呈的文化局面。有的人认为,推动宇宙万事万物运行的力量是"形",有的认为是"气",有的认为是"神",老子则认为是"道"。"道"也好,

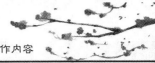

"形"也好,"气"也好,"神"也罢,总之,谁也说服不了谁。

在老子之"道"认知之前,中华文化将宇宙与世间的自然与超自然的现象,都赋予了鬼神的力量,他们认为是神鬼创造了这一切,操控着这一切。西方世界则认为是"造物主"创造了这一切。但老子之"道",很明显摒弃了这种神鬼的认知,全盘否定了神鬼的力量,这真是了不起的一种进步。

中华文化对道的认知,是在不断变化的,经过两千多年的变化,"道"的内涵已发生了根本性的改变,现在我们所理解的"道",与老子之"道",已是相去甚远。老子之道,是对宇宙万象与世界万事万物生成本源的一种认知。而现在之道,已升华成为了"德",成为一切事物的"正确与正义"。

中华文明有着五千年的历史,而老子之道,虽历经两千多年,影响深远而广大,但它绝不是中华文化的母根与本源。要想追寻中华文化的根脉,必须将时间推移到最最遥远的远古时代,因为那里才是中华文化的本源。

说到中华文化的本源,就不得不说周朝时期了,这是因为周朝文化已比较成熟与完备,形成了一套比较完整的思想体系,特别是《周易》与《礼乐》制度的创建,更是将中华文化推到了一个极高的高度。青铜的冶炼技术,与青铜器的铸造,更是达到了一个前所未有的高度。可以说,周朝已具备了初步的文明。但周朝距离现在也只有3000多年,它也不是中华文化的源头,因为在周朝的前面还有夏商两代。

夏商其实也初步形成了一定的社会治理体系和一定的思想体系,冶炼与铸造已初具规模。夏朝君主的世袭制,彻底改变了氏族部落首领禅让的制度,于是这种世袭制贯穿了整个封建时代,一直到封建社会灭亡。夏虽距今4000多年,但它也不是中华文化的源头,中华文化在夏之前若干年就已形成。而中华文化真正的源头至少要追溯到远古时期的伏羲《八卦》图时期,因为《八卦》图是中华远古人类祖先智慧的结晶。

难道伏羲《八卦》就是中华文化的源头吗?回答也只有一个字,否!这是因为伏羲《八卦》是建立在《河图》基础之上的文化,没有《河图》就没有《八卦》。这就是说,在《八卦》形成之前,我们的祖先就已有了《河图》的概念。

这就是说,如果我们知道了"河图"的内涵,就大概知道了中华文化形成的源头。那什么是《河图》呢?《周易·系辞上》曰:"河出图,洛出书,圣人则之。"相传,上古伏羲氏时期,洛阳东北孟津县境内的黄河中,浮出龙马,背负《河图》，献给伏羲。伏羲氏依此而演成《八卦》，后为《周易》之始源。又相传，大禹时期，洛阳西洛宁县，洛河中浮出神龟，背驮着《洛书》，献给大禹。大禹依此治水成功，遂划天下为九州。又依此制定九章大法，治理社会。这个古老的传说，后被收入《尚书》之中，名《洪范》。虽说这个上古传说带有很神秘的色彩，但《河图》与《洛书》是真真切切存在的，它明确被记录在了古籍之中。根据这一上古传说，我们可以得知，原来伏羲氏《八卦》的演成，是受到了《河图》的影响，这就说明《河图》要早于《八卦》。

那么"河图"的内涵又是什么呢？它的主体是一个由四层不同数量的实心圆与空心圆构成的连线所组成的图像。对于"河图"的解释，说法有很多，但可信度最大的是，认为河图的"河"，是指天上的星河，而图上的空心与实心圆点，指的是星星与星星的数量。笔者认为这个认识是对的。但关于这个图案所表达的含义，那就更复杂了，说法五花八门，而各种说法又无任何考证。笔者认为，既然这个图是星河之图，那么，这个图一定反映的是星河中星星的构图与位置。这些由不同数量的空心与实心圆所构成的线条里的圆点，就是星星。在最外层上面的一条线上，也就是现在的正北方向上，由七颗星组成。七颗星应该就是"北斗七星"的直线摆列，对应的是北方。下线（南）由六颗星组成，正好对应的是南斗六星，代指南方。这非常巧合，《河图》的上面一条线，正好是七个圆点组成，而下面一条线正好是由六个圆点组成。左线（西）由八颗星组成，右线（东）由九颗星组成，这是否是指这两个方向上特殊星阵的数量的直线排列呢？根据这四个方向上特殊的星座，当时的人们就可以通过天上星星的这种星阵图和它的数量，来辨别方向。比如说，上面一条线是七颗星阵，也就是现代人们所说的北斗七星，那就是现在的"北"。与之相对应的六颗星阵的直线排列，就是现在人所指的南斗六星，对应的是"南"。左边的一条线是由八颗星所构成的星阵的直线排列，就是现在的"西"，右边由九颗星构成的星阵直线排列，就是现在的"东"。

笔者以为，"河图"是天空中的一个星阵图。它的作用是用来分辨方向的。每条线上的空心圆与实心圆的数量，分别指四个不同方向上特殊星阵星的数量。最中间的五颗星，就是四方的中心，而最中间的那一颗星，起到的是方向坐标点的作用。《周易·系辞下》曰："古者包牺氏之王天下也，仰则观天象于天，俯则观法于地，观鸟兽之文与地之宜，近取诸身，远取诸物，于是始作八卦，以通神明之德，以类万物之情。"伏羲就是通过仰观天象，俯察地理才始成《八卦》图的,这也从一个侧面印证了《河图》是一个星象图,伏羲氏就是根据这个星象图与地理位置的对应,最终定出了《八卦》图所对应的八个方向。这个《河图》很像现在的指南针的功能,而中心点,对应的就是中天。笔者的这种认识,要是天文学家能佐证一下就真相大白了,如果能找到西斗八星与东斗九星,那就彻底解开了《河图》的真相。

既然伏羲氏是根据《河图》才制成了《八卦》,现在就将《河图》与《八卦》图做个对照分析。《八卦》是将《河图》的四个方向,又细化分成了八个方向,每两个方位上的中间,又多出了一个方位,即东南、西南、西北与东北。这样,《八卦》就由原来"河图"的四面,变成了《八卦》的八方。这样人们的出行就更有方向感,更为方便了。

现在的研究都认为,《八卦》是用来占卜吉凶用的,这是不对的。它最先的功能应该是用来确定方位的。其实《八卦》分两种:一种是伏羲氏先天《八卦》,由于上面没有文字,被人们称作无字天书。二是后天《八卦》,也就是现在具有占卜功能的《八卦》。据古文献记载,后天《八卦》是由周文王演绎出来的,他是在先天《八卦》的基础之上,在原图的八个方位上,加上了"乾、坤、震、巽、坎、离、艮、兑"八字,分别与"天、地、雷、风、水、火、山、泽"相对应,然后再根据这八个字两两阴阳互对、相生相克的原理,最终始成八卦,而占卜吉凶。

在《易经·系辞上传》第十一章中就说:"是故,易有太极,是生两仪,两仪生四象,四象生八卦,八卦定吉凶,吉凶生大业。"

对于这一段话,一般的解释都是从阴阳入手,他们认为,"两仪"是指阴与阳。"四象"即是太阳、太阴、少阳、少阴。《八卦》是指"乾、坤、巽、震、坎、离、艮、兑"。这种认知,是对后天《八卦》的理解,但伏羲氏的先天《八卦》可不是这个意思。

那么,以上这段话又做何解释呢?太极的"太",即是指"太阳"。"两仪",即是指"天地"两端。"四象",即是指"东西南北"四个方向。《八卦》,是指"八方"。这就是说,我们的祖先,首先通过"太极"的位置,才有了天与地的概念,也就有了上与下的认知。太阳高高在上,是谓天,那与天相对应的就是地,这便是"太极生两仪"的含义。有了天与地、上与下两个方位,就产生出了"前后左右"四个方位的概念,也就分出了"东西南北"四个方向,这便是"两仪生四象"的含义。有了前后左右、东西南北四个方向,就又有了东、东南、南、西南、西、西北、北、东北八个方向,这便是"四象生'八卦'"。这句话的完整意思是说：由太极，而产生出了天与地，上与下；由天地、上下，便产生出了"东西南北"与"前后左右"四个方向。由"东西南北""前后左右"，产生出了东、东南、南、西南、西、西北、北、东北八方。

当人们有了四方的概念之后，古人发现东方四季常青，就用了青色与之相对应；南方火热，就用了赤色与之相对应；西方草木不旺，沙漠众多，于是就用白色与之相对应；北方寒冷，古人就用了玄色与之相对应。这就有了东青、西白、南赤、北玄的认知。而中原是黄土高原地貌，古人就用黄色与之相对应，这样就又产生了青、赤、白、黑、黄五色。有了"东、西、南、北、中"五方这个概念，就又派生出了"金、木、水、火、土"五行。有了"金、木、水、火、土"五行这个概念，又将五行与人的五脏相对应，于是又产生出了中医学与中医理论……

古人认为，天之四方都是悬在空中的，不能让它倾斜了，于是古人又想象出了四个神来，分别守护着四方，这才有了：东青龙，西白虎，南朱雀，北玄武四大神象。

现在来综合梳理一下。

由太极而产生了天地认知，由天地认知而产生了上下两个方位。由天地又产生出了东西南北四个方向，由上下又产生了前后左右四个方位。又由四面而产生了八方。由太阳，又派生出了太极。由太极，而派生出了阴阳。由阴阳，又派生出八卦。由八卦，而派生出了二十四卦。由二十四卦，而派生出文王《周易》之六十四卦。由《周易》，而派生出《易传》《象》《象》《文言》《系辞》《爻辞》等数不清的书籍文典。由阴阳，又产生出中医、中药、哲学、礼法、武术、算术、天文、地理、思想、行为等各个方面的文化，最后始成博大精深的中华文化。中华文化的发展就如一棵大树上的繁枝茂叶，而树干就是"阴阳"，其树根就是"太极"。

怎么理解"太极"呢？"太"，即是指"太阳"。"极"，即是指"极点"。"太极"，即指太阳运行到了极点。那么，什么是太阳运行的极点呢？这就是"日在中天"，也就是正午十二点。此时的太阳光线是直射的，所以物体只留下一个没有影子的物象。过了这个极点，太阳就向西偏斜了，所以，"日在中天"就是太阳的极点，也就是太阳由东向西的一个分水岭。古人就以这个极点作为坐标，分出天地、上下、四面、八方。

从以上推理中，可以得出一个结论，这就是说：中华文化与中华文明的产生,是以太阳(太极)为源头、以阴阳为基石而不断派生出来的文化。经过至少五千年甚至上万年的发展,最终才产生了一个博大精深、源远流长的中华文化与中华文明。而这一切文化产生的基础都是从认识太阳开始的,都来自对太阳阴晴变化与白天黑夜交替所产生的阴阳之变的灵感。可以这样说,中华文化之源是从认识日月星辰开始的,以太阳为众星之魁,以月亮为众星之卫,以日月的周而复始而产生阴阳之变,这便是"太极"。这就是说,中华文化之源,是以"太极"为本源的,再往前去追寻,就查无可查,追无可追了,如果再追下去,那就是我们常说的"混沌世界"了。

通过以上分析与推理可以得知,中华文化的根脉起源于"太极",而太极的核心是"阴阳"之变。这一推论的结果,与上面曹雪芹先生对贾母所代表的文化的分析是完全一致的。贾母所代表的"道文化",虽不是中华文化之源头,但"道"是建立在阴阳基础之上的文化,"道"在中华文化中起到了承前启后的作用。

现在再说一下《洛书》。传说大禹时期,洛阳西、洛宁县、洛河中浮出神龟,驮着《洛书》献给大禹。大禹根据此图而治水成功,遂划天下为九州,并制定九章大法,治理九州。

很明显,大禹是根据《洛书》才划分出了九州,又通过《洛书》而制定出了九章大法。可见《洛书》这个图给大禹划分九州、制定九章大法提供了启示、产生了灵感。

《河图》《洛书》对中华文化的产生与溯源起到了决定性的作用。由《河图》而定出了四面八方,由《洛书》而划分出了九州,制定出了九章大法。这里从一个侧面也反映出了我们的祖先最先认识这个世界,是从太阳与星辰开始的,也就相当于是现在的"天文学"。再通过太阳与星辰的位置来定位方向,又通过太阳与星辰的方位所对应的地区,划分出了九州。可见,对方向与区域的划分,是中华文明起源的第一步,方向与地域对于古老先民来说实在是太重要了,试设想一下,如果人类现在还没有划分出方向,也没有划分出区域,那会是一个什么样的景象?

《河图》《洛书》的发现,也给我们以启示,它说明在《河图》《洛书》之前,中华文化仅仅只是一种萌芽,连方向的界定与地域的划分都还是一个空白,而中华文化的真正起始点,始于《河图》《洛书》,所以《河图》《洛书》所处的时代,才是中华文化与中华文明形成的源头。而《河图》《洛书》的形成,它是以太阳与星星作为参照物而产生的方向定位与区域划分。所以说，中华文化与中华文明的始点在太阳与星星，用现在的文化分类，就是天文学。这就是说，我们的祖先最先是通过天文而认识这个世界的，又通过天文而派生繁衍出了博大精深的中华文化。

当伏羲氏划分出方向后，大禹才划分出了九州。大禹生卒年不详，只知大禹是黄帝的玄孙，而黄帝距今4800年左右，这就可以推测出大禹的大概年龄，也就在距今4700年上下。伏羲氏，一说旧石器中晚期的先祖，那距今至少一万年。一说新时器时期，距今也有一万年至五千年，这就是说，大禹划分九州的时间，要晚于伏羲氏先天《八卦》。而贾母所代表的"道"，只有2500年左右的历史，它只能算是5000年文化历史中的中生文化。

千万别小看这种文化，曹雪芹先生称它为"史侯家的小姐"。史，就是历史。小姐，是千金之躯，高贵之身，它是用来比喻贾母所代表的这种文化，高贵而显赫。"史侯家的小姐"，就是指中华历史文化中最高贵显赫的一种文化，这种文化就是"道"。而道文化的核心有两大支派，一是"阴阳五行"（鸳鸯），二是"巫觋"文化（琥珀）。而"阴阳五行"与"巫觋文化的核心是"神"。而神所拥有的权力，就叫作"神权"。这就是贾母存在于书中的含义。

第十节　通过贾瑞之死看《红楼梦》后四十回的真伪

文化界关于《红楼梦》后四十回是否是曹雪芹先生亲笔的争论的焦点无非是说前面的判词与后四十回所描写的结果自相矛盾，于是就怀疑后四十回不是原作者所著。又加之在程高本《红楼梦》面世之前，《石头记》只有前八十回流行于世，而程高本面世时却是一百二十回本《红楼梦》，这多出的四十回哪来的呢？于是，就有红学人证明后四十回不是原著。

也有很多的学者，认为第五回中的判词和《红楼梦》"十二支词曲"的描写，与后四十回内容不相符，所以断定后四十回是另有人续写的。究其原因，总结起来，无外乎有以下几种观点。

第一，关于香菱的命运，在第五回的判词中这样写道："自从两地生孤木，致使香魂返故乡。"从判词中我们不难看出，香菱是死了的，但甄士隐最后又将她度了出来，这岂不是违背了判词的原意？

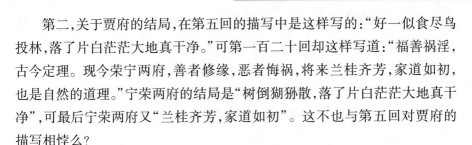

第二，关于贾府的结局，在第五回的描写中是这样写的："好一似食尽鸟投林，落了片白茫茫大地真干净。"可第一百二十回却这样写道："福善祸淫，古今定理。现今荣宁两府，善者修缘，恶者悔祸，将来兰桂齐芳，家道如初，也是自然的道理。"宁荣两府的结局是"树倒猢狲散，落了片白茫茫大地真干净"，可最后宁荣两府又"兰桂齐芳，家道如初"。这不也与第五回对贾府的描写相悖么？

第三，第五回探春的判词是："清明涕送江边望，千里东风一梦遥。"一看便知是永远的别离，可后来贾探春居然又回来了。

第四，有人将前八十回与后四十回在写作的功力上进行了对比，觉后四十回笔力不够，不像是曹公的真笔。

除此之外，还有许多的质疑，理由也是五花八门。

表面一看，还真有些道理，但从《红楼梦》的写作真实来看，这些所谓的质疑都是无中生有。《红楼梦》写的不是人生社会，而是文化社会，整部著作都是在"游戏笔墨，陶情适性"，里面写的并不是人，而写的全是文化。"人"是会死的，但"文化"是不会死的。香菱，代表的是"菱"所散发出来的菱香，菱花之香是一股清香，代表如"香菱"般一样的清正之气。清正之气丢掉了，不是还可以再捡回来的吗？所以香菱所代表的清正之气是不会死的。当社会进入虚假时期，这种清正之气就死了。当社会重新回归到真境时，这种清正之气就又回来了。甄士隐，乃"真世隐"，当甄士隐（真世）重新回归于社会时，这个"真"也就随之重新回归社会，这股清正之气的优良品质，不也随着真的回归而一同回归了！当甄士隐回归尘世，去度脱女儿英莲时，这种清正廉洁之正气不是从"血家"又被度脱出来了么！

贾府代表的是一座假的文化之府，一个假的文化社会。一个假的文化社会，就是作者笔下的"末世"。是末世就长久不了，最后它一定会走向毁灭的，但不是说假的文化社会毁灭了，这个文化社会就不存在了，毁灭的只是一个假的文化社会。但一个假的文化社会毁灭之后，那一个真的文化社会不就应运而生了么！那取而代之的不就是一个真实的文化社会么！所以文化社会是不会死的。真隐就假来，假去就真来，周而复始，运行不殆。

又如贾探春，她最后也回到了贾府，这与她"清明涕送江边望，千里东风一梦遥"的判词相违背，这也被人认为是续写的理由。贾探春所代表的是"琴棋书画"四大才艺之中的"书"，书法界有一个大名鼎鼎的人物——赵孟頫,最是一个无节无操之人,这个赵匡胤的不孝子孙,他在元朝灭宋之后,居然数典忘祖,于国仇家恨于不顾,竟堂而皇之地做起了元朝的臣子,食起了元人的俸禄,可谓无耻至极。作者在描写"书法"这种文化的末世现象的时候,就把这个书法大家,赵氏的子孙赵孟頫,作为书运的末世原型之一。所以,当"两番人作一番人"的时候,他又回到了番人的政权中,所以在书中,这个人物又出现在贾府之中了。作者在这里揭露的是一段书法文化的末世现象,如果你将贾探春当人来看,就会产生前后不一致的感觉,当你将贾探春当"书法文化"来理解时,这就合情合理了。退一步说,即使贾探春的再次回归,有违之前的判词,难道我们不应该怀疑一下程高的增删与厘剔吗?

文化是不灭的,它永远存在,但会死去。有的文化死去之后,就再也没有兴起时的蓬勃。但有的文化死去之后,又会以一种全新的面貌再生,重新绽放出它美丽的光芒。当你站在文化的角度去理解《红楼梦》时,你会发现前八十回与后四十回是一气贯通的,毫无背谬矛盾之处,你会发现书中所有的疑惑都会迎刃而解。所有认为的矛盾与疑惑,都是我们将《红楼梦》当成写人生与人生社会来看而产生的。

贾瑞之死,是死于他所代表的这个瑞节文化,爱上了王熙凤所代表的这个恶毒低俗的文化,当瑞节这种文化被恶毒与低俗的文化所污染之后,这种文化就死了。王熙凤害死贾瑞,就是指恶毒低俗的文化,害死了瑞节文化。如果后四十回写的不是文化,不是在"游戏笔墨、陶情适性",那后四十回必是续写无疑。但如果后四十回写的还是文化,还是在"游戏笔墨,陶情适性",那我们又有什么理由来怀疑它?后四十回完全延续了前八十回的写作风格与写作技法,这又有什么可质疑的?

再说笔力的问题,这更是站不住脚了,其实后面之笔力,丝毫不逊色于前者,而且更细腻更深刻。

第十一节 从大观园的构成看宁荣两大文化的格局

第十六回:"自此后,各行匠役齐集,金银铜锡以及土木砖瓦之物,搬运移送不歇。先令匠人拆宁府会芳园墙垣楼阁,直接入荣府东大院中。荣府东边所有下人一带群房尽已拆去。当日宁荣二宅,虽有一小巷界断不通,然

这小巷亦系私地,并非官道,故可以连属。会芳园本是从北拐角墙下引来的一股活水,今亦无烦再引。其山石树木虽不敷用,贾赦住的乃是荣府旧园,其中竹树山石以及亭榭栏杆等物,皆可挪就前来。如此两处又甚近,便凑来一处,省得许多财力,纵亦不敷,所添有限。全亏一个老明公号山子野者,一一筹画起造。”

这段话告诉我们,大观园将宁府(思想教化)和荣府(物质生活文化)整合到了一块,不再有“宁荣”两种文化之明确界限了。以前“宁”文化与“荣”文化是“先有一小巷界断不通的”,两种文化之间虽然联系紧密,但中间还是有明显界限隔开的,可这一拆就把原本的一点儿分界线给毁掉了。这个“巷子”毁掉之后,“宁荣”两种文化就基本融合在了一块,分不出哪是思想教化文化,哪是物质生活文化,思想教化文化完全被物质生活文化所淹没。“荣”文化本就势力强大,“宁”文化本来就势单力薄,当它汇入“荣”之后,就彻底淹没在了“荣”文化的海洋之中,彻底迷失了自我,也彻底丢掉了自我。此时思想教化方面的文化——“宁”,就完全被“荣”文化的强大势力所掩盖,失去了它原有的作用与功能。而荣文化则强势兴起,形成了一个“宁弱荣盛”的文化格局。当思想教化文化处在消失边缘的时候,也就是人们失于思想教化的时候。当人们失于思想教化的时候,也正是社会道德沦丧、伦理败坏的时候。宁文化与荣文化这道墙是拆不得的,这道“界巷”还得留着。

别看书中说的是拆墙,其实拆的是文化的墙,是“宁”文化的墙。原本两种文化就已经区分不大了,之间只有一小巷相隔,可这一拆,最后就只有一门相隔了,只要打开这扇门,两大文化就融合在一块了,“宁荣”两府就随进随出,形成了宁中有荣、荣中有宁、宁荣不分的格局。什么是思想教化文化,什么是物质生活文化,最终就难已分清了。由于宁文化势力弱小,而荣文化势力强大,最终“宁”被“荣”所淹没,这也就是意料之中的事。

第十二节 《红楼梦》所涉及的三线与五事

《红楼梦》一书,是将文化和文化社会当作人和人生社会来写的,所以就产生了两个面和两条线。也就是说,作者本来要写的是文化与文化社会的兴衰,可他偏偏通过写人叙事与写人生社会兴衰的方式来呈现。也就是说,作者原本要写的是"文",但他却偏将"文"用"人"来替代。用贾宝玉这个人来代替中原文化,用林黛玉这个人来代替东南方文化(吴越文化),用史湘云这个人来代替南方文化(湘楚文化),用秦可卿这个人来代替三秦文化(西方文化),用薛宝钗这个人来代替北方文化(燕文化),用北静王这个人来代替北境游牧民族文化(北境文化)。贾府四姐妹,分别代替琴、棋、书、画四大文化,《红楼梦》中所有的人都代表一种文化,这所有的人所组成的社会,就是一个文化社会。然后,作者通过写人的性格,去展示这种文化的性格;通过写人的特征,来展示文化的特征;通过写人的命运,去展示此种文化的命运;通过写人生社会的毁灭,来展示文化社会的毁灭。这样,《红楼梦》一书就产生了两个面,一个是人物层面,一个是文化层面。当人们在读此书时,理所当然首先看到的就是表面。表面是以写人叙事为题材的,所以我们所有人看到的都只是表面,满眼都是人与人的故事,但作者其实所要写的是文化与文化社会的故事,这样就产生了极大的错觉。两个半多世纪以来,人们始终只看到的是书的表面,而没有深入表面之下的里面,这样一个争论不休、乱象丛生的红学怪象就产生了。

除了这一表一里两个层面以外,作者又通过文化这个层面去影射时局,这样就又产生了第三条线,《红楼梦》其实就带着这三条线,齐头并进,各不相扰。书中除了这三条线以外,作者又将历史史事、异文异句、作者己见、作者家事、清宫疑案五个方面的内容穿插其中,这就构成了一个"三线五事"的写作格局。表面一看,没什么异样,但只要细加思索,就会发现此书千头万绪,千变万化,像雨,像雾,又如烟,让人琢磨不透,想不明白,不知所以然。而红学则游走在第一条线与第二条线的临界点之上,谁都知道在表面之下存在着一个隐形的世界,但就是跨越不过这个临界点。

一、《红楼梦》写作的三条线

由于《石头记》是一部将"文化"当作"人物"来写的书,赋予了"文化"一切"人"的特性,所以这部著作从表面上看就像是一部写人叙事的作品。其实,作者是通过文字和文字游戏的方法,来陶情适性、游戏笔墨、讲述理治、再现历史的。这样就产生了两个面、两条线;一个表面,一个里面;一条表线,一条里线。然后又通过文化这条里线去影射时局,这样又产生了第三条线。

所谓的表面,就是我们一眼就能看得见的以写人叙事为主的这条线。如"宝黛的情感纠葛""贾府的兴衰""金陵十二钗的命运"等。

这条写人叙事的表线有两个功能,第一是作为写人叙事的故事而存在于书中;第二是服务于第二条线,它主要是作为"里线"的一种写作方式而存在,它是服务于里线的。所谓的"里线"就是作者想要真实表达的内容,它隐藏在表线之下,是要通过"人文"转化之后才能看得到的一条文化线。它涉及的是历史,讲述的是理治,不是写人叙事的内容,而是写末世文化和末世文化社会命运的。现在通过一个图示展示出来。

(一)三线

第一条线:人物线——写人与人生社会。

第二条线:文化线——写文与文化社会。

第三条线:影射线——再现历史、影射时局。

(二)表线与实线的区别

1.表线写的是"人",实线写的是"文"。

2.表线叙的是"事",实线叙的是"理"。

3.表线的体裁是"小说",而实线的体裁是"野史"。

4.表线讲的是"情感",而实线讲的是"理治"。

5.表线写的是贾府的兴衰,而实线写的是文化及文化社会的兴衰。

6.作者又通过写文化的兴衰,来影射民族的兴衰。

(三)现在举例来说明

例一:"至荣公死后,长子贾代善袭了官,娶的也是金陵世勋史侯家的小姐为妻,生了两个儿子:长子贾赦,次子贾政。"

从表面一看,是写人叙事的内容,意思是贾母生了两个儿子,一个叫贾赦,一个叫贾政。这是我们第一眼就能看得到的内容,这就是"表面"。可作者要写的是"假",是"假母",指一个"虚假之母"。要写的是"假赦",指一个假的王法。要写的是"假政",一个假的王政。这个"假母"生养了"假赦"和"假政"两个儿子,就表明这个假母生养了一个假的王法与一个假的王政。你看,现在的"假母""假赦""假政"还是人吗?它们变成一种纯文化的符号,而这就是《红楼梦》所要写作的真实。这个面涉及的是文化层面,是一个我们看不见的面,是一个隐藏在表面之下的里面,所以,这个面就是"里面"。

作者在书中本来要描写的是"假",但他却用"贾"替代了"假",这样一变,就将一种文化变成了一个人,形成了人物与文化两个层面。作者实际要写的是文化这个层面,但他没有直截了当地写文化,而是将每一种文化都转化成人物,然后通过描写人物的性格与命运,去影射文化的性格与命运。

你看书中是怎样来影射这个"假母"的。什么是"假母",是一种什么样的文化被称为假文化之母呢? 书中说,这个"假母"来自"金陵史侯"家。"金陵"在作者笔下是指"末世文化之都";"史侯家"的"史",是指古老腐朽的封建历史文化。这句话的意思是说:"一个古老、腐朽、没落的封建历史文化,孕育了一个假的王法和一个假的王政。"书中将这种古老、腐朽、没落的历史文化就称作"假母",认为它是所有假文化产生的根源与母体。

这样的描述涉及的是古老的历史和古老的历史文化,又剖析了假文化产生的根源和民族兴衰、国家兴亡、政权兴替的深层次原因。

这句话讲的是文化对国家,对政权的影响;讲的是虚假文化与江山社稷和政治与政权之间的辩证关系,这就是影射线。如果我们不理解作者表面说的"贾",即是"假",贾母,即是"假母";贾赦,即是"假赦";贾政,即是"假政",贾府,即是"假府"的话,所有贾姓都姓"假",那么,我们对《红楼梦》的理解将永远只会停留在人物线这个层面上,它的真实价值就会被彻底淹没。尽管我们将《红楼梦》视为四大名著之一,给予了它至高无上的评价,但距离它的真实价值还差着十万八千里。

曹雪芹先生所著《红楼梦》对于整个中国社会,乃至整个人类世界的贡献都是无法估量的。

例二:"木石前盟"。表面上看是讲贾宝玉与林黛玉的爱情,而"宝玉"生在了中原之地,代表着中原文化,林黛玉生在了姑苏之地,代表着东南方文化。他们俩之间的关系,就是中原与东南方两大地域文化之间的关系。

中原文化的核心是"尚德",东南方文化的核心是"尚才",宝玉与黛玉之间的关系,又是"德"与"才"之间的关系。这两种文化一个尚德,一个尚才,两者合,则德才兼备;两者分,则德不配才,或才不配德。只有德才兼备,才是一人之根本,一国之根本。所谓的"木石前盟",其实讲的是一个理治的问题。

林黛玉是"绛珠草",作者的本意是指"降珠草",就是指"能降下珠玑的草",作者在这里用了一个谐音。所谓的"降珠草",其实指的就是"毛笔"。作者在这里是将毛笔比作草,而且是能降下锦绣文章的草——毛笔,这就是

作者笔下的"降珠草"。

贾宝玉是"赤瑕宫神瑛侍者","神瑛"的谐音就是"神印",而能称得上"神印"的印章,也就只有"玉玺",除此之外,还有比玉玺更为神圣的印章吗?所以"神瑛"即是"神印玉玺"。

毛笔的管是竹子做的,竹是木质的。玉玺是用玉石雕刻而成的,是石质的。毛笔与玉玺,一个木,一个石,它们两者之间的关系,就是"木石前盟"。

"毛笔"是用来行文写字的,代表着文化与文才;"玉玺"是皇帝的印玺,象征着皇权,代表着国家与民族。一个代表文化,一个代表国家,它们两者之间的关系,就是文化与国家之间的关系。"文脉与国脉相牵,文运与国运相连"。文化兴,则国兴;文化强,则国强;文化智,则国智。文化与国家之间的关系,是生死相依、血脉相连的关系,一损俱损,一荣俱荣。林黛玉一死,贾宝玉又岂能独存?

从表面来看,书中的"木石前盟"是宝黛的爱情关系,但究其实质,"木石前盟"是文化与国家、文化与民族之间的关系,这就是作者的本意。文化与国家是不可分割的两个主体,是天生的一对,分即是亡,离即是死。

"木石前盟"从表面上看,好像写的是林黛玉与贾宝玉的情感,但实质是写的文化与国家、文化与民族之间的关系。从人物层面升华到文化层面之后,就切换到了讲理治的高度。这样一来,就将这本书的价值提高到了世界之巅,成为古今中外举世无双的经世宝典。

《红楼梦》整部著作,讲的都是治国理政的方略,你说它的价值怎么去衡量?人说"半部《论语》治天下",那它比起《红楼梦》来说,就是一滴水与沧海的关系。请问,世界上还有哪一部著作能与之相比较?《红楼梦》是名副其实的宝中之宝,是当之无愧的世界第一宝。

写人其实是为了写文,写文其实讲的是理,讲理其实是为了治国。这就是《红楼梦》的真实。

人物线、文化线、影射线,三线合一,统一推进。文化线是《红楼梦》写作的主线,人物线是作者将文化当人来写留下来的一条线,是条辅线,通过写人去影射文化,是写作的最终目的。这就是《红楼梦》的写作特色。

我们读《红楼梦》的过程,其实是知识积累的过程、是思想升华的过程、是品格提升的过程、是灵魂净化的过程、是大义生成的过程、是认知革新的过程、是自我智慧飞跃的过程。当我们将《红楼梦》当作小说或自传来解读的时候,这一切的过程都不复存在,我们只能看到贾府的兴衰和人物的情感纠葛与命运,那这部伟大作品的价值又能有几何呢?九牛一毛耳。《红楼梦》最高的价值,只在这"人"与"文"的转换之间。

二、《红楼梦》中穿插的五件事

《红楼梦》是通过写人,而写文与文化社会的兴衰,在这条主线的铺叙之中,作者另外将独立于主线之外的五个内容穿插其中,这就形成了《红楼梦》独特的写作风格——穿插艺术。这五个内容分别是:一抒发己见,二将奇文异句嵌入书中,三插入曹雪芹先生自家家事,四嵌入历史疑案,五再现历史史事。现举例详细说明。

(一)抒发己见

《红楼梦》在主线写作之中会涉及许多问题,有时作者会针对这些问题发表自己的意见和观点,这就是抒发己见。

如第二回:雨村道:"天地生人,除大仁大恶两种,余者皆无大异。若大仁者,则应运而生,大恶者,则应劫而生。运生世治,劫生世危。尧、舜、禹、汤、文、武、周、召、孔、孟、董、韩、周、程、张、朱,皆应运而生者。蚩尤、共工、桀、纣、始皇、王莽、曹操、桓温、安禄山、秦桧等皆应劫而生者。大仁者,修治天下;大恶者,扰乱天下。清明灵秀,天地之正气,仁者之所秉也;残忍乖僻,天地之邪气,恶者之所秉也。今当运隆祚永之朝,太平无为之世,清明灵秀之气所秉者,上至朝廷,下及草野,比比皆是。所余之秀气,漫无所归,遂为甘露,为和风,洽然溉及四海。彼残忍乖僻之邪气,不能荡溢于光天化日之中,遂凝结充塞于深沟大壑之内,偶因风荡,或被云催,略有摇动感发之意,一丝半缕误而泄出者,偶值灵秀之气适过,正不容邪,邪复妒正,两不相下,亦如风水雷电地中既遇,既不能消,又不能让,必至搏击掀发后始尽。故其气亦必赋人,发泄一尽始散。使男女偶秉此气而生者,上则不能成仁人君子,下亦不能为大凶大恶。置之于万万人中,其聪俊灵秀之气则在万万人之上,其乖僻邪谬不近人情之态,又在万万人之下。若生于公侯富贵之家,则为情痴情种,若生于诗书清贫之族,则为逸士高人,纵然偶生于薄祚寒门,断不能为走卒健仆,甘遭庸人驱制驾驭,必为奇优名倡。如前代之许由、陶潜、阮籍、嵇康、刘伶、王谢二族、顾虎头、陈后主、唐明皇、宋徽宗、刘庭芝、温飞卿、米南宫、石曼卿、柳耆卿、秦少游,近日之倪云林、唐伯虎、祝枝山,再如李龟年、黄幡绰、敬新磨、卓文君、红拂、薛涛、崔莺、朝云之流。此皆易地则同之人也。"

这样一大段话，与本书主题就无多大关系，是作者对天地生人善恶的一种理解和感悟，作者就把自己的这种感悟适时穿插进书里，当作者把自己的这一己见阐述完了之后，笔端就又回到主题上。

作者认为，人分三种，第一是大仁者，第二是大恶者，第三是善恶兼具者。大仁者，修治天下；大恶者，扰乱天下；正邪两赋者，正邪两秉。

又如第四十八回：黛玉道："什么难事，也值得去学！不过是起承转合，当中承转是两副对子，平声对仄声，虚的对虚的，实的对实的，若是果有了奇句，连平仄虚实不对都使得的。"

香菱笑道："怪道我常弄一本旧诗偷空儿看一两首，又有对的极工的，又有不对的，又听见说'一三五不论，二四六分明'。看古人的诗上，亦有顺的，亦有二四六上错了的，所以天天疑惑。如今听你一说，原来这些格调规矩竟是末事，只要词句新奇为上。"黛玉道："正是这个道理。词句究竟还是末事，第一立意要紧。若意趣真了，连词句不用修饰，自是好的，这叫作'不以词害意'。"香菱笑道："我只爱陆放翁的诗'重帘不卷留香久，古砚微凹聚墨多'，说的真有趣！"黛玉道："断不可看这样的诗。你们因不知诗，所以见了这浅近的就爱，一入了这个格局，再学不出来的。你只听我说，你若真心要学，我这里有《王摩诘全集》，你且把他的五言律读一百首，细心揣摩透熟了，然后再读一二百首老杜的七言律，再李青莲的七言绝句读一二百首。肚子里先有这三个人作了底子，然后再把陶渊明、应玚、谢、阮、庾、鲍等人的一看。你又是一个极聪敏伶俐的人，不用一年的工夫，不愁不是诗翁了！"

作者在这里通过两个人物的对话，将学诗写诗的方法穿插进去，讲得清清楚楚，明明白白。这或许就是曹雪芹先生自己学写诗的经历，也许是他学写诗的经验之谈。诗其实是将灵魂的感悟与语言的艺术结合在一起的一种文体形式，结合得好，就是大家。

书中还有许多这样的内容，当听到林黛玉抚琴，就大谈古琴谱的知识；当拾到金麒麟的时候，就大谈对阴阳文化的见解……只要作者想表达，都可以通过人物的对话这种形式穿插进去，当作者将这些知识科普完之后，然后再进入主题，接着往下写。

(二)奇文异句嵌入

《石头记》原版前八十回里，可以看到在原文之中嵌入了大量的异文异句，看过之后一头雾水，不知所云。所谓的异文异句就是指看不懂、读不通，猛一看就像是乱七八糟、胡说八道的话。

如："五示莹的玉"(第二回)。

如："甚至荑浦　　悠雠探祝……"(第十七回)。

如："这些之中也有荇道螅　窍愕氖嵌湃艮课撸　且恢执筘是蒠兰"(第一回)。

《石头记》里有多达六七十处的异文异句嵌入。更奇的是在第六十六回，作者还用这样的异文异句写了一篇很长的文章。现在选取其中两处异文异句做一个解释。

1."不想后来又生一位公子，说来更奇，一落胎胞，嘴里便衔下一块五示莹的玉来。"(第二回)。

"五示莹"就是异文，现解释如下：

"莹"，指莹洁，但关键是"五示"就不好理解了，这里就要用到古代甲骨文、金文的汉字造字法的释义去解读，也可以参照《说文解字》《尔雅》《康熙字典》《新华字典》来解读。

"五"——甲骨文字的写法与现在的"五"不一样，它是上一横，下一横，中间是一个"乂"(yì)字。上一横表示"天"，下一横表示"地"，中间"乂"，《说文解字》注曰："乂，阴阳在天地之间交午也。""五"字在古代甲骨文中的含义是指："天地相交之间""天地交午之间。"千万不能按数字五的意思来解释。

"示"——示，在古代与祭祀、礼仪有关。"示"是神字的本字，凡有这个偏旁的字都与神有关，所以一个"示"字，就形同"神"字。如神、祈祷、社、祀、祝、祖等。

"五示莹的玉"的意思是："天地交午之间的一块神圣莹洁的美玉。"

程伟元与高鹗所编印的一百二十回本《红楼梦》，却将原版《石头记》里的所有异文异句几尽数删除。前八十回的异文异句删除之后，还有前八十回《石头记》原稿做参考，而后四十回的异文异句删掉之后，就无法再现出来了，这也成为《红楼梦》永远的遗憾与伤痛。如果说程伟元与高鹗有什么过错的话，过错就在这里。

2."苻道熄 窍愕氖嵌湃艮课撸 且恢执筶是茝兰"。

这句异文是不能用甲骨文字造字法来解释的,须用谐音与字义相结合的方法来解读。现解释如下:

"苻道熄"——它是从"富道熄"上谐音过来的,也就是指"富贵之道熄灭"的意思。

"窍愕"——"窍",指七窍;"愕",指"惊愕"。"窍愕",就是指"七窍惊愕"的意思。

"氖"——是在1898年6月12日由英国科学家发现的一种气体,曹雪芹先生写作《红楼梦》的时候,这种气体还没被发现,当然这个"氖"字就不存在了。那为何在曹雪芹先生的笔下,却出现了这个字呢?这说明是作者臆造的,但这个字用在这里,其用意是什么呢?笔者以为,"氖"字由"气"与"乃"组成,意味"乃气","乃气"就是"乃生气"或"使人生气",也就是使人非常气愤的意思。

"嵌湃艮"——意味"镶嵌着一个失败的艮卦"。"嵌",是镶嵌与夹杂的意思。"湃",大水也。"艮",即指《八卦》中的"艮卦"。这个卦象所包含的信息是:艮卦的主卦与客卦完全一样,客在上,主在下,形成了一个主卦被客卦所压制的被动态势。主卦如果能守住这种平衡,则两相平安,一旦打破这种平衡,就会鸡飞蛋打,导致悲惨的结局。课此卦者最好是远离是非之地,潜隐规避于山水田园之间,这样才能远离是非。如果舍不得自己已得到的那种荣华富贵,那就得谨小慎微、低调为人、嘴巴紧闭,否则会大祸临头。"湃艮",就是指大水冲了这个艮卦,毁掉了这种平衡,这艮卦就失败了。"湃艮"即"败艮"也,意味一个失败的艮卦。一个失败的艮卦,就兆示着大祸将至。

"课撸"——"课",指朝廷课以的官职与奉禄。"撸"即指"撸掉"。"课撸",就是指朝廷课以的官职与奉禄被撸掉了。

"且恢执筶"——"恢",指"灰心丧气、心灰意冷";"筶"指"扫帚"。执筶,就是手执扫帚。这句的意思是说:"一切的富贵荣华都灰飞烟灭了,就像被筶帚扫过一样,是那样干干净净,使人灰心丧气、心灰意冷。"

"是茝兰"——"茝兰",用的是谐音,指"才难",意味"才子之灾难"。"是茝兰",意思是说,这就是一个"才子的灾难"。"茝"与"茞"字形相近,"茞"与"臣"同音,茝兰,也可以理解为"臣难",意思是这才是一个做臣子的灾难。

这整句异文的详细意思是说:"当荣华富贵之道熄灭时,所有的荣华富贵都灰飞烟灭了,让人七窍惊愕,惊恐万状,非常气愤,且还夹杂着一个失败的运势(艮卦),官职也被撸掉了,奉禄也被革除了,让人心灰意冷,灰心丧气。以前所拥有的一切荣华富贵,都像被扫帚扫过一样,是那样干干净净,什么都没留下。这才是一个做才子(臣子)的灾难啊!"

表面看是一句不成样子的话,细一分析意境无穷,作者真的是匠心独运、用心良苦。

例子就举这两个,关于本书所有的异文异句,后面都进行了详细的解释,在此不做细述。

(三)嵌入曹家的家事

作者在主线写作的过程中,巧妙地将曹家的重要家事,一个个穿插其中。请记住只是穿插,当作者曹雪芹先生把自家的某件家事表白完之后,作者又将写作内容重新切回到主线上。

1. 第二回:"不用远说,只金陵城内,钦差金陵省体仁院总裁甄家,你可知道么?"子兴道:"谁人不知!这甄府和贾府就是老亲,又系世交。两家来往极其亲热的。便在下也与他家来往非止一日了。"雨村笑道:"去岁我在金陵,曾有人荐我到甄府处馆。我进去看其光景,谁知他家那等显贵,却是个富而好礼之家,倒是个难得之馆。但这个学生,虽是启蒙,却比一个举业的还劳神。……也因祖母溺爱不明,每因孙辱师责子,因此我就辞了馆出来。"

这里的"江南甄家"就是指曹雪芹先生之家。为什么说"江南甄家"就是指"江南曹家"呢?这与"江南甄家四次接驾"这句话有关。历史上无论哪个朝代,没有一个皇帝六次南巡四次由一个家庭来接驾的,并且还住在同一个人的家里。但历史上只有清圣祖康熙帝六次南巡,且四次住在曹寅家,由曹家接驾。这就等同于告诉人们,这个"江南甄家"就是"江南曹家"。那曹雪芹先生为什么要将自己的曹家说成是"甄家"呢?这是因为"甄"在曹雪芹先生的笔下,是作为"真"来使用的,"甄家",即为"真家"也。这言外之意就是说我们曹家,是一个办真事、说真话、不弄虚作假的家庭,同时也把曹家四次接驾的真事隐了起来。很显然,这是曹雪芹先生在为自己的家庭正名,因曹家被抄的影响太大,负面因素太多,对曹家的声誉造成了极大的损害,所以他要说明和辩解,他要告诉世人真相。再说,他也不能直接说"江南曹家接

驾四次"，是吧？

2.第十六回:凤姐笑道:"若果如此,我可也见个大世面了。可恨我小儿几岁年纪,若早生二三十年,如今这些老人家也不薄我没见世面了。说起当年太祖皇帝仿舜巡的故事,比一部书还热闹,我偏没造化赶上。赵嬷嬷道:"嗳哟哟,那可是千载希逢的!那时候我才记事儿,咱们贾府正在姑苏扬州一带监造海舫,修理海塘,只预备接驾一次,把银子都花得像淌海水似的!说起来……"凤姐忙接道:"我们王府也预备过一次。那时候我爷爷单管各国进贡朝贺的事,凡有的外国人来,都是我们家养活。粤、闽、滇、浙所有的洋船货物都是我们家的。"

赵嬷嬷道:"那是谁不知道的?如今还有个口号儿呢,说'东海少了白玉床,龙王来请江南王',这说的就是奶奶府上了。还有如今现在江南的甄家,嗳哟哟,好势派!独他家接驾四次,若不是我们亲眼看见,告诉谁谁也不信的。别讲银子成了土泥,凭是世上所有的,没有不是堆山塞海的,'罪过可惜'四个字竟顾不得了。"凤姐道:"常听见我们太爷们也这样说,岂有不信的。只纳罕他家怎么就这么富贵呢?"赵嬷嬷道:"告诉奶奶一句话,也不过拿着皇帝家的银子往皇帝身上使罢了!谁家有那些钱买这个虚热闹去?"

通过以上凤姐与赵嬷嬷的对话,将康熙六次南巡的历史史实交代得清清楚楚、明明白白。贾家接驾一次,王家接驾一次,曹家(甄家)接驾四次。谁家接的驾,谁家接驾的次数,花钱的情况,都交代得很清楚。所谓的"甄家四次接驾",这里讲的就是"曹家四次接驾"。特别对金钱花费的情况,交代得更是清楚,作者连用两个比喻,第一是"银子花得都像淌海水似的";第二是"银子成了土泥,凭是世上所有的,没有不堆山塞海的"。作者就是这样旁敲侧击,通过两人的对话,把曹家四次接驾与曹家亏空的原因,讲得清楚明白。曹家本无多少钱,只是"拿着皇帝家的银子往皇帝身上使罢了!谁家有那些钱买这个虚热闹去?"但后来雍正就是借"亏空"这个理由抄了曹雪芹先生的家,你说冤枉不冤枉!

3.第六十四回:"贾珍想了一回,向贾蓉道:'你问你娘去,昨日出殡以后,有江南甄家送来打祭银五百两,未曾交到库上去,家里再找找,凑齐了,给他去罢。"

这说的是皇家丧事,曹家送礼五百两银子的史实。"珍",谐音"朕",意味我们"朕家"办丧事,曹家(甄家)送银五百两。因"江南甄家"就是"江南曹家"。

4.第七十一回:贾母因问道:"前儿这些人家送礼来的共有几家有围屏?"凤姐道:"共有十六家有围屏,十二架大的,四架小的炕屏。内中只有江南甄家一架大屏十二扇,大红缎子缂丝'满床笏',一面是泥金'百寿图'的是头等的。还有粤海将军邬家一架玻璃的还罢了。"

这十二扇缂丝泥金的大屏,是"江南甄家"的贺寿之礼,也就是江南曹家的贺寿之礼。这穿插的是皇家祝寿,曹家所送礼品的事实。曹雪芹先生特别将这件礼品拿出来说明,可见这件礼品的珍贵程度。皇家是谁祝寿曹家送这么贵重的礼品呢?按时间与实情来推断,应该是康熙皇帝六十大寿,要是皇家其他人等祝寿,不可送这等贵礼。贾母是贾家的最高统治者,根据这个身份,她对应的应该是康熙皇帝。但这里只是在此对应而已,除这个地方,贾母还是"假母",她还代表着"道"。

5.第七十五回:"话说尤氏从惜春处赌气出来,正欲往王夫人处去。跟从的老嬷嬷们因悄悄的回道:'奶奶且别往上房去。才有甄家的几个人来,还有些东西,不知是作什么机密事。奶奶这一去恐不便。'尤氏听了道:'昨日听见你爷说,看邸报甄家犯了罪,现今抄没家私,调取进京治罪。怎又有人来?'老嬷嬷道:'正是呢。才来了几个女人,气色不成气色,慌慌张张的,想必有什么瞒人的事情也是有的。'"

这里插入的是曹家被抄家与私藏财物的事实。这几个老嬷嬷为何来王家呢?见王夫人,就是来到了"王"家,而且"还有些东西",又很机密。可见,曹家这几个婆子是带着使命而来的。这也说明曹家与王家的联系还是非常紧密的。他们来王家,一可能是来求关系的,二可能是拿贵重物品或金银来藏匿的。这坐实了曹家在抄家之前私藏银两的谣传,并且还是藏在了"王家"。

6.第一百零七回:贾母道:"……我索性说了罢,江南甄家还有几两银子,二太太那里收着,该叫人就送去罢。倘或有点事出来,可不是他们躲过了风暴又遇到了雨么?"

世传曹家在被抄家之前藏匿过银子,是真是假无从得知,但作者曹雪芹先生把这一谣传坐实了,从这段话里就可以看出,这应该是千真万确的,曹家不但藏了银子,而且还藏在了"王家"。清朝雍正的王府有好几个,但藏在了哪个"王家"呢?首先可以肯定的是,这个王府与曹家的关系一定不一般,否则,曹家是不会冒着"私藏财物"的罪名,而将贵重的财物藏在王府家的。那这个王家是谁呢?书中写道:"二太太那里收着。""二太太"姓"王",这意味着是王府的"二太太",也就是排行第二的王太太。有一个"二王太太",就一定会有一个"二王爷"。那二王爷又是谁呢?他就是康熙帝的第二子——废太子胤礽也。"二夫人",即是二王爷胤礽的王妃。原来曹雪芹先生家的银子是藏在了废太子胤礽家里,并且由太子妃收藏着。这很不正常,曹家并没有按常理将财物藏在曹雪芹的姑母纳尔苏王府那里,可见曹家对太子家是多么的信任,这也为雍正查抄曹家埋下了隐患。之后,这个银子是否归还给了曹家,那就不得而知了。如果二王爷家归还了这笔钱,曹雪芹先生家后来的基本生活应该是有保障的,但他之后过得是那样艰难、拮据。笔者感觉还是没归还这笔钱物,随着太子胤礽的落魄,这笔钱财也就一笔勾销了。

试设想一下,如果按常规由太子继位的话,那曹家将会是又一番天地。但话又说回来,如果曹家继续那等荣华,曹雪芹先生又是否会花费这么大的精力去著书立说呢?他对社会与人生也许就没有那么深刻的感悟了,也许就不会有《红楼梦》一书了。

7.第一百零七回:"那人说道:'你瞧,这么大个府,前儿抄了家,不知如今怎么样了?'那人道:'他家怎么能败,听见说里头有位娘娘是他家的姑娘,虽是死了,到底有根基的。况且我常见他们来往的都是王公侯伯,那里没有照应?便是现在的府尹、前任的兵部是他们的一家,难道有这些人还护庇不来么?'那人道:'你白住在这里!别人犹可,独是那个贾大人更了不得!我常见他在两府来往,前儿御史虽参了,主子还叫府尹查明实迹再办。你道他怎么样?他本沾过两府的好处,怕人说他回护一家儿,他便狠狠地踢了一脚,所以两府里才到底抄了。你道如今的世情还了得吗!'"

这段话明写的是贾家的事,但影射的是曹家的事。这个两府,一个隐指江宁织造曹府,一个隐指杭州织造孙文成府邸。在查抄两府之前,"主子还叫府尹查明实迹再办"。"府尹",明代在应天、顺天设府尹,清代在顺天、奉天设府尹。府尹一般为京畿地区的行政长官,而这一职位也被称为直隶总督。顺天府驻地为河北保定,奉天乃沈阳。"主子还叫府尹查明实迹再办","府尹"的主子是谁?回答只有一个——皇上,除了皇上,还有谁有资格被称作是府尹的主子。这说明当时在查抄曹、孙两府时,不管是走过场,还是掩人耳目,从表面上看,雍正皇帝还是做了一定的表面工作的,在查抄曹府之前还是委派了心腹之人调查过。如果这个"现在的府尹""前任的兵部"，稍稍为曹家美言几句，手下留情，也许就不会有抄家之祸发生了。可这个"现在的府尹""前任的兵部"，不但没有说句好话，而且还落井下石，"狠狠地踢了曹孙两家一脚"，最后以致曹家遭受被抄的命运。这个落井下石的人是谁呢？"他本沾过两府好处"，只是"怕人说他回护一家儿"，这才"狠狠踢了曹家一脚"，可见这个人是一个忘恩负义之徒。那这个人又是谁呢？根据以上这段话可知，这个人大概有以下六个特征。

第一，他受过曹、孙两家的恩惠，常与曹孙两府来往。这说明，这个人之所以能够平步青云，与曹孙两家的帮助与周旋是分不开的，凭曹家与康熙的关系，有什么事情是办不到的？

第二，后来飞黄腾达了。

第三，曾任过兵部之职。

第四，现在的府尹。

第五，曹家被抄时正在南方任上。

第六，深受雍正信任。

查来查去，具备这六个要素的人只有一个，这个人就是——李卫。

李卫：（1687—1738），今江苏丰县大沙河李寨人。康熙五十六年（1717），李卫捐资员外郎，随后入朝为官，历经康熙、雍正、乾隆三朝，深受雍正赏识。历任户部郎中、云南盐驿道、布政使、江南巡抚、浙江总兵、兵部尚书、署理刑部尚书出任直隶总督等职。

雍正二年（1724），升任布政使，兼盐务。

雍正三年（1725），任浙江巡抚。

雍正四年（1726），兼任两江盐政。

雍正五年（1727），任浙江总督，管巡抚事。

雍正六年（1728）七月，皇帝因不满江南总督范时绎对松江海塘工程的办理，令李卫赴工查勘。

雍正七年（1729），加封为兵部尚书。

雍正十年（1732）五月，任刑部尚书。不久后又任直隶总督，命提督以下并受节制。

曹家是在雍正六年之初被抄家的，此时李卫正任浙江巡抚、浙江总督，按道理来讲，曹家被抄，是时任两江总督范时绎的任内之事，与李卫一点儿

关系都没有,但问题是在曹家被抄之前的雍正五年,发生了一件大事,由于两江盗案频发,时任两江总督的范时绎又剿灭不力,于是雍正将江苏七府三州盗案交由浙江总督李卫管理。此时,江宁织造曹家就成为李卫管辖的范围,所以曹家这个案子就与李卫牵扯在了一起。这就是说,雍正六年曹家被抄时,李卫正是江苏七府的实际管辖人。果然,就在之后不久的雍正六年三月,范时绎就被调出了两江任。

关于查抄贾府,书中有这样一句话,"主子还叫府尹查明实迹再办"。那这个府尹就不再是范时绎了,而是"李卫"。这个在最后关头狠狠踢了曹家一脚的府尹就是李卫。

从以上资料中也可以看出,李卫所有条件一条不差:李卫受过兵部之职;现又在江浙府尹任上;又任过直隶总督;曹家被抄时他又在南方任上;又深得雍正信任;他从一个名不见经传的捐资员外郎,最后官至一品大员,如果没有人暗中相助,康熙认得他是谁? 这个暗中能说话算数的人,除了曹家还又能是谁呢? 曹家被抄时他又在南方任上,又深得雍正信任,所以,这个"查明曹家"的府尹正是李卫。雍正在查抄曹家之前,让李卫亲自做过调查,看御史所奏是否属实,但李卫为了撇清与曹家的关系,于是落井下石,狠狠踢了曹家一脚,这才导致曹家被抄。如果李卫手下留情,也许曹家就不会招来抄家之祸了。曹雪芹先生就通过这种婉转的方式,将那个落井下石,狠狠踢了曹家一脚的人告诉了世人。

这里的"江南甄家"穿插的是曹雪芹的家事。书中所有关于"江南甄家"的事,都是涉及曹家的事,"江南甄家"就等同于"江南曹家"。如"曹家与皇家是老亲、世交""曹家有个难管教的孩子""曹家接驾四次""曹家在皇家祝寿时送的什么礼品""曹家被抄、转移财物"、皇家丧事、曹家送银五百两等。

作者就是通过这样的方法,把曹家的家事穿插其中。

（四）嵌入历史疑案

第二回:"现有对证:目今你贵东家林公之夫人,即荣府中赦、政二公之胞妹,在家时名唤贾敏。不信时,你回去细访可知。"雨村拍案笑道:"怪道这女学生读至凡书中有'敏'字,他皆念作'密'字,每每如是;写的字遇着'敏'字,又减一二笔,我心中就有些疑惑。这会听你说的,是为此无疑矣。怪道我这女学生言语举止另是一样,不与近日女子相同,度其母必不凡,方得此女,今知为荣府之外孙,又不足罕矣。可伤其母上月竟亡故了。"子兴叹道:

"老姊妹四个,这一个极小的又没了。长一辈的姊妹一个也没有了。只看这小一辈的,将来之东床如何呢。"

这段话的逻辑非常混乱,且奇奇怪怪,奇怪必有隐意,这是《红楼梦》写作的一个重要特点。要将一件真实的事情,不留一点儿痕迹地穿插在书中,不是那么容易的事,就得千方百计地想办法,又要隐秘,又要引起人们的注意,又不能惹火烧身,引来不必要的麻烦与灾祸,所以作者就得曲笔。既然是曲笔,就一定会留下破绽;既然是破绽,就一定会有蛛丝马迹。这就告诉我们,凡是看到书中有奇奇怪怪的话,就必有隐笔,就一定要细考深思。你看上面的这段话,就大有深意,现在就将这段话所表达的隐意解析如下。

第一,贾敏就是赦、政二公之胞妹。什么是"赦",赦就是"社稷"的谐音;什么是"政",政就是政权。与"赦政"是"胞妹",那这个"敏"是指什么? 清楚得很,读者一看便知(一怪)。

第二,"姊妹四个"? 哪里来的姊妹四个? 书中讲"贾敏,即荣府中赦、政二公之胞妹",这明明只有三姊妹啊! 怎么就多出一个来了呢? (二怪)。

第三,"长一辈的姊妹一个也没了。"这是什么话? 贾敏死了,但赦、政二公还在啊! 怎么说一个也没有了呢? (三怪)。

你看,上一段话破绽百出,逻辑混乱。曹雪芹先生是谁呀! 他能犯这样低级的错误? 这就是作者故意为之,他要通过这种隐秘的方式,来告诉我们一个历史真相,即清宫四大疑案之"雍正篡位"。现在来分析一下,你看作者是如何一步一步来说明"雍正篡位"这个疑案的。现在解析如下:

"敏",江浙方言的发音为"mǐ(米)"。而江浙方言也将"冕"读作"mǐ(米)","敏"与"冕"读音一样。曹雪芹先生从小生活在江宁织造府,这两字的读音他是了解的。湖北一些地方直接就将"敏"读作"miǎn"。那"贾敏"就可以读作"贾冕",而"贾冕"的谐音是"假冕"。"冕",《说文》曰:"古者皇帝初作冕。""假冕"就等同于是说一个"假皇帝"。

"凡书中有'敏'字,他皆念作'密'字。"这句话的意思就是说:"每说到这个皇帝真假的问题,(冕等于'皇帝')这就是一个秘密。"

"写字遇到'敏'字,又减一二笔。"表面看起来,说的是避母亲的名讳,可细想一下,这里大有用意。如果将"敏"字减去一二笔,会是一个什么样的情况呢? 将这个"敏"字减去一二笔,这个"敏"字就错了,那不就是一个"错敏"吗? "错敏"谐音为"错冕"。什么是"错冕"? 不就是说他是阴错阳差当

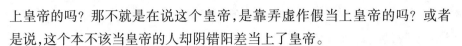

上皇帝的吗？那不就是在说这个皇帝，是靠弄虚作假当上皇帝的吗？或者是说，这个本不该当皇帝的人却阴错阳差当上了皇帝。

那么，这个靠弄虚做假、阴错阳差当上皇帝的人又是谁呢？书中写道："老姊妹四个，这个是极小的。"你想，四姊妹中最小的那个是老几呀？不就是"老四"吗？这就是说，这个靠弄虚作假当上皇帝，且在弟兄姊妹中排行第四的人，历史上符合这个条件的，那不只有清宫四大疑案之中的，"雍正夺位"疑案的主角——雍正吗？他不就是清圣祖康熙第四子吗？

这段话描写的真实含义，到此就真相大白了。原来，曹雪芹先生通过这种极其隐蔽的手法，揭露了雍正继位的真相。原来雍正真的是靠不正当手段才当上皇帝的，是一个地地道道的"假冤""错冤"。这个话如果出在别人之口，也许要打上几个问号，但它出自曹雪芹先生之口，那就不一般了。曹家与皇家是世交，曹雪芹先生的祖母又是康熙帝的乳母，曹寅又是康熙的陪读。康熙六次南巡，四次就住在曹家。康熙见乳母孙氏时，称"吾家老人"。这层关系太亲厚了，他们家能不知道康熙的内心吗？能不知道谁是皇帝的继承人吗？即使康熙不亲口说，平时察言观色也会知道个八八九九啊！

"雍正篡位"这个历史疑案，笔者觉得可以真相大白了。还记得雍正给曹頫奏折上批的批语吗？"……坏朕名声，朕就得重重查办，王子也救不下你。"这里说得再清楚不过了，雍正为什么要查抄曹家呀！是曹頫坏了人家雍正的名声。坏朕什么名声？不就是说他的皇帝来得不干不净吗？是靠不正当手段得来的皇位吗？所以说，这个曹頫真的是胆大包天，口无遮拦啊。这就是死罪啊。是满门抄斩之罪。可见雍正查抄曹家，还算是比较仁慈的，留下了他曹家一家人的性命。可以说曹家的败落，曹頫才是罪魁祸首。

说雍正是个"假冤""错冤"，这可是要杀头的，所以在书中作者特别谨慎，拐了又拐，曲了又曲，隐了又隐，拐弯抹角将这段历史抖搂了出来。

（五）穿插历史史实

北静王的谐音为"北境王"，也就是北境游牧民族之王，他代表着北境的游牧民族。北境之王是北境游牧民族的王者，而贾宝玉代表的是中原文化与中华民族，这样，这两个人的身份就发生了根本性的变化，不再是人与人之间的关系，而变成了文化与文化之间的关系。此时，他们两个人的交集,不再是人与人的交集,变成了两种地域文化之间的交集,变成了中原与北境游牧民族之间的交集了。

北境之王,他只能待在北境游牧民族之地,他是不能随便跑到中原来的,一旦他来到中原,那只有两种可能,一是代表着北境游牧民族文化对中原文化的侵袭;二是来朝贺。如果这个北境之王接触到了贾宝玉,这就等同于是说,这个北境之王接触到了中原大地和中原民族,触摸到了"赤瑕宫神瑛侍者"——神印玉玺。

这个北方之境中的王,第一次到中原大地是干什么来的?《红楼梦》第十四回"林如海捐馆扬州城,贾宝玉路谒北静王"有这样一段描写:一时,只见宁府大殡浩浩荡荡、压地银山一般从北而至。早有宁府开路传事人看见,连忙回去报与贾珍。贾珍急命前面驻扎,同贾赦、贾政三人连忙迎来,以国礼相见。水溶在轿内欠身含笑答礼,仍以世交称呼接待,并不妄自尊大……

水溶十分谦逊,因向贾政道:"那一位是衔玉而诞者?几次要见一见,都为杂冗所阻,想今日是来的,何不请来一会?"贾政听说忙回去,急命宝玉脱去孝服,领他前来。那宝玉素日就曾听得父兄亲友人等说闲话时赞水溶是个贤王,且生得才貌双全,风流潇洒,每不以官俗国体所缚。每思相会,只是父亲拘束严密,无由得会。今日反来叫他,自是喜欢。一面走,一面早瞥见那水溶坐在轿内,好个仪表人才……

第十五回:话说宝玉举目,见北静王水溶头上戴着洁白簪缨银翅王帽,穿着江牙海水五爪坐龙白蟒袍,系着碧玉红鞓带,面如美玉,目似明星,真好秀丽人物。宝玉忙抢上来参见,水溶连忙从轿内伸出手来挽住。见宝玉戴着束发银冠,勒着双龙出海抹额,穿着白蟒箭袖,围着攒珠银带,面若春花,目如点漆。水溶笑道:"名不虚传,果然如宝似玉。"因问:"衔的那宝贝在那里?"宝玉见问,连忙从衣内取了,递与过去。水溶细细的看了,又念了那上头的字,因问:"果灵验否?"

"……若令郎在家难以用功,不妨常到寒第。小王虽不才,却多蒙海上众名士,凡至都者未有不另垂青目,是以寒第高人颇聚。令郎常去谈会谈会,则学问可以日进矣。"贾政忙躬身答应。水溶又将腕上一串念珠卸了下来,递与宝玉道:"今日初会,仓促竟无敬贺之物,此系前日圣上亲赐鹡鸰香念珠一串,权为贺敬之礼。"宝玉连忙接了,回身奉与贾政。贾政与宝玉一齐谢过……

历史上这种情况发生在什么时候呢？就是在北宋时期。自咸平二年（999）开始，辽朝陆续派兵挑衅中原，掠夺中原财物，屠杀中原百姓。由于北宋昏庸无能，军事失利，连吃败仗，最后威胁到了北宋政权的都城——开封，于是北宋向辽国求和，最终在澶渊这个地方签订了一份城下之盟，由于这个盟约是在澶渊之地签的，所以这个盟约就叫作《澶渊之盟》。此盟约约定，中原不但要向辽朝契丹民族割地、赔款、献绢，还要与契丹民族兄弟相称。

作者就是通过这种隐秘的方式来再现这段屈辱的历史的，表面上看，好像是两个人之间的亲密关系，都还以为这个北静之王对宝玉不错，送宝玉这，又送宝玉那，殊不知作者讲的都是中原民族的那一段段屈辱历史。这里的关键是对"鹡鸰"一词的理解，不然还以为真的是一串念珠。

贾珍，乃"假朕"，指一个假皇帝；贾政，乃"假政"，指一个假的政权；贾赦，乃"假赦"，指一个假的社稷，一个假的国家。当他们去见北境（静）王时，书中写到"以国礼相见"。一个国家，一个政权，一个一国之君，都得乖乖以国礼相见。

第十三节 "金陵十二钗"画与判词的解析

金陵十二钗正册、副册、又副册的图画与判词，展示的是每种文化的结局与命运。"画"展现出来的是每种文化的命运，而"诗"展现出来的是每种文化的结局。现以《红楼梦》写作的先后顺序分析如下。

一、晴雯

只见这首页上画着一幅画，又非人物，也无山水，不过是水墨溚染的满纸乌云浊雾而已。有几行字迹，写的是：霁月难逢，彩云易散。心比天高，身为下贱。风流灵巧招人怨。寿夭多因毁谤生，多情公子空牵念。

晴雯，指代天文文化，也代指光明。

"晴雯"的谐音乃"晴文"。有"日"方为

"晴"，"日"在中天上，所以，"晴文"乃"天文"也，代指"天文文化"。天文是研究天象的文化，与"日"的运行有关。而与之相对应的是"麝月"，麝月是"射月"的谐音，这个"射"可不是射箭的射，是卜射的射，"射月"就是古代的占星学。占星是仰观星空，观察星象，占卜吉凶。"天文学"与"占星学"是古代重要的两门学科，一个研究太阳，一个研究星月。一个白天，一个黑夜。你看在书中，晴雯与麝月如影随行，一个"日"，一个"月"，日出月落，日落月出。

"雯"，是指晴天天上所呈现出来的云纹，或美丽的云、色彩斑斓的云。"晴雯"的谐音就是"晴文"，而"晴文"就是"天文"。关于这个"晴"字，作者在书中做足了文章。无日便是阴，有日便是晴，有太阳就有光明，所以"晴"又代表"光明"。

（一）画境

"又非人物"：又非人，又非物，意思是只有"乌云浊雾"而已。

"又无山水"："山水"代表"山河"，无山无水，其寓意是"山河破碎"。山与河破碎了，不就无山又无水了吗？

"满纸乌云浊雾"：天上如果有乌云浊雾阻隔，就看不见天上的阳光了。没有了阳光，就没有了光明。没有了光明，四周就都会是黑暗的。"晴雯"被乌云浊雾遮挡住了，光明也就没有了。作者给我们描绘的是一个没有了光明的黑暗场景。光明没有了，社会从此便陷入一个无边无际的黑暗之中。与其说是写的天文文化，还不如说描绘的是一个光明已逝的黑暗社会的场景，它起到的是一个故事发生的时代背景的作用。

（二）画意评析

这幅画的画境，作者给我们展示的是一幅山河破碎、暗无天日、污水横流的黑暗社会的场景。作者之所以将"晴雯"放在十二钗之首，它起到的是一个展现时代背景的作用，《红楼梦》的写作就在这种背景下展开的。

（三）词意

"霁月难逢，彩云易散。""霁"，雨过天晴为"霁"。"霁"，日也。"霁月"，指"日月"。"霁月相逢"，是一个光明的"明"字，"霁月难逢"，则日月难逢。日月难逢，则"明"字难成。没有了光明就只能是黑暗。前一"霁"，后一"云"，合起来就含"晴雯"二字。霁月是美好的，彩云也是美好的，但一个难逢，一个易散，这就好比光明易逝，美好短暂。

"心比天高,身为下贱。""晴雯",指晴天天上的云纹。"彩云"虽然美丽高洁,但高高在上、忽飞忽荡,随风而散,没有石头的厚重与坚定。

"风流灵巧招人怨,寿夭多因毁谤生。""风流灵巧",是"云"的本性,当你高高在上,不同流俗,又灵巧风流时,就会招来无数的怨恨和毁谤,然后就在这怨恨与毁谤声中毁灭。美好的东西,在一个虚假的时代,总是那样短暂。

"多情公子空牵念"。像晴雯般光明而美好,却与公子无缘,这说明这个公子生活在黑暗之中,与"光明"没有缘分,这是多么悲哀与遗憾。

晴雯代表着光明,作者在书中又用光明的"明"字,去隐射明朝。公子对晴雯的追思与怀念,也隐指对明朝政权的追思与怀念。

(四)画与判词评析

又副册有袭人与晴雯,按顺序,第一应是袭人,可开篇就将晴雯推了出来,这是作者有意而为,他首先给我们展示的是一幅末世社会的黑暗场景图,起到的是介绍《红楼梦》这部书所发生的时代背景的作用,即"暗无天日、乌烟瘴气、污水横流、山河破碎的时代场景"。如果将袭人放在前面,则不能达到渲染故事发生背景的这一效果。

二、袭人

宝玉看了,又见后面画着一簇鲜花,一床破席。也有几句言词,写着:枉自温柔和顺,空云似桂如兰。堪羡优伶有福,谁知公子无缘。

注:——花袭人。

——袭人,指代"龙衣人"。龙衣人,就是穿着龙衣的人,指龙人,代指龙人文化。

(一)画境

"袭",作者用的是拆字法,即"龙"与"衣",合在一起就是一个"袭"字。"袭人"即是"龙衣人",指穿着龙衣的人。穿着龙衣的人是什么人?"龙人"也。中华民族是一个龙族,龙是中华民族的图腾,我们每个人都是龙子龙孙。往大了说,龙人指中华这个大家庭中的每一个人;往小了说,龙人是指穿着龙袍的人,包括皇帝、皇妃、皇子、皇兄皇弟等。这些皇家的子孙,到了末世时,就出现了像南唐皇帝李煜降宋、蜀后主刘禅降魏等。春秋时的息国夫人息妫被掳后，居然做了楚文王的夫人，并为其生下两个儿子。《红楼梦》中的袭人，正是以息妫为原型的，所以袭人姓"花"。"花"姓有两意：一因息妫额上带着桃花胎记，又面若桃花，故称"桃花夫人"；二因她一人侍二夫，先为息侯夫人，后楚文王灭息国夺息妫，再为楚文王夫人，并生下两个儿子。一个集家仇国恨于一身的一国之母，却委身于仇敌！所以这个"花"代表着无定性。

"一簇鲜花"。"花"，寓意"华"，指荣华富贵之"华"。"席"，就是人们在夏天常睡的竹席。竹席的制作材料是竹子，在古代，"竹"寓意着"高洁与节操"。"一床破席"，就寓意着"节操"破败了，操守破败了。

（二）画意评析

"鲜花"与"破席"在这幅画中，形成了鲜明的对比。"鲜花"寓意着"铅华"；"破席"，"席"代表"高风亮节"。"破席"寓意着节操破败了。这幅画的意境是：追求荣华富贵的人，如一簇鲜花般绚烂蓬勃；而坚守节操之正气的人，又如破席一般，破败不堪。

作者借袭人这幅画，给人们展示的是一幅追求荣华富贵的人，如一簇鲜花般蓬勃，而坚守节操的人，如破席般破败不堪的画卷。

（三）词意

"枉自温柔和顺"：意为"白白糟蹋了温柔和顺这个好名声"。

"空云似桂如兰"："桂"谐音"贵"，"兰"寓意为"君子"。"似桂如兰"，意思是说："贵为君子或贵为一国之君。"此句的意思是说："白白糟蹋了贵为君子的好名声。"

"堪羡优伶有福"："优伶"在古代指戏子，"戏子"在古代地位极低，被称作"下三烂"。自古有"婊子无情，戏子无义"这种说法。嫁给优伶，就代表嫁给了"无情无义"。这里是在说袭人是一个"无情无义"之人。

"谁知公子无缘"："公子"在书中是与"优伶"相对比的，"公子"是正义，是正统。"宝玉"的"玉"，寓指"玉德"，与"公子无缘"，就等于是与"德"无缘，与正统正义无缘。与"德"无缘，就是没有德；与正统正义无缘，就是与正统正义没有缘分，也就是无义。

（四）画与判词评析

画与判词的意思是说："为了求得一时的荣华富贵，不惜抛弃应有的节操。白白糟塌了温柔和顺的好声名，白白丢弃了贵为一国之君的高贵尊严。

无情无义,无道无德。"

这幅画与判词,隐指的是"又副册"中的"花袭人",这个袭人指的是穿着龙衣的人,指龙人。袭人的末世原型,是古代息国国君的夫人"息妫"。在一百二十回,写到袭人嫁给蒋玉菡时,作者感叹道:"看官听说,虽然事有前定,无可奈何,但孽子孤臣,义夫节妇,这'不得已'三个字也不是一概推委得了的,此袭人所以在又副册也。正是前人过那桃花庙的诗上说道:'千古艰难惟一死,伤心岂独息夫人!'这个集国仇家恨于一身的一国之母,居然和自己的仇人睡在了一张床上,并且还为楚文王生养了两个儿子,"节"又在哪里呢?"义"又在哪里?作者面对这种贪生怕死、无节无操、苟且偷生的行为,陷入了深深的悲痛之中,他在拷问人生:"难道一死就这么艰难吗?!如果你是一个普通的人也就算了,可你是孽子孤臣,义夫节妇,一国之母啊!"

历史上被掳,且苟且偷生的皇帝有之,为妃者有之,但像崇祯帝以身殉国之君、以死明志者,鲜矣!

三、香菱

只见画着一株桂花,下面有一池沼,其中水涸泥干,莲枯藕败。后面书云:根并荷花一茎香,平生遭际实堪伤。自从两地生孤木,致使香魂返故乡。

香菱,作者取菱花之清香,代指人间清正之气和质朴的品质。菱,生于草荷之下,开着清香的小白花,不显山,不露水,散发着纯朴的清香之气。作者将这种纯朴清香之气,代指人间清正纯朴的品质,与尚富尚贵之风形成了鲜明的对比。

(一)画境

"桂花":谐音为"贵华",即指"富贵荣华"。

"莲枯藕败":"莲",寓意"廉洁"。"藕",是"莲藕",也代表"廉洁"。"莲枯藕败",寓意廉洁之正气枯败了。

(二)画意评析

这幅画的意境是:象征富贵荣华的"桂花"(贵华),长得非常旺盛,而象征廉洁的"莲藕",却"莲枯藕败"。言外之意,是指人们都在崇尚荣华富贵之风,有谁还注重廉洁清正之气呢?

（三）词意

"根并荷花一茎香"：谁的根与荷花的根并根而生、并根而香呢？这里指的是"菱角"之根。水塘中多有莲、菱相生的情况，但这里是指"莲与菱"的寓意相连。"莲"寓意"廉洁"，那"菱"寓意什么呢？菱角总贴着水面而生，隐藏于荷花水草底下，不显山，不露水，其花，微小而清香；其质，低调而不张扬；其性，质朴而不浮华。所以作者将"菱"的这种品格与"荷"的品格相提并论，才有"根并荷花一茎香"的说法。

"荷与菱"都散发着清香，只不过"莲"代表着"廉洁"，而"菱"则代表着"清正"。荷的"廉洁"，菱的"清正"，它们之根并在一块，就是"廉洁清正"，也可以称作"清廉"。作者是在告诉人们，廉洁与清正这两种文化，相生相依，只有廉洁，才能做到清正；而只有清正，才能做到廉洁。如果一个人尚富尚贵，追求虚华，就不可能做到清正廉洁。尚富尚贵，是需要金钱做支撑的，钱从何来？当官的就少不了贪腐，为民的就少不了欺诈。反过来，如果尚富尚贵，就不可能做到清正廉洁。这就是"根并荷花一茎香"的用意。

"平生遭际实堪伤"：平生的遭遇实在是悲伤。当一个社会处在末世之时，人心浮动，世风日下，谁还能顾得上自清自廉，谁又能坚守朴实无华的美好品质呢？所以"莲"和"菱"这两种文化的命运就可想而知了，一定是面临着非常悲惨的结局。相反，尚富尚贵文化，则甚嚣尘上，整个社会人人都喜爱尚富尚贵，荣华富贵，所以这种文化的命运就特别不好。

"自从两地生孤木"："两地生孤木"，作者在这里运用了拆字的写作方法。"两地"，"地"是指"土地"，"两地"就是两个"土"字。两个"土"字组合在一起，是一个"圭"字。"孤木"，是单独一个"木"字，"圭"与"木"组合起来是一个"桂"字。"桂"与"贵"同音，寓指富贵荣华之"贵"。此句意味："自从人们开始崇尚富贵荣华之风时。"

"致使香魂返故乡"："香魂"是指菱花之香魂。因"菱"散发出来的是一股淡淡的清香，所以在作者笔下寓意着"清正之气"。这句话的意思是说：当人们都在崇尚荣华富贵之时，谁都不喜爱"清正廉洁"，这个"清正廉洁"的优秀品质就回归到了它的出生地，也就是回归到了这种文化生成的本源。都不喜欢"清正廉洁"，那这种文化不就被社会抛弃了吗！这就等同于这种文化之魂，归入了它的故乡。

这首诗的意思是：香菱所代表的"清正"的品质，与英莲所代表的"廉洁"

的品质,并根而生。但在一个尚富尚贵之风盛行的社会,清正与廉洁这两种文化的命运,实在是令人感伤。自从尚富尚贵之风盛行之时,就致使清正廉洁之魂回归故乡。

香菱道:"不独菱花,就连荷叶莲蓬,都是有一股清香的,但他那原不是花香可比,若静日静夜或清早半夜细领略了去,那一股香比是花儿都好闻呢。就连菱角、鸡头、苇叶、芦根得了风露,那一股清香,就令人心神爽快的。"这是第八十回香菱说的一段话,可见作者是在借花,寓意质朴美好的清正廉洁之气。

英莲寓意"廉洁",香菱寓意"清正",莲与菱并根而生,这就叫作"廉洁清正"。清正之人,必定廉洁;廉洁之人,必定清正。作者在这里给我们展示的是廉洁与清正这两种文化相生相依的辩证关系。

(四)画词评析

香菱之前名英莲,英莲寓意着"美好的廉洁之正气"。这个廉洁之正气后来被拐子拐走,并且被拐子打怕了,于是她就忘记了自己的父母和自己的出生之地,蜕变成了"香菱"。"英莲"寓意"廉洁",而"香菱"寓意"清正",所以,自从被拐子拐走之后,英莲所代表的"廉洁"品质就没有了,而后是以香菱所代表的"清正"的品质而出现的。所谓的"清正廉洁",当"廉洁"被拐子打死之后,"廉洁"就回到了它的故乡,从此"廉洁"就没有了,而只剩下孤孤单单的"清正"之气了。之后,我们看到的香菱都是以"清正"的面貌而出现的,香菱的命运就是清正之正气的命运。香菱的命运不好,就是"清正"这种文化的命运不好。一个尚富尚贵的社会,清正这种文化的命运又能好到哪里去呢?

"菱"藏于水草之中,不显山,不露水。菱之香是一股淡淡的清香,菱之美是一种纯洁质朴的美。桂花则不同,桂花寓意"富贵荣华",所以"贵华"与"质朴"这两种文化是死对头,是两种完全对立的文化。"贵华"是一定要置"质朴"于死地而后快的,这才有金桂百般折磨香菱的故事。图画呈现出的是"香菱"的命运,词写的是"香菱"的结局。

四、林黛玉、薛宝钗

只见头一页上便画着两株枯木,木上悬着一围玉带,又有一堆雪,雪下一股金簪。也有四句言词道:可叹停机德,堪怜咏絮才。玉带林中挂,金簪雪里埋。

林黛玉,代表东南方文林中的"诗林"。

薛宝钗,代表着北方文林中的"智谋"。

林黛玉是"绛珠草",前面已分析过了,"降(绛)珠草"代指毛笔。毛笔能写出锦绣文章,所以这支笔又代表文才。笔林又代表着文林,文林中的"咏絮才",指的是"诗文之才"。林黛玉这个"咏絮才"降生在了"姑苏",所以这个"诗文之才",又代表着东南方文化之才,又代表着东南方文化。

薛宝钗是指"带血的宝钗",前面已分析过了,带血的宝钗是杀人的武器,代表着"用武"。用武有两种方式,一种是"勇",由薛蟠所代表;一种是"谋",由薛宝钗所代表。"谋"这种文化到了末世,则变成为了阴谋诡计,用暗箭伤人,书中所谓的"宝钗",就是喻指"暗箭",也就是指"阴谋"。暗箭是用来杀人的,所以书中将"暗箭"喻称为"血宝钗"。"谋"来自人的智慧,所以薛宝钗又代表着"智"。

薛宝钗来到贾府后,被贾政安排到了"咱们家的东北角上"。"咱们家的东北角上",指的是咱们这个国家的东北角,所以薛宝钗又代表着东北方文化。这就是说,作者认为东北方文化是一种有血性的文化,它集勇与谋于一身,是一种有勇有谋、智勇双全的文化。

(一)画境

"两株枯木":作者用的是拆字法。"两株木"就是两个"木"字,两个"木"字组合起来就是一个"林"字。"枯木",是指"木"已枯死。两株枯死的"木"字,组合起来是一个枯死的"林"字。"林"是指"文林","两株枯木",就是隐喻"文林已枯竭而死"。作者给我们呈现出来的是一幅文林已枯竭而死的画面。

"木上悬着一围玉带":这是指一个穿戴着玉带的人吊在树上,也就是在树上上吊而死。而玉带是官员才有的,所以这个吊死在树上的人是一名官员,而且是最大的官——"皇帝"。作者在这里再现的是北明朝末代皇帝崇祯煤山自缢的历史史实。

这让人非常费解,书中写的是林黛玉,怎么又扯到崇祯皇帝煤山自缢这件事情上去了呢?原来林黛玉代表的是东南方文化,而朱元璋则是安徽凤阳人,是在吴文化氛围中成长起来的皇帝,他的明朝政权,是建立在东南方文化基础之上的政权。朱元璋的胜利,是东南方文化的胜利。反之,朱家政权的灭亡,就代表着东南方文化的失败。崇祯皇帝煤山自缢,正式宣告了明朝政权的覆灭,而朱明政权的覆灭,则正式宣告了东南方文化的彻底失败。也就是说,东南方文化的失败,是以崇祯皇帝煤山自缢身亡这个历史史实为节点的。林黛玉不是崇祯皇帝,而林黛玉的死代表的是建立在东南方文化基础上的北明政权的消亡。林黛玉的死,是东南方文化之死;而崇祯之死,则代表的是建立在东南方文化基础之上的政权之死。此两者就有了必然的联系。

"又有一堆雪":这个"雪"谐音"血","一堆雪"指"一堆血",鲜血的血。

"雪下一股金簪":就是"血下一股金簪"。这股金簪可不是指头上的簪子,它是喻指像簪子一样,类似于箭一类的东西,这个东西就是"暗箭"。而所谓的"暗箭",就是指"阴谋诡计"。而"金簪"就是"暗箭"的喻指。"金"在古代是武器的总称,"金簪"就是指杀人的阴谋诡计。"金簪"被血(雪)所埋,就是指"惯使阴谋诡计杀人的人,最终也难逃脱被鲜血所埋葬的命运"。

(二)画意评析

林黛玉代表文林,薛宝钗就代表武林;林黛玉代表"文",薛宝钗就代表"武";林黛玉代表"文才",薛宝钗就代表"武略";林黛玉代表东南方文林,薛宝钗就代表北方武林;林黛玉代表东南方文化,薛宝钗就代表北方文化。不论是"文",还是"武",随着一个时代的毁灭,他们也将随之而毁灭。为文的,逃不过"玉带林中挂"的命运;尚武的,也逃不过"金簪血里埋"的结局。

作者为何将林黛玉与薛宝钗放在同一幅画里,又放在同一首判词里呢?这有着十分重要的用意,他就是基于"文武合璧"的重要性而特意安排的。文治武功、文武兼备是治国理政的根本方略;能文能武,文韬武略,是衡量一个人才的重要标准。作者告诉我们,要治理好一个国家,必须文武并举,重文而轻武,或重武而轻文,都是失败之源,只有能文能武、文武合璧,才是"兼美"。书中所谓的"兼美",就是指兼"文武"之美。文与武,武与文,是不可分割的一个整体。一个政权既要重文,又要重武,文武并举,才是治国理政的根本。文与武,分则亡,合则兴。作者在书中一百二十回有这样一句话:士隐道:"宝玉,即宝玉也。那年荣宁查抄之前,钗黛分离之日,此玉早已离世。一为避祸,二为撮合,从此夙缘一了,形质归一……""钗黛分离",即是

"文武分离"。文与武一分开,宁荣两府就被查抄了,宝玉最终出家,消失在了历史的长河中。

（三）词意

"可叹停机德"："停机德",引用的是乐羊子妻断机而劝夫继续学业的典故。当乐羊子思乡而中断学业回家之时,妻子没有苦劝,而是以"织布断机"为喻,来说明中断学业的危害,使丈夫明白求学的重要性。乐羊子妻劝夫,讲的是策略,靠的是智慧,用的是心机,所以,这个"机德",讲的是"断机之德",讲的是智慧与谋略。"可叹停机德",叹的是薛宝钗这个机关算尽之人,最后却把自己给算进去了。

"堪怜咏絮才"："咏絮才",引用的是东晋才女谢道韫咏雪的典故——"未若柳絮因风起"。后来,古人就用以比喻在诗文方面卓有才华的女子。"堪怜咏絮才",怜的是"咏絮之才"林黛玉的悲惨命运。

"玉带林中挂"：上面已细说明了。

"金簪雪里埋"：上面已细说明了。

（四）词意评析

"可叹用尽机谋的人,最终被机谋所害;堪怜满腹诗书的人,最终被诗文所伤。蟒袍加身,玉带缠绕,最终只落得个悬梁自尽的结局。使阴谋,用诡计,耍滑藏奸,最终还是没能逃脱被血所埋葬的命运。"

画描绘的是命运,词描写的是结局。

五、贾元春

只见画着一张弓,弓上挂一香橼。也有一首诗云：二十年来辨是非,榴花开处照宫闱,三春争及初春景,虎兕相逢大梦归。

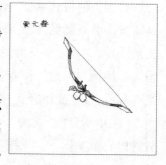

贾元春,代表"宫乐"文化。她在"琴棋书画"四大才艺之中,代表"琴"文化。"琴"在古代是弦乐器的总称,也能代表"乐"文化。她的丫鬟名"抱琴",一个人抱着琴在干什么？弹奏音乐也。弹奏音乐是干吗？是供人享乐也。所以贾元春又代表着"乐林",而这个"乐"与"宫"有缘,代指"宫乐"文化。

（一）画境

"只见画着一张弓"：别以为真的是画着一张"弓"，其实作者要展现的是一个"弓"字。在作者笔下，"弓"是从"宫"字上谐音过来的，宫廷的"宫"。这里有一"宫"字。

"弓上挂着香橼"：作者在这里说的是一个"橼"字。"橼"的谐音为"缘"，缘分的"缘"。有一"缘"字。

"一张弓"，有一个"宫"字，一个"香橼"，有一个"缘"字。把这两个字合在一起，就是"宫缘"两字。什么是"宫缘"呢？意思是与宫有缘分。是什么东西与宫有缘分呢？那就是指贾元春所代表的"乐"文化。这就是说，这个"乐"字，与一个"宫"字有缘分。这两个字有缘分，结合起来不就是"宫乐"两个字吗？"宫乐"，就是指的宫廷音乐。宫廷音乐是一种享乐主义文化。

作者将享乐主义文化比为洪水猛兽，比作是吃人的"年兽"，是一种对国家与政权危害性极大的文化。如果一个政权摊上了这种文化，这个政权将会岌岌可危，就会面临灭顶之灾。作者在这里给我们揭示的是宫廷享乐主义文化对国家与政权的危害，讲的是享乐文化对个人与家庭的危害。贾元春代表的就是"宫乐"文化。

（二）画意评析

这幅画给我们展现的就是两个字——"宫乐"，而揭示的是宫廷享乐主义文化的危害。

（三）词意

"二十年来辨是非"：唐代有个著名的诗人名张祜，写过一首宫怨诗：《宫词·故国三千里》：

故国三千里，深宫二十年。一声何满子，双泪落君前。

"何满子"是唐玄宗时期著名的宫廷歌女，据说她因故而得罪了唐玄宗，被处以极刑。就刑前她昂首高歌，曲调哀伤，词意悲愤，使苍天白日黯然失色，结果唐玄宗闻之，特赦了她。

这首诗描写了宫廷歌女的悲惨生活，是一首宫怨诗。贾元春所代表的宫廷享乐主义文化，注定与宫有缘，她是注定会进宫的。所以，这个"二十年来辨是非"的"二十年"，指的就是"何满子"所代表的宫廷歌女这个群体，在深宫中悲惨生活的二十年。贾元春的命运，所代表的是宫廷歌伎这个文化阶层的命运，她是以唐玄宗时的歌伎何满子为原型的。

"二十年来辨是非"，是写她在深宫二十年来的生活，使她辨明了宫廷生活的是是与非非、苦难与悲哀。

"榴花开处照宫闱"："榴花"乃指"石榴花"，石榴花的颜色如火一般红艳，作者在这里是用"石榴花"来比喻人生最火红的青春年华。这句词的意思是说："在最为火红的青春年华之时，她被招进了宫闱之中。"

"三春争及初春景"："初春"，是指"元春"，"初春景"是指贾元春被招入宫这件引以为荣的事情。"三春"是指除贾元春之外的所有美丽的女子，不光是指迎、探、惜三春，"三"是一种夸张的用法，如"飞流直下三千尺"。此句意思是说："在所有美丽的女子都在争着抢着去追逐贾元春的那份荣耀与富贵的时候。"

"虎兕相逢大梦归"："虎兕"，何为虎？何为兕？虎又在哪里？兕又在哪里？贾元春为妃是在皇宫之中，所以，这个虎与兕一定也是在皇宫之中。皇宫又不是动物园，哪里会有什么老虎和犀牛呢？是的，皇宫里是不会有"虎兕"的，但君不闻"伴君如伴虎""苛政猛于虎"吗？虎是兽中之王，宫廷中的"王"不就是指帝王吗？所以，这只"虎"讲的是皇上的凶恶残暴和宫廷所推行的暴政与苛政，不是指宫中真的养了一只老虎。虎，我们知道了其用意，那"兕"又是指什么呢？《红楼梦》第二回中讲："第二胎是个小姐，生在大年初一。"这个小姐就是贾元春，贾元春代表的是"宫乐"这种文化。什么又是"大年初一"呢？作者在这里可不是指的贾元春生在大年初一这一天，他强调的是贾元春生于"年"这个节点上。"年"在古代是指一种吃人的凶猛"年兽"。我们可以去查一查古代关于"年兽"的画像，它是一个像犀牛一样的独角兽，头上长着一只与犀牛一样的角，且样子特别凶猛与狰狞。作者在书中所说的"兕"，指的就是如"兕"一样的凶猛的"年兽"。"大年初一"，其实指的就是"年"，指年兽，强调的是年兽的凶猛与残暴，说的是"宫乐"这种文化的危害。

年兽只是一个传说，并不存在，即使是犀牛，它也不可能跑到皇宫里去，能跑到皇宫里去的一定是人，而这个人就是"贾元春"，是贾元春所代表的"宫乐文化"。贾元春是一位美丽的女子，怎么会是一头凶猛的年兽呢？这就要看贾元春所代表的文化了。前面已经分析过了，贾元春代表的是"宫乐"这种享乐主义文化，享乐主义文化历来是败家的根本，是洪水与猛兽，就像吃人的凶猛的年兽一样，随时都能置人于死地。

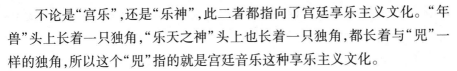

不论是"宫乐",还是"乐神",此二者都指向了宫廷享乐主义文化。"年兽"头上长着一只独角,"乐天之神"头上也长着一只独角,都长着与"咒"一样的独角,所以这个"咒"指的就是宫廷音乐这种享乐主义文化。

作者在这里给我们呈现的是:"当一个人,或一个社会,或一个国家,如果过分注重享乐主义文化的时候,也是走向衰败的时候;当宫廷享乐主义文化盛行的时候,也就是这个政权走向灭亡的时候。"所以,曹雪芹先生将这个享乐主义文化,比作是凶猛的年兽,比作是洪水猛兽,不是说宫廷之中真有个犀牛、老虎什么的。

通过以上分析可知,所谓"虎兕相逢大梦归"中的"虎",指的就是如虎一样的凶猛的苛政与暴政。"兕",指的是吃人的享乐主义文化。当享乐主义文化与苛政暴政这两种文化相逢的时候,就是这个政权毁灭的时候。一个政权一边推行凶猛的苛政与暴政,一边又过着歌舞升平、醉生梦死的生活的时候,这两头凶猛的野兽也就相逢了。当这两种如猛兽般凶险的文化相逢在一起的时候,就是这个政权走向毁灭的时候,这就是"虎兕相逢大梦归"的含义。

(四)词意评析

"深宫二十年的生活,让我明白了其中的是是非非,正值青春年华,我来到了宫中,我把自己最美好的时光都留在了深宫里。当所有人都争着抢着想进入这个虚华的富贵之境时,享乐主义文化却伴随着凶猛的苛政与暴政的毁灭而一同毁灭了。"

与宫有缘,是她的命运。"虎兕相逢大梦归",是她的结局。

六、贾探春

"后面又画着两人放风筝,一片大海,一只大船,船中有一女子掩面泣涕之状。也有四句云:才自精明志自高,生于末世运偏消。清明涕送江边望,千里东风一梦遥。

贾探春,代表书法文化。贾探春在琴、棋、书、画四大才艺之中,代表"书林",也就是书法文化。

(一)画境

"两人放风筝":看看作者这句词的含义。放风筝的时候,怎样比较谁的风筝放得好呢？这就要看谁的风筝放得更高更远了。要想把风筝放得更高更远，就得要看谁更会借助风力，借助风势。这就是说，"两人放风筝"，争来争去，关键争的是风势，简称为"争风"。由于贾探春代表的是书法文化，作者在这里取的是"争风"的谐音——"争锋"，意味书法这种文化，争来争去，争的就是笔锋，意思是看谁的笔锋好，看谁的字写得好。作者借"两人放风筝"，其实要表达的是"争锋"这个意思。作者的这个用意太深了，如果不挖空心思，真的很难将"两人放风筝"，与书法文化中的"争锋"联系在一起。

"一片大海"：这里的"海"，不是指江河湖海之海，而指的是文林翰墨之海。因为作者所有的描写，都是围绕书法这种文化的特点来展开的。

"一只大船"：作者在这里是将"墨汁"比作海水，将"翰墨之林"比作"文林墨海"，而将徜徉在翰墨之林中的人们，形象地比作乘坐在翰墨之舟上的泛海者，航行在翰墨的海洋之中。简而言之就是说：书家乘坐着这条翰墨之舟，航行在翰墨的海洋里。

"船中有一女子掩面泣涕之状"：这个女子就是指代文林翰海里的"书法"文化，指的是书法文化中的书家。因为书法文化很美，所以作者以美女作喻。

一个书家乘坐在翰墨之舟的航船上，行驶在浩瀚的墨海中，是件好事，为何却要"掩面泣涕"呢？肯定是因为翰墨害了她。就像历史上的宋徽宗一样，身负社稷之重，却不以治国安邦为要，一味精研书画，终成一代书画名家，他自创的瘦金体自成一家，享誉后世。可他因过度沉迷于书画，最后误了国家，而丢掉了北宋的江山，这就是书画文化史上最大的悲剧。《红楼梦》讲到书林末世命运的时候，将矛头直接指向了这个因沉迷于书画而不问国政，最后丢了江山的帝王——宋徽宗。宋徽宗的命运最能代表书法文化的末世命运，所以，作者就将他作为末世书法文化命运的代表。

在书法大家中，还有一个数典忘祖、贪图名利、置国仇家恨于不顾的宋徽宗的后嗣子孙——赵孟頫，他更是一个无耻之徒。赵家江山是被蒙古民族所推翻的，可赵孟頫后来却做了元朝的官吏，食起了元人的俸禄，气节何在?！大义何在?！脸面何在?！作者曹雪芹先生，也把这一情节搬进了《红楼梦》一书中，以此来印证末世书法文化之衰，竟衰落到了如此地步。

（二）画意评析

这幅画描绘的是翰海书林之中的末世场景,以帝王宋徽宗的悲惨结局与赵孟頫的数典忘祖,作为书林翰海的末世特例。这是一例由于沉迷于书法绘画而丢了江山社稷的活生生的史实,又是一例置民族大义、国仇家恨于不顾的无耻之徒的史实。这个女子的哭泣,是末世书法文化的悲哀;她的命运,是末世书法文化的命运;她的结局,是末世书法文化的结局。

（三）词意

"才自精明志自高":"文如其人,字如其人。"书法是一种高雅艺术。最能看出一个人的才气和志向,心胸与内涵,书法大家都有着很高的才情,都比较精明。历史上的颜、柳、欧、苏四大楷书名家,书圣王羲之等,数不清的名家,其中就包括书画才情卓著、权势最大的宋徽宗,无一不是"才自精明志自高"的人物。

"生于末世运偏消":当他们生于末世的时候,运气偏偏就消失了。

"清明涕送江边望":因贾探春代表书林,而书林的末世是以宋徽宗为特例的,这样就与北宋朝的命运挂上了钩。1127年3月丁酉日,金军大肆搜掠北宋京都开封后,立张邦昌为帝,国号"大楚"。随后监押徽钦二帝撤退,这就是历史上最为耻辱的"靖康之变",而这一天正是在清明节前后。北宋灭亡之后,南宋在临安建都,是为南宋。南宋的灭亡是以陆秀夫背负刚满8岁的小皇帝赵昺跳海殉国为结束的,后人将这一历史称为"崖山之恨",而这一天是1279年3月19日,也是在清明节前后。"靖康之耻"和"崖山之恨",同在农历三月,同在清明节前后,一个是北宋灭亡的时间点,一个是南宋灭亡的时间点,这就是"清明涕送江边望"的含义。"清明涕送"的是宋徽宗和宋钦宗被金人所掳北返的史事;"清明江边而望"的是南宋的小皇帝被陆秀夫背负跳海而亡的史事。一个是北宋的末世,一个是南宋的末世。

"千里东风一梦遥":北宋和南宋都是在春天清明前后而亡的,所以就有"千里东风一梦遥"之说。所有的美梦,都随着这远逝的东风,而一同消失在了历史的风云之中。

（四）词意评析

才自精明、志向高远,但生于末世,命运两消。北宋落得个清明时节泣涕相送两帝被金人掳走;清明时节,人们又眼睁睁看着南宋小皇帝投江殉国。一切美好的时光都随着这千里东风而散了。

七、史湘云

后面又画几缕飞云,一湾逝水。其词曰:富贵又何为,襁褓之间父母违。展眼吊斜晖,湘江水逝楚云飞。

史湘云代表着湘楚文化中的《楚辞》。说湘楚文化,就一定少不了要说《楚辞》,因为《楚辞》就是湘楚文化的一张名片。

(一)画境

"几缕飞云":"云"在风的作用下,很快就会消散,所以曰"飞云"。"飞云",是用来比喻像飞逝的云一样,消失得很快。

"一湾逝水":"逝水",是用来比喻像滚滚东流的水一样,也消失得很快。

(二)画境评析

作者的意思是说:《楚辞》这种文化体裁,从它出现到它消失,几乎是昙花一现,如飞云,如逝水。

(三)词意

"富贵又何为":意思是说,即使是富贵了又能怎么样呢?能长久吗?

"襁褓之间父母违":意思是说,自从他出生的那一刻起,他就与自己的父母相违背了。这里的父母,指的是湘楚文化的父体与母体。

"展眼吊斜晖":"斜晖",是指西下的阳光。意思是"展眼之间就要凭吊它落日西下的余晖,让人唏嘘感叹"。

"湘江水逝楚云飞":意思是说,《楚辞》这种文体形式,"如湘江逝水,如楚天飞云,消失的是那样的快速与迅猛"。

(四)词意评析

"湘楚",是指湘楚文化。说湘楚文化,就一定要说《楚辞》。《楚辞》这种文体形式,在中华文化历史舞台上留下了较为深刻的影响,但可惜的是,这种文化形式非常短暂,很快就消失在了历史长河之中。这就是"湘江水逝楚云飞,转眼吊斜晖"。湘楚文化与其他地域文化相较,它没有三秦文化的文韬武略(兼美),也没有中原文化的厚重与辉煌,也没有吴越文化的六朝古韵,也没有北方文化的智慧与血性。湘楚文化究竟有哪些特点呢?作者在它的脖子上挂上了一个"金麒麟",给它贴上了一个标签。什么意思呢?"麒麟"在古代,一被称作"仁兽",代表着"仁德";二指"文才",古代将有才华的人称作"麒麟之才";麒麟第三种功能是——阴阳。古代将"雄性"称作"麒",将"雌性"称作"麟",一雄一雌,就是一阴一阳,所以麒麟也代表着"阴阳"。这就是说,仁、才、阴阳这三点,就是湘楚文化的核心与本源,也就是它的父体和母体。作者认为:"湘楚文化的本质与核心,一是崇尚仁德,二是有才气,三是通《易》理。"

崇尚仁德,而生仁爱之性,崇尚《易》理,而生阴阳之道,再加上他天生所具有的聪明天性,所以此地文化很显才华。作者认为,湘楚文化是建立在"仁"与《易》基础之上的极具才华的文化。仁德而才,道学深厚,有刚有柔,刚柔并济,才是湘楚文化的根基。如果用一个字来形容湘楚文化的核心,那就是"仁"。如果用一种动物来形容湘楚文化的特质,那就是——麒麟。

《楚辞》是楚文化中的代表,它是在楚文化雨露的滋养下,孕生出来的一种文体形式,作者认为,这种文化虽能体现出"仁"与"才"的特点,但太过直白,太过张扬,缺少楚文化所固有的那种含蓄与内敛。《楚辞》这种文化一出现,就违背了自己的父体和母体文化,表现得如史湘云一般,狂放不羁、直言快语、口无遮拦、胸无城府,一点儿含蓄都没有。有时如小丑一般,有时又像一个喝醉了酒的酒疯子,所以这种文化很快就消失在了历史的长河之中。

史湘云的特征,代表的是楚文化中的《楚辞》的特征。史湘云的原型,就是《楚辞》文化中之屈原、湘之宋玉也,他们俩是《楚辞》这种文体形式的杰出代表。屈原、宋玉之后,楚辞这种文化就慢慢消失在了历史的长河之中。这首判词表达的就是这个意思。

"云散高唐,水涸湘江"。"高唐",乃宋玉所作之《高唐赋》;"湘江",乃屈原所作之《湘君》及《湘夫人》也。这句话的意思是说,做过《高唐赋》的宋玉,随着楚云的快速飞去而一同散去了;而做过《湘夫人》的屈原,随着湘江之水的干涸而一同死去了。

八、妙玉

后面又画着一块美玉,落在泥垢之中。其断语云:欲洁何曾洁,云空未必空。可怜金玉质,终陷淖泥中。

妙玉,代表尼庵文化。妙玉,乃是"庙玉"的谐音,代表佛教文化中的尼庵文化。庙,乃佛教男弟子出家修行之所;庵,乃佛教女弟子出家修行之所。

（一）画境

一块美玉终落于泥垢之中。这里的"美玉"是指佛教中的尼庵文化；这里的"泥垢"，是指"世俗"及"世俗文化"。

（二）画境评析

"本来至洁至净的佛教尼庵文化，最终还是没能逃脱被世俗及世俗文化所污染的命运，最终还是陷入污泥浊水之中。"

（三）词意

"欲洁何曾洁"：佛教尼庵文化想要保持洁净，可它何曾又真正洁净过呢？

"云空未必空"：佛教尼庵文化所说的空，但它何曾又真正空过呢？

"可怜金玉质"：可怜这金玉一般的品质。

"终陷淖泥中"：终于陷入污泥浊水之中。

（四）词意评析

"妙玉"指"庙玉"，代表佛教文化中的尼庵文化。曹雪芹先生认为："佛教信徒终身都在追求的洁与空，但到后来谁又曾真正洁过、空过呢？可怜金玉一般的品质，最终还是没能抵挡住世俗污泥浊水的侵袭，陷入污泥浊水之中。"

一个佛教徒，一个尼姑，不守佛教教义，不守清规戒律，而流恋于世俗与情感之间，这就是末世时佛教尼庵文化的现状。

妙玉的原型，是以南宋高宗绍兴年间，临江青石镇郊，女贞庵中的尼姑陈妙常作为原型的。陈妙常身为一个尼姑，可她与世俗子弟潘必正，演绎出了一段轰轰烈烈的爱情故事，作者就将这一故事，作为末世尼庵文化的末世特征。一个女尼，居然在庵堂之中堂而皇之与男人同床共枕、鸳梦同浴，而且还珠胎暗结，这真的是不可思议。此事件将一个以洁、空为本旨的尼庵文化撕得片甲不存。

九、贾迎春

后面忽画一恶狼，追扑一美女，欲啖之意。其书云：子系中山狼，得志便猖狂。金闺花柳质，一载赴黄粱。

贾迎春，代表棋文化。迎春，乃是"赢春"的谐音，她代表四大才艺之中的"棋林"。为何要认为"迎春"为"赢春"呢？这是棋文化的性质所决定的,因为下棋争的就是一个输赢,所以名为"赢春"。

（一）画境

"恶狼",这只恶狼是指"孙绍祖"。"美女",是指代棋文化的迎春。在作者笔下,所谓的"孙绍祖",是"孙扫帚"的谐音。何谓"孙扫帚"呢？意思是这个姓孙的是一个"扫帚星"。

"扫帚星",就是彗星的别称,因彗星的样子很像一把扫地的扫帚而得名,民间叫作"帚把星"。旧时的迷信认为,"扫把星"就是灾星,只要它出现就会有天灾人祸降临人间。那这个带来天灾人祸的人是谁呢？书中第七十九回说："祖上系军官出身,乃当日宁荣府中之门生,算来亦系世交。如今孙家只有一人在京,现袭指挥之职,此人名唤孙绍祖,生得相貌魁梧,体格健壮,弓马娴熟,应酬权变,年纪未满三十,且又家资饶富,现在兵部候缺题升。"从上面这段话,可见这个孙绍祖与军事有关,与战争有关。那这个与军事战争有关的姓"孙"的人是谁呢？它就是《孙子兵法》的作者孙武也。作者所说的"扫帚星",就是指由孙武所著的兵书——《孙子兵法》也。

"美女",这个美女是指"贾迎春"所代表的棋文化,作者把棋文化形象地比喻为一个美丽的女子。迎春在"琴棋书画"中排名第二,代表棋文化。"欲唉":意思是"欲吃掉"。

（二）画境评析

这是一头恶狼与美女的故事。《孙子兵法》讲的是战局,而棋文化讲的是棋局,"棋法"虽然来自"兵法",但棋法与兵法却有着本质的不同。战争的核心是杀人,而下棋的核心是娱乐。一个是真刀真枪地干,一个是在纸上谈兵,同是对局势的运筹,但一个如"恶狼",一个似"美女";一个让人恨,一个让人爱。如果将这两种文化强行结合在一起（将贾迎春嫁给孙绍祖）,那就是标准的孽缘,就一定会是像迎春一样的结果。"棋法"虽然来自"兵法",但绝不能将"棋法"与"兵法"搅和在一块儿,你让一个会下棋的人去领兵打仗,那不只有死路一条吗？现在你将"棋文化"与武文化中的《孙子兵法》结合在一起,"棋法"怎么会赢得过"兵法"呢？所以,其结果如贾迎春一样只有挨打的份儿,被吃掉的命。

（三）词意

"金闺花柳质"："金闺"，词典中的解释是：指金马门，代指朝廷。作者用金闺来比喻文化的宫殿。"花柳"，指鲜花杨柳，作者用"花柳"来比喻美丽之质。这句话是对棋文化特质的一种赞美，意思是说："棋文化是文化王国之中，一道如花似柳般美丽的风景。"

"一载赴黄粱"：意思是短短一年时间，人生之梦就破灭了。

（四）词意评析

"棋"这种文化产生的灵感，一定来自战争。你看象棋，从楚河到汉界、从兵到卒、从车到马、从士到相、从将到帅、炮打隔山、马踏连环……哪一样不是从战争中演化而来的？

战争是棋上的局，而棋是纸上的兵，两者的联系密不可分。但棋与兵却是完全不同的两种性质，棋是不流血的战争，而兵是真实的杀戮，这两种文化虽有着千丝万缕的联系，但其性质却是完全不同的，如果硬是将这两种文化结合在一起，那只能是一种失败。试想，我们如果用一个棋中高手去指挥战争，那只能是纸上谈兵，其结果也只能是兵败如山倒。特别是像末世棋林的"贾迎春"，一副与世无争的样子，软弱无能、优柔寡断、糊里糊涂，一点儿锋芒都没有，连自己的丫头司棋都保不住，她还能做什么呢？贾府却让她去参与军事，其结果只能是挨打！除了挨打，别无选择，最后只能是死路一条。

棋就是棋，兵就是兵，别把棋子当兵使，莫把棋局当战局。在书中，表面上看似讲的是贾迎春与孙绍祖的感情悲剧，但作者却阐释的是"棋文化"与"兵法文化"这两种文化之间的辩证关系。

十、贾惜春

后面便是一所古庙，里面有一美人在内看经独坐。其判云：勘破三春景不长，缁衣顿改昔年妆。可怜绣户侯门女，独卧青灯古佛旁。

贾惜春，代表画文化。惜春在"琴棋书画"四大才艺中代表"画林"。

（一）画境

"美女"：指惜春所代表的"画文化"。

"看经独坐":意味着出家为尼。

（二）画意评析

画文化是中华文化中的一朵奇葩,作者将这种文化,比作文化王国之中的一个美丽女子。可画文化到了末世,出现了厌世脱俗、与世无争、看破红尘的情况,这不能不说是一种悲哀。

（三）词意

"勘破三春景不长":"勘破"是"看破"之意。"三春"孟、仲、季,是一年之中最美最好的季节,过了温暖的春天,就是酷热的夏天了。"勘破三春",是看破三春美景之后的严酷。三春虽好,可好景不长,三春过后,将会面对酷热的炎夏。"景不长",就是好景不长。

"缁衣顿改昔年妆":"缁衣"指黑色的衣服,特指尼姑穿的衣服。

"可怜绣户侯门女":"绣户"指装饰华丽的屋宇,指大户人家。"侯门",指王侯之门第。这里比喻的是文化王国之门中的画文化这个绣户。

"独卧青灯古佛旁":"青灯",指冒着青烟泛着幽光的灯;"古佛"指年代久远、古香古色、满是香尘的佛像。

（四）词意评析

代表末世画林的贾惜春,居然是以出家为尼的结局而结束此生的。贾惜春所代表的末世画林的命运,是以明末清初秦淮八艳之一的卞玉京为原型的。卞玉京琴棋书画俱佳,通晓文史,尤其画技娴熟,后看破红尘,削发为尼。

十一、王熙凤

后面便是一片冰山,山上有一只雌凤。其判云:凡鸟偏从末世来,都知爱慕此生才。一从二令三人木,哭向金陵事更哀。

王熙凤,代表"凤文化"。"凤"乃百鸟之王,而凤文化指的就是人中女王,这个女中之王就是"王后"。由于王后生活在后宫,也代表着后宫文化。但由于住在后宫的都是些女人,虽然身份高贵,但都没有读过书,或者少有读书。不读书识文,难免涉于粗俗。三宫六院交织在一起，就会你争我夺，尔虞我诈，钩心斗角，久而久之这种后宫文化就形成了一种邪恶、凶残、诡诈、毒辣、阴暗的文化，所以，后宫文化在作者笔下，俨然就是邪恶、凶残、诡诈、毒辣、阴暗的代名词，王熙凤代表的正是这种文化。

"凤"，是指凤凰。凤凰乃百鸟之王，所以，凤在书中就代表"王"。"凤姐"就是"王姐"，"王姐"就是王中之姐——王后。凤哥，就是"王哥"，"王哥"就是王中之哥——帝王。

"熙"，《说文》曰："燥也。"燥，火也。"熙凤"，意思是指"暴躁的火凤凰"。王熙凤姓"王"，指的是"性情为王"。作者一般用姓给每种文化来定性，比如说这个"王"，指的是称王称霸、横行霸道的意思。"王熙凤"这个名字的用意，是指称王称霸、横行霸道的一只暴躁的火凤凰。作者在这里说明的是末世时的后宫文化霸道的本质，和它对江山社稷的危害。

（一）画境

"一片冰山"：这里的"冰山"，指的是"冰冷无情的江山"或"冰冷无情的世界"。"一片冰山"，是指一片冰冷无情的世界。

"一只雌凤"："凤"，《红楼梦》里的凤，特指凤凰。"雌凤"是什么意思呢？"雌"即是"母"也，"雌凤"，即"母凤凰"。"母凤凰"的"母"，与"母老虎"的"母"是同一个意思。"一只雌凤"，意味"一只凶狠恶毒的母凤凰"。

（二）画意评析

"一片冰山"喻指一个冰冷无情的江山社稷，或指一个冰冷无情的世界。在这个冰山之上，却站着一只暴躁的火凤凰。而恰恰是这只暴躁的火凤凰，加速了这个冷酷无情世界的消亡。一个冷酷无情的不合理的世界，无一例外，都会在一片黑暗与恶毒文化的环境中消亡。王熙凤这只母凤凰太过阴狠毒辣，太过邪恶低俗，就是由于她的恶行，才一手毁灭了这个不合理的黑暗的旧世界——贾府。

一个既阴毒又恶俗的母凤凰，怎么会毁灭一个冰冷无情的世界呢？一个坏透了的阴毒恶俗的文化，如何会起到好的作用呢？这就是古圣先贤所说的："反者道之动。"如果没有这只作恶多端的母凤凰的兴风作浪，这片冰冷无情的江山怎么会消融呢？一个不合理的世界，又怎么会毁灭呢？一只"火凤"站在"冰山"之上，冰山岂有不被融化的道理？！

（三）词意

"凡鸟偏从末世来"："凡鸟"，指的是一只平凡庸俗的凤凰鸟。凡与鸟合起，是繁体的"鳳"字。此句意味："这只平凡庸俗的凤凰鸟，偏偏爱在末世而来。"

"都知爱慕此生才"：凤姐，是贾母口中的"破落户"与"凤辣子"，且大字不识几个，她的"才"从何而来？她只不过是一个会讨好贾母，耍贫嘴，见风使舵，两面三刀，且无恶不作、心狠手辣、贪得无厌、唯利是图的人物。"凤姐"就是"王姐"，"王姐"就是女人之中的"王"——王后。王后的"才"在哪里呢？这个"才"就是指"人才"，指人长得漂亮美丽。王后都是国色天香的美女，个个都有着沉鱼落雁、闭月羞花、倾国倾城的容颜，岂有不美的。这就是说，她的"才"完全在于她美丽的外表。"都知爱慕此生才"，爱的就是她的美貌，都只爱她的美，可谁知在这美丽的外表之下，是一副恶毒阴险的嘴脸呢！

"一从二令三人木"："一从"，这里用的是拆字法，把"从"字拆开是两个"人"字。一个人，一个面。两个人，两个面。这里是说凤姐是一个两面派，两面人生。人前一面，人后一面，口蜜腹剑、口是心非。

"二令"：一令是"利令智昏"，二令是"巧言令色"。

"三人木"："人木"合起来就是一个"休"字，作者在这里确实用的是拆字法。什么是"休"呢？这里是指"万事皆休"，也就是一切都完了的意思，不是贾琏把王熙凤给休了，不是休妻的"休"。

这句话的意思是说："王熙凤所代表的末世凤文化，第一是口是心非、口蜜腹剑、表里不一、双面人生；第二是巧言令色、利令智昏；第三是指万事皆休，一切的努力都付诸东流。"

"哭向金陵事更哀"：这个"哭"是痛苦、愁苦、悲苦。当这个又毒又恶的凤文化把一个北方政权毁灭之后，在痛苦与悲哀之中，跑到金陵来，又建立起了一个更加悲哀的南方政权，但这个南方政权的结局比起北方政权来说，显得是更加苦难与悲哀。历史上的东晋、南宋、南明，都是如此。

凤文化由于它的特殊身份，它一直存在于后宫中，所以凤文化又代表着"后宫文化"。后宫文化，由于长期存在于深宫后院，皇后皇妃，才人常在，三宫六院，粉黛三千，善于在窝里斗，人与人之间钩心斗角、尔虞我诈，久而久之就形成了一个比较阴暗恶毒的文化。这种文化显得目光短浅、阴狠毒辣、尔虞我诈、诡计多端。

后宫文化到了末世,就会出现女人干政、宦官专权这样的乱象。一旦出现这种现象,对于一个政权来说,危害性是极大的,破坏性是极强的,直接可以导致政权的覆灭,国家的灭亡。

(四)词意评析

这只凡鸟"凤姐",偏偏从末世而来,人们都只知爱慕她美丽的容颜、曼妙的身姿,可谁又知道这只美丽的凤鸟——王后,在美丽的外表之下,是一副两面派的嘴脸,表里不一、口是心非、心狠手辣、阴险狡诈、恶俗毒辣、利令智昏、巧言令色。最后是枉费半世心机,落得个鸡飞蛋打、人财两空、万事皆休的下场。

十二、巧姐

后面又是一座荒村野店,有一美人在那里纺织。其判云:势败休云贵,家亡莫论亲。偶因济刘氏,巧得遇恩人。

巧姐,指代"乞巧节"文化。"巧",指"乞巧";"姐"指女子。"乞巧",是指在七夕节这一天,乞求巧艺与爱情的女子。七夕节,又称七巧节、七姐节、女儿节、七夕祭、乞巧节、七娘会、牛公牛婆日等,是中国女子的传统节日。

"七夕节"是由星相演化而来,为传统意义上的七姐诞,因拜祭"七姐"活动在七月七日晚上举行,故名"七夕"。拜七姐,祈福许愿,乞求巧艺,坐看牵牛织女星相会,祈祷姻缘,储七夕之水等,是七夕的传统习俗。经历史发展,七夕被赋予了"牛郎织女鹊桥相会"的美丽爱情传说,使其成为象征爱情的节日,从而被认为是中国最具浪漫色彩的"情人节"。简单地说,七夕节,演变到后来,就变成了女儿在这一天,乞求能找到一个称心如意的郎君。"巧姐"即是"乞巧之姐",代表的是"七夕节"乞求巧艺的女孩子。

(一)画境

"巧姐"最终落入了荒村野店中,什么是荒村野店?它是指文化的荒村野店。文化的荒村野店,不可能产生高雅文化,它只能产生一些低俗文化。巧姐落入荒村野店,也就是说她落入低俗文化的流俗之中,与低俗文化为伍了。总之是说,作者认为,"乞巧节"这种文化,是一个从乞求女红巧艺,到乞求爱情的转变,"巧姐"变"大姐",就是受到了"乞巧"这种文化的深刻影响。

（二）画意评析

这里描绘的是巧姐的命运。一个富贵文化家族中的"巧姐",居然流落到了荒村野店之中,以纺织为生,过起了清贫的生活。由于刘姥姥代表的是杀人的低俗文化（后有详细分解）,"巧姐"认了刘姥姥做"干娘",就代表"巧姐"（乞巧文化）认了刘姥姥所代表的低俗文化做了"干娘"。当"巧姐"认了低俗文化做"干娘"时,这个"巧姐"（乞巧）就变成了"大姐"（流氓）。作者最终将"妓女"这种文化归属于"低俗文化"之列,认为妓女（流氓文化）是受到了低俗文化的影响,这就是"刘姥姥"为什么是"巧姐"干娘的内因。作者是说,低俗文化是产生流氓文化（妓女）的母体,是流氓文化（妓女）的"干娘"。

（三）词意

"势败休云贵":运势败了之后,就休要说从前的富贵。

"家亡莫论亲":家里败亡之后,就不要与谁攀亲戚,因为谁也不会帮你。

"偶因济刘氏":因偶然接济过刘氏。

"巧得遇恩人":可巧遇到了恩人。

（四）词意评析

人情冷暖,世态炎凉,道尽人间百味。人生世间,荣辱生涯,不是谁都能将这"势利"二字看破的。多少至戚亲朋,也只能同得富贵,共不得贫穷。但是偶因接济过刘氏,可巧遇到了恩人,危难之时,却尽显大义之本色。

十三、李纨

后面又画一盆茂兰,旁边有一位凤冠霞帔的美人,其判云:桃李春风结子完,到头谁似一盆兰。如冰水好空相妒,枉与他人作笑谈。

李纨,代表"理"文化。"李"谐音为"理","纨"谐音为"完"。"李纨",即"理完"也。理完了,就没有理可讲了。一个没有理的社会,就是一个不讲理的社会。一个不讲理的社会,处处都是歪理邪说。一个无理的社会,你找谁说理去？谁有理,谁无理,全凭当官的来裁度,他说你有理,你就有理,他说你没理,你就没理,全凭当官的一张嘴,所以,李纨(理完)字"宫裁"。"宫裁",其意思就是"官裁",因宫里的人都是当权派,都是做官的。

(一)画境

"一盆茂兰":意思是一盆茂盛的兰花。兰花,是花中四君子之一,古代以兰花寓意君子。

"旁边有一位凤冠霞帔的美人":这个"凤冠霞帔的美人",就是李纨所代表的"理"文化。

(二)画意评析

画上的场景,一边是一盆茂兰,一边是一个凤冠霞帔的美人。"茂兰"寓"君子",凤冠霞帔的美人是指"李纨"所代表的"理"。一边是"君子",一边是"理"。作者在这里讲的是"君子"与"理"的关系,意思是说:"是君子一定会讲理;反过来,讲理的一定是君子。"意思是说,君子产生于理文化,反过来就是,理文化孕育出了君子。

(三)词意

"桃李春风结子完":谐音过来就是"春风桃李结子完"。当桃与李(理)在春风之中结完果之后,花就凋谢了。作者是用此来比喻美好时光的短暂。详细解释是:"桃花与李花在春风之中,刚结完果就消失不见了,比喻一个社会崇尚真理(李)的时光非常短暂。"这里是用来类比贾珠所代表的"真"与李纨所代表的"理",结婚生子之后,这段婚姻就结束了。

贾珠的"珠"是指"珍珠","珍珠"即"真珠"也,代表"真"。李纨之"李",代表"理"。贾珠的"珠"与李纨的"李"结婚,就是"真"与"理"两个字结合。"真"与"理"结合,就是"真理"。当"真理"的"真"死了之后,就只剩下孤孤单单的"理"了,所以"理"就完了(李纨),"理"就成了一个"寡妇"。作者是要给我们讲清一个道理:"理",是一定要以"真"为前提的,真理!真理!有真才有理,无真理就完(李纨)。贾珠(真)与李纨(理),共同生养了一个儿子,这个儿子就名叫贾兰(君子),什么意思呢? 作者是说,"真理"这种文化能孕育出君子;相反,虚假的文化只能产生小人。

"到头谁似一盆兰":意思是说:"到头来谁又是一个正人君子呢?"("兰"寓君子)作者认为:"当一个社会处在末世的时候,小人遍地,小人得志;君子稀有,君子难当。在这样的环境中,即使是一个真君子,要不了多久

就会寸步难行,最终,要么远离,要么与小人一起同流合污而变成小人。"所以,作者深深地发问:"在一个虚假的社会里,到头来谁又是一盆兰呢?谁又是一个正人君子呢?"

"如冰水好空相妒":"如冰水好",是说冰与水的关系非常好,非常密切,相当融洽。"冰"遇热,则化成"水";"水"遇寒,则结成"冰",冰与水,水与冰,冰水交融,相生相依。看到冰与水这样相互交融,亲密无间,不禁让人空生妒嫉。特别是像李纨这样的寡居之人,更是深有感触。

这句话的意思是说:"看到这冰与水相互交融、亲密无间,不禁让人空生妒意。"

冰与水在古代,是与"善"紧密联系在一起的,如:"一片冰心在玉壶""上善若水"等。"真"与"理"也是美好的,也是善的。同样是"善",那为什么"冰"与"水"就能不分不离,冰水交融,而"真"与"理"却要分开呢?

"枉与他人作笑谈":枉作他人的笑谈罢了。

(四)词意评析

桃与李在春风之中刚结完果就完结了,到头来谁又是一个正人君子呢?(兰花)。冰与水相互交融、不分不离,让人空生妒根。而真(珠)与理(李)那短暂的美好,只能作为他人的笑谈罢了。

这首词表面感叹的是人生难料、命运多舛、青春易逝、美好短暂,实则感叹的是"真"与"理"的悲惨命运。

十四、秦可卿

后面又画着高楼大厦,有一美人悬梁自缢。其判云:情天情海幻情身,情既相逢必主淫。漫言不肖皆荣出,造衅开端实在宁。

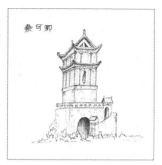

秦可卿,代表三秦文化之中的人间"亲情"。"秦",指三秦文化之"情";"可卿",谐音为"可亲",即"可敬可亲"。"秦可卿",谐音为"情可亲",意思是指三秦文化之中,可敬可亲的是人间亲情。秦可卿之死,就预示着人间亲情之死。人间亲情已死,这个社会便正式进入了一个没有人间亲情、冷酷无情的世界。

（一）画境

"高楼大厦"：这个"高楼大厦"，是喻指泱泱华夏民族这座高楼大厦，不是指的高楼大房子。

"有一美人悬梁自缢"：意思是有一个美人上吊而死。这个美人就是杨玉环。

（二）画意评析

秦可卿的"秦"，指的是三秦文化之"情"。"可卿"，即指可敬可亲。这个名字的全部意思是指："三秦文化是可敬可亲、有情有义的文化。"有人会问，三秦文化与这幅画又有什么关系呢？太有了！追寻中华民族的历史，三秦大地的文化是中华民族文化中非常强大的文化，在作者眼中，三秦文化是兼"文武"之美的文化，也就是"兼美"。在三秦大地上，孕育了中华十三朝古都，历时1100余年的建都史，是中华民族文明最早的发祥地。此地文化真正进入末世一直到退出历史舞台，是从唐朝开始的，至唐之后再无真正意义上的政权建都于三秦大地之上了。

唐朝正式进入末世，是以"安史之乱"为标志的。唐玄宗末年，即公元755年二月十七日，"安史之乱"爆发时，唐玄宗六月十三日凌晨逃离长安，到了马嵬坡，途中将士饥疲，六军不发，龙武大将军陈玄礼请杀杨国忠父子和杨贵妃，杨国忠被乱刀砍死。在军队威逼之下，唐玄宗命高力士缢死了杨贵妃。作者将杨贵妃之死这一重大事件，定性为三秦文化正式进入末世时的标志性事件，这个"悬梁自缢"的美女就是杨贵妃，那座"高楼大厦"，就是寓指中华民族这座高楼大厦，杨玉环的悬梁自尽就是这一历史事件的见证。

纵观唐朝历史，唐朝之所以走到现在这一步，其主要原因是皇上荒淫无道，官僚腐化堕落，权臣当道，朝政荒废，伦理道德的沦丧，这才导致了安史之乱，可整个朝廷却将全部的责任都推到了一个美丽女子杨玉环的身上，让她去承担导致"安史之乱"的责任。一朝之政岂是一美丽女子所能左右的？主政者不从自己身上去找原因，而让一个女人来背负，这也未免太荒唐了吧!？ 所以作者大呼："难道我泱泱华夏民族，没落到了连一个美丽的女子都不能放过的地步了吗？"这才是这一幅画的真正用意。

（三）词意

"情天情海幻情身"："情天"，是指三秦文化的天；"情海"，是指三秦文化的海；"幻情身"，是指幻化出了一个有情有义的三秦文化之身。全句意

为："三秦文化的天,三秦文化的海,幻化出了一个有情有意的三秦文化之身。"

"情既相逢必主淫":"情既相逢",是指情与情相逢。前面的"情"是指有情有义之情,而后面之"情",是指儿女私情。"必主淫"的"主",是"预示"的意思,"必主淫",意味:"必定预示着淫乱。"全句的意思是说:"当有情有义的三秦文化之情,被儿女私情所污染之后,这个三秦文化中的人间亲情,就变为淫乱之情了。"

历史上所谓的"脏唐臭汉"之中的"脏唐",指的就是唐朝乱伦、乱性的肮脏风气。

"漫言不肖皆荣出":"荣",是指人间的虚荣。全句的意思是说:"如果要说一切的不肖皆出自虚荣的话。"

"造衅开端实在宁":"造衅",是指"制造事端"。全句的意思是说:"开始制造事端的却是宁。"(指教化)

(四)词意评析

三秦文化的天,三秦文化的海,孕育出了一个有情有义的三秦文化之身,当这个有情有义的三秦文化之人间亲情,被儿女私情所污染之后,就变得淫乱不堪了。表面看上去,这一切的不肖是尚贵尚荣之风所造成的,但从根本上来说却是失于教化所导致的。

由于宁府是一座司职教化的府第,所以说这种种的不肖,归根结底是教化出了问题。作者将三秦文化的种种不肖行为都归结到了教化文化之失,是失于教化,才导致了三秦文化的失败。

第十四节 《金陵十二钗》的末世原型

"金陵十二钗",代表着十二种文化,这十二种文化到了它的末世时,都表现出明显的末世特征。《红楼梦》中选取的只是其中最有代表性的特例,选取的是本文化在历史上最具代表性的人物和重大事件作为写作的对象和例证。如林黛玉所代表的东南方文林,是以明崇祯皇帝在煤山自缢,作为末世东南方文化失败的特例;贾探春所代表的书林,是以皇帝中的大书法家宋徽宗赵佶,和赵家子孙中的大书法家赵孟頫的命运和结局,作为末世书运的特例等,所有文化的末世特征,都有相应的人物和事例做引证。现将《金陵十二钗》之中的这十二种文化进入末世时的代表人物和代表事件介绍如下。

林黛玉的结局是"玉带林中挂"。他是以崇祯皇帝煤山自缢这个历史大事件,正告东南方文化的彻底失败。

薛宝钗的结局是"金簪血(雪)里埋"。他是以孙武的命运作为"智谋"这种文化的命运。孙武一生可谓是谋略过人,但天算地算,最终他还是没能算计到自己被吴王夫差所诛杀的命运,这个专门杀人的人,最终还是被鲜血所埋葬。

贾元春的结局是"虎兕相逢大梦归"。"虎"是指是凶猛如虎的苛政与暴政,"兕"是指凶猛如兕的宫廷享乐文化,他是以唐玄宗时的歌女何满子的悲惨遭遇,作为宫乐这种文化的末世命运的特例。何满子的命运,是所有宫廷歌女命运的代表。"去国三千里,深宫二十年。一声何满子,双泪落君前。"这就是"二十年来辨是非"的用意。

贾迎春的结局是"一载赴黄粱"。棋文化的末世原型还不知是以历史上的哪一个人物为原型的,但从书中分析,只知这个人是一位棋中高手,后来又参与了军队的作战与指挥,最后他指挥的军队很快就被消灭了,自己也命丧其中。由于《红楼梦》写的是末世文化,棋类大师中最有代表性,且又参加过军事的人物很难考证,恭待高明。

孙绍祖与军事有关,这个"孙",是指军事文化。迎春嫁给孙绍祖,喻指将棋文化与军事文化结合到了一起,就是将《棋谱》与《孙子兵法》结合到了一起。

贾探春的结局是"千里东风一梦遥"。书林的末世命运是以北宋朝皇帝大书法家宋徽宗赵佶和宋末元初大书法家赵孟頫为原型的。赵佶身为皇帝,虽精于书画,却疏于治理国家,最终被金人所虏,囚禁在遥远的五国城,最后死于此地,不但丢了自己的性命,而且还赔上了国家的命运。

赵孟頫,身为皇家后裔,集国仇家恨于一身,但他不但不思报仇雪恨,居然投靠了元人,做起了元朝的官僚,食起了元朝的奉禄,可耻至极。

贾惜春的结局是"独卧青灯古佛旁"。画林的末世特征,是以秦淮八艳之一的画林才女卞玉京的命运为原型的。卞玉京,琴棋书画俱佳,气质高雅,由于生活不顺,找不到生命的归宿,历经波折,勘破人间红尘,最后遁入空门。

史湘云的命运是"湘江水逝楚云飞"。史湘云代表的是楚文化中的《楚辞》。《楚辞》这种文化的命运，是以楚之屈原、湘之宋玉的命运为原型的。"云散高唐，水涸湘江"。"高唐"，乃宋玉所作之《高唐赋》。"湘江"，乃屈原所作之《湘夫人》也。这句话的意思是说：写过《高唐赋》的宋玉，一生默默无为，最后不知所终；而写过《湘夫人》的屈原，一生忧郁而不得志，最终投江而死。

妙玉的命运是"终陷淖泥中"。"妙玉"乃"庙玉"也，代指佛教文化中的尼庵文化。佛教文化的末世特征是以南宋高宗绍兴年间，临江青石镇郊"女贞庵"中的尼姑陈妙常的命运为原型的。她与张于湖之友潘必正在庵中的恋情，可谓大损佛教文化之宗。

王熙凤的命运是"哭向金陵事更哀"。"凤"文化到了他的末世，就变成了"凤辣子""破落户"文化，出现了后宫干政、宦官专权的恶行。当女人和似女人的人开始把持朝政的时候，也就是这个政权行将毁灭的时候。当这种恶毒文化把一个北方政权毁灭之后，就又"哭向金陵"，在金陵又建立起一个更加悲哀的政权，最终灭亡。如东晋，如南明。他的原型是以女人干政，宦官专权中的主角，作为皇后与阉党这个特定人物为对象的。

李纨的命运是"到头谁似一盆兰"。李纨的"李"，代表的是"理"文化。当"理"完了之后，社会就处在无理可讲的状态之中。一个不讲理的社会，就是一个野蛮的社会，一个野蛮的社会离毁灭就不远了。"理"只有在一个"真"的时代才能生存，当社会进入一个"假"的时期的时候，理就完了。社会就在这真与假之间不停变化着，政权也在这真与假的变化之中不停更替着，周而复始、往复不辍。有真就有理，但一个讲真理的社会又能坚持多久呢？真理这种文化能孕生君子，虚假这种文化滋生小人，当一个社会处于虚假之中的时候，谁又是"一盆兰"呢？谁又能永远保持一个君子的本色呢？他的原型是以"理学"这个群体为对象的。

秦可卿的命运是"情既相逢必主淫"。秦可卿代表的是三秦文化中的"情义"，但当人间的亲情被淫乱之情所污染之后，这个"情"字就变成了一个"淫"字。但就是这个"淫"字，毁了三秦文化之中的"情"字，所以三秦文化就变得淫乱不堪了，正所谓"脏唐臭汉"矣。于是，就出现了"扒灰的扒灰，养小叔子的养小叔子"这样乱伦的现象，如李治，他居然与后母武则天乱伦；又如李隆基，他居然夺了儿子之妻杨玉环为妃；又如李建成淫乱后宫；李世民杀兄夺嫂等乱伦的行为。如赵飞燕金盘之舞、武则天浴室之镜、伤了太真乳的木瓜、寿昌公主之卧榻、同昌公主之珠联帐等这样腐化堕落的事情。

秦可卿是以杨玉环的命运为原型的,杨玉环的上吊而死,拉开了三秦文化衰退的序幕。这一吊,吊出了三秦文化的衰落之兆;吊出了唐朝的灭亡之兆。杨玉环之死,直接原因是"安史之乱"。

巧姐的结局是"巧得遇恩人"。巧姐代表的是七月七日"乞巧"这种文化。七月七日是传统的"七夕节",也叫"乞巧节",是传说中牛郎与织女在鹊桥幽会的日子。"乞巧"这种文化有一个重要的内容,就是那些尚未婚配的女子,在"七夕"这天的晚上摆上供桌,放上供品,祭祀七姐。她们一边仰望明月,一边乞求七姐,希望能保佑自己能配上一个如意郎君。

晴雯的结局是"寿夭多因毁谤生"。晴,是指晴天。"雯"的谐音为"文"。晴雯,乃指"天文",指天文文化。有太阳的天就是晴天,所以晴天就代表"日"。有日就有光明,所以晴也代表光明的"明"。作者就在这个"明"字上反复做文章,将这个"明"字又隐射在"明朝"上。晴雯之死,一影射的是"光明已逝,黑暗降临";二是影射"明朝将亡"。

第七十七回"俏丫鬟抱屈夭风流,美优伶斩情归水月"中,宝玉道:"这阶下好好的一株海棠花,竟无故死了半边,我就知有异事,果然应在她身上。"袭人道:"真真的这话越发说上我的气来了。那晴雯是个什么东西,就费这样心思,比出这些正经人来!还有一说,她纵好,也灭不过我的次序去。便是这海棠,也该先来比我,也还轮不到她。想是我死了。"

请注意,"海棠花无故死了半边,应在晴雯身上。"这话大有玄机,一株海棠树要不全死,要不全活,怎么会死半边呢?这不是很奇怪么!一棵树有死半边的么?但千万别忽视了后一句话,"应在晴雯身上"。这是个什么意思呢?"应在晴雯身上",就是应在"晴"字上。这就是说,"海棠花树死了半边",这就等同于是在说这个"晴"字死了半边。作者在这里采用了偷梁换柱的方法,将海棠换成了"晴"字。"晴"字是左右结构,左边是"日",右边是"青",究竟是死了哪一半呢?因晴雯又代指"光明"的"明",而这个"明"又可以暗指"明朝"。书中的"海棠"是一株"红海棠","红"乃"朱"也。把"朱"与"明"结合起来就是"朱明"两个字。从历史史实可知,明朝灭亡后,清朝就建立了,所以这个"晴"死了半边,一定死的是象征"明"的"日"字。"晴"字死去了"日"字,就只剩下"青"字了,而"青"又与"清"同音。书中这段话,作者就是拐弯抹角在说"明亡清兴"这个历史。"这海棠死了半边,并

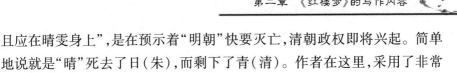

且应在晴雯身上"，是在预示着"明朝"快要灭亡，清朝政权即将兴起。简单地说就是"晴"死去了日（朱），而剩下了青（清）。作者在这里，采用了非常复杂的曲笔，再现的是"明亡清兴"的社会格局。

为什么袭人说晴雯"灭不过我的次序去"呢？上面已经说过，"晴雯"是暗喻"明朝"的，而袭人是指"龙人文化"。我们都知道一句话："铁打的营盘流水的兵。"朝代就像流水的兵，它是会更替的，但不管朝代怎么更替，龙文化却是永恒的。再说龙文化从新石器时代就有了，而明朝的建立距今才只有650年左右的时间，如果按秩序来比较，当然是龙人文化为先，比起明朝要早得多呢。再说，朝代是由龙人（皇上）建立的，按秩序讲，是先有龙人，而后才有朝代，所以才有袭人这一说。

袭人的结局是"可羡优伶有福，谁知公子无缘"。"袭人"分拆开来，就是"龙衣人"。"龙衣人"就是指穿着龙衣的人，也就是皇家之身，代指龙人文化（前面已分析过）。

怎么说袭人所代表的龙人文化"无情无义"呢？历史上有许多的龙人，贵为皇家之身，当政权被消灭之时，却贪生怕死、无节无义、无操无守，居然卖生求荣，投降敌人，心安理得地过起了阶下囚的生活。作者将这些无情无义、无操无守的龙衣人骂得是体无完肤。而花袭人的原型，正是以古代息国国君夫人——息妫为原型的，就是那个姓"花"的"桃花庙"主人。

书一百二十回说："看官听说：虽然事有前定，无可奈何。但孽子孤臣，义夫节妇，这'不得已'三字也不是一概推委得的。此袭人所以在又副册也。正是前人过那桃花庙的诗上说道：千古艰难惟一死，伤心岂独息夫人！"历史上，被俘投降的皇帝大有其人，如蜀孝怀帝刘禅、南唐后主李煜、北宋被掳的宋徽宗与儿子宋钦宗、吴国之君孙皓等。由于亡国而投降敌人的皇室妃嫔那就无可计数了。本书袭人的原型"息妫"，就属于这一类人。于是作者考问道："难道一死就这样艰难吗？"如果是一个一般的人，投降尚可原谅，可你是义夫节妇、孽子孤臣啊！那这个"不得已"就是不可原谅的。作者是在揭露这些穿着龙袍的人，也都是些贪生怕死之徒，全不顾一国之君的颜面，一国之母的威仪，而委身于敌人。

与"公子无缘"。这个"公子"指谁？他指的是中华文化之中的"公子"。公子的身份是高贵的，所以这个文化中的"公子"也是高贵的，是一种既正统又高贵的文化。而这个"公子"就是指"玉玺"和"玉玺"所代表的中华文化，与"补天之石"所代表的"玉德"。袭人"与公子无缘",就是指"袭人"与"玉德"无缘,也就是从侧面说这个袭人无德。

这两句诗的意思是说:这个贵为一国之母的龙衣人——息妫,是一个无义无德、无操无守的人。

香菱的结局是"自从两地生孤木,致使香魂返故乡"。"菱"指的是水中之果"菱角花的花香"。"菱花"所散发出来的花香,是一股淡淡的清香,作者就借菱花的这一特点,来比喻世间的清正之气。菱"还有一个优秀的品质,"菱"生长于水草荷叶之中,它一没有草的丰茂,二没有荷的高度,不显山、不露水地生长在草荷之下,开着并不起眼的一朵朵小白花,散发着一缕缕淡淡的清香,显得是那样的质朴与纯洁,所以书中称之为——香菱。由于"香菱"所寓含的这种清正纯朴之美,作者将这种清正纯朴文化定义为"真"的文化,所以,香菱姓"甄"(真)。

为何"自从两地生孤木"就"致使香魂返故乡"了呢?"两地"是指两个"土"字,两个"土"字合起来就是一个"圭"字;"孤木"是单独一个"木"字。"圭"与"木"组合在一块是一个"桂"字。"桂",寓意为"贵",指荣华富贵之"贵",这里指的是"尚富尚贵"之风。"香魂"是寓指"清正纯朴"之魂。这两句诗的意思是说:"当一个社会崇尚荣华富贵之风时,就会将清正纯朴的优良之风丢到九霄云外去了,谁还会记得朴素清正的好品质呢?"

作者为了说明这个事实,厘清这个问题,就在书中设定了"金桂"与"香菱"这两个人物。让香菱所代表的"清正纯朴"之气,遭受无尽的劫难;让金桂所代表的"尚富尚贵"之风,显得是那样的肆无忌惮、疯狂无比。最终是以金桂的死去,而宣告"尚富尚贵"之风的消亡;以香菱被甄士隐"度脱"出来,而宣告"清正纯朴"之正气的回归。

综上所述,由于"十二"在古代文化之中是一个周天之数,所以"十二"只是一个泛指,指所有的文化。在社会处于末世时,不仅仅是一种、两种、十二种、百种……而是所有的文化都会进入末世,表现出末世特征,作者只是侧重描写了这十二种文化,这就是所谓的《金陵十二钗》。

历史告诉我们,每个政权都要走过从兴到盛,从盛到衰,再从衰到亡的这一过程。《红楼梦》着重写的就是这个末世文化社会从兴到亡这一时间段的情景。末世! 末世! 请一定要记住是写的"末世"情景,之所以反复强调,是因它太过重要了,它是《红楼梦》的写作方向。

第三章 《红楼梦》的写作艺术

　　《红楼梦》的核心写作艺术，是将文化人物化，也就是说，作者本来要写的是文化，可他没有直接写文化，而是将每种文化转换成了人物，再通过写人物来写文化。我们要解读《红楼梦》，就要反过来，将人物转换为文化，也就是说，我们在解读《红楼梦》时，首先就要将人物转换为文化，还原作者的写作真实。我们依靠什么方法来复原这个真实呢？这就要看作者是通过什么方法将文化转换成人物的，知道了这个方法，我们就能将每个人物复原成为文化。这一章将专门解决这个问题。

　　《红楼梦》本来是一部野史类书籍，也是一部阐释理治的书籍。由于作者将文化进行了人物化处理，他把所有的文化都转换为人物，因此我们看到的完全是一部写人叙事的小说，或是一部自传体小说，至于所谓的野史与理治，连一点儿影子也不曾看见。作者究竟是使了一种什么魔法，硬是将一部野史与理治之书，变为"适趣闲文"，变成小说的呢？他是通过什么方法将文化转换为人物的呢？现做说明如下。

第一节　什么是《红楼梦》中的理治

一、以自然法则作为叙写的依托

　　"理治"，在词典中的解释大概有以下几个内容：一是指用理去治理国家；二是指理。理，一为客观事物本身的次序；二为事物的规律与是非曲直；三是理有自然性、规律性、法则性和不可更改性。顺理而为、顺理而治、顺应自然客观规律，是《红楼梦》一书"游戏笔墨，陶情适性"的核心写作方向。也就是说，作者在书中所要阐释的内容都是符合"理"这个原则的，他所阐释的理治都是有章可循、有律可依的。

　　比如说："物极必反，否极泰来""水满则溢，月满则亏""德才兼备、文治武功""德者，才之帅也，才者，德之资也""反者道之动，弱者道之用""反其道而行之""如要其亡，必先令其狂""登高必跌重""皎皎者易污，峣峣者易折""人无信不立""无德必亡，唯德必危""三世而衰，五世而斩""多行不义必自毙"等。像这样关于理治性的内容都是符合"道"原则的万古真理，书中比比皆是。

比如开篇第一回,作者将这个"假语村"的遭遇写得很惨,他家业凋敝,父母根基已尽,人口衰丧,只剩他一人一口,后准备科考,又没盘缠,淹蹇在葫芦庙里,靠卖字作文度日,衣衫褴褛,食不果腹。作者之所以把他这样写,就是要强调一个"否"字,因为"否极而泰来",他后面紧接着就是要写这个"假语村"的"泰来",科考得中、高官厚禄、前程似锦、飞黄腾达。

作者后来写到这个"假语村"官至"大司马,协理军机,参赞朝政",一人之下,万人之上。达到这样一个高度,就是"泰之极了"。古语讲:"月满则亏,水满则溢,物极必反。"此时,这个"假语村"就该走下坡路了。

又如林如海,书中说:林如海姓林名海,表字如海,林如海之祖曾袭过列侯,到如海时业经五世。起初时只封袭三世,因当今隆恩盛德,远迈前代,额外加恩,至如海之父又袭了一代。"三世而衰,五世而斩。"而这个林如海"业经五世",也就到了"五世而斩"的节骨眼上。所以,作者就把林如海朝着"斩"的方向写:老年得子,不满三岁就死了;膝下只有一女聊解荒凉;夫人贾敏也亡故了;女儿林黛玉到了外祖母家。而自己彻底成为一个孤寡之身,一直写到他"捐馆扬州城",一败涂地。

又如,王熙凤何其狂妄,把她婆婆邢夫人不放在眼里,与王夫人明争暗斗,拿老祖宗嬉笑打趣,治死贾瑞,大闹宁府,害死尤二姐,辖制贾琏……百种狂妄,不一而足。殊不闻:"天预其亡,必令其狂。"所以,书中对王熙凤的描写,突出的是一个"狂"字。写她的狂,隐含她的亡。

王熙凤代表的是邪恶的末世凤文化,是一种"凤辣子"文化,是一种"破落户"文化。可这种文化毁灭的是一个"假府",一个假的文化之府。这就是说,这个毒辣的"破落户"文化,把一个"假府"给毁灭了。为什么一个邪恶的文化却能够把一个"假府"给毁灭掉呢?为什么一个不好的文化,却引出了一个好的结果呢?这就是古圣先贤所说的"反者道之动",恰恰是这个"破落户"文化,推动了一个假的政权的毁灭,使一个假的世道重新回到了真的世道之中。

二、以人物姓名去阐释理治

又比如,贾政与王夫人的结合,其实影射的是"政"与"王"的结合。"政"与"王"的结合,即"王政"两个字。当"假政"与"王政"结合在一起,不就是一个"假的王政"吗?"王",又代表着称王称霸,霸王与霸道。用霸道文化去治理政治,这个政治不就成了霸道的政治了吗？一个霸道的政治不就等同于"暴政"吗？作者是在告诉人们,封建王朝所谓的王政,其实就是暴政,作者在这里揭露的是王政的本质。你看作者曹雪芹先生将所谓的"王政"文化看得多么清楚！分析得多么深刻！把这个道理讲得多么透彻。

再以李纨与贾珠的关系来解析作者笔下的理治。"李"谐音为"理","纨",谐音为"完"。"李纨"即"理完"也。如果一个社会"理"完了,那就成为一个无理的社会。一个无理的社会,就是一个虚假的社会。一个虚假的社会,是没有理可讲的,理只掌握在少数人的手中、当官人的手中,他说你有理,你就有理,他说你没理,你就没理,所以,李纨(理完)字"宫裁"。何谓"宫裁"？其意思就是"官裁",意味全凭当官的来裁度。作者只用了一个人的姓、名、字,就将时下的世态说得入骨三分。

贾珠的"珠"是指"珍珠","珍珠"即"真珠"也,作者取了其中的一个"真"字。李纨之"李",代表"理"。"珠李"结婚,就等同于"真"与"理"两个字的结合。"真"与"理"结合为"夫妻",就成了"真理"两个字。

"贾珠结婚生子之后一病死了",这就是说,"真理"之中的"真"已病死了。当"真理"之中的"真"死了之后,就只剩下"理"了,所以"理"就完了(李纨)。"真"与"理"是结伴而行的,当"真"死了之后,就只剩下"理"了,"理"就理所当然地成为一个寡妇。

作者是在告诉我们,"理"是一定要以"真"为前提的,是建立在"真"的基础之上的,真理！真理！有真才有理,无真理就完(李纨)。"理"一旦失去了"真",就成为歪理邪说。作者在这里给我们展示的是"真"与"理"的辩证关系,表面一看还以为是在讲人的事,可作者阐释的是理治的问题,强调的是"真"对于"理"的重要性。

贾珠(真)与李纨(理),共同生养了一个儿子,这个儿子名叫贾兰。什么意思呢？"兰"是"竹、梅、兰、菊"四君子之一,代表着"君子"。贾珠与李纨结婚,就等同于"真"与"理"结婚,"真"与"理"结婚就是"真理"两字。他俩生养了贾兰,就等同于"真理"生养出了一个"君子"。

表面一看好像是在写两人结婚生子,可作者是在说,在"真理"这种文化氛围之下孕育出来的孩子,一定是一个君子。反之,如果在虚假文化氛围下孕育出来的孩子,那一定是个小人。这就是真理生君子,虚假出小人的道理。

书中通过林黛玉与贾宝玉的关系,阐释了什么是"木石前盟",什么是文化与国家之间的关系;通过薛宝钗与贾宝玉的关系,阐释什么是"金玉良缘";通过林黛玉与薛宝钗的关系,阐释了"文武兼备""文治武功"的道理。

作者就通过这种游戏笔墨的方式来阐释理治,表面看全是讲人事、人情,实则全是在说理治,书中只要是写人与人的关系,不是在讲理治,就是在讲历史。上面几个例子,哪一个不是在阐释理治? 后面会有详尽的解释,这里就不多举例了。

第二节 作者为何要将野史转变为"适趣闲文"

《红楼梦》第一回:"再者,市井俗人喜爱看理治之书者甚少,爱看适趣闲文者特多。历来野史,或讪谤君相,或贬人妻女,奸淫凶恶,不可胜数。更有一种风月笔墨,其淫秽污臭,荼毒笔墨,坏人子弟,又不可胜数。……今之人,贫者日为衣食所累,富者又怀不足之心,纵一时稍闲,又有贪淫恋色好货寻愁之事,那里有工夫去看那理治之书?"

从作者这段话中可以看出,他在创作《红楼梦》一书之时,正处于世风日下、人心浮躁的年代,贫者在为生计而奔波,富者又怀不足之心,即使稍有闲暇,人们又都爱去好货寻愁。有时想读点儿书的人,也只喜爱读一些"适趣闲文",谁都不爱去读那些枯燥无味的"理治之书"。然恰恰在这个时间节点上,作者又恰好写的是一部理治之书。这可让作者为难了,总不能写一部没人看的书吧? 于是,作者就别出心裁,想出了一个非常奇妙的办法——求变! 这一变,硬是将一部人们不喜爱看的野史和理治之书,变成了一部"大旨谈情"的"适趣闲文",将一部没人看的书,变成了一部重金难买、一书难求的旷世奇作,这就是我们现在所看到的《红楼梦》。

书中的人物让人动容,书中的故事引人入胜,好一部古今奇书! 但问题也随之而来,所有读过此书的人都会产生这样或那样的疑问,总觉着书里书外,还有许多不为人知的秘密,于是,一代又一代的人都想去探寻其中的奥秘,一直到260多年之后的今天,人们也没有停下探索的脚步。这样一变的结果,确实将野史变成了"适趣闲文",人们确实也非常喜爱阅读它,但问题是,这大大超出了人们所能达到的想象高度,以至于无法真正去理解它、读懂它、认识它，所以，才有了红学今天的解读乱局。

此书流行于世已 260 多年矣，而人们也整整猜了 260 多年。260 多年来，所有关于《红楼梦》的解释，多如牛毛，五花八门，但严格来说，都是在猜，你说你的，我说我的，纷纷扰扰，莫衷一是。到目前为止，也没有一个统一的认知与定论，其中虽有点滴猜对的，但零零碎碎，星星点点，不成体系，也没有抓住作者的写作宗旨和写作意图，所有的研究结果只浮于表面，没触及其本质与灵魂。

第三节　作者是如何将野史转化为"适趣闲文"的

一、文与人的转换

一般野史类书籍主体是要陈述史事，是要把那段曾经的历史写清楚。但是历史书不像故事体裁的小说，有人物的刻画、故事的情节、感情的流露等，整部著作枯燥无趣、单调乏味，如果不是史学家或喜爱历史的人，谁会去读它呢？而曹雪芹先生之《红楼梦》，写的正是这样的内容。它的写作对象是文化以及文化社会，说的是理治，讲的是野史，并不是写的人与人的故事。作者要将写文及文化社会的野史，转化为"适趣闲文"，转化为写人与写人生社会的小说，第一要务就是要将"文"转化为"人"。如作者要写东南方文化，他就用林黛玉这个人物去替代；他要写中原文化，就用贾宝玉这个人物来替代；他要写湘楚文化，就用史湘云来替代；他要写三秦文化，就用秦可卿来替代；他要写北方文化，就用薛宝钗来替代；他要写北境游牧民族文化，就用北静王来替代；他要写琴、棋、书、画四大才艺，就用贾家四姐妹元、迎、探、惜来替代……他将所有的文化，都用人物来替代。

当作者将所有的文化都用人物来替代之后，书中是看不到哪怕是一丁点儿文化的影子的，满眼看到的都是人物，一个个活生生的人物。笔者把作者的这种写作方法叫作——以人代文。

姓氏的转换

文化是多种多样的，是一个大家族，有的文化属"真"，有的文化属"假"；有的文化带"血"，有的文化带"善"；有的文化"霸道"，有的文化"道德"；有

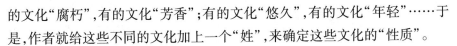

的文化"腐朽",有的文化"芳香";有的文化"悠久",有的文化"年轻"……于是,作者就给这些不同的文化加上一个"姓",来确定这些文化的"性质"。

（一）"贾"姓的转换

"贾"是在"假"的基础上谐音过来的,作者实际要写的是"假",是"假"的文化。但作者将"假"变为"贾"之后,"贾"就彻底变成了一个人的姓,然后作者又在这个"贾"姓的后面加上了一个名字,这就完全把一种"假"文化,变成了一个姓贾的人。比如说"假府",指的是一座假的文化之府,但作者将这个"假"换成"贾"后,就变成了"贾府",一座姓贾人家的府第。"假母"就变成了"贾母","假赦"就变成了"贾赦","假政"就变成了"贾政"……如此类推,所有姓"贾"的人,都姓"假"。

"假赦","赦"是大赦天下之"赦","假赦",就是指假的赦政,假的法令。"假赦"是一种文化,而"贾赦"是一个人,然后作者通过写"贾赦"的性格特征与命运来影射这个"假赦"的特征与命运。

"假政",指的是一个假的政治与一个假的政权。作者在这个"政"字的前面,加上一个"贾"姓,就将"假政"变成了"贾政",一个假的政权与一个假的政治。"假政"是一种文化,而"贾政"是一个人,然后作者通过写"贾政"的性格特征与命运来影射"假政"的特征与命运。

贾代儒、贾珍、贾琏、贾宝玉、贾环、贾兰……所有姓"贾"者,其实都姓"假","假"起到给后面的文化定性的作用。比如说"假代儒","儒"指的是"儒学",而在这个名字的前面加上一个"假"字,就成为假的儒学。然后,作者通过写"假代儒"的命运特征来影射这个"假儒学"的命运特征。又如"贾珍","珍",指国家之珍,社稷之重。作者在这个"珍"字前面加上一个"假"字,就变成了假的"国家之珍"。"珍"与"朕"又是谐音,如果在"朕"字的前面再加上个"假"字,岂不就是"假朕"了吗? 如此,如此。

（二）"薛"姓的转换

这个"薛",是作者在"血"字上谐音过来的,作者要写的是一个带着血腥的文化。"薛姨妈",就是从"血姨妈"上谐音过来的。"血姨妈"是一种带着血腥味道的文化,而"薛姨妈"则是一个人。

"血蟠",指一条带着血腥味的蟠龙——"勇"。

"血宝钗",指杀人带血的暗箭——"谋"。

"血蝌",指带着血腥味的科律,或带血的苛政,或带血的科举制度。

"蝌",是从"科"字上谐音过来的。

"血宝琴",指带着血腥味的"琴"文化,也就是带着血腥味的音乐文化。

当作者将"血"换成"薛"姓之后,一切都改变了,所有带"血"的文化,都变成了一个姓"薛"的活生生的人。作者就通过写每个人的性格特征与命运去影射这个带着血腥味的文化的性格特征与命运。

(三)"史"姓的转换

书中所说的这个"史",就是指一部古老的中国"历史"文化,简单地说,"史"就是"历史"。

如"史氏太君",就是指古老历史文化中带有封建迷信色彩的统治权威。又如"史湘云",湘云,指湘江楚云,代指湘楚文化中的《楚辞》,由于《楚辞》这种文化的历史非常悠久,所以,作者在湘楚文化前面加上了一个"史"姓。

又如"史鼐""史鼎"中的"鼐"与"鼎",都是在举行祭祀活动时用来焚香的。鼐与鼎早期是食器,但演变到后来就成了焚香的祭祀之器了,与封建文化有着密切的关系。中华封建文化非常古老,所以也姓"史"。

书中说贾母是"史侯家的小姐",就是在说"贾母是古老中华历史文化中的小姐",而这个"小姐"就是指"道学",(前面有分析)指古老中华文化中的"道学"。

由于道学随着时间的推移,慢慢演变成了一种纯虚假的东西,与鬼神崇拜交集很深,搞得神乎其神,"道学"完全变成了"伪道学",这个"伪道学"就是书中所说的"史侯家的小姐",也就是指"古老历史文化中的伪道学"。

(四)"王"姓的转换

"王"是个姓,但在作者笔下,这个"王"是与"政"连在一起用的,指"王政"。

王熙凤的"王",指的就是"霸",霸王的"霸",她是一只非常霸道的"熙凤",一只火凤凰。

《红楼梦》中所说的四大家族,其实指的就是"假""史""王""血"四大文化家族。"假",指虚假文化;"史",指古老的封建历史文化;"王",指的是霸道文化;"血",指的是带着血腥味的文化。所谓的贾、史、王、薛,其实指的就是"假""巫""霸""血"四大文化。

这四大文化对社会的危害性极大,当社会进入末世时,这四大文化就会同时出现。或者说,当这四种文化一同出现时,就说明社会正处在末世之中。最后,这四大文化,会随着这个末世文化社会的消亡而一同消亡,随着这个末世文化社会的毁灭而一同毁灭。书中所谓的"四大家族紧相连属,一损俱损,一荣俱荣",就是指"虚假""霸道""血腥""迷信"这四种文化紧相连属,其中一种文化出现,另外三种文化也会相继出现;其中一种文化消亡,另外三种文化也会相继消亡。

（五）"甄"姓的转换

"甄",其实是作者在"真"字上谐音过来的。有假就有真,有真就有假,有一个"真世隐",就有一个"假语村"。《红楼梦》一书,写的就是一个真假的问题,当"真"被废掉之后,"真世就隐去了",于是,"假语村"这个"假"就横空出世了。《红楼梦》一书写的就是一个文化社会进入虚假时期后,各种末世文化的众生相,一直写到这个假的文化社会毁灭。

（六）其他姓氏的作用

在《红楼梦》中,有些姓氏与名字直截了当就是在写事与说人,对某人某事进行评判。如:

卜世仁:是在"不是人"的基础上谐音过来的。"卜世仁"是一个人的名字,而"不是人"是一种文化。

吴新登:作者用的是"无星戥"的谐音,这是在说那个银库总管是一个"无星戥"的人。一个"无星戥"的人,怎么能管理贾府银库呢? 那只有胡作非为罢了。"吴新登"是一个人的名字,而"无星戥"是一种文化。

王善保:是从"忘善保"上谐音过来的,意思是忘记了保持"善"的本质。"王善保"是一个人的名字,而"忘善保"是一种文化。

……

从上面的例子可以看出,一姓之改,书中所有的人代表的都是一种文化。将"文"转换成"人",然后将人当文化来描写,这就是作者将野史与理治之书转变为小说的重要法宝,也是唯一的法宝。而这个转换的方法就是谐音,如果没有谐音转换,就不可能将文与文化转换成人,也就自然不可能有《红楼梦》这本书。

当作者将所有的文化都用人的姓名替代之后,在书中我们看到的就只有人,一个个活生生的人,而文化则完全被淹没在了书中,这样就给读者造成了一种很大的错觉,都把《红楼梦》当成了写人叙事的故事来读,也有的将它当成自传体小说来读。所以,自此书问世260多年的时间里,我们都误读了《红楼梦》,也误解了《红楼梦》,且一直误到今天。

表面上看是作者在写人,其实作者是在写文。书中的每一个人都代表着一种文化符号,有多少个人,就有多少种文化符号,这也就是说,《红楼梦》里并无一人一物,人即文,物即文。

《红楼梦》一书中的人物,一说有983人,一说有721人,一说有448人,但不管多少人,除了《红楼梦》中实实在在的人物以外,其他通过书中人物之口所说出的人名,则不在文化之列,不做解释。比如说第九十二回,贾宝玉在给巧姐儿说《列女传》与《女孝经》的时候,里面就涉及好几个人物,它是不需要破解的。其他亦然。

这就是说,我们在读《红楼梦》的时候,首先要弄明白书中人物所代表的是什么文化,将他们所代表的文化弄清楚了,我们才能真正去读懂《红楼梦》。

二、写人载文

这一步是"写人载文"。当作者将文化全部用谐音转换成人物之后,他就开始通过用写人叙事的方式,来描写各种文化的性格特征。通过描写每一个人物的性格特征,来展示此种文化的性格特征;通过描写人物的行为、语言,来揭示此种文化的现状;通过描写人物的命运,来揭示此种文化的命运;通过描写人物的结局,来揭示此种文化的结局。

以林黛玉为例,书中说她"孤高自傲,目无下尘",这是在说东南方文林孤高自傲,目无下尘,不把其他文化放在眼里;书中说林黛玉多愁善感,这是在说东南方文化多愁善感,题材大多以渲染儿女爱恨情愁为主基调;书中说林黛玉尖酸刻薄,这就是在说东南方文林尖酸刻薄;书中说林黛玉极具才华,这是在说东南方文化极具才华;书中赞扬林黛玉是"阆苑仙葩",这是在赞扬东南方文化是中华文化之林中的一朵"阆苑仙葩"。林黛玉的结局是"玉带林中挂",这是在说东南方文化的彻底失败,是以明朝崇祯皇帝煤山自缢这一历史史实为结局的……总之,一切对林黛玉的描写,就是对东南方文化的描写。

贾宝玉这个人物代表的是中原文化,对贾宝玉的描写,就是对中原文化的描写。书中说他"无故寻愁觅恨,有时似傻如狂",这是在说中原文化"无故寻愁觅恨,有时似傻如狂",说中原文化过于追求儿女情愁这些低格调的东西,有时表现出痴狂疯傻之态,说些疯傻的话,写些疯傻的文章,如庄子所著之作品,就是典型的例子。书中说他"纵然生得好皮囊,原来腹内草莽",这是在说中原文化表面很美,而内里草莽。你看贾宝玉里三层、外三层,穿戴的都是些什么东西?什么紫金冠、二龙戏珠、五彩缨络、五色丝绦、百蝶穿花、八团排穗、佛教八宝、朝靴、寄名锁、护生佛、宝玉等。一种文化专门去追求这些寓意美好、吉祥如意、虚头巴脑、华而不实的东西,把自己打扮得像个女儿一样,这样的一种文化对小家、对国家又有什么作用呢?中看不中用,驴粪蛋子外面光。书中写宝玉"极厌仕途经济",这是在说中原文化不提倡仕途经济,厌恶仕途经济。一种厌恶仕途经济的文化,不要说治国、安邦、平天下这些大事,他就连自己都养活不了。吃什么、穿什么,怎么养家糊口,钱从何来,他是一概不知。像贾宝玉这么个人物,整天腻在女儿堆里,正事不做一件,邪谬乖僻之性常有,看到小鸟就跟小鸟说话,自己烫了手,还问别人疼不疼,自己淋着,还叫别人快躲雨。说他不喜欢读书,可他对老庄道学却是爱不释手。种种怪异,都在中原文化身上体现了出来,中华子孙如果都如贾宝玉这般,还有什么前途与希望?总之,书中对贾宝玉所有的描写,都是对中原文化末世特征的描写,对末世中原文化的揭露。

甄士隐,乃"真世隐","甄"即"真"也。书中说甄士隐是一个小乡宦,是在说"真"这种文化式微;书中写他遭受三劫,这就是在说"真"这种文化遭受到了三次大的劫难;书中说他出家了,这就是在说"真"这种文化彻底消失了;书中最后写到甄士隐脱离了草庵,进入了红尘,这就是在说"真"这种文化又重新回到了历史舞台的中央。

贾雨村,乃"假语村"也,"贾"即"假"。书中写贾雨村从葫芦庙里跑了出来,这就是在说"假"这种文化从葫芦庙里跑了出来;书中说他考中了进士,就是在说这个"假"文化开始发迹了;书中说他当了官,这就是在说这个"假"文化飞黄腾达了;书中说他"协理军机,参赞朝政",这是在说这个"假"文化已把持了军政大权,如日中天,一人之下,万人之上;书中说他最终归入草庵,这是在说这个"假"走到了尽头,消失在历史长河之中。

……

在《红楼梦》中,大到贾府的最高统治阶层,小到一个丫鬟使女、女仆男卒,无一不代表着一种文化,他们的命运,无一不代表着此种文化的命运。作者就通过对《红楼梦》中每个人物的描写,来揭示各种文化的末世特征与末世命运。我们可以从作者对每个人物的刻画中,去体会每种文化的末世性格特征与末世命运。

三、影射时局

这一步是影射时局,这是作者的又一个重要的写作目的。现在就来举例说明。

例如,贾赦之"赦",是指"赦政"。"赦政",即仁政、德政。贾政之"政",是指"王政"。末世"王政",即"假政""苛政"与"暴政"。书中写贾赦住在"必是荣府中花园隔断过来的"后花园中,这就说明"仁德之政"并没有主政,而是躲在后花园中享乐去了。一个"仁德之政"不问政事,这个"仁德之政"岂不就消失了吗?书中说他"有许多盛妆丽服之姬妾丫鬟",这就说明这个"仁德之政"躲在后花园中美酒美妾、花天酒地享乐。"仁德之政"不在正殿,却住在后花园中享乐去了,这就说明"仁德之政"不作为了。"仁德之政"不作为,取而代之的就是"假政""暴政"与"苛政"。"假政"在朝中行走,主政贾府,就是在影射当时的政权,就是一个假的政权,一个假的政治。这里给我们展示的就是:仁德之政已消失,而假政、暴政、苛政却在当家做主。作者就是通过这样一种方式方法,在影射时局,针砭时弊。

"文运与国运相牵,文脉与国脉相连。"文运等同于国运,写文化自然就会涉及国家,写国家,自然就会讲到历史。从历史的演变之中,就能参透国家兴衰与民族存亡的道理。所以,写文化的目的也是在影射国家与民族。

"以史为鉴",从这些历史兴替之道中去吸取教训,获得营养,不再重蹈覆辙,使国家长治久安,长盛不衰地生存下去,这就突现出了理治。这样,就达到了说野史讲理治的目的。"影射",是作者在《红楼梦》中最重要的写作目的,也是写作的最终目的。

一是"人文转换",二是"写人载文",三是"影射时局"。这就是《红楼梦》一书的写作宗旨。

将一部关于野史和理治的书,演化为小说,就在这"文"与"人"的一转之间。现在我们在阅读与研究《红楼梦》时,又要将这部小说转化为野史和理治之书,也在这一转之间。虽在一转之间,可这一转,转出了一部经天纬地的《红楼梦》。这个转化的过程虽然太过艰难,但这就是《红楼梦》的真实,如

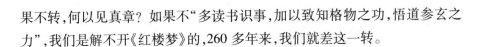

果不转,何以见真章? 如果不"多读书识事,加以致知格物之功,悟道参玄之力",我们是解不开《红楼梦》的,260多年来,我们就差这一转。

第四节 人与文转与不转的区别

这里所说的转换,是读者或研究者对《红楼梦》里的"人物"进行"文化"的转换。为什么要转换呢? 这是因为作者在写《红楼梦》时,他将"文化"转换成了"人物",将每种文化都用人物去替代了。他将一部野史与理治之书,演变成了写人叙事的"适趣闲文"。那么,我们今天想要破解它,就得反过来,将人物再转换成文化,还它的本来面目;将写人叙事的"适趣闲文",转换成写野史、讲理治的书,回归作者的本源。不然的话,我们是没办法读懂《红楼梦》的。转与不转天差地别,不转就是故事,转了就是野史;不转就是讲的家事,转了就是讲的国事;不转就是讲的情惑,转了就是讲的理治;不转就只看个表面,转了就能看到实质;不转只能看个热闹,转了就能见到真相;不转也许还会争论一万年而无定论,转了就能平息纷争。

《红楼梦》的真相只有一个,结论也只有一个,绝不可能一千个人就有一千个哈姆雷特,哪能有这么多的争论? 但自《红楼梦》问世260多年来,文化界就争论了260多年,这只能说明我们没有真正认清《红楼梦》的写作内容,没有找到《红楼梦》的写作真相,就连书名究竟是该叫《石头记》,还是该叫《红楼梦》,都没有确切的答案。我也试着用过无数的方法去解读它,但都是徒劳的,只有从文化的角度去解读,这条路才畅通无阻,一解百解,一通百通。

现举例说明如下。

第一,《红楼梦》写的是一个"真假"的问题,但作者却将"假"转换成了"贾",所以读者看到的都是"贾"姓,都是姓贾的人。今天我们解读《红楼梦》时,就要将这个"贾"姓反过来,将"贾"转化为"假"。贾府,就变为了"假府",一个虚假的府第;贾母,就变为了"假母",一个虚假之母;贾赦,就变为了"假赦",一个虚假的赦政;贾政,就变为了"假政",一个虚假的政权。书中说贾母生养了一赦一政两个儿子,作者是在说,一个"假的文化之母"生养了一个"假的江山社稷"和一个"假的政权"这两个"儿子"。一姓之转,天差地别。

贾母、贾赦、贾政，以及所有贾姓之人，都是人，一经转换之后就变成了假母、假赦、假政、假珍、假琏、假宝玉、假环、假兰等，所有姓贾的人，都变成了一种假的文化。

第二，作者将"血"转化成了"薛"，我们反过来就得将"薛"转变成"血"。薛家，就变为了"血家"，一个带血的文化家族；薛姨妈，就变为了"血姨妈"，一个带血的武文化；薛蟠，就变为了"血蟠"，一条嗜血的蟠龙；薛宝钗，则变为了"血宝钗"，一支杀人的暗箭；薛宝琴，就变为了"血宝琴"，指带血的音乐文化；薛蝌，就变为了"血科"，指带血的科举制度，带血的科律。薛蝌，也可以转化为"血苛"，指带血的"苛政"。以上几种文化，哪一种不是杀人的文化，带血的文化？如果不转，他就是一个个人，但转了之后，这些名字就具有了针砭时弊的功能。

第三，王夫人之中的"王"，嫁给了贾政的"政"，将"王"与"政"结合在一起，不就是"王政"吗？当王政进入末世时，所谓的王政就变成了暴政；所谓的"王权"，就变成了霸权。王夫人的"王"，在作者的笔下就是"霸"的意思，指霸王、霸道。"王"姓，如果不转，充其量就是一个姓，而作者笔下的"王"，指的是"王"所推行的霸王与霸道之政。

第四，"史"，这个"史"就是指一切腐朽没落的封建历史文化；指一些老的思想、老的观念、老的说教、老的传统、老的习俗，和一切老的历史文化。书中说贾母是"金陵史侯家的小姐"，就是说所谓的"假母"，代表的是一切腐朽没落的封建历史文化的"道"。

"史"如果不转，它就是一个人的姓，如果转了，就是指历史文化。

假如四大家族的姓氏我们不转化过来，"贾""史""薛""王"就是人的姓，但一旦将它们转化过来，就是文化。

第五，"秦可卿"的"秦"，指三秦文化之"情"，代表的是可亲可敬的三秦文化之情。如果不理解这个"秦"字是何用意，那我们就无法理解这个人物在书中的意义，也就无法理解"兼美"，无法理解"潇海铁网山上的樯木"，"情天情海幻情身，情既相逢必主淫。漫言不肖皆荣出，造衅开端实在宁"判词的意思，还有那幅画的含义。也不知秦可卿房间的布局是何意思；也不知秦可卿是如何染病的，染的又是什么病。不转它就是个人名，一转就是指三秦文化，她的命运就是三秦文化的命运，在她身上体现出来的就是三秦文化

的特征。

第六，林黛玉的"林"，指的是"文林"；薛宝钗的"薛"，是"血"的谐音。"血"指血腥，代表"武林"。一个代表文，一个代表武，她们俩合在一起，就是"文武兼备""文韬武略"，也就是书中所说的"兼美"，即兼文武之美。

林黛玉是文林中的"咏絮才"，"咏絮才"代表诗文化之才；薛宝钗是武林中的"停机德"，"停机德"用的是典，代表"机谋"，机谋的核心是"智"。林黛玉善"才"，薛宝钗善"智"，所谓的"兼美"，就是兼"才智"之美、"文武"之美。才与智、文与武，这两种文化是治国理政的两大法宝，文治武功，缺一不可。

林黛玉生于姑苏，就说明这个"才"生在了东南方文化之乡，所以东南方文化之乡特别有才气；薛宝钗住在了"我们家的东北角"，就说明这个"智"生在了东北方文化之乡，所以东北方文化特别有智慧。东南方文化多"才"，北方文化多"智"；东南方文化重"文"，北方文化重"武"。最理想的状态是，用东南方文化之"才"，来治国理政；用北方文化之"智"，来守土安邦。这就是人们常说的"文治而武功"。两种文化各行其是，各尽其能，相得益彰。但到了中华文化的末世，南北两大文化你不服我，我不服你，总是斗来斗去。南方人笑北方人"土"，北方人笑南方人"娘"，争来斗去伤害的是国家，荒废的是朝政。

南北两大文化体系之争，是历史上存在的一个通病，文与武两者之间从来就没有真正统一过。当战争来临时，主和的一般是文者，主战的一般是武者，吵吵闹闹，矛盾不断。但曹雪芹先生将这两种文化放在了一幅画中，一首判词里，这里表达的是作者希望南北两种文化相融统一、文武合璧的美好愿景，他不想看到南与北、文与武这两种文化的相互对立，用心何其良苦！

曹雪芹先生的这一认识，对今天的我们也有着非常重要的启示，比如说，一个企业的管理层，既不能全用南方人，也不能全用北方人，最合理的搭配是南北方两种人都要用，用南方人的精明干练去深化产品，用北方人开疆拓土的气魄去开拓市场。

秦可卿代表的是"三秦文化"，说秦可卿"兼美"，就是在说三秦文化兼美，是在说三秦文化既具备东南方文化的才气，又具备北方文化的智慧，兼文武之美，才智之美。不是说秦可卿长得有林黛玉的袅娜之姿，又有薛宝钗的丰腴之态。一个如赵飞燕，一个似杨贵妃，"环肥而燕瘦"，在一个人的身体上，怎么可能同时体现出又瘦又肥的两种特征来呢？如果我们将林薛当成两个女子来看,怎么解释都是解释不通的。

又如,贾宝玉与林黛玉的关系,如果把他们当人看,两人之间的关系就是感情纠葛,但当你将他们当作文化来看,那说的就是理治。林黛玉代表东南方文化之"才",贾宝玉代表中原文化之"德",两者相合,就表明"德才兼备",讲的是理治。所谓的"木石前盟",其实讲的就是东南方文化与中原文化的关系;其实讲的就是"德与才"的关系;讲的是文化与国家,文化与民族之间的关系。

从上面的几个例子不难看出,作者时时刻刻讲的都是理治,讲的都是文化之间的关系,如果我们只看表面,那看到的就只是人物与人物之间的情感纠葛,一经转换,那就是理治。

作者说他写的《红楼梦》是野史,说的是理治,从这里就可以得到充分的印证,要想破解《红楼梦》之谜,我们只有将"人"当"文"来认识这一条路可走。先将每个人转换成文,而后从人物的语言、行为去体会文化的性格特征,去理解文化与文化之间的关系,从人物的命运去体会各种文化的命运。也许只有这样才能解开《红楼梦》的写作真相,理解作者的写作意图。这看起来很荒谬,但作者已经说得很清楚了,他写这部著作的出发点,就是来"游戏笔墨、陶情适性"的,就是通过"游戏笔墨"的方式来阐释理治,从而来陶冶自己的情操,抒发自己的性情。

第五节　作者是如何将文转化为人的

《红楼梦》一书中的"文""人"转化,姓氏的转化绝对居功至伟,这种转化起到了非常大的作用,绝大部分的转化都是通过这种方式进行的。现举例说明。

一、姓氏在转换中的作用

姓氏在《红楼梦》中有着特殊的使命,它起到的最大作用是给文化定性,即一种文化的性质是什么。

所有的姓氏在作者笔下都是有用意的,指的都是一种文化。

二、人的姓、名、字、号、表字的文化内涵

关于书中人物的名、字、号、表字,读者都会以为其真的是人的名、字、号、表字,可谁知道,这些名、字、号、表字,都是对主体文化核心与现状的一种说明与解读,都有丰富的内涵。

从上面的分析,我们可以很明显地看出,书中所谓的姓、名、字、号、表字,其实就是对主体文化性质的一个说明、修饰、刻画或阐释,或者是一种揭露。

三、《红楼梦》人文转换的六种方法

作者将文转换成人一共用了六种方法,一是用同音或谐音转换,二是用古典传说转换,三是用推理转换,四是用丫鬟说明,五是用配偶说明,六是用姓、名、字、号、表字说明。现举例说明。

(一)同音与谐音转换

如:

贾——假。

贾演——假演。

贾源——假源。

贾母——假母。

贾赦——假赦——假的赦政。

贾政——假政——假的政治。

贾珍——假珍。

贾琏——假琏。

贾敬——假敬。

贾兰——假兰。

贾环——假环。

贾宝玉——假宝玉。

贾代儒——假代儒——假的儒学。

贾府——假府。

贾雨村——假语村。

书中所有贾姓都代表"假"。

甄——真。

甄士隐——真世隐。

甄宝玉——真宝玉。

甄英莲——真英莲——莲寓廉,指廉洁。

江南甄家——江南真家。

薛姨妈——血姨妈。

薛蟠——血蟠。

薛宝钗——血宝钗。

薛蝌——血科——带血的科律制度。

薛宝琴——血宝琴——带血的音乐文化。

王仁——忘仁——忘了仁德。

王善保——忘善保——忘了保持善的本质。

张如圭——脏如龟——肮脏如乌龟。

张太医——脏太医。

卜世仁——不是人。

吴新登——无星戥。

戴良——怠粮或歹粮——就是懈怠或糟蹋粮食。

冷子兴——能知兴——能知道兴替。

秦可卿——秦可亲——三秦大地可敬可亲的情。

秦钟——秦忠——三秦大地的忠。

紫鹃——纸绢——写字用的纸和绢。

雪雁——雪砚——血砚——写字用的砚台。

李纨——理完——指理完了。

……

(二)用典转换

如:邢代表"德"。作者引用了《易经》对"邢"字的解释。在古代"邢"与"井"相通。《易经》曰:"井,德之地也。"故邢人崇尚圣德。所以,这个"邢"在这里是代表"德"。

赤瑕宫——有爱红痴病的宫殿。在古代传说中是灵虚真人的府邸。

薛文龙——血文龙。"文龙"乃"霸下"也,指霸道。传说"文龙"是龙王的第六子赑屃,由于他贝才好文,所以就让他驮着石碑,称为霸下。

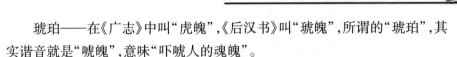

琥珀——在《广志》中叫"虎魄",《后汉书》叫"琥魄",所谓的"琥珀",其实谐音就是"唬魄",意味"吓唬人的魂魄"。

(三)推理转换

通过书中对主人的描写,层层深入,可以推理出主人所代表的文化。如:

贾母——假母。什么是"假母"呢?"假母"她姓"史","史"指封建历史文化。书中说这个"假母"受"阴阳"(鸳鸯)与"巫觋"(琥珀)两种文化服侍。阴阳与巫觋都是封建迷信文化,而封建迷信文化的根源来自对鬼神的崇拜,鬼神崇拜的核心是"神权"。原来,所谓的假文化之母,指的就是封建迷信文化和封建迷信文化的核心——神权。

古人曰:"一阴一阳谓之道。"巫觋文化又与道教文化一脉相承,所以这两种文化都有"道"文化的属性。而"道"文化也是建立在鬼神基础之上的文化。所以说,所谓的"假母",就是指假文化之母,而这假文化之母,就是"鬼神崇拜",鬼神所拥有的权力,就叫作神权。

鸳鸯——阴阳。"鸳鸯",鸳为雄,雄为阳;鸯为雌,雌为阴,鸳鸯即为"阴阳",指阴阳五行文化。

"赤瑕宫神瑛侍者""绛珠草""补天之石""潇湘馆""咏絮才""林黛玉"都是通过层层转换而来的。

又如,薛宝钗所代表的武文化中的"谋",也是层层推理而来的,可以参照前面对薛宝钗一家的分析来理解。

(四)丫鬟使女转换

丫鬟的作用,是对主子所代表的文化进行界定。如:

贾元春——丫鬟名抱琴。所谓抱琴,顾名思义就是抱着琴弹奏"音乐",代表的是"乐"文化。作者就是通过丫鬟"抱琴",来代指贾元春所代表的是"乐"文化。琴在古代是弦乐器的总称,也能代表"乐"文化。

贾迎春——丫鬟名司棋。司棋,就是司职棋文化。作者就通过丫鬟"司棋"来代指贾迎春是棋文化的代表,司棋即下棋。

贾探春——丫鬟名侍书、翠墨。侍书,指服侍书法文化的人;翠墨,指书法时所用的墨汁。作者就通过这两个丫鬟来说明贾探春所代表的就是书法文化。

贾惜春——丫鬟名入画、彩屏。入画,指进入画境;彩屏,画画用的彩色画屏。作者就是通过这两个丫鬟来代指画文化。

贾宝玉——大丫鬟名袭人。袭人，即是龙衣人，作者是将"袭"字拆开来用的。穿着龙衣的人，就是龙人。龙是中华民族的图腾与象征，穿着龙衣的人都是中华民族的子孙。袭人代表的就是龙人及龙人文化。袭人是宝玉的丫鬟，照顾着宝玉的生活起居，这就说明宝玉受着龙人及龙人文化的服侍与养护。宝玉代表中华民族，受着龙文化的滋养。

此外，"袭人"还有另一层用意，袭人，即"袭爵"之人也。谁是袭爵之人？宝玉也。宝玉袭的是什么爵？他母亲姓王，这不就是王爵吗？宝玉是袭爵之人，又袭的是王爵，所以宝玉又带有"太子"这个角色的身份，充当的是贾府继承人的角色。一个袭人就将宝玉的身份说得十分透彻了。

林黛玉——丫鬟有紫鹃、雪雁。紫鹃，谐音就是"纸绢"，"纸"和"绢"都是用来写字用的，是文房四宝之一。雪雁，谐音就是"血砚"，"血砚"是端砚的一种。纸与砚都是文房四宝，她们都是为林黛玉服务的。"黛玉"是什么？前面分析过了，"黛玉"指的是"墨"，墨也是文房四宝之一。林黛玉的前生是"降(绛)珠草"，"降珠草"指的就是毛笔。列位看官请看：

绛珠草——指的是毛笔。

黛玉——指的是墨。

紫鹃——指的是纸绢。

雪雁——指的是砚台。

这里文房四宝——笔、墨、纸、砚，一样不缺。作者围绕着"绛珠草"这支"毛笔"，首先通过"黛玉"这个名字，给这支毛笔配上了"墨"；又通过丫鬟"紫鹃"，给这支毛笔配上了书写用的"纸"与"绢"；再通过丫鬟"雪雁"，又给这支毛笔配上了磨墨的"砚台"。作者给人们展示的是书写文字所用的笔、墨、纸、砚文房四宝。

毛笔在文房四宝中是排名第一位的，是"主"，其他三宝墨、纸、砚都是为这支毛笔服务的。一个名字，两个丫鬟，非常形象地将"绛珠草"这支毛笔与墨、纸、砚的关系写得清清楚楚、明明白白。

薛宝钗——她的丫鬟是"莺儿"。"莺儿"是"阴儿"的谐音，指阴谋诡计。薛(血)宝钗前面已经分析过了，代表武文化中的"谋"。"谋"的丫鬟是"阴儿"，这主仆二人加起来，不就是"阴谋儿"三个字吗？这就是说，这个杀人的"血宝钗"，指的就是"阴谋诡计"。

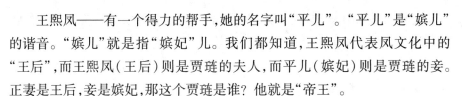

王熙凤——有一个得力的帮手,她的名字叫"平儿"。"平儿"是"嫔儿"的谐音。"嫔儿"就是指"嫔妃"儿。我们都知道,王熙凤代表凤文化中的"王后",而王熙凤(王后)则是贾琏的夫人,而平儿(嫔妃)则是贾琏的妾。正妻是王后,妾是嫔妃,那这个贾琏是谁? 他就是"帝王"。

王熙凤另有一个丫鬟,名叫"丰儿"。丰儿,即是"风儿"的谐音。所谓的"风儿",就是见风使舵。你看王熙凤她是不是一个最会见风使舵的人?

平儿虽不是凤姐的丫鬟,但平儿是绝对服从于凤姐的,因为,一个是嫔妃,一个是王后,哪有嫔妃不服从于王后的道理? 丰儿这个丫鬟,她是对凤文化末世特征的一种说明,是在揭示王熙凤所代表的后宫文化,善于见风使舵。

邢夫人——陪房是王善保。邢,德之地也,这就是说"邢"这个字代表着善德。"王善保"是"忘善保"的谐音,意思是忘记了保持善的本质。"忘善保"是"邢夫人"的陪房,不就是在说邢夫人忘记了保持善的本质了吗? 当"邢"忘了"善",那就变成了不善。"邢"本指的是"善德",当这种文化"忘记了保持善的本质",这个善德就变得既不善,又不德了。

作者通过陪房"忘善保"来揭示"邢夫人"忘记了保持"善"的本性。"邢"就是"善德",而"忘善保"就是用来说明这个"邢"忘了"善德"。

王夫人——他的陪房是周瑞家的。"周瑞",是"租税"的谐音。"租税"的意思是"收租收税、苛捐杂税"。这个"王"把"收租收税"作为自己的"陪房",意味着这个"王"老在收租收税,强取豪夺,搜刮民脂民膏。表面一看还真以为是个什么陪房,可作者是在针砭时弊,指这个"大王"将"收租收税"作为自己的"陪房",经常"收租收税",与"收租收税"陪伴在一起。所谓的"陪房",是陪侍左右,形影不离,这是对这个王者的辛辣讽刺。

作者就是通过丫鬟、陪房来对主体文化进行说明的,进而揭示主体文化的本质。你看书中贾元春、贾迎春、贾探春、贾惜春她们的丫鬟,有哪一个丫鬟不是在对主体文化进行阐释的。书中所有的丫鬟使女、走卒男仆,都是对主体文化的一个揭露与说明,这里就不多举例了,观者可参照前文后篇的有关内容。

(五)配偶转换

书中所谓的配偶、夫妻,其实是对主体文化的一种说明与补充,揭示的是主体文化的性质。如:

贾赦——他的夫人是邢夫人。所谓的"邢"是对"赦"这种文化性质的解释与说明。意味大赦天下，就是仁德之举，仁德之政。

贾政——他的夫人是王夫人。贾政与王夫人，揭示的就是"王政"的本质。这也是文字游戏。

贾代善——他的夫人是贾母（假母），是"史侯家的小姐"。贾代善的"善"，指的是一切的善行与德性；"假母"代表着腐朽没落的封建历史文化，作者认为，一切腐朽没落的封建历史文化，就是文化中的"假母"，是产生假文化的母体。作者为何将"善"与"封建历史文化"联系在了一起呢？作者的意思是在说，古人所说的"善"，其实质是深受封建历史文化影响之下的"善"，是建立在封建历史文化基础之上的"善"，这样的"善"带有很浓厚的封建历史文化色彩。作者在这里给我们阐释的是"善"与"封建历史文化"两者之间的关系。

贾代化——他的夫人，也是"史侯家的小姐"。贾代化，代指的是"教化文化"。"史侯家的小姐"，指的也是封建历史文化。作者就是在说，封建社会所推行的教化，其实都是深受封建历史文化影响之下的"教化"，都是建立在封建历史文化基础之上的"教化"。

……

第六节　人与人的关系是文化与文化之间的关系

因为书中的每个人都代表着一种文化，所以人与人的关系其实是一种文化与另一种文化之间的关系。作者就是通过这样的文化关系来阐述理治的。

一、贾宝玉与林黛玉的关系

贾宝玉与林黛玉之间的关系，一是中原文化与东南方文化的关系，二是毛笔与玉玺之间的关系，三是文化与国家之间的关系，四是德才兼备的关系。总括一句话是"木石前盟"的关系。

这两种文化天生就是一对，分则乱，合则治；和则兴，背则亡。可是，东南方文化与中原文化到了末世，却如林黛玉与贾宝玉的关系一般，老是矛盾

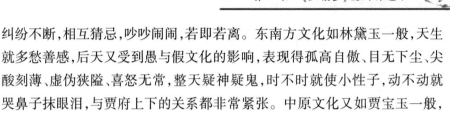

纠纷不断，相互猜忌，吵吵闹闹，若即若离。东南方文化如林黛玉一般，天生就多愁善感，后天又受到愚与假文化的影响，表现得孤高自傲、目无下尘、尖酸刻薄、虚伪狭隘、喜怒无常，整天疑神疑鬼，时不时就使小性子，动不动就哭鼻子抹眼泪，与贾府上下的关系都非常紧张。中原文化又如贾宝玉一般，糊里糊涂、厌恶读书、不喜仕途经济，整天混迹于女儿之间，书中有两首批贾宝玉的《西江月》为证。

放下这两种文化的末世特征不说，《红楼梦》里，"木石前盟"的两个主角，总是有没完没了的矛盾，一个百般俯就，一个喜怒无常，虽有一时的和睦，但不知一句什么话或一件什么事，就又闹翻了，这就是末世东南方文化与末世中原文化之间的现状。

"玉带林中挂"。玉带，指的是蟒袍玉带。"玉带林中挂"，再现的是崇祯皇帝煤山自缢的历史事件，讲的就是东南方文化入主中原，定鼎北京的实事，以朱棣建都北京，正式宣告东南方文化的彻底胜利，最后又以崇祯皇帝煤山自缢为结束点，宣告东南方文化的失败。

"木石前盟"是讲才与德、东南方文化与中原文化、中华文化与中华民族三者之间相依相生的关系，同时说明了两者合则国家安、两者分则国家危的道理。"德才兼备"讲的是理治，而"玉带林中挂"讲的是历史，试想，如果我们不做这样的人文转化，隐藏在书中的一段段历史，一个个理治，就淹没在了写人叙事的情节之中，作者所要表达的理治，也就石沉大海了，只剩下一部适趣闲文——《红楼梦》，这部著作的真实价值，就被彻底淹没了。

二、贾宝玉与薛宝钗的关系

贾宝玉代表的是中原文化，而薛宝钗代表的是北方文化，他们两者之间的关系，实则是中原文化与北方文化之间的关系。中原文化"尚玉"，而北方文化"尚武"。一个"玉"，一个"金"，他们两者之间的关系，就是书中所说的"金玉良缘"的关系。

薛宝钗所代表的北方文化"尚武"，于是作者就在她的身上挂上了一个"金锁"作为北方文化的标志；贾宝玉所代表的中原文化"尚玉"，于是作者就在他的身上挂上了一块"通灵宝玉"作为中原文化的标志。"金"代表"武器"，而"用武"代表着"杀戮"，杀人最是无德的。可"玉"有仁、义、礼、智、信等五德的属性，德以善为本。两相比较，从这里我们可以看出，这两种文化一个有德，一个无德，"金"与"玉"这两者文化，其实是格格不入、水火不容的，天生就是一对相互对立的矛盾体，他们的结缘，其实是"有德"与"无德"的结合，两者不但不是"金玉良缘"，分明就是一对"孽缘"，这是其一。其二，中原文化"尚玉"，而北方文化"尚武"，从地域文化上来讲，中原文化与北方文化也是一对矛盾体。

代表中原文化的宝玉是不喜欢代表北方文化的薛宝钗的，书中第二十八回有这样一段描写："宝钗原生的肌肤丰泽，容易褪不下来。宝玉在旁看着雪白一段酥臂，不觉动了羡慕之心，暗暗想道：'这个膀子要是长在林妹妹身上，或者还得摸一摸，偏生长在他身上。'"当贾宝玉看到薛宝钗雪白的酥臂时，心里极为感叹与遗憾，如果是长在林妹妹的身上，也许我还能摸一摸，但长在薛宝钗的身上，那就没福摸了，因为他们俩各自所代表的文化压根就不是一路的，没有共同点。这也说明宝玉（中原文化）从心底是排斥宝钗（北方文化）的，宝玉对宝钗的情感，只能是一种欣赏，而非真爱，而贾宝玉（中原文化）对林黛玉（东南方文化）的爱，那才是真爱。

北方文化的代表薛宝钗，对待中原文化的代表贾宝玉也没有太深的情感，总保持着一定的距离，更多的时候只是一种应付，或是对"金玉良缘"天命的一种默认的承受。当薛姨妈把她与贾宝玉情定终身的事告诉她的时候，第九十七回这样写道："次日，薛姨妈回家，将这边的话细细的告诉了宝钗，还说：'我已经应承了。'宝钗始则低头不语，后来便自垂泪。薛姨妈用好言劝慰，解释了好些话，宝钗自回房内，宝琴随去解闷……"

"薛蝌去了四日……薛姨妈听了，一则薛蟠可以回家，二则完了宝钗的事，心里安放了好些。便是看着宝钗心里好像不愿意似的，'虽是这样，他是女儿家，素来也孝顺守礼的人，知我应了，他也没得说的'……"这里明确表达了薛宝钗对"金玉良缘"的一种无奈与难过。

中原与北方这两种文化之间，本存在着天差地别的矛盾，现在强行结合，其结果我们都看到了。

北方文化的血性，与中原文化的德性，有着极为重要的互补性，再加上东南方文化的文才，三者就构成了一个完整的文化体系，中原文化的"德"，与东南方文化的"才"，就构成了"德才兼备"；北方文化"尚武"，东南方文化"尚文"，这就构成了"文武双全"。作者给我们勾勒出的是一幅最为理想、最为完美的画卷，那就是——"兼美"，即兼文武之美、才德之美、才智之美，同

时具备这四者,我们将无往而不胜。但问题是贾宝玉并不喜欢薛宝钗,薛宝钗也与贾宝玉保持着距离,林黛玉又与薛宝钗相互不服,林黛玉又与贾宝玉相互猜忌,最后在贾府当权派的诡计之下,硬是拆散了"木石前盟"而成就了"金玉良缘",最终以林黛玉的死和贾宝玉的出家而结束。

"木石前盟",讲的是中原文化与东南方文化的关系;"金玉良缘",讲的是中原文化与北方文化的关系;黛玉与宝钗,讲的是东南方文化与北方文化的关系。此三者是以中原文化作为中轴的,因为中原文化不但是南北两大文化,也是东西两大文化这四大文化的交汇中心。林黛玉与薛宝钗对宝玉的争夺,就是东南方文化与北方文化对中原文化的争夺,谁得中原,谁就得天下。当然,最终是以北方文化的完胜,以东南方文化或南方文化的完败而结束。

三、林黛玉与薛宝钗的关系

林黛玉代表着东南方文化,东南方文化"尚文";薛宝钗代表着北方文化,北方文化"尚武",把这两种文化结合在一起,就构成了"文武兼备"。书中为何将林黛玉与薛宝钗安排在同一幅画里和同一首判词里呢? 就是基于这一点。所谓的兼美,就是兼的文武之美,书中说秦可卿名"兼美",是在说秦可卿所代表的"三秦文化"兼美,说的是三秦文化是一种兼南北两大文化之美的文化、兼文武之美的文化。

东、北、中三个不同区域、三种不同的文化,各有千秋,各有所长,又各有所短。最为明智的选择是三种文化的有机结合,相互依存、相互补充,才能相得益彰,这样才能构成一个强大的中华民族和一个强大的中国。东南方文化的才、中原文化的德、北方文化的武,三者结合在一起,就会相互补充,相互完善,那才是最完美无缺的画卷。具备这三个要素的人,就是完人;具备这三种文化的民族,就一定是一个强大的民族;具备这三种文化的国家,就一定是一个强大的国家。文韬武略、文治武功、文武兼修,有刚有柔、刚柔并济,有德有才、德才兼备,这才是最为美好的文化愿景。还记得《红楼梦》第五回薛宝钗与林黛玉共一幅画和一首判词吧? 它的含义就是:"文武合璧、文治武功。"这就是作者心目中的兼美。表面上看写的是林薛之间的关系,其实讲的是文武两种文化的关系。

四、贾赦与贾政的关系

贾赦,是从"假赦"谐音过来的,指虚假的赦政。赦,是大赦天下之赦,赦免有罪。赦,既是一种仁德之举,也是一种仁德之政,所谓"赦政",代表的就是"仁政""德政"。贾政,是从"假政"谐音而来的,指虚假的政治。"政",代表政治,在封建社会,所谓的政治是在王主导下的政治,这就是"王政"。"王政"到了末世,即暴政。

从以上分析可以看出,所谓的"赦"与"政"两兄弟,其实指的是"德政"与"暴政"的关系。代表"德政"的贾赦,本袭的是一等将军之职,他本应该出来主政,可他却躲到后花园享乐去了,整日与无数嫔妃搞在一起,过起了声色犬马、醉生梦死的享乐日子,完全不问政事,那么,这个"德政"就废了。德政废了,取而代之的就是老二"假政",是"假政"在主持政务。这个"假政"任工部员外郎之职,行走于朝廷之上,这不就是在说朝政就是假政、暴政吗?更可恨的是这个"假政"不通庶务,一味高乐,除了公事,回到家就与一帮清客相公不是下棋,就是吟诗、闲话,基本不问"假府"之正事,将这个"假家"的治理大权全部交给了王夫人。而王夫人只爱"吃斋念佛",又很少问政,于是又将权力交给了"假琏"。可这个"假琏"又是一个无用之辈,只知淫乐,而不善管理,于是,权力就落到了凤姐手中,最后任由凤姐胡作非为,毁"假家"于一旦。

表面上看讲的是兄弟关系,但其实质讲的是"德政"与"暴政"的关系。

五、宝玉与贾政的关系

春秋战国时期的孔子将玉比作"德",赋予了玉仁、义、礼、智、信等五德的内涵,至此,玉又有了德的属性——"玉德"。贾政,代表着"假政"与"暴政"。所以,贾宝玉与贾政的关系代表的是中原文化中的"玉文化"与"假政"之间的关系。这对父子很少见面,一见面"假政"对宝玉非打即骂,什么原因呢?只因这个假的政权——假政,首先将代表"玉德"的宝玉,视作"淫魔色鬼""孽障"。你想,一个虚假的政权,是只有假而没有德的,从上至下都是假,谁还有一点儿德行呢?所以,"德"在"假政"的眼中,是最讨厌的东西,是最不受待见的东西。于是,这个"假政"只要一见了"德"(宝玉)的面,不是挖苦,就是打骂,哪有德的容身之地?反过来,你看宝玉一见到无德的"假

政"，就像老鼠见到猫，人见到鬼一样，唯恐避之而不及，多么辛辣的讽刺啊！是的，一个假的政权是容不得"德"的存在的。

贾宝玉所代表的中原文化，不喜读书，厌恶仕途经济。

那两首《西江月》所批贾宝玉的内容："天下无能第一，古今不肖无双""于家于国无望"。话又说回来，一种文化像贾宝玉一样，你说该打不该打？要是换了另一个父亲，也是要打的。

从表面上看，说的是父子之间的关系，讲的实则是中原文化与"假政"的关系，讲的是"假政"对中原文化的迫害。

六、贾母与贾府及众人的关系

"假母"（贾母），指虚假之母，代表的是"道文化"，道文化的核心是鬼神崇拜，神所拥有的权力就叫作神权。《红楼梦》的作者曹雪芹先生认为，道文化就是"假母"，是假文化产生的母体，是最大的"假"。可这个"假母"在"假府"之中，拥有着至高无上的权力与地位，"假府"的所有人都对她顶礼膜拜，特别是"假府"（贾府）的上层人物，每日三省，奉汤奉食，阿谀奉承，这就说明整个"假府"（贾府）都特别崇尚道学，信奉鬼神，都把这个"假母"（贾母）视作神灵，当作祖宗，讽刺又是何其辛辣也！对贾母的崇拜，就是对封建历史文化的崇拜，就是对伪道学的崇拜，就是对鬼神文化的崇拜。

第七节　用人名与地名来表达文化的内涵

《红楼梦》中有很多名字带有丰富的内涵，有的针砭时弊，有的取其中一字，有的带有预测性。

"茫茫大士"，是"茫茫大世"的谐音，意思是指一个茫茫大世界。"渺渺真人"，"渺渺"，微弱貌，渺小也。你看，这两个名字合起来就是"茫茫大世，渺渺真人"，作者是在说："茫茫一个大世界，只有很少的几个真人。"言下之意就是说，除了这极少的几个"真人"以外，其余全都是一些假人，一些假东西。作者笔下的一个名字，都极具嘲讽意味。

第八节　用姓名直接骂人

张如圭——脏如龟(谐音)。意思是像乌龟一样肮脏。

卜世仁——不是人(谐音)。

赖嬷嬷——"赖"指"无赖"。"赖嬷嬷",意思是指一个老无赖(嬷嬷言"老")。

王善保——忘善保(谐音)。意味"忘记了保持善的美德"。

余信——愚信(谐音)。意味愚昧的信奉与信仰神鬼。

吴新登——无星戥(谐音)。一个银库房总管所用的秤,一没有"星",二没有"戥",那库房银子的进出以什么为标准?那只能胡来、乱来了。

乌进孝——无尽孝(谐音)。"无尽孝",意味没能尽到孝道,不忠不孝。

吴贵——乌龟(谐音)。

詹光——沾光(谐音)。清客相公所干的勾当。

单聘仁——"善品人"或"善骗人"(谐音)。指清客善于察言观色奉承主子或善于蒙骗主子。

程日兴——逞日兴(谐音)。意味这些清客,趁着主子的日子兴旺就去蹭一把油水。

王作梅——妄作媒(谐音),也就是瞎做媒人。

张材家——脏财家。(谐音)

王仁——忘仁。(谐音)

王尔调——王,谐音"忘"。尔,当"了"意(古义有此用法)。调,音调。王尔调,就是"忘了调",意思就是"不着调"。

母蝗虫——这个母蝗虫指的是刘姥姥,为何说刘姥姥是个母蝗虫呢?这里的"母蝗虫",是"母黄虫"的谐音。"母黄虫"又是什么意思呢?这里的"黄"指的黄色下流的"黄"。"母黄虫"就是指产生黄色下流文化的母体,那这是一种什么文化呢?就是刘姥姥所代表的"低俗文化"。低俗文化是杀人的文化,所以刘姥姥姓"刘",《说文》曰:"刘,杀也。"作者认为,低俗文化是产生下流黄色文化的母体,是杀人的文化。

第九节　老祖宗、老太太、嬷嬷、姥姥的含义

老祖宗、老太太、嬷嬷、姥姥都是对老人的称呼,由于《红楼梦》写的是文化,因此这些老年人的称呼,代表着悠久而古老的文化。

比如:

李嬷嬷——"礼嬷嬷",代表古老的封建礼教文化。

赖嬷嬷——赖,指好赖的赖,也有依赖的用意,指靠依赖别人而发家。如,趋炎附势、攀龙附凤、接贵攀高、依草附木等。

宋嬷嬷——谐音为"颂嬷嬷"。"颂",在周代时是祭祀时的祝颂辞,形式是在乐舞的伴奏下颂读祝辞,分"商颂""周颂""鲁颂"。可这个"颂嬷嬷"到后来成了一个专门给别人送东送西的嬷嬷,在书中扮演的是送递员的角色。嬷嬷言老,书中是指"祝颂"这种文化非常古老。

宋朝就是一个"送嬷嬷",他与辽金先后签订了四个城下之盟,按盟约规定,宋朝每年都要向辽或金,送金送银、送布送绢,就连国土尊严都敢送。宋嬷嬷就好像是一个"送嬷嬷"一样。

老祖宗——是指文化领域里的老祖宗,是文化之中的宗,是文化之中的祖。在如山似海的文化之中,能称得上文化之祖的文化,书中只有一个,那就是贾母所代表的"道",和道所代表的神权。

老太太——是一个家庭中的最年长者、最尊者,在家庭中享有至高无上的地位。

姥姥——就是古老历史文化的外祖母,书中意味着"老"或"古老"。书中的刘姥姥,指的是杀人的低俗文化。

第十节　书中官职的内涵

千万不要以为书中的官名就是官职,作者是在用官名阐释一种文化。

一、兰台御史

"兰台",旧指宫廷藏书处,在汉代是宫廷内收藏典籍之处。兰台御史,在汉代是指掌管宫廷文书典籍、典校图籍、治理文书的最高长宫——中丞御史。林如海就是"兰台御使",他执掌着宫廷文书典籍的典校,承载着执掌中华文运的职责。由于"林如海"指的是东南方文化中的文林儒海,这就是说,此时的中华文林,是由东南方的文林儒海所把持的。

二、钦差金陵省体仁院总裁甄家

这不是一个什么官职,作者是在借助这样一个虚构的官职来表达一种意思。"体仁",意思是"体现仁道"。"总裁",意思是说最高级别。"体仁院总裁",意味"体现仁道之中最高级别的仁者",也就是"仁者中的仁者"。"甄家",乃"真家"也,而这里的"真家",指的就是"曹家",即曹雪芹先生家(前面分析过)。这个称谓的意思是说:"我们曹家,是仁者之中的仁者,是最仁义的一个家庭,是一个尚真的家庭。"作者这是在为曹家歌功颂德,自证清白。

三、大明宫掌宫内相戴权

"大明宫",大唐帝国的天朝正宫,是唐朝的政治中心和国家的象征,书中特指国家的政治中心——皇宫。"掌宫内相","掌宫",指执掌宫廷。"内相",在书中特指"太监"。"掌宫内相",意思是指执掌国家大权的是一个宫廷太监。"戴权",谐音为"代权",就是代行职权。代行谁的职权呢?当然是代替皇上的职权。这句话的全部意思是说:在国家的最高政治中心皇宫里,执掌朝政、代行皇权的是一个宫廷太监。太监把持朝政,也就是宦官专权。宦官专权,必有大难。

"秦可卿死封龙禁卫"中的"龙禁卫",就是这个代权(戴权)以一千二百两银子卖给他们的。

四、龙禁卫

龙禁卫是指中华民族这条巨龙的守卫者,而这个守卫者,就是指三秦文化。这听起来好像有点儿别扭,如果通俗地讲,就是说秦可卿所代表的三秦文化,就是守卫中华民族这个龙族的卫士,所以这个"龙禁卫"是封给秦可卿所代表的三秦文化的。作者在这里是对三秦文化的高度赞美,作者不但说三秦文化是兼文武之美的文化——兼美,而且认为三秦文化是我们中华民族这个龙族的"卫士"。

五、旋升九省都检点

"九省",即九州也,九州指全国疆域,并不是指现在的九个省。"都检点",意味什么? 都检,什么都查,什么都管,对九州之事大包大揽,全管。它不是一个什么官职,其所表示的意思就是:"掌管全国上下的一切事务。"

六、巡盐御史

读者一般会认为这是一个巡察盐务的御史官员,可作者却指的是"巡言御史",也就是指巡察言路、疏通言路的御史钦差。这里的盐,是从"言"字上谐音过来的,指言路。

第十一节　用人的名字来表达文化的意涵

一、贾复

贾复,是"假复"的谐音,意思是"假的恢复",也就是又恢复了假,假又出现了。乍一看是一个人名,但实际上指的是"假恢复了"或"恢复了假"。书中说"自东汉贾复以来",意为"自东汉假恢复以来"。作者认为东汉时期是中华文化开始走向虚假的时期,也是开始走向衰落的时期。

二、倪二

倪二,谐音"利二"。"利",是通过放赊债来获取高额利润的"利"。"二",是指一次又一次。"利二",就是利上加利,利滚利。利上加利,岂不就是"二"利吗? "二",代表的是二次获利、高利、重利。利息很高的行当是指什么行当呢? 这就是指流行于民间的高利放贷。倪二,就是"利二",代表"放高利贷"这个行当。你看,倪二老是在赌场中鬼混,谁输了钱想翻本,就找他拿高利贷,赢了就还上,如果又输了呢,轻者败家破财,重者可能导致家破人亡,所以,高利贷这种文化是社会的毒瘤。

"倪"与"鲵"是谐音。鲵,"鲸鲵"的"鲵"。《晋书·帝纪》中有:"扫除鲸鲵,奉迎梓宫。"所以,鲸鲵又比喻凶恶的敌人。为何要将"倪二"比作凶恶的敌人呢? 因为他是放赌债和高利贷的,这种文化对社会的危害性极大,是最凶恶的敌人。

三、刘姥姥

《说文》曰:"刘,杀也。"原来这个所谓的刘姥姥中的"刘",代表着杀戮,所谓的刘姥姥,就是一个杀人的姥姥。什么文化能杀人呢? 这就要根据刘姥姥这个人物在书中的表现特征来分析了。在书中,这个刘姥姥粗鄙不堪、俗不可耐、低三下四、猥琐不堪、贪婪无节。一种什么样文化有着这些特征呢? 这就是"低俗文化",刘姥姥在作者笔下是以"低俗文化"而呈现在观众面前的。

书中第六回写道:"这刘姥姥乃是个久经世代的老寡妇,膝下又无子息,只靠两亩薄田度日。"

这说明这种低俗文化的命运,正处在低谷之中。低俗文化的命运为何处在低谷之中呢? 这是因为有一个清正廉明的真世的存在,一个清明世界是不会允许有低俗文化生存的土壤的,但一旦社会进入虚假的末世时期,低俗文化就会兴风作浪,卷土重来。

刘姥姥四进荣国府,她不是作为人而进入荣国府的,她是作为"刘"这种文化,四次杀进荣国府的,就是作为低俗文化四次杀进荣国府。当"刘"第四次侵入荣国府时,荣国府已经灰飞烟灭了。

第十二节 《红楼梦》中的以物寓意

《红楼梦》整部书的所有物品都是有寓意的,讲的是事物,可寓的是文化。书中的一物一木、一花一草、一食一衣、一装一饰、一房一瓦……无不带有寓意。表面看是物,而作者是借物写意,借物寓意。下面举例说明。

一、茶叶名的含义

(一)六安茶的含义

六安茶,说的是茶名,寓的是"六安",这里的重点就在于一个"安"字,表示"平安"。"六",表示六个、多个的意思。六安,就是多平安。如果把这个象征多平安的"六安茶"喝进去了,就表示求得了平安;如果没喝进去,就表示不平安。

六安一般指:天安门、地安门、东安门、西安门、长安门左门、长安门右门。

(二)老君眉的含义

"老君",指太上老君。"老君眉",就是指太上老君的眉毛。由于太上老君的眉毛很长,因此世人就把这种眉毛叫作"长寿眉"。如果喝了"老君眉"这种茶,就相当于是把"长寿"喝进肚里去了。把象征长寿的"老君眉"喝进去了,不就长寿了吗?

第四十一回"栊翠庵茶品梅花雪 怡红院劫遇母蝗虫"中,有这样的一段描写,贾母道:"我不吃六安茶。"妙玉笑说:"知道。这是老君眉。"猛一看,还真以为"六安茶"与"老君眉"是一个茶名,但作者是借茶名来表达一种寓意。这句话是一个什么意思呢?老太太不喝"六安茶",而是选择了"老君眉",这就意味着老太太到栊翠庵来拜神求仙,不是为了求平安而来的,而是为了求长寿而来的。上面的对话是这样的:当妙玉将茶端上来时,老太太就借茶名而表达来庙里的目的,意思就是说:"妙师傅,我这次来你这里,不是来求平安的。"妙玉回答说:"我知道,您是来求长寿的。"没有平安,何来的长寿? 老太太是糊涂了。

你看,作者是借用茶名表达老太太来栊翠庵的目的,巧妙至极! 精妙至极!

(三)枫露茶的含义

第八回"比通灵金莺微露意 探宝钗黛玉半含酸"中有一个由"枫露茶"而引起的风波,宝玉特别喜爱吃"枫露茶",而这碗茶恰又被李嬷嬷吃了,于是他就大发雷霆,摔了茶杯,撵走了茜雪。请问,世间可有"枫露茶"否? 回答是"否"。既然没有枫露茶,这茶名又是何意? 原来,"枫",指的是枫叶,而枫叶是红色的,"枫叶茶"的"枫",其实强调的是一个"红"字。"红"与"茶"

结合在一起，就是"红茶"，这意思就是说，所谓的"枫露茶"，其实指的就是红茶。

枫露茶也可以理解为是用枫叶的露水泡的茶，因枫叶是红色的，它叶上的露水也自然带有红色的气息，也代表的是"红茶"。但不论怎么理解，枫代表"红"是一定的。宝玉为何偏爱一个"红"字呢？只因他是"怡红公子"。是怡红公子，自然对红就情有独钟，就连他喝的茶也要带有红色的因子，这与他爱吃女孩儿唇上的胭脂是一个道理。

（四）千红一窟的含义

这是警幻仙子给宝玉吃的茶。什么是"千红一窟"呢？红，代表着美丽，寓指一切美好的文化。"红"在古代与"赤"是相同色，"赤"在古代代表着忠孝，忠孝也是美好的文化。"千红"就是指所有美好的品性，美好的文化。"窟"，谐音为"哭"。"千红一窟"，就是指所有有着美好品性的文化，最后都免不了一哭，免不了落得个悲惨的结局。看起来是一个茶名，这却是警幻仙子在警示宝玉：你生来爱红、尊红，有"怡红公子"的美誉，可你哪里知道，在一个虚假的世道里，所有美好有品性的人，哪一个是有好下场的？最终都免不了一哭，你还是不要爱红的好。

（五）龙井茶的含义

《红楼梦》第八十二回"老学究讲义警顽心 病潇湘痴魂惊恶梦"，黛玉道："你坐坐儿，可是正该歇歇儿去了。"宝玉道："我那里是乏？只是闷得慌。这会子咱们坐着才把闷散了，你又催起我来。"黛玉微微一笑，因叫紫鹃："把我的龙井茶给二爷沏一碗，二爷如今念书了，比不得头里。"紫鹃笑着答应去拿茶叶，叫小丫头子沏茶。

从这段对话可以看出，黛玉是在要求宝玉赶紧回去，不要在这里耽误时间太久。当宝玉不想走时，这时候黛玉就要紫鹃泡"龙井茶"。按照规矩，应该是客刚来时泡茶，以茶招待客人，哪有送客时泡茶的道理？这也不合情理呀。作者这里是在借所谓的"龙井茶"，对宝玉进行警告。为何说"龙井茶"是在警告宝玉呢？这是因为所谓的龙井茶，有"隆警"或"浓警"的谐音。什么是"隆警"呢？意思是"隆重地警告"或"浓浓地警告"，要宝玉赶紧离开潇湘馆回去学习。

一种茶名在作者笔下都能翻出新花样，都能作为一种文化来用。

二、茶具的含义

不仅仅是茶叶名能当作文化来用,而且每种茶具都隐含着寓意,每种花纹都是一种文化,都是作者用来表达某种意思的符号。在第四十一回"栊翠庵茶品梅花雪 怡红院劫遇母蝗虫"一回中,当老太太一行来到栊翠庵时,妙玉分别用不同的茶具,给不同的人吃茶。特别是给老太太上茶时,还专门用了一套花纹复杂的茶盘。给林黛玉与薛宝钗,还有贾宝玉喝茶时,茶具也各具特色,各不相同。将什么茶与什么茶具给谁吃用,就代表妙玉对谁说的话。这就跟古文化中的"问士以璧,召人以瑗,聘人以珪,绝人以玦,反绝以环"道理一样,拿着一个玉珪去见人,就表示我要聘你;拿着一块玉璧去见人,就表示我要问士……出示一件什么器物,就代表一种什么语言文化,第四十一回中的每一件茶具都是妙玉所要表达的语言。现在就这些茶具所要表达的意思做一个具体分析。

(一)海棠花式雕漆填金云龙献寿小茶盘,里面放一个成窑五彩小盖钟

这是妙玉端给贾母喝茶的盘子,现在来看看妙玉所要表达的是什么意思。妙玉见过贾母,就对贾母说了好多恭维的话,但作者没直接说,而是用一件茶具、一个茶钟来表达,现在来看看这里面所表达的含义。

"海棠花":

在古代,海棠象征着"富贵",世有"海棠富贵图"。将刻有"海棠花纹"的器物送给贾母,是借海棠花所寓含的"富贵荣华"的寓意来表达她要对贾母说的话,意思是说:"您这一生享尽了富贵荣华。"

"雕漆填金":

"雕漆填金"寓意"锦上添花"。漆器的制作,是将调好的彩漆一层一层添加到器物上去,一直添加到一定的厚度,然后在漆好的表面雕刻上图案,再将金银或彩绘填进去。"填金",是在打好底子的彩色器物上雕刻上花纹,再填上金。这就相当于是在彩色的底子上再添上花纹,这就叫作锦上添花。作者是在借"雕漆填金"的制作工艺来表达他要对贾母说的话,妙玉是在对贾母说:"您这一生真是锦上添花。"

"云龙献寿":

这是祝寿的吉祥图案,意思是"鸿运当头,福寿双全"。"云龙"的谐音为"运隆";"献寿"的"寿",指的是"福寿"。"云龙献寿",指的就是"运隆",又

有"福寿"。妙玉是在借"云龙献寿"的寓意表达对贾母所要说的话,意思是说:"您这一生真是鸿运当头,福寿双全。"

"成窑":

"成窑"寓意"功成名就"。成,代表成功。作者是在借成窑中的一个"成"字做文章,妙玉的意思是说:"您这一生真是功成名就。"

"五彩":

"五彩"寓意人生多姿多彩,五彩人生。妙玉是在借五彩花纹表达她所要对贾母说的话,意思是说:"您这一生真是多姿多彩。"

"小盖钟":

盖钟,表示"盖棺定论终生"。中国人有一个习惯,在人死了之后,都会有一个盖棺定论,就像现在的"悼词",对人的一生功过来一次大总结。这个"小盖钟"就表示"盖棺定论终生"。这个"盖"是"盖棺定论"的"盖";"钟"是"终"的谐音。"盖钟"的意思是"盖棺定终生"。

"海棠花式雕漆填金云龙献寿小茶盘,里面放着一个成窑五彩小盖钟"这句话的全部意思是说:"您这一生呀,享尽了人生的富贵与荣华,日子过得是锦上添花,一生鸿运当头、福寿双全、多姿多彩,可谓功成名就。"这就是她对老太太一生的总结,也就是"盖棺定论"。

(二)(分瓜)匏斝

"分瓜"不是字,是表示用工具把瓜分开。那书中分的是什么瓜呢?就是"匏"。匏,是一种古老的葫芦瓜科,用现在的说法就是指葫芦瓜。斝,是古代用来喝酒的器具。(分瓜)匏,就是指把葫芦瓜分开。我们都知道,如果把葫芦分开之后,就成了两个葫芦瓢。这就是说,所谓的"斝",其实是对葫芦瓢的一种戏称。这就是说,原来妙玉给宝钗喝茶的用具是一个"葫芦瓢"。妙玉是在借"葫芦"的谐音"糊涂"或"闷葫芦",来表达她对宝钗所要说的话,意思是说:"你这个人哪,就是一个闷葫芦。"或者是:"你这个人哪,真是糊涂。"

"晋王恺珍玩":

王恺,乃晋时贵胄,晋武帝司马炎的舅父,是与石崇斗富之人。在这个葫芦瓢上,写这样的字有何意义呢?妙玉是在借这个典故表达她要对薛宝钗说的话,这句话的言外之意是在说:"宝钗,你家不是皇商吗?不是很富有吗?但财富再多又有什么用呢?今天我给你喝的这个'斝',就是西晋时期富甲天下之人王恺的珍玩,可现在是物依然,人不在,已是物是人非,徒留伤悲在世间,你还不如像我一样,断却红尘,遁入空门,落得一个清清静静。"

作者是在拿晋王恺做喻,讽喻薛宝钗,即使是富甲天下,家有万贯,你又能怎么样呢? 你还能比西晋时期的王恺还富有吗? 而你现在喝茶的"瓟",就是王恺的珍玩,而王恺又在哪里呢? 很显然,妙玉是在度脱宝钗,想让她皈依佛门。

(三)杏犀(喬皿)

杏,杏黄色。犀,指用犀牛角雕刻而成的犀角杯,这里是用来比喻器皿的珍贵。喬,是"乔"的繁写字,指乔木。皿,指器皿。"喬皿",意思是指:"用乔木雕刻而成的器皿。"那么,"杏犀喬皿"就是指:"杏黄色的如犀角杯一样珍贵的木质器皿。"木,一般都是黄色的,如杏子一般的黄色,杏在这里强调的是茶杯的颜色。

书中又说:"那一只形似钵而小。"这就是说,这个所谓的"杏犀(喬皿)"就是一个"形似钵而小"的器皿。"形似钵",是指这件器皿的形状像钵。"而小",是指这件器皿的形状比钵要小。"形似钵而小",是说这件器皿的形状像钵,但比钵要小。想象一下,一个黄色木质的,又像钵又比钵小的器皿是什么呢? 这不就是一个"木碗"吗? 只有木碗像钵且比钵小,而且是黄色的。这也就是说,妙玉给林黛玉喝茶的这件器皿,其实是一个木碗。妙玉在这里是在借这个"木"的"木纳"的之义,来表达她要对林黛玉说的话,意思是说:"你林黛玉就是一个榆木脑袋。"

"宋元丰五年四月眉山苏轼见于秘府":

这是写在这个木碗上的一句话,这是什么意思呢? "宋元丰五年四月",正是北宋大诗人苏轼因"乌台诗案"受到牵连被贬黄州的时间。"元丰五年,余谪居黄"出自宋代苏轼的《水龙吟·黄州梦过栖霞楼》。"乌台诗案",苏轼在湖州到任后,给皇上写了一个谢恩的表,可就是这个写给皇上的表,遭到时任御史何正臣诬陷弹劾,其把苏轼所写的百余首诗作为反诗的证据,苏轼因而遭受到不白之冤,差点儿丢了性命。妙玉将这件诗词界的一段陈迹旧事重提,或者说是将文坛冤案重提,是在警示林黛玉:"你用的这个茶具,正是北宋大文豪、大诗人苏轼在任职密府时喝茶用的那只茶杯(密府,指的中央机构中的枢密院),可后来大诗人苏轼却被诗所害,你就不要再写什么诗了,难道你就不害怕因为一个什么莫须有的罪名,把你也给治罪了吗?

（这里也佐证了林黛玉就是代表文林中的诗林之解释）。还不如像我一样入得空门，清清静静、平平安安度过一生。"妙玉是在拿苏轼的"乌台诗案"这一遭遇，来劝慰林黛玉："与其留恋于尘世，还不如像我一样遁入空门，免遭是非之苦。"

这个"乌台诗案"是北宋的事，现在却写在了这个"木碗"上，这是何用意呢？这与林黛玉又有什么关系呢？前面讲了，林黛玉就是指文林中的"黛玉"。黛，黑色也，黛玉，乃"黑色的玉"。这个"黑色的玉"，指的就是文房四宝中的"墨"，这个墨岂不就是像一块黑色的玉吗？这个所谓的"墨"，指的就是"墨林"。什么是"墨林"呢？字典中的解释是指"诗文之林"。前面的姓是"林"，后面的"黛玉"指的就是"墨林"，"林黛玉"这名字的真实含义是指"文林中的墨林"。文林之中的墨林，就是指文林中的"诗文之林"，所以，林黛玉这个名字所代表的含义就是"诗文之林"。既然林黛玉代指的是诗文之林，这就与历史上苏轼所经历的"乌台诗案"关联了起来。作者不会无缘无故把两个毫无干系的事情联系在一起的。

"乌台诗案"是因诗而起的，林黛玉这个名字指代的是"诗文之林"，所以妙玉才有此一说：写什么诗啊！难道忘了"乌台诗案"的前车之鉴了吗？

你说这妙玉（庙玉，代表尼庵文化）也真是猖狂，南方诗文之林她看不上，说她是"榆木脑袋"；北方文化之林她也看不上，说她是个"闷葫芦"。两件茶具，又是讥讽，又是谩骂，极其无理，这也许就是末世佛尼文化的荒唐可笑之处了吧！这哪像一个尼姑呢！俨然就是一个骂街的泼妇。

（四）绿玉斗

"绿玉斗"，谐音为"禄玉斗（dòu）"，斗争的斗，就是"禄"与"玉"相斗。禄，指官吏的俸禄。玉，指的是宝玉。"禄玉斗"，就是宝玉与官禄做斗争，因宝玉是排斥仕途经济的，所以宝玉这个"玉"，一直都在与"禄"做争斗。"绿玉斗"的"绿"，也可以理解为绿窗风月，"绿玉斗"，指与绿窗风月做争斗。

这个"绿玉斗"是妙玉的常用之物，只不过这个"绿"，指的是"绿窗风月"。玉，代表清静圣洁的尼庵文化的代表人物"妙玉"；"斗"在这里要读第四声，指斗争。"绿玉斗"，就是指清静圣洁的尼庵文化与绿窗风月做斗争。如果尼庵文化沾染上了绿窗风月，那岂不是欺师灭祖了吗？但尼姑也是人，虽是身在空门，但生理反应还是存在的，正值青春，却独守空门，并不是一件容易的事情，要永远守住清规戒律，他这个妙玉（庙玉）就得要与绿窗风月做

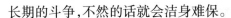

长期的斗争,不然的话就会洁身难保。

宝玉的"绿玉斗",隐含的是与仕途径济做斗争;妙玉(庙玉)的"绿玉斗",隐含的是与绿窗风月做斗争。虽然所指各不相同,但都是"禄"与"玉"的斗争,都是"禄(绿)玉斗"。

(五)九曲十环一百二十节蟠虬整雕竹根大海

"九曲",寓意"多曲折"。

"十环",就是指一环套着一环,无数的环缠绕在一起,寓意"多事缠身"。

"一百二十节"的"节",作者用的是谐音"劫",劫难的劫。"一百二十节",指"一百二十个劫难",寓意"多劫多难"。

"蟠虬",指"盘曲的小龙"。虬,是一种无角单腿幼小的龙,身子又小又软,靠跳动来行走。没有角,就表示没有斗志,因动物的角是用来打斗的。他是在说:"你宝玉就是一条又弱、又小、又软,且毫无斗志的跛脚龙。"

"整雕竹根","整",是指整个。"竹根"的特点,在外面看上去有节(喻气节),却像竹子一样里内空空。这是妙玉在说宝玉这条中华龙,表面看上去很有气节,可肚内却空空,无知无识,空空如也。

整个器物所表达的意思是说:"不要以为你宝玉有多么了不起,你只不过是一条命运曲折多舛、多劫多难、毫无斗志、立不起来的软弱的小龙。外表看起来好像有点儿气节,可肚里却是空空如也。"

一个整雕竹根,足足有一百二十节,少说也有一两米长吧?如果真是这么个东西,那怎么喝茶?也许还要搭台才能够得着吧。再说,那么长的一个东西,得装多少茶,即使是够得着,那也喝不了啊!其实,作者的用意根本就不在什么茶与茶具上,所谓的"节",人家作者讲的是"劫难",他是借这个茶具表达所要说的话。给你一个什么茶具,表达的是一种意思,作者是借茶具与茶来表达一个人对另一个人说的话。看似一个茶具,其实表达的是对宝玉的嘲讽,甚至是诅咒。

书中看起来写的是茶与茶具,可作者的用意已在天地之外,全是以物寓意,且深刻至极。作为佛教尼庵文化弟子的妙玉,她看空一切,劝人皈依佛门是她的本分,于是,她会找各种机会来超度红尘中人,薛宝钗家是皇商,既富且贵,她就拿晋王恺这个富甲天下的皇亲贵胄做喻;林黛玉代表文林中的诗林,她就拿"乌台诗案"做喻。

妙玉的言行很不友好,一会儿说宝钗是个"闷葫芦",一会儿又说黛玉是个"榆木脑袋",一会儿又贬损宝玉外面看上去有节,而腹内空空,又多劫多难。而这一切的根本原因在于薛宝钗来到栊翠庵,毫不客气地坐在了妙玉的"榻"上,林黛玉则坐在了妙玉的"蒲团"上。这可不是个小问题,榻与蒲团是佛教信徒打坐修禅的文化阵地,她俩来访是客,怎么就毫无顾忌地占领了人家的文化阵地了呢? 拜客有主次,座位应分明,哪有这样不讲究的? 一来就坐了主人的位置,这分明是对佛教尼庵文化的不屑与亵渎,也难怪妙玉这样对待她们。

《红楼梦》全部采用这种技法写成,表面看上去风平浪静,细一琢磨,却是惊涛拍岸,卷起千堆雪;表面看上去是写人与人的情感纠葛,其实质却是文化与文化的交集。

(六)"旧年蠲的雨水"

"蠲的雨水",是没有落地的雨水,没有落地的雨水,就表示没有接地。没有接地,就寓意着"不接地气"。她给谁喝这种水,就是在说谁所代表的文化不接地气。现在给宝钗、黛玉、宝玉喝,就是在说他们三个人所代表的文化不接地气。

(七)"梅花上的雪"

如果说蠲的雨水代表不接地气的话,那这梅花上的雪不但不接地气,而且又轻又浮。她给谁喝这种水,就是在说谁又轻又浮,又不接地气。妙玉是在暗讽宝钗、黛玉、宝玉所代表的文化不但不接地气,而且十分轻浮。

(八)官窑

官窑瓷器都有一个共同的特征,就是整个器身布满了纵横交错的冰裂纹,不了解的人还以为这件瓷器破损了。其实这就是官窑瓷器的特点。作者根据官窑瓷器的这一特点,用来形容人有无数的缺陷和毛病。她给谁喝就是在说谁有无数的毛病和缺陷。也可以理解为"官运亨通"。

(九)成窑

成窑的"成",是指"功成名就"的"成",妙玉把这个杯子给老太太喝,就是在说老太您一生已功成名就。但贾母喝了几口后,就把剩下的茶给低俗文化的代表刘姥姥喝了,所以妙玉不愿意了,要将这个成窑杯子扔掉,因为刘姥姥所代表的低俗文化又脏又臭,是杀人的文化。作为低俗文化的代表刘姥姥,她是肮脏的,她怎么能配得上喝用成窑杯子装的茶水呢? 且这个杯子里面装的是代表着长寿的"老君眉",喝了这个"老君眉"就代表着"福寿绵长",这也是妙玉所不愿意的,她是绝不希望这个杀人的低俗文化的代表刘姥姥长寿有福的。最后,她宁可扔掉这个价值连城的成窑杯。其实,事后好好洗洗,也就行了,何必把一个价值连城的器物丢掉呢? 太过洁净了,正所谓"过洁世同嫌"。

每物必有意,务请细思酌考。

三、屋宇所代表的含义

主人所住的房子,与主人公所代表的文化有着密切的关系,房子的称号、大小、结构、布局、摆设,体现出的都是本文化的特色。房子的大小,寓意势力的大小;房子的位置,寓意地位的高低;房子的布局,寓意着这种文化的格局;房子里的摆设,体现出的是本文化的特色。总之,每个人住的房子都深深烙上了其所代表的文化的印迹。

(一)王夫人的房子

王夫人这个"王",代表的是王者,王者的屋宇突出的是一个王者的非凡气势与荣耀,所以这个房子的布局怎么气派就怎么写。

第三回:"向南大厅之后,仪门内大院落,上面五间大正房,两边的厢房鹿顶耳房钻山,四通八达,轩昂壮丽,比贾母处不同。黛玉便知这方是正经正内室,一条大甬路,直接出大门的。进入堂屋中,抬头迎面先看见一赤金九龙青地大匾,匾上写着斗大的三个大字,是'荣禧堂',后有一行小字'某年月日,书赐荣国公贾源',又有'万几宸翰之宝'。大紫檀雕螭案上,设着三尺来高青绿古铜鼎,悬着待漏随朝墨龙大画,一边是金蜼彝,一边是玻璃盒。地下两溜十六张楠木交椅。又有一副对联,乃乌木联牌,镶着錾银的字迹,道是:座上珠玑昭日月,堂前黼黻焕烟霞。下面一行小字,道是:'同乡世教弟勋袭东安郡王穆莳拜手书。'"

王夫人乃王者之王,王者之房彰显的是王夫人这个"王者"在贾府这座文化王国里的王者地位,这座房屋处在贾府最中心的位置,是贾府这个文化王国的中心与中枢。从房屋的大小、数量、布局、气势,无不体现出王者的霸气与权威。不但势力大而且势派,又有"万几宸翰之宝"的匾额,又有"同乡世教弟勋袭东安郡王穆莳拜手书"所赐的对联,整个布局极尽奢华气派,气势恢宏。这样的布局,无不凸显出王者显赫的身份和强大的气势。在这里顺便解释两个问题。

第一，"万几宸翰之宝"。"万"，指的是"万岁、皇上"。"几"，做疑问词，相当于何人。"万几"，意味"不知是哪一个万岁（写的）。"宸翰"，指帝王的墨宝。整句话是说："不知是哪一个万岁爷的墨宝。"这里采用了模糊的隐写法。

第二，"同乡世教弟勋袭东安郡王穆莳拜手书"。

这是一句不成话的话，也看不出一个明确的意思，但经过细致的琢磨，意思就清晰了。

"同乡世教"：这里的"教"用的是谐音"交"，"同乡世教"，谐音即是"同乡世交"。这里点明了这个写对联的人，一是同乡，二是世交。

"东安郡王"："东安郡王"，就是隐指"东王"。何谓"东王"呢？其意思指的是住在东宫的东宫太子。住在东宫的太子，岂不就是东王吗？也就是说，这个写对联的人是东宫太子。

"穆莳拜"：首先，这肯定不是一个人名，作者在这里用了两个谐音字，"穆莳拜"的谐音即是"蒙时败"。蒙，指蒙受。时，指时运不济。败，指失败。"蒙时败"的意思就是指："时运不济而蒙受失败的结局。"

现在我们来捋一捋这副对联是谁写的。首先，可以肯定的是，他是一位东宫太子，但这个东宫太子由于时运不济而蒙受不白之冤，最终导致失败的结局。其次，他是一个失宠的太子，而且与主人公是同乡世交。

曹雪芹先生在这里借描写王夫人屋宇的布局，将自己家正堂的布局和设置基本照搬了过来。《红楼梦》是一部鸿篇巨制，里面的结构布局写得精致细微，一屋一厅、一房一舍、一草一木、一花一景、一衣一饰……无不细致入微，如果没有参照体，那是无法想象的，于是，作者就将自己家的布局照搬了过来。也就是说，这个所谓的王夫人的"荣禧堂"，其实参照的是曹雪芹家的"荣禧堂"的布局写的，我们所看到的这个"荣禧堂"，应该基本与曹雪芹先生家的"荣禧堂"的布局差不多。但千万要注意，《红楼梦》绝不是曹雪芹先生的自传，作者只是借用了他家的部分素材与布局，切忌对号入座。

与曹雪芹先生家有过世交的东宫太子，而且蒙受过失败的人是谁？他就是康熙时期的太子——胤礽。胤礽生于1674年，曹寅生于1658年，从年纪上来讲，曹寅大，是兄，胤礽小，是弟；这里可能与康熙和曹寅的关系有悖，因康熙称曹寅的母亲为"吾母"。这副对联也有可能是胤礽送给曹寅的儿子曹颙的，但曹颙生于1689年，胤礽又比曹颙大，不可能是弟，最有可能还是送给曹頫的,弟只是一种谦称。不管是送给谁的,但这副对联肯定是废太子胤礽送给曹家的。两人都是旗人,属同乡;曹雪芹家世代服务于康熙一家,曹寅的母亲是康熙的乳母,属于世交;胤礽在太子时期,两立两废,是一个蒙受失败的废太子。上面那句话所表达的一切信息,都指向了东宫太子"胤礽",所以这副对联是废太子胤礽所书写的。

这句话的解释是:"同乡世交,弟,蒙受宫廷皇位之争而失败的东宫太子胤礽手书。"

关于这副对联,红学上有过很多争论,可以肯定地说,曹家确有这样一副对联,而且是废太子胤礽所写,且乌木金匾上的"万几宸翰之宝",也一定出自万岁之手,那这个万岁是谁呢? 应该就是康熙了。这就是说,曹家的中堂是康熙帝赐予的,中堂两边的对联是胤礽送的。

这里的描写,书中只是借题发挥,作者是借写"王"家的布局,而把自己家正厅的布局插了进来,千万别以为《红楼梦》都是写的曹家的家事。

(二)王熙凤的房子

王熙凤代表的是凤文化与后宫文化,由于这种文化非常阴暗与恶毒,所以对她屋宇的描写,突出的是一个"破落户"与"凤辣子"的形象,体现的是两面派的人生。

第三回:"往西,出了角门,是一条南北宽夹道。南边是倒座三间小小的抱厦厅,北边立着一个粉油大影壁,后有一半大门,小小一所房室。"

"宽夹道":"夹道"指两边高墙,中间夹着的一条道。夹道一般见不到阳光,光线比较昏暗,用来比喻凤姐走的是一条阴暗的道路,但这一条夹道是凤姐长期行走的一条道,这就意味着凤文化(后宫文化)长期行走在这条阴暗的道路上。在夹道中求生存,也寓意着这种文化很阴暗。

"小小的抱厦厅,小小一所房室",总是言小,这与王夫人这个王者的"大",形成了鲜明的对比。"小"寓意没什么地位,格局小。单门窄户的,又寓意小气,没气度。

"倒座的房子":何谓"倒座"? 倒座的房屋建构与正室正厅座北朝南的结构完全相反。寓意王熙凤所代表的后宫文化离经叛道,倒行逆施,与主流文化背道而驰。

"一道影壁":影壁是正门进入内室的一道屏障,它也起着遮挡内室的作用。作者用它来比喻这种文化遮遮掩掩,藏头缩尾,不光明正大。

"只露一半大门"：大门是一个家庭的门户，但如果只将门开一半，关一半，就会是一明一暗，半阴半阳。这表示这种文化"遮一半，露一半，半遮半掩，半阴半阳，遮遮掩掩，不可告人"。

总之，整个描写反映的是一个"破落户"的形象。作者的写作目的很明确，写的就是王熙凤所代表的末世后宫文化的阴暗、破败、离经叛道、倒行逆施和两面派的特征，这种文化生来就是毁灭这个社会的。

（三）贾宝玉的怡红院

怡红院是宝玉的住所，宝玉所代表的是中原文化与中华文化，由于中华民族是一个崇拜红色、崇拜龙、崇尚道德的民族，所以对贾宝玉屋宇院落的描写突出的都是中原文化的特色与中国的格局。

第十七回"大观园试才题对额 荣国府归省庆元宵"中写道："穿过一层竹篱花障编就的月洞门，俄见粉墙环护，绿柳周垂。贾政与众人进去，一入门，两边都是游廊相接。院中点衬几块山石，一边种着数本芭蕉，那一边乃是一棵西府海棠，其势若伞，丝垂碧缕，葩吐丹砂。"

"竹"，象征着"高洁"。

"粉墙"的"粉"，指"粉白"；"绿柳"的绿色又被称作"青色"；"粉墙绿柳"，有清（青）有白（粉白），寓意"清清白白"。

"山石"，"石"，它厚重、质朴、实在、坚强而不屈、宁折而不弯，寓意中原民族有着厚重、厚德、厚道、朴实、坚强不屈、宁折不弯的品格。

怡红院的一边是"数本芭蕉"，另一边是"西府海棠"，用宝玉的话说就是"红香绿玉"，也就是红的生香，绿的如玉，红的散发着芳香，绿的如玉一般美好，相得益彰。

"芭蕉"在古代有孤独与思念的寓意；"海棠"的别名叫"断肠花"，寓意离愁与别恨。一边是相思，一边是离愁。作者是在借芭蕉与海棠的寓意，来表达自己对末世时中原文化的评价，作者认为，末世的中原文化，深陷离愁与别恨、爱恨与情仇之间。

作者又用"怡红院"景物的布局，描绘出了当时我国北方政权与中原政权的格局。宝玉说的"红香绿玉"，是讲两个政权同时并存，都焕发出各自的生机。可是当贾元妃看到这个"红香绿玉"时，觉得不妥，于是改"红香绿玉"为"怡红快绿"。

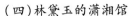

（四）林黛玉的潇湘馆

潇湘馆是林黛玉的屋宇,林黛玉代表的是东南方文林中的诗林。东南方文林是中华文化才子的摇篮,在某种程度上也能代表中华文林。所以,潇湘馆不仅是一座东南方文化之馆,也是一座中华文化之馆。文化之馆就会有文化的气息,所以作者在描写潇湘馆时,突出的是一个文化的氛围。

第四十回:"刘姥姥因见窗下案上设着笔砚,又见书架上磊着满满的书,刘姥姥道:'这必定是那位哥儿的书房了。'贾母笑指黛玉道:'这是我这外孙女儿的屋子。'刘姥姥留神打量了黛玉一番,方笑道:'这那像个小姐的绣房,竟比那上等的书房还好。'"

从这里可以看出,林黛玉的房间就是一个大书屋,窗下笔砚,书架上磊满书籍,它突出的是一座文化之馆中应有的文化氛围。

第十七回:"忽抬头看见前面一带粉垣,里面数楹修舍,有千百竿翠竹遮映。众人都道:'好个所在!'于是大家进入,只见入门便是曲折游廊,阶下石子漫成甬路。上面小小两三间房舍,一明两暗,里面都是合着地步打就的床几椅案。从里间房内又得一小门,出去则是后院,有大株梨花兼着芭蕉,又有两间小小退步。后院墙下忽开一隙,得泉一派,开沟仅尺许,灌入墙内,绕阶缘屋至前院,盘旋竹下而出。"

粉垣——粉,粉白色,寓清白洁净。

修舍——在这里并不指房舍的形状,特指修习精进之舍。

千百竿翠竹——"竹"有"节",在古代,竹寓意"高洁"。

石子——与宝玉"怡红院"中石子的寓意是一样的。

小小两三间房舍——寓意"势微",如果住的是高楼朱门,就预示着"势大"。

一明两暗——明,指明白。暗,指不明白,糊涂。一明两暗,即明白的少,不明白的多。

合着地步——寓意"自然而然,不刻意雕饰"。

大株梨花兼着芭蕉——梨花的"梨",寓意离愁的"离"。芭蕉寓意着"愁"。梨花的"离",兼着芭蕉的"愁",合起来就是"离愁"。林黛玉天生就"游于离恨之上,饥则以'迷情果'(蜜青果)为食,渴则饮灌愁海水为汤"。所以她降生到人间时,天生就是带着"离愁"。以花寓意,本就是《红楼梦》的一大特色。

"后面墙下开一隙,得泉一派……绕阶缘屋至前院,盘旋竹下而出":这里的"泉"指的是清泉,寓意一股清流。"竹子"当然是寓意高洁,此句的意思是:这股清流穿墙而来,又带着一股高洁绕竹而出,"质本洁来,还洁去"。

对林黛玉屋宇的描写,就是对林黛玉所代表的文林中的墨林(诗文之林)的描写,作者是在说诗文这种文体形式,清新自然、优雅别致,如竹般高洁,如石般真实,带着一股清流而出,又随着一股高洁而去。

房如其人,人如其文。林黛玉的名字隐含的就是"墨林",墨林就是指诗文之林。诗,无论多么凄婉与感伤,这种文体形式都词风高雅,清新自然,不同流俗,无论在什么时候都是一股清流,深受人们的推崇与喜爱。

林黛玉代表文林中的诗林,也就是"咏絮才"。咏絮才来自东晋才女谢道韫之典:其叔父谢安聚子侄论诗,偶遇雪,问于侄:"何所拟也?"一子曰:"撒盐空中差可拟。"道韫答:"未若柳絮因风起。"于是,后来人便把在诗文创作方面卓有才华的女子赞誉为"咏絮之才"。

以上对林黛玉屋子的描写,凸显出来的是一个清雅幽静的书斋之所在,始终围绕文林来写。潇湘馆中的"潇湘",指的就是"湘妃竹",所谓的"潇湘馆",隐意就是指"竹馆","竹馆"的谐音就是"竹管"。古代的毛笔管都是用竹子做成的,都是以竹为管,以狼毫为锋做成的。如此类推,所谓的潇湘馆,就是"笔馆","笔馆"即是"书写之馆","书馆"即"文馆","文馆"即"文化之馆"。这就是说,所谓的"潇湘馆",指的就是一座文化之馆,这座文化之馆,一是书多,二是竹多,三是笔多。

(五)贾探春的秋爽斋

第四十回:凤姐儿等来至探春房中,只见他娘儿们正说笑。探春素喜阔朗,这三间屋子并不曾隔断。当地放着一张花梨大理石大案,案上磊着各种名人法帖,并数十方宝砚,各色笔筒,笔海内插的笔如树林一般。那一边设着斗大的一个汝窑花囊,插着满满的一囊水晶球儿的白菊。西墙上当中挂着一幅米襄阳《烟雨图》,左右挂着一副对联,乃是颜鲁公墨迹,其词云:烟霞闲骨格,泉石野生涯。

案上设着大鼎,左边紫檀架上放着一个大观窑的大盘,盘内盛着数十个娇黄玲珑大佛手。右边洋漆架上悬着一个白玉比目磬,旁边挂着小锤。那板儿略熟了些,便要摘那锤子要击,丫鬟们忙拦住他。他又要佛手吃,探春拣了一个与他说:"顽罢,吃不得的。"东边便设着卧榻,拔步床上悬着葱绿双绣花卉草虫的纱帐。板儿又跑过来看，说："这是蝈蝈，这是蚂蚱。"刘姥姥忙打了他一巴掌，骂道："下作黄子，没干没净的乱闹。倒叫你进来瞧瞧，就上脸了。"打的板儿哭起来，众人忙劝解才罢。贾母因隔着纱窗往后院内看了一回，说道："后廊檐下的梧桐也好了，就只细些。"

探春在琴、棋、书、画四大才艺中，代表书法文化，所以对探春屋子的描写，突出的是一个书者的特色，你看以上一段话，处处不离书法文化。首先是一张练习书法时用的"花梨大理石大案"，然后是用来临摩的历代书法"名人法帖"，书写时盛墨的"数十方宝砚"，装毛笔的"各色笔筒"，笔海内插的是"如树林一般"的毛笔。墙上挂的是北宋大书法名家米芾的《烟雨图》，和大书法名家颜真卿书写的对联。案上供着"数十个娇黄玲珑大佛手"。佛手就是"圣手"，因为书法家全凭一双手来写字，字写得好坏，全在一双手上，所以书家特别看重他们的那双手，于是他们就要将"圣手"供奉起来。"比目罄"，比目，古人讲："比目、比目，不比不行。"什么意思呢？因为书法作品就是要比，不比就分不出高下，不比就分不出好坏。

列位看官，此处都是在围绕书法文化的特点在写，不曾有丝毫的偏离。

四、花草树木的寓意

花草树木在古代文化中很多都被赋予了寓意。如"莲"寓"廉洁"、"兰"寓"君子"、"竹"寓"高洁"、"松"寓"坚强"、"牡丹"寓"富贵"、"桂花"寓"富贵荣华"、"菱"寓"聪明伶俐"、"香菱"寓"菱角花散发出来的清香之气"……《红楼梦》中大量用到植物的寓意，别看书中写的是花草树木，其实都是取的物的寓意，可以这样说，诸物必有寓意。

如：

莲——寓意廉洁。

兰——寓意君子。

梅——寓意圣洁、无畏、坚强，但本书的梅，有时用到的是谐音"没"。

松——寓意坚强不屈。

菊——花中之隐者，寓意坚强、圣洁。

竹——寓意高洁、节操。

柳——寓意轻柔、缠绵、依恋。书中的柳指相声中的"柳活"，指歌舞这个行当。如，书中出现了个"柳五儿"，它的谐音就是"扭舞儿"。

杏——书中寓"信"。由于杏是黄色的,也用来比喻黄颜色。

荷花——寓意合欢。有时作者也指莲花,寓意"廉洁",比如"根并荷花一茎香"。

桂花——寓意富贵荣华。

牡丹——寓意富贵。

香菱——寓意清香、纯朴。

石榴——寓意火红年华,如"榴花开处照宫闱"。

芭蕉——寓意冷清、孤寂、愁思。

海棠——别名"断肠花",寓意离愁别恨。

桃花——寓意温情、美好。

百合——寓意百年好合。

蔷薇——寓意浪漫、热恋。

荼蘼——寓意末路之美,伤感之花。它是最晚开花的,开完之后花事就结束了。如"开到荼蘼花事了"。

梧桐——象征高洁。传说梧桐能引来凤凰,"夫鹓鶵发于南海,而飞于北海,非梧桐不止,非练实(竹实)不食,非醴泉(甘泉)不饮。"——《惠子相梁》,先秦《庄子》。可见梧桐非凡树。"春风桃李花开夜,秋雨梧桐叶落时。"——白居易《长恨歌》,可见秋桐也代表秋愁、秋寞。"无言独上西楼,月如钩,寂寞梧桐深院锁清秋。"——李煜《相见欢》。

佛手——在"佛手"前面再加上一个金字,更显得这手的金贵。这"金佛手"是探春屋里香案上供着的物件,其中还有各种名人法帖,数十方宝砚,各色笔筒,笔海内插的如树林一般的笔。因探春在琴、棋、书、画四大才艺中代表"书法文化",所以就将砚台、法帖、笔和神圣的"佛手"供奉在了香案上。没有一双神圣的手就不可能写出好的书法作品来,手对一个书者来说太重要了。探春的香案上供奉的物件都与书法文化有关,因为其代表的是书法文化。

柚子——谐音为"诱子",也就是诱惑引诱男子。为什么要这样理解呢?因为这个柚子是在"大姐儿"手中的,大姐儿在金陵十二钗这十二种文化中是代表"性文化"的,由于性文化最能诱惑男人,所以称为"诱子"文化。书中第四十一回,讲到"大姐儿"用手中的"大柚子"换来了"板儿"手中的"金佛手"。什么是"大姐"呢?这里的"大姐"不是传统意义上的兄弟姐妹中的大姐,而是另有所指,"大姐"在字典中还有这样一种意思:"指妓女或服侍妓女的丫鬟",书中的大姐,特指妓女,或性文化。所谓的"诱子",讲的就是性文化成功诱骗了板儿的一个事例。

茯苓——寓意隐伏、沉稳。"茯苓"是生长在松根之上的块状菌,深埋于土壤之中,作者取了其中的一个"茯"字,隐含"伏"的意思,喻指人要像茯苓一样,深深扎根于土壤之中,能隐伏得住自己,沉得住气,稳重一点儿,不要太过轻浮。如果书中要给谁喝茯苓霜,就是要对这个人说,你这个人要沉稳一点儿,要持重一点儿,莫要太轻浮。

玫瑰——"玫瑰"本来象征着爱情,但在书中却寓意"锋芒"。由于玫瑰带刺,在作者笔下就寓意着"锋芒"。玫瑰虽然很美,但带刺而生,弄不好就扎手了,如"带刺的玫瑰"。如果要给谁喝玫瑰露,就是要对谁说的话,意思是说,你这个人不要太软弱,要锋芒毕露。

茉莉——谐音为"莫逆",意思是"莫要背叛、叛逆"。在书中,由于宝玉的丫鬟芳官错将"茉莉粉"当成了"蔷薇硝"给了贾环,闹出了一场大风波。贾环与宝玉是兄弟,宝玉是嫡子,贾环是庶出,如果将这个象征"莫逆"的"茉莉粉"给了贾环,就是要这个庶子贾环莫要谋逆或叛逆其哥哥宝玉,也就是要庶子贾环莫要有谋逆之心。

蔷薇硝——谐音"蔷薇消"。蔷薇,在古代花语中象征着"爱情"。"蔷薇消"也就是"爱情消",也就是"思春消",如果将"蔷薇消"一抹,这些个"思春"的毛病或念头就消除了。书中这个"蔷薇硝",是用来干什么的?是用来治"春癣"的,何谓"春癣",即喻指正值青春年少的俊男靓女,一到春天就开始思春,难免有相思相慕之情,也就是思春病或相思病。作者没有直接说"思春病",而是用"春癣"做喻。简言之,长了"春癣",就好像是少年男女患了思春之病,也就是相思病。

第六十回为"茉莉粉替去蔷薇硝,玫瑰露引来茯苓霜"。我们来分析一下是个什么意思。"蔷薇硝",是治疗男女相思之病的,而"茉莉"谐音为"莫逆",表示莫要谋逆或叛逆。一个讲的是相思之情,一个讲的是谋逆,虽都是粉,作用却是完全不同的。关键是贾环要这个"蔷薇硝"是送给彩云用的,因为彩云也在思春,贾环向宝玉讨要"蔷薇硝",给不给没关系,但丫鬟芳官绝对不能用象征"莫逆"的"茉莉粉"敷衍贾环。宝玉与贾环一个嫡子,一个庶子,历史上有许多嫡庶之争的事,所以嫡庶这个话题非常敏感,你将一个象征"莫逆"的"茉莉粉"错给了贾环,也难怪赵姨娘大发雷霆。

"彩云"谐音为"财运",这个"彩"与"财"又相谐音,又相关,比喻中彩头、彩票等。"彩云"是指"财运"。而茉莉的谐音也有"末利"的意思。"末利"就是获利"末小",微不足道。如果将这个寓意"末利"的"茉莉"送给"财运"(彩云),那就相当于是在诅咒别人,人家是在求财,希望财运亨通,财源广进,可你把个茉莉(末利)送给人家,这不是在咒人家吗?那人家不就会跳起来吗?

"玫瑰",这种花虽美,但多刺,作者就将这个"刺"寓指为"锋芒",多刺就比喻多锋芒。"茯苓",长在土中松树的根上,作者就取意"茯苓"的谐音"伏",寓意隐伏、沉稳。芳官送五儿"玫瑰露",意思是说:"做人不能太老实,一定要有一点儿锋芒,该露锋芒时就一定要露。"

"五儿"是"舞儿"的谐音,指舞蹈文化,你看舞台上跳舞的"舞儿",媚眼含羞,轻柔似风,柔美有余而阳刚不足,就是缺乏一点儿锋芒,应该喝点儿象征"锋芒"的"玫瑰露",给人以一种阳刚勃发的力量。

当柳嫂将这个象征"锋芒"的"玫瑰露"送给她娘家侄子时,就是在说她的这个侄子不要太柔、太软弱,要喝喝这"玫瑰露",增强一点儿锋芒与阳刚之气。

可是柳嫂的嫂子,却给"舞儿"送来了"茯苓霜",潜意思是说:"你做人一定要稳重一点儿,要像茯苓一样,深深地伏在土中,不要太过张扬、太过轻浮了。"

从这里可以看出,"玫瑰露"与"茯苓霜"代表着两种完全不同的意思,一个是要他锋芒毕露,一个是要他隐伏沉稳。说的是两种物品,其实隐含的是两种文化,表达的是两种意思。如果给你吃"玫瑰露",就是要求你做人要锋芒毕露;如果给你吃"茯苓霜",就是要求你做人要沉隐、持重一点儿,不要大轻浮。总之,吃进去的都是文化。

……

五、服饰的文化寓意

书中的每一种服饰,都代表着一种文化意涵,如"灰鼠"。灰鼠又叫银鼠,生活在西北部,毛色夏天呈褐色,而冬天则变成白色,作者根据灰鼠这一毛色变化的特点,来比喻一些具有变色龙色彩和两面人生的人。谁穿上这件灰鼠皮衣,谁就有变色龙和两面人生的特性。又如"狐皮",狐狸在中华民族的字典里就代表着"狡猾",谁要是穿上这件狐皮衣服,谁就具有狡猾的特征。

穿在外面的衣服,是指文化的外衣;穿在里面的衣服,是指文化的内衣;贴身穿的衣服,这就是藏在文化深处的最真实的本我。现在选取宝玉、王熙凤、薛宝钗、林黛玉这几个最具鲜明特色的人物的服饰举例说明。

(一)王熙凤的服饰与相貌所表达的文化特征

第三回:"媳妇丫鬟围拥着一个人从后房门进来。这个人打扮与众姑娘不同,彩绣辉煌,恍若神妃仙子:头上戴着金丝八宝攒珠髻,绾着朝阳五凤挂珠钗,项上戴着赤金盘螭璎珞圈,裙边系着豆绿宫绦、双衡比目玫瑰佩,身上穿着缕金百蝶穿花大红洋缎窄褃袄,外罩五彩刻丝石青银鼠褂,下着翡翠撒花洋绉裙。一双丹凤三角眼,两弯柳叶吊稍眉,身量苗条,体格风骚,粉面含春威不露,丹唇未启笑先闻。"

王熙凤代表着"凤文化",代指生活在后宫中的王后,由于她生活在后宫,是后宫的主宰,所以也代表着"后宫文化"。在书中所有有关王熙凤的描写,都与王后与后宫文化有关,我们来看看作者是如何通过服饰来描绘这种文化的末世特征的。

1."从后房门进来"

"后房门",是与大门、正门相比较而言的,从正门进出,就说明这种文化光明正大,坦坦荡荡、堂堂正正,走的是正道。如果来自"后房门",说明这种文化走的是旁门左道,不是堂堂正正、光明正大的文化,来自深宫后院,见不得阳光。深庭后院都比较阴暗,从这里产生的文化当然就比较阴暗了。王熙凤所代表的凤文化(王后),正是生活于后宫深庭,她要走向前台,当然就要从后宫深庭而出,也当然要从"后房门"进来(围绕凤文化来写)。

2."围拥而进"

这说明这种文化非常显赫,周围总簇拥着一群人。为什么凤文化的周围总簇拥着一群人呢? 只因为凤凰是百鸟之王,只有鸟中之王才会有"百鸟朝凤"的盛景。如果是人中之凤——皇后,当然就会有一群丫鬟使女,甚至嫔妃才人簇拥,呈现出众星拱月之势。所以,"围拥而进"描写的就是皇后出行时的派势(围绕凤文化来写)。

3."彩绣辉煌,恍若神妃仙子"

王熙凤穿戴艳丽而辉煌,美丽而神气。你看皇后的穿戴,头上凤冠,身上霞帔,五彩龙袍,脚上踩的绣鞋,岂不就是彩绣辉煌,如仙子下凡一般吗?凤凰鸟虽没有彩绣,但它有一双美丽鲜艳的翅膀,不也如彩袖辉煌的鸟中仙子吗?凤凰鸟就是这么美,贵为人中之凤的皇后,她的穿戴不也这么美吗?(还是围绕凤文化来写的)

4."头上戴着金丝八宝攒珠髻,绾着朝阳五凤挂珠钗"

这是凤姐的头饰。"金丝八宝攒珠髻",寓意"又富、又贵、又显赫"。(凤凰鸟的头上是不是也长着一束像凤冠的羽毛?)"朝阳五凤挂珠钗",这里就直接点名凤凰了。八宝:《续资治通鉴·宋徽宗大观元年》:"名为镇国、受命二宝,合先帝六玺,是为八宝,命置家人掌之。"这里指的不是八种宝物,而是一种权势。

何为五凤?凤文化中的五凤分别是凤凰、鹓鶵(yuān chú)、鸑鷟(yuè zhuó)、青鸾、鸿鹄。《永乐大典》中有这样一段描述:太史令蔡衡曰:"凡像凤者有五色,多赤者凤,多青者鸾,多黄者鹓鶵,多紫者鸑鷟,多白者鸿鹄。"

人中之凤——皇后,戴的不就是五凤冠与霞帔吗!(始终围绕凤文化来写)

火凤凰:凤凰涅槃,浴火重生!人间流传着一个传说:说所有生灵都是神的后代,700万年前,天地初生之时,灭帝诞下九籽,共产出九只神兽:朱雀、丹鹤、凤凰、丹鹫、青龙、白虎、蜼蛇、须鲼、猰㺄。它们分别管着天地九州。而火凤凰为凤凰中特别的一类。火凤凰是世界上最美的鸟,当它自觉处在美丽的巅峰,无法再向前飞的时候,就自己火焚,然后在灰烬中重生。王熙凤就是这样的一只火凤凰(熙凤),她在《红楼梦》中的出现,就是来毁灭这个假(贾)府的。还记得书中第五回中王熙凤的那幅画吗?"后面便是一片冰山,上面有一只雌凤。"一只火凤凰站在冰山之上,这冰山岂有不化之理?所以,这只火凤凰的使命就是来融化、毁灭这片冰山的。"冰山",指的是"冷酷无情的如冰一样的江山"(始终围绕凤文化来描写)。

在这里多说一句。有人会有疑问,凤姐把一个假的府第给毁灭了,这凤姐是好还是坏呢?其实,每一种文化都有两面性,处在后宫中的皇后与皇妃,她们都是美丽的女性,穿戴如王熙凤一般,更显出这个阶层人物的美丽与气势。王后是一国之母,母仪天下,威仪后宫,但到了这种文化的末世,就出现了女人干政、权倾朝野的现象。历史经验告诉人们,如果一个政权出现这种现象,将会面临大灾大难,为何会这样呢?这是因为古代的女子受封建礼教的影响,有"女子无才便是德"的说法,所以,封建社会的女子都是不让读书的,有些父母开化一点儿的,也就让她们认得几个字,所以,别看后宫彩绣辉煌,风招绣带,但这个群体绝大部分由一些文盲或半文盲构成。由于这个"破落户"文化生于末世,因此,她的出现就是来毁灭这个末世世界的,她就是专门来毁灭这个冰冷无情的江山社稷的,从这个角度来讲,这个末世时的风文化是正能量的,因为其毁灭的是一个虚假(贾府)的世界,是一个末世世界。但究其文化本身,其又是毒辣的、邪恶的、低俗的。为什么一个毒辣、邪恶、低俗的文化,却能把一个假的世界给毁灭掉呢? 这就是古圣贤所说的:"反者道之动。"别以为不好的文化没有作用,它恰好是推动"道"向前发展的动力,假设《红楼梦》里面没有像王熙凤所代表的末世后宫文化的兴风作浪,这个假的世界——"假府"(贾府),岂有那么快就被毁灭的道理?

正能量的文化,可以延续一个社会,而邪恶、庸俗的文化,可以毁掉一个社会,贾府(假府)就是在这种邪恶、毒辣、庸俗的文化氛围下轰然倒塌的。

5."项上戴着赤金盘螭璎珞圈"

"赤金盘螭","盘"指盘绕,"螭"是古代的一种柔软、无角、爬行的龙。这个"螭"是用来比喻软弱而毫无斗志的真龙天子——皇帝的。"盘螭"的意思是指盘绕在一条软弱无能、毫无斗志的真龙天子的身边。"赤金盘螭"的意思是:"这只火凤凰始终围绕在一条软弱无能、毫无斗志的真龙天子的身边。"如果是一个有血性、有抱负、有作为的帝王,他是绝不会让后宫文化的代表人物——王后,走上前台,祸乱朝政的。后宫之所以乱政,就是因为有了一个软弱无能、昏庸无道的皇帝(始终围绕着凤文化的特点写)。

6."裙边系着豆绿宫绦"

"豆绿"的"豆",其谐音为"斗",意味"好斗"。绿,是"禄"的谐音,指吃着俸禄的官员。豆绿,谐音即"斗禄",意味好与那些朝中的官员斗来斗去。前面的"斗禄"有个"斗"字,后面的"宫绦"有个"宫"字,这两个字加起来就是"宫斗"。皇后不论是在后宫,还是走上前台参与朝政,都要进行不断的争斗,这就是"宫斗"。这里讲出了末世凤文化呈现出来的末世特征——宫斗(还是始终围绕凤文化的特点来写)。

7."双衡比目玫瑰佩"

衡,是绑在牛角上的横木,为什么牛角上要绑横木呢? 这是因为公牛好斗,需要"衡"来制衡。"双衡"的"衡",谐音为"横",横行霸道的"横",那

"双横(衡)"的意思是什么呢？就是横行霸道,横之又横(双横),太好斗了,如果不用"双衡"来控制它,是制服不了它的。

"比目",是指"比目鱼"。此鱼长着两只圆溜溜的向外突出的大眼睛,很像怒目圆睁发怒的样子,这意味着这只火凤凰(王熙凤),凶狠易怒且蛮横不讲理,翻脸不认人。

"玫瑰佩""玫瑰花"有两个特点,一是美丽漂亮,二是多刺。多刺,形容多锋芒,锋芒毕露。这意味着这只"凤"外表看上去美丽无比,内里却是又狠毒,又多刺,容易刺伤人。寓意末世后宫文化中的王后在美丽的外表之下是一根根伤人的毒刺。

"双衡比目玫瑰佩"这句话的全部意思是说:这只火凤凰特别"蛮横",非常好斗,老是瞪着一双凶狠的大眼睛,外表看起来美丽异常,但在美丽的外表之下,是一根根伤人的毒刺(还是围绕凤文化的特点来描写)。

8."身上穿着缕金百蝶穿花大红洋缎窄褃袄"

"百蝶穿花",一百只蝴蝶在花丛中飞舞穿行,眼花缭乱、变化多端,寓意"百变人生"。"蝶"谐音为"跌",又有跌落、堕落的意思,"百跌",意味特别的堕落,不是"耄耋"的意思。

"大红洋缎"的"缎",指"缎子",缎子面料有又光又滑的特点,这里的"滑",寓意为圆滑、狡猾。"洋缎"的"洋",是指"洋气、特别、尤其"。"洋缎"的意思是尤其特别的圆滑与狡猾;"大红",这里虽说的是颜色,但实际寓意的是"鲜明",因大红是一种十分鲜艳的色彩。"大红洋缎"的意思是:这种文化具有特别鲜明的特点,就是又光又滑,是个大滑头的意思。

"窄褃袄",这种袄的特点是紧箍在上身,给人的印象就显得上身特别的狭窄,胸部不阔大。这里寓意的是"心胸狭隘"。

"身上穿着缕金百蝶穿花大红洋缎窄褃袄"的全部意思是说:"这种文化有着特别善变的百变人生,具有特别鲜明的圆滑的特征,而且心胸狭隘。"

写的虽是人的穿着,但始终描写的是后宫文化的特色(还是写的凤文化的特征)。

9."外罩五彩刻丝石青银鼠褂"

"五彩刻丝"是一种传统的丝织工艺,是在五彩的丝织面料上再刻丝,尽显美观华丽。"五彩"寓意"多彩多色"。"刻丝",谐音为"刻私",寓意为"刻薄自私"。

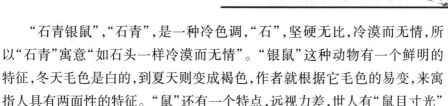

"石青银鼠","石青",是一种冷色调,"石",坚硬无比,冷漠而无情,所以"石青"寓意"如石头一样冷漠而无情"。"银鼠"这种动物有一个鲜明的特征,冬天毛色是白的,到夏天则变成褐色,作者就根据它毛色的易变,来寓指人具有两面性的特征。"鼠"还有一个特点,远视力差,世人有"鼠目寸光"之说,作者就借用银鼠的这一特征,来比喻目光短浅,没有远见卓识。

"五彩刻丝石青银鼠褂"寓意为:"外表看起来美艳华丽,多姿多彩,而在其华丽的外表之下,是一副刻薄自私、鼠目寸光、冷漠无情的两面人生的嘴脸。"作者不直接说"特别刻薄自私",而是用"五彩刻丝"来形容;不说"冷漠无情",而是用"石青"来替代;不说"两面人生、鼠目寸光",而是用"银鼠"来比喻。用的全是曲笔描写,这种写作方法贯穿整部《红楼梦》。

10."下着翡翠撒花洋绉裙"

"洋绉",是一种带有细细密密皱褶的绸子,穿在身上满是褶皱,作者就借用洋绉多皱的特点,来喻意"浑身都是缺点和毛病"。没有一点儿长处。

11."一双丹凤三角眼"

"丹凤眼",是一双如凤凰一样美丽的眼睛,一般都是用来形容特别漂亮的眼睛。"三角眼",是一种阴险狡诈的眼睛,长此眼睛的人都特别阴险狡诈。"丹凤眼"与"三角眼"是两种完全不同类型的眼睛,怎么可能同时长在一双眼睛上呢!要么是丹凤眼,要么是三角眼,但作者就让它长在了同一双眼睛上。那这种写法又是何意思呢?它主要用来表现凤文化的两面性特征,"丹凤三角眼",寓意着既美丽又阴险,既漂亮又狡诈。不是说一个人真长了这样的眼睛,他讲的是这种文化所具有的两面派特性(还是紧扣凤文化来写)。

12."两弯柳叶吊梢眉"

"柳叶眉",是一种像柳叶一样的眉毛,这是一种很美的眉毛。"吊梢",什么是吊梢呢?吊,是吊起来的"吊",梢,是指柳叶的尖梢,吊梢,就是指把柳叶眉的叶梢吊起来。柳叶眉本来是平卧在眼眶上的,如果这样一吊,这个眉梢就立起来了,这一立就改变了柳叶眉原有的美丽状态,现在这个眉毛就变成了京剧脸谱中奸臣贼子的眉毛,很是凶狠恶煞,张飞、关羽、曹操就是这样的一副眉毛。本来"柳叶眉"是一种极美丽的眉毛,可将这柳叶眉的梢一吊起来,那就变得凶神恶煞了。

"两弯柳叶吊梢眉",它的寓意是说:"在其美丽的外貌之下,是一副凶神恶煞般的嘴脸"。这是对凤文化两面派特性的又一次描写。凤姐就长着这样的眉毛。

13. "身量苗条,体格风骚"

"身量苗条"是美丽的,"体格风骚"是下流的,也具有两面性,寓意末世凤文化外表美丽,而实则下流。

14. "粉面含春威不露,丹唇未启笑先闻"

"粉面含春","粉面"指粉白的面庞,"含春"的"春",代表的是温暖的春色。"威不露"的"威",指淫威。"粉面含春威不露",意为:表面看上去是一张粉白如春的温和的面容,而在这美丽的外表之下,隐藏着的是一股淫威。这也意味着凤文化有着面善心恶、笑里藏刀、表里不一的特性。"丹唇未启笑先闻",这就是我们常说的"笑面虎"(还是说的凤文化的两面性)。

这一段对王熙凤外貌特征的描写,其实描写的是王熙凤所代表的"凤文化"的末世特征。综合以上分析可以看出,末世凤文化或后宫文化,有着以下几个特征。

第一,这种文化来自阴暗的深宫后院,走的是旁门左道。

第二,其地位显赫而高贵,头戴凤冠,身着霞帔,与宫有缘,与龙相伴。

第三,头上长角,身上长刺,眼中无人,鼠目寸光。

第四,狡猾奸诈,心胸狭隘。

第五,心口不一,多面人生。

第六,心狠手辣,阴险恶毒,两面三刀,笑里藏刀。

第七,忠奸不明,真假不辨,黑白不分。

第八,浑身毛病,一无是处。

第九,美丽而恶毒、低俗而下流。

如果要概括这种文化的末世特征,那就是"邪恶毒辣、阴险狡诈"。末世凤文化本身就是又恶又毒,再加上凤姐没读过书,不识得字,又没有文化涵养,又认了低俗文化的代表刘姥姥做了巧姐的干娘,所以末世凤文化显得又邪恶,又阴毒,又低俗。如果这种后宫文化出来主持朝政,那将是政权的悲哀。

后宫文化的主体分两种,女人,当然是指后宫中的皇妃与皇后,她们都是人中之凤,凤中之姐;而宫中的太监就是宦官专权。

（二）宝玉的服饰与相貌所表达的文化特征

由于宝玉代表的是中原文化，所以在宝玉身上体现出来的是中原文化的特征。由于《红楼梦》写的是末世情景，因此在书中贾宝玉是以一个末世中原文化的形象而出现的，书中对贾宝玉的描写，体现出来的都是末世中原文化的特征。中原文化"尚龙"，以龙为中原民族的图腾，中原文化又可以等同于龙人文化，中原文化又是中华文化的发祥地，是中华文明的摇篮，所以，中原文化在某种程度上又能代表中华民族的文化。这就是说，中原文化、龙人文化、中华文化，这三者是统一的，是相通的。写龙人文化，就会很自然地触及中原文化，描写中原文化很自然地又会触及龙人文化，说龙人文化就会很自然地触及中华民族和中华民族文化，所以宝玉的外衣除了展示龙人服饰文化特征的以外，也反映出中原文化的地域风貌和人文特色，但主线一定是写中原文化。

第三回："头上戴着束发嵌宝紫金冠，齐眉勒着二龙抢珠金抹额，穿一件二色金百蝶穿花大红箭袖，束着五彩丝攒花结长穗的宫绦，外罩石青起花八团倭缎排穗褂，蹬着青缎粉底小朝靴。面若中秋之月，色如春晓之花，鬓若刀裁，眉如墨画，脸似桃瓣，目若秋波。虽怒时而若笑，即瞋视而有情。项上金螭璎珞，又有一根五色丝绦系着一块美玉。"

1."嵌宝紫金冠"

"嵌宝"，指镶嵌着贵重的宝石，作者是在借宝石的贵重在说明中原文化所具有的高贵气质，说明中原文化是中华文化中的瑰宝。

"紫金冠"，又名太子盔，象征着王者之气。作者是在借"紫金冠"来说明中原文化有王者之气。

"嵌宝紫金冠"，就相当于一顶嵌着宝石的高贵的太子王冠。作者是在借这顶王冠，来说明中原文化的高贵气质，来说明中原文化就是中华文化之林中的一顶王冠，高贵而显赫，具有王者之气。

2."齐眉勒着二龙抢珠金抹额"

"二龙抢珠"，描绘的是中原优越的地理环境和人文特色。所谓"二龙抢珠"中的"二龙"，指的是南有昆仑至秦岭这条中国最大的龙脉望首中原，北有太行山龙脉，相顾中州（古代将山看成龙脉，将水看成龙血）。而中原腹地河南，就像是一颗镶嵌在中华大地上光芒四射的明珠。中原这颗璀璨的明珠，始终处在南北两种文化交汇的中心，成为一南一北两大文化争夺的焦点,引来无数英雄逐鹿中原,这就是二龙抢珠的含义。

古代文化中,一般都说"二龙戏珠",可这里却说的是"二龙抢珠",一个"抢"字,道出了南北两大文化争抢中原的格局。"得中原者得天下",所以中原在几千年的历史变迁之中,总是处在被各方争夺的风口浪尖上,总是被人抢过来夺过去,所以作者在书中用了一个"抢"字,都在抢夺这颗耀眼的明珠。

3."穿一件二色金百蝶穿花大红箭袖"

"二色",指的是"金百蝶"的"金"与"大红"的"红"二色。金,是黄色的,黄,又是黄土的颜色,在金、木、水、火、土五行中,"土"对应的是"中土",代表的是中原至中之地。作者是在借"金"的黄色来代指中原文化有着"尚黄"的特色。"大红",红色在中原民族的字典里是一种最神圣、最吉祥的颜色,中华民族特别爱红、尊红、尚红,他将红色提高到了民族的高度,国家的高度。

爱黄尊红,是中原民族的两大特色,作者是在借"黄""红"这两种颜色,来说明中原民族的文化,是一种尚黄尊红的文化,中华民族是一个尚黄尊红的民族。

"百蝶穿花",意味一百只蝴蝶在花中穿行翻飞。作者是在借"蝶"的寓意"耄耋"来说明中原文化历史悠久,源远流长。"百蝶"就是长命百岁,千秋万代。

"穿一件二色金百蝶大红箭袖",作者是在说,中原文化有着尚黄尊红的传统与特色,就好像一个特别喜爱穿一身黄、红色衣服的人一样。

"箭袖",是北方游牧民族特有的服饰,是北境游牧民族骑射时所穿的服饰,带有很强的北境游牧民族特色。而这个带有强烈北方游牧民族特色的骑射胡服箭袖,却穿在了中原民族子孙的身上。

中原民族服饰一般都是宽袍广袖,现在贾宝玉身上穿上了"箭袖",这表明北境游牧民族文化已深刻影响到了中原文化,对中原文化形成了强烈的冲击。

4."束着五彩丝攒花结长穗的宫绦"

"五彩",指的是青、赤、白、玄、黄五彩。

"结长穗","穗"谐音"岁","长穗",意味"长命百岁"。

"宫绦",系上宫绦。寓意中原文化与宫结缘,长期居于中华文化的中心。为何说中原文化与宫有缘呢?在五千年的中华历史长河之中,中原长

期作为中国政治文化的中心而存在着,中华八大古都,就有四大古都在中原,前后共有大大小小几十个朝代建都于此,统治中国约 2300 年之久,这还不包括三秦之地。所以说,中原之地与"宫廷"结下了不解之缘。

这句话的意思是说:"中原文化有着悠久而辉煌的历史,长期占据着中华政治经济文化的中心位置,与宫廷结下了不解之缘。"

5."外罩石青起花八团倭缎排穗褂"

"外罩",指的是文化的外衣。"石青",是一种冷色调。石,坚硬。青,是一种庄严的色调。

"外罩石青",意思是从外面看上去坚硬如石,庄严肃穆。

"起花八团","八团"是吉祥图案。八团的"团",有团团圆圆、一团和气的寓意。

"倭缎排穗褂","倭缎",是一种带毛而柔软的面料,寓意中原文化表现得像倭缎一样柔软而温和。"排穗"的"穗",谐音"岁","排穗"指一排的穗,一排有好多的穗,寓意多岁、长命百岁。

整句所表达的意思是说:"中原文化从表面上看如石一样厚重而坚实,庄严而肃穆,但内里却是一团和气,温柔软弱得像倭缎一般。"

6."蹬着青缎粉底小朝靴"

青,谐音为"清"。粉,指粉白色。"清"与"白"合起来就有"清清白白"的意思。这是在说中原文化呈现出来的是一种清清白白的特征。

7."面若中秋之月,色如春晓之花,鬓若刀裁,眉如墨画,脸似桃瓣,睛若秋波"

这样的描写全部都是赞美女性的,这里却是对宝玉所代表的中原文化的描写。作者是在说中原文化像一个美丽的少女一样,娇美如月、娇媚如春、眼含秋波、顾盼多情。这样的一种形象,美则美矣,但却缺少了男儿的血性与阳刚气质,太柔太弱,这就是末世中原文化给人的印象。作者是在借这种描写,来展示末世时中原文化的特征,末世中原文化,它把自己打扮得像一个美少女,美而多情、娇媚如月。

8."虽怒时而若笑,即瞋视而有情"

"虽怒时而若笑",意思是说,即使是在发怒时,也好像含着微笑。

"即瞋视而有情",意思是说,即使是瞋人的时候,也好像含着深情。

怒就是怒,笑就是笑;瞋就是瞋,爱就是爱。爱恨应有别,喜怒应分明,像宝玉这个鬼样子,怒不像怒,笑不像笑,瞋不像瞋,情不像情,一点儿锋芒都没有,这种表情只能用怪异来形容,人若想模仿都是无从仿起的,但这就是末世中原文化的真实写照。

9．"项上金螭璎珞,又有一根五色丝绦系着一块美玉"

"螭",传说中是一种没有角的龙,它四肢粗壮,没有锋利的爪子,没有龙马的飞腾之象,已失去了它呼风唤雨、腾云驾雾、上天入地、无所不能的中华腾龙的本色,只能爬行。作者是在借"螭"的形象来比喻中华龙人文化虚弱无力、前功尽失的末世特征,曾经的那条飞龙俨然变成了一条无角的"螭"。角,是动物相互争斗的武器,象征着锋芒与斗争精神。没有角的龙,就寓意着一条没有斗志的龙,是一条没有锋芒、软弱可欺的龙。

龙是中华民族的图腾,是中华民族力量与智慧的象征,它能上天入地、能呼风唤雨、能吞云吐雾……无所不能。但曹雪芹先生认为,这条代表力量与智慧的龙,到了它的末世却变得太过软弱、太无锋芒、太无斗志。虽是一代龙种,却是一条无角之龙。

五色丝绦中的"五色",是指佛教中的五色。在古代,五色与五行有一个对应,即金对白、木对青、水对玄、火对赤、土对黄。古人认为,处于至中之地的中原,四方都有一个守护神在守护着她,这就是东方有青龙、西方有白虎、南方有朱雀、北方有玄武这四方之神。这样每个方向上所对应的色彩,就有了神的意涵,于是,佛教徒就用这五色线编成五彩璎珞,套在孩子的脖子或手腕上,用来避邪除恶,趋吉避凶,永保平安。

书中除了"五色"以外,还有一个"五彩",它们之间有何区别呢？我以为,"五彩"指的是单纯的五种颜色——青、赤、白、玄、黄,没有其他的含义,而"五色"是由五彩丝线编成的、具有驱邪避凶等守护意义的物件。"五色"与"阴阳五行"有着密切的联系,带有宗教的色彩。书中一会五彩,一会五色,其意就在于此。简单地说,五彩指五种颜色,五色是指具有五种神圣功能的色彩。

综上所述,上面一段对宝玉外在衣饰描写的话,表面看是对人物衣饰的描写,实质是对宝玉所代表的末世中原文化的描写。这整套衣饰用料华贵,搭配考究,花色艳丽,寓意美好而吉祥。前半段写衣饰的吉祥华美,后半段写人的形象和性格。转换成文化后,前半段写中原文化之美,后半段写了末世中原文化的末世特征。从表面上看,一个华贵丽服的公子哥形象跃然纸上。但从文化的角度来看,其却从另一个侧面展现出了中原的地理风貌和人文特色。曹雪芹先生认为:"中原文化是闪耀在中华文化王国里的一顶耀眼的皇冠(太子冠),它高贵而显赫,辉煌而璀璨,就像镶嵌在中华大地之上的一颗耀眼的明珠。它地理位置得天独厚,南有昆仑至秦岭这条主龙脉望首中原,北有太行龙脉相顾中州;北拥黄河、南据淮水;北饮黄河之乳、南吮淮水之汁,两条河流蜿蜒相拥着美丽的中原大地,王者之尊尽显(二龙抢珠)。东木、南火、西金、北水、中土,五行争耀,而中原之'土'独居至中之地(五色)。东有青龙、南有朱雀、西有白虎、北有玄武这四方之神守护中州,真可谓一块风水宝地。中原文化历史悠久,源远流长(结长穗),厚重而庄严(石青),吉祥而美好。但保守而圆通(八团),无锋无芒、无斗无志、飞不动、立不起(螭);怒不像怒,笑不像笑,瞋不像瞋,顾盼含情。"

作者通过这样的描写方式主要是想说明中原文化是一种很美的文化,但在美丽的外表之下,它与东南方文化的代表林黛玉一样,是一种病态之美。东南方文化病了,中原文化也病了。

以上这些特征是我们一眼就能看得到的,是外在的特征,这叫作文化的外衣。正是由于这里优越的地理位置,和它在政治、经济、文化中的核心地位,中原被推到了历史的风口浪尖,成了兵家必争之地,"逐鹿中原"便成了永恒的焦点。

作者全面审视了中原文化进入末世时的各种怪异特征及其价值取向,对末世中原文化进行了严肃的批判。作者认为,中原文化到了末世有几个最大的毛病,一是不提倡读书,极厌仕途经济,只混迹于女儿之间,缠绵于爱恨情仇之中;二是追求一些华而不实的东西,将自己打扮得像个女孩儿似的,或如戏子一般;三是棱角全无,锋芒无存,毫无斗志;四是关键是什么都做不了,只知吃喝玩乐,除此以外,一技无成,既不能齐家,更别说安邦定天下了;五是对金钱毫无概念,对银子的多少、戥子的使用,一概不知,完全没有生活的能力。其就像是一个不识人间烟火的怪物,立身于空中楼阁中,各种怪诞偏僻聚于一身。要问宝玉何许人,请看书中《西江月》。

"一时回来,再看,已换了冠带:头上周围一转的短发都结成小辫,红丝结束,共攒至顶中胎发,总编一根大辫,黑亮如漆,从顶至梢,一连四串大珠,用金八宝坠角,身上穿着银红撒花半旧大袄,仍旧戴着项圈、宝玉、寄名锁、护身符等物;下面半露松花色撒花绫裤腿,锦边弹墨袜,厚底大红鞋。越显得面如敷粉,唇若施脂;转盼多情,语言常笑。天然一段风骚,全在眉梢;平生万种情思,悉堆眼角。看其外貌最好,却难知其底细。"(第三回)。

宝玉前面的打扮,是在外面的装饰,代表着文化的外衣;而宝玉现在的这副打扮,是回到家时的装扮,代表着文化的内衣和本真。现在来分析分析,看看中原文化的内衣与本真又是怎样的。

10."头上周围一转的短发都结成小辫,红丝结束,共攒至顶中胎发,总编一根大辫,黑亮如漆,从顶至梢,一连四串大珠,用金八宝坠角"

为什么如此在乎一头头发呢? 追根溯源,原因还是始自孔老夫子的《孝经·开宗明义章》,其文曰:"子曰:'夫孝,德之本也,教之所由生也。复坐,吾语汝。身体发肤,受之父母,不敢毁伤,孝之始也。'"这段话的核心内涵,无非是孝道使然,他觉得一个人的肤发身体都来自父母,所以不能随意毁伤,更不能剪掉。你说一个人的头发天天都在长,如果不能修剪,那只能无限长长,头发长了怎么办? 留着,于是就出现了那根压在人们头上的"辫子"。

11."头上周围一转的短发都结成小辫,红丝结束,共攒至顶中胎发,总编一根大辫,黑亮如漆,从顶至梢,一连四串大珠,用金八宝坠角"

头的周围有一转的短发,短发在作者笔下,喻指短处和毛病。然后将这些短发结成小辫,一根一根盘根错节地汇聚在一起,然后将这一根根的小辫逐一打上中华民族特有的标记——红色(红丝结束)。

"共攒至顶中胎发",什么是胎发? 胎发即与生俱来的先天形成的头发,从娘肚子里带出来的,这里指先天从娘肚子里带出来的毛病。辫子在作者笔下代表着保守主义,每根小辫子代表着一种保守思想,一根大辫子即是所有保守思想的汇总。所谓的胎发是说与生俱来就带有很浓烈的保守思想,而周围的短发结成的"辫子",则是后天所形成的新的保守主义思想。先天的保守思想和观念,再加上新形成的各种新保守主义思想与观念,一新一旧两大思想与观念编在一起,就构成了一根又粗又长、又黑又亮的保守主义思想和观念的大辫子。作者表面上是在写辫子,可实质写的是辫子所代表的保守主义思想和旧的观念。

鲁迅先生在《呐喊》中写道:"辫子消失了,辫子还存在着。起初我们头上是没有辫子的,心里有辫子,后来头上和心里,都有了辫子,再后来啊,有一群头上心里却没辫子的人站了起来,开始了一场又一场革命的狂飙。"

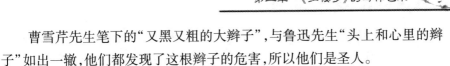

曹雪芹先生笔下的"又黑又粗的大辫子",与鲁迅先生"头上和心里的辫子"如出一辙,他们都发现了这根辫子的危害,所以他们是圣人。

辫子在鲁迅先生眼里是保守,是封建,在曹雪芹先生眼里是"病",其实这个病也是"保守主义"之病。

12."四串大珠"

"四串大珠"指的是守护中华民族四方的守护之神——四象,即东青龙、西白虎、南朱雀、北玄武。"四象"是"道"的产物。

13."八宝"

"八宝"是佛家文化所指的宝瓶、宝盖、双鱼、莲花、右旋螺、吉祥结、尊胜幢、法轮等八宝。

14."一转的短发"

又寓指满头的短处和毛病,"无数的小辫子"指无数的小毛病,然后,将后天所有的小毛病与过失,与头顶中先天的毛病(胎发),最后归结成一根大辫子,这个大辫就铸成了一个大错。辫子又错在哪里呢?错在一根辫子代表着自封与保守。

15."身上穿着银红撒花半旧大袄"

"银红"是较"大红"来说的。银红是一种近乎于白色的红,是一种非常浅淡的红色。大红是中华民族的本色,但"银红"较"大红"来说颜色淡了许多,作者就借用这个"银红",寓指中华文化中的这个"怡红公子"——中原文化,褪去了许多红色的本色,从其表面已看不到"大红"的影子,只能看到浅淡了许多的银红色,寓意本色褪了。

"撒花",是在银红上又增添了其他的新鲜花样,这说明中原文化更是在原本褪色的基础上,又添加了其他的新鲜花样,更冲淡了原有的大红的本色。

"半新不旧",指当时的中原文化所产生的一些新文化,说新又不新,说旧又不旧,就好像一锅夹生饭。寓意中原文化原有的红色已变淡,却又增加了许多的新花样(新文化),搞得新又不新,旧又不旧。旧文化中又增添了许多新色彩,新文化中又夹杂着之前的旧思想、旧观念。

16."仍旧戴着项圈、宝玉、寄名锁、护身符等物"

项圈、寄名锁、护身符都是道教文化的产物,道教认为,凡生养的娇宝贝,周围都有好多的小鬼在缠着他,所以需要保护好,于是这些离奇的文化就产生了。"项圈",是用金银打造的,戴在脖子上的圆形箍环,道教认为,只要把这个箍环戴在脖子上,妖魔鬼怪就不能把孩子带走了,就能保孩子长命百岁。"寄名锁"与"护身符"也都是这个意思,一个是锁住身体,一个是保护身体。"宝玉",在这里指的是玉文化,这块玉有着三大奇处,一除邪祟,二疗冤疾,三知祸福。仅宝玉的一个脖子上,就戴上了四样护身的东西,且不说它有多重,就是走起路来摇摇晃晃,叮叮当当,难受不难受?你看这四样东西,功用都差不多,挂上一件就足够了,可在他身上硬是挂上了四件。堆砌,烦琐,累赘!为求得那所谓的心安,堆砌!无端的堆砌!请问它的作用又在哪里呢?戴上这些东西就真能长命百岁了?神鬼不欺了?这就是中华文化之病。作者是在借这种行为来说明中原文化有着堆砌、烦琐、累赘,无病呻吟的毛病,实在是病得不轻。宝玉代表的是中原文化,宝玉戴着这些东西,就等同于是中原文化身上戴着这些东西。

17."下面半露松花色撒花绫裤腿"

"松花"是淡黄色的,比起中原文化固有的黄土之色已淡了许多,寓意中原文化已渐渐褪去了原有的土黄的本色。"半露",说明露一半、藏一半。本来中原文化固有的本色就已经淡了许多,再加上露一半、藏一半,犹抱琵琶半遮面,那中原文化原有的本色就所剩无几了。"撒花"是在淡黄的基础之上,又增添了许多的新鲜花样(新鲜文化)。总之是朝着美去的,只要看上去美观就好,不管是失去本色,还是不失去本色。"绫",这种面料有一个非常明显的特征,光滑华丽,寓指文化的华丽。这句话的寓意是说:"中原文化多了几分的华丽,而少了几分的厚重;多了几分的美感,而少了几分的本色。原本大红的文化本色,已逐渐淡去,说新又不新,说旧又不旧,所谓的那些新文化,虽然层出不穷、花样繁多,但却只是无端堆砌,烦琐而累赘,华而不实,美而无用。"

"锦边弹墨","锦",寓意"美好",锦上添花的锦。"墨",指"黑色"。"锦边弹墨"的意思是说,原本美好的东西,却添上了许多不该有的墨点或污迹。寓指本来优秀的文化却凭添了许多的污点,有画蛇添足之感。

"厚底大红鞋",鞋底越厚,脚离土地就会越远。作者是在借"厚底",说明不接地气。这双"厚底大红鞋"就寓指"中原文化越来越不接地气了"。另一层意思是说,"大红",是中国的国色,象征着忠孝,它是中华民族的精神象征和国家认同的标志。忠诚于自己的祖国,忠诚于自己的民族,这就是

"忠",这就是孝,这就是大义。

18."越显得面如敷粉,唇若施脂,转盼多情,语言常笑。天然一段风骚,全在眉梢,平生万种情思,悉堆眼角"

中原文化的最大特点是"石性",石头代表着厚重、纯朴、真实、坚强、内敛、含蓄、忠贞……但我们现在看到的却是一个风情万种、美丽轻浮的文化形象,这离中原文化厚重的本根越来越远了,这就是中原文化的末世特征。一个远离了本民族根本的文化,就像是一只无头的苍蝇,没有了方向的小鸟,等待它的将是死亡与毁灭。

综合以上这段描写可以得知:

中原文化那根象征忠孝的所谓的辫子,其实是一根带有深深宗教色彩和保守主义思想的辫子,它是由无数的毛病和过失编织而成的大错,是披着忠孝外衣的枷锁,它禁锢了人们的灵魂,羁绊了人们的手脚,束缚了人们的思想。末世时的中原文化就像一件褪去了本色的大袄,说新又不新,说旧又不旧,虽然增添了许多新花样,但还是一如既往的保守。项圈、寄名锁、护身符等封建宗教迷信的产物,时刻伴随左右,原有的黄土的本色已逐渐淡去,多了几分华丽,却少了几分厚重;多了几分轻浮,却少了几分内敛;多了几分轻佻,却少了几分含蓄。中原文化离其本根越来越远,就像一个美丽轻佻、风情万种的美少女立于世间。这就是中原文化的内衣。

孔子所提出的儒家思想的理念,一直到唐末,还是中华文化的核心主导思想。但到了北宋时期,这种局面却发生了重大的变化,出现了"程朱理学",400年之后的明朝时期,又出现了一个王阳明的心学。仔细体会你会发现,所谓的心学之中有理学,理学之中有儒学,所谓的心学与理学,其核心价值还是没能改变儒家思想的本质,说法虽各不相同,里面也确实增添了许多新的元素,但他们改变了儒家思想的核心宗旨了吗? 不论是理学,还是心学,悟去悟来,不还是儒家思想的翻版吗? 这就是曹雪芹先生所说的"半旧半新""半新半旧"。

从北宋时的程朱理学,到明朝时的王阳明的心学,折腾了好几百年,那根又黑、又粗、又亮的辫子不还是在吗? 不但那根辫子还在,且象征中华民族本色的"黄",也丢了;象征中华民族忠孝的"红",也褪了;象征纯真、坚贞、朴实、厚道、坚强不屈、百折不挠的中华民族的"石性",也丢掉了;象征中华民族图腾的那条能吞云吐雾、呼风唤雨、上天入地、能飞能潜、无所不能的飞龙,到后来也变成了一条无角、无鳞、无爪、粗腿的,飞不起立不住,只能爬行的肉乎乎的"螭"。

宝玉出去一套衣服,回家后又是一套衣服,一套外衣,一套内衣。作者其实是要给我们展示的是中原龙人文化的外衣和内衣。从表面上看觉得特别美,但透过这层美丽的外衣,我们就能一窥明末清初中原文化的实质。宝玉身上的衣饰其实是中原龙人文化的一个缩影,也是中华文化的一个缩影。特别是后面的《西江月》词,道出了末世中原龙人文化的真实特征:

"无故寻愁觅恨,有时似傻如狂。纵然生得好皮囊,原来腹内草莽。潦倒不通世务,愚顽怕读文章。行为偏僻性乖张,哪管世人诽谤!"

"富贵不知乐业,贫穷难耐凄凉。可怜辜负好韶光,于国于家无望。天下无能第一,古今不肖无双。寄言纨绔与膏粱,莫效此儿形状!"

这两首《西江月》词,是对当时中原文化最好的概括,它是说中原文化孕育出来的子孙,就如宝玉一样,无故寻愁觅恨,有时似傻如狂,表面看上去生得好皮囊,可原来腹内草莽一个。

(三)薛宝钗的服饰与相貌所表达的文化特征

第八回:"宝玉掀帘一迈步进去,先就看见薛宝钗坐在炕上作针线,头上绾着漆黑油光的鬏儿,密合色棉袄,玫瑰紫二色金银鼠比肩褂,葱黄绫棉裙,一色半新不旧,看去不觉奢华。唇不点而红,眉不画而翠,脸若银盆,眼如水杏。罕言寡语,人谓藏愚,安分随时,自云守拙。"

这是对薛宝钗作为一个谋者、智者、隐者特征的一次全面的描述。薛宝钗代表的是北方文化中的"谋",所有对薛宝钗这个人物的描写,都是对北方文化,以及对北方文化中的"谋"这种文化末世特征的描写。现分析如下。

1. 绾着漆黑油光的鬏儿

"漆黑油光":是用来表示这个"鬏儿"所拥有的鲜明特征的。所有女人的"鬏",都是丝丝有序、一丝不乱绾在一起的。作者就通过"鬏"的这一特点,寓指"谋"这种文化一丝不乱、严谨有序的特征。

"密合色":密,指密不透风。合,指严丝合缝。寓意"谋"这种文化,行事严密周全,严丝合缝,密不透风,不留一点儿破绽。这就是一个智者与谋者的特点。"密合"在这里不是指什么颜色,它凸显的是一个"密"字与一个"合"字。"色"指的也不是颜色,而是特色。"密"与"合",是"谋"这种文化最鲜明的特色。

2."玫瑰紫二色金银鼠比肩褂"

"玫瑰":一是美丽,一是多刺,作者就根据玫瑰花的这种特点,寓指"谋"这种文化,都是一个个美丽的陷阱,搞不好就中招了,被刺伤了。

"二色":二,就是指两面性。色,指的是特色。"二色",就是在说"谋"这种文化具有两面性的特色,具有欺骗性的特色。

金银鼠:又名灰鼠,夏天毛呈褐色,冬天毛呈灰白色,作者就借用金银鼠毛色变化的这一特点来比喻"谋"这种文化所具有的随时而变、随机应变、灵活多变的特点。

葱黄绫棉裙:葱,寓意"聪明"。绫,寓意"伶俐"。葱与绫,寓意聪明伶俐。作者是在说,一个谋者必是一个智者,谋与智都有着聪明与伶俐的特点。

一色半新不旧:"半新不旧",在这里是指一种质朴沉稳的色调,寓意着"谋"这种文化所具有的不张扬、沉稳的特色。

不觉奢华:寓指"谋"这种文化不追求奢华,不张扬,保持恬淡的心态。"谋"这种文化是绝对不能追求华丽的,一华就不实了。

唇不点而红,眉不画而翠:这里说的是"谋"这种文化,有种不加雕饰的自然之美的特点。"谋"是一定要从实际出发的,讲究适天、适地、适人、适时,一丝的雕饰都会导致失败。

脸若银盆,眼如水杏:关于这个"脸若银盆"的问题,如果照字面解释,就是说这张脸像一个银盆一样,又大、又圆、又白,如果谁真要长着这么一张脸,这一定会吓死人的。这里的"银盆"并不是指脸的形状,它是用来比喻月亮的,"银盆"就是"银盘"。唐代卢仝《月蚀》诗:"烂银盘从海底出,出来照我草屋东。"宋代陆游的《十月十四夜月终夜如昼》中有:"月从海东来,径尺熔银盘。"明代沈周的《有竹庄赏月》诗云:"烂拥银盘草屋东,白头相赏两三翁。"这里要说明的是,"脸若银盆",并不是指脸的形状,而是指脸的颜色,指脸的颜色如月亮一样白。施耐庵《水浒传》第二回:"只见空地上一个后生脱膊着,刺着一身青龙,银盘也似的一个个面皮。"很显然这里的银盘指的是面皮的颜色,并不是指脸的形状,且这个"银盆脸"并非女人专用,后生、男子也可以用。

这个"银盆脸",重点不在脸色的白上,它带有强烈的负面感情色彩,为贬意。白脸在京剧脸谱中代表着奸诈,比如曹操的白脸。这里的"脸若银盆"是指薛宝钗所代表的文化奸诈。因薛宝钗代表的是"谋",谋这种文化到了末世时就爱耍阴谋诡计,奸诈得很。作者说薛宝钗"脸若银盆",其实是在说薛宝钗所代表的"谋"这种文化很奸诈。

眼如水杏:像水杏子一样的眼睛。"杏眼"的特点是比较圆的,圆溜溜的,眼中含水,滴溜乱转。作者在书中是在比喻一个谋者,心事萦迁,灵活多变,思来想去。而书中还有另一层意思,水杏的谐音为"水性"。"水性眼",像水一样,易于变化,变幻莫测。这就是一个谋者、智者眼睛的特点。"水性(水杏)眼"在书中带有贬意。

罕言寡语,人谓藏愚。安分随时,自云守拙。

罕言寡语:古语讲"言多必失",作为一个智谋者,她是不会随便讲话的,她会守口如瓶,罕言寡语是一个谋者与智者的最大特点。千万不要认为一个不讲话的人就是个愚蠢的人,这样的人恰恰是一个智者的所为。

人谓藏愚:藏愚,就是把愚的一面隐藏起来。人谓藏愚,人们都以为她罕言寡语,是在藏愚,其实,罕言寡语正是一个智者最明智的地方。

安分随时:就是随分从时,伺机而动。一个智者,她能洞察秋毫,她知道什么时候该动,什么时候不该动;什么时候可为,什么时候不可为。

自云守拙:藏愚、守拙,其实是一个智者谋者的表象,一个智者的真实内心,深不可测,明白着呢!

上面整段话所包含的全部意涵是:薛宝钗所代表的谋与智这种文化,说话行事丝丝相扣(鬓)、天衣无缝、密不透风(密合色);表面看上去是一个馅饼,其实是一个美丽的陷阱(玫瑰色)。这种文化特别耍滑藏奸(银盆脸),且表里不一(二色);她聪明伶俐(葱黄绫);恪守中庸,不求奢华(半新不旧);一张奸诈的脸,一双滴溜乱转的眼(水杏眼);罕言寡语,随分从时;眉眼间,虽藏愚守拙,装聋作哑,其内心深处却是心机莫测。

以上这段对薛宝钗的描述,都是对一个谋者、智者的描述,作者将一个谋者、智者的形象刻画得是入木三分,不曾有丝毫的偏离。

(四)林黛玉的外貌所表达的文化特征

书中对黛玉的衣饰几乎无一涉及,主要强调的是她的外貌特征和内心世界。

第三回,贾母因笑道:"外客未见,就脱了衣裳,还不去见你妹妹!"宝玉早已看见多了一个姊妹,便料定是林姑妈之女,忙来作揖。厮见毕归坐,细看形容,与众各别:两弯似蹙非蹙罥烟眉,一双似喜非喜含情目。态生两靥之愁,娇袭一身之病。泪光点点,娇喘微微。闲静时如姣花照水,行动处似弱柳扶风。心较比干多一窍,病如西子胜三分。宝玉看罢,因笑道:"这个妹妹我曾见过的。"贾母笑道:"可又是胡说,你又何曾见过他?"宝玉笑道:"虽然未曾见过他,然我看着面善,心里就算是旧相识,今日只作远别重逢,亦未为不可。"贾母笑道:"更好,更好。若如此,更相和睦了。"宝玉便走近黛玉身边坐下,又细细打量一番,因问:"妹妹可曾读书?"黛玉道:"不曾读,只上了一年学,些须认得几个字。"宝玉又道:"妹妹尊名是那两个字?"黛玉便说了名。宝玉又问表字,黛玉道:"无字。"宝玉笑道:"我送妹妹一妙字,莫若'颦颦'二字极妙。"

现在来看看这段话的深刻含义。前面分析过了,林黛玉代表的是东南方文化,以及东南方文林中的诗文之林(咏絮才)。上段对林黛玉的描写,其实质是对东南方文化及东南方诗文之林的描写。林黛玉的外貌特征,即东南方文化的外貌特征。具体分析如下。

1. 两弯似蹙非蹙罥烟眉

蹙眉:就是皱眉头,愁眉也。作者是在借"蹙眉"来揭示末世东南方文化整天愁眉苦脸,有说不完的愁,写不完的愁,深陷一个"愁"字之中。

罥烟:指被烟雾笼罩,意指朦胧而含情。作者是在借"罥烟"来揭示末世东南方文化,总是笼罩在一片脉脉含情之中。

"两弯似蹙非蹙罥烟眉"的意思是说:东南方诗文之林给人的印象是一种似愁非愁,非愁又似愁,愁眉轻展的感觉,笼罩在一种似烟非烟,柔情薄雾的氛围之中。简单地说就是:说它愁吧,它又不像是愁;说它不愁吧,它又像是愁。

2. 一双似喜非喜含情目

含情目:眼含如露泪光。作者是在说末世时的东南方诗文之林,似喜非喜,非喜又似喜,眼含泪光,望眼欲滴。

3. 态生两靥之愁,娇袭一身之病

作者的意思是说:东南方末世诗文之林,两靥态生愁容,满身娇袭病态。在美丽的靥态之下,隐约可见的是满面的愁容;在娇美的身子之上,隐约可见的是一身的毛病。

4. 泪光点点,娇喘微微

意思是指末世时的东南方诗文之林,眼含点点泪光,娇气微微轻喘,愁容尽显,娇弱同生,病得很重。

5. 闲静时如娇花照水,行动处似弱柳扶风

意味闲暇处静之时,如娇弱之花照映水中;行动之处,又似一枝扶风的弱柳,轻拂微风之中。作者在这里给人们展示的是一种末世时的东南方诗文之林的柔情之美,柔弱之美,娇韵之美。

6. 心较比干多一窍,病如西子胜三分

传说比干多心窍,而她比比干还多一窍,心窍极深;人曰病西施有绝世之美,可她比病西施之病还多三分,病得极重。作者在这里是在说东南方文林到了它的末世之后,心眼太多,疑虑太重,虽然美如西施,却是一个病西施,给人留下的印象是一种病态之美。

综合总结一下上面这段话的意思:作者是在说末世时的东南方诗文之林,就如林黛玉一般,总有展不开的愁眉,抹不去的眼泪,文辞诗风深陷于爱恨情仇、离愁别绪之中而不能自拔。似喜非喜,似愁非愁,眼含泪光,娇喘微微。有时如弱柳扶风,有时如娇花照水,它就像是一个病西施,凸显出来的完全是一种病态之美。除了病态之美之外,东南方文林还表现出多心多窍、心胸狭窄、疑心太重、多愁善感的特点,动不动就哭鼻子,抹眼泪,气性大,愁不完,哭不够。于是作者就通过宝玉之口,给东南方文林起了个绰号,这个字就是一个"颦"字,一个颦字几乎将末世东南方诗文之林,刻画得是入骨三分、淋漓尽致。东南方诗文之林一味孤高自傲,目无下尘,本来就病得深重,再加上这孤傲的毛病,这就为东南方文化的失败埋下了祸根。

东南方文林是中华才子的摇篮,历朝历代才人辈出,它有着广泛的代表性,在某种程度上,它又能代表整个中华诗文之林。东南方文化病了,整个中华文化也就病了。写东南方文化之病,也就是在写中华文化之病。

第十三节 《红楼梦》中人物的代表性

书中所有的人物都具有两个特点,第一是个体性,第二是群体性;有时是作为个体而存在,有时是指代一个群体。

如:

贾琏:代表瑚琏之臣,在书中,隐指帝王。但他没有特定的个体指向,他

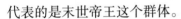

代表的是末世帝王这个群体。

宝玉：他代表着中原文化中的玉文化，而中原文化是中华文化的核心，所以他又能代表中华文化。

林黛玉：她代表东南方文林，东南方文林"尚文"，她是中华文化才子的摇篮，在某种程度上，东南方文林也代表着中华文林。东南方文化的兴衰直接影响整个中华文化的兴衰。如果东南方文化病了，整个中华文化也就病了。

薛宝钗：她代表着北方文化中的"谋"，北方文化尚武多谋，好勇多智，有血性。《中庸》里讲："宽柔以教，不报无道，南方之强也。君子居之。衽金革，死而不厌，北方之强也，而强者居之。"北方文化是中华文化之中的强者，它的强，不仅仅只是北方文化之强，也能代表整个中华文化之强。所以，北方文化的兴衰，直接影响中华武文化的兴衰。而"谋"是武文化的核心，如果谋文化出了问题，那整个中华武文化之林就出了问题。

贾环：他是庶子，也代表着末世庶子这个文化阶层。他的所作所为代表的是整个末世庶子阶层的所作所为；他的命运，代表的是整个末世庶子这个阶层的命运。

贾元春：她在琴、棋、书、画中代表"琴"。琴在古代是弦乐器的总称，也代表音乐。由于这个"乐"与"宫"有缘，"宫"与"乐"就组成了"宫乐"，代指宫廷音乐文化。也就是说，贾元春这个人物代表的是"宫乐"这种文化，如果贾元春病了，就是指宫乐这种文化病了；贾元春的命运，代表着整个宫廷音乐文化的命运。

贾迎春：代表棋文化，也代表整个棋林的命运。

贾探春：代表书法文化，也代表整个书林的命运。

贾惜春：代表画文化，也代表整个画林的命运。

王熙凤：代表末世凤文化，代表王后这个阶层，也代表整个后宫文化。后宫干政、宦官专权这种末世现象几乎朝朝都有，所以她也代表整个后宫文化这个群体。后宫文化没有特指性，没有固定的对象，哪个朝代没有后宫？王熙凤的所作所为，代表的是末世时王后这个阶层的所作所为；王熙凤的命运，代表的是末世时的凤文化的命运。

妙玉：乃谐音"庙玉"也，代表佛教文化中的尼庵文化，也代表整个佛教文化之林。妙玉是以南宋高宗绍兴年间，临江青石镇女贞庵中的尼姑陈妙常为原型的,同时代表着整个尼庵文化。妙玉她不仅仅是指自己,而是代表整个末世时的尼庵文化,她的命运,也代表着整个尼庵文化进入末世的命运。

贾政:代表"假的政治",由于每个朝代都会有末世,都会有"假政",所以他不仅仅代表一个"假政",他代表着所有的末世政权与末世政治。

……

如此类推,每一个人所代表的文化,除了其本身,都有其广泛的代表性,并不指一人一事,每个人代表的都是一个文化群体,因为作者写的是文化。

第十四节 《红楼梦》中的人与诗

我们通过人文符号的转换,将人转化成了文,如林黛玉代表着东南方文化(东)、史湘云代表着南方文化(南)、秦可卿代表着三秦文化(西)、薛宝钗代表着北方文化(北)、贾宝玉代表着中原文化(中)、贾元春代表着宫乐文化、迎春代表着棋文化、探春代表着书法文化、惜春代表着画文化、妙玉代表着佛教尼庵文化、薛宝琴代表着音乐文化、香菱代表着纯朴清正文化。那么书中每个人的诗,代表的都是每种文化的诗韵。细述如下。

贾宝玉——他代表着中原文化,他的诗就代表中原诗林。中原诗林的成就比起南北诗林要逊色很多,所以在书中,贾宝玉的诗比起林黛玉(南)与薛宝钗(北)之诗,总是落入下风,这也就不奇怪了。

薛宝钗——她代表的是北方文化,她的诗代表的是北方诗林。北方文化多智,所以她的诗成就很高,历史上涌现出了无数的诗词大家。

北方文化多智,"智者乐隐",所以薛宝钗之诗超凡脱俗,有隐逸诗派之风,造诣极高。特别是她的咏菊诗,堪称一绝。她的诗有陶渊明、王维、孟浩然、韦应物等隐逸派之词风。

林黛玉——她代表的是东南方文化,她的诗代表的是东南方文化中的诗林。东南方文化多才,所以林黛玉之诗辞藻华丽,新奇瑰丽,韵味无穷。东南方文化多愁而善感,所以林黛玉之诗极其哀婉缠绵,她的诗大有婉约诗派之风,有柳永、张先、晏殊、秦观、周邦彦、李清照、李煜、林逋之风。

书中始终将林薛之诗进行比较,历次比肩,难分伯仲,各有所长,各有千秋这就是说,东南方诗林与北方诗林,南善才,北善智,南与北两大诗派是很难分出高下的。

贾元春——代表的是琴文化(乐),由于她与"宫"有缘,她最终代表"宫乐"这种文化。贾元春之诗,代表的是宫廷歌女之诗,由于宫廷歌女这个群体在宫中的地位十分低下,又没有自由,命运悲惨,关于她们的诗都难免悲怨,于是就产生了"宫怨"这种诗体。在书中她虽然没有写过诗,但在判词中却出现了:"二十年来辨是非,榴花开处照宫闱。三春争及初春景,虎兕相逢大梦归。""二十年来辨是非",此句来自唐代张祜《宫词二首》:"故国三千里,深宫二十年。一声何满子,双泪落君前。"这首诗描写的是唐李隆基时的宫廷歌女何满子的悲惨遭遇。宫廷歌女这个群体,她们虽荣居宫中,可命运都很悲惨,二十年来不人不鬼的宫廷生活,她们的心中都有怨,都有恨。李白、杜甫、陆游、白居易、王昌龄等,都写过宫怨诗。

很多人在研究《红楼梦》的时候,都对这个"二十年来辨是非"不理解,主要是不知道贾元春代表的是"宫乐"这种文化,代表的是宫廷歌女这个群体。

贾迎春——她代表的是棋文化,她的诗代表着棋林诗派,棋林她只懂棋谱,对棋技有兴趣,并不善诗词歌赋,所以迎春在书中诗做得又少又不好。

贾探春——她代表的是书法文化,她的诗代表着书林诗派。书法文化这个群体都很有才华,古今不乏诗词大家,如苏轼、黄庭坚、米芾、赵孟頫、宋徽宗赵佶等都属书林诗派,他们不但书法精湛,而且诗词造诣极深。你看贾探春之诗,虽略逊林薛,但才情很高,颇有建树。

贾惜春——她代表的是画文化,她的诗代表着画林诗派。虽说诗画不分家,但画文化功于画,而弱于诗。画林虽在画作上偶有题咏,但毕竟很少。所以在书中,贾惜春之诗不但少,且造诣不高。

史湘云——她代表着湘楚文化,她的诗代表着湘楚文化诗派。湘楚文化中的《楚辞》,其辞风激越豪放、大气磅礴、直抒胸襟、不遮不掩、坦荡真诚、信马由缰,所以湘楚辞风尽显豪放诗派之特色。如屈原、宋玉、欧阳修、苏轼、李白、辛弃疾等。

史湘云在与林黛玉对诗上,那是棋逢对手,将遇良才,难分伯仲。这说明东方文化之诗文之林,与南方文化的"辞林",在才气上是旗鼓相当的。

妙玉——她住在栊翠庵,代表着尼庵文化。身为一个尼姑,她的诗一定带有很深的超脱、玄妙、了悟之禅机。如,魏晋之孙绰、许询、王蒙、桓温等。

你看妙玉的续诗,才华横溢,不逊林史,有过之而无不及。

薛宝琴——"琴"在古代是弦乐器的总称,代表音乐文化。她从小随父母游于四方,见多识广,她的诗除了有音乐文化的诗韵,又有游历诗派之风。你看她的怀古诗就是一绝。其实诗与歌、歌与诗有着异曲同工之妙,有时歌词之美,胜过诗词之美。你看她在与林、史、薛的对诗之中一点儿不落下风,可见音乐文化之诗情,一点儿都不逊色于南北诗林与湘楚之辞风。

他们每个人的诗无不透着本文化的特色,你看黛玉之婉约、湘云之豪放、宝钗之隐逸……各显其韵,各具特色,尽显其地域文化之风貌。

《金陵十二钗》之中,画林如惜春,不善诗咏;棋林如迎春,文才乏善;理文化之林如李纨,少诗;凤文化的代表王熙凤不识字,无诗;秦可卿早亡,故无诗;巧姐代表性文化之林,不能诗。其中旗鼓相当的只有三个人,黛玉(东)、宝钗(北)、湘云(南),其次是探春(书),再其次是宝琴(音乐),再再其次是宝玉(中原)。

第十五节 《红楼梦》中室宇与席次的用意

席位在中华民族习俗中非常重要,它与身份地位紧密联系在一起,桌子的位置都有严格的规定,虽然现在不像古代那样讲究,但长幼、主客、上下有序,还是按老规矩延续了下来。作者在《红楼梦》中多次借席位的主次,对文化的地位高低进行了排位;在什么房屋里会客,也体现出主人对客人的重视程度。

如,第三回:"原来王夫人时常居坐宴息亦不在这正室,只在东边的三间耳房内。于是老嬷嬷引黛玉进东房门来。"

这是第三回林黛玉来到贾府,王夫人接见黛玉的地方。不在正室,只在耳房内,所谓的耳房其实是主人宴息的内室,说明接待非常轻慢。因林黛玉代表的是东南方文化,东南方出才子,所以这个轻慢是对东南方文化的轻慢,是对文才的轻慢,影射的是这个"王"不重视"文才"。比如说古时,官员来访,不论是下级见上级,还是上级见下级,都会在正室,哪有在自己吃饭睡觉的地方接见人的?

黛玉去拜见贾赦时,贾赦随便找个理由不见;她又拜见贾政时,贾政也不见,且王夫人这个王,接见她的地方只在耳房。如果《红楼梦》是写人生社会的人情与事故,贾赦、贾政身为舅舅,不接见林黛玉,那顶多就是对人的不重视。可"赦"的谐音是"社",社稷的社,指社稷(社稷指国家)。"政",指的是"政权"。而林黛玉代表着东南方文林中的"咏絮才"。很显然,"赦"也好,"政"也罢,两者都拒绝接见这个"才",都不重视才学,拒"才"于国政之外,这个国家、这个政权,不就完了吗?

又如,"贾母正面榻上独坐,两旁四张空椅,熙凤忙拉了黛玉在左边第一张椅上坐了,黛玉十分推让。贾母笑道:'你舅母和你嫂子们不在这里吃饭。你是客,原应如此坐的。'黛玉方告了座,坐了。贾母命王夫人也坐了。迎春姊妹三个告了座方上来。迎春便坐右手第一,探春左第二,惜春右第二。旁边丫鬟执着拂尘、漱盂、巾帕。李、凤二人立于案旁布让。"这是第三回的场景。

"贾母正面榻上独坐"——"正面"是最显要的位置,是最有权势的人的座位,只有权威最大的人才能坐,代表文化的最高权威。别人坐的都是椅子,唯独贾母坐的是榻,别具一格,独一份。这说明,贾母所代表的文化独居显位,权高位重。

在传统观念里,左边为上,右边次之,而左边第一又是左边最大的位置,而这个位置让林黛玉坐了。这说明迎春(棋)、探春(书)、惜春(画)、林黛玉(诗),这四个人所代表的文化中,贾母将林黛玉所代表的诗林排在了棋林、书林、画林之前,居第一的位置。"迎春右边第一,惜春右边第二;黛玉左边第一,探春左边第二。"这就是说,在这四个位次中,这第一把交椅就给林黛玉所代表的"诗"文化坐了,棋、书、画依次靠后。其实王熙凤的这个安排是没有任何问题的,"诗"在地位上肯定要高过棋、书、画这三种文化。

根据这个座次,贾母还是给了林黛玉所代表的"诗"高度的评价。但到了晚上睡觉时,却没有给予林黛玉(诗)应有的"房舍"(房舍在书中寓意生存空间),而是将她安排到了贾母住房里间的"碧纱橱里"。"纱橱",这里是指"玉枕纱橱"的橱。纱橱设置在卧室的中间,四面碧纱,里面放床,是夏天乘凉睡觉的地方。但是,贾母带着宝玉却睡在了暖阁之中,这就不正常了,那林黛玉不是会冻坏吗?其实这代表着贾母把林黛玉所代表的东南方文化,晾在了一边,没有给予应有的尊重。"碧纱橱"也可以被理解为糊有碧纱的橱柜,贾母把林黛玉所代表的东南方文化之诗,放在了橱柜里,让它束之高阁。

第五十三回："上面两席是李婶薛姨妈二位。贾母于东边设一席,是透雕夔龙护屏,矮足短榻,靠背、引枕、皮褥俱全。榻之上一头又设一个极轻巧洋漆描金小几,几上放着茶盅、茶碗、漱盂、洋巾之类,又有一个眼镜匣子。贾母歪在榻上,与众人说笑一回,又自取眼镜向戏台上照一回,又向薛姨妈李婶笑说:'恕我老了,骨头疼,放肆,容我歪着相陪罢。'因又命琥珀坐在榻上,拿着美人拳捶腿。榻下并不摆席面,只有一张高几,却设着璎珞、花瓶、香炉等物。外另设一精致小高桌,设着酒杯匙箸,将自己这一席设于榻旁,命宝琴、湘云、黛玉、宝玉四人坐着。每一馔一果,来先捧与贾母看了,喜则留在小桌上尝一尝,仍撤了放在他四人席上,只算他四人是跟着贾母坐。故下面方是邢夫人王夫人之位,再下便是尤氏、李纨、凤姐、贾蓉之妻。西边一路便是宝钗、李纹、李绮、岫烟、迎春姊妹等。"

这是第五十三回"宁国府除夕祭宗祠 荣国府元宵开夜宴"中,一段关于座次的详细描写,从这段话里可以看到:

"上面两席是李婶薛姨妈二位",李婶的"李",代表"理学文化";薛姨妈的"薛",是从"血"字上谐音过来的,代表的是带血的文化,这个带血的文化就是"武文化"。现在把"理文化"与带血的"武文化"放在了"上面首席"位置,这就好比这个贾母(假母)将第一把交椅让"理学文化"坐了,第二把交椅让给"北方文化"坐了,把理学文化与北方武文化提高到了最高的位置。这个位置以往是老太太自己的座位,老太太所代表的"道学",历来都是当仁不让,稳坐第一把交椅的,但现在自己没坐在这个首席位置上,这就好比她从这个位置上主动退了下来,主动让贤。

"透雕夔龙护屏、矮足短榻","夔龙":一条"状如牛,苍身而无角,一足,出入水则必有风雨,其光如日月,其声如雷的龙"。"苍"言苍老;这是一条无角龙,"无角"表明没有锋芒和斗志;这是一条"一足"龙,意味单脚龙、缺腿龙。这句话寓含的意思是说:"我是一条老龙,已经老了,已没有了斗志和锋芒,就像一条缺腿龙,现在是该你们走上前台的时候了。"这就好像是主动退位让贤,自降身价的意思,让别人走上前台,自己则退居二线一样。

"矮足短榻":坐一个又短又矮的榻,表明的是一种姿态——示弱、自降身份。是史太君主动自降身份,退居二线,让"理文化"(李婶)与"血文化"(薛姨妈)走上前台,起引领作用。

从以上的座次安排上,不管怎么说,其他人等座次高也好,低也罢,但好歹都有一个座次,唯独"宝琴、湘云、黛玉、宝玉"不是坐在正儿八经的桌子上,而是坐在另设的一个高几上,这就等同于没有席位。不但没有席位,而且没有自己专属的菜果,吃的菜都是老太君剩下的,她爱吃的,动动筷子,然后端给她们;她不爱吃的,就直接端走。这就好比在这次文化的排班论座上,将这四种文化排挤出了中心文化圈,这就意味着这个史太君要破"陈腐旧套"相当于是一次文化的改革,还拉上了四个垫背的,不但把"琴文化"(薛宝琴)、"湘楚文化"(史湘云)、"东南方文化"(林黛玉)排挤出了文化舞台的中心,还将代表中原文化的贾宝玉,也一同排挤出了中心文化圈。你老太君要退位让贤,要破陈腐旧套,是"我老了,骨头疼"。实属正常,可此四人正当青春年华,正是干事的时候,让他们靠边站这合适吗?再说这四种文化非常重要,是说靠边站就能靠边站的吗?宝琴之"琴",乃九德之器,君子之所秉也;史湘云乃代表湘楚文化之才;林黛玉则代表东南方文化之才;贾宝玉则代表中原文化之德。如果把这四种文化都排除在文化阵地之外,这个文化阵地不就失去了才与德了吗?一个少才缺德的文坛,还能稳固吗?你说这个史老太君是不是老糊涂了!

第五十三回:"两边大梁上,挂着一对联三聚五玻璃芙蓉彩穗灯。每一席前竖一柄漆干倒垂荷叶,叶上有烛信插着彩烛。这荷叶乃是錾珐琅的,活信可以扭转,如今皆将荷叶扭转向外,将灯影逼住全向外照,看戏分外真切。窗格门户一齐摘下,全挂彩穗各种宫灯。廊檐内外及两边游廊罩棚,将各色羊角、玻璃、戳纱、料纱、或绣或画、或堆或抠、或绢或纸诸灯挂满。廊上几席,便是贾珍、贾琏、贾环、贾琮、贾蓉、贾芹、贾芸、贾菱、贾菖等。"

上面这段话都是言外之言,音外之音,意境在千里之外。我们看看这段话寓意着什么?

"联三聚五":寓意"珠联璧合"。

"玻璃":寓意"琉璃世界"。

"芙蓉":寓意"富贵荣华"。

"穗":寓意"岁岁平安"。

"倒垂荷叶":"荷叶"就是"莲叶",寓意"廉洁"。这倒垂的荷叶呢?就是倒行逆施,就是倒着行,逆着来,将象征"廉洁"的荷叶倒过来,就是不廉洁。

"烛信"：取谐音"足信"，意指"足够的信义"。

"荷叶乃是錾珐琅的"：錾珐琅工艺是要在金属器物上錾出花纹，然后再填上珐琅彩，这样一錾，就会留下许多凹凸不平的痕迹。荷叶，也寓意和和美美，如果在荷叶上錾花，这个和和美美的氛围就被打破了，就不和美了。荷叶，也被称作"莲叶"，寓意"廉洁"，如果在莲叶上錾上花，就寓意在象征廉洁的荷叶上用刀刻下了无数的破洞，就漏洞百出了。

"活信"："信"，是指信义。信义是不可动摇的，而"活信"则不然，它会不时随着风向而变动，会随风而转，随风而动，这所谓的信义，一点儿都不坚定了，想变就变，想动就动。

作者在书中，话锋一转，用了一个"如今"。这个"如今"，就将笔触从过往带回到了现实之中。现实又是怎样的呢？"荷叶扭转向外"，这就是说，这个象征廉洁的荷叶灯，现在只朝向外面，照着别人，而照不着自己，只要求别人像荷叶一样廉洁，而自己则不然。作者是在批判现实社会中的当权者们，他们所谓的荷叶灯，只照着别人，而照不见自己；只要求别人廉洁，而自己则可以法外枉法。

"窗格门户一齐摘下"：窗格与门户，是贾府这座文化屋宇的窗口与门户，而现在却被一起摘下。当窗格门户都被摘下之后，这座文化之府就会门户大开，所有应该遵循的法规、制度、规矩、操守、信念、责任，就全都失陷了，这就相当于是法度尽废，规矩全无，门户大开。而取而代之的是象征财富的"彩"，与象征长命百岁（穗）的宫灯。这意思是说，为了荣华富贵，为了长命百岁，所有的法度与规矩，操守与责任，全都不要了。

贾母这次的破陈腐旧套，是非常荒谬的，也是非常错误的。陈腐旧套是应该破的，但关键是新的规矩与制度要先进，要合理。不是破除旧有的好的规矩，而留下一套老的糟粕。你把象征规矩的"窗格门户"都拆了，而挂上象征荣华富贵和长命百岁的宫灯，这岂不是在自毁长城吗？

看到这里，我们一定会认为《红楼梦》读起来太难了，其实掌握了作者的写作技巧就不难了，是有规律可循的，如某个地方出现了"贾赦"，你就知道这就与"江山社稷"有关了；如果出现了"贾政"，你就知道与"假的政治"有关了；如果出现了林黛玉，就知道与"才"有关了。林黛玉又代表整个中华文林，这就又与文林有关了……比如林黛玉来贾府，"假赦"不见黛玉，就表明国家不重视才能、不重用人才；"假政"不见黛玉，就表明政府不重视才能、不重用人才;"假母"将林黛玉放入纱橱之中,束之高阁,就表明这个文化王国的最高统治者不重视才能、不重用人才。这样读起来就意趣横生,就把《红楼梦》的写作真实挖掘出来了。但前提条件是,一定要知道作者写的是"文",始终要从文化的角度出发,以文化为前提来进行解读。

第十六节　亲属关系在书中的作用

《红楼梦》写的是文化,既然是文化怎么还分出父、母、女和儿呢? 原来父亲母亲,代表的是文化的父体与母体。在男尊女卑的时代,儿子在古代是继承香火的,在书中代表主要文化。女儿则代表次要文化。亲属则代表旁系文化。简单来说,作者是把人与人的关系嫁接到了文化与文化的关系之中,书中人与人之间的关系,其实是文化与文化之间的关系。现举例说明。

一、秦钟、秦可卿与父秦业关系的用意

秦,在书中指"三秦文化"之秦,代表三秦文化。一儿一女指的是三秦文化中的两大核心文化。第一就是"秦钟",何谓秦钟呢? 秦钟就是从"秦忠"上谐音过来的。"秦忠",顾名思义,就是指三秦文化之中的"忠"。作者认为三秦文化最核心的内容就是"忠"。第二就是"秦可卿",何谓秦可卿呢? 秦可卿就是从"秦可亲"上谐音过来的。"秦可亲",是指三秦文化中的可亲可敬的人间亲情。这就是说,三秦文化有两大核心,一是"忠",二是"情",延伸之后就是"忠孝"与"情义"。这个所谓"秦"家的一双儿女,就是指三秦文化中的两大文化,一是忠孝,二是情义。作者认为,忠孝与情义就像三秦大地上的一对姐弟。男儿有忠孝,女子有情义,这两大核心文化就像三秦大地这个大家庭里的两姐弟一样,沿袭着三秦文化的香火,传承着三秦文化的基因。这就是姊妹关系在书中的应用。

秦钟与秦可卿有一个父亲名秦业,并说他们的这个父亲是一个"营缮郎"。何为"秦业"? 何又为"营缮郎"呢? 秦业的"秦",指三秦文化之秦;"业",指基业。"秦业",就是指三秦文化的基业与基础。何谓"营缮郎"呢? 所谓的"营缮郎",是指"营善郎",意味是营建"善"文化的"郎官",这里的郎官是一个虚指,作者所要表达的中心是在"营善"的"善"字上。作者是在说,

三秦文化的父体(秦业)是一个"善"字,是建立在"善"基础之上的文化。

现在我们来捋一捋:秦钟代表三秦文化中的"忠孝",秦可卿代表三秦文化中的"情义",而"善"是三秦文化的基础(父亲)。换个角度说,就是说忠孝、情义这两种文化,是"善"的产物,是建立在善的基础之上的文化。如果我们要用一个字来概括三秦文化的核心,那就是一个字——善。

从以上分析中我们可以清晰地看到,三秦文化是以忠孝、情义昭示于世的,其核心是建立在"善"的基础之上的。这三个名字,作者给我们揭示的就是三秦文化的本质与核心。除了曹雪芹先生,我不知道古今学者还有谁有过这样的论述,把三秦文化看得这样透彻。

二、薛姨妈与薛蟠和薛宝钗关系的用意

薛姨妈的"薛",是作者从"血"字上谐音过来的,"薛姨妈",实际指的就是"血姨妈"。什么是"血姨妈"呢? 就是指带血的母体文化。什么文化是带血的母体文化呢? 古人讲:"勇者必狠,智者必诈,谋者必忍,武者必杀。"杀人是要流血的,所以这个带血的文化,就是"武"文化,用武力去杀人。比如《孙子兵法》就属武文化,这本书就是要告诉人们怎么去杀人,怎么去杀更多的人。所谓的"血姨妈",就是杀人的"武"文化。

书中的"血姨妈"生养了一双儿女,这就是说,这个"武"文化生养了一男一女两种带血的文化。儿子名"血蟠"(薛蟠),字文龙,名霸下,外号"呆霸王"。所谓的文龙,就是传说中的龙王的第六个儿子"赑屃",由于它贝才好文,于是它总驮着一块写有文字的石碑,人们称之为"霸下",也就是特别霸道的意思。所谓的"呆霸王",就是又呆又霸道的主。不但又呆又霸道,而且不识几个字。武文化是一种什么文化呢? 又霸道,又呆,又没文化,这就是"勇"。

勇者必是狠者,你看薛蟠在书中,动不动就把人打死了,性情傲慢,粗鄙不堪。为什么会这样? 因为他是勇者,代表的就是"勇"这种文化。

女儿"血宝钗",前面分析过几次了,她代表的是武文化中的"谋"这种文化。由于"谋"这种文化,是要用计谋去杀人,杀更多的人,而且是杀人不见血,因此"谋"这种文化非常阴暗,同样是杀人的文化,带血的文化。

从上面的分析可以看出,所谓的两兄妹,其实指的是武文化中像兄妹一样的两种文化——勇与谋。而养育这一对"兄妹"的,正是那个带血的武文

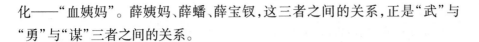

化——"血姨妈"。薛姨妈、薛蟠、薛宝钗,这三者之间的关系,正是"武"与"勇"与"谋"三者之间的关系。

三、王熙凤与兄王仁关系的用意

王熙凤代表的是凤文化中的王后这个角色王后生在后宫,是后宫这个文化群体的主宰,所以又代表着后宫文化。后宫文化生在后宅大院,极其阴险与恶毒。这种文化虽然显赫,但它的主体是女性,在古代女子读书识字的较少,所以后宫文化难免蹈入庸俗。恶毒与庸俗就构成了后宫文化的主体,所以后宫文化又恶又俗,是一种恶俗文化。你看书中的凤姐,是不是又恶又俗。

王仁,是在"忘仁"上谐音过来的。忘仁,就是忘记了仁德。王熙凤的哥哥王仁,就是指"恶俗后宫文化"与"忘仁"是一对"亲兄妹",又恶又俗,又无仁,又无德,"忘记了仁德"。作者是在讲,末世后宫文化与"忘仁忘德"就如亲兄妹一样,如影随形,相生相依。不是说王熙凤真有一个什么叫王仁的哥哥,"忘仁"是对恶俗后宫文化的定性,作者讲的是末世后宫文化,是一种忘记了仁德的文化,是一种没有仁德的文化。

王熙凤还有两个叔叔,一个是王子腾,一个是王子胜。王子腾的"腾",指的是"折腾",是使劲折腾、上下折腾的意思。王子胜的"胜",指的是争强好胜的"胜"。"王"在这里指的是霸道的意思。作者的意思是说,这个恶俗的后宫文化极不安分守己,在皇宫里争来斗去,上下使劲折腾,特别爱争强好胜,特别霸道。不是说王熙凤真有两个什么叔叔,两个叔叔代表的是两种文化意涵,这两种文化是对恶俗后宫文化的一种界定与说明。

四、花袭人与哥哥花自芳关系的用意

"花袭人"之哥,乃是"花自芳"。这个花姓极具讽刺意味,它代指的是水性杨花的"花"。杨花又轻又飘,随风而舞,随风而扬,极无定性,你看花袭人就是这样的一个人,书中说她跟着贾母,就死心塌地服侍贾母;后来跟着宝玉,又死心塌地服侍宝玉;再后来为了一己之私,居然暗中撮合宝玉和薛宝钗,损害宝玉与林黛玉的"木石前盟";身为宝玉之妾,而后又嫁与蒋玉菡。心中打定主意是要以死明志的,可她就是瞻前顾后,患得患失,下不了手,最终还是与蒋玉菡苟合。花自芳,就是只为自己而开,为自己而香,为自己

而芳。

花袭人是以春秋战国时期的息国夫人息妫为原型的。息妫身为一国之母,息国国君的夫人,可她在楚国攻打息国时,被楚文王所掳,后来她居然做了楚文王的夫人,并为楚文王生下了两个儿子。这个集国仇家恨于一身的一国之母,居然置国仇家恨于不顾,苟且偷生委身于仇敌,这是何等的无耻。一百二十回:"看官听说:虽然事有前定,无可奈何,但孽子孤臣,义夫节妇,这'不得已'三字也是一概推委得的,此袭人所以在又副册也。正是前人过那桃花庙上的诗上说道:'千古艰难惟一死,伤心岂独息夫人!'"一般人苟且偷生还可想,但作为一国之君,一国之母,苟且偷生,这在历史上是要背负骂名的,难道一死真的就这样艰难吗?

一个"花"姓,道出了袭人这种文化的本质。袭人,是指穿着龙衣的人,书中特指国君与国母和整个皇族。花袭人的哥哥花自芳,不是说袭人真有一个什么叫花自芳的哥哥,他是用来说明花袭人是一个只为自己而活,而不识大体、不顾大义的无耻之人。

五、李纨与父亲李守中关系的用意

李纨的"李",指的是"理学"之理。李纨是从"理完"上谐音过来的,指理完了,理没有了。他的父亲名李守中,曾为国子监祭酒。李守中,即"理守中"的谐音。理,指的是理学文化之"理"。中,指的中庸之道的"中"。中庸之道的内涵是,不偏不倚,中正平和。守中,就是恪守中庸之道。"理守中"的意思是说,理学文化的核心是恪守中庸之道。

"国子监",在中国古代是最高学府和最高教育管理机构。晋武帝司马炎始设国子学,至隋炀帝时,改国子监。唐、宋时期,国子监作为国家最高教育管理机构,统辖其下设的国子学、太学、四门学等。各学立博士,设祭酒一人负责管理。"国子监祭酒",就是指国家最高教育机构的最高长官,相当于现在的教育部部长。

这一对父女之间的关系,作者给我们阐释的是理学的核心价值观和理学的过往。理学的核心价值观是恪守中庸之道;理学曾经是我国古代教育所推崇的最高文化准则,理学曾经站上了中华文化最高的历史舞台(国子监祭酒),统领着中华文化的走向。宋、元、明、清,特别是宋、明两朝,更是理学文化的鼎盛时期。作者认为,我们现在所说的"理",其实是建立在"理学"基

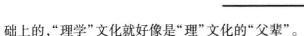

础上的，"理学"文化就好像是"理"文化的"父辈"。

曹雪芹先生是尊崇理学的，从书中这样的一段描写就可以看出来，第二回：子兴见他说得这样重大，忙请教其端。雨村道："天地生人，除大仁大恶两种，余者皆无大异。若大仁者，则应运而生，大恶者，则应劫而生。运生世治，劫生世危。尧、舜、禹、汤、文、武、周、召、孔、孟、董、韩、周、程、张、朱，皆应运而生者。蚩尤、共工、桀、纣、始皇、王莽、曹操、桓温、安禄山、秦桧等，皆应劫而生者。"

周指周敦颐，程指程颢、程颐，张指张载，朱指朱熹。此五人都是宋朝理学大家。而作者认为他们是大仁者，是应运而生者，可见作者曹雪芹先生对理学的尊崇。他不但尊理学，而且尊儒学，因为他还将孔子、孟子、董仲舒、韩愈等列在了仁者之列。

六、司棋与表哥潘又安关系的用意

司棋是贾迎春的丫鬟，贾迎春代表着棋文化。西晋时期，出了一个中华第一美男子潘安。潘安不仅文章奇美，而且人也长得俊美，美到何种程度呢？据古文献记载："岳美姿仪，少时出门，常为妇人投果满车而归。善诗赋，诗与陆机并称。"

明代有一个名叫"无心子"的人，写了一部《金雀记》的戏曲，其中的主人公就是潘岳（安仁）。主要内容是描写潘岳与名妓巫彩凤的故事。

"潘又安"这个名字肯定带有一种非常强烈的讽人的口吻，意味又一个潘安。从这里可以看出，司棋是坏在了"美男子"的身上，也就是说被美男子所迷惑。司棋，是司职棋运的，指棋文化，可她却误入美色，终遭摧折，命归黄泉，所以，棋文化就死了。

作者是在说，棋文化讲究的是棋艺、棋术，来不得半点儿虚假，可棋文化到了末世却去追求一些华而不实、美而无用的美感，不是说司棋真有一个什么"表哥"。

七、晴雯与表哥关系的用意

晴雯，即"晴文"也。晴，指晴天，"晴文"指"天文"，代表"天文"文化。她父母早亡，意味天文文化很早就失去了她原本的母体与父体，成了一个弃儿、孤儿。她只记得有一个"庖宰"的表哥，何谓庖宰？就是从事宰杀与庖制的人。他又能杀猪、杀鸡，又能宰牛、宰羊，是一个杀牛剐马的人，野道着呢。

认了个"庖宰"做哥,这就表明这个"天文"文化入了野路子,走偏了路,不是说晴雯真有一个什么"庖宰"的"表哥"。

后来,晴雯又被赖嬷嬷收养。赖,乃指无赖、不好的意思。晴雯被赖嬷嬷收养,意味天文文化又受到不好的赖的文化的影响,于是就又变赖了。

再后来,赖嬷嬷将晴雯送给了贾母。贾母代表着假的道学文化,将晴雯给了贾(假)母,这就表示这个天文文化就又受到了假的道学文化的影响。

晴雯所代表的天文文化,本来是观测研究天象的文化,它高高在上,如云一般圣洁,如彩霞一般绚丽,可它从小就脱离了自己的父体与母体,入了野道子。后来又受到赖文化与假道学文化的影响,此时的天文文化又野道、又赖,又与伪道学混在了一起,于是天文文化就完全失去了它原有的本质,完全变味了。

作者想要表达的意思是什么呢?他是想说,本来天文文化是用来观测太阳、月亮、星星位置的变化,来确定时间与方向、制定历法、指导农事的文化,可后来却受到了封建迷信文化的影响,出现了占星、预测凶吉祸福、预测天灾人祸、预测战争与人的命运等这些封建迷信的文化,与这些封建迷信文化搅和在了一起。

晴雯在《红楼梦》里始终与麝月在一起,几乎是形影不离,何也?麝月,乃谐音为"射月"也。这个"射"不是指拿着弓箭射月亮,这个"射"是指"射卜"之意,"射月",即"占月",指"占星学"文化。天文(晴雯)与占星(麝月)这两种文化是紧密联系在一起的,只不过天文与白天有关,而占星与夜晚有关。一个白天,一个黑夜,两种文化周而复始,此消彼长,所以晴雯与麝月在书中是如影随形的。晴雯与麝月的关系,是日与月之间的关系,是天文文化与占星文化之间的关系。

晴雯,乃"晴文"。晴,是指有阳光的天气,代表着"日",也代表着光明。麝月,乃"射月",指"占月"。月,只有在夜晚出现,代表着"夜",也代表着黑暗。一个代表"日",一个代表"月","日"与"月"合起来就是一个"明"字,代表着光明。如果晴雯死了,那么这个"明"字中的"日"就死掉,如果"明"字没有了"日",那就只剩下了"月",月代表着黑暗。这就是说,当晴雯死了,光明也就没有了。当光明没有了,社会便会笼罩在黑暗之中。曹雪芹先生为何在第五回将又副册之中的"晴雯"放在了正册与副册之首,他所渲染的就是一个末世社会的黑暗场景,从那时起,社会便进入了黑暗的末世时期。

八、封肃与封氏关系的用意

封肃,是"封俗"的谐音,代表封建世俗。封氏,是"封世"的谐音,代表封建世道。作者认为,封建世俗与封建世道就像一对父女,但封建世道是受封建世俗所影响的,封建世俗是产生封建世道的根源。这就是说,是先有了封建世俗,而后才会产生封建世道,所以,封建世俗(封肃)是封建世道(封氏)的父亲。

书中人物的关系太复杂了,这里选取了几组有代表性的人物关系做例子,要想说清楚,必须逐字、逐词、逐句、逐段,从头至尾细致讲来,否则,难免出现遗漏。

这一章主要是讲《红楼梦》的写作艺术,讲的是每个人所代表的文化符号,讲的是每种文化的末世特征,讲的是人与人的关系与文化之间的关系……总之,讲的是作者是如何通过人物的特征、命运来反映文化的特征与命运的。

第四章 《石头记》异文异句解释

最初,《石头记》流传于世时,是八十回手抄本,但在这些手抄本流传于世约 30 年后的 1791 年,程伟元与高鹗开始用活字印刷的方式印刷此书。章回数也由原来的八十回变成了一百二十回,增加了四十回。书名也由《石头记》改成了《红楼梦》。在内容上,程、高通过多个版本内容的相互补充,使前八十回内容更加完整。但其中出现了一个重大的问题,原版八十回手抄本《石头记》中,通过穿插或镶嵌的方式植入了许多的异文异句,但程、高后来在编印《红楼梦》时,将这些异文异句绝大部分都删除了。如果不是有原本做对比,恐怕《石头记》前八十回原貌将无以见天日矣。而《石头记》后四十回就没有那么幸运了,除了程伟元多方收集的那四十回原本之外,而世间再无此本了,也就是说程伟元收集回来的那四十回是孤本,这样一删,这些异文异句就永远消失了,因为它无任何本子做参考,这就是《石头记》最大的遗憾,如果说程、高有罪,那罪就在这一点上。

既然被称作异文异句,就一定有它奇异的地方。但无论它多么奇异,也肯定超不出博大精深的中华文化,它一定是从博大精深的中华文化中化育出来的,所以,只要我们细心分析,认真揣摩,总能找到它的答案。解释这些异文异句的方法,总结起来有三条:

第一条是谐音谐意。

第二条是借助古老汉字的造字法。

第三条是字词的解意与引申意思。

对字词的解释,一定要参考甲骨文、金文的造字法,和《说文》《尔雅》等的解释。

这些异文异句绝大部分是从"戚序本"《石头记》上摘录下来的,但也有极少的一部分是《红楼梦》中没被删掉的异文,也录在了其中,下面就将这些异文异句解析如下。(以下内容,打上粗黑字的就是异文异句)。

1. 第一回:"他岳丈名唤封肃,本贯**大如**州人氏。"

"大如":"大如"谐音为"大愚",即言特别愚蠢。指这人是从特别愚蠢的地方来的,是一个愚蠢的人。

2. 第二回:"说来更奇,一落胎胞,嘴里便衔下一块**五示莹**的玉来……"

"五示":"五",甲骨文字。甲骨"五",是一个会意字。从二,从乂(wǔ)。"二",上一横代表天,下一横代表地。"乂",代表阴阳交午。《说

文》曰："五，阴阳在天地之间交午也。"示，"礻"是"示"做偏旁的变形。"示"，是神字的本字。从"示"的字，一般都与神有关，与祭祀有关。如，神、祈祷、祥、祝、祀、祖等。"五示莹"的意思是：天地之间的一块神圣莹洁的美玉。《红楼梦》将"五示"改作"五色"，这就失去了原有的用意。

3.第三回：当下**王宙**与**鹦哥**陪侍黛玉在碧纱橱内。

"王宙""鹦哥"："王"指王者。"宙"形声字，从"宀"，"由"声，表示房屋。本义：栋梁。"王宙"，指王的栋梁之材。现在把这个王之栋梁之材放在碧纱橱里，并没给她应有的名分，这说明当下的统治者不重视才能，不重视人才。"鹦哥"，也叫鹦鹉。"鹦鹉"是"英武"的谐音。英武，指英气勇武。

贾母现在把国之栋梁之材（王宙）和国之英武之士（鹦哥），并林黛玉所代表的东南方文林，一起放在了"碧纱橱里"。这里揭露的是统治阶级对人才的轻视。《红楼梦》将"王宙"改为了"王嬷嬷"。

4.第七回："宝叔果然度小侄或可**友猓**不速速的作成，又彼此不致荒废，又可以常相谈聚……"

"友猓"："友"，甲骨文字形，像叠加在一起的两只手，表示以手相助。本义为朋友、友好。指彼此有交情的人，或亲近和睦相处的关系。"猓"，形声字，从"犭"从"果"。本指果实，瓜果，转意是指"成年男女身上类似瓜果的肉体组织。如，女性的乳房，男性的阴茎和阴囊"。"猓"是指一种性器官暴露在外的类人动物。与"裸"意思相近。"友猓"，意为："彼此友好相处的性伙伴。"这里讲的是贾宝玉与秦钟超出朋友之间的友情。

5.十一回：于是**仁暇头愿老备酒抛们**："快送饭来。"

"仁暇头愿老备酒抛们"："仁"，仁义。"暇"闲暇。"头"，有头有面。"愿"，形声，从页原声。意为谨慎、老实、质朴。"老"，老年。"备酒"，准备酒宴。"抛们"，"抛"在此做量词用，指秽物一堆为抛，也作"泡"。如，一抛狗屎。"抛们"在这指一大堆污秽之人。

全句做两段断句：于是仁暇头愿老备酒/抛们。前面是备酒的人，后面是说明备酒给谁吃。详细解释为："于是仁义的人、闲暇的人、有头有脸的人、质朴老实的人和年长的人，准备酒宴，给那一堆污秽之人吃。"而这一堆人指的是"假（贾）府"上下的主子们。

6.第十七回："甚至**苋浦　悠雠探祝**……"

"苋浦　悠雠探祝"："苋浦"，"苋"，谐音"宪"，指宪法、法令。浦，《说文》

曰："浦,濒也。""隆",指轰然倒塌之声。"苋浦",意味"宪法、法令濒临破产轰倒"。"悠雠探祝",谐音"忧愁叹祝"。"祝"在古代通"咒"。

全句的意思是说:"法制濒临破产轰塌,让人忧伤、愁苦、叹息和诅咒。"

7. 第十七回:"……是道藤萝……"

"是道藤萝":把"是道"与"藤萝"分开读,就是"是道/藤萝"。"是道",谐音为"世道";"藤萝",谐音为"腾挪"。"是道藤萝",谐音为"世道腾挪"。"世道腾挪",是指世道的大变迁,大挪移。

8. "……苻道蟪 窍愕氛嵌湃艮课撸且恢执笤是茝兰……"

这句话的断句是:"苻道蟪/窍愕氛/嵌拜艮/课撸/且恢执笤/是茝兰。"

"苻道蟪",谐音为"富道熄",指富贵之道熄灭。"窍愕",指"七窍惊愕"。"氛",在曹雪芹的时代还没有这个字,这是作者自己臆造出来的一个字。其用意是将"氛"拆开来读,谓"乃气"。"乃"当"而且"讲,"乃气"的意思是指"而且感到非常气愤"。"嵌",指镶嵌,表示另外加上去的意思。"湃艮","湃",指澎拜,指汹涌波涛的冲击。"艮",指八卦之中的艮卦。此卦相是一种客在上、主在下的格局,主者需要特别小心,谨言慎行才行,稍有不慎,这种平衡的格局就会被打破,就会人仰马翻。而"湃艮"正是大水冲破了这种平衡,所以这种平衡的状态就打破了。平衡的状态打破,就会招来横祸。"课撸","课",是指朝廷课以的官职及奉禄。"撸",指撸掉。"课撸",是指朝廷课以的官职及奉禄被撸掉了。"且恢执笤","恢",指灰飞烟灭。"执笤",指拿着笤帚扫过。"且恢执笤",指所有的荣华富贵就像被笤帚扫过一样干干净净。"是茝兰",谐音为"才难",就是"才子之难",或"臣子之难"。

整句话的意思是说:"当富贵荣华之道熄灭时,让人惊恐万分,并且感到气愤至极。又加上一个失败的运势,官职被撸,奉禄被夺,一切都灰飞烟灭了,所有的荣华富贵就像被笤帚扫过一样干干净净,真让人心灰意冷。这就是一个做臣子(才子)的灾难。"

9. 也有什么藿蒳姜荽……

藿蒳姜荽:用谐音"祸纳将殉",是指纳祸之后而殉命。

10. 也有叫什么纶组紫绛的,还有石帆、水松、扶留等样,又有什么绿荑的。

"纶组紫绛""绿荑":"纶组紫绛",谐音就是"官阻紫降",指官路受阻,

紫运骤降。"绿荑",作者是从"禄夷"上谐音过来的。"禄",指官职与俸禄。"夷",指夷平、夷除。"禄夷",意为官职与"俸禄"都被夷除了。

11.二十三回,宝玉告诉他:"没有什么,不过怕我进园去淘气,**愿娈愿馈**"……

"愿娈愿馈":"愿",这里作谐音"怨",指抱怨。"娈",美好。"馈",回馈。"愿娈愿馈":指抱怨我没能做到完美,抱怨我没能很好地回馈他们。

12.二十三回:指宝玉道:"你这该死的胡说!好好的把这淫词艳曲弄了来,还学了这些混话来欺负我。我告诉**司司四**去。"

"司司四去":第一个"司"是指"主管与施行",第二个"司"是指司法机构。"四"指四面八方。"司司四"意味:我把你这胡说八道的下流话告到主管司法的衙门里去,让四面八方的人都知道。

13.二十五回:正没个主见,只见凤姐手持一把**明位胃**刀砍进园来了,见鸡杀鸡,见狗杀狗,见人就要杀人。

"明位胃":"明",明晃晃。"位",会意字,从亻从立,本义:官吏在朝廷上站立的位置。"胃",会意字。从田从肉。田指承受五谷之土,田与肉联合起来表示"肉身中承受五谷之土"的地方。"位胃",一指地位,二指领土。"明位胃",意思是指凤姐拿着明晃晃的刀杀向大观园,第一是要夺地位,第二是要夺领土。这里模拟的是凤姐所代表的后宫文化要篡夺高位,要谋反的场景。

14.二十六回:抬起脚来**具斯具擞**跑了。

"具斯具擞":"具",具有的意思。"斯",用谐音"嘶",指大叫。"擞",抖擞,蹦跳的意思。"具斯具擞",意味"一边叫着,一边跳着跑着"。

15.二十六回:才在**课哄**门口说的,二爷也听见了,不是我撒谎。五十六回:李纨忙笑道:"**课哄**更厉害。如今……"两次用到"课哄"。

"课哄":"课",是负责征税、课税。"哄",象声词,形容骡马嘶鸣的叫声。"课哄",形容课税时的嘈杂场景,揭露了当政者的横征暴敛。

16.三十一回:一面说,一面走,刚到**巨奔**下,湘云道:"你瞧那是谁掉的首饰,金晃晃在那里。"

"巨奔":"巨","大"的意思。"奔",《尔雅·释宫》曰:"堂上谓之行,堂下谓之步,门外谓之趋,中庭谓之走,大路谓之奔。"所以"奔"指的是大路。"巨奔",就是指大路。原来这个首饰是在大路下面捡到的。

17.三十三回:故此和老大人转谕令郎,请将棋官放回,一则可慰王爷**蝈奉恳**,二则下官辈也可免操劳求觅之苦。

"蝈奉恳":"蝈",蝈虫。"虫"与"崇"同音,表示"尊重,推崇"。这种用法在薛宝琴的丫鬟"螺儿"身上用过。"奉",会意字。从手,从収(shōu,双手)。本义:两手托举物品送上。书中指"抬举"。"恳",形声字,从心艮声。本义:真诚、诚恳。"恳,信也。"——《广雅·释诘一》"蝈奉恳"断句为:蝈/奉/恳。意思是:推崇、抬举和真心。"蝈奉恳"的意思是:一则可宽慰王爷对你的推崇、抬举和一片真心。

18.三十四回:王夫人道:"暖哟,你不该来和我说。前儿有人送了两瓶子香露来,原要给他点子的,我怕他胡糟踏了,就没给。既是他嫌那些**倒甯嘧有醴**,把这些拿两瓶子去。

"倒甯嘧有醴":"倒",读(dǎo),打倒、捣毁。"甯",读(níng),同"宁",指安宁、宁静。"嘧",读(mì),由于作者的时代没有这个字,这里就要将"嘧"字分开来。"嘧"字分开来讲就是一个"口"与"密",其意指"口中的秘密"。"有醴",谐音"有理"。

"倒甯嘧有醴":断句应该是"倒甯/嘧有醴"。意思是:既是他觉得我们打破了他宁静的生活(倒甯),口中就一定要说出这其中的秘密和理由(嘧有醴)!

宝玉无缘无故挨了贾政的一顿打,心里憋屈,于是就要讨个说法,这是王夫人回答宝玉的一段话。回答的内容是给了"两瓶玫瑰露子"。"玫瑰"在这里代表着爱情,意思是说:"是因你宝玉两次乱搞儿女关系所致。"一次是与金钏调情,一次是与蒋玉菡这个戏子换汗巾子。

19.三十五回:定睛看时,只见贾母搭着凤姐儿的手,后面邢夫人王夫人跟着周姨娘并**呦备镜**人都进院去了。

"呦备镜":"呦",当语气词讲。"备",指主管守备防务的军队。"镜",同"鉴"。指监察、审察机构的人员。"呦备镜"的意思是说:"呦!一同前来的还有守备的军队和监审的官员。"这是贾宝玉挨打后,贾母去怡红院看宝玉时的场景,可见这阵仗真是不小。贾母这是要把问题调查清楚,要找出挨打的原因。

20.三十八回:回头又**龈**湘云:"别让你宝哥哥林姐姐多吃了。"

"龈":这是个多音字,一读 yín,二读 kèn,在书中作 kèn 用。"龈"同

"啮"。"啮",就是一点一点地咬。"龈湘云",就是一点一点叮嘱湘云。让她千万要保护好宝哥哥与林姐姐,不能让他们多吃螃蟹多喝酒。螃蟹吃多了就容易横行霸道,酒喝多了就伤身。

21.三十八回:林黛玉因不大吃酒,又不吃螃蟹,自令人掇了一个**宥找欣杆**坐着,拿着钓竿钓鱼。

"宥找欣杆":"宥",形声字。从宀,有声。"有",为以手持肉之形,意为肉食。"宀"表示房屋和固定。"宀"与"有"联合起来表示"在固定地点吃喝"。"找",会意字。从手从戈。像用手持戈。本义:寻求。"欣',形声会意。从斤从欠。"斤"指斧斤,转指凿破。"欠",指用力哈欠。联合起来表示:用斧斤凿破后就畅快了。本义:爽快、喜悦。"杆",形声字。从木从干。本义:木名,指檀木。

"宥找欣杆"的意思是:能够像家一样安稳,又能寻找到快乐,还有一个檀香木的椅子坐着就行了。

别人都在吃螃蟹,而黛玉不吃,她只是想感受一下家的味道,坐在檀香木椅子上钓鱼的感觉。

22.四十回:凤姐一面递眼色与鸳鸯,鸳鸯便拉了刘姥姥出去,**那牡**嘱咐了刘姥姥一席话……

"那牡":"那",在这里当"那个"讲。"牡",本义为"雄性禽兽"。"那牡",意思是指"那个禽兽"。为了讨好贾母,而戏弄刘姥姥,这事做的真是连禽兽都不如。

23.四十回:湘云道:"日边红**右性**栽。"

"右性":"日边红杏依云栽"是唐代高瞻诗的原句,而书中这句诗里却没有"杏"字,也没有"依云",只有"右性"两字。"杏"在作者笔下作"信"来用,指信义。"杏"没了,也就是"信义"没了。"右",在这里做保守或反动,如右倾。"性",这里指"本性"。"右性"指违反自己原有的本性。这句诗的用意是:原本具有的信义已荡然无存,取而代之的是对自己原有本性的背叛。

24.四十三回:"所以,**仁凤姐儿**等只管地下站着……"

"仁":"仁",指仁义的意思。在王公贵族夫人面前,王熙凤一改恶俗之气,表现出了仁义的一面,所以称作"仁凤姐"。

25.四十五回:李纨笑道:"多早晚上任去? **宙痔/镜溃/骸拔/夷抢/铜芩**们,由他们去吧!"

"宙痔镜溃骸拔夷抢锕芩们":"宙痔","宙"形声。从宀，由声。"宀"表示房屋。本义栋梁。书中指"宇内"。"痔"，指痔疮。"宙痔":宇内已千疮百孔，栋梁之材已病。"镜溃","镜"，鉴也。有监察自省之意。这里指国家的法制监督体系。"溃"，指崩溃。"镜溃"的意思是指：国家的法制监督体系已崩溃了。"骸拔","骸"指骨骸，喻指先人遗留下来的风骨之气。"拔"，指连根拔出。合起来的意思表示：先人遗留下来的风骨之气，被后人连根拔出。指现今的人没有气节骨气。"夷抢","夷"，旧时是对外族和外国人的蔑称。"抢"，"劫也"。"夷抢"的意思是：中华美丽的河山遭到外族人（夷人）的掠夺和抢劫。"锕芩们"，"锕"，指阿物。（"锕"字在曹雪芹的时代没有，在这里有意混淆之意）"芩"，谐音"禽"，指禽兽。合起来表示：这帮掌控国家命运的阿物和禽兽们。

整句的意思是说：宇内已千疮百孔，腐烂不堪（宙痔），法律法规已全面崩溃（镜溃），先人给我们留下的宝贵政治遗产，已被这些祸国殃民的子孙连根拔起（骸拔），我们美好的河山，任由外夷掠夺和抢劫（夷抢）。这些不争气的阿物和禽兽们（锕禽们）。

26.四十六：方才临来，舅母那边送了两笼子鹌鹑，我**愿浪们炸了**……

"愿浪们炸了":"愿"，做"情愿"讲。"浪们","浪"，指放荡、放纵的意思。"浪们"指那些放浪的人们。"炸了"，用油炸了。"我愿浪们炸了":其意思是指：我情愿将那些放浪的人们与这鹌鹑一起用油炸了。

27.五十回：众丫鬟走上来接了**蝮掸**雪。

"蝮掸":"蝮"，蝮蛇，有剧毒，寓意毒。"掸"，掸子。"蝮掸"，指带着剧毒的掸子。如果用这种掸子掸人，人就会受到伤害。这里指恶语伤人。

28.五十一回：可别使人家的铺盖和梳头的家伙。又**愿乐苋鸺业牡溃**……

"愿乐苋鸺业牡":"愿"，古代写作"顾"，形声字，从"页"，"原"声。意指"谨慎、老实、质朴"。"乐"，指礼乐制度。"苋"，是"限"的谐音。"限"，《广韵》:"限，度也。"指法度。"鸺"（xiū），属鸮（xiāo）鸟类，俗称猫头鹰。由于它能吃掉老鼠这种有害的动物，借此来比喻朝中能够除恶去害的忠良之臣。"业"，古作"業"。象形字，从丵（zhuó）从巾。本义：将丵变成巾的过程。業，大版也。"版"指古代悬挂钟、鼓等乐器架子横木上的装饰物。在这里代指栋梁，即栋梁之材。"牡"，会意字，从牛从土。甲骨文字形。"牛"为阳性生殖器。本义:"雄性禽兽。"《汉书·五行志》有"阳奇为牡"之说。"牡"在古代也指"门闩"。如:牡飞(门闩自行脱落,古谓内乱之征兆)。书中指的就是此意。"溃",崩溃。这句话的断句应为:又/愿、乐、苋、鹑、业、牡、溃。

全句的意思是说:谨慎、质朴、诚实的风气崩溃了,礼乐制度崩溃了,法度崩溃了,忠良之臣消失了,国之栋梁之材消失了,国门之闩脱落了,失去了防御。此句指"六种"好的东西都崩溃了。

29. 五十一回:**老宙智那男**道:"我的老爷……"

"老宙智那男":"老",老年人。"宙",形声字,从宀(mian)由声。"宀",表示房屋。本义:栋梁。"智",指聪明智慧。"那",形声,从邑,冄(ran)声。邑与地域有关。"那",在这里指"那个"。"男",会意字。从田从力,意味在田间劳作,也有"甲刀"的意思。男,和平时是劳动力,战争时是为国出力的兵甲。

本句的断句是:老/宙智/那男道。整句意思是:一个年老有才干有智慧的那个为国出力的人说道。

30. 五十四回:麝月道:"他们都睡了不成? **咱乔那牡**进去唬他们一跳。"

"咱乔那牡":"咱",咱们。"乔",乔装。指故意装出一副样子。"那",有多种意思,这里的本义为国名。《说文》:"西夷国。"本读(nuò)。"牡",会意字,从牛土声。左为阳性生殖器,本义指雄性的禽兽。

"咱乔那牡"的意思是说:咱们乔装成那国的禽兽去吓唬他们。

31. 五十四回:"**镂器暝**也趁热水洗了一回,沤了……"

"镂器暝":"镂",形声字。从金,娄声。娄,意为双层。"金",指金属刻刀。"金娄"合起来表示可以挖透双层物件的金属刻刀。本义指可供雕刻的坚铁。如,金刚石之类。"器",会意字。本义是狗的叫声。因为器能容物,后被引申为才华,如庙堂之器、大器晚成。意指有治国理政才能的人。"暝",形声字。本义指天气昏暗,后引申为日落、黄昏。

"镂器暝"的断句为:"镂器/暝"。意为:品性如钢的坚强之士,治国安邦的栋梁之才,都如落日一样,完全消失在黑暗之中。

32. 第五十五回:"**谜遄茫口还几**你这话。"

"谜遄茫口还几":"谜",供人猜测的隐语、谜语、灯谜或没弄明白难以理解的事物。"遄",从辵,从"山而"。本义:快、疾速。"山而"指和缓起伏的山丘。引申为高低不平的路。"辵"与"山而"组合起来表示:"走山路取捷径。"本义:因走山路而缩短行程和时间。"茫",从水,芒声。本义:水势浩大的样子。"口",用来发声和进食的器官。"还",(hái)音。从辵从睘。复返也、仍旧、依然也。当"更"讲。"几",(幾)从戍。戍,兵守也。这句话的断句为:"谜遄/茫口/还几。意思是:(你说话)不知深浅高低,信口开河,还话语伤人,且攻守兼备。"这是宝钗、李纨对平儿前面所说的一席话的评判和回语。

33.五十七回:惟有妈,说**动话**就拉上我们。

"动话":"动",在书中指变动、飘忽不定。"动话",就是指捉摸不定的话和无由头的话。

34.五十七回:慧紫鹃情辞试**忙玉**。

"忙玉":"忙",形声字。从忄,亡声。"忄",指神志,"亡",意味丧失、消失。连起来表示:"神志丧失、神志不清和迷惘。""忙玉",指一块丧失了神志,迷惘不清醒的玉。也就是指宝玉丧失了神智,迷惘不清醒。《红楼梦》有的版本用"莽玉"就错了。

35.五十八回:将**老外艾**官送了探春。

"老外艾":"老",这个"老"是指"原来"的意思,如老地方。"外",在这里特指"吃里扒外"。"艾",是指"萧艾"。萧艾的别名为"臭草",常用来比喻那些品性不好的人,也指小人。《楚辞·离骚》:"何昔日之芳草兮,今直为此萧艾也。""外艾",意思是指一个吃里扒外的小人。"老外艾",即指"原来是一个吃里扒外的小人"。将这个"老外艾官"送给贾探春,就是在说这个贾探春"原来是一个吃里扒外的小人"。为何说贾探春是一个吃里扒外的小人呢? 因为"金陵十二钗"是代表着琴、棋、书、画等十二种文化的,而贾探春代表着"琴棋书画"中的"书法"文化,探春的末世命运,即书法文化的末世命运。贾探春的母亲姓"赵",在末世书法大家中有两个赫赫有名的姓赵的人物,一个是自创了瘦金体的宋徽宗赵佶,一个是正楷书法大家,宋太祖赵匡胤十一世子孙岐王赵德芳之后——赵孟𫖯。

关于"外艾"书中有这样一段描写:"贾母便留下文官自使,将正旦芳官指与宝玉,将小生蕊官指了宝钗,将小生藕官指与了黛玉,将大花面葵官送了湘云,将小花面豆官送了宝琴,将老外艾官送了探春,尤氏便讨了老旦茄官去。当下各得其所……"下面分析这段话的意思。

文官——"文",指文字、文章、文才、文献。贾母本姓"史",历史的史,要

书写历史,岂不是要靠文官来书写,所以这个文官贾母就留在身边了。

芳官——"正旦芳官",表明流芳百世的意思。由于宝玉代表着中原文化,而中原文化的核心是玉德,所以就将"流芳百世"给了宝玉所代表的中原文化。

蕊官——是花蕊的蕊,由于蕊多芯,谐音为"多心"。"蕊"又与"睿"谐音,指睿智。宝钗代表着谋略和智慧,所以多心眼、多智慧。正好"蕊"字的芯(心)多,所以正符合宝钗的特点。

"藕官"——说的是"藕"。藕中有很多的空心孔洞,正好用来形容林黛玉多心多窍。"心较比干多一窍"就是书中对林黛玉的描写。

"花面葵官"——葵花的表面只有一圈有花叶,葵花虽称为花,但它不像其他花中间有许多的花芯。所以作者就根据葵花的这一特点,来形容那些没有心窍,没有心眼儿的人。为什么要把这个葵花送给史湘云呢? 因为她就是一个没有心眼儿的人。

"小花面豆官"——这里的"豆",谐音为"逗",指逗人开心、逗人乐的"逗"。"宝琴"所代表的音乐文化,不就是给人带来快感,逗人乐的文化吗? 所以,作者就将这个"豆官"(逗官)送给了薛宝琴。

36.六十三回:倚着各色**倒芍药**花瓣装的玉色夹纱新枕头。

"倒芍药":"倒",形声字。从人,到声。本义指倒下。但作者是将这个"倒"分开来用的。前面一"人"字,后面一"到"字,就是"人到"。"芍药花",此花有许多别名,如将离、离草等。古代在夫妻、好友别离时,都要送上一束芍药花,以表达别离之情。所以,后来的人们就将芍药花叫作"离草"。"倒芍药花":意思是指人到了将要分离的时候。

37.六十四回:亏你还是大家公子哥儿,每日念书学礼的,越发连那小家子**瓢坎**的也不如。"

"瓢坎":"瓢",是古老的一种舀水用具。就是将老葫芦瓜一分为两半,每一半就是一个瓢,一个葫芦可分成两个瓢。引申为不完整,或者是半吊子。坎,形声字。从土,欠声。本义:坑、穴。指坑坑洼洼,高低不平。引申为不知高低深浅。"瓢坎"意味着"一个半吊子,不知高低深浅的人"。与现在的"嘴瓢"有点儿相似。

38.六十四回:"下剩的**俞禄**先借了添上罢。"

"俞禄":"俞",《说文》曰:空中木为舟也。从亼,从舟,从"〈〈",水也。

引申为运输工具，为"输"的字源。有"俞允（指帝王应允）、俞旨（圣旨）"。"禄"，形声字。从示，录声：指福气、福运。做动词用指给予俸禄。"俞禄"，根据俞禄在书中所涉及的事情，主要是掌管银钱输出、付账、赊借银子等事，用现在的说法，就像一个出纳。在此，"俞禄"之意应为"输出银钱"。也可以解读为："帝王给与的俸禄。"

39.六十四回：走至厅上，又吩咐了家人们不可要钱吃酒等话。又**那牡难**贾蓉，回去急速和他父亲说。

"那牡难"："那"，做代词"那个"讲。"牡"，指雄性禽兽。"难"，读音（nán），谐音"男"，指男人。"那牡难"，意思是指"那个禽兽不如的男人"。这是在骂贾蓉是一个禽兽不如的男人。

40.六十六回："一问宝玉的小子们就知道了。倘或不来，他**甲倮迹**，知道几才来，岂不白耽搁了？"

"甲倮迹"："甲"，这里指"动物的外壳"，如龟、鳖的甲壳。指像龟甲动物一样把自己的身体隐藏起来，"倮"，同"裸"。指"裸露"。也就是指一丝不挂地坦露出来。"迹"，指踪迹。"甲倮迹"：意思是他像龟甲动物一样，时隐时现，隐藏着自己的身体。比喻人踪迹不定、神出鬼没、萍踪浪迹。柳湘莲就是这样的一个人，所以后面就有一句"不知几才来"。

41.六十六回：湘莲忙笑说："你又忘情了，还不住（ ）淞！毖（ ）疤（ ）棺挥铮 闶担骸凹仁钦獴龋 饷徘资露（ ）龅摹！毕媪 溃骸拔冶居性福（ ）桓鼍桓 滗 呐 印（ ）缃窦仁枪罄（ ）俑咭辏 瞬坏眯矶嗔耍 纹静枚慢 椅薏淮用（ ）！奔昼鲂（ ）溃骸叭细窨谒滴夈荆 攘慓忠患鲅 阒 艺铐阪返钠访彩枪沤裼幸晃癴 牧恕！毕媪 舜笙玻 担骸凹热绱怂担 鹊芍焦 媚铮 还 轮芯徒（ ）模 鞘瘴侔（ ）绾危俊奔昼鲂（ ）溃骸澳阉乙谎晕（ ）皇俏倚挪还 慓帧（ ）隳耸瞧甲倮思（ ）热谎椭筒还椋 癫晃镩巳思摇（ ）氲昧粲欢（ ）瘕！毕媪 溃骸按笝煞蚱裼惺 胖怼（ ）芩匚岛 叮 銮铱椭校 文苡卸（ ）瘕！毖（ ）吹溃骸拔艺饫锵殖桑 捅敢环伲 绡缕（ ）！奔昼鲂（ ）溃骸耙膊挥媒鸠 瘢 胧橇慓智咨碜杂兄 铮 宦畚镏 蠹瘆 还 掖溇卜（ ）哦痞！毕媪 溃骸凹热绱怂担 芪蔷鹚铮 私（ ）郎恚 荒芙疬隆（ ）抑猩杏幸话言（ ）旖（ ）宋峒掖 敁 苊膊桓 疑麽茫 凰嫔硎詹囡顾选（ ）中智肽萌（ ）茏苴邓 骰（ ）渲 裕 灰喽喜簧崇私（ ）摺！彼当希 蠹矣忠 思副 礁髯陟 下恚 鞅鹘鸪獭（ ）牵航 呐幌侣恚 髯员记俺獭？（ ）且说贾琏一日到了平安州，见了节度使，完了公事。（里面有很多没写出的字，待查清之后再解释）

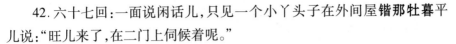

42.六十七回：一面说闲话儿，只见一个小丫头子在外间屋**锴那牡暮**平儿说："旺儿来了，在二门上伺候着呢。"

"锴那牡暮"："锴"（开音），字典的解释是"好铁"。引申为"沉"，铁岂有不沉重的？"那"，做代词用。"牡"，雄性禽兽，与"牝"相对。"暮"，形声字。从日，莫声。古作"莫"，指像太阳落到草丛中，表示天将晚。本义：日落时，傍晚。

"锴那牡暮"的意思是："铁青着禽兽般的脸站在暮色中"对平儿说。

43.六十七回：兴儿见说出这件事来，越发着了慌，连忙把帽抓下来在砖地上**具斯具伺龅耐飞响**，口里说道："只求奶奶超生，奴才再不敢撒一个字儿的谎。"

"具斯具伺龅耐飞响"："具"，会意字。甲骨文字，上面是鼎，下面是双手。表示双手捧着盛有食物的鼎器。本义：准备饭食或酒席。"斯"，古同"厮"。表示卑贱。"伺"，读音为（cì），指"伺候"，供人使唤。"龅"，指牙齿突露在唇外。如"龅牙"。"耐"，会意字。从"而"从"寸"。"而"指面颊，"寸"指法度、刑法，在面颊上施刑法，指剃须，本作"耏"。从"而"从"寸"。本义：耐，古时一种剃掉胡须两年的刑罚。"飞"，指飞快。"响"，指响声。

"具斯具伺龅耐飞响"断句为：具斯／具伺／龅／耐／飞响。全句的意思是："举起两手下拜，表现得是那样的卑贱；举起两手下拜，表现得是那样的奴颜媚骨；一副丑恶的嘴脸外露，完全丧失了应有的原则和法度，肝脑涂地，叩头飞响。"这句话表现出了一个奴才在真相被揭穿之后卖主求荣、贪生怕死的丑恶嘴脸。

44.六十八回："园中婆子丫鬟都素惧凤姐的，又系贾琏国孝家孝中所行之事，知道关系非常，都不管这事。**凤闱那牡那罄纨**收养几日，等回明了，我们自然过去了。"

"凤闱那牡那罄纨"："凤"，指的是后宫文化中的王后。"闱"，形声字，从门，韦声。本义是：古代宫室，宗庙的旁侧小门。"那"，做代词"那个"讲。"牡"，指雄性禽兽。"罄"，形声字，取本义为"器中空"。"纨"，书中做谐音"完"来用，与李纨（理完）之"纨"用法相同。

"凤闱那牡那罄纨"的意思是："后宫之闱（凤闱）的那些禽兽们（那牡），把尤二姐关押在了那个大观园，让她一切的美好皆成空（罄），一切的梦想皆完蛋（纨）。"

45.六十八回:谁知三日之后,丫头**善姐**便有些不服使唤起来。

"善姐":"善",会意字,从羊从言,本义:像羊一样说话,轻轻软软,没有锋芒。代表一切美好、善良的语言行为。"姐",这个字在《红楼梦》中特指下流,像凤姐、巧姐、大姐之姐,都指下流之意。"善"是美好的,而"姐"是下流的。"善姐",其实就是披着"善"的外衣而行下流之事的行为。

46.六十八回:凤姐儿欢喜了,又说:"外头好处了,家里终久怎么样?你也同我过去回明才是。"**仁嫌只了**,拉凤姐讨主意,如何撒谎才好。

"仁嫌只了":"仁",做仁义道德讲。"嫌",做嫌疑讲。"只"做单独极少讲。如只言片语。"了",做了结讲。

"仁嫌只了"的意思是:"连仁义道德的一点儿嫌疑(牵连)也没有了。"

47.六十九回:"八个小厮和几个媳妇围随,从**内子墙**一带抬往梨香院来。"

"内子墙":"内子",是对妻子的称呼,古代把卿大夫的嫡妻就称作"内子"。"内子"就是"内人",古有贤内助之称,后人们就用"内子"来赞扬人家的妻子,表示人家的妻子能帮助丈夫成就大业。《左传·僖公二十四年》:"(赵姬)以叔隗为内子,而己下之。"杜预注:"卿之嫡妻为内子。"《晏子春秋·杂下六》:"饮酒酣,公见其妻曰:'此子之内子邪?'晏子对曰:'然,是也。'"墙,指墙壁,引申为"依托"。

"内子墙"的意思是:"妻子之墙。""妻子之墙"是以妻子的名分做依托,来厚葬尤二姐,给了尤二姐莫大的尊重与荣耀。

48.六十九回:贾琏忙进去找凤姐,要银子**治旃组**丧礼。

"治旃组":"旃"(zhān),形声字。本义:古指赤色的曲柄旗。"组",形声字,从系,且声。本义:具有文采的宽丝带。"旃组":"指又置旌旗,又置丝带,大张旗鼓地为尤二姐治丧。"

49.七十回:这日清晨方醒,只听外间房内**疫蛇尚( )(犭面)欢稀**。

(1)"疫蛇尚":"疫",指瘟疫。"蛇",指毒蛇。"尚",崇尚。"疫蛇尚":人们就像患了瘟疫一样,都以有毒的文化作为时尚。这句话有点像《病梅馆记》中的情节,以曲、以欹、以疏为美,以夭梅病梅为业以求钱。

(2)"(犭面)欢稀":"犭面",字典中没有这个字,这是作者有意而为,其意何为呢?乃指"犬面",意为像狗见到主人一样,上蹿下跳。"欢稀","欢"指欢乐,"稀"指稀有。"欢稀",指特别欢喜。(犭面)欢稀:指像狗见到主人一样,高兴得上蹿下跳的样子。

50.袭人因笑说:"你快出去解救,晴雯和麝月两个人按住**温都里那**膈肢呢。"宝玉听了,忙披上灰鼠袄……那晴雯只穿葱绿**院绸**小袄……骑在雄奴身上。

"温都里那":"温都"指的是"温都尔汗","里那"可能是指"里面的那个人"。"温都里那",可能是指"温都尔汗那里的一个人"。

有人将"温都里那"考证为"金星玻璃",笔者对此不敢苟同。"温都里那"是"温都里那","金星玻是"是"金星玻璃"。

"耶律雄奴与温都里那":耶律雄奴,就是"耶律凶奴"的谐音。"耶律"是辽国的国姓,源于契丹族鲜卑分支。如耶律阿保机、耶律休哥……古代中原人称他们为凶奴,这就是"耶律凶奴"。但作者将"凶奴"改为了"雄奴",以隐其真。其实这个所谓的"耶律雄奴"与"温都里那"是宝玉身边的两个丫鬟扮装的,可见"温都里那"决不是一个"金星玻璃",但书中确实有一个"金星玻璃",但这与"温都里那"不是同一种文化。

"院绸":"院",在字典中有一种解释,指"仆人"。宋、明、清初戏曲小说中称仆人为"院子"。"院绸",就是专供仆人使女穿的绸子。

51.七十回:可惜不知落在那里去了。若落在有人烟处,被小孩子得了还好,若落在**慕家巴**无人烟处,我替他寂寞。

"慕家巴":"慕"指慕姓。"慕"姓都住在靠东北的地方。"慕家",指住在东北方的地方之家。"巴",是指一个山穷水恶的地方。乡巴佬的"巴"与此同义。"慕家巴":指东北方向上一个山穷水恶的地方。

52.七十三回:先前不过是大家偷着一时半刻,或夜里坐更时,三四个人聚在一处,或**厉换蚨牌**,小小的顽意,不过为熬困。

"厉换蚨牌":"厉",指厉害。"换",形声字,从手,奂声。本义:互易。"蚨",古代用作铜钱的别称。如,蚨钱(指青蚨,传说用青蚨血涂钱,可以引钱使归)。"牌",指打牌。"厉换蚨牌":就是指一种输赢比较厉害的玩牌方式。

53.七十三回:我只说他悄悄的拿了出去,不过一时半晌,仍**汕那牡**送来就完了,谁知他就忘了。

"汕那牡":"汕",鱼游水貌。从水山声。"汕"有几种意思,其中有一种是指骗人,诱人上当。书中即此意。"那",指那个。"牡",雄性的禽兽。

"汕那牡"的意思是:"骗人的那个禽兽。"

54. 七十四回:"如今惟有趁着赌钱的因由革了许多的人这空儿,把**周鹣备就**儿媳妇等四五个贴近不能走话的人安插花园里,以查赌为由。……"

"周鹣备就":"周",周全、周到。"鹣"(jiān),鹣鹣鸟,又称比翼鸟。此鸟仅一目一翼,雌雄须并翼飞行,故常比喻夫妻恩爱、相互忠诚。如鹣交鲽合。"备",形声字,从人,備(bèi)声。本义:谨慎、警惕。"就",会意字,从京、从尤。"京"意为高,"尤"意为特别。本义:到高处去住。

"周鹣备就":就是把一些办事周到(周)、忠诚(鹣)、谨慎(备)、高明(就)的人,安插在大观园里。

55. 七十四回:看得少奶奶系心气不足,虚火乘脾,皆由忧伤,以致**任院妹**,胃虚土弱,不思饮食。

"任院妹":"任"形声字,从人,壬声。"壬"是任的初文,"任"通"壬"。"壬",指阴险狡猾,善于恭谀讨好,如壬人、壬佞、奸壬等。"院",本义为围墙,但书中特指娼楼妓院。"妹",古通"昧",指昏暗不明。本书特指此意。

"任院妹":"以致巧言谄媚、狡猾骗人(任)、低级下流(院)、昏暗不明(妹)。"

56. 七十五回:那些面筋豆腐老太太又不甚爱吃,只捡了一样**洼惶( )**酱来。

(由于缺一字,故未解)。

57. 七十五回:"尤氏早捧过一碗来,说是**红久字唷**贾母接来吃了半碗……"

"红久字唷":"红",是"血"的颜色。"久",是"文"字的故意错写,代指"文"。因为作者要写的是"红文字狱",而他又不能直接写,所以才用了"曲笔"。"字",文字的"字"。"唷"(yō),是"狱"的谐音。

"红久字唷",就是"红文字狱"的谐音,"红"是血的颜色,"红文字狱"就是指"带血的文字狱"。"红文字狱"又可以理解为明朝洪武年间大兴的文字狱。一因明朝是朱家政权,朱乃红色;二因洪武年有一个"洪"字,"洪"与"红"谐音。在这里也从一个侧面反映出了大观园的检抄,其实是一次文字狱的再现。

58. 七十五回:"一时王夫人也去用饭,这里**仁直**陪贾母说话取笑。"

"仁直":"仁",指天地之仁爱。"直",指正直。"仁直",就是指仁爱与

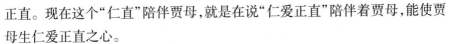

正直。现在这个"仁直"陪伴贾母,就是在说"仁爱正直"陪伴着贾母,能使贾母生仁爱正直之心。

59.七十五回:"此间服侍的小厮都是十五岁以下的孩子,若成丁的男子到不了这里,故**仁戏角**至窗外偷看。"

"仁戏角":"仁",《说文解字》曰:"仁,亲也。从人,从二。"《论语·颜渊》:"樊迟问仁。子曰:爱人。""戏",指"嬉戏"。"角",指角色,人物。而书中特指"角艺"。"仁戏角":仁,亲也。戏,嬉戏。角,角艺。合起来就是:"与娈童亲吻嬉戏,相互角艺。"

60.七十五回:"尤氏在外面**那牡**啐了一口,骂道:'你听听,这一起没廉耻的小挨刀的……才丢了脑袋骨子的……胡嗳嚼毛、再奋攘……'"

"那牡":"那",做代词,指那个。"牡",指雄性禽兽。其意思为"禽兽"。"那牡":意思为"那个禽兽,或那些禽兽"。

61.七十六回:"说着,便将自己吃的一个内造**先视退穰**月饼,又命斟一大杯热酒,送给谱笛之人……"

"先视退穰":"先",指先人,前辈。"视",瞻仰也。"退",指减退。"穰",指月饼的内穰。

"先视退穰"意为:"对先人的仰慕与崇敬之情已退去,慎终追远的传统已褪色。"

62.七十六回:贾母勉强笑道:"这样更好,快说来我听。"**仁乃**说道:"一家子生了四个儿子……。"

"仁乃":"仁",《说文解字》曰:"仁,亲也。从人,从二。"《论语·颜渊》:"樊迟问仁。子曰:爱人。""乃",是"就"的意思。"仁乃",就是指"亲切地就说道"。

63.七十六回:"三人遂一同来至**写溺种小**只见龛焰犹青,炉香未尽。"

"写溺种小":"写",写作、写字。"溺",是浸湿、浸蚀之义。"种",指种植的种。"小",《说文解字》曰:"物之微也。从'八'从'丨'。""写溺种小":写溺,指书写浸润。种小,表示种下分离的种子。合起来就是:来到栊翠庵,就会很快被尼庵文化所侵蚀,从而种下离尘的种子。有超脱出世、皈依佛门之心。

64.七十七回:"因常跟赖嬷嬷进来,贾母见他生得伶俐标志,十分喜爱,**垫宙志托**敬了贾母使唤,后来所以到了宝玉房里。"

"垫宙志托":"垫",形声字,意执土以抬高或垫起。"宙",指栋梁,引申为栋梁之材。"志",指志气。"托",用双手向上托举。

"垫宙志托":指抬高有才华,有志气的晴雯(天文文化),用双手托举着送给贾母。

65.七十七回:"见他不顾身命,不知风月,一味死吃酒,便不免有兼葭倚玉之叹,红颜寂寞之悲。观他器量宽宏,并无**掉蓝枕**之意,这媳妇遂恣情纵欲,满宅内便延揽英雄,收纳材俊……"

"掉蓝枕":"掉",《史记·淮阴侯列传》云:"且郦生一士,伏轼掉三寸之舌,下齐七十余城。"指玩弄、搬弄口舌。"蓝",指蓝色,但这里指"蓝榜"(古时在乡试会试时,只要答卷不合规定,或者有了污损,就要用蓝笔写出,裁角张榜公布,并取消该考生的考试资格)。"枕",枕头。古有"枕上之花"之句,用来比喻枕上女色。

"掉蓝枕":掉,指搬弄口舌。蓝,是用蓝笔勾销。枕,是指枕上风月。合起来就是:"他不会搬弄口舌说我(掉),也不会写书休了我(蓝),来惩罚我与别人的枕上风月(枕)之事。"

66.七十九回:"人家**锘说八频模**好容易养了一个女儿。"

"锘说八频模":"锘",锘(nuò)是1944年人工合成的一种化学元素,在曹雪芹先生时代是没有这个字的,可见此字又是曹雪芹先生臆造的。这个字又是什么意思呢? 锘,左右结构,左边钅,右边若。钅,指金钱。若,甲骨文字,像一个女子跪着梳理头发,表示"顺从"。《尔雅》曰:"若,顺也。""钅"与"若"合起来表示:花了不少金钱让她顺从,或金钱能使人崇拜与顺从。"说",形声字,从言,兑声。本义:用言语开导、解说、说明。"八",甲骨文字,像分开相悖的样子。本义:相悖与分开。"频",会意字,从步,从页。《说文解字》认为步是涉的省略。频是指人将要渡河,见水深,皱眉而止。本义:皱眉。"模",模样、样子。

"锘说八频模":我们不知道花了多少金钱,才使她答应顺从(锘),又不知说了多少的好话来开导她(说),她才离开家,嫁到我们薛家来(八),可你总是惹得人家生气,整天愁眉苦脸的样子(频模)。

67.八十四回:"王尔调陪笑道:'也是晚生的相与,做过**南韶道**的张大老爷家有一位小姐,说是生得德容功貌俱全,此时尚未受聘。'"

"南韶道":"南",是"难"的谐音,指难得的意思。"韶道","韶",是

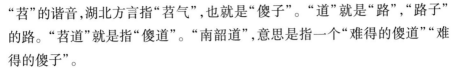

"茗"的谐音,湖北方言指"茗气",也就是"傻子"。"道"就是"路","路子"的路。"茗道"就是指"傻道"。"南韶道",意思是指一个"难得的傻道""难得的傻子"。

68.八十五回:"宝钗拆开看时,书内写道:'大哥人命是误伤,不是故杀。今早**用蝌出名**,补了一纸进去,尚未批出。'"

"用蝌出名":"用",指费用。"蝌",作者是在"科"字上谐音而来的。科,指科律、法规、刑律,如"作奸犯科"。"出名",指另出其名,也就是另外虚构出一个罪名。"用蝌出名":意思是花费钱财费用,买通关系,玩弄科律,钻法律的空子,重新拟出一个罪名来。

《红楼梦》中的异文异句在程伟元与高鹗编印时,都删去了,但后四十回居然保留了八十四回与八十五回这两条异文异句,这绝对是惊喜。但程伟元与高鹗不知什么原因,独把这两条异文留了下来,这也成了证明《红楼梦》是原作者真迹的铁证之一。

第五章 《红楼梦》一百二十回
各章回内容注解

此注解前八十回以戚序本《石头记》作为解析的蓝本,后四十回是以一九八七年舒芜作前言的《红楼梦》作为解析的蓝本。

《红楼梦》的写作顺序是以"真隐",而"真世隐";以"假来",而以"假语存"作为本书的开头。以"假"困睡于急流津觉迷渡口的草庵之中,而影射"假"的消失;以"真"离开急流津觉迷渡口的草庵之中,而影射"真"的回归,作为本书的结尾。"真隐假存""假去真回",真与假就这样周而复始地相互交替运行着。一个真的世道隐去之后,一个假的世道便会产生;一个假的世道毁灭之后,一个真的世道就会到来。社会便在这真与假的不断交替变化之中,不停地演变着,这就是历史。第一回与第一百二十回,正好是"真"与"假"的一个来回。《红楼梦》的写作就是从"真隐假来"而开始,社会便正式进入虚假的时期,一直写到"真来假去",社会又回归一个真实的世界而结束,从而揭示出了这个虚假文化社会的众生相,一直写到这个虚假文化社会的毁灭。

整部《红楼梦》描写的是一个假的文化社会从兴起到毁灭的全过程,它不是写人与人的社会,作者将他的笔触伸到了文化这个领域,描写的是一个假的文化社会从兴起到毁灭的过程。

整部《红楼梦》不存在着一人一物,所有的人物都是以文化的形式而呈现出来的,每一个人物代表的都是一种文化,每一种物品都含有一种文化的内涵。将文当人来写,这是《红楼梦》的写作核心。

"游戏笔墨,陶情适性",是整部《红楼梦》的写作宗旨。换言之,就是作者在书中玩的完全是一种文字的游戏,通过这些文字的游戏来陶冶自己的情操,抒发自己的性情,从而达到说野史、讲理治的目的,这便是《红楼梦》的整个写作真实。这一章将注解每一回的写作内容。

第一回 甄士隐梦幻识通灵 贾雨村风尘怀闺秀

此回意味着:"一个真的世道隐去了,一个假语存就形成了。"这一回是《红楼梦》这部书的楔子,用现在的说法就是指故事发生的时代背景。《红楼梦》记叙的就是这个"假语存"从产生到兴盛再到毁灭的整个过程。

第一回是《红楼梦》的写作核心。"你道此书从何而来"一直到"出则既明,你道石上是何故事",这个部分详细说明了《红楼梦》一书的出处。这个出处强调了两点,第一是强调了这部著作书名的出处,第二是强调了《红楼

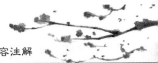

梦》一书写作的内容出处。紧接着,作者就开始通过甄士隐与贾雨村而道出《红楼梦》一书的写作楔子,这个楔子的中心就是"真世隐"与"假语存"。作者所要表达的是一个真的世道隐去之后,一个假的社会便产生的社会现实,描写的就是这个假的文化社会毁灭的过程,这个假的文化社会就是作者笔下的——末世。

"真隐假来"是《红楼梦》一书写作的时代背景,它描写的就是一个虚假文化社会毁灭的过程,而不是描写一个真实世界毁灭的过程。这种写作内容非常奇特与怪诞,我们平常接受的都是一些从正面角度著书立说的著作,我们习惯了这样的一种写作模式,也形成了一个惯有的思维定式,可《红楼梦》反其道而行,恰恰与固有的传统写作模式相悖,其描写的是一个假的社会毁灭的过程,这就颠覆了固有的传统书写模式,让所有的读书人产生了误读与误判。为什么《红楼梦》会产生这么多的争论,问题就在这里。

可以说,如果不理解《红楼梦》第一回的内容,所有对《红楼梦》一书的理解,都只是对《红楼梦》一书漫无边际的臆猜。

第二回 贾夫人仙逝扬州城 冷子兴演说荣国府

扬州,是一座文化名城,是中华诗林的胜地,也是中华文林的胜地。在这里,曹寅奉康熙之命,编印了《全唐诗》集,成就了一次诗林的盛世。这个中华诗运,兴于扬州,也死于扬州,所以,《红楼梦》里才有林如海为官于扬州,又捐馆于扬州城,林黛玉(诗林)最后又葬入扬州。

"冷子兴"谐音为"能知兴",即冷眼旁观知兴替。"如今生齿日繁,事务日盛,主仆上下安富尊荣者尽多,运筹谋画者无一,其日用排场费用,又不能将就省俭,如今外面的架子虽未甚倒,内囊却也尽上来了。这还是小事,更有一件大事:谁知这样钟鸣鼎食之家,翰墨诗书之族,如今的儿孙,竟一代不如一代了!"

上面这段话,作者曹雪芹先生通过一个旁观者——冷子兴之口,深刻揭露了贾府衰败的根本原因。

第三回 金陵城起复贾雨村 荣国府收养林黛玉

前面讲过,"金陵"是文化的王国,"贾雨村"即"假语存"。"金陵城起复贾雨村",等同于这个文化的王国开始起复了"假"文化,简单说就是这个文化的国度开始变假了。原本尚真崇实的文化社会变成了一个说假话、办假事，虚情假意的"假语存"。

"荣国府"是座文化之府，"林黛玉"代表着东南方文林之中的墨林。荣国府收留了林黛玉，即指这座文化之府收留了东南方文林中的墨林这种文化，将她纳入了"假府"这座文化之府的最高殿堂。

简单地说，就是金陵这座文化的王国开始起用这个"假"之后，荣国府这个文化的府第就接纳了"东南方文化"。

第四回　薄命女偏逢薄命郎　葫芦僧乱判葫芦案

"薄命女偏逢薄命郎"意思何在呢？薄命女指甄英莲，谐音是"真应廉"。廉，指的是廉洁。冯渊，是涉出深渊。换言之，薄命女偏逢薄命郎，就是指"廉洁"这种文化要从深渊之中涉跃出来。因为廉洁这种文化被拐子拐走，落入了深渊，现在要从拐子的深渊中挣脱出来。最后的结果我们都看到了，不但没能挣脱出来，而且招来了更加悲惨的结局，被一个姓"血"的薛蟠裹挟走了，还没逃出牢笼，就又落入"血家"，沦入更加悲惨的境地。

曹雪芹先生写的是一个假的文化社会，一个假的文化社会不会有"廉洁"这种文化生存的土壤的，"廉洁"（甄英莲）这种文化的命运早就注定了，是绝对不会有好下场的。

"葫芦僧乱判葫芦案"："葫芦"在古代中华文化中有降妖伏魔的功能，这个"葫芦"能把一切危害社会的妖魔鬼怪都镇压在"葫芦庙"里，像"假语存"的"假"，像那个葫芦庙里的"新门子"，都被这个"葫芦"镇在了里面。这个葫芦庙在书中的作用就相当于《水浒传》里伏魔镇妖的"镇魔殿"，又相当于西方社会所说的"潘多拉魔盒"。当"假语存"这个"假"，从葫芦庙中挣脱出来之后，这个降妖伏魔的"葫芦庙"就被彻底打开了。因为这个"假"是邪恶之源，是万恶之首，当"假"从镇压他的葫芦庙中挣脱出来之后，所有邪恶之魔都跑了出来，形成了一个群魔乱舞的局面，社会从此便进入黑暗时期。

"炸贡庙毁"只是一个写作的借口，因为只有葫芦庙毁了，里面被镇压着的所有妖魔鬼怪才有机会逃出来。比如"假"、"护官符"、阴谋诡计、享乐主义、贪污腐化、尚富尚贵之邪风等，一切危害社会的危险因素都走上了社会舞台的中央。

什么是"新门子"？"新门子"是指新的门路，具体指那个对社会危害性

322

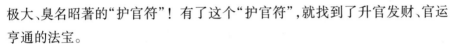

极大、臭名昭著的"护官符"！有了这个"护官符"，就找到了升官发财、官运亨通的法宝。

所谓的"护官符"，其实就是那张官场的关系网，有了这张关系网，就能官官相护，就能呼风唤雨，官运亨通，就会永远立于官场而不倒。即使是贪赃枉法、杀人放火、卖官鬻爵、官商勾结、知法犯法、胡作非为等，也有人保着，也有人护着，也有人撑着。

"葫芦僧乱判葫芦案"，就是缘于这个"护官符"而产生的一桩违法乱纪、草菅人命的案例。这两个从葫芦里逃出来的一"假"，一"新门子"（护官符），共同导演了一出违法乱纪、草菅人命的人间闹剧。

有很多人还真以为"葫芦庙"是一个如葫芦一般大小的小庙，其实作者是借了葫芦的古代寓意，来充当"镇妖降魔"的"伏魔殿"。

第五回　游幻境指迷十二钗　饮仙醪曲演红楼梦

"游幻境指迷十二钗"："指迷十二钗"，指明的是《红楼梦》中这十二种文化的命运与结局。每个人物的"画"，指明的是这十二种文化的命运；每个人物的"判词"，指明的则是这十二种文化的结局。"钗"的谐音为"差"，指差错的"差"。"十二钗"，是指"十二差"，也就是指十二种文化的差错。《红楼梦》中历数了这十二种文化进入末世时的差错与问题。由于"十二"是一个周天之数，因此，《红楼梦》历数的是整个中华文林进入末世时的差错与问题。

"偶遇宁荣二公之灵，嘱吾云：'吾家自国朝定鼎以来，功名奕世，富贵传流，虽历百年，奈运终数尽，不可挽回。子孙虽多，竟无一个可以继业者。惟嫡孙宝玉一人，禀性乖张，生性怪谲，虽聪明灵慧，略可望成，无奈吾家运数合终，恐无人规引入正。幸仙姑偶来，万望先以情欲声色等事警其痴顽，或能使彼跳出迷人圈子，然后入于正路，亦吾兄弟之幸矣。'

"禀性乖张，生性怪谲"就"略可望成"，可见"假（贾）府"的人才标准非常怪诞。"规引入正"的方法更是奇葩，居然是"先以情欲声色等事警其痴顽"。一个青春少年，你用"情欲声色去警其痴顽"，这不是等同于引他走邪路吗？这能达到"或能使彼跳出迷人圈子，然后入于正路"的目的吗？

这种规引的逻辑只有一点，那就是尽情让人去感受情欲与声色，从中体会出声色情欲也不过如此，于是就不被声色情欲所迷惑，然后跳出这个迷人的情网。

宝玉爱艳丽美好,警幻就把"万艳同杯"之酒给他饮。何谓"万艳同杯"呢?作者又用了一个谐音,即"万艳同悲"。"万艳",就是指所有如鲜花般美好的品质。"万艳同悲",就是指所有的鲜艳与美好,最终都会落得一个悲惨的下场,没有一个是有好结果的。警幻是在警示宝玉:"切莫要追求美好的品行,因一切的美好最终只会落得一个悲惨的下场。"

为何警幻教人不要追求美好的品行呢?这是因为一个假的世道,是不会允许真善美存在的,如果你去追求真善美,那是不会有好下场的。多么诙谐的笔调,多么深刻的灵魂。原来所谓的"规引入正",规的是一个假的世道的"正",一个虚假世界的"正";所谓的"正",是虚假社会认为的"正",它与真实社会所认为的"正"是恰恰相反的。因为"假府"都要以"假"为准则,越假越好。但宝玉却爱红(忠孝),爱清白,爱真善美(女儿是水做的骨肉),爱艳丽美好的事物(万艳),所以这才要劝,这才要警。"太不像话了,你一个最有希望继承'假府'家业的后生,怎么能爱红、爱清白、爱美好呢?这样不是毁了'假府'的百年基业了吗?"

除此之外,警幻还将"彼家中上中下三等女子之终身册籍,令彼熟玩",又将"新制'红楼梦'十二支曲子演上来"。但不论警幻仙子用多少手段来警示宝玉,但宝玉就是不为所动,表现出了一个龙的传人的忠诚、坚定与不屈,他始终不改其真善美的本色。此时的警幻已黔驴技穷、无计可施,最后,终于使出了绝招,用女色去毁灭他。这一招也真够狠毒的,俗话说"英雄难过美人关",宝玉抵挡住了前面的所有"规引",却没能抵挡住这女色的诱惑,最终败下阵来。"至次日,便柔情缱绻,软语温存,与可卿难解难分。"最终堕入情网,而不能自拔。秦可卿代表"情",与秦可卿缠绵,就等同于与"情"缠绵。贾宝玉代表的是中原文化,贾宝玉被情所困,也就是指中原文化被"情"所困,也代指中华文化被"情"所困。

何为"迷津"?迷津是指迷人的情欲深渊,如果一个人堕入这个情网,就不可自拔。宝玉代表的是中原文化,宝玉堕入情网,就等同于写中原文化堕入了情网,渲染的都是一种情爱的东西。

"木居士掌舵,灰侍者撑篙"是何意思呢?"木居士"的"木",是指"枯木";"灰侍者"的"灰",是指"槁灰"。"木"与"灰"合起来,便是"枯木槁灰"。什么意思呢?作者的意思是说:"情欲与声色是一个无底深渊,一旦堕入其中,就会变成枯木槁灰。"但结果是,宝玉来到了迷津,正想回头,但最终是:"话犹未了,只听迷津内水响如雷,竟有许多夜叉海鬼将宝玉拖将下去……"所以,宝玉最终没能免于被情欲声色所困的下场而堕入情网,最终走向毁灭。

这一章回非常重要,它将金陵十二钗的命运与结局交代得清清楚楚,将《红楼梦》一书的写作思想交代得明明白白。

第六回　贾宝玉初试云雨情　刘姥姥一进荣国府

当宝玉受到第五回情欲声色文化的影响后,才有了与袭人的云雨情。可见情欲声色文化对龙人子孙的伤害,对国家的伤害是多么快速与直接。

作者在正文开篇,就将低俗文化的代表刘姥姥推出,这是重中之重的一笔,表明我们的文化之所以衰退,首先是受到了低俗文化的影响。有人不明白,在《红楼梦》中,作者为何放下贾府众人不写,却偏要将一个"千里之外,芥豆之微"的刘姥姥开篇托出。作者就是要烘托一种场景,即俗低文化对贾府这个文化之府的侵害。作者强调的就是,低俗文化是"假府"(贾府)这座文化之府的毁灭之源。刘姥姥几进荣国府,就等同于低俗文化几次侵入荣国府,她来荣国府不是来串门认亲的,而是低俗文化侵入的象征。

第七回　送宫花贾琏戏熙凤　宴宁府宝玉会秦钟

这一回给我们展现出来的场景是:荣国府的贾琏在"龙戏凤",宝玉又在宁国府私会"情种"。可见宁荣两府是何等的肮脏与下流。贾琏代指皇帝,宝玉是贾府的袭爵之人(袭人),这两个关乎贾府生死存亡的重要人物,一个在寻欢作乐,一个被情所迷,这就敲响了贾府毁灭的丧钟。这就是这一回的本意。

第八回　比通灵金莺微露意　探宝钗黛玉半含酸

"莺"前面讲过,"莺"是指"莺儿",谐音是"阴儿",即"阴谋儿"。"金"是北方文化的核心,"金莺",在这里是北方文化的代称。"金莺微露意",就是代表北方文化微微露出了它对中原文化的觊觎之意。"比通灵金莺微露意",就是北方文化的代表人物"血宝钗",看到了中原文化的代表人物贾宝玉身上挂着的这块"通灵宝玉",于是就微微露出了她的本意,表达了她对这块玉石由衷的热爱,透露出的是北方文化对中原文化的觊觎之意。

"探宝钗黛玉半含酸"。中原文化有一块"通灵宝玉",北方文化有一个"金锁",这一玉一金,就是所谓的"金玉良缘"。林黛玉既无金,又无玉,岂能不生不忿之心? 除此之外,代表北方文化的薛宝钗,又有母,又有哥,又有钱,又有势,又有人缘,什么都有,而代表东南方文化的林黛玉,客居他乡,寄人篱下,宝钗所拥有的一切她都没有,想想这个林黛玉又怎能不含酸呢? 薛家财大气粗,又是皇商,又有王夫人这个姨妈做靠山,又有贾母等人的关爱。可代表东南方文化的林黛玉,除了几个贴身丫鬟,连贾府的下人都对她避而远之,她又怎能不含酸呢?

第九回　恋风流情友入家塾　起嫌疑顽童闹学堂

这一回描写的是儒学鱼龙混杂的现状。执掌儒学的贾代儒将教学的重任推给了一个不成器的贾瑞。他是非不分、黑白不明,最终导致这些文化在学堂里大打出手,导致儒学大乱。看起来是"顽童闹学堂",可他讲述的是西戎文化与中原华夏文化的矛盾。

第十回　金寡妇贪利权受辱　张太医论病细穷源

文化社会中的医者治的是文化社会的病。三秦文化(秦可卿)病了,找来一个"脏太医"给"三秦文化"治病。一个"脏医生"怎么能治好三秦文化的病呢? 三秦文化的核心是"善","善"是多么美好纯洁的文化! 你看秦可卿病了之后,每天都要不停地换衣服,特别讲究干净,你却找来一个"脏太医"给她治病,这岂不是在胡闹吗? 三秦文化是一种圣洁的文化,来不得半点的肮脏,一碰到脏就得完。

第十一回　庆寿辰宁府排家宴　见熙凤贾瑞起淫心

"庆寿辰宁府排家宴",宴请的都是荣府里的人,可老太太没去,贾珍说了一句牢骚话:"老太太是老祖宗。"这是什么意思呢? "老太太"是指一家之中的年长者,而老祖宗则是指一族之中的德高望重者,一个代表家庭,一个代表家族,有着双重身份。作为老太太,长辈不给下辈祝寿是说得过去的,但你又是一族之主,这要是不来,是说不过去的。这里也从另一个侧面反映了中原文化与三秦文化同属一个老祖宗。

"熙凤"字面意思是指"暴躁的火凤凰",指凤文化。但凤文化到了末世则变得特别恶俗与阴毒。贾瑞的"瑞",古代作凭信的玉器,也代表"瑞节"。《说文》曰:"瑞,以玉为信也。""瑞",这个代表诚信瑞节的文化,到了末世居然爱上了恶俗与阴毒文化的代表人物王熙凤。当这个代表诚信瑞节的"瑞",去接近这个代表恶俗阴毒文化的王凤姐时,所谓的"瑞节"这种文化就彻底完结了。最终,瑞节这种文化就被恶俗文化彻底害死了。

瑞节与恶俗是两种完全不同的文化,但当瑞节文化受到恶俗文化的影响后,瑞节文化就不可能再保持文化的本质了,这种文化的命运也就结束了,这就相当于"王熙凤"害死了"贾瑞"。简言之,就是指"恶俗文化"害死了"瑞节文化"。

第十二回　王熙凤毒设相思局　贾天祥正照风月鉴

王熙凤在毒设相思局,贾瑞却全然不知,正是一个淫字迷了他的双眼,可见这个"淫"字真的是害人不浅。"风月宝鉴",是以风月为鉴。鉴,以史为鉴之鉴。正照"风月宝鉴",是无法抗拒的美色诱惑;反照则是一个被毁于色欲的骷髅。

害死贾瑞(儒学)的不是王熙凤,是王熙凤所代表的恶俗文化,是恶俗文化害死了儒学。作者认为,儒学之所以毁灭,毁就毁在恶俗文化渗透进了儒学文化之中。

第十三回　秦可卿死封龙禁尉　王熙凤协理宁国府

"秦可卿死封龙禁尉",是指秦可卿所代表的三秦文化中的人间亲情死了之后,是宁府给这种文化的最高褒奖,即使是花一千二百两银子也再所不惜。书中封的虽是贾蓉,为何书目却封的是秦可卿? 作者在这里用的是移花接木的方法。你看,在秦可卿的挽榜上就清楚地写明了:"防护内廷紫禁道御前侍卫龙禁尉。"对面高起着宣坛,僧道对坛榜文,榜上大书:"世袭宁国公冢孙妇、防护内廷御前侍卫龙禁尉贾门秦氏恭人之丧。"这"龙禁尉"虽是贾蓉的职位,但他俩是夫妻,这就等同于是给秦可卿贴上了一个"龙禁尉"的标签。比如书中的贾政与王夫人,就与这种用法完全一致。政,是指政治,而他与王夫人的"王"是夫妻,"王"与"政"就构成了"王政"这个词。人与人结婚便为夫妻,文化与文化结婚便为一个文化词组,这便是夫妻在书中的功能。

"可巧薛蟠来吊问,因见贾珍寻好板,便说道:'我们木店里有一副板,叫作什么樯木,出在潢海铁网山上,做了棺材,万年不坏。这还是当年先父带来,原系义忠亲王老千岁要的,因他坏了事,就不曾拿去。现今还封在店里,也没人出价敢买,你若要,就抬来使罢。'"

古代人死了之后,都有一个盖棺论定的葬俗,也就是对死者一生的功过是非做一个定论与总结,相当于现在的悼词。上面这段话,就是一个对秦可卿所代表的三秦文化的"人间亲情"的总结与评价,也就是盖棺论定。现在来分析这句话的含义,看看作者是怎样评价三秦中的"人间亲情"这种文化的,看作者是如何给三秦文化盖棺论定的。

"王熙凤协理宁国府",王熙凤代表的是阴毒恶俗的末世凤文化(后宫文化),她去协理宁国府,就说明这个阴毒恶俗的文化染指了宁国府,进入了宁国府这座教化的府第。当宁国府用这种文化来治理时,这就表明宁国府从此就再无宁日了。宁国府又是一座司职思想教化的文化之府,当宁国府邀请王熙凤这种阴毒恶俗的文化来协理时,这说明所谓的教化之府变成了阴毒恶俗文化的阵地。这种"破落户"文化不但伤害了荣国府,现在又来伤害宁国府,整个贾府也就都被她给祸害了,再加上这种文化又害死了代表儒学的贾瑞。就是因为有了这个"凤辣子""破落户"文化,才加速了宁荣两府的消亡。

"秦可卿死封龙禁尉,王熙凤协理宁国府"的意思是:"当秦可卿所代表的三秦文化死了之后,我们这个民族就失去了龙禁尉的守护,于是,这个代表阴暗、恶毒、低俗文化的王熙凤就打入了宁国府,从此,宁国府就永无宁日了。"

第十四回　林如海捐馆扬州城　贾宝玉路谒北静王

"林如海捐馆扬州城","捐馆",一般是指官员的去世。"林如海捐馆扬州城",就是指林如海在扬州城逝去了。"林如海",林,是指文林,如海,用的是"儒海"的谐音。"林如海"这个名字,指的是"文林儒海"。"林如海捐馆扬州城",是指"文林儒海"死于扬州城、止于扬州城。作者认为东南方文化兴于姑苏,而死于扬州。为何说东南方文化兴于姑苏,死于扬州呢? 或与清军在扬州"屠城十日"这一大事件有关。在抗清保卫战中,扬州人民在史可

法的带领下与清军进行了英勇顽强的战斗,誓死不屈、决不投降,但后来城破,清军攻入扬州,对扬州人民实行了惨无人道的"十日大屠杀",扬州人民几乎全部惨遭杀害。据历史记载,仅被和尚收殓的尸体就超过了八十万具,史称"扬州十日"。扬州的失陷,即东南方文化的彻底失陷,也是中华民族文化的陷落。"林如海捐馆扬州城",是中国历史上的一个大事件,其宣告了中华文林儒海的彻底失败。

第十五回 王凤姐弄权铁槛寺 秦鲸卿得趣馒头庵

"王熙凤弄权铁槛寺",是写荣府之事,"秦鲸卿得趣馒头庵",是写宁府之事,宁荣两府都在行大逆不道之事,都在为两府的覆灭埋祸根,宁荣两府岂有不亡之理?

第十六回 贾元春才选凤藻宫 秦鲸卿夭逝黄泉路

"贾元春才选凤藻宫,秦鲸卿夭逝黄泉路"的意思是:"当贾元春所代表的宫廷享乐主义文化,在文化圣殿中被推到最高层级的时候(凤藻宫尚书),也就是三秦文化的基业最终毁灭的时候。"前因后果,非常明确。

作者在这一回里,讲述了享乐主义文化对于人、对于国家、对于政权的危害;讲述了只要享乐主义文化盛行,国家就一定会遭受祸殃的道理。里面并无一乐一宫,而"宫乐文化"尽显;里面并无三秦文化之说,而三秦文化跃然矣。

第十七回 大观园试才题对额 荣国府归省庆元宵

"大观园试才题对额",试的是中原文化的才气,是龙人的才气。我们从宝玉的对额中可以看出,中原文化不光有德,而且很有才,他通今博古、引经据典、才思敏捷、奇思妙想。特别是在对联方面,中原文化显示出了他独特的才情,特别善对。如果中原文化不偏僻乖张,不寻愁觅恨,不陷于伪道学之中,只要他肯读书,就一定能够成就大业。

贾政在视察大观园行进的路径上所见各处,正是每一个文化的文化家园,是当时各种文化的一个新的格局。代表东南方文化"诗才"的林黛玉,所居之所——潇湘馆;代表"理文化"的李纨,所居之所——稻香村;代表棋文化的贾迎春,所居之所——紫菱洲;代表书法文化的贾探春,所居之所——

秋爽斋;代表画文化的贾惜春,所居之所——藕香榭、蓼风轩;代表北方文化"智谋"的薛宝钗,所居之所——蘅芜苑;而代表中原文化的贾宝玉,所居之所——怡红院。而"怡红院"是大观园这座新文化之园的中心。

"荣国府归省庆元宵"。"元宵",是一个大团圆的日子,是一个各种文化大荟萃的盛会,说不尽的锦绣,道不尽的繁华,盛况空前的荣府之会,正是荣国府鲜花着锦、烈火烹油的盛世写照。

第十八回　皇恩重元妃省父母　天伦乐宝玉呈才藻

"皇恩重元妃省父母",皇妃,代表着"宫乐"文化,也代表着皇权。贾府是一座文化之府,皇妃归省父母,就等同于皇妃回到了生她养她的这座文化之府,探望生她养她的父母。她观赏游览大观园,也就相当于对这座新文化之园的一次视察。

第十九回　情切切良宵花解语　意绵绵静日玉生香

"情切切良宵花解语"。这里讲的是袭人对宝玉约法三章的事。第一是不要说疯话糟践自己,不要自轻自贱、自惭形秽;第二是不要只管批驳诮谤,要喜读书,不要说读书人是"禄蠹",不要说除"明明德"外无好书;第三是不许毁僧谤道,不许吃人嘴上的胭脂,要改掉爱红的毛病。

"意绵绵静日玉生香"。宝玉代表中原文化,中原文化的核心是德,林黛玉代表东南方文化,东南方文化的核心是才。中原文化多德而少才,而东南方文化则多才而少德,所以这两种文化具有很强的互补性。中原文化爱东南方文化的"才",而东南方文化爱中原文化的"德",这两种文化的结合,就可以达到"德才兼备"的效果,所以两者的关系非常密切,是"木石前盟"的关系,这两种文化缠绵在一起是好事,可叹后来他俩相互猜疑,嫌隙不断,矛盾不断,最终分崩离析,终究没能兑现"木石前盟"的美好愿景。

第二十回　王熙凤正言弹妒意　林黛玉悄语谑娇音

"我家里烧的滚热的野鸡,快来跟我吃酒去。"表面一听多好的心意,但你一细想,不堪入目。这哪是在吃野鸡,这吃的是语言,是王熙凤对李嬷嬷说的话,是王熙凤在排揎李(礼)嬷嬷。

《红楼梦》中,如果一个人送给另一个人一件什么东西,就是送的一种文

化,就是对某人说的话。如果一个人请另一个人吃什么东西,就是说话给另一个人听,这是《红楼梦》中一个重要的曲笔方法。

那这个"滚热的野鸡"是什么意思呢?"野鸡",是野鸟类飞禽,虽长着一双会飞的翅膀,但飞的时候少,钻草林的时候多,在野外,一会儿蹿着头往前跑,一会儿又飞起来,上蹿下跳的。王熙凤是在借"野鸡"的这个特性在排揎李嬷嬷:"你老人家不好好待在家里头享清福,却像一只野鸡一样到处乱跑乱窜干什么?"

"林黛玉悄语谑娇音"。所谓林黛玉"谑的娇音",说去说来,还是在对薛宝钗所代表的北方文化的"妒",对贾宝玉的不放心,对"金玉良缘"的狐疑。

第二十一回 贤袭人娇嗔箴宝玉 俏平儿软语救贾琏

"贤袭人娇嗔箴宝玉"。袭人为何"娇嗔箴宝玉"?这是因为宝玉与黛玉、湘云走得太近。黛玉代表东南方文化,湘云代表湘楚文化,宝玉代表中原文化。中原文化去亲近吴越与湘楚文化,去吸取这两种文化的才气与营养,这又没有任何的错,何须要箴?中原文化缺乏的就是东南方文化与湘楚文化的才,为什么要箴呢?!我不知道袭人贤在哪里。

"俏平儿软语救贾琏"。平儿,乃谐音"嫔儿"也,指嫔妃的嫔,她是贾琏的妾,而贾琏的嫡妻则是"凤"。凤是鸟中之王,凤姐,乃是指女人之中的王者——皇后。贾琏的正妻是皇后(凤姐),他的妾是嫔妃(平儿),那贾琏是谁——皇帝也。作者就是用这些意想不到的谐音,来掩盖他所要表达的真实意图。

所谓的软语,其实就是包庇,就是阳奉阴违包庇贾琏的过失。嫔妃这个阶层的地位,决定了她文化的性质,她要周旋于皇上与皇后之间,既要取悦皇上,又要迎合皇后;既要遵从皇命,又不能惹怒皇后。嫔妃要想在这两种势力之中求得平衡而平安无事,就如走钢丝一般,如履薄冰。当平儿发现贾琏的不轨行为之后,既要帮他遮掩,又怕被凤姐发现,这就是这种文化的常规操作。

"贤袭人娇嗔箴宝玉,俏平儿软语救贾琏",那个在"箴",这个在"救"。箴的是不该箴的,救的是不该救的,一切都行进在错误的道路上。

第二十二回 听曲文宝玉悟禅机 制灯谜贾政悲谶语

"听曲文宝玉悟禅机"。"小旦",是越剧行当中的一类,一般扮演年轻小女孩的角色,有悲旦、花旦、闺门旦之分,一般都是配角。书中的小旦让贾母感到"益发可怜见",可见这个小旦演的是一个悲剧的角色,是一个悲旦。史湘云与众人都认为这个小旦与林黛玉很像。猛一看,还真以为作者是在将林黛玉与一个戏子在做比较,可作者是在将东南方戏曲文化,与林黛玉所代表的东南方诗词文化的格调在进行比较。东南方文化的末世诗林,先天就带着离仇别恨、爱恨情愁的基因,如女人一般柔美,后天又受到愚蠢文化和假文化的影响,整天就是哭哭啼啼、愁眉不展的。所以作者认为,这个"悲旦"所代表的吴越戏曲文化与林黛玉所代表的吴越诗词文化如出一辙,有很大的相似之处,悲与愁是这两者文化的主基调。东南方戏曲文化"倒像林妹妹的模样儿",生得又弱,一身之病,总是哭哭啼啼、悲悲切切的。我们可以去审视一下东南方戏曲文化中的曲种,如昆剧、越剧等,那曲调,何悲切之甚,那词句,何哀婉至深,真让人动容泪流,这又与林黛玉的形象有何不同?作者是在将东南方诗林与文林与东南方戏曲文化进行比较,认为这两种文化所表现出的特征十分相似,都游走在爱恨情愁、离仇别恨之中。

宝玉遇到不顺心的时候,他首先想到的便是《庄子》的出世哲学,想到的是《鲁智深醉闹五台山》中"漫揾英雄泪,相离处士家。谢慈悲,剃度在莲台下。没缘法,转眼分离乍。赤条条来去无牵挂。那里讨烟蓑雨笠卷单行,一任俺芒鞋破钵随缘化!"的台词。这遣词造句何悲切至此!直叫人了悟残身,削发佛门。

宝玉所代表的中原文化本就有根深蒂固的"道文化"情结,哪里还经受得起这些带有强烈禅悟戏曲文化的影响。听其曲,思其文,他又怎能不悟呢?所以产生消极厌世情绪也就在情理之中了。

第二十三回 西厢记妙词通戏语 牡丹亭艳曲警芳心

"贾政一举目,见宝玉站在跟前,神彩飘逸,秀色夺人,再看看贾环,人物委琐,举止荒疏,忽又想起贾珠来,再者王夫人只有这一个亲生的儿子,素爱如珍,自己的胡须将已苍白,因这几件上,把素日嫌恶处分宝玉之心不觉减了八九。半晌说道:'娘娘吩咐说,你日日外头嬉游,渐次疏懒,如今叫禁管

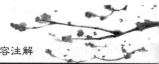

你,同姊妹在园里读书写字。你可好生用心习学,若再不守分安常,你可仔细!'"

"禁管"! 这是贾政对宝玉说的。原来宝玉等一帮年轻的女孩子(年轻的文化),是被禁管在了大观园里,这就很像是一座"文字狱"。一个假的政权(贾政)是容不得美好文化存在的,毕竟这些文化又年轻,又美好,假的政权怕他们在外生事造反,节外生枝,只有禁管起来才好。而禁管的目的是要这些年轻的新生文化"安分守常",安什么分? 守什么常? 无非是因循守旧,循规蹈矩,循孔孟之道,守陈规陋俗之常! 遵教化,守纲常,循古道,这大概就是历代君王愚民所采取的常规操作,目的只有一个——勿生反心。

《会真记》讲述的是唐贞元年间,书生张生与崔莺莺之间的爱情故事。贾宝玉看过之后,就闹出了与林黛玉的情感纠葛。宝玉情不自禁地当着林黛玉说出了"我就是个多愁多病身,你就是那倾国倾城貌"的戏语,林黛玉更是大胆,居然将剧中的"苗儿不秀,是个银样镴枪头"说了出来。

后来,当林黛玉听到《牡丹亭》曲子中的"原来姹紫嫣红开遍,似这般都付与断井颓垣"已是感慨缠绵、意荡神驰。当她又听到"良辰美景奈何天,赏心乐事谁家院""则为你如花美眷,似水流年……"唱曲的时候,已是"心动神摇"。当她又听到"你在幽闺自怜"等句时,已是"如醉如痴,站立不住,便一蹲身坐在一块山子石上,细嚼'如花美眷,似水流年'八个字的滋味。忽又想起前日见古人诗中有'水流花谢两无情'之句,又词中有'流水落花春去也,天上人间'之句,又兼方才所见《西厢记》中'花落水流红,闲愁万种'之句。把这些艳词情语都一时想起来,凑聚在一起,仔细忖度,不觉心痛神痴,眼中落泪"。以致林黛玉"情思萦逗,缠绵固结"。可见,这些艳词情语之书对少男少女的影响有多大,它大到足以改变人的一生。

以上,不论是《西厢记》,还是《牡丹亭》,抑或是诗句,或词曲,它们都有一个共同的特点,那就是对爱恨情愁的渲染。就是受到这些文化的影响,人们才缠绵在缱绻悱恻的情愁艳曲之中,而不能自已。

作者在这一回里指出了戏曲文化与诗词文化发展方向上的弊端,那就是过度渲染男欢女爱、儿女私情,过度沉溺于爱恨情愁这些不健康的氛围之中。

第二十四回　醉金刚轻财尚义侠　痴女儿遗帕惹相思

"醉金刚轻财尚义侠"。这个醉金刚就是"倪二",何为倪二? 倪二是"利二"的谐音。那何谓"利二"呢?"利"是利息的利,高利贷的利。"二",是指一次又一次重复加码的意思。"利二",就是指钱生钱、利滚利,利中取利,指高利放贷这个行当。在书里,这个"利二"长期混迹于赌场,他为何长期混迹于赌场呢? 这是因为赌场是一个放高利贷的好地方。谁输了钱都想要捞回本钱,于是,很方便就能在倪二(利二)这里借贷。高利贷的利息是很高的,如果捞回了本金,还上高利贷,那什么事都没有。如果输了到时还不起,那就大祸临头了,利上加利,利又滚利,这样一直滚下去,最后恐怕就会家破人亡。放高利贷这种文化对社会的危害性极大,搞不好就会家破人亡。作者在书中,大骂这种文化是"原来这倪二是个泼皮,专放重利债,在赌博场吃闲钱,专管打降吃酒……"可就是这样一个见利忘义之徒,居然还有一点儿侠义之气,心甘情愿不收一分利息而借钱给贾芸,这也奇了怪了。

"痴女儿遗帕惹相思"。"痴女儿",指的是小红。小红何许人也? 书中写道:"原来这小红本姓林,小名红玉,只因'玉'字犯了林黛玉、宝玉,便都把这个'玉'字隐起来,便都叫他小红……"从这句话里可以看出,这个小红的正名叫"林红玉",这与林黛玉只差一字。"林黛玉"是指文林中的黑色的墨,所以名"林黛玉"。那么,依葫芦画瓢,林红玉就是指墨林中的红色的"朱墨",所以名"林红玉"。墨分两种,"红玉"是"朱墨","黛玉"是"黑墨"。黑色的墨应用广泛,只要是写字,人人都可以用,没有什么禁忌,但红色的朱墨则适用范围很小,只在官府文书和账房里使用。到了后来,朱墨有了一个极其重要的用途,就是皇上在批阅奏折上的批语用的就是朱墨。

"朱墨"在中华文化史上显然有着比黑墨更显赫的地位,不但官府文书要用到朱墨,皇上也用。但这种文化到了末世之后发生了根本性的变化,林红玉的"玉"字去掉了。这个"玉"代表的是玉德,当这个象征"德"的"玉"字去掉后,德就没有了,"林红玉"就变成了"小红"。作者是说,当这种红色的墨文化失去了德之后,就成了无德的文化,所以,"红玉"则变成了"小红"。何谓小红? 是"小哄"的谐音。你想,当"红玉"把象征德的"玉"字去掉之后,岂不就变成了哄人的东西了吗? 所以,当宝玉问他从哪里来时,他回答说:"我在后院子里,才从里间的后门进来。"什么意思? 意味着这种文化来

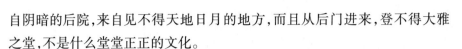

自阴暗的后院,来自见不得天地日月的地方,而且从后门进来,登不得大雅之堂,不是什么堂堂正正的文化。

朱墨(红玉)是官府文书往来与皇帝朱批奏折时所用,当"红玉"将代表"德"的"玉"字去掉之后,这种红色文化就失去了"德"。当这种红色文化把"德"失去了之后,"小红"就变成了"小哄",指哄人的文化。这就从一个侧面反映出当时官府与官府之间的相互文书往来,是你哄我、我哄你,你骗我、我骗你。臣子进上的奏折,是在哄皇上,蒙骗皇上;皇上的朱批也是在敷衍臣子,哄骗臣子。不但往来官府文书在哄人,臣子的奏折在哄人,账房账目上的数据也在哄人,就连皇上的朱批也在哄人。所谓的红色墨文化,到了它的末世,就成了一种哄人的文化。

在书中,这个小红与贾芸可谓一见钟情,互相爱慕。这个贾芸为何独钟情于小红,而小红却又独喜爱贾芸呢?原因说起来相当好笑。原来贾芸的"芸",本是指芸香,一种香草。可这个"芸"字到了末世,则把上面的草字头去掉了,变成了"云","贾芸"则变成了"假云"。"假云"即指说假话也,"云"在这里指"云云","说"的意思。

"小红"即"小哄","贾芸"即"假云"。小红在哄人,贾芸在说假话,"哄人"与"说假话"不就是一个意思吗?哄人就要说假话,说假话就是为了哄人,这两种文化天生就是一对,天作之合也,所以,这两个人一见如故,情投意合,相思相恋。书中的贾芸每时每刻都在说假话,而小红每时每刻都在哄人。

这一回,作者讲述了放高利贷的倪二,有时也偶有侠义之气,这就有点儿古人所说的"盗者亦有道"的意思了。又阐释了哄人与说假话这两种文化之间的相互关系,揭露了哄人与说假话本是一样的。

第二十五回　魇魔法姊弟逢五鬼　红楼梦通灵遇双真

"魇魔法姊弟逢五鬼"。宝玉是"神瑛侍者",即"神印玉玺的侍者"。贾环,环,璧也。璧在古代是一种祭天的礼器,古有"苍璧礼天,黄琮礼地"之制。宝玉是玉,可他是玉玺,高贵无比;玉环也是玉,可他与巫师神仙连在一起,有很浓的封建迷信色彩,是一种比较阴暗的文化。

在书中,作者将"玉玺"与"玉环"这两种玉器进行了比较,他认为在中华文化中,"玉玺"是"王"生养出来的(王夫人),代表着王权,它始终与"王"紧紧地联系在一起,这就是王夫人为什么是它母亲的原因。玉环(玉璧)虽也是玉中之重器,但它比起玉玺来,则次了许多,比起宝玉来,它就像是姨娘所生养出来的一个庶子,永远处于次要地位。

这个赵姨娘所生养的儿子贾环,他"手足眈眈小动唇舌",就招致贾宝玉大遭笞挞,差点儿没被打死;他故意掀翻蜡烛烫伤宝玉,以致疗养多日才愈合;他掀翻巧姐的药铫子,差点儿要了巧姐的命;他"欣聚党恶子独承家",把整个贾府搅得天昏地暗、天翻地覆。他吃花酒、欣聚赌,最后还差点儿把巧姐给卖了,就差没把整个贾府毁掉。总之,贾环的形象就是一个猥琐卑劣、无耻下流的形象,是一个阴狠恶毒、无恶不作的形象。

"红楼梦通灵遇双真"。通灵玉,不是指贾宝玉本身,不是指"赤瑕宫神瑛侍者",是指那块"衔玉而诞"中的"补天之石",是那块挂在贾宝玉身上的神玉,是那块能逢凶化吉、遇难呈祥,保佑贾宝玉能平平安安的神玉。一块玉怎么会有如此神奇的作用呢? 原来这块神玉代表的是玉所含有的"仁、义、礼、智、信"等五德,指的是玉所包含的"德行"。

宝玉为何却被伤害得如此之深呢? 书中写道:"那僧笑道:'长官不须多话。因闻得府上人口不利,故特来医治。'贾政道:'倒有两个人中邪,不知你们有何符水?'那道人笑道:'你家现放着希世奇珍,如何倒还问我们有何符水?'贾政听这话有意思,心中便动了,因说道:'小儿落草时虽带了一块宝玉下来,上面说能除邪祟,谁知竟不灵验。'那僧道:'长官你那里知道那物的妙用。只因他如今被声色货利所迷,故不灵验了。你今且取他出来,待我持诵持诵,只怕就好了。'"这就说得非常清楚了,这块玉本是有灵性的,因为"声色货利"污染了这块象征"道德"的神玉,当玉德被"声色货利"所掩盖之后,就只剩下了"玉",却失去了德性,所以这块玉就不灵验了,但和尚拿于手中,"持诵持诵"就好了,"持诵"是将污染通灵宝玉的"声色货利"清除掉,让这块通灵宝玉重新焕发出原有的光彩,于是,宝玉与熙凤就病消如初了。

第二十六回　蜂腰桥设言传密意　潇湘馆春困发幽情

"蜂腰桥设言传密意"。"传密意",传的是谁的密意? 传的是小红的密意。小红(小哄)有情于贾芸(假云),而贾芸也有意于小红。小红是"哄人",贾芸(云)是说假话。"云"指"说话"。说假话与哄人同出一个师门,都是说假话。"物以类聚,人以群分",所以,两种文化情投意合,两情相悦也就

在情理之中了。

作者所说的蜂腰桥,其实指的是杭州西湖的"断桥"也。为什么会这样想呢? 只要见过马蜂的人,就一定知道马蜂的样子和它身体的结构,它的身体分前后两个部分,腰间只靠一根细细的管子连接,细得几乎看不见,身体前后两个部分还连着,猛一看,腰间像是断开的样子。所谓的蜂腰桥,即指像马蜂腰一样断开的桥,这座桥就叫"断桥"。断桥的样子与蜂腰很相似,于是作者就突发奇想,给人们开了个玩笑,将"断桥"比作"蜂腰桥"。曹先生这个奇思妙想,堪称一绝,让人忍俊不禁。想想脂砚斋所批之"哭成此书"一语,真是可笑至极。作者此书就是在"游戏笔墨,陶情适性",何来的哭? 又何来的悲?

"潇湘馆春困发幽情"。"林黛玉细细的长叹了一声道:'每日家情思睡昏昏。'……宝玉笑道:'给你个榧子吃,我都听见了。'""给个榧子吃"是什么意思? 令人费解。榧子,为红豆杉科,榧是植物的种子。我们都知道,唐代王维的《相思》:"红豆生南国,春来发几枝。愿君多采撷,此物最相思。"所谓的"榧子"即与"相思"有关。"给个榧子吃",意思是说,你这"每日家睡昏昏"是在相思谁呢?

"给个榧子吃",也指用食指弯曲成拐子,凿打对方的额头。想是宝玉听到黛玉这一忘情的自语后,想敲打她一下,以示警告?

"好丫头,若共你多情小姐同鸳帐,怎舍得叠被铺床?"出自《西厢记》,意思是说,好丫头,我若与你的小姐成双成对、同床共枕,怎么舍得让你来叠被铺床呢! 这句话真是太过冒失,但话又说回来,那句"每日家情思睡昏昏",也是赤裸裸的思春的流露,所不同的是,一个只是偷偷地小声自叹自说,而一个是当面挑逗。

"潇湘馆春困发幽情",贾宝玉听到后表现的是"不觉神魂早荡",可轮到贾宝玉阐发相思之情时,林黛玉却是"登时撂下脸来",闹得不可开交,这多少也反映出黛玉的虚伪。

第二十七回 滴翠亭杨妃戏彩蝶 埋香冢飞燕泣残红

"滴翠亭杨妃戏彩蝶"。"杨妃"长得胖,由于薛宝钗长得也胖,作者故借杨妃比宝钗。薛(血)宝钗代表的是北方文化中的"谋",可这种文化到了它的末世,就变成了要阴谋、使诡计,变成了"阴谋"。

而代表东南方文化之才的林黛玉,美则美矣,但体弱多病,骨瘦如柴,这就说明这个东南方文化之"才"生得势弱,呈现出下山之势。

"阴谋"这种文化胖得流油,而"文才"这种文化骨瘦如柴,一胖一瘦,这就说明在当时的文化社会氛围里,人们只在重视智谋这种文化的修为,而轻视了文才的习学。这样就形成了一个智谋之士膨胀,而才人匮乏的局面。当世上都是些智者、谋者的时候,这个社会将充斥着尔虞我诈、钩心斗角的氛围。

"埋香冢飞燕泣残红"。"埋香冢"? 大自然中的花谢花飞本是正常现象,在绝大多数人来看,开了就开了,谢了就谢了,没什么可忧伤的。可作为性情中人的林黛玉,那就不一样了,当她看到这飘落的残红、随水的落花,便会睹物伤情,感同身受,无端招惹出一段伤感来。到了春天,她便会伤春:"一曲新词酒一杯,去年天气旧亭台""无可奈何花落去,似曾相识燕归来""自在飞花轻似梦,无边丝雨细如愁"……到了秋天,她便会悲秋:"轻肌弱骨散幽葩,更将金蕊泛流霞""萧萧江上荻花秋,做弄许多愁""秋来处处割愁肠""芙蓉生在秋江上,不向东风怨未开"……不知有多少的愁感,又有多少的悲情。

曹公的一首《葬花吟》,碾压文人骚客多少春愁,令古今无数春客蒙羞,至《葬花吟》后,世间再无春愁矣!

第二十八回　蒋玉菡情赠茜香罗　薛宝钗羞笼红麝串

"茜香罗汗巾",代表着一条由契丹辽国所贡的汗巾子,而这条汗巾子辗转几次之后,系在了贾宝玉的身上。但是,当这条汗巾被袭人发现之后,袭人所看到的是一条"睡觉时只见腰里一条血点子似的大红汗巾子",可见这条汗巾子是一条带着鲜血的汗巾子。一条汗巾子上面怎么会带有点点鲜血呢? 这不是很奇怪吗? 这说明这条"茜香罗汗巾"很不平常,大有文章。究竟它的"文章"在哪里呢?

我们已经知道,这条带血的"茜香罗汗巾",是契丹辽国女国王的贡品,出自辽国女国王之手,后来到了北静王的手里,再后来北静王赠给了忠顺王府的戏子蒋玉菡,最后蒋玉菡用这条汗巾换走了宝玉身上的"松花汗巾"。

"松花汗巾"。"松花",它不是指这条汗巾上的花样,而是指的这条汗巾的颜色。所谓的"松花",就是指松树开的花的颜色。松树开的花是什么颜色呢？黄色也。这就是说，"松花汗巾"就是一条黄色的汗巾。黄色，是黄土的颜色，中国古代有"东青、西白、南赤、北玄、中黄"之说。"中"，指的就是华夏民族的至中之地中原。中黄，就是指中原黄土地区特有的颜色。"汗巾"是从"汉津"上谐音而来的，"松花汉津"，就是指一条"黄色的汉津"。什么是"汉津"呢？汉，是指汉民族。津，指的是河流。"汉津"，就是指流经汉民族土地之上的河流。

那这条系于腰间，而且像黄色汗巾的东西是指什么呢？它喻指的就是流经中原之地的，如腰带一样细长的河流。作者在这里，将蜿蜒在中原地区的这条河流，形象地比喻为一条长长的松花汗巾（汉津）。

第二十九回　享福人福深还祷福　痴情女情重愈斟情

"享福人福深还祷福"。享福人指的是谁？不是贾母，而是贾元妃。是她拿来银子，让贾府上下人等到清虚观去为她打平安醮，求平安。贾元妃贵为"凤藻宫尚书，加封贤德妃"，已是大福大贵之人，可她还不知足，还要贾府上下为她打平安醮，岂不是"享福人福深还祷福"吗？

"痴情女情重愈斟情"。痴情女当然就是"林黛玉"了。林黛玉所代表的东南方与东南方文化与贾宝玉所代表的中原与中原文化，其实是天生的一对"情侣"，两种文化互相爱慕，相得益彰。可这两种文化到了末世，由爱而生隙，由隙而生怨，以致相互猜忌，吵闹不停，矛盾不断。这两种文化本是相生相依的关系，并不存在着冲突与矛盾，作者认为，这两种文化之所以会产生矛盾，主要原因是"求全之毁、不虞之隙"。就是这一问题导致了这两种文化的分崩离析，最终成就了中原与中原文化和北方与北方文化之间的那一段姻缘——"金玉良缘"。这一次，两种文化之间的矛盾恐怕是本书之中最大的冲突了，可谓天翻地覆。

"享福人福深还祷福，痴情女情重愈斟情"，意味着："享乐主义文化的代表贾元春，还觉得自己享乐得不够，于是来祈福祷寿；而代表东南方文化的'咏絮才'林黛玉，本身就已缠绵在爱恨情愁之中了，却还觉不够，还在斟情。"作者采用的还是对比的写作手法。

第三十回　宝钗借扇机带双敲　龄官划蔷痴及局外

"宝钗借扇机带双敲"。敲，是敲打。双敲，就是同时敲打两个人。这两个人,一个是黛玉所代表的东南方与东南方文化,一个是宝玉所代表的中原及中原文化,宝钗借机敲打的就是东南方文化与中原文化。宝钗所代表的北方及北方文化中的"谋"非常了得,随便借助一点儿什么东西,就能借题发挥,敲打得恰到好处,反击得一针见血,让宝玉与黛玉哑口无言、羞愧难当、颜面尽失,我们从这里也可以领教到北方文化的厉害之处。东南方文化与中原文化两者加起来都不是北方文化的对手,别看宝钗平时不大说话,但一旦开口别人就没有还手之力,这就是一个智者、谋者的能量。宝玉与黛玉本来是准备看宝钗笑话的,其结果却反遭宝钗奚落,引火烧身,搞得灰头土脸,你说难堪不难堪。

王熙凤所代表的凤文化,在这里扮演了火上浇油、落井下石的角色,更是让这两人无地自容,难堪至极。凤文化是中华文化的重要组成部分,可她在这里不但不帮中原与东南方文化说话,还要起了小聪明,用一种近乎于下流的方式让宝、黛更加难堪。好歹是一家人,怎么胳膊肘往外拐了?连里外都分不清了,这样的凤文化还要它做什么!

黛玉有了不如意,还可以找宝玉出出气,可宝玉有了不如意,去找谁出气呢?找黛玉,黛玉不理他;想找宝钗说说话,谁知话又不投机,反招奚落;到老太太那里去,可去处"鸦雀无闻";到凤姐那里去,她又在午睡;遂到王夫人处,想讨要金钏,结果金钏被打。哪一处才是宝玉的避风港,哪一处又是他的寄情处?

"龄官划蔷痴及局外"。"龄官"是"伶官"的谐音,伶指优伶。何谓优伶?古指以乐舞、戏谑为业的人,后来也指戏子这个行业。"划蔷",是从"化蔷"上谐音过来的。蔷,是指蔷微。蔷薇在古代寓意爱情与相思。"化蔷",意指在播撒、渲染爱情与相思。"龄官划蔷",指乐舞、戏曲这样的娱乐文化,都在渲染男欢女爱、爱恨情愁。当宝玉看到这些东西后,表现得如痴如醉,深陷其中,连被雨淋都感觉不到。不要以为龄官真是在地上反复划着"蔷"字。

后来回到自己的怡红院,可怡红院门户紧闭,自己被关在了外面,一连串的挫败,你说他心里有多窝囊、多憋屈,一个菩萨心肠的贾宝玉,此时非常生气,一脚踢伤了花袭人。

金川(金钏),有"西川"的意思,西川指四川西部一带,前面讲过。本来"西川"是属王的领地,可被这个"王"一打,就把这个"西川"给打死了、打丢了。西川打丢了，这个王还拥有"银川"（银钏）之地。银川（银钏）丢了之后，还有玉川（玉钏）之地。"玉川"是指中原之地，因为中原之地"尚玉"，是玉文化的隆兴之地。最后伴随王夫人的只有"玉川"（玉钏），也就是中原之地，其他领土都丢了。

这一回，宝玉到处碰壁，所有的文化都不尊重他，于是，他就去找"王"夫人，在那里想找到一点儿王的霸气，如果自己霸道一点儿，看有谁还敢欺负自己、不尊重自己。找去找来，于是相中了"王"的丫鬟——金钏。当金钏对宝玉说道"金簪掉在井里头，有你的只是有你的"的时候，王夫人起来就给了金钏一个嘴巴子，并骂她是个"小娼妇"。宝玉本来是想到"王"那里去寻找一点儿王的霸气，结果是不但没能寻找到一点儿王霸之气，还导致金钏投井而死，自己反而落得个难堪的下场。

"金簪子掉在井里头"是什么意思呢？金簪比喻杀人的武器，而"井"则指的是"井德"。井有何德呢？井中之水，不管你取走多少，一会它又注满了，取之不尽，可它又不与人争什么，是谓德。《易·系辞》中说："井，其德之地也。"

现在宝玉想讨要金钏，那金钏的态度就是："金簪子掉到井里头，有你的只是有你的。"这句话其实是金钏对宝玉所表达的一份忠心，意思是："我是属于你的，即使是投井而死，也不改其心，有你的就一定有你的。"这里的"金簪子"是金钏的自比。

"再留神细看，只见这女孩子眉蹙春山，眼颦秋水，面薄腰纤，袅袅婷婷，大有林黛玉之态。"这是一段描写"龄官"的话。"龄官"乃是"伶官"的谐音。伶官，是指乐舞、戏曲文化，而林黛玉则指的是东南方文林。"大有林黛玉之态"，这里不是拿两个人的容貌形态进行比较，不是说林黛玉与戏子的相貌相像，而是在拿这两种文化进行比较。龄官（伶官）是戏子，代表戏曲文化；林黛玉代表东南方文化。作者是在拿这两种文化的格调进行比较，是说这两者文化的表现形式都比较哀婉缠绵，都沉浸在爱恨情愁的病态之中，都在渲染爱恨情愁的东西，格调都比较哀婉。

"龄官划蔷痴及局外"，意思是说戏曲文化在渲染一些爱恨情愁、离愁别恨的低格调的东西，这些低格调的东西刺激到了局外的贾宝玉（中原文化），对中原文化及中华文化产生了深刻的负面影响。

第三十一回　撕扇子作千金一笑　因麒麟伏白首双星

"撕扇子作千金一笑"。宝玉笑道："你爱打就打,这些东西原不过是借人所用,你爱这样,我爱那样,各自性情不同。比如那扇子,原是扇的,你要撕着玩也可以使得,只是不可生气时拿他出气。就如杯盘,原是盛东西的,你喜欢听那声响,就故意地碎了,也使得。只是别在生气时拿他出气。这就是爱物了。"

上面宝玉的所谓"爱物"之说,堪称千古奇论,在他的眼里,所有的物件都是可以拿来撕、可以拿来毁的,只要心里高兴就好,但千万别拿物件出气。物件都是有价值的,都是用钱买来的,都是被拿来用的,不是被拿来毁着玩的。想听摔盘的声音,就把盘子摔碎一听,这疯得还真不轻。《西江月》二首在批宝玉时说道:"无故寻愁觅恨,有时似傻如狂。纵然生得好皮囊,原来腹内草莽……"这就是个似傻如狂、腹内草莽的形象。

各种奇谈怪论,乖僻邪谬,"女儿是水做的骨肉,男人是泥做的骨肉。见了女儿便清爽,见了男子便觉浊臭逼人"。"时常没人在跟前,就自哭自笑的;看见燕子,就和燕子说话;河里看见了鱼,就和鱼说话;见了星星月亮,不是长吁短叹,就是咕咕哝哝的。且是连一点刚性都没有,连那些毛丫头的气都受。""不喜读书,极厌仕途经济。""奇怪,奇怪,怎么这些人只一嫁了汉子,染了男人的气味,就这样混帐起来,比男人更可杀了!"(第七十七回)。你说这些是什么话,自己不也是女人生出来的吗? 难道女人一嫁了人都是坏的吗? 好的女人即使是嫁了男人,不也是好的吗? 究竟是女人混账了,还是自己混账了?

"扇子",是从"善子"上谐音过来的,"撕扇子",就是撕开贾宝玉伪善的一面,当面锣对面鼓地撕。

……

书中所有对贾宝玉的描写,都是奔着那两首《西江月》对宝玉的批语而去的,描写的都是这个贾宝玉的种种不端和痴傻怪诞的言行。

贾宝玉是代表中原文化的,贾宝玉的不端,揭示的就是末世中原文化的不端与病态。

作者曹雪芹先生认为,中原文化到了末世,就好像掉进了一个怪圈,变得偏僻怪诞、行为乖张、似傻如狂、糊里糊涂,又软弱无能、无角无棱、锋芒全

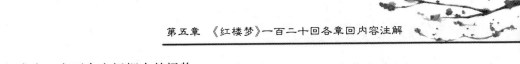

无,成为一个不食人间烟火的怪物。

"撕扇子作千金一笑",是"千金难买一笑""烽火戏诸侯"的翻版。为了讨得一个女子的欢心,于江山社稷于不顾,是何等的愚蠢与荒唐,但这就是事实,这就是发生在东周时期的史实。

"因麒麟伏白首双星"。宝玉代表中原文化,中原文化的核心是德,所以作者就将代表德的"玉",挂在了宝玉的身上,这块代表德的玉,就成为中原文化的名片和标签;薛宝钗代表着北方文化,北方民族尚武善谋,所以作者就将一个代表武文化的"金锁",挂在了薛宝钗的脖子上,作为北方文化的名片和标签;史湘云的判词为"湘江水逝楚云飞",这里有一个湘字和一个楚字,代表的是湘楚文化。湘楚在我国的南方,所以湘云也代表着南方文化。湘楚文化的核心是什么呢?作者将一个金麒麟挂在了湘云的脖子上,作为湘楚文化的名片和标签。那么,麒麟代表什么呢?一是,在古代,麒麟被称为"仁兽",代表"仁";二是,麒,为雄,麟,为雌。一雄一雌,就是一阴一阳,也就是阴阳文化;三是,麒麟在古代也被比喻才能杰出的人才。所以,作者认为湘楚文化有以下三个特点:第一是仁,第二是具有很深的阴阳易理,第三是有才气。史湘云所代表的湘楚文化中的《楚辞》,就是在这种文化氛围中成长起来的一种文化。

所谓阴阳,就是指湘楚文化有阴的一面,也有阳的一面;有软的一面,也有硬的一面;有柔的一面,也有刚的一面,也就是有刚有柔、刚柔并济。作者曹雪芹先生认为,湘楚文化"英豪阔大宽宏量,霁月风光耀玉堂"。可这种文化到了它的末世,就脱离了自己的母体,"襁褓之中父母违",如湘云一般,直情直性、快言快语、狂放不羁,一点儿城府和含蓄的影子都没有了,活像一个口无遮拦的醉汉。可到后来,湘云又认薛宝钗为姐,薛宝钗何人也?她是阴谋诡计的化身,代表着阴谋文化。这就是说,湘楚文化原本是以"仁义"作为根基的,但到后来却变得阴暗了,好使阴谋诡计了,如薛宝钗一般,表现得阴柔有余而阳刚不足,失去了原本的阳刚之气,这就好比一只麒麟,现在只有麟(雌,为阴)而无麒(雄,为阳)了,所以,贾宝玉就把那只有"阳刚之气"的公麒麟送给了史湘云,让它配成一对,恢复它原本的刚柔并济的特性。

湘楚文化是刚柔并济的一种文化,但到后来就只有阴柔,而无阳刚了。一味阴柔忍让的一种文化,一定会招致毁灭的,要想长久生存下去,就得恢复它阳刚的一面,这就是贾宝玉送她公麒麟的原因,因公麒麟代表着"阳"。

"因麒麟伏白首双星","白首"是长长久久、白头偕老的意思。"双星"是指一麒一麟,一阴一阳,成双配对的意思。"因麒麟伏白首双星"意思是:"只有阴阳合璧,才能长久到白头。"通俗地讲,就是说你湘楚文化是一个有阴有阳的文化,但你现在只有阴而无阳,于是我就将这个代表阳的公麒麟送给你,此时湘楚文化不就又恢复了它有阴又有阳,有刚有柔,刚柔并济的一面了吗?他不是讲的湘云跟谁结婚的问题,他讲的是湘楚文化的缺失。

其实,中原文化的代表人物贾宝玉,也实在是太柔了,他比任何人都需要这只公麒麟,非常需要阳刚之气。

第三十二回　诉肺腑心迷活宝玉　含耻辱情烈死金钏

"诉肺腑心迷活宝玉"。以林黛玉为代表的东南方文化中的诗词之林,厌恶仕途经济,不以仕途经济为念;以贾宝玉为代表的中原文林,也是极厌仕途经济,不喜读书。所以,末世时的这两种文化有着一种共同的价值取向,共同的语言,所以他俩算是气味相投,好恶相随了。"物以类聚,人以群分。"他俩算天生的一对、地设的一双了。中原文林,将东南方文化中的诗词视作自己的生命,深爱着她;东南方文林,将中原文林看作知音而情定三生。中原文化爱东南方文化的才,东南方文化爱中原文化中的玉,所以就构成了"木石前盟"的关系。"诉肺腑心迷活宝玉",表达的是两者之间的倾慕之情。

"蝴蝶结"蝴蝶的谐音为"福蝶","蝶"的谐音为"耋耊"之"耊",耋耊乃长寿也。所以"蝶"为"寿"。"蝴蝶"即"福寿"也。"蝴蝶结"即"福寿结"。打蝴蝶结,即祷福祈寿的意思。

"我前儿粘的那双鞋,明日烦他做去。"这双鞋是中原文化的代表人物贾宝玉穿的鞋,所以这双鞋是一双保护中原文化的脚不受到伤害的一双鞋。脚是人的根基,一双合脚的鞋是保护中原文化根基的重要因素。所以,帮忙做鞋其实类比的就是帮忙提供合理的治理和保护中原文化的根基不受伤害的文化上的建议。

袭人将做鞋的任务交给史湘云,这说明袭人比较欣赏和倚重湘楚文化,对于史湘云来说那是一种荣耀,也是一个美差,累是累了一点儿,但还是求之不得的事,史湘云也答应了下来。但事情却突然节外生枝,这桩事情却被北方文化的代表人物薛宝钗,用几句表面看似体贴和关心的冠冕堂皇的话给轻而易举地夺走了,理由是那样充分,动机是那样纯美,让袭人一点儿也看不出有什么破绽,而心甘情愿地将这个美差交给她,而且对她感恩戴德。你不能不叹服一个谋者的智慧和能量。书云:"宝钗因而问道:'云丫头在你们家做什么呢?'袭人笑道:'才说了一会子闲话。你瞧,我前儿粘的那双鞋,明儿烦他叫做去。'宝钗听见这话,便两边回头,看无人来往,便笑道:'你这么个明白人,怎么一时半刻的就不会体谅人情。我近来看着云丫头的神情,再风里言风里语的听起来,那云丫头在家里竟一点儿作不得主。他们家嫌费用大,竟不用那些针线上的人,差不多的东西多是他们娘儿们动手。为什么这几次他来了,他和我说话儿,见没人在跟前,他说家里累的很。我再问他两句家常过日子的话,他就连眼圈儿都红了,含含糊糊待说不说的。想其形景来,自然从小儿没爹娘的苦。我看着他,也不觉伤起心来。'……宝钗笑道:'你不必忙,我替你作些如何?'袭人笑道:'当真的这样,就是我的福了,晚上我亲自送过来。'"

这边林黛玉所代表的东南方与东南方文化,在与贾宝玉所代表的中原与中原文化诉肺腑之情,可北方与北方文化的代表人物薛宝钗,却在插手中原事务,渗透进了中原文化最核心的文化圈之中。这又是一次南、北、中三大文化的比较,东南方文化与中原文化在谈情说爱,而北方文化却已悄然地渗入中原权力的中心。

"含耻辱情烈死金钏"。前面说过,"金钏",代表的是"西川",金钏之死,就代表的是"西川"之死,意指西川被这个王者给打丢了。

薛宝钗在这一回中两次施展她的谋术,都大获成功。一次赢得了袭人的信任,一次博得了王夫人的好感,她也一次次靠近权力的中心。

第三十三回　手足耽耽小动唇舌　不肖种种大承笞挞

"手足耽耽小动唇舌"。"耽耽",意思是指用猛兽一般的目光注视着对方。"手足",指兄弟。"手足耽耽",指用凶残的目光注视着自己的兄弟,也就是弟兄相残。宝玉是嫡长子,是嫡出;贾环是姨娘所生,是庶出。这里展示的是嫡庶相争的场景。贾环只小动了一下唇舌,却致宝玉大遭笞挞,手足相残何其毒也。

"忠顺王府的戏子小旦蒋玉菡",不要真以为"忠顺"是一个什么府第,这里的"顺",是指顺天府的"顺",与奉天、应天并称。"忠顺",是指忠诚于顺天府,"顺天"就是现在的北京地区。顺天府在两宋及元朝时期长期被北境游牧民族所占领,所以,这个"忠顺"就等同于指忠诚于北境游牧民族政权。并且这个叫蒋玉菡的戏子是个小旦,何谓小旦? 小旦是指男扮女装的戏子,寓意易变、变节。蒋玉菡即一个背叛民族、变节投敌的无耻之徒。

蒋玉菡具体指的是哪一个降将呢? 书中有这样一个情节,当忠顺王府的人来找贾政要蒋玉菡的时候,贾政逼问宝玉,宝玉回答道:"大人既知他的底细,如何连他置买房舍这样大事倒不晓得了? 听得说他如今在东郊离城二十里有个什么紫檀堡,他在那里置了几亩田地几间房舍,想是在那里也未可知。""东郊离城二十里",只是一个大致虚指的方位和里程,意指在京城以东远近的地方。这个地方名为"紫檀堡"。何为"紫檀堡"? 意思是指那个产紫檀的地方。在我国哪个地方产紫檀? 云南也。所以,这个紫檀堡就是指云南。原来这个叛臣降将最后跑到云南去了,立足于云南,在云南买田买地,有了自己的地盘,建起了自己的房子,扎下了自己的根基。符合这些条件的人就是云南平西王吴三桂。还有广东平南王尚可喜,福建靖南王耿精忠。蒋玉菡不是指一个人,他是指叛臣降将这个群体。

"不肖种种大承笞挞"。"不肖种种",疯傻痴狂、不喜读书、厌恶仕途经济,这是老毛病,但这次可不一样了,一是因为他拐跑了忠顺王府的戏子,那个琪官(旗官)蒋玉菡,又加上与金钏之死有关联,这才招致了"笞挞"。

我们现在来说一说这两件事究竟与宝玉有多大关系,要遭笞挞。金钏之死是遭了王夫人的嘴巴子,不堪羞辱而死。事情的开始是因宝玉而起,但不是贾环所说的"强奸不遂,打了一顿。那金钏儿便赌气投井死了",这是其一。蒋玉菡背叛忠顺王府,另立门户,却是受到了贾宝玉的影响。后来又背叛清朝,建立了自己的政权,这就是所谓的买田买地,扩充地盘,有了自己的根基。

很显然,蒋玉菡之所以要叛离忠顺王府而另立门户,是受到了道德的审判。因宝玉是代表玉德的,也等同于受到了宝玉的影响。贾政不分青红皂白就把个宝玉打个半死,可见假政对国家的危害,对民族的危害。

"手足耽耽小动唇舌,不肖种种大承笞挞",讲的是嫡庶之争对国家的伤害。

第三十四回　情中情因情感妹妹　错里错以错劝哥哥

宝玉被打就是中原文化被打了,他关乎国家的利益,民族的利益。林黛玉对宝玉遭遇的同情与伤心,表现出的是一种对民族遭受打击与伤害的悲伤与哭泣。

林黛玉与贾宝玉的情中情,是两种文化之间的情谊。"情中情因情感妹妹"的产生,是因为贾宝玉送给了林黛玉两条旧手帕子。当林黛玉刚拿到这两条旧手帕子时,书中写道:"心中发闷,不知何意。"但当林黛玉体会出旧手帕子的真实含义来时,"不觉神魂驰荡",再后来是"五内沸然炙起""余意缠绵",并写下三首诗词而感怀,抒发内心的绵绵情思。这两条旧手帕子究竟有何含义,而能勾起黛玉的无尽情思呢? 原因是这样的:

你如果把手帕当成一个物件来理解,至死都不会分析出结果来。但如果你从手帕的制作材料上来解读,那结果就一目了然了。古代的手帕都是用丝线织成的,而"丝"的谐音是"思",相思的思,作者就借用了这个"思"字,表达了贾宝玉对林黛玉的一片思念之情,所以一方手帕代表的是思念之情。那"两条手帕子"又是何意呢? 一条手帕子就是"单相思",两条手帕子就是"两相思"。那"两条旧手帕子"的"旧"是什么意思呢? 难道没有新手帕吗? 为何非要送两方旧手帕呢? 这是因为"旧手帕"代表着"旧相识"或者是"老相识"。"旧"的谐音是"久",也有"我俩就是一对久久相思的情侣"这个意思。所以,这两条旧手帕子表达的是贾宝玉对林黛玉的一片浓浓的思念之情,这才让林黛玉不能自已。明冯梦龙有首诗《素帕》:"不写情来不写诗,一方素帕寄心知。心知拿了颠倒看,横也丝来竖也丝。"这里作者就借用这个"丝"字表达了相思之情。手帕在古代就是一种定情信物:"一方罗帕寄相思,良媒未必胜红绡。"

"错里错以错劝哥哥"。这里的哥哥是指薛蟠,妹妹当然就是薛宝钗了。薛宝钗劝哥哥怎么就是将错就错呢? 难道劝得不对吗? 回答是肯定的。宝钗为什么要劝薛蟠,这是因为别人认为贾宝玉挨打是薛蟠透露了宝玉与蒋玉菡关系的秘密。薛蟠究竟散布了贾宝玉与蒋玉菡的事情没有? 宝玉与蒋玉菡的事是不是薛蟠为了泄私愤而故意调唆他人来伤害宝玉的? 像这样使阴谋诡计害人的事,绝对不是薛蟠所为,为何呢? 前面已经分析过了,薛蟠,乃"血蟠"也,他代表着武文化中的"勇"。一个勇者,他靠的是勇力,是不会使阴谋诡计的,他也没有能力使阴谋诡计;勇者一般都比较讲义气,心中有义,像这种背后算计别人的事,不是一个勇者所为。这里就从根本上否定了薛蟠调唆他人陷害宝玉的事情。薛宝钗心里明镜似的,所以,她就将错就错，以此来敲打薛蟠一番。

贾政，即"假政"也。一个假的政权是一个最不讲道德、最厌恶德行的政府，而宝玉又代表着德，所以，这个假（贾）政，一见到贾宝玉非打即骂，最后搞得这个代表德的宝玉一听说"假（贾）政"要见他，就吓得半死，就像老鼠见到猫，又像人见到鬼一样。曹公用笔是何等诙谐老辣，直戳"假政"的要害。

宝玉挨打，就是喻指中原文化挨打。在中原文化被一个假的政府打得皮开肉绽之时，薛宝钗与林黛玉在对待这件事情上的做法大不一样。代表北方及北方文化的薛宝钗，送来了治愈创伤的膏药（喻指为治愈宝玉的创伤献计献策），而代表东南方及东南方文化的林黛玉，除了哭就是哭（喻用眼泪去治愈宝玉的创伤），她拿不出任何治愈宝玉伤口的良方，除了眼泪之外，没有别的办法，这就是南北两种文化的区别。光哭哭啼啼有何用？你得拿出好的措施，提出合理的建议才行啊！这里就直击了东南方文化到了末世就是一个如林黛玉一样的花架子，表面看上去像一朵美丽的"阆苑仙葩"，实则是一个弱不禁风、毫无建树的病态西施。

第三十五回　白玉钏亲尝莲叶羹　黄金莺巧结梅花络

"白玉钏亲尝莲叶羹"。宝玉挨打后首先想要吃的是"小荷叶儿小莲蓬儿的汤"。在《红楼梦》里，某个人想要吃什么，就表示他想要得到什么，物品代表的是一种寓意。宝玉要得到什么呢？两样东西，第一样是"荷叶"。在古代，荷叶有"和和美美"的寓意。宝玉要吃荷叶羹，意思是说："我们同在一个屋檐下，应该和睦相处，以和为贵，不要动不动就大打出手。"第二样是"莲蓬"，莲蓬我们都知道，莲蓬上有很多个莲籽，这些莲籽有规律地一圈一圈地生长在上面。这莲蓬就像一个大家庭，这些莲籽就像这个大家庭中的一员，它们紧密地联系在一起，团结在一起。宝玉的意思是说："我们共同生在一个大家庭中，应该和睦相处，应该紧密团结在一起。""莲蓬"也有"可怜"的意思，意为："你看我无端遭此毒打，实在是可怜。"

白玉钏亲尝的是"莲叶"羹，如果只有"莲"，那它的寓意就代表"廉洁"，如果加上一个"叶"字，就不指廉洁了。莲叶就是荷叶，而荷叶在古代的寓意是"和睦相处、和和美美"。宝玉将这个莲叶羹给白玉钏吃，是向白玉钏赔不是，意思是说："你姐姐金钏的死，是我的错误所导致的，但求你不要恨我，我们还是应该和睦相处。"也可能有以下意思："我无端被打成这样，实在可怜，你姐投井而死,也实在是可怜,我们同病相怜。"白玉钏亲尝了莲叶羹,就是接受了宝玉的恳求,不再恨宝玉了。

"黄金莺巧结梅花络"。前面讲了,宝钗的丫鬟莺儿,谐音是指"阴儿",指阴谋诡计儿。为何要在"莺"的前面加上一个"金"呢?因"金"在古代指杀人的武器,意味着这个阴谋诡计是杀人的文化。那现在又为何在金莺前面再加上一个"黄"字呢?这里的"黄"是指下流,就是指黄色下流的东西。"黄金莺",作者是在说阴谋诡计这种文化是一种杀人的文化,是一种下流的流氓文化。

"络",是指用线结成的网络,能网络住想得到的东西,比如通过权术、计谋等手段来笼络他人,笼络住人心。宝玉这次"大遭笞挞",主要是他人的中伤与陷害造成的,所以,他才要莺儿(阴谋儿)来帮忙打造一个笼络人心的计策,来笼络人心。最后的结果是,打了一个与探春一样的"梅花络"。那什么是梅花络呢?

梅花有傲霜凌雪的寓意,代表着勇敢与无畏、圣洁与坚强。宝玉觉得这个很好,所以决定就要这个梅花花式。这就等同于在告诉自己,一定要勇敢无畏,坚强守洁。为什么说要与"探春一样"呢?你看书中对探春的描写就知道了。在王熙凤带着王善保家抄检大观园的时候,她不畏强权,据理力争,还动手打了那个混账王善保家一记耳光。第五十五回,在王熙凤生病时,她权代王熙凤之职管理贾府。其间,她兴利除弊,不徇私情,秉公执法,宁可母女反目也不乱贾府章法。而宝玉缺的就是"寒梅"的这种傲骨,缺的就是探春的这种霸气与傲气,所以,他才要这个"梅花络",像探春一样,表现出自己应有的傲骨与霸气、勇敢与坚强,不然老受别人的打骂与欺凌。

以物寓意,是曹公《红楼梦》的重要写作艺术。别看他是在写事写物,其实他取的是事物的寓意。如,当莺儿询问宝玉要打装什么样的络子时,袭人说"要赶要紧的打",莺儿道:"什么要紧,不过是扇子、香坠儿、汗巾子。"扇子",是取"善子"的谐音,意味"善"。打装扇子的络子,就是要守住中原文化的"善",保持中原文化善的本色。"香坠儿"的"香",是指芳香的香,流芳百世的意思。打装香坠儿的络子,是要守住和保持中原文化的声名与气节。

"松花配桃红",这是个什么意思呢?曹公之所以取材于"桃"(指桃木),这是因桃木在古代是"阳木",指阴阳之阳,代表正义与正气。它是驱邪降妖的神木,专门用来打鬼的。"松花配桃红"的寓意是:"要想夺回属于中华民族的土地,就要与邪恶的北境势力做斗争,就要拿起手中的桃木这根打鬼棒、降魔剑,铲除邪恶,收复河山。"古代门上的"新桃旧符",就是用来镇鬼压邪的。

"莺儿道:'葱绿柳黄,我是最爱的。'"这表达了莺儿心中最想说的话。这是什么意思呢?"葱绿"的"葱",谐音为"聪明",指聪明智慧,意味要靠聪明与智慧才能收复失去的河山。"柳黄"的"柳",当然指杨柳。杨柳有一个最大的特点,就是柳丝特别长,又特别软,所以古人就根据杨柳的这一特点突发奇想,用它来比喻"长长远远"。叶,谐音为"业"。"柳叶"的意思是寓义"长长远远、千秋万代的事业(叶)"。络子,乃谐音"略子"也,指谋略。"打络子",就是提出"方略"。"葱绿柳黄"的寓意是:"我们只有发挥自己的聪明才智,才能保住长长远远的千秋基业。"

那络子的样式又是指什么呢?就是指具体措施。打一个什么样的花样,就相当于一个什么具体的措施。现在来分析这些样式所代表的含义。

宝玉道:"共有几样花样?"莺儿道:"一炷香、朝天凳、象眼块、方胜、连环、梅花、柳叶。"

"一炷香"古有"人争一口气,佛争一炷香"之说,"一炷香"的寓意是说:"做人就是要争一口气,要有骨气。"一炷香的时间很短暂,也有时间紧迫之寓义。这是在告诫宝玉要珍惜光阴,只争朝夕,因为一炷香的时间实在是太短,一会儿就过去了,要抓住时机。一炷香还有一心一意的寓意。古代臣子向皇上献折时,两手高举奏折,像敬香的动作,表示忠贞不贰;家庭上一炷香,又有一枝独秀的美好寓意。总之,一炷香,一词三意,一代表争气;二代表只争朝夕;三代表一心一意,不要三心二意。

"朝天凳"是古代的一种杂艺,一个人翻空上去,而后又稳稳地落在地上,就像杂技之中的翻筋斗。但作者说的是"朝天瞪",用的是"凳"的谐音。这个"朝天瞪"就是"望天吼"。"望天吼"是上古神兽,它生性生猛,四肢强健有力,威武轩昂,昂首怒吼,气势磅礴,有奋起之势,有一股震撼宇宙的豪气与霸气。"望天吼"乃望天长啸之势也,它是要告诉世界,我来也!"朝天瞪"也有上对得起天、下对得起地的寓意。朝天瞪(凳)寓意"有长啸天宇的霸气"。

"象眼块"顾名思义是像大象眼睛一样的块状图案,具体指的是一种烹饪方法,它是将食材切成两头尖,中间宽的像大象眼睛一样的形状。作者根据这个样式,用来寓意"眼尖"。眼尖,就能眼观六路,耳听八方,高瞻远瞩。"象"的谐音又为"祥",吉祥如意的祥。古代人还赋予了大象太平有象、如意吉祥、祥和安宁、出将入相等美好的寓意。

"方胜"是一种由角对角的两个棱形叠加而成的图案,它用来寓意"永结同心、同心同德",一般用来做女人的佩饰。"胜",分花胜、人胜和方胜。花胜的花,在古代代指华,花胜,即华胜与华盛,指永结同心、同享荣华;人胜,即由两个人形叠加在一起的。每人一颗心,两人就有两颗心,两个人叠加在一起,就是两颗心连在一起,寓意心连着心,永结同心;"方胜"关健在"方",古人云:"方以类聚,物以群分。"这"方"指的是方正的方,引申为高尚的人格。讲的是只有品格相同的人,才能聚在一起,才能成为志同道合的知己。它的寓意是"同心同性、同德同心"。

"连环",环的形状是圆的,两个环连在一起,就寓意"圆圆满满、团团圆圆"。当然也有计出连环的意思,意味着要讲究策略,运用策略去打败敌人,要将各方力量团结在一起,这样才能有一个圆圆满满的结果。

"梅花""柳叶"前面已分析过了。把这句话合起来的意思就是:"我们一定要一心一意,万众一心,同仇敌忾,只争朝夕,要与敌人做坚决的斗争。上要对得起天,下要对得起地,要有舍我其谁,仰天长啸的宏大气魄和大无畏的精神。要高瞻远瞩、同心同德、团结一心。要有坚强的意志和勇敢无畏、吃苦耐劳的精神。"

表面上看去是"尝莲叶羹""打缨络",其寓意已在千里之外。

第三十六回　绣鸳鸯梦兆绛芸轩　识分定情悟梨香院

"绣鸳鸯梦兆绛芸轩"。宝玉在午睡,所有守护宝玉的丫头也都睡去了,连一对仙鹤也睡了,只有袭人守卫着宝玉。此时,怡红院内可谓防御松懈,门户洞开。于是,这个代表北方及北方文化的薛宝钗,就瞅准了这个时机,偷偷地、悄无声息地进入怡红院中,且来到了怡红院主人贾宝玉的房中(喻指中原文化的中心),将一个毫无防备的袭人(龙衣人)吓得个半死。北方及北方文化就这样悄无声息地进入了中原文化的中心,而我们中原文化的守护者却全然不知,玩的玩、睡的睡、赌的赌、去的去,任由北方文化长驱直入,这不能不说是中原及中原文化的一大悲哀。宝玉代表的是中原文化与中华民族,而薛宝钗代表的是北方与北方文化,所以薛宝钗进入贾宝玉的怡红院,不是一个人进入另一个人的住处,而是一种文化对另一种文化的入侵。

薛宝钗居然还乘着袭人外出的机会,坐到了袭人的位置上,干起了袭人的事,担当起了袭人的职责。什么是袭人?袭人即龙衣人。何谓龙衣人?就是穿着龙袍的人。什么人穿着龙袍?皇帝及皇妃,还有皇子与王爷等。作者通过写袭人来影射穿着龙袍的皇帝、皇妃。前面已讲过,宝玉代表的是中原文化,因中原文化是中华文化的摇篮与发祥地,所以其也能代表中华文化。作者就通过写中华文华而影射中华民族。辅佐中华民族的是谁?就是穿着龙袍的人——皇帝,也就是"袭人"。"袭"的确用的是拆字法。"袭",拆开就是"龙"与"衣"两个字,袭人,就是龙衣人。薛宝钗坐到袭人的位置上,就等同于薛宝钗坐到了龙人的座位上,龙人的座位即大宝之座——龙椅也,觊觎之心昭然若揭矣。

薛宝钗代袭人绣的是什么花式?"鸳鸯"也。鸳鸯在古代代表着忠贞的爱情,而这个象征爱情的绣品正是给宝玉穿的,这表明了薛宝钗(北方及北方文化)希望与宝玉(中原与中原文化)鸳鸯同戏、连理喜结。

书中写道:"和尚道士的话如何信得?什么金玉良缘,我偏说是'木石姻缘'!"这是宝玉说的梦话,通过这段呓语,宝玉把自己的心愿说得是相当直白了,向往的是木石姻缘,厌恶的是金玉姻缘。这与薛宝钗想与贾宝玉喜结连理的愿望完全背离,此时的薛宝钗又会作何感想。

"识分定情悟梨香院"。这个"梨香院"与前面的"离乡院",是有区别的,它不是指离乡背井的意思,而是指"梨园",指唱戏的戏园子。一词两谐音,一词多用途,在书中不是个例,还有多处,比喻王熙凤的"王",与王仁(忘仁)的"王"用途就不一样,前面指王的霸道,后面指"忘"。

《牡丹亭》又名《还魂记》,全称《牡丹亭还魂记》,是明代杰出戏剧家汤显祖的代表作。讲的是杜丽娘与柳梦梅的爱情故事,它词曲优美,词意缠绵,用词华丽浓艳,让人心动神摇极具感染力。宝玉到梨园(梨香院)来,是想听其中的《袅晴丝》,"袅晴丝吹来闲庭院,摇漾春如线。停半晌、整花钿。没揣菱花,偷人半面,迤逗的彩云偏。我步香闺怎便把全身现!你道翠生生出落的裙衫儿茜,艳晶晶花簪八宝钿,可知我一生儿爱好是天然,恰三春好处无人见。不提防沉鱼落雁鸟惊喧,则怕的羞花闭月花愁颤……"却遭到龄官拒绝,深感身份高贵的怡红公子,也有不能之时。后又看到贾蔷低三下四、低声下气、委屈求全之可怜状,"不觉痴了,这才领会到了划'蔷'的深意。

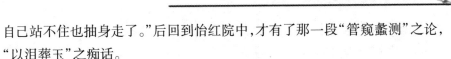

自己站不住也抽身走了。"后回到怡红院中,才有了那一段"管窥蠡测"之论,"以泪葬玉"之痴话。

什么是划"蔷"呢? 蔷乃蔷薇花也,在古代它代表着缠绵的爱情。龄官划蔷,指的是"伶官化蔷"。伶官乃戏子也,代表着戏曲文化。可戏曲文化到了末世也偏离了它的初衷,大多烘托渲染一些哀婉、情爱的庸俗内容,艳语浓词、缱意绵情,如《西厢记》《牡丹亭》《长生殿》《桃花扇》等。当人们听到这些缠绵缱绻的词曲,又耳濡目染那万种风情,纵有壮志雄心、斗志豪情,也会化于无形。所以,作者认为,末世时的戏曲文化就如同一个消磨人意志的"消子石"。所以,"划蔷"也有"化强"的用意。强,指的是强者。"划蔷",乃是"化强"的谐音。是指戏曲文化所渲染的儿女情爱的内容,消融了人们坚强的意志,削弱了人们坚强的性格。你看书中贾蔷一接触那个"唱戏唱得最好的龄宫"(伶官)时,连骨头都没有了,成了一个地地道道的软骨头。这就叫作"化强",这就是戏曲文化对社会、对人生的伤害。

"绣鸳鸯梦兆绛芸轩",讲述了北方文化对中原文化的渗透与觊觎。"识分定情悟梨香院",讲述了南方戏曲文化对中原文化的伤害。宝玉之悟,是中原文化之悟,是中华文化之悟。作者在这一回里描写了一北一南两种文化对中原文化的影响。

第三十七回　秋爽斋偶结海棠社　蘅芜苑夜拟菊花题

"秋爽斋偶结海棠社"。一帮闲人闲得实在没法了,就想出了一个既能消遣时间,又能偶适雅性的结社吟诗的主意,效仿古人结诗社的雅趣。海棠诗社以海棠命名,海棠花有离愁别恨的寓意,古代人送别时,常以海棠花为礼物相赠,以此来表达难舍难分、依依惜别的情感。海棠花在民间也被称为"断肠花",以此来表达情侣分离时的痛苦心情。海棠诗社这个名字虽雅,但隐含着别离之情,尤其是白海棠,更显得纯真而悲情。

海棠诗社从一开始就定下了一种离愁别恨欲断肠的基调,兆示了这一群海棠诗客最终生离死别、各奔东西的人生命运。

"蘅芜苑夜拟菊花题"。蘅芜苑是薛宝钗的住处。"蘅芜",属古菊科植物,而菊花题正与蘅芜相关合,"苑"与"题"可谓天作之合。

菊,花中之隐者也。而薛宝钗所代表的"谋",它的特点就是一个"隐"字,"谋"是不能让别人知道的,得隐,否则就不是谋了。一个谋者,必是一智者,没有大的智慧哪来的谋略? 所以,薛宝钗这个人物特别致雅而端方,智慧而聪颖,博学而多闻,含蓄而内敛,深藏而不露,是一个名副其实的智者与谋者蘅芜苑也正是一个智者之苑、谋者之苑、隐者之苑。

薛宝钗代表的是"谋",谋有阳谋与阴谋之分,而薛宝钗正是以阴谋的形式而存在的,因为她的丫鬟名为"莺儿"。何谓莺儿? 莺儿是"阴儿"的谐音,指阴谋诡计儿。丫鬟为"阴儿",主人为"谋","阴"与"谋"加起来就是"阴谋"两个字。这就是说,"谋"这种文化,到了它的末世,很容易就变成阴谋诡计,用暗箭伤人。薛宝钗在书中正是以"阴谋"这种文化而出现的,正是以一个谋者与一个智者的身份而出现的。书中对薛宝钗的描写处处凸显出的是一个城府很深、深藏不露、博闻广识、见风使舵、机巧善谋的智者的形象。说起话来周密严谨、密不透风,行起事来稳妥周到、纹丝不乱。为什么作者把薛宝钗描写得如此智慧呢? 这是根据薛宝钗所代表的"谋"这种文化的特点来写的。计谋的产生,来自智慧,生自智慧,没有智慧就不可能有好的谋略,所以,智是谋的母体和源泉。在书中,薛宝钗无处不深藏着心机,无处不展露出智慧,这都是一个智者和谋者所必备的品质。

曹雪芹先生的"海棠吟"与"菊花诗",堪称千古绝唱,技压陶李、羞煞白杜。同一个体裁,同一种韵律,他能写出这么多首诗,可谓前无古人,后无来者。不仅仅是这几首诗,《红楼梦》里所有的诗词歌赋,都堪称经典之作,细细品来,其意境才思奇诡莫测,用字遣词精妙无比。

史湘云(湘楚文化)此次来贾府,已不在潇湘馆里与林黛玉(东南方文化)一起睡了,她已被薛宝钗(北方文化)邀往蘅芜苑(北方文化)安歇了。当宝钗要拿家里的"几篓极肥极大的螃蟹来,再往铺子里取上几坛好酒"帮湘云做东时,史湘云已是"感服"。又加上听了薛宝钗的几句客套话后,此时的史湘云已是:"好姐姐,你这样说,倒多心待我了。凭他怎么糊涂,连个好歹也不知,还成个什么人了? 我若不把姐姐当亲姐姐一样看,上回那些家常话烦难事也不肯尽情告诉你了。"此时的湘楚文化已完全倒向了北方及北方文化的怀抱,并认了薛宝钗为亲姐姐,并把家里的家常话、烦难事都向北方文化毫无保留地全盘托出。

第三十八回　林潇湘魁夺菊花诗　薛蘅芜讽和螃蟹咏

"林潇湘魁夺菊花诗"。"蘅芜"乃古菊科目植物,菊被称作花中隐者,

"咏菊"可是"蘅芜君"的强项,但林潇湘硬是"魁夺菊花诗",抢走了蘅芜君的锋芒,实在是让人感叹。

由于螃蟹有横着走路的特点,在书中隐指"横行霸道",谁爱吃螃蟹,就说明谁爱横行霸道。谁吃得多,就说明谁非常横行霸道。林黛玉所代表的东南方文化原本有着一股王者之气,但后来这股王气逐渐散去,失去了王者的风范。在这次吃螃蟹的盛会中,只吃了点儿"夹子肉"就不吃了,这就说明林黛玉所代表的东南方及东南方文化不大吃螃蟹了。不大吃螃蟹,就表明自己并不横行霸道。如果一种文化不具备应有的霸气,就说明这种文化虚弱了,从一个侧面也说明此种文化没有了王者之气。你看,薛宝钗所代表的北方及北方文化,不仅爱吃螃蟹,她家的伙计家还养了许多螃蟹,想吃就吃,吃多少有多少。

代表北方及北方文化的薛宝钗,在"咏菊"诗里却没能占得先机,落于东南方文化的下风,可她在"咏螃蟹"诗里,却是独占鳌头,通过咏蟹来含沙射影讽刺中原文化以及整个南方文化的横行霸道。林黛玉所代表的东南方文林,虽有许多毛病,她孤高自傲、目下无尘、尖酸刻薄、弱不禁风,但她有着菊的坚强高洁、梅的傲霜凌雪,有着不向恶势力低头的高贵品质,她能在咏菊诗中勇夺魁首,也是实至名归。薛宝钗所代表的北方文化中的谋,到了末世开始耍起了阴谋诡计,她已失去了菊花洁身自好的本质,输了咏菊诗也是在情理之中。但她从螃蟹上借题发挥,借咏螃蟹之名,好好嘲讽了一下林黛玉所代表的东南方文化以及整个中原文化的横行霸道。

"林潇湘魁夺菊花诗,薛蘅芜讽和螃蟹咏"。作者还是采用了对比的写作手法来反映东南方文化与北方文化的现状。书中写道:"薛宝钗说:'这个我已经有个主意。我们当铺里有个伙计,他家田上出的好肥螃蟹,前儿送了几斤来。现在这里的人,从老太太起,连上园里的人,有多一半都是爱吃螃蟹的。前日姨娘还说要请老太太在园里赏桂花吃螃蟹,因为有事还没有请。你如今且把诗社别提起,只管普通一请。等他们散了,咱们有多少诗做不得的。我和我哥哥说,要几篓极肥极大的螃蟹来,再往铺子里取上几坛好酒,再备上四五桌果碟,岂不又省事,又大家热闹了。'"

别看作者是在说螃蟹,其实是用螃蟹在寓指"横行霸道"。"从老太太起,连上园子里的人,有多一半都爱吃螃蟹",这是在说园子里外的人大多都爱横行霸道。

第三十九回　村姥姥是信口开河　情哥哥偏寻根究底

"村姥姥是信口开河"。这是刘姥姥第二次进贾府了，如果从表面来看，她就是个老村妇来到了贾府，从她送来的礼物来看，我们还会认为这个刘姥姥还蛮有情义的，还知道送个人情，知恩图报。但如果理解了作者真实的写作意图，我们会吓一大跳。前面我们分析过了，刘姥姥指的就是"刘"。什么是"刘"？"刘"代表着杀戮，指杀人的文化。所谓杀人的文化就是指那些来自荒村野店如刘姥姥一样粗鄙不堪的低俗文化。低俗文化是杀人的文化，所以这种文化姓"刘"。

在古代，"刘"本就是一种杀人的武器，这个"刘"到了哪里，就代表着这个低俗文化杀到了哪里，现在来到了贾府，就表示这种低俗的文化杀到了贾府。这个低俗的文化两次杀向贾府都带着板儿，何为板儿？作者在这里首先用的是拆字法，将"板"这个字拆开，便是一个"木"和一个"反"字，加起来就是"木"与"反"两个字。"木反"两个字的谐音为"谋反"，也可解释为"蒙反"，指蒙生反意，起了谋反之心。从这里可以看出，所谓的"板儿"，即指"谋反儿"。刘姥姥带着板儿来到贾府，其意思是刘姥姥所代表的低俗文化心生谋反之心，打着谋反的旗号来到了贾府。

这种文化生成于荒村野店，这就说明这种文化不是一种高雅的文化，而是野路子文化。书中说这种文化（刘姥姥）生养了一个女儿名刘氏，这就是指低俗文化生养了一个女儿"刘氏"。何谓刘氏？即指"下流氏"，指下流文化。作者的意思是说："低俗文化生养出来的'女儿'就是下流文化，也就是指流氓文化。"刘姥姥代表低俗文化，刘氏代表下流文化，加起来就是"低俗下流"。作者是在给我们阐释，"低俗"与"下流"这两种文化之间互为因果，下流文化来自低俗文化，而低俗文化生养了下流文化。

刘氏（下流氏）嫁的一个男人是谁呢？是狗儿。何谓狗儿呢？这里的意思就是指"偷鸡摸狗儿"，意为干着偷鸡摸狗的营生。这个干着偷鸡摸狗营生的人，原来他的祖上姓"王"。现在我们来捋一捋，在一个荒村野岭的地方，干着偷鸡摸狗的营生，他又姓"王"，又蒙生了谋反朝廷的念头，你说他是一个什么"王"？这个"王"就是指——山大王，指占山为王的草寇。原来这个刘氏嫁给了一个占山为王的草寇。"刘"，杀也。"刘"又是杀人的武器（刘），当一个山大王与"刘氏"结合后，这个山大王的手中就有了武器（刘）。

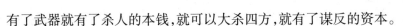

有了武器就有了杀人的本钱,就可以大杀四方,就有了谋反的资本。

这种低俗文化第一次冒冒失失杀到贾府时,贾府上下都不待见她,特别是王熙凤还指桑骂槐地骂了她一通,她也被这皇家气派所镇住,大气都不敢出一声,连话也不会说了,最后王熙凤像打发叫花子一样打发了她。她极尽低三下四之能事,尝到了贾府施舍给她的一点儿小小的恩惠。

这第二次来贾府可是与前次完全不一样了,她拿着在贾府得来的银子,在村中"买地打井",已是财大气粗,与之前不可同日而语了。于是,她带着板儿(谋反儿)又来到了贾府,不仅被贾母称作了"亲家",成为亲戚,还留在贾府好吃好喝,又吃又兜,不但成了贾府的座上宾,还在贾母、王夫人等带领下,参观了大观园这座新文化之园。更让人恶心的是,她来到大观园,还在大观园的正殿牌楼下拉了一泡臭屎,最后还睡到了怡红公子的龙床上,又是臭屁,又是酒气,把个怡红院糟蹋得臭气熏天,把个干干净净的大观园,祸害得不成样子。

低俗文化的代表刘姥姥,这次来贾府可谓是大获成功,收获颇丰,赚得是盆满钵满。堂堂一个贾府,却与一个低俗文化的代表刘姥姥走得如此之近,打得如此火热,真让人匪夷所思。贾府为何要败?与低俗文化的侵袭脱不了干系,特别是那个贾府的最高统治者——贾母,特别喜爱低俗文化——刘姥姥,这就导致了低俗文化对贾府的全面侵蚀。

由于贾母喜欢刘姥姥(低俗文化),觉得低俗文化有趣,因此贾府的人都喜欢上了刘姥姥(低俗文化)。特别是贾府的实权人物王熙凤,更是将刘姥姥(低俗文化)认作女儿的干娘,与刘姥姥成为姐妹关系。王熙凤本就恶毒,现在又认了低俗文化作姐妹,此时的王熙凤就变得又恶毒又低俗。现在她正用这种又恶毒又低俗的文化在主政贾府,贾府岂有不败之理?用这种恶俗文化来主政贾府,就一定会产生暴政。这里讲的是政权与低俗文化之间的关系,当低俗文化走进贾府,被贾府当作座上宾,当作"亲家"时,贾府就完了。

《红楼梦》第六回这样写道:"按荣府中一宅人合算起来,人口虽不多,从上至下也有三四百丁,虽事不多,一天也有一二十件,竟如乱麻一般,并无个头绪可作纲领。正寻思从那一件事,自那一个人写起方妙,恰好忽从千里之外,芥豆之微,小小一个人家,向与荣府略有些瓜葛,这日正往荣府中来,因此便就这一家说来,倒还是个头绪。你道这一家姓甚名谁,又与荣府有甚瓜葛？诸公若嫌琐碎粗鄙呢，则快掷下此书，另觅好书去醒目；若谓聊可破闷时，待蠢物逐细言来。"

这个刘姥姥与贾府真就算不得什么亲戚，又是个"芥豆之微"之人，《红楼梦》放着那么多大事不写，偏要写一个"千里之外，芥豆之微"之人，这让人不能理解。那作者为何要这样写呢？因为《红楼梦》写的是贾府这座文化之府的衰败，那贾府这座文化之府的衰败是从哪里开始的呢？第一是"真隐假来"，"真"的消失，"假"的产生，就是贾府走向毁灭的第一步；第二就是刘姥姥一进荣国府。刘姥姥进荣国府与贾府的衰败又有什么关系呢？原来，刘姥姥代表的是低俗文化，刘姥姥进了荣国府，就表明低俗文化进了荣国府。低俗文化进了荣国府，就正式拉开了荣国府衰败的序幕，这就是首先要写刘姥姥进贾府的原因。作者也从另一个侧面反映出，只要低俗文化抬头，低俗文化走上文化社会舞台的中央，那这个文化社会便正式开始毁灭的倒计时了。文化社会的毁灭，一定会导致国家的毁灭。

刘姥姥这次进荣国府的目的非常明确，就是来"打抽丰"的。"打抽丰"，就是"打秋风"。何谓"打秋风"呢？字典上的解释是："凭着某种关系向官府或富户分享利润或财物。"说白了就是来收费要钱的。她刘姥姥是吃了什么熊心豹子胆，敢来打荣国府的秋风？你把刘姥姥当成一个荒村野岭的穷村妪来看，她确实不敢，但刘姥姥是杀人的姥姥，是代狗儿这个偷鸡摸狗的山大王来荣国府的，且还带着板儿，也就是带着谋反之心而来的。山大王就是那个打家劫舍的土匪。所谓的刘姥姥进荣国府，指的就是土匪这种文化进入了荣国府。别人不敢打荣国府的"抽丰"，但土匪敢打啊？表面看就是一个村妇领着她的外甥来贾府走亲戚，可里面却暗潮汹涌，平淡无奇的背后，隐藏的是低俗文化来打荣国府秋风的事情。

我们再来看看刘姥姥来贾府的情景吧："忽见上回来打抽丰的刘姥姥和板儿又来了，坐在那边屋里，还有张材家的周瑞家的陪着，又有两三个丫头在地下倒口袋里的枣子倭瓜并些野菜。"这段话一看没什么特别的，不就是来送枣瓜和野菜的吗？分析之后您再看：

"张材家的"谐音为"脏财家的"，指不干不净的不义之财。"周瑞家的"谐音为"租税家的"，指收租收税。刘姥姥与张材家的和周瑞家的一起来贾府，表明一是来收取不义之财的（脏财），二是来收租收税的（租税）。你看这个刘姥姥，打着谋反的旗号（板儿），二次来贾府是来收取脏财与租税的，她

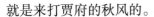

就是来打贾府的秋风的。

枣,谐音"早"。"枣子",是"早子"的谐音,古代寓意"早生贵子"。"倭瓜",指的是一种南瓜,"南"的谐音为"难","瓜"指瓜葛。"南瓜"的意思是,"不要让我为难,而生出不必要的瓜葛"。"野菜",是指几句野道话,也就是爆粗口。"倒口袋",比喻将肚里的话一股脑儿抖搂出来,和盘托出。这句话的意思是说:"我们还是打开天窗说亮话吧!我是来打秋风的,是来讨要不义之财的,顺便来收点儿租再收点儿税,你还是早(枣)点儿给了吧!不要为难(南)我,免得生出不必要的瓜葛和麻烦,我可把话都说到前头了,你千万不要跟我们过不去。"

作者不直接用口来说,而是用物来寓意。古人将枣与梨寓意为"早离";两支稻穗与瓶子放在一起,寓意为岁岁平安;将一串荔枝寓意为一本万利。又如万事如意、马上封侯、富贵年年、年年有余等,作者在书中大量用到这种方法,请读者留心。

刘姥姥是四进荣国府,第一次是假(贾)府刚兴起之时;第二次是假(贾)府兴盛之时;第三次是假(贾)府被抄家之时;最后一次来打秋风,正赶上贾府败亡。为什么有人会把刘姥姥四进荣国府界定为《红楼梦》的写作脉络呢?这是有一定道理的,其实这本是作者的一个写作意图。当这种低俗文化一次次挑战贾府这座文化之府的权威进入贾府时,贾府是节节败退,也代表着贾府一次次遭劫,最终走向灭亡。这个低俗文化的代表刘姥姥见证了贾府从兴起,到兴盛,到抄家,到灭亡的整个过程,把刘姥姥四进荣国府作为《红楼梦》的一条写作线索,没有什么不可以的。

"刘姥姥是信口开河,情哥哥偏寻根究底",刘姥姥一句信口雌黄的话,明眼人一听便知是假话,可宝玉却要当真,要寻根究底。所以说,这个中原文化的代表人物贾宝玉就是个实心眼、死心眼,又容易被人欺、容易被人骗,这样的一种文化何堪大用?

第四十回　史太君两宴大观园　金鸳鸯三宣牙牌令

刘姥姥这次进大观园,受到了贾府高规格的接待,贾母是全程陪同参观了大观园,并两次在大观园宴请了刘姥姥。在"沁芳亭",更是让刘姥姥坐在了自己旁边,与自己平起平坐。当刘姥姥要一张大观园的地图时,贾母毫不犹豫地就答应了(这里再现的是古代战败国献图的故事)。在第一次宴会上，刘姥姥被安排在："刘亲家近我这边坐着。"堂堂一个贾府，居然让这个低俗文化的化身刘姥姥成为座上宾，并亲热地呼之为"亲家"。第二次宴请刘姥姥，她的座次为："东边是刘姥姥，刘姥姥之下便是王夫人。"这表明这个刘姥姥比王的座次还高，压王一头。东位在古代是主位，而西是客位，贾母将东位让给刘姥姥坐了，大有喧宾夺主的意味。她是刘姥姥这没关系，但她代表的是"低俗文化"，如果给予低俗文化这样的礼遇，将她奉为座上贵客，坐上头把交椅，这就是衰败之根。低俗文化是不能登上大雅之堂的，她只能猫在荒村野岭，一旦登上大雅之堂，就祸害无穷。刘姥姥走到哪里，就代表低俗文化侵蚀到了哪里，贾母与刘姥姥同游大观园，就代表低俗文化侵蚀到了大观园。

　　贾母喜爱刘姥姥（低俗文化），于是贾府之人也一起跟着喜欢。也有例外，王熙凤与鸳鸯就看不起她，将她当成逗乐的"篦片"对待，虽是一个玩儿，但刘姥姥之粗鄙卑微之态，跃然纸上矣。

　　刘姥姥来到大观园，所到之处的房间布局，均是按每种文化的特点所铺叙的。林黛玉所代表的诗林之潇湘馆："刘姥姥因见窗下案上设着笔砚，又见书架上磊着满满的书，刘姥姥道：'这必定是那位哥儿的书房了。'贾母笑指黛玉道：'这是我外孙女儿的屋子。'刘姥姥留神打量了黛玉一番，方笑道：'这那象个小姐的绣房，竟比那上等的书房还好。'"窗下笔砚，书架满磊，凸显的是文林的气象。

　　探春所代表的"书法文化"，她的房间更是将书法这种文化元素描绘得淋漓尽致："凤姐儿等来至探春房中，只见他娘儿们正说笑。探春素喜阔朗，这三间屋子并不曾隔断。当地放着一张花梨大理石大案（书写时的桌案），案上磊着各种名人法帖（临摹所用），并数十方宝砚（磨墨的砚台），各色笔筒（装毛笔所用），笔海内插的笔如树林一般（好多的毛笔）。那一边设着斗大的一个汝窑花囊，插着满满的一囊水晶球儿的白菊（'水晶'，就是墨水的结晶，指那一卷一卷的墨宝插在斗里，就像白菊一样）。西墙上当中挂着一大幅米襄阳《烟雨图》（米芾，北宋书法大家，擅长篆、隶、楷、草等书法体，长于临摹古人书法，能达到乱真程度）。左右挂着一副对联，乃是颜鲁公（唐朝大书法家颜真卿封鲁国公）墨迹，其词云：烟霞闲骨格，泉石野生涯。案上设着大鼎。左边紫檀架上放着一个大观窑的大盘，盘内盛着数十个娇黄玲珑大佛手。"案上为何要供奉着佛手呢？因为书法家全靠一双手，手对书法之人来说太重要了,所以要时刻供奉着。佛手乃圣手也。"右边洋漆架上悬着一个白玉比目磬,旁边挂着小锤。"什么是"比目磬"呢?《尔雅·释地》中说:"东方有比目焉,不比不行。"为什么书法文化"不比不行"呢?因为自己的书法作品不与别人相比较,又怎么能知道谁好谁坏呢?又怎能进步呢?所以得比。为何旁边还要放着一个小锤呢?这是要时刻拿着小锤敲打这个磬,时时刻刻提醒自己要努力进取。

整个屋宇就是一个书法者的家园,里面陈列的都是与书法文化紧密相关的东西,突出的是书法这种文化的特点。

薛(血)宝钗代表着北方文化中的"谋略"。谋略靠的是智慧,所以也有智谋之说。智者容易看破红尘,他们都有一个共同的特点,都喜欢归隐于深山田园。薛宝钗的蘅芜苑就是一座隐者之院。作为一个谋者、一个智者,是社会的栋梁,如果这些智者都归隐了,这不但是智者的悲哀,也是社会的悲哀。作为智谋这种文化,带"血"才是它的本性,这种文化就是用来建功立业的,说白了就是用来杀人的,它就应该带有杀气,就应该有一股子的血性,但它却把自己严严实实地包裹了起来,隐藏了起来。

现在我们再来分析薛(血)宝钗蘅芜苑的特点。书中写道:"贾母因见岸上的清厦旷朗,便问:'这是你薛姑娘的屋子不是?'众人道:'是'。贾母忙命拢岸,顺着云步石梯上去,一同进了蘅芜苑,只觉异香扑鼻。那些奇草仙藤愈冷愈苍翠,都结了实,似珊瑚豆子一般,累垂可爱。及进了房屋,雪洞一般,一色顽器全无,案上只有一个土定瓶中供着数枝菊花,并两部书、茶奁、茶杯而已。床上只吊着青纱帐幔,衾褥也十分朴素。贾母笑道:'这孩子太老实了。你没有陈设,何妨和你姨娘要些。我也不理论,也没想到,你们的东西自然在家里没带了来。'说着命鸳鸯去取些古董来,又嗔着凤姐儿:'不送些顽器来与你妹妹,这样小器。'王夫人、凤姐儿等都笑回说:'他自己不要的。我们原送了来,都退回去了。'薛姨妈也笑说:'他在家里也不大弄这些东西的。'贾母摇头道:'使不得。虽然他省事,倘或来一个亲戚,看着不像;二则年轻的姑娘们,房里这样素净,也忌讳。我们这老婆子,越发该住马圈去了。你们听那些书上戏上说的小姐们的绣房,精致的还了得呢!他们姊妹们虽不敢比那些小姐们,也不要很离了格儿。有现成的东西,为什么不摆?若很爱素静,少几样倒使得。'……说着叫过鸳鸯来,亲吩咐道:'你把那石头盆景儿和那架纱桌屏,还有个墨烟冻石鼎,这三样摆在这案上就够了。

再把那水墨字画白绫帐子拿来，把这帐子也换了。'"

屋外一般人都会种花植树，而薛宝钗的蘅芜苑只有"异草藤蔓"。"花"与"华"相谐音，代表荣华。"异草藤蔓"，一是代表着朴素无华，二是不显山不露水，这符合一个谋者与隐者的特点，只爱草（素），不爱花（华）。

屋内如"雪洞一般"，什么是"雪洞"？雪，白色也，代表着白素而无华色。"供着数枝菊花"，菊，性洁而超脱，是花中之隐者也。茶，清香而淡泊。关键是一床"青色帐幔"，一是很吓人，二是隐喻这种文化不透明，人睡在里面，外面是一点看不到的。屋里"雪洞一般"，"陈设皆无"，再加上一床"青色的帐幔"，除了白就是黑，这与一个灵堂有何区别？贾母说这是"素净"，我看是有点"阴暗"。这种布局表明主人是一个清心寡欲、恬淡素静、恪守素志、与世无争的隐者。

老太太是贾府这座文化之府的太上皇，最高统治者，她视察了蘅芜君的住房之后，对薛宝钗所代表的谋略文化很不满意，与到潇湘馆一样，她提出了自己的整改意见。"你把那石头盆景儿和那架纱桌屏，还有个墨烟冻石鼎，这三样摆在这案上就够了。""石头盆景"，石头代表着实实在在，代表真实；"纱桌屏"，纱有又薄又透的特点，代表着"透明"；"墨烟冻石"，墨烟，是黑色；冻石，是一种透明的石头。有黑有白，代表黑白分明。三样东西所表明的意思是："其一，要实在一点儿，真实一点儿（石头）；其二，要透明一点儿（纱桌屏）；其三，要黑白分明一点儿（墨烟冻石）。不要搞得虚头巴脑的，不要太阴暗了。"

"史太君两宴大观园　金鸳鸯三宣牙牌令"的写作思路是这样的。刘姥姥这种低俗文化，带着谋反（板儿）之心，打着没收脏财（张材家）和收取租税（周瑞）银子的旗号，杀气腾腾地来到了荣国府，而这个荣国府里的当权派贾母却热情招待了他。为了不失荣国府之威严，贾母等一干要员带着她参观了大观园这座美丽的新文化之园，以示警戒，让这个低俗文化的代表刘姥姥见识见识这座文化之府的气势与风范，从而看到自己的差距，好知难而退。接着就是三宣牙牌令，令刘姥姥诚服。可这个低俗文化的刘姥姥居然不识好歹，借着酒劲，乘着没人，先是在大观园这座新文化之园的门牌底下拉了一泡臭屎，后又糟蹋了大观园的文化中心——怡红院，并睡在了龙床上（因宝玉代表着龙人），将个怡红院糟蹋得不像样子。最后，荣国府上下有的送银子，有的送衣物，有的送食品，送了好些东西。她此次来贾府"打抽丰"，可谓收获颇丰,满载而归。

何谓"金鸳鸯"?"金"是武器的总称,代表杀戮。鸳鸯,代表"阴阳"。金鸳鸯,即指杀人的阴阳文化。鸳鸯是贾母的丫鬟,"金鸳鸯三宣牙牌令",表示鸳鸯代贾母作阴阳大法而发号施令,从而彰显道文化的法力,大有杀气腾腾之势。在这种号令之下,刘姥姥也得乖乖听命。

古代的"叶韵",就是"协韵",一作"谐韵",意味韵脚相协调。鸳鸯的这个酒令,是一个"骨牌令"。骨牌,顾名思义是用骨头做的牌,湖北地方叫"天九地八",牌数一共32张。有天九、地八、仁七、和五、长三、板凳、斧头、红头、高脚、铜锤、杂九、杂七、杂五、天王、地王、天杠、地杠、天高九、地高九等。以天九最大,顺次次之。在骨牌中随便抽取三张,根据牌点,押韵即可。

开令即最大的"天牌",在这个酒桌上,谁是"天牌",贾母也,理应归贾母对。"左边是张天",这说明贾母在鸳鸯的左边。"五与六"名"斧头",有十一点,是牌中点数最多的牌,分开即"五与六"。贾母对了"六桥梅花香彻骨"。"骨"与"五"协韵。"一轮红日出云霄",与"幺"相协韵。"凑成便是个蓬头鬼"。贾母道:"这鬼抱住钟馗腿。"有意思,钟馗是打鬼的,可现在这个鬼把钟馗的腿给抱住了,脱不了身,你说见鬼不见鬼。贾母所对之句,不是随便说的,是应时应景而来。书中写道:"说完,大家笑说:'极妙'。"妙在哪里呢?贾母代表的是"道",而道教是专门捉鬼的,可现在这个鬼却把贾母的腿给抱住了。那这个鬼又是谁呢?——刘姥姥也。为何说刘姥姥是鬼呢?"刘,杀也。"代表着杀人的文化。刘姥姥来到贾府,不是什么走亲串友,她是来"打抽丰(打秋风)"的。刘姥姥每来一次贾府,对贾府都是一次灾难。这与传统"红人"对刘姥姥的认识可谓大相径庭,但这就是真实(前面对刘姥姥有过分析)。现在的贾府,就好像被刘姥姥这个"鬼"给缠住了,动弹不得。

薛姨妈:梅花朵朵风前舞。十月梅花岭上香。织女牛郎会七夕。世人不及神仙乐。

史湘云:双悬日月照乾坤。闲花落地听无声。日边红杏倚云栽。御园却被鸟衔出。

薛宝钗:双双燕子语梁间。水荇牵风翠带长。三山半落青天外。处处风波处处愁。

林黛玉:良辰美景奈何天。纱窗也没有红娘报。双瞻玉座引朝仪。仙杖香挑芍药花。

贾迎春:桃花带雨浓。

刘姥姥:是个庄稼人。大火烧了毛毛虫。一个萝卜一头蒜。花儿落了结个大倭瓜。

当刘姥姥来贾家"打秋风"时,从令语中可以看出,贾母表现的是一种无奈。薛姨妈表现的是一种快乐逍遥的神仙之乐。史湘云感叹"御园却被鸟衔出"。薛宝钗是"处处风波处处愁"的感知。唯独林黛玉想到的是,良辰美景奈何天,纱窗红娘,玉座朝仪,仙杖挑芍药。芍药花,别名离草,将离,代表依依惜别、难舍难分之情。你看林黛玉的眼中只有情愁,她的心中只有离恨,只知为自己,唯独没有贾府。

刘姥姥所代表的"低俗文化"来自荒村野店,粗鄙不堪,登不得大雅之堂。不是虫就是瓜,不是萝卜就是蒜。

第四十一回　栊翠庵茶品梅花雪　怡红院劫遇母蝗虫

"栊翠庵茶品梅花雪"。栊翠庵是一所尼姑庵,是佛教中女尼修行的场所。男人出家为僧,住在庙里;女人出家为尼,住在庵中。这里的妙玉代表的是佛教文化中的尼庵文化,妙玉,是"庙玉"的谐音。这里只把里面的疑难问题解答一下。

这个栊翠庵"花木繁多",因花是寓"华"的,代表荣华。"花木繁多",就表明尼庵文化向往富贵荣华。佛门是清净之地,与红尘隔绝,守的是清规戒律,庙宇周围一般是种松种柏,古树青藤,翠竹林荫,哪有种花花草草的? 而这个"栊翠庵"就不一样,就喜欢种花,喜欢荣华,这与佛宗背道而驰。

"海棠花式雕漆填金云龙献寿的小茶盘,里面放一个成窑五彩泥金小盖钟,奉与贾母",这是妙玉给贾母献茶时的茶具,君看是何意思?

这个所谓的献茶,就是借茶献给贾母的恭祝吉语,也就是对贾母说的奉承话。我们现在来看看是些什么奉承话。

"海棠花",寓意海棠富贵。"雕漆填金",是在漆好的器物上,先进行花纹雕刻,而后再填上金,它的寓意是锦上添花。"云龙",谐音为"运隆";"献寿",是祝福健康长寿。"成窑"的"成",是成功的成,表示功成名就。"五彩",寓意人生多姿多彩。"小盖钟",意思是"盖棺定终身"。

这一套茶具是专给贾母用的,这里表达的就是对贾母这一生的一个总结。妙玉给贾母喝的茶及用的茶具,就表示这是妙玉对贾母说的奉承话。

这套茶具的意思是说："您老这一生啊！享尽荣华富贵（海棠），日子锦上添花（雕漆填金），一生鸿运当头、福寿双全（云龙献寿），功成名就（成窑），多姿多彩（五彩）。"全是恭维贾母的话。

"然后众人都是一色官窑脱胎填白盖碗。"官窑瓷器有两大特点，一是官窑属青瓷，二是通体布满冰裂纹。"青瓷填白"之后的颜色，青又不青，白又不白，这就叫作不清（青）不白。通体冰裂纹的官窑瓷器，如果不了解它特点的人，猛一看还以为是一件破损的物件，其实这就是官窑瓷器的特征。这里隐指这些当官的人浑身都是毛病。"官窑脱胎"，是说这些人都是些官迷、禄蠹，好像是为做官而投胎到这个世上来的，天生就是做官的命。这里的"官窑"就隐喻"做官"。妙玉给谁喝这个茶，就表明妙玉在说这些人天生就是当官的命。

黛玉与宝钗被妙玉让进了她的耳房，她们两人进来之后，一个坐上了妙玉的蒲团，一个坐在了妙玉的榻上。这两样东西作为客人是不能随便坐的，这是妙玉（庙玉）所代表的尼庵文化的文化阵地。在古代，主座和客座是很讲究的，可她们一来就毫不犹豫地把主人的座全占了，这是一种很不友善的举动。于是妙玉就在茶具、茶水上大做文章，来嘲讽二人。现在我们来看妙玉是怎样通过茶具、茶水来嘲讽她们的。

她给宝钗的茶具是一个"分瓜㼚斝"（戚序本《石头记》）。这是一件什么茶具呢？"分瓜"，意思是将瓜分开；㼚（páo），是古葫芦科物种，在这里特指葫芦。原来这个"分瓜"，分的是葫芦瓜，就是将葫芦从中间一分为二。葫芦从中间被分开后就成了两个舀水的瓢。说来好笑，妙玉给宝钗喝茶的茶具，原来是一个葫芦瓢。什么是"斝"呢？斝是古代的一种酒器，在这里当然就是戏指葫芦瓢这个"茶杯"了。

葫芦瓢做茶具，已是奇特，但更奇的就是在这个瓢上面还有一行小真字："晋王恺珍顽。"这是个什么意思呢？原来这个王恺是晋武帝司马炎的母舅，皇室贵胄，有权有势，富甲一方。他官至龙骧将军、骁骑将军、散骑长侍，是一个武将。他生活极其奢侈，财富极多，曾与石崇斗富。作者为何要将王恺的珍玩写在瓢上呢？其原因是，王恺是皇亲，又富甲天下，薛宝钗家是皇商，也是富甲一方，这两个人的身世非常相似。妙玉在这里很明显是将晋王恺与薛宝钗家进行类比，意思是说："你用的这件茶器，曾经是晋王恺的珍玩，可现在物依然还在，但王恺这个人又在哪里呢？他曾经的珍玩早已是别人的囊中之物了，已然是物是人非。别看你薛宝钗家现在富贵荣华，可难保以后不会落得像晋王恺一样的下场，还不如放弃这暂时的浮华，短暂的富贵，与我一样出家为尼，落得个清清静静。"

她给黛玉的又是一件什么器物呢？书中说："那一只形似钵而小，也有三个垂珠篆字，镌着'杏犀（盉）'。"（《石头记》）首先可以肯定的是，这是一个"喬皿"，何谓喬皿呢？喬，乃乔木也。皿，乃指器皿。可以看出，所谓的"乔皿"，即一件木制的器皿，也就是说这件茶具是一件木质的茶具。究竟是一件什么木质的茶具呢？书中又说"形似钵而小"。什么是形似钵？意思是说这件茶具的形状似钵，与钵的形状差不多。"而小"，是说这件茶具形状像钵，但比钵要小一点儿。形状似钵，又比钵要小一点的东西又是件什么东西呢？——碗也，只有碗形状似钵，又比钵小一点儿。原来这个"形似钵而小的乔皿"，是一个"木碗"。由于木碗的颜色是黄色的，所以作者美其名曰为"杏犀（盉）"。杏，指的是杏黄色。犀，指的是犀角杯。这里是将这个木碗戏称为黄色的犀角杯。这就是说，妙玉给黛玉喝茶的茶具竟是一个木碗，何其轻蔑，这真让人要笑破肚皮了。

更奇的是，这个木碗上也有一行字："宋元丰五年四月眉山苏轼见于秘府。"这真的让人一头雾水，一个茶杯上怎么会出现与苏轼有关的内容，这又是个什么意思呢？原来这个"宋元丰五年四月"，正是大文学家苏轼由于"乌台诗案"被贬黄州的日子。"见于秘府"，什么是秘府？秘府乃魏晋南北朝时期的档案典藏机构，也就相当于现在的档案馆。"见于秘府"，也就是说在历史档案馆中见到过，也就是在历史档案中有过明确记载的一件文字冤案。

苏轼所经历过的"乌台诗案"又与林黛玉有什么关系呢？原来林黛玉代表的是文林之中的诗林（咏絮才），而"乌台诗案"就是诗导致的冤案，妙玉将"乌台诗案"的主角苏轼与林黛玉进行类比，其中的意思是说："诗这种文体形式固然很美，但不知什么时候，或是哪一天，突然触碰到了统治者的神经，给你加上一个莫须有的罪名，将你判官入狱，你就后悔莫及了。还不如像我一样遁入空门，过点儿无忧无烦的清静日子。"

"绿玉斗"。妙玉名"玉"，宝玉也名"玉"，他们俩都是"玉"。"绿"的谐音为"禄"，官禄、俸禄的意思，延伸为"尘世俗缘"或"绿窗风月"。这个"斗"字的读音，是斗争的斗。何意呢？妙玉身为出家之人，一生与"禄"无缘，一生都要与"尘世俗缘、绿窗风月"相斗争，所以她喝的茶杯名"禄玉斗"；宝玉身在红尘之中,本与"禄"有缘,但他极厌仕途经济、人情世故,所以也与"禄"相斗。妙玉的意思是说:"我这个(庙)玉一生都在与'禄'相斗,你这个宝玉一生也在与'禄'相斗,我们的理念是一致的。"

书云:宝玉笑道:"常言世法平等,他两个就用那样古顽奇珍,我就是个俗器了。"妙玉道:"这是俗器? 不是我说狂话,只怕你家里未必找的出这么一个俗器来呢。"宝玉笑道:"俗说'随乡入乡',到了你这里,自然把那金玉珠宝一概贬为俗器了。"妙玉听如此说,十分欢喜,遂又寻出一只九曲十环一百二十节蟠虬整雕竹根的一个大海出来。且看这段话是何意思。

"九曲",用来比喻人生多曲折,坎坷很多。"十环",指一圈一圈,一环一环,连续十个环套在身上。这么多环套在身上是何意思呢? 意思是指多事缠身。"一百二十节",这里的"节"用的是它的谐音"劫",劫难的劫。"一百二十节",就是指"一百二十劫",指有一百二十个劫难。"蟠虬",是传说中的一种无角的小龙。角是动物用来打斗用的,无角,就代表无斗志。

把这一件器皿作为给宝玉的茶具,就是要对宝玉说的话,这句话连起来所表达的意思就是:"你就是一条命运曲折、多事缠身、多劫多难的、毫无斗志的无角小龙。"这等同于在诅咒宝玉这个龙人,而这一切的起因都是宝玉没有要她的"绿玉斗"。

书云:黛玉因问:"这水也是旧年的雨水?"妙玉冷笑道:"你这么个人,竟是大俗人,连水也尝不出来。这是五年前我在玄墓蟠香寺住着,收的梅花上的雪,共得了那鬼脸青的花瓷瓮一瓮,总舍不得吃,埋在地下,今年夏天才开了。我只吃过一回,这是第二回了。你怎么尝不出来? 隔年蠲的雨水那有这样轻浮,如何吃得。"黛玉知他天性怪僻,不好多话,亦不好多坐,吃过茶,便约着宝钗走了出来。

梅花本就圣洁,再加上雪的洁白,可谓是白中之白、洁中之洁。雪本就又轻又浮,可这雪又没有落地,没落地就等于说不接地气。就显得更加轻浮了。用这种梅花上的雪水泡的茶,当然就又轻又浮了。把这种茶给谁喝,就是在说谁又轻又浮。现在给宝钗、黛玉、宝玉喝,就是在说他们三个人所代表的文化不接地气,又轻又浮。

一个价值连城的成窑杯,就因刘姥姥喝过,就放在外面的墙角下不要了;外人来过她的庵堂,就要用水去清洗地面,这完全就是一种不识人间烟火的伪庙堂文化。如果一种文化出现这样一种怪异现象,就会遭到社会无情的唾弃。书中说她"太高人愈妒,过洁世同嫌",其实说的就是末世尼庵文化的虚伪本质。书中又说她"欲洁何曾洁,云空未必空"。作者在这里是说,末世时的尼庵文化,它所标榜的"洁",其实何时又真正洁过呢?它所标榜的"空",其实何时又真正空过呢?作者在这里揭露的是末世尼庵文化"假洁虚空"的虚伪本质。

妙玉表面上高洁脱俗,可实际上,内心从来没有真空过,她虽遁入空门,可她是带发修行。既然决定出家,就须与红尘彻底决断,身在庵中,还留着一头乌发,搞得不伦不类,俗又不俗,僧又不僧,红尘情未了。日常使用,完全是一个官家小姐的做派,奢华得很,官窑、成窑瓷器随便使用。看到宝玉就胡思乱想,不能自已;看到两个猫儿在房顶上叫春(交配),就走火入魔了,你说她洁了吗?净了吗?空了吗?最后,由于她把自己装扮得太过洁美而被强盗看上,终陷污泥之中。所以,作者对妙玉的评判就是:"欲洁何曾洁,云空未必空。可怜金玉质,终陷淖泥中。"

人家来访,不管怎样都是客,作为主人总有一种待客之道,可她给薛宝钗喝茶的器皿是一个葫芦瓢,她这是在说薛宝钗是个闷葫芦;给林黛玉喝茶的器皿是一个木碗,她这是在说林黛玉是一个榆木脑袋;给宝玉喝茶用的是一个竹海,骂贾宝玉是一个多劫多难、无斗无志的小龙,非常傲慢无理与不堪。这且不说,她还说了一通让人生厌的话,什么"晋王恺珍顽",什么"乌台诗案",更让人惊讶的是大骂了宝玉一通。要说尖酸刻薄,她比林黛玉还要胜过十分。一个庵堂文化,竟如此争强好胜,又如此不守清规,可见庵堂文化到了末世也是一身的毛病。

大观园是一座新文化之园,贾宝玉代表中原文化。可刘姥姥这个低俗文化的代表,这个"母蝗虫"的阿物,居然在大观园的牌楼之下拉了一泡屎。这且不说,她居然又跑到了象征龙人住所的怡红院,睡在了龙人的龙床上,又是放屁,又是酒气,将一个怡红院糟蹋得不成样子。最可恨的是贾府最高统治集团,还将这种低俗文化待为座上宾而喜爱有加。低俗文化对贾府的侵袭,是贾府这座文化之府毁灭的根本原因。

第四十二回 蘅芜君兰言解疑癖 潇湘子雅谑补馀香

"蘅芜君兰言解疑癖"。这里一定要先说说巧姐儿与大姐儿。巧姐儿与大姐儿都是凤姐的女儿,难道凤姐有两个女儿不成?否,她只有一个女儿,

那就是巧姐。为何又会出现另一个女儿大姐呢？请君听我慢慢道来。

巧姐,生于七月初七日,七月初七是中国传统的"七夕节",所以这个巧姐代指的是七夕节"乞巧"这种文化。由于这种文化的父体姓假(贾琏),所以乞巧这种文化从小就受到了假文化的影响;又由于生养她的母体是恶俗文化(王熙凤),因此这种文化又受到了恶俗文化的影响,所以这"乞巧"文化就变了味,走了样,变成了一个"大姐"。何谓"大姐"呢？这里的大姐是指妓女文化或是流氓文化,字典中有一条解释:"大姐指妓女和服务于妓女的丫鬟。"从这里可以看出,大姐这种文化是由巧姐变化过来的,一个巧姐(乞巧文化)怎么会变成大姐(流氓文化)呢？作者认为,当"乞巧"这种文化受到虚假与恶俗文化的影响之后,就变成了下流文化。其实,巧姐还是巧姐,如果"巧姐"变得下流了就成了"大姐",不是有了一个巧姐,又另外有了一个大姐,而是指乞巧这种文化的另一面,这与"多姑娘"变"灯姑娘"是一个道理,不是有了一个多姑娘,又另外有了一个什么灯姑娘。"巧",是指"乞巧"。"姐",是指"下流"。"巧姐"就是指乞巧文化中的姐,指乞巧文化中的下流之辈。"大姐"则完完全全指的是"流氓妓女"。《红楼梦》中,只要与"姐"沾边,都代表"下流之辈"。"凤姐",指的是"凤"中的下流之辈——王后。

"蘅芜君兰言解疑癖"。"蘅芜君"有什么资格来审林黛玉,并且要林黛玉"跪下"。林黛玉虽是看过了《牡丹亭》《西厢记》,你蘅芜君不也看过吗？不看你怎么知道其中的内容？凭什么要林黛玉所代表的东南方及东南方文化,给你薛宝钗所代表的北方及北方文化跪下呢？这"蘅芜君"突然先来一个下马威,后来才道出了自己已看过的实情,你能看,我林黛玉为什么不能看？

所谓的"兰言",其实是:"最怕见了杂书,移了性情,就不可救了。"她的家里到处都是藏书,难道自己看了就不怕移了性情了吗？虚伪得很。看杂书就能旁学博收,上知天文,下知地理,什么都知,什么都晓,这有什么不好？古代不是有"杂家"吗？她不让林黛玉看杂书,可她为什么还看？私心若昭也。

从这一回里,林黛玉所代表的东南方与东南方文化中的"诗才",与薛宝钗所代表的北方及北方文化中的"智谋"相比较,南北两种文化高下已分。在惜春画画这件事情上,宝钗运筹得是相当了得,考虑得是相当周全。而林黛玉拿不出半点儿想法,只会在旁边插科打诨地说风凉话。宝钗不管遇到什么事都能心有主张,成竹在胸,而黛玉除了眼泪就是打诨,逗人一笑耳,空有花架子一个,不见得她有一个什么真知灼见,所谓的"雅谑"就是最恰当的嘲讽,这就是末世东南方文林的悲哀。

作者始终围绕着北强南弱这两种文化的变局来铺叙,这为"金玉良缘"的联姻埋下了伏笔。

第四十三回　闲取乐偶攒金庆寿　不了情暂撮土为香

"闲取乐偶攒金庆寿"。王熙凤代表恶俗的凤文化,又恶又毒,又低俗,人们都对她避之唯恐不及,可贾母偏要贾府上下女眷出份子钱为她庆生。闹出如此动静,宝玉表面上不说,可心里是拒绝的,于是找借口避开了这种无聊的庆生。回避就回避吧!随便编个什么理由都可以,可他回避的托词竟然是吊唁北静王的爱妾,可其实他是去祭奠死去的金钏了。这边在庆贺生日,那边在祭奠亡魂,显得极为晦气。这大概就是宝玉对贾母召集贾府上下所有人等,为凤姐庆生的不满与不屑的发泄吧!

宝玉与茗烟来到"水仙庵",想找一块"干净"的地方焚祭,却发现没有一块地方是"干净"的,这是何等辛辣的讽刺,一个佛门净地,居然找不到一块小小干净的焚香之地,可笑又可叹。你说这个被标榜为佛门净地的地方是何等的肮脏?最后只好在井台上祭拜。何谓"井"?"井为德方",井利万物而不争,乃善之善者之地也,所以只有这口"井"才是一块干净的地方。选择"井",是因为它是德之地,善之源。这里的不干净,不是说地方不卫生,是指佛教庵堂文化的肮脏。

第四十四回　变生不测凤姐泼醋　喜出望外平儿理妆

贾琏,乃瑚琏之臣也,这个瑚琏之臣就是皇上(前面讲过)。他在贾政这边行走,意味着贾琏在主持政府工作。王熙凤代表着恶俗的凤文化,由于贾琏无用,就退后了一射之地,而王熙凤(王后)则走上了前台。王熙凤就是指霸道凶恶的凤文化。她走上了前台,就表明这个凶恶的凤文化走上了前台。贾琏退后一射之地,这个霸道凶恶的凤文化就走到了殿堂之上,这样就形成了"女人干政"、恶俗文化当道的政治局面。

用这种既霸道又凶恶的凤文化主政,就一定会产生恶政、暴政。所以,王熙凤把持政务,就相当于在行使暴政。

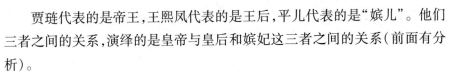

贾琏代表的是帝王,王熙凤代表的是王后,平儿代表的是"嫔儿"。他们三者之间的关系,演绎的是皇帝与皇后和嫔妃这三者之间的关系(前面有分析)。

鲍二。这里的"鲍",是从"暴"字上谐音过来的,指横征暴敛的"暴"。"二",是指一次又一次的,或多次的意思。"鲍二",就是"暴二",意思是指一次又一次地横征暴敛。

这边贾母正在给王熙凤过寿诞,贾琏就偷情鲍二家的。因鲍二家的就是指"横征暴敛",贾琏偷情鲍二家的,就等同于偷偷在横征暴敛,偷偷在搜刮民脂民膏。又因贾琏代指皇上,这就表明皇上在偷偷横征暴敛。由于本书里每个人都代表着一种文化,这里的"鲍二"就是指一次又一次地横征暴敛,指的是一种政治现象,并不是指偷情于某一个人,这里偷的是横征暴敛这种文化。

这里的鲍二,与倪二、何三是一种写作艺术。"鲍二"是指"暴二",指一次又一次的暴敛;"倪二"是指"利二",指放高利贷,利中取利,利滚利;"何三",是指"荷三",负荷的荷,用的是谐音。"荷三"是指一而再,再而三地增加人民的负荷、赋税,一次又一次增加人民的负担,搜刮民脂民膏。这三个名字有异曲同工之妙。

王熙凤实行的是"暴政",而贾琏又偷偷背着王熙凤一次又一次地"横征暴敛",这就形成了两股势力的冲突。当贾琏的暴行被王熙凤发现之后,于是矛盾就产生了。言下之意是,我王熙凤本来在实行暴政,你贾琏却背着我偷偷与"横征暴敛"(鲍二家)搞在一块,于是醋意大发,这就出现了王熙凤与平儿痛打"鲍二"(暴敛)的情况。此种笔法,诙谐幽默至此,又让人哭笑不得。

但王熙凤打平儿却是大不是,对于平儿来说真的是窝囊,在贾琏与王熙凤之间两头受气,两头挨打。嫔妃这个阶层夹在皇上与王后之间,左也左不得,右也右不得,好也好不得,坏又坏不得,两边受气,两边都不落好,很不好做人。所以,一个"平"字又道出了嫔妃这种文化的核心,她就像在钢丝上寻求平衡一样,何其艰难。

当平儿来到怡红院时,宝玉与平儿有过一段故事,特别是那个"并蒂秋蕙"争论颇多,现在将平儿来到怡红院时,宝玉对她的一番行为做个评析。

宝玉笑道:"我们弟兄姊妹都一样。他们得罪了人,我替他赔个不是,也是应该的。"又道:"可惜这新衣裳也沾了,这里有你花妹妹的衣裳,何不换了下来,拿些烧酒喷了熨一熨。把头也另梳一梳,洗洗脸。"

平儿(嫔儿)长期与贾琏的"假"和王熙凤的"恶"文化生活在一起,受尽了假与恶的蹂躏,身上多少也沾上了假与恶的恶习。衣服换了,头也梳了,脸也洗了,这就叫作改头换面,或洗新革面。换谁的一副面孔呢?袭人的。因她穿的是袭人的衣,用的是袭人的化妆品。袭人是谁?龙人文化也,他为谁服务?宝玉也。原来这个宝玉是想让"嫔儿"换一副袭人的面孔为自己服务,这可就有僭越之罪了。

宝玉一旁笑劝道:"姐姐还该擦上些脂粉,不然倒像是和凤姐姐赌气子似的。况且又是他的好日子,而且老太太又打发了人来安慰你。"平儿听了有理,便去找粉,只不见粉。宝玉忙走至妆台前,将一个宣窑瓷盒揭开,里面盛着一排十根玉簪花棒,拈了一根,递与平儿。又笑向他道:"这不是铅粉,这是紫茉莉花种,研碎了兑上香料制的。"平儿倒在掌上看时,果然轻白红香,四样俱美,摊在面上也容易匀净,且能润泽肌肤,不似别的粉青重涩滞。

宣窑瓷,它的最大特点是白地青花,有白有青,清清白白。宝玉打开这样的盒给平儿(嫔儿),是在说"你这个人为人清清白白、坦坦荡荡"。"一排十根","十"是一个整数,代表完全,到了极点,如十分、十足、十全十美。宝玉为何只从里面"拈了一根"呢?在十根里拈上一根,这就叫作"十里挑一"。宝玉这里是在恭维平儿(嫔儿)是一个十里挑一的人物,是一个非常优秀的人。

"铅粉"寓意"铅华"。不抹铅粉,就是不重铅华。"紫茉莉",茉莉,是"莫逆"的谐音。意味你对贾琏、凤姐总是忠心耿耿,百依百顺,从不违逆。"紫茉莉"是从"只莫逆"上谐音过来的,意思是"只要莫逆"就好,也就是要她不要违逆。

把这一段话合起来就是:"你别委屈,这贾府上下谁不知道你平儿是一个清清白白、坦坦荡荡、不重铅华的人啊!是一个十全十美、十里挑一的人啊!你忠心耿耿,百依百顺,从不违逆,总是逆来顺受。"反正是一堆恭维的话,好听的话。你说当一个人挨打之后,能听到这样的话,受到这样的评价,不感动得热泪盈眶才怪呢!

"茉莉",也可以理解为谐音"末利",指没利。意思是你这个人对贾琏、凤姐一向忠心耿耿,尽心尽责为他们服务,从不追求一己之私利,从不追求

个人利益与得失。

"随后看见胭脂也不是成张的,却是一个小小的白玉盒子,里面盛着一盒,如玫瑰膏子一样。"胭脂是红色的,红色在古代代表着忠孝。白玉,象征洁白无瑕。

膏子,寓意品性高洁。这是在说,你忠诚孝顺,洁白如玉,品性高洁。继续说恭维的话。

"宝玉又将盆内的一枝并蒂秋蕙用竹剪撷了下来,与他簪在鬓上。"什么是"并蒂秋蕙"?并蒂,在古代是寓指一对情侣花开并蒂,结为夫妻。"秋蕙"在这里并不是指秋天的兰蕙,作者用的是"求会"的谐音。"并蒂秋蕙",就是"并蒂求会",意思是"我想与你花开并蒂,祈求夫妻相会"。

一番甜言蜜语之后,是想求得与平儿夫妻相会,肌肤相亲。这可犯了大忌了,这是万万不能做的事。论亲,平儿是嫂,论官,平儿是嫔妃。这既不合理,又不合礼。于是"忽见李纨(理)打发丫头来唤他,方忙忙的去了"。

李纨之"李",是"理"的谐音,指道理。两人正在准备"并蒂求会"时,突然"理"就来呼唤,呼唤什么呢?"你们这是不合礼制,不守道理的,这事做不得。"最终还是理智唤醒了这两个人,最后各自分开,要不然就会做出不轨之事了。

作者通过这样的写作手法,以物来寓意,来表达意思。"以物寓意"是《红楼梦》重要的写作手法。这真的是太奇妙了。

"喜出望外平儿理妆",可见妆是理好了,但"并蒂秋蕙"(并蒂求会)却是没能够会成。

第四十五回 金兰契互剖金兰语 风雨夕闷制风雨词

"金兰契互剖金兰语"。"金兰契"也称"金兰会",是指两人或多人结为异姓姐妹。字典的解释是:"至交,深厚的友谊。"如果是黛钗两人结为金兰契,这倒没什么,很正常。但他们分别代表东南方及东南方文化与北方及北方文化;一个代表文,一个代表武;一个代表文才,一个代表武略。南与北,文与武,才与谋,这两种文化有着很深的过节,很难兼容。为什么会出现这样的现象,这是由于这两种文化的性质所决定的。比如在历史上,如果国家面临战事,是和是战,文与武总会发生冲突,文一般主和,武一般主战,他们很难有共同语言,很难走到一块。可现在这两种文化成为"金兰契",这就是怪事了。想当初，林黛玉刚见到薛宝钗时如临仇敌，如肉中刺，眼中钉，不是讥讽就是嘲笑，你不容我，我不容你。可到了现在，林薛互剖衷肠，兰语相合，岂不怪哉！

当宝玉看到这一幕时，特别疑惑地感叹道："是什么时候，孟光接了梁鸿案?"这里引用的是"举案齐眉"的典故。典故讲的是孟光举案齐眉，而梁鸿接案。可这里是倒过来了，是"孟光接了梁鸿案"，这个"举案齐眉"的是梁鸿，而接案的却是孟光。这句话的弦外之音就是："是什么时候，你俩关系倒过来了，这真是太阳打西边出来的怪事。"

林黛玉从来都不待见薛宝钗，现在却与她结了"金兰契"，这个孤高自傲的东南方与东南方文化的代表，怎么一改以往的傲慢，而心甘情愿地自降身价，屈尊降贵，成为北方文化的妹妹了呢？书中有这样一段话："黛玉叹道：'你素日待人，固然是极好的，然我最是个多心的人，只当你心里藏奸。从前日你说看杂书不好，又劝我那些好话，竟大感激你。往日竟是我错了，实在误到如今。细细算来，我母亲去世的早，又无姊妹兄弟，我长了今年十五岁，竟没一个像你前日的话教导我。怨不得云丫头说你好，我往日见他赞你，我还不受用，昨儿我亲自经过，才知道了。比如若是你说了那个，我再不轻放过你的；你竟不介意，反劝我那些话，可知我竟自误了。若不是从前日看出来，今日这话，再不对你说。你方才说叫我吃燕窝粥的话，虽然燕窝易得，但只我因身上不好了，每年犯这个病，也没什么要紧的去处。请大夫，熬药，人参肉桂，已经闹了个天翻地覆，这会子我又兴出新文来熬什么燕窝粥，老太太、太太、凤姐姐这三个人便没话说，那些底下的婆子丫头们，未免不嫌我太多事了……"可见黛玉的转变只因这两件事而起，从而认为薛宝钗是好的，而自己却是误了。

薛宝钗就是指用暗箭伤人的阴谋诡计，你得看到这种文化的本质，怎么就通过这一两件事，几句话就轻信了她呢？也难怪这个东南方文化的代表人物林黛玉到死都没有看清这一点，这个薛宝钗是要来与她争夺贾宝玉的，是要来结成"金玉良缘"的。林黛玉在临死之时，恨的却是宝玉，而不是那个千方百计、诡计多端，抢走了她心上人的薛宝钗。她做梦也不曾想到，那个她爱戴倚重、深信不疑的外祖母——贾母，就是置她于死地的罪魁祸首。还有王熙凤、王夫人等贾府上下一干人等对她的出卖，自己临死都还不知道是怎么死的，这才是东南方文化的悲哀。

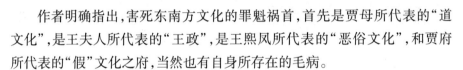

作者明确指出,害死东南方文化的罪魁祸首,首先是贾母所代表的"道文化",是王夫人所代表的"王政",是王熙凤所代表的"恶俗文化",和贾府所代表的"假"文化之府,当然也有自身所存在的毛病。

"风雨夕闷制风雨词"。风雨夕,乃指风雨飘摇之夕。无父无母,无兄无弟,孤孤零零,寄人篱下,此身何依。此境此景,不禁让林黛玉悲从中来。用词之哀婉,其意之悲切,其情之感伤,令人潸然,令鬼哭泣。

第四十六回　尴尬人难免尴尬事　鸳鸯女誓绝鸳鸯偶

"尴尬人难免尴尬事"。贾赦要讨鸳鸯做妾,其实是要讨"阴阳"这种文化来为自己所用,为自己来装点门面。贾赦的"赦",是指赦政,何谓赦政?赦,是赦免有罪,是仁德之举,仁德之政。古代一般新王登基时,都会大赦天下,以示我是一个仁德之君,我将以仁德治天下。所以,这个"赦"不仅代表仁德之政,还代表帝王的赦谕与法令。贾赦讨要阴阳这种文化来做妾,就是指这个赦老爷要用"阴阳"这种文化来为我所用,用阴阳文化来为社稷所用,这也就等于要大搞封建迷信。

第四十七回　呆霸王调情遭苦打　冷郎君惧祸走他乡

所谓的"呆霸王调情遭苦打",是指武文化遭到了江湖文化的苦打。武文化是正统的文化,掌握着国家生杀大权,肩负着安邦守土的职责。江湖文化虽根基深厚,影响深远,但它比起武文化来说,那就是一个完全不同层级的存在。可就是这个能安邦守土的武文化,却遭到了江湖文化的苦打,你说这个武文化有多弱,它自身都难保,你还怎么能指望它保家卫国呢?

柳湘莲所代表的江湖文化为何姓"柳"呢?只因江湖这种文化长年累月游走在江湖之上,萍踪浪迹,居无定所,就像柳絮一样,见风起舞,飘忽不定。柳,相当于相声文化中的"柳活",指说、唱、练、打等。湘,是"乡"的谐音。柳湘,乃"柳乡"也,指柳文化之乡。莲,指"廉子"。柳湘莲,乃指柳文化之乡中一种比较侠义的文化角色,他们行走于江湖之中,行侠仗义,而绝不同于江湖骗子、江湖流氓、江湖土匪等。

江湖文化只重义,却无情,所以称作"冷郎君"。一种弱势且不入流的江湖文化却打了财大气粗且占有半壁江山的武文化,那可就闯大祸了,拿住了只有死路一条,所以他得赶紧逃跑。这才有"冷郎君惧祸走他乡"。

此回,作者给我们展示的是"武文化"之中的勇,如薛蟠一样粗鄙不堪,滥杀无辜,不学无术,性情傲慢,而江湖文化则又吃酒赌钱、眠花卧柳、萍踪浪迹,放浪天涯。

第四十八回　滥情人情误思游艺　慕雅女雅集苦吟诗

"滥情人情误思游艺"。"滥情人"薛蟠思游艺,"慕雅女"香菱苦吟诗。没什么可说的,现将这一回几个疑点做个解释。

薛蟠出门选在了十四日,按现在的说法,这个日子很不吉利。好日子多着呢,既然十四日不吉利,换个日子就行了,但薛蟠出门偏就选在了这一天,让人百思不得其解。想起赖嬷嬷家的儿子,"选了出来,做了官",为了庆贺这大喜的日子,决定宴请贾府及亲朋,也将十四作为了宴请的吉日。这个十四究竟好不好呢? 为何都选在这一天呢? 原来"易学"里有一个说法,它将每月初五、十四、二十三这三天,称作"月忌日"。在民间,这一天是不宜走动和办事的,如果在这三天的某个日子出门办事,就会招致灾祸。道家认为,初五、十四、二十三是"五黄"日,是天子龙入中宫,在天地间主事的日子,所以,民间就不能办事了。你看,古代皇帝登基时,就全选择在这几天。既然十四是民间的忌日,为何他们却都选在了这一天呢? 这可能是为他们的失败埋下的伏笔吧? 这大有僭越之嫌。

"石呆子",是指如石头一样坚守石性而不改初衷的人。他的所有扇(善)子都是用竹做的,这里的竹代表高洁。所谓的扇子,是"善子"的谐音,贾赦买"古扇",就是买"古善",指古老的善行。善,是正能量之举,这表明他想得到"善"和"善子"的好名声,可这个石呆子就是不卖,这才有贾雨村强取"古善"这一节。

"扇子",作者用的是"善子"的谐音。书中所有关于"扇"的地方,都是指"善"。如:"扇面"指"善面",指善的一面;"撕扇子作千金一笑",就是"撕善子作千金一笑",就是将人善的一面撕掉了;"南海扇子",就是"南海善子"。南海是观世音菩萨的居所,是至善之地。

"慕雅女雅集苦吟诗"。作者在这一回里,详细介绍了写诗的方法,我们如果想学习写诗,不妨照此方法一试。

第四十九回　琉璃世界白雪红梅　脂粉香娃割腥啖膻

　　贾府是一座文化之府,是各种文化的聚集之地,所以像李婶、李绮、李纹、薛蝌、薛宝琴、邢岫烟,都来到贾府,投亲靠友,以谋求发展,图取利益。李婶、李绮、李纹的"李",与李纨之李是一家,代表着"理学"。薛蝌是"血科""血苛"的谐音,"血科"指的是带血的科律制度,"血苛"则代表带血的"苛政"。带血的科律,带血的苛政,都是杀人的制度,所以这样的制度就姓"血"(薛)。

　　薛宝琴的"琴",指琴文化。薛宝琴的谐音就是"血宝琴",指带血的琴文化。琴在古代是弦乐器的总称,也能指代音乐文化,所以薛(血)宝琴,是指带血的音乐文化。"琴"在古代是九德之器,君子之所秉也,为何变成了带血的文化了呢? 那答案只有一个,说明音乐文化的格调变了,变得低俗下流、风月艳情了,本是一种高雅艺术,可到了末世就被情所迷,成为一种宣扬情爱的工具,成为毒害人们灵魂的艺术,成为一种带血的文化。

　　邢岫烟。邢,古代指邢国之地,就是现在的邢台地区。邢字,古通"井",《周易》曰:"井,德之地也,故邢人崇尚圣德。"作者用一个邢字,是来表达"仁德"这个意思的。邢夫人,其实讲的是"邢"所代表的德行,邢夫人即是"德夫人",就是指"德"。这个邢夫人的"邢",为何能与贾赦的"赦"成为夫妻呢? 这是因为"赦"指的是赦政,大赦天下之赦。大赦天下是仁政,有一个"仁"字。邢,又代表着"德",那"仁"与"德"的结合,就是"仁德"。仁与德,德与仁,这两种文化紧密相连,故两者的关系就如夫妻关系一般。邢岫烟之"邢"与邢夫之"邢",意思相同,都代表德。那"岫烟"指什么呢? 为何"岫烟"姓"德"呢? 德与"岫烟"又有什么必然的联系呢?

　　"岫烟",乃指山间散发出来的如烟一样的云雾之气,古人认为:"云为石之根。"他们认为,山中的云雾是生于石头之中,带着石头的芳泽与石头的德性(石有真实、坚强、质朴、厚道等德行),所以岫烟姓"邢"。简单说,所谓的"邢",就是对"德"的别称,邢就是德,德就是邢,所以"岫烟"姓"邢"。

　　"邢岫烟"为何与女尼妙玉关系密切呢? 这很简单,尼姑庵一般修建在山中,所以女尼整天都要与山(岫烟)为伴,她俩的关系岂不就是非常紧密了吗? 这是其一。其二,妙玉指代的是"庙玉",指尼庵文化,而与尼庵文化相邻又相近,又如山间的烟云一样飘忽不定,到处游走的是一种什么文化呢？——巡游僧，就是游走于江湖山川之间，传道布施的巡游僧人，邢岫烟代表的就是这种文化。

那邢岫烟又为何一定要嫁给薛蝌呢？邢岫烟与带血的科律或苛政又有什么关系呢？薛蝌的谐音"血科"指带血的科律制度。而这个"邢"的谐音又为"刑"，如果将"刑"与"科"配在一起，就是"刑科"两个字，指刑法与科律制度。

"琉璃世界白雪红梅"。"琉璃世界"，指的是流光溢彩的浮华之境。"脂粉香娃割腥啖膻"，指的是大观园中这一群年轻美丽的女性，与宝玉在大观园中喝酒、吃肉、嬉戏的场景。

这一回让人印象最为深刻的是这些"脂粉香娃"外面罩的斗篷，五花八门，花样繁多，特别是史湘云的穿着更是新奇。所谓的服饰是每种文化的文化外衣和内衣，而这一回几乎每一个人的穿着都非常复杂新奇，很难准确找到作者对人物穿着的描写所要表达的真实含义，如"大红羽纱"，"大红"我们肯定会说它是一种特别红的颜色，可字典里的解释是：1. 大红，即大功。丧服名。2. 指红色。那作者究竟是作"丧服"来用，还是作"红色"来用呢？因为本书说的下雨与下雪，指的是文化界下雨了、文化界下雪了，说的是文化界正经历着血雨腥风。这一次的大雪是喻指文化界遇到了特别大的血雨腥风，是文化界的一次大的血腥清洗。文化界面临着这样的一次血的遭遇，这让大观园里的这些新生代的文化很是义愤填膺，于是他们就开诗会，通过诗会来表达自己的内心。

人死了，每个人都有不同的感受和表现，所以就会有不同的衣着。有的穿着"大红"（大功丧服），有的穿着"猩猩毡"（惺惺相惜），什么是"猩猩"？这里指的是"惺惺相惜"的意思，作者用的是"惺惺"的谐音。"大红猩猩毡"，其实指的是文化与文化之间的相亲相惜，文化界的大清洗，就会有很多人受到牵连而死去，其他人就穿上丧服表示哀悼。别以为他们真都穿的是衣服，如果是这样，那湘云的一身衣服里三层外三层，无论如何穿都是不能够穿上去的，哪有这样打扮的？作者一是说史湘云所代表的楚文化，对这次文化界的血雨腥风的态度；二是说湘楚文化太累赘、太烦琐、太堆砌，太不简洁。这里从屈原之《离骚》可以得到佐证，一部《离骚》，前后 373 句，读的时候感觉好长好长，怎么读也读不完。史湘云代表的就是楚文化中的《楚辞》这种文体形式，作者就从史湘云的服饰来展现《楚辞》这种文化累赘、烦琐的这一面。

这一回如果细致解读，将会用非常大的篇幅，所以只好省略了。

第五十回 芦雪庵争联即景诗 暖香坞雅制春灯谜

"芦雪庵争联即景诗"。关于"芦雪庵"的争论很多，一说"芦雪广"，一说"芦雪庵"，一说"芦雪亭"。其实"广"是个多音字，一读"guǎng"（广），一读"ān"（庵），在书中应该读"ān"。所以，"广"就是"庵"，"庵"就是"广"，"庵"与"广"读音相同，字意相同，都是指用木料与草料搭建的屋子，说"广"也行，说"庵"也行。但我偏向于"广"，为什么呢？因作者在《石头记》里是去简就繁的，有意增加本书的难度，化简单为复杂的，用"庵"一看便知，可用"广"就复杂难解很多了，你看200多年后的今天，我们不还在争论这个问题吗？这不就达到了作者去简就繁的目的了吗？所以，我认为是"芦雪广"，读音还是应该读（ān，庵）。至于"芦雪亭"，大有不妥。再说那么大的雪，那么寒的天，在一个亭子里联诗，这可能吗？"芦雪庵"是一组木架草盖的房子，决不是"亭"。

大观园里所有的这些新文化的代表人物，都像无事人一样，闲得实在无聊了，就结成一个诗社，高乐一下。海棠开了，咏个海棠诗；菊花绽了，开个菊花社；下场大雪，题个咏雪诗；连吃个螃蟹还要吟咏一下。

这回"芦雪庵争联即景诗"，老太太可不愿意了。黑着脸，愁着眉，"打着青绸油伞"（青，铁青着脸。绸，谐音"愁"，指愁容满面）带上几个丫鬟气冲冲就来了。看到李纨等吃"糟鹌鹑"（鹌鹑，寓意安安逸逸），就要亲自来撕鹌鹑的腿。把象征安逸的鹌鹑的腿撕掉了，还能安逸吗？贾母说："你们只管照旧顽笑吃喝。我因为天短了，不敢睡中觉，抹了一会牌，想起你们来了，我也来凑个趣儿。"原来这老太太也是玩没办法了，跑来搅了这些诗翁的好兴致。

说话之间，已出了园门，来至贾母房中。吃毕饭大家又说笑了一回。忽见薛姨妈也来了，说："好大雪，一日也没过来望候老太太。今日老太太倒不高兴？正该赏雪才是。"贾母笑道："何曾不高兴！我找了他们姊妹们去顽了一会子。"薛姨妈笑道："昨儿晚上，我原想着今日要和我们姨太太借一日园子，摆酒来志，请老太太赏雪的，又见老太太安息的早。我闻得女儿说，老太太心下不大爽，因此今日也没敢惊动。早知如此，我正该请。""摆酒来志"，什么意思？阶，是指阶的梯级，用以比喻层级、高下。摆阶，就是分出一个高下层级。与谁摆阶？是与中原文化的"王"夫人摆阶，要与"王"比个高低。志，指志向。来志，意味来表明自己的志向。"摆阶来志"，就是将两种文化进行比较，看哪种文化更高一筹，比个高低，来以此明志。薛姨妈代表北方及北方文化，王夫人代表中原及中原文化，薛姨妈要与王夫人"摆阶"，就是指北方及北方文化要与中原及中原文化分出一个高下。从这里可以看出，北方及北方文化向中原及中原文化发起了挑战。

"暖香坞雅制春灯谜"。贾母是贾府这座文化之府的绝对文化权威和实际的统治者，她就像是皇家的太上皇，她拥有至高无上的地位与权力，左右着文化的发展与走向。她喜爱哪种文化，哪种文化就是座上宾；她要是叫你不要作诗，你就不能作诗；她要你制作春灯谜，你就得制作春灯谜。放着正经诗不作，偏要你去作那些无聊的灯谜。灯谜有趣啊！好玩啊！你也乐，我也乐，玩去玩来，就把个贾府给玩死了。

"芦雪庵争联即景诗"，是在找乐子，"暖香坞雅制春灯谜"，也是在找乐子。作者在这一回讲的是各种文化都在寻乐，都在找乐子，都在寻欢作乐，而唯独忘记了本文化的初衷，忘记了本文化的职责，所有文化都不作为，这恐怕就是文化走向衰落的重要原因。

第五十一回　薛小妹新编怀古诗　胡庸医乱用虎狼药

"薛小妹新编怀古诗"。《红楼梦》一书写的是文化与文化社会，每一个人都代表一种文化，人病了，就是文化病了，医生所谓的开药方，治的是文化之病。大夫的"望闻问切"，是要弄清这种文化病在哪里，而后对症下药。所谓的药方，即给这种文化提出的整改方案，意思是搞清楚这种文化的病根在哪里，应该怎么改正，克服哪些方面的毛病。病的轻重，是说这种文化病的程度。现在我们来看看晴雯病在哪里，如何治疗。

找来一个不了解贾府的大夫，又不知贾府的规矩，又不知给什么人（文化）看病，所以，他就会直言直说，一是一、二是二了。他诊过晴雯的脉息之后，给她开下了一剂猛药，药方是："紫苏、桔梗、防风、荆芥等药。"这些药分别代表什么意思呢？

"紫苏"，谐音为"子苏"，意为："你应该苏醒苏醒了！你就是一个丫鬟，一个贱命，充什么主子呢？"桔梗，谐音为"结梗"，意为："不要与人作梗，不要

与人结仇，不要与人过不去。"

"防风"，意为："一定要防范风险，要有忧患意识。"荆芥，谐音为"今戒"，意为："今后一定要引以为戒。"

后面还有两味"猛药"，意思是："话说得特别重。"这两味药是什么药呢？枳实，谐音为"知实"，意思是："你一定要认清现实，要知道自己有几斤几两，识时务者为俊杰。"麻黄，麻黄的别名为"狗骨、卑相"。意思是说："你一定要认清自己的身份，你就是一条看门狗，是一个卑微的人，不要硬充大尾巴狼。"

整个药方的含义是："你还是醒醒吧！不要与人作梗、与人过不去，要防着一点儿，要有忧患意识，今后要引以为戒。你要认清现实，要知道自己有几斤几两，要知道你就是一条看门狗，卑微的人。"

这个大夫，前面的话还是绵里藏针，多少还顾及了一点儿晴雯的脸面，那后面的话可就不客气了，所以宝玉就觉得他说的话太重了，把他开的药称作是"虎狼药"。这种"药"是一个男人都经受不起，更何况是一个女孩呢？可话又说回来，话虽说得是重了一点儿，岂不知"良药苦口，忠言逆耳"吗？

王太医是贾府的常医了，他知道贾府的风俗习惯和贾府的派势，所以在给贾府的人治病时，话尽量说得含蓄一点儿，高明一点儿，滑头一点儿。我们再来看看王太医的药方。

"一时茗烟果请了王太医来，先诊了脉，后说病症与前相仿，只是方子上无枳实、麻黄等药，倒有当归、陈皮、白芍等，药之分量较先也减了些。"

病症还是那个病症，两个太医诊断结果一样，可用的药与药量都平和了许多。我们来看看这个药方的含义是什么。

"当归"，意思是："人生当归，总要给自己留点儿后路。""陈皮"，谐音为"沉脾"，意思是说："要沉下自己的脾气性子，和和气气待人。""白芍"，白芍的别名是"将离、离草"，意为："你已是将离之人，不要让人厌恶，要留下一点儿好名声。"

这三味药的含义是："人生当归，脾气性子都要沉下来，不要动不动就生气。已是将离之身，不要让人厌恶，要留下一点儿好名声。"

"胡庸医乱用虎狼药"，这些"药"（话）太猛了，不知人经受得起，还是经受不起，就胡说一通，但这个药是良药苦口的忠言。

第五十二回　俏平儿情掩虾须镯　勇晴雯病补雀金裘

"俏平儿情掩虾须镯"。"虾须镯",作者实指"虾须浊",污浊之浊,用的是"镯"的谐音。虾须,顾名思义是指虾的触须。我们都知道,虾的触须是非常细的,"虾须浊",指像虾的触须一样,一点儿污浊,意味很小、很细微的缺点与毛病。

"坠儿",这里的"坠"指的是坠下、坠落的意思,与堕落的堕意思相同。"坠儿",是指"堕儿",意为一个"堕落之儿"或一个"堕落之人"。

试想,一个象征着小污浊的"虾须镯"(浊),如果是一个好人是不会要的,何况偷乎! 但一个堕落的人就不一样了,他专干污浊之事,见到肮脏的行为他就想做,他就想干,所以这个坠儿就把平儿身上的一点小小的坏毛病偷走了。而这个坠儿是宝玉房中的丫鬟。你想,宝玉的怡红院是个什么地方? 玉德之地也,哪能容得下污浊的存在? 哪能容得下坠儿的存在? 一个堂堂的有德之院,居然出现了一个偷浊(镯)的坠(堕)儿,这脸面上怎么过得去? 于是才有了"俏平儿情掩虾须镯"这一段。

书中说:"宝玉是偏在你们身上留心用意、争胜要强的,那一年有个良儿偷玉,刚冷了这一二年间,闲时还有人提起来趁愿,这会子又跑出一个偷金子的来了。而且更偷到街坊家去了。偏是他这样,偏是他的人打嘴。"

这里的"良儿"是指良好、善良的人儿。作者在这里是将"坠儿"与"良儿"进行比较,"坠儿"与"良儿"正好是一坏一好一对儿,正可谓:"坠儿偷浊(镯),良儿偷德(玉)也。"

"勇晴雯病补雀金裘"。雀金裘,有两种解释,《埤雅》曰:"雀,物之淫者。"何谓"物之淫者"呢? 即"淫物"也。何谓淫物呢? 字典的解释是:一指奢华无用的玩物。《陈奇猷集释引太田方》曰:"淫物者,凡百尤物珍玩无用之器也。""雀金裘"就是这样的一件东西。"雀金裘",用孔雀毛与金线织成,表面看上去金翠辉煌、美轮美奂,但一不能保暖,二不能遮风挡雨,是一件美而无用、华而不实的东西。贾母给贾宝玉穿这件衣服,就是在说贾宝玉所代表的文化的特点就是表面看上去很奢华,内里却是草莽一个。用《西江月》词作引就是:

无故寻愁觅恨,有时似傻如狂。纵然生得好皮囊,腹内原来草莽。潦倒不通世务,愚顽怕读文章。行为偏僻性乖张,那管世人诽谤。

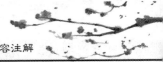

富贵不知乐业,贫穷难耐凄凉。可怜辜负好韶光,于国于家无望。天下无能第一,古今不肖无双。寄言纨绔与膏粱,莫效此儿形状。

这件"雀金裘"在宝玉出门游玩时,不知怎么就把后襟烧了一个洞,这才有了"勇晴雯病补雀金裘"。

第五十三回 宁国府除夕祭宗祠 荣国府元宵开夜宴

"宁国府除夕祭宗祠"。礼仪之复杂,规模之宏大,祭物之丰盛,无须赘述。

"荣国府元宵开夜宴"。显不尽的奢华,数不尽的繁华,秀不尽的荣华,但整个贾府却笼罩在一片萧杀之中,已是强弩之末,气数将尽。

第五十四回 史太君破陈腐旧套 王熙凤效戏彩斑衣

现在我们来看看这个假(贾)母是如何"破陈腐旧套"的。贾母是假文化产生的母体,也就是指所有假的文化产生的本源。假母(贾母)是假府这座文化之府中最高的统治者,也是最大的假文化——道,她掌握着"假府"的生杀大权,她想怎样就能怎样。"贾母破陈腐旧套",是要破除旧条条、旧框框、旧规矩。要破陈腐旧套,就得触碰既得利益者的利益,就一定会有一番斗争与较量。表面上看,贾府上下一片祥和,可里面却是暗流涌动,惊涛骇浪,充斥着激烈坚锐的斗争与较量。现在我们来看看这里的斗争场面吧!

这就要先从第五十三回元宵节的座次说起:"上面两席是李婶、薛姨妈二位。贾母于东边设一席,是透雕夔龙护屏,短足短榻,靠背、引枕、皮褥俱全。榻之上一头又设一个极轻巧洋漆描金小几,几上放着茶铫、茶碗、漱盂、洋巾之类,又有一个眼镜匣子。贾母歪在榻上,与众人说笑一回,又自取眼镜向戏台上照一回,又向薛姨妈、李婶笑说:'恕我老了,骨头疼,放肆,容我歪着相陪罢。'因又命琥珀坐在榻上,拿着美人拳捶腿。榻下并不摆席面,只有一张高几,却设着璎珞、花瓶、香炉等物。外另设一精致小高桌,设着酒杯匙箸,将自己这一席设于榻旁,命宝琴、湘云、黛玉、宝玉四人坐着。每一馔一果来,先捧与贾母看了,喜则留在小桌上尝一尝,仍撤了放在他四人席上,只算他四人是跟着贾母坐。故下面方是邢夫人、王夫人之位,再下便是尤氏、李纨、凤姐、贾蓉之妻。西边一路便是宝钗、李纹、李绮、岫烟、迎春姊妹等。"

　　因为《红楼梦》是写的文化与文化社会，所谓的席次、座位非常重要，都是按文化的地位来排资论辈的，是按势力强弱来定座次的，贾母将哪种文化放在首位，就是当时的文化格局。贾母将李（理）婶放在所有文化之首，就是将"理学"放在了第一的位置，提倡理学。将薛（血）姨妈放在了第二位，就是将带血的武文化放在了第二的位置。可这一次原来由贾母独霸，薛姨妈作陪的首座位置，却被贾母安排给李婶（理文化）与薛姨妈（带血的武文化）坐了，贾母却愿自降身价，退居二线，没有正儿八经的席位，坐的是一个象征无角单腿、毫无斗志的夔龙护屏，且又矮又短的一个榻，靠的是一个象征又软又柔（褥）的皮引枕。从这些描写可以看出，老太太是觉得自己老了而自降身份，将李婶（理文化）与薛姨妈（带血的武文化）推向了前台。将邢夫人（邢，德也）、王夫人（王道）放到了次席。再次席是尤氏、李纨、凤姐、贾蓉之妻。现在问题来了，什么问题呢？尤氏、李纨无事人一个，什么也不管，什么也不做，只顾享清福。可凤姐为了贾府，那是一天到晚鞍前马后、废寝忘食，贾母把她的位置还排在尤、李之后，她能服吗？更不能接受的是凤姐之后，紧挨着的居然是贾蓉之妻。贾蓉之妻是谁？胡氏也。何谓胡氏？即指胡说八道、胡作非为氏。你把这样的一种胡说八道、胡作非为的人与王熙凤相提并论，这可大伤了王熙凤的心，矛盾就此产生。一个为假府（贾府）死心塌地、呕心沥血、忘我工作的人，不说受到重用也就罢了，为何还要将她与胡氏并排呢？这一回凤姐是拼了命豁出去了，与贾母进行了针锋相对的斗争，甚至于对骂。这真的让人不可思议。

　　其他座次暂且不表，现单表王熙凤与贾母的斗争。第五十四回中，王熙凤与贾母第一次交锋，贾母因说："袭人怎么不见？他如今也有些拿大了，单支使小女孩子们出来。"王夫人忙起身笑回道："他妈前日没有了，因有热孝，不便前头来。"贾母听了点头，又笑道："跟主子却讲不起这孝与不孝。若是他还跟我，难道这会子也不在这里不成？皆因我们太宽了，有人使，不查这些，竟成了例了。"凤姐儿忙过来笑回道："今儿晚上他便没孝，那园子里也须得他看着，灯烛花炮最是担险的。这里一唱戏，园子里的人谁不偷来瞧瞧。她还细心，各处照看照看。况且这一散后，宝兄弟回去睡觉，各色都是齐全的。若他再来了，众人又不经心，散了回去，铺盖也是冷的，茶水也不齐备，各色都不便宜，所以我叫他不用来，只看屋子。散了又齐备，我们这里也不担心，又可以全他的礼，岂不三处有益。老祖宗要叫他来，我叫他来就是了。"

在这里，凤姐直接将贾母的话顶了回去。别看都是笑着说的，笑分好多种呢，大笑、奸笑、嬉笑、苦笑、皮笑肉不笑、嗤之以鼻的笑、不屑一顾的笑、讽刺的笑、笑里藏刀、笑里藏奸……多着呢！所以不要以为一笑就是一团和气。贾母、王夫人、凤姐在这里都是笑着说的，可笑中却藏着刀光剑影。

第二次交锋。贾母因又叹道："我想着，他从小儿服侍了我一场，又服侍了云儿一场，末后给了一个魔王宝玉，亏他魔了这几年。他又不是咱们家的根生土长的奴才，没受过咱们什么大恩典。他妈没了，我想着要给他几两银子发送，也就忘了。"凤姐儿道："前儿太太赏了他四十两银子，也就是了。"

此话的意思是说："您老啬啬抠抠的，几两银子能做什么？分量又有多重？而且还是个空头人情，只说说又没真给，可太太出手大方，一给就是四十两。"言外之意是说，您还好意思说呢？

第三次交锋。"贾母问是何名，女先儿道：'叫做《凤求鸾》。'贾母道：'这个名字倒好，不知因什么起的，先大概说说原故，若好再说。'女先儿道：'这书上乃说残唐之时，有一位乡绅，本是金陵人氏，名唤王忠（忘忠），曾做过两朝宰辅，如今告老还家，膝下只有一位公子，名唤王熙凤。'众人听了，笑将起来。贾母笑道：'这不重了我们凤丫头了。'"

所谓的"王忠"即是"忘忠"，用的谐音，这与"王仁"谐音"忘仁"，"王善保"就是"忘善保"的用法是一样的。王熙凤的父亲名"忘忠"（王忠），王熙凤听到后肯定是不高兴的，这就是在说王熙凤忘了忠孝，是"忘忠"生养出来的后代。可贾母笑道："你说，你说。"大有幸灾乐祸看笑话的意思。而无奈的王熙凤只好笑道："怕什么，你们只管说罢，重名重姓的多呢。"你想凤姐能不生气吗？明知是在借故事编排她，又不能直接反对，还得硬着头皮装没事人一样听下去，难堪不难堪？当老太太一段长篇大论之后，凤姐可算是逮着机会了，好好冷嘲热讽了老太太一番："凤姐儿走上来斟酒，笑道：'罢，罢，酒冷了，老祖宗喝一口，润润嗓子再掰谎。这一回就叫作《掰谎记》，就出在本朝本地本年本月本日本时，老祖宗一开口难说两家话，花开两朵，各表一枝，是真是谎且不表，再整那观灯看戏的人。老祖宗且让这二位亲戚吃一杯酒，看两出戏之后，再从逐朝话言掰起如何？'"这一大篇话着实够老太太难受的，搞得脸面无存，尴尬，尴尬！

这一老一少互不相让，凤姐大有挑战贾府（假府）最高权威之势，特别是王熙凤"效戏彩斑衣"那一段,是那样目空无人,猖狂至极,不但不把老祖宗放在眼里,就连"朕大爷"(珍大爷或征大爷)都不放在眼里。凤姐儿笑道:"外头的只有一位珍(朕)大爷。我们还是论哥哥妹妹(言没把朕大爷当皇上看,只当兄妹看,没有'皇'与'凤'之分,只有大小之别),从小儿一处淘气了这么大。这几年因做了亲,我如今立了多少规矩了。便不是从小儿的兄妹,便以伯叔论。(这个伯叔指难分伯仲,平起平坐之意。)那二十四孝上的'斑衣戏彩',他们不能来'戏彩',引老祖宗笑一笑,我这里好容易引的老祖宗笑了一笑,多吃了一点东西,大家喜欢,都该谢我才是,难道反笑话我不成?"

贾母道:"可是这两日我竟没有痛痛的笑一场,倒是亏他才一路笑的我心里痛快了些(指王熙凤说话好笑),我再吃一钟酒。"贾母的意思是说,我什么时候痛快过?是你刚才的话才让我听得好笑。

针锋相对,互不相让。后来,王熙凤不但没有让宝玉给她敬酒(这叫作敬酒不吃吃罚酒),而且拿起老祖宗的半杯酒就喝了,名义是"我讨老祖宗的寿罢"。人老了本来就没多少活头了,哪里还经得起别人来讨她的寿呢?这就等同于在咒老祖宗快死。不但把老祖宗的寿酒抢着喝了,就连酒杯子也拿走了,然后换了凤姐要的杯子。意味着要用我的新杯子,来装新的酒,不能再老杯装老酒,再搞你老人家的那老一套,要提倡新文化,新杯装新酒。在这里,凤姐向以贾母(假母)为首的旧文化权威发起了猛烈挑战,大有废旧立新的势头。

凤姐的行为招致了贾母更为猛烈的反击。贾母(假母)便说道:"你们两个对一套《将军令》罢。"何谓《将军令》?即军中发令之时所奏鼓号之乐。这里隐含贾母要发号施令了,通过军队来镇压了。老虎不发威,还以为我是一只病猫呢。

王夫人借天气"寒浸浸"的要贾老太太一人回暖阁(意味暖暖和和享受去,不要在外面抛头露面了),并说:"外面这二位亲戚也不是外人,我们陪着就是了。"这是要老太太退居幕后,可老太太又不愿意,她要死死抓着权力不放:"既这样说,不如大家都挪进去,岂不暖和?"进了暖阁之后,重新摆上桌子,又换成了老太太的盘具果馔,新的东西一件不存。不但新的东西一点儿没有,而且让薛姨妈、李婶继续上坐。之前的顺序是李婶在先,薛姨妈在后,而现在则变成了把"血"(薛姨妈)放在了首位,"理"(李)婶在后。以前把李婶放在首位,薛姨妈放在之后,这叫作"先理(礼)而后兵";现在将薛姨妈放在首位,而李婶则次之,这叫作"先兵而后理(礼)",先给你打一通之后,再给你讲道理。自己原来是东座(东指做东),而现在则变成了西座(西指西宾),其他文化的座次大多有变。宝玉(玉文化)被邢夫人与王夫人夹在了中间,动弹不得;贾兰(兰为君子)被尤氏与李纨夹在了中间,连娄氏(傻子)与贾菌(小人)也成了座上宾,贾蓉之妻胡氏(胡作非为氏)这个"横头"也有了一席之地,可王熙凤的身影在哪里呢? 在这个席上唯独没有王熙凤的席位,将这个敢于挑战贾母(假母)权威的刺头成功排挤了出去。王熙凤最终是大败而归,这就是挑战"假母"(贾母)的下场。

当一切的事态平息之后,贾母便说:"珍哥儿(征哥儿,指征讨)带着你兄弟们去罢,我也就睡了。"你看这次的事件,贾母调动了军队来进行征讨(珍),事态平息之后,就让珍哥(征哥)带着他的兄弟(军士)走了。可珍哥(征哥)不放心,就"留下蓉儿斟酒才是"。何谓蓉儿? 即"戎儿"也,指兵戎相见。"征哥"是走了,可"戎儿"还在,对不听话的、对胆敢挑战贾母(假母)权威的人,格杀勿论。你说现在谁还敢挑战贾母(假母)这个权威?

现在的贾母,可谓志得意满,心情大好,更加骄横跋扈了起来,开始胡闹起来。调来了自家的戏子,唱起了"关公战秦琼"的戏码,把《寻梦》与《下书》连起来唱。《寻梦》是《牡丹亭》片段,而《下书》是《西厢记》片断,将两个不同的戏连起来同台演出,这样的事,舍我贾母,还有谁敢这么任性!

不但《寻梦》《下书》可以同台联唱,而且"只提琴合箫管,笙笛一概不用"。用薛姨妈的话说,"实在亏他,戏也看过几百班,从来没见用箫管的"。

什么又是"只提琴"呢? 意味只提琴(情),只管任用与自己有交情的人。"箫管",因箫管声音低沉,喻指那些发不出强音的弱者。作者在用乐器来表达自己的用意,用的都是言外之音,双关语,谐音梗。为何不用"笙笛"呢? 笙笛发出的声音太响亮、太清脆,隐喻那些有能力发出强音的强者。而箫管声音低沉婉转,喻没能力、不乱发话,且听话的弱者。这就是顺我者昌,逆我者亡。如果按这样的标准用人,这贾府(假府)岂有不败之理? 作者在这里抨击的是虚假社会用人的弊端与官场的黑暗。说的是乐器,讲的是用人之道。

第四次交锋。凤姐儿因见贾母高兴,便笑道:"趁着女先儿们在这里,不如叫他们击鼓,咱们传梅,行一个'春喜上眉梢'的令如何?"老太太搞了一个《将军令》,调来了征哥(珍哥)、戎儿(蓉儿),大胜,心中自是喜欢。凤姐说咱们来一个击鼓传梅，行一个"春喜上眉梢"的令。也是一个令，你来个发号施令，我也跟着来一个令。何谓春喜？"春"来得快，去得也快。"春喜"，意味你这喜只是短暂的，长远不了，别高兴得太早了。听到凤姐儿要行令，贾母说了一句意味深长的话："贾母笑道：'这是个好令，正对时对景。'"意味你说我长久不了，我倒觉得你更长不了。最后两人商定了谁输谁讲笑话。贾母（假母）的笑话是："一家子养了十个儿子，娶了十房媳妇。惟有那第十个媳妇聪明伶俐，心巧嘴乖，公婆最疼，成日家说那九个不孝顺。这九个媳妇委屈，便商议说：'咱们九个心里孝顺，只是不像那小蹄子嘴巧（指桑骂槐骂凤姐），所以公公婆婆老了（言老眼昏花，看不真切），只说他好，这委屈向谁诉去？'大媳妇有主意，便道：'咱们明儿到阎王庙去烧香，和阎王爷说去，问他一问，叫我们托生人，为什么单单的给那小蹄子一张乖嘴，我们都是笨的。'众人听了都喜欢，说这主意不错。第二日，便都到阎王庙里来烧了香，九个人都在供桌底下睡着了。九个魂专等阎王驾到，左等不来，右等也不到。正等的着急，只见孙行者驾着筋斗云来了，看到九个魂，便要拿金箍棒打，唬得九个魂，忙跪下央求。孙行者因问原故，九个人忙细细的告诉了他。孙行者听了，把脚一跺，叹了一口气道：'这原故幸亏遇见我，等着阎王来了，他也不得知道的。'九个人听了，就求说：'大圣发个慈悲，我们就好了。'孙行者笑道：'这却不难。那日你们妯娌十个托生时，可巧我到阎王那里去的，因为撒了泡尿在地下，你那小婶子便吃了。你们如今要伶俐嘴乖，有的是尿，再撒泡你们吃了就是了。'"

原来这个嘴乖伶俐的人，是吃了猴子的尿的缘故，再次含沙射影骂了凤姐儿，是一个喝了猴尿的臊嘴。凤姐也是毫不含糊地回敬了一个"聋子放炮仗"的笑话，讽刺贾母（假母）是一个听不进别人话的聋子，两人对骂了起来。

当贾母要吃晚点的时候，凤姐儿忙回说："有预备的鸭子肉粥。"什么是"鸭子"？鸭子，乃谐音"压子"，指压迫子孙的意思。几番挑选，老太太最终选择了"杏仁茶"。何谓"杏仁"？即指"信任"，指信任或相信别人。最后贾母还是选择信任（杏仁）了王熙凤。这就是斗争的最终结果。

这次的斗争还是以王熙凤的胜利而告终。回想起这个斗争的过程，还真有点儿惊心动魄的。此回全是以物寓意，表面看没什么特别，一派祥和安宁，可细分析，一场宫斗大戏跃然纸上。

第五十五回　辱亲女愚妾争闲气　欺幼主刁奴蓄险心

"辱亲女愚妾争闲气"。王熙凤病倒了不能理事,王夫人就托李(理文化)纨,后添探春(书法文化之才)一起裁处,又特请来宝钗(智谋文化)管理贾府中事。这就等同于是用理治、人才、智谋三种文化来治理贾府。

赵姨娘,"姨娘"这种文化,地位特殊,她与主子同床共枕,生儿育女,与嫡妻没什么两样,可地位却大相径庭。不但自己在别人眼里低人一等,就连生养出来的子女与嫡出也完全不同,生出来就比嫡出子女低一等。同是妻子,同是儿女,嫡出与庶出的待遇与地位天差地别,所以姨娘这种文化不甘心于此,她会用尽全部的精力,想尽一切的办法去改变这一切,久而久之,这种文化就变得非常阴暗与恶毒。她们会尽一切努力去争夺与嫡妻嫡子同等的权力和地位,于是就出现了祸乱朝纲的夺嫡之事,赵姨娘扮演的就是一个阴暗、狠毒、自私自利的妾的形象。

"赵"字的古意是指"给大王赶车的人"。历史记载,上古东夷族首领伯益的第十三世孙造父,传说他曾取良马八骏,献与周穆王,周穆王乘着八匹骏马西巡狩猎,来到昆仑山上,西王母在瑶池设宴招待他,饮酒唱和乐而忘返。后来徐偃王反叛,他为周穆王御车,日趋千里,息徐偃王反叛。其后周穆王封造父于赵城,即今山西省洪洞县北,从此造父为赵氏,这就是赵姓的来历。《红楼梦》中的赵姨娘代表的就是赵地文化。赵地文化与中原文化渊源颇深,同根同源,两者在主次关系上,中原文化就好比嫡妻,是正统,是嫡系;而赵文化就好比妾,是偏房,是庶出。就是由于赵地的历史地位比正统的中原文化低,赵地就像一个妾一样,对中原既害怕又觊觎,久而久之,就形成了一种独特的文化性格。赵地的文化性格就如书中的赵姨娘一般,阴暗、狭隘、狠毒。

贾环与宝玉,就如庶子与嫡子的关系一样,一个代表中原文化之正脉,一个代表着中原文化之庶出。贾环对贾宝玉的一次又一次加害,作者给我们展示的就是历史上嫡庶之争的真实场景,讲的就是中原文化与赵地文化的嫡庶之争。书中的赵姨娘与贾环就是阴暗、险恶、狠毒、心胸狭隘的代名词。

贾府的丧葬费用有一个规定,即"家里的赏二十两,家外的赏四十两,外头的也有赏六十两和一百两的"。而赵姨娘的兄弟"赵国基昨日死了",你说究竟是该给二十两,还是该给四十两? 如果给二十两,少是少了二十两,但这说明自己是贾府的家里人,面子上好看。但如果给四十两呢,这比家里人虽多出了二十两,但这无疑是将赵国基当家外人看待了,面上无光。所以这个二十两与四十两之争,已不再是钱多钱少的问题了,而是家里人与家外人的荣耀之争,所以矛盾就在这里。探春为的是荣耀与脸面,而赵姨娘却要的是实实在在的真金白银,为了银钱,什么荣耀与脸面都不重要。贾探春与赵姨娘究竟谁是谁非,留待读书人自明。

"欺幼主刁奴蓄险心"。一个新人当家,总会受到一批先来者的评判,可这次当家的是一个极具才气,能诗善书的书法大家贾探春。我们都知道,一个擅长书法的人,最是不缺才华,在管理方面应该是很有一套的,事实上也是如此。可一个不知天高地厚的吴新登家的(无星戥,喻指心中没数的人),想来试探一下高低,结果是弄了个灰头土脸,碰了一鼻子的灰。

常言道:"新官上任三把火",可探春这第一把火却烧向了凤姐(凤文化),这个老辣世故的凤姐可不是吃素的,她来了一个将计就计,顺势而为,以示弱之态而隐伏起来,来个坐山观虎斗,让探春这个心高气傲的"娇客",站到了风口浪尖上,为自己遮风挡雨,而自己却"站在层楼上观山景",静观其变。

要说这个贾府真的是个市侩之地,名利之场。当王熙凤下野之后,连自己的分例菜饭都被减去了,只有燕窝粥和两盘精致小菜,连平儿都还有四样菜呢? 何谓燕窝? 谐音就是"晏窝",寓义偃旗息鼓,安安逸逸窝居起来。这与她当政时的"碗盘森列""侍女成群"的派势形成了鲜明对比。

书中说凤姐小月,并不是真小月了,一种文化有个什么小月不小月的,就是指自己孕育的计划流产了,然后被暂时停职,在家反躬自省。但后来又不幸染上"下红之症"。这可能与在五十四回中,王熙凤与贾母发生矛盾有关,王熙凤犯了犯上作乱、不忠不孝的罪,最后被排挤出了领导层。

当探春出来管理贾府时,亲娘辱,刁奴欺,处处惊心。

第五十六回　敏探春兴利除宿弊　识宝钗小惠全大体

"敏探春兴利除宿弊"。探春的管理之才还真了得,她的这一连串开源节流的举措,正中要害,不失为一个极好的办法。可叹的是,这样一个让所有人受益的改革举措却轻而易举地被薛宝钗劫取了,她在大观园众婆子、众丫鬟面前的一番慷慨陈词,好像这个改革举措都是她想出来的,好人她全做了,利益她全得了,而那个真正的设计者"敏探春",却完全被边缘化了。在此,我们可以清楚地看到一个智者的能量和一个谋者的诡诈。你可以看到贾探春所代表的书法文化之"敏",在薛宝钗所代表的智谋面前是那样不堪一击。作者在这里给我们展示的是书法文化之"聪敏",与北方文化之"智谋",究竟谁优谁劣的问题。从这一回可以看出,如贾探春这般聪敏者,在薛宝钗这个智者与谋者面前也是甘拜下风。

"敏探春兴利除宿弊",展示出了探春敏锐的观察力和判断力,她兴利除弊的举措,可谓高明至极,切中要害,不失为明智之举。"识宝钗小惠全大体",更是将兴利除弊的举措发挥到了极致。这两个人的合力,显示出了极大的能量,这是一次"敏"与"智"高度结合的范例。

这个兴利除弊的措施是贾探春深思熟虑、辛苦想出来的主意,但在"识宝钗小惠全大体"中,她不显山不露水,当着大观园所有下人的面,一篇长篇大论,将所有成果都揽入自己手里,好像这些举措都是她的功劳。好人是她做了,利益也被她占有了,反过来探春还觉得宝钗识大体、顾大局,真是天大的讽刺。这也是一次"智"胜于"敏"的范例。一个"识"字,识破了薛宝钗所谓的"小惠全大体",不过是争揽功劳、笼络人心的把戏而已。

第五十七回　慧紫鹃情辞试忙玉　慈姨妈爱语慰痴颦

"慧紫鹃情辞试忙玉"。何谓"忙玉"?作者在这里用的是"忙"这个字的字义。字典解释:忙,形声字,从"心",从"亡",亡亦声。"心",指"心志"。"亡",意思为"丧失"。忙,就是"心亡"。"心亡",就是"心志丧失"。"忙"的本义也就是"心志丧失,神志不清"。所谓"慧紫鹃情辞试忙玉",即以"情辞"相试,而试出来的结果,却是一个"丧失心志的贾宝玉",可见紫鹃的这次试探给宝玉造成了极大的伤害,同时试出了贾宝玉对林黛玉深深的爱和矢志不渝的情感。此回就围绕着宝玉丧失心志的前前后后来写。

第五十八回　杏子阴假凤泣虚凰　茜纱窗真情揆痴理

"杏子阴假凤泣虚凰"。"杏"的谐音是"信",指信义。"阴"指的是"绿叶成荫"之荫。因杏子代表"信","杏子阴",即"信所留下的庇荫",所以"杏子阴"即此寓意。"假凤泣虚凰",关于这个问题,书中有这样一段话:"这里宝玉和他只二人，宝玉便将方才从火光发起，如何见了藕官，又如何谎言护庇，又如何藕官叫我问你，从头至尾，细细的告诉他一遍，又问他祭的果系何人。芳官听了，满面含笑，又叹一口气，说道：'这事说来可笑又可叹。'宝玉听了，忙问如何。芳官笑道：'你说他祭的是谁？祭的是死了的药官。'宝玉道：'这是友谊，也应当的。'芳官笑道：'那里是友谊？他竟是疯傻的想头，说他自己是小生，药官是小旦，常做夫妻，虽说是假的，每日演那些曲文排场，皆是真正温存体贴之事，故此二人就疯了，虽不做戏，寻常饮食起坐，两个人竟是你恩我爱。药官一死，他哭的死去活来，至今不忘，所以每节烧纸。后来补了蕊官，我们见他一般的温柔体贴，也曾问他得新弃旧的。他说：'这又有个大道理。比如男子丧了妻，或有必当续弦者，也必要续弦为是。便只是不把死的丢过不提，便是情深意重了。若一味因死的不续，孤守一世，妨了大节，也不是理，死者反不安了。'你说可是又疯又呆？说来可是可笑？"从这段话中可以看出，所谓的"假凤"指的是"藕官"在戏曲中所扮演的小生（凤，寓指男性）；所谓的"虚凰"指的是药官在戏曲中所扮演的小旦（凰，寓指女性），由于二人经常演夫妻戏，所以两人建立了夫妻一般的感情，当药官死后，藕官很自然就当是自己的妻子死了一样，经常在节下烧纸祭奠。妻是假，夫也是假，一个"假"，一个"虚"，说的就是此事。

作者在这里给我们讲的是"藕"与"药"的关系。药，是指莲籽，藕与药同根而生，药死了，藕当然要伤心。

"茜纱窗真情揆痴理"。究竟揆的是什么痴理呢？原来是："后来补了蕊官，我们见他一般的温柔体贴，也曾问他得新弃旧的。他说：'这又有个大道理。比如男子丧了妻，或有必当续弦者，也必要续弦为是。便只是不把死的丢过不提，便是情深意重了。若一味因死的不续，孤守一世，妨了大节，也不是理，死者反不安了。'"本来就是一对假凤虚凰，一对戏曲里的假夫妻，可偏要搞得像一对真夫妻一样。后来药官死了，又来了一个蕊官与他配对演夫妻对手戏，可这个藕官又与蕊官"一般的温柔体贴"，芳官就问他，你这不是喜新厌旧吗？见了新友就忘了旧友。可他说："这又有个大道理。比如男子丧了妻，或有必当续弦者，也必要续弦为是。便只是不把死的丢过不提，便是情深意重了。若一味因死的不续，孤守一世，妨了大节，也不是理，死者反不安了。"这说明人世间的一切都是假的、虚的，死了药官年年烧纸，可有了蕊官之后又与蕊官温柔体贴，见新就忘了旧。所以说，世上所谓的信，所谓

的节,所谓的情,其实都很难经得起时间的考验,见新忘旧多了去了,更何况还是一对戏中的假夫妻呢?

说来好笑,作者在这里玩了一把文字游戏,正所谓"游戏笔墨,陶情适性"尔。作者是如何玩这个游戏的呢?

书中写道:"贾母自留下文官,正旦芳官给了宝玉,小生藕官给了黛玉,小旦蕊官给了宝钗,大花面葵官送了湘云,小花面荳官送了宝琴,老外艾官归了探春,老旦茄官被尤氏讨了去。各得其所,从此不再以唱戏为主业,而是成为各房中的丫鬟了。"

别看每个名字后面都加了一个"官"字,就以为他是一个人,其实是作者要将文当人写,然后加上去的。官是不起作用的,作者所要写的就是前面的字。如藕官与荳官,其实作者要写的是"藕"与"荳",后面所有的一个什么"官",都应如此类推。又如"王夫人",作者要写的就是一个"王"字,"夫人"是把文当人来写加上去的一个称呼。又如"邢夫人",其实作者要写的是一个"邢"字。

"茜纱窗真情揆痴理"。茜纱窗当然指宝玉怡红院里的窗。

第五十九回　柳叶渚边嗔莺咤燕　绛云轩里召将飞符

这一回与上一回没有上下内容的过渡与衔接,开头就直接写本回内容,显得非常突兀,这与曹雪芹先生的写作风格完全不同。曹公的写作风格,一般是后回的开头接前回的末尾,而这一回没有,这说明前一回的结尾,与后一回的开头出现了内容缺失,有补写的嫌疑,否则不会出现这样的问题。你看在五十八回之前,写作风格都是一样的,独这一回就出现了这样的问题。

"柳叶渚边嗔莺咤燕",嗔的是"莺儿",咤的是"春燕"。"绛芸轩里召将飞符",召来的是能平息事态的平儿与林之孝家的。贾府的主子一走,家里就家翻宅乱了。

书中:"临日,贾母带着蓉妻坐一送越,王夫人在后亦坐一乘驮轿,贾珍骑马率领众家丁围护。又有几辆大车与婆子丫鬟等坐,并放些随换的衣包等件。是日,薛姨妈尤氏率领诸人直送至大门外方回。贾琏恐路上不便,一面打发了他父母起身,赶上贾母王夫人驮轿,自己也随后带领家丁押后跟来。"

坐驮轿、骑马、坐车,这都是交通工具,好理解,可贾母却坐的是一"送越"。什么是"送越"？《广雅》曰："越，渡也。"可见这"送越"是一件渡人的交通工具，那是一件什么样的渡人交通工具呢？唐诗人贯休有一首诗《送越将归会稽》有："古岳龙腥一匣霜，江上相逢双眼碧。"可见贯休在"送越将归会稽"的时候用的是船。唐诗人张籍诗《送越客》有："见说孤帆去，东南到会稽。春云剡溪口，残月镜湖西。水鹤沙边立，山鼯竹里啼。谢家曾住处，烟洞入应迷。"这里的越客乘坐的也是船。也就是说，贾母是坐船去的。

可见，"送越"其实是从《送越客》里简化来的。由于《送越客》《送越将归会稽》都坐的是船，所以这个"送越"其实指代的是船。

"杏斑癣"与"蔷薇硝"。杏斑癣也叫"桃花癣"。桃花癣，这里的桃花指的是"桃花病"。一到春天，桃花盛开，不论少男少女都会犯桃花病，也就是见桃花而思春。不分男女，只要是命犯桃花，就难免有男女苟且之事。这里的"桃花癣"，借指青年男女犯了思春的毛病。为何青年男女犯了"桃花病"就一定要用"蔷薇硝"呢？原来"蔷薇"在古代寓意爱情。蔷薇硝的"硝"的谐音为"消"，"蔷薇硝"就是"蔷薇消"。"蔷薇消"，就是指"思春的毛病一抹就消"。所以，当一个人犯了思春病的时候，把这个"蔷薇硝"抹一抹，思春的毛病就消失了。

"柳叶渚边嗔莺咤燕，绛云轩里召将飞符"，这样的一个混乱局面，是以贾母为代表的贾府当家人外出的时候发生的，这些下人趁着贾府空虚无人，从"柳叶渚边"一直闹到了"绛云轩里"，从水边闹到了大观园的中心。可见下人也不是什么善良之辈，发起刁来，撒起泼来，一个狠似一个。

第六十回　茉莉粉替去蔷薇硝　玫瑰露引来茯苓霜

"茉莉粉替去蔷薇硝"。"茉莉"的谐音为"莫逆"，代表着"莫要背逆"。蔷薇硝，谐音为"蔷薇消"，蔷薇代表着爱情，代表着思春。"蔷薇消"一抹，思春的痴病就消除了。"蔷薇消"，换言之就是"思春消"。贾环向宝玉讨要"蔷薇硝"，宝玉顾及兄弟之情，就答应给他一包，要芳官去拿，结果没有找到，而芳官又不想把自己的情友蕊官送给她的蔷薇硝舍给贾环，于是就把象征"莫要背逆"的茉莉粉，代替了治疗春癣（思春病）的"蔷薇硝"，于是就引出了赵姨娘大闹怡红院的闹剧。

芳官是有错的，他俩本为兄弟，可一个是嫡子，一个是庶子，嫡庶之争自古有之，这是一个历史问题，你芳官却错把象征"莫逆"的"茉莉粉"给了贾环,这就相当于是在说贾环你这个庶子,莫要背逆哥哥贾宝玉,不要老想着谋取哥哥的嫡子之位。你想赵姨娘知道后能不生气吗?可错不在宝玉,赵姨娘大闹怡红院多少有些不应该,再说,怡红院岂是你一个姨娘胡闹的地方?

芳官情急之下错给了"茉莉粉",实为无心,可赵姨娘小题大作,借题发挥,大闹怡红院实属无理取闹,是有心。

"玫瑰露引来茯苓霜"。"玫瑰露","玫瑰"虽美,但带刺,代表着锋芒。柳五儿病了,吃了玫瑰露后,病情就好了许多,这说明柳五儿害的是软弱病,只有象征锋芒的玫瑰露,才是治愈她软弱病的良药。

柳嫂的娘家侄儿也病了,柳嫂在柳五儿的反对之下,强行将象征锋芒的玫瑰露分给了他,结果侄儿"心中一畅,头目清凉"。可见柳家侄儿也害的是软弱病。柳嫂把象征锋芒的玫瑰露送给侄儿,就是对侄儿说:"你要锋芒毕露一点儿。"

"茯苓霜",茯苓是寄生在松树根上的菌类植物,形状像甘薯。别名茯菟、茯灵等,它寄生于松根之上,不显山,不露水,深深根植于土壤之中。而书中所说的茯苓,正是"千年松柏"根上长出来的,这说明这种茯苓扎根很深,埋于地下也很深。送的是茯苓霜,实际上说的是茯苓所隐含的寓意。茯苓在作者笔下在于一个"茯"字。"茯"与"伏"谐音,意思是隐伏、沉稳,不张扬,不显山不露水。将茯苓霜送给柳五儿,其寓意是说:"你家柳五儿实在是太过轻浮了些,她应该要像千年松根上的茯苓一样,深深扎根土壤之中,要像茯苓一样隐伏于地下,沉稳持重一点儿,不要太过张扬了。"柳嫂的嫂子是嫌柳五儿过于轻浮了,不沉稳。

柳嫂送给侄儿的是治愈侄儿热病的"玫瑰露"是好意,而她娘家嫂子却送给她的是一段难听的话,言下之意是觉得柳五儿太轻浮了,这就像是好心当了驴肝肺,热脸贴了个冷屁股。

"柳"是指"柳活儿"。"柳活儿",是指相声中以学唱为主要内容的艺术。相声界把学唱弦子书、竹板书、京、评、梆子、戏曲选段、小歌小调、太平歌词等统称作"柳活儿"。"五儿",作者用的是"舞儿"的谐音。"柳舞儿",即指"柳活"中的歌舞这种文化形式。柳嫂的娘家嫂子之所以说"柳五儿"太轻浮,需要吃象征沉稳持重的千年茯苓霜,也就是针对歌舞这种文化的特点来说的。歌舞文化,成天在舞台上轻歌曼舞,扭来跳去,所以柳嫂的娘家嫂子觉着"五儿"太轻浮了，所以才要给柳五儿吃"茯苓霜"。

表面说的是玫瑰露、蔷薇硝、茉莉粉、茯苓霜，其实作者说的是它们所隐含的寓意，不理解这一点，还真以为是些什么珍贵稀罕好吃的东西，如果这样，那这部《红楼梦》还有什么过人之处？

第六十一回　投鼠忌器宝玉瞒赃　判冤决狱平儿行权

"投鼠忌器宝玉瞒赃"。宝玉代表的是中原及中原文化中的玉文化，他是以玉德的身份出现于书中的，宝玉的所作所为代表的是中原及中原玉文化的表现。"投鼠忌器宝玉瞒赃"，表面看是一种阴骘积德之事，可他保全的是"贼名儿"，保全的是脏事，是丑事，这就是糊涂的行为，大逆不道的行为。一个人一定要有大义情怀，要有原则性，要爱憎分明，总不能因为投鼠忌器而丧失了信念、法度与理智，替人瞒赃。像宝玉这样，好坏不分、养痈护疽的行为，实为"不知好歹了"。

"枸杞芽"，枸杞的寓意是什么呢？《郑风·将仲子》曰："将仲子兮！无逾我里，无折我树杞。岂敢爱之？畏我父母。"

《小雅·四牡》曰："翩翩者雉，载飞载下，集于苞杞。王事靡盬，不遑将母。"

《小雅·北山》曰："涉彼北山，言采其杞，偕偕士子，朝夕从事，王事靡盬，忧我父母。"从这些诗中可以看出，这枸杞总与父母联系在一起，可见枸杞寄托着对家乡与父母的思念，而王事的繁忙，是不得回家与父母团聚的原因。探春与宝钗要吃"枸杞芽"，是在表明王事缠身，而不得回家的意思。毕竟他们现正在管理着贾府，这种抱怨很是自然。

平儿的判冤决狱，虽是罪不加无辜，但问题是她为了顾全探春的面子，而放过了真的贼人，这与宝玉的投鼠忌器行为又有什么区别呢？人情大于法，人情大于天，这岂是一个长久的生存之道?! 有法不依，徇私枉法，这就为贾府的灭亡埋下了祸根。各种文化到了末世，都显出了离经叛道的特征。中原文化变得不知好歹了，执法者干起了徇私枉法的勾当，这就是一个虚假社会的真实嘴脸。

第六十二回　憨湘云醉眠芍药裀　呆香菱情解石榴裙

现在首先解释一下关于生日的问题。在这一回，为给宝玉庆祝生日，一

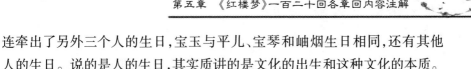

连牵出了另外三个人的生日,宝玉与平儿、宝琴和岫烟生日相同,还有其他人的生日。说的是人的生日,其实质讲的是文化的出生和这种文化的本质。

探春笑道:"倒有些意思,一年十二个月,月月有几个生日。人多了,便这等巧,也有三个一日、两个一日的。大年初一日也不白过,大姐姐占了去。怨不得他福大,生日比别人就占先。又是太祖太爷的生日。过了灯节,就是老太太和宝姐姐,他们娘儿两个遇的巧。三月初一日是太太,初九是琏二哥哥。二月没人。"袭人道:"二月十二是林姑娘,怎么没人?就只不是咱家的人。"探春笑道:"我这个记性是怎么了!"宝玉笑指袭人道:"他和林妹妹是一日,所以他记的。"

宝玉与其他三人一天的生日,哪有这样巧的事?你如果真按人的生日来解释,除了觉得奇怪,你不会得到一点儿启示。但他们代表的是文化,这里所说的生日,是这种文化的出生日,在这一天出生的文化,他们都有着共同的属性。下面来具体解释。

宝玉,指玉文化中的玉德,德的范畴包括仁、义、礼、智、信、忠、孝、悌、廉等德行。

宝琴,在古代,琴被称为九德之器,古琴上的九个构件,分别代表着"九德"。琴在古代也被称作君子之器。

岫烟,岫指岫山,或指山中的凹处。岫烟乃指山中如烟的雾气。古代人认为,云雾乃石头之根,是从石根中产生出来的。石有纯朴、真实、厚道、坚强、忠贞等品性。"石之美者为玉",而玉产生于石中,所以石与玉同根同源,都带有德行。

平儿,这三人之中唯独她是不带玉的一个,为何却要与其他三人相提并论呢?平儿也是有德行的。平,从字面上理解,乃指公平正义。公平正义不也是德吗?

你看,此四人都有一个共同的特点——德行。书中所谓的生日,是指这种文化的出生属性,这四人所代表的文化属性都相同,所以他们的文化背景一样,所以生日也相同。

他们四个人的生日究竟是哪一天呢?书中写道:"探春笑道:'原来你两个倒是一日。每年连头也不给我们磕一个。平儿的生日我们也不知道,这也是才知道。'平儿笑道:'我们是那牌儿名上的人,生日也没拜寿的福,又没受礼的职份,可吵闹什么,可不悄悄的过去。今儿他又偏吵出来了,等姑娘们回房,我再行礼去罢。'"

通过以上描写,感觉说得奇奇怪怪,而且这生日好难猜。"我们是那牌儿名上的人"? 这个牌是一种什么牌? 牌上又有一个什么名字呢? 原来这个牌是指流行于鄂、湘、渝文化圈的一种纸花牌,这个牌的名字叫"上大人"。里面有"上大人、孔乙己、化三千、七十士、八九子、尔小生、佳作仁、可知礼"。我们是那牌上的"人"? 那这个人就是指"上大人"。"上大人"是指谁呢? 他就是儒家思想的创造者孔子也。孔子的生日是哪一天呢? 农历八月二十七日。祭孔大典一般从每年农历八月二十七日孔子诞辰时举行,所以他们四个人的生日也就是这一天。因为这四个人都是"上大人",都是高尚的人。宝玉含"德",宝琴含德,平儿含德,邢岫烟也含有德,那他们当然就是"上大人",生日当然一样。

八月二十七日是孔子的生日,也是宝玉、宝琴、岫烟、平儿的生日。这一天人们只知是孔子的生日,都在祭孔,谁还记得他们四人的生日呢? 不记得他们的生日,谁还给他们拜寿? 谁又会给他们送礼呢? 所以说"生日也没拜寿的福,又没受礼的职份"。

生日在书中有着特殊的意义,其不是指某个人真是这天的生日,而是指这种文化的出生。因孔子是儒家思想的创始人,而儒家思想的核心是"德",而他们四个人所代表的四种文化都是深受儒家思想影响的文化,都有德性,所以他们的出生一样。为何说这四个人是"上大人",因为他们代表的是德,是有德之人。有德之人就是高尚的人,高尚的人就是"上大人"。有德之人就是"上大人",无德之人就是"小人",这就是他们生日相同的原因。

"大年初一是元春的生日"。前面讲过,元春代表的是"宫乐"文化,指宫廷音乐。宫廷音乐是一种享乐主义文化,享乐主义文化是祸害之源,是洪水猛兽,是"年兽"(吃人的猛兽),所以说元春所代表的"宫乐"文化生在大年初一。"大年初一"在书中不是一个时间概念,它说的是一种文化的出生与性质。生在大年初一就是"年","年"就是年兽,年兽就是吃人的猛兽。宫乐文化生在大年初一,就代表宫乐文化是"年兽",是年兽就会吃人,所以,作者是在说宫廷享乐主义文化,是吃人的文化,是年兽。

大年初一"又是太祖太爷的生日"。这是个什么意思,这是由过年的风俗习惯所决定的,因为大年初一这一天的早上,首先要做的第一件事就是祭拜祖先,祭祀太祖太爷,一年一度,始终如一。所以,太祖太爷的生日也是大年初一。这里间接说明"太祖太爷"也是"年兽"。这里的太祖太爷,是指文化的祖师爷。文化的祖师爷,就是指一些传统的老教条、老规矩、老思想、老观念。而这些老的条条框框正是阻碍人类进步、社会发展的元凶,所以"太祖太爷"也是"年兽"。"太祖太爷"是指文化的祖师爷,不是指我们人的祖先。不忘祖先,永祀祖德,这是要值得提倡的。

"过了灯节,就是老太太和宝姐姐,他们娘儿两个遇的巧"。灯节就是元宵节,古代元宵节一般是三天,十四、十五、十六。过了十六就是正月十七,而这一天就是老太太与宝钗的生日。正月十七是个什么日子呢?这一天是汉族传统农历节日之一。而这一天有好几个节日,其中有一个"送蛐蜒蝎子节",蛐蜒与蝎子都是毒虫,在这一天,人们都在院里烧上一堆火,然后将火灰铲到坡洼之下,或大路旁,谓之将蛐蜒、蝎子等毒虫送走了,保全家这一年不受毒虫伤害,平平安安。这一天又是"白虎启齿日",人们在每年正月十七日都有祭祀白虎的传统习俗,后来发展为"打小人"。人们将自己心目中的"小人"用一张纸剪成人形,然后写上小人的姓名、生辰八字,用鞋板狠劲拍打,这就叫作打小人。那在这一天出生的人,不是小人,就是毒虫。老太太与薛宝钗正是这一天的生日,这就说明她俩是一对小人,是一对有毒的害虫。

为何说她俩是小人与毒虫呢?贾母乃"假母"也,是假文化之母,是最大最假的文化,是毒害社会的文化;薛宝钗乃"血宝钗"也,指带血的阴谋诡计文化,阴谋诡计是有毒的文化,是小人所为。这两种文化,一个虚假,一个血腥,对社会的危害性极大,说她俩是小人与毒虫,正是恰如其分!

"三月初一是太太"。这个太太指的是王夫人。三月初一这一天,没有什么节日,作者在这里,用的是一个拆字法。"三月",有个"三"字。初一,有个"一"字。一个"三"字,中间再加上一个"一"字,是什么字?就是一个"王"字,这就是王夫人的"王"。

另一种解释是:"三",上一横代表"天",下一横代表"地",中间一横代表"人",所以一个"三"字,就代表着天、地、人三才。"三月初一",乃是指天、地、人之中第一人也,这个第一人就是"王"。在天、地、人三者之间,有比"王"更大的人吗?王者岂不就是天地之间的第一人吗?

二月十二日是林黛玉与袭人的生日。二月十二日是传统的"花朝节",是百花的生日。因袭人姓"花",乃花袭人也,"花朝节"岂不就是她的生日吗？但林黛玉又与"花朝节"有个什么关系呢？原来在"男人十二花神"中有这样的描述：

一月兰花神——屈原。

二月梅花神——林逋。

三月桃花神——皮日休。

四月牡丹花神——欧阳修。

五月芍药花神——苏东坡。

六月石榴花神——江淹。

七月荷花神——周敦颐。

八月紫薇花神——杨万里。

九月桂花神——洪适。

十月芙蓉花神——范成大。

十一月菊花神——陶潜。

十二月水仙花神——高似孙。

古人为何将诗人与花联系起来呢？这是因为这些诗人特别喜爱某种花，或在咏某种花时，有着独特的视觉，咏得最好，所以，后人就将他们与他们所吟咏的花名进行对应，然后将他们封为某种花神。如，屈原特别喜爱兰蕙，在家亲手种得"滋兰九畹，树蕙百亩"，赞兰花"幽而有芳"，以兰蕙来自佩其身，展示其君子高尚的气节风范与洁身自好的美德，于是就封他为"兰花神"。又如林逋，由于他的咏梅"疏影横斜水清浅，暗香浮动月黄昏"之句，其视角别具一格，其意境脱俗超凡，咏得最好，所以后来人就封他为"梅花花神"……

林逋是一个诗人，且姓林，又生于浙江奉化，又是一个东南方文林的诗人，这与林黛玉所代表的东南方文化中的"咏絮才"（诗词），既同了诗文化，又同了林姓，又都生于东南方之地，所以，这一天是东南方诗人林逋的生日，也是林黛玉所代表的东南方诗林的生日。所以这个二月十二日"花朝节"，既是林逋的生日，也是林黛玉的生日。

对于作者曹雪芹先生的用心，除了感叹那还会有什么呢？

"初九"是贾琏的生日。什么是"初九"？这跟《易经》有关。《易经》中的"初九"是乾卦第一爻，爻辞曰："初九，潜龙勿用。"意思是"龙潜伏着，不应有所作为"。《象》曰："潜龙勿用，阳在下也。"男人为阳，女人为阴；贾琏为阳,而王熙凤为阴。由于贾琏的才能远在王熙凤之下,他才"退了一射之地",而让王熙凤走上了前台,这岂不就是阴盛阳衰了吗? 这就叫作"阳在下"。王熙凤代表的是"凤文化",而能与凤做夫妻的人就是龙,就是真龙天子——皇上。所谓的"潜龙勿用",不就是指这条真龙潜伏于下,而无所作为吗? 所以这个"初九"就是贾琏的生日。这个贾琏(皇上)就是一条"潜龙",因为他无能,他的职位被王熙凤所占,他只能退居次要位置。

从以上分析可以看出,所有的分析都是以"文化"为基础的,如果我们不知道每个人所代表的文化符号和每个生日的文化内涵,我们是无法解释这一问题的。曹公就是这样挖空心思,处心积虑地在写《红楼梦》,所以破解起来真的很难,太难。

"憨湘云醉卧芍药裀"。楚文化中的《楚辞》这种文体形式的代表人物史湘云,就如《楚辞》这种文体形式一样,整个辞风高阔清朗、气势恢宏、坦坦荡荡、无遮无掩、毫不含蓄,一"兮"到底,就像是一个喝醉了酒的人有感而发的醉笔,如史湘云一般,该说的时候狂说,该笑的时候大笑,该吃的时候大吃,该喝的时候大喝,胸无城府,毫不含蓄。难怪薛宝琴在射覆时说"请君入瓮"这样的话。喝醉了酒,醉卧于偏僻的石板之上,香梦沉酣、满身落花,红香散乱,这岂是一个大家闺秀所为也?

"呆香菱情解石榴裙"。石榴在古代除寓意多子多福,吉祥红火外,它也象征着爱情。像古代定亲的女子都会给自己心爱的人送石榴荷包作为爱情的信物。"并蒂石榴",比喻夫妻和合,男欢女爱。在古代结婚仪式上,新人必须垫上由新娘亲手缝制的"石榴莲花"鞋垫,寓意"幸福流连"。也有新婚夫妇常将两株石榴树种在一起,并称之为"合欢树"。"石榴裙"虽是一种如榴花一样红艳的裙子,但这里寓指的是爱情,是男女合欢的意思。

我们现在根据书中的描写,来复原一下作者的意图。

"这一个说:'我有观音柳。'(观音是救苦救难的菩萨,寓意善良)那一个说:'我有罗汉松。'(寓意坚强)那一个又说:'我有君子竹。'(寓意君子的高洁)……而到了香菱时,她便说:'我有个夫妻蕙。'(谐音夫妻会)荳官说:'从没听见有个夫妻蕙。'香菱道:'一箭一花为兰,一箭数花为蕙。凡蕙有两枝,上下结花者为兄弟蕙(会),有并头结花者为夫妻蕙(会)。我这枝并头的,怎么不是。'荳官没的说了,便起身笑道:'依你说,若是这两枝一大一小,就是老子儿子蕙(会)了。若两枝背面开的,就是仇人蕙(会)了。你汉子去了大半年,你想夫妻了?便扯上蕙也有夫妻,好不害羞!'可见'夫妻蕙',谐音即为'夫妻会'。……宝玉笑道:'你有夫妻蕙,我这里倒有一枝并蒂菱。'说的是花,其实言的是爱情。表明你有情,我有意。你想夫妻会(蕙),我正好想与你结为并蒂菱(香菱)。口内说,手内却真个拈着一枝并蒂菱花,又拈了那枝夫妻蕙在手内。(这就意味两情相悦,夫妻合会了。)香菱道:'什么夫妻不夫妻,并蒂不并蒂,你瞧这裙子。'宝玉方低头一瞧,便嗳呀了一声,说:'怎么就拖在泥里了?可惜这石榴红裙最不经染。'香菱道:'这是前儿琴姑娘(情姑娘)带了来的。姑娘做了一条,我做了一条,今儿才上身。'(这条裙子代表的是儿女私情)宝玉跌脚叹道:'若你们家,一日糟蹋这一百件也不值什么。只是头一件,既系琴姑娘(情)带来的,你和宝姐姐每人才一件,他的尚好,你的先脏了,岂不辜负他的心。二则姨妈老人家嘴碎,饶这么样,我还听见常说你们不知过日子,只会糟蹋东西,不知惜福呢。这叫姨妈看见了,又说一个不清。'香菱听了这话,却碰在心坎儿上,反倒喜欢起来了。因笑道:'就是这话。我虽有几条新裙子,都不和这一样的,若有一样的,赶着换了,也就好了。过后再说。'宝玉道:'你快休动,只站着方好,不然连小衣儿、膝裤、鞋面都要拖脏了。我有个主意:袭人上月做了一条和这个一模一样的,他因有孝,如今也不穿。竟送了你换下这个来,如何?'香菱笑着摇头说:'不好。他们倘或听见了倒不好。'宝玉道:'这怕什么。等他孝满了,他爱什么难道不许你送他别的不成。你若这样,还是你素日为人了!况且不是瞒人的事,只这告诉宝姐姐也可,只不过怕姨妈老人家生气罢了。'香菱想了一想有理,便点头笑道:'就是这样罢了,别辜负了你的心。我等着,你千万叫他亲自送来才好。'"

用袭人的裙子换下了香菱的裙子,所谓情解石榴裙,就是为情而解开了象征私情的石榴裙子。为情而解下自己的裙子干什么?就是做了一次夫妻会(蕙)。事情过后,香菱方向宝玉说道:"裙子(情)的事,可别向你哥哥说才好。"宝玉笑道:"可不我疯了,往虎口里探头儿去呢。"两人来了一个夫妻会(蕙)、并蒂菱,这事怎么能告诉别人呢!何况是当事人的丈夫?谁会将这事告诉人的,可不是疯了吗。

这条石榴裙是"宝琴"给的,"宝琴"乃"宝情"也。这是在说,这条石榴裙代表着男女爱情。

"香菱见宝玉蹲在地下,将方才的'夫妻蕙'与'并蒂菱'用树枝儿抠了

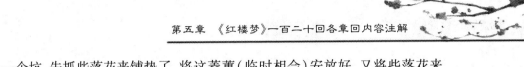

一个坑,先抓些落花来铺垫了,将这菱蕙(临时相会)安放好,又将些落花来掩了,方撮土掩埋平服。"暗喻宝玉将这次美好的"玉菱会"深深埋在了土里,深深藏在了心底。

根据书中的描写,我们复原的是一次宝玉与香菱的夫妻会、并蒂情。

"芍药花"在古代被称作"离草""将离"。古代友人别离,夫妻离别,另一方都会送上一株"芍药花",表示依依不舍之情。所以,芍药花是爱情、友情的象征。

"憨湘云醉卧芍药裀",是隐喻史湘云醉后被情所困;而"呆香菱情解石榴裙",是隐喻香菱为了情而解下了象征爱情的裙子。为何说她呆呢? 因她在宝玉的花言巧语之下,不知不觉就解下了自己的裙子,做了一次临时(菱蕙)的夫妻会。完事后还叮嘱宝玉不要说给"薛蟠"听,这真的很呆。

第六十三回　寿怡红群芳开夜宴　死金丹独艳理亲丧

"寿怡红群芳开夜宴"。此回中,群芳皆有花名,现将每种花名所含意思解析如下。

1. 牡丹——"艳冠群芳"——宝钗

《牡丹花》(唐,罗隐):似共东风别有因,绛罗高卷不胜春。若教解语应倾国,任是无情亦动人。芍药与君为近侍,芙蓉何处避芳尘。可怜韩令功成后,辜负秾华过此身。

韩令——韩愈。

"牡丹"寓意"富贵",隐喻薛宝钗皇商身份。

2. 杏花——"瑶池仙品"——探春

《下第后上永崇高侍郎》(唐,高蟾):天上碧桃和露种,日边红杏倚云栽。芙蓉生在秋江上,不向东风怨未开。

隐含探春背叛国家与民族,有"红杏出墙"之嫌。

3. 老梅——"霜晓寒姿"——李纨

《梅》(宋,王淇):不受尘埃半点侵,竹篱茅舍自甘心。只因误识林和靖,惹得诗人说到今。

"林和靖",北宋诗人林逋,人称和靖先生。十二花神之"梅花神"。

感叹"理学(李纨)文化","霜晓寒姿"、孤寒凄清、形单影只,老梅更助寒情。

4. 海棠——"香梦沉酣"——史湘云

《海棠》(宋,苏轼):东风袅袅泛崇光,香雾空蒙月转廊。只恐夜深花睡去,故烧高烛照红妆。

引《海棠春睡图》之典。这是在说湘楚文化沉醉不醒,憨态可掬。

5. 荼蘼花——"韶华胜极"——麝月

《春暮游小园》(宋,王淇):一丛梅粉褪残妆,涂抹新红上海棠。开到荼蘼花事了,丝丝天棘出莓墙。

"开到荼蘼花事了",虽有繁华散尽之意,但荼蘼可是最后凋谢的一枝。书中的麝月在贾府败落之后,其他人走的走,散的散,唯独她还服侍着薛宝钗到最后。

6. 并蒂花——"联春绕瑞"——香菱

《落花》(宋,朱淑真):连理枝头花正开,妒花风雨便相催。愿教青帝常为主,莫遣纷纷点翠苔。

香菱代表菱角的香味,而菱的香是一种清香,这香菱的香,代指一个"清"字。而她的前身是英莲,英莲意味"美丽的莲花"。莲有"廉"的美好寓意,代表廉洁的"廉"。香菱与英莲并蒂,就等于"清"与"廉"并蒂。"清"与"廉"并蒂就是"清廉"两字,指"清正廉洁"。书中对香菱的判词有:"根并荷花一茎香",清与廉并根而生,如果一个人为官清正,他就一定会廉洁自律;如何一个人为官廉洁,他就一定就会清正无私。如果为官腐化堕落,他就需要金钱,所以就会贪赃枉法。贪赃枉法,他就廉洁不了。作者在这里,给人们讲的是"清"与"廉"的关系。

7. 芙蓉——"风露清愁"——林黛玉

《上高侍郎》(唐,高蟾):天上碧桃和露种,日边红杏依云栽。芙蓉生在秋江上,莫向东风怨未开。

《山路木芙蓉》(唐,崔橹):万里王孙应又恨,三年贾傅惜无才。缘花更叹人间事,半日江边怅望回。

《秋宿湘江遇雨》(唐,谭用之):江上阴云锁梦魂,江边深夜舞刘琨。秋风万里芙蓉国,暮雨千家薜荔村。乡思不堪悲橘柚,旅游谁肯重王孙。渔人相见不相问,长笛一声归岛门。

《木芙蓉三首》(唐,黄滔):须到露寒方有态,为移霜裹稍无香。移根若在秦宫里,多少佳人泣晓妆。

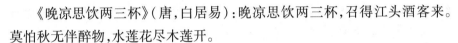

《晚凉思饮两三杯》(唐,白居易):晚凉思饮两三杯,召得江头酒客来。莫怕秋无伴醉物,水莲花尽木莲开。

从以上咏芙蓉诗中,我们可以读出秋、悲、愁、怅、思、泣、酒等字眼。而林黛玉正是多愁多病身,所以芙蓉一花,正适其性。

8. 桃花——"武陵别景"——袭人。

《庆庵寺桃花》(宋,谢枋得):寻得桃源好避秦,桃花又是一年春。花飞莫遣随流水,怕有渔郎来问津。

袭人是以息国夫人息妫为原型的。息夫人容颜绝代,目如秋水,面如桃花,又名桃花夫人。后楚国灭息国,夺息妫为楚王妾,生二子。死后葬入息县桃花庙。所以花袭人与桃花有缘。

"死金丹独艳理亲丧"。"死金丹"是指贾敬死于吞食金丹。"独艳"当然指尤氏了。尤老娘这个"尤",是指尤物。何谓尤物,书中特指相貌极美之女子也。《左传·昭公二十八年》曰:"夫有尤物,足以移人。"可见,所谓的尤物,即指能够足以改变人意志的美女。能让人移性的美女,也就是红颜祸水。所以,"尤物"就等于祸水。

尤老娘代表的就是尤物这种文化。这个尤老娘生有两个亲生的女儿,尤二姐与尤三姐,和一个继女尤氏。这里的三个女儿,都是尤物,都是由美女这个群体而派生出来的三个不同的过失文化,也就是"尤物"。

第一种尤物,就是尤氏。尤氏嫁给的是贾珍。贾珍,谐音为"假朕",指一个假君王。像尤氏这样的美女,有闭月羞花之容、倾国倾城之貌,是祸国殃民的红颜祸水。如夏桀之妹喜、商纣之妲己、周幽之褒姒等。这几个人可谓最大的红颜祸水、尤物祸国的例子。这是第一尤。

第二种尤物,指的是尤二姐与尤三姐她们俩所代表的文化,也就是第二尤与第三尤。这个第二尤与第三尤究竟代表着什么文化呢? 我们可以从书中对他们的描写来认识她们,在她们身上,大概体现出以下几个特点。

第一,她们都姓尤,都长得美,都是尤物。

第二,第六十五回写道:"贾琏搂他笑道:'人人都说我们那夜叉婆齐整,如今我看来,给你拾鞋也不要。'尤二姐道:'我虽标致,却无品行。看来到底是不标致的好。'贾琏忙问道:'这话如何说? 我却不解。'尤二姐滴泪说道:'你们拿我作愚人待,什么事我不知。我如今和你做了两个月的夫妻,日子虽浅,我也知你不是愚人。我生是你的人,死是你的鬼,如今既做了夫妻,我终身靠你,岂敢瞒藏一字。我算是有靠,将来我妹子却如何结果?据我看来,这个形景恐非长策,要做长久之计方可。'"

第六十九回:"那尤二姐原是个花为肠肚雪作肌肤的人,如何禁得这般磨折,不过受了一个月的暗气,便恹恹得了一病,四肢懒动,茶饭不进,渐次黄瘦下去。夜来合上眼,只见他小妹子手捧鸳鸯宝剑前来说:'姐姐,你一生为人心痴意软,终吃了这亏。休信那妒妇花言巧语,外作贤良,内藏奸狡,他发狠定要弄你一死方罢。若妹子在世,断不肯令你进来,即进来时,亦不容他这样。此亦系理数应然,你我生前淫奔不才,使人家丧伦败行,故有此报。你依我将此剑斩了那妒妇,一同归至警幻案下,听其发落。不然,你则白白的丧命,且无人怜惜。'"

从上面的描写可知,她们"一无品行",二"淫奔不才",三"丧伦败行"。不但与贾珍、贾蓉父子有染,还与贾琏、贾珍兄弟有情。她们只要有吃有喝有钱用,什么父子、兄弟那都无所谓,随便来。

综上所述,这两种文化有以下几个特点:第一是长得美,第二是无德,第三是乱伦,第四是乱交男人,第五是只图享乐不认人。是一种什么职业的女性会如此肮脏下流呢?这就是旧社会靠美貌而游走在上流社会中的"交际花"。交际花有两种形式,第一种是出卖色相的高级娼妓;第二种是具有较高艺术素养,只卖艺而不卖身的高级娼妓,也就是艺妓。艺妓说的是卖艺不卖身,而实际上是卖艺又卖身。这两种女人都身怀奇艺,有的善歌,有的善诗,有的善舞,有的善画,有的善书,有的各样具佳,兼具才貌之美。她们虽不同于一般的妓女,不是给钱就与人苟且的低层次妓女,她们有较高的品位,游走于上流社会之中,她们交往的人,不是巨富,就是权贵。她们虽与普通妓女有所不同,但其本质却没有什么太大的区别,都是靠出卖灵肉而挣钱,她们只不过是高级一点儿的妓女罢了!

尤二姐充当的就是那个又卖艺又卖身的高级娼妓;而尤三姐充当的就是那个只卖艺而不卖身的高级艺妓。她们在旧社会中,还有一个响当当的名字——交际花。

貌美不是错,错的是靠美貌而卖身求荣的无耻之徒,这大概就是所谓的尤物了。这些文化再美,也是不能招惹进来的,她们就是标准的红颜祸水,一但这种文化进入家中,就不会有好的结局。古人讲:"野花进房,家破人亡。"但这个琏二爷偏就娶了这个尤二姐,这就为以后的风波埋下了祸根。

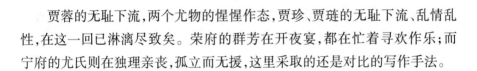

贾蓉的无耻下流,两个尤物的惺惺作态,贾珍、贾琏的无耻下流、乱情乱性,在这一回已淋漓尽致矣。荣府的群芳在开夜宴,都在忙着寻欢作乐;而宁府的尤氏则在独理亲丧,孤立而无援,这里采取的还是对比的写作手法。

第六十四回 幽淑女悲题五美吟 浪荡子情遗九龙佩

"幽淑女悲题五美吟"。世上美女不只有悲,她们也有喜,作为诗人,就看你的切入点了。如果你是豪放派诗人,也许就写得荡气回肠;如果你是一个婉约派诗人,如林黛玉一般,她看到的不是悲愁,就是离恨,那么就会写出悲凉之感来。在她们的眼里,看到的只是悲伤之景,只有离愁别恨。

当人们把这种哀婉的东西看多了,就会产生悲凉之感、情恨之叹。曹公是在告诉人们,诗词这种文体形式到了末世的时候,格调太过哀婉,深陷爱恨情愁的泥潭之中不能自拔,就像一个老爱哭哭啼啼、愁眉不展的少女,好像不写点儿这些哀婉的东西就失去了方向与灵魂。我们如果静下心来细细研究一下唐之后的诗词,你就会与曹公有同感,活脱脱就是一个个林黛玉似的形象。

"悲题五美",作者看到的全是悲,全是怨,难道五美或八美,就没有快乐吗? 但作者看不到,只因他是一个"幽淑女"。心之所到,思之所限,蒙蔽了他的双眼,让他看不到积极乐观的一面。

"浪荡子情遗九龙佩"。"浪荡子"指的是贾琏,贾琏代指真龙天子——帝王。(前面分析过)"九龙佩"何其尊贵,光从价值上来衡量,一块汉代九龙佩价值连城。若从九龙佩的象征意义上来讲,更是一件神器。古代的玉佩不是凡人所能佩戴的,而带有九龙纹的玉佩除了帝王,谁还敢戴? "九"在《易》中是一个阳数,而且是阳数中的极数。"九者,阳之数,道之纲纪也。"不论从哪个角度看,这个"九龙佩"都是一件国之重器,这个贾琏却为了一个风尘女子,将这件重器作为一件定情之物送给了尤二姐,怎一个"浪荡子"了得,这与"千金一笑"之典,如出一辙。

第六十五回 贾二舍偷娶尤二姨 尤三姐思嫁柳二郎

"贾二舍偷娶尤二姨"。前面分析过,尤二姐是指古时混迹于上流社会的高级娼妓;尤三姐是指古时混迹于上流社会的"交际花"。这种文化虽美,但无德。娼妓是不分年龄大小、人物亲疏的,她们只认钱,不认人。只要有钱,不管你是父子,还是兄弟,不论是老者,还是少年,统统一网打尽。历史上所说的"父子聚麀""兄弟同牝",都有这种文化的身影,你说这种文化是有德,还是无德?

贾琏偷娶尤二姐,前面已分析过,尤二姐代表的是高级娼妓这个群体,尤三姐代表的是只卖艺而不卖身的高级艺妓这个群体。"只卖艺,不卖身",只是她们自我粉饰的一种方式,其实,她们一样干着卖艺又卖身的勾当。她们自己卖了艺,又卖了身,还要给自己蒙上一层遮羞布。一边在卖身,一边还想顾及一下自己的脸面,想为自己的行为找一块遮羞布,美其名曰"卖艺不卖身"。生在风月之场,哪有什么清白与干净可言,什么"卖艺不卖身","此地无银三百两"也,她比那些卖身的妓女更可恶。但她们有才艺、有姿色、有品位,比一般的妓女要高级很多。这些游走在上流社会的交际花,如"秦淮八艳"就是她们之中的有名人物,她们不但美艳动人,而且身怀绝技、能诗善词,琴棋书画样样精通。试想,是一个男人,遇到这样的女子,岂有惜命者哉!

尤三姐所干的勾当,谁都心知肚明,但谁都心照不宣,不能捅破那层窗户纸,这层窗户纸,就是她们所标榜的"只卖艺不卖身"。可贾琏却犯了这个大忌,他把尤三姐与珍大爷堵在了屋里,逮了个正着,这就相当于捅了马蜂窝,捅破了那层窗户纸。你看书中对尤三姐的那段描写,活脱脱一个泼妇、流氓、无赖形象,真本性暴露无遗。

"贾琏便推门进去,笑道:'大爷在这里,兄弟来请安。'贾珍羞的无话,只得起身让坐。贾琏忙笑道:'何必又作如此景象,咱们弟兄从前是如何样来!大哥为我操心,我今日粉身碎骨,感激不尽。从此以后,还求大哥如昔方好;不然,兄弟宁可绝后,再不敢到此处来了。'说着,便要跪下。慌的贾珍连忙搀起,只说:'兄弟怎么说,我无不领命。'贾琏忙命人看酒来,'我和大哥吃两杯。'又拉尤三姐说:'你过来,陪小叔子一杯。'贾珍笑着说:'老二,到底是你,哥哥必要吃干这钟。'说着,一扬脖。尤三姐站在炕上,指贾琏笑道:'你不用和我花马吊嘴的,清水下杂面,你吃我看见。见提着影戏人子上场,好歹别戳破这层纸儿。你别油蒙了心,打谅我们不知道你府上的事。这会子花了几个臭钱,你们哥儿俩拿着我们姐儿两个权当粉头来取乐儿,你们就打错了算盘了。我也知道你那老婆太难缠,如今把我姐姐拐了来做二房,偷的锣儿敲不得。我也要会会那凤奶奶去,看他是几个脑袋几只手。若大家好取和便罢;倘若有一点叫人过不去,我有本事先把你两个的牛黄狗宝掏了出来,再和那泼妇拼了这命,也不算是尤三姑奶奶! 喝酒怕什么,咱们就喝!'说着,自己绰起壶来斟了一杯,自己先喝了半杯,搂过贾琏的脖子来就灌,说:'我和你哥哥已经吃过了,咱们来亲香亲香。'唬的贾琏酒都醒了。贾珍也不承望尤三姐这等无耻老辣。弟兄两个本是风月场中耍惯的,不想今日反被这闺女一席话说住。尤三姐一叠声又叫:'将姐姐请来,要乐咱们四个一处同乐。俗语说'便宜不过当家',他们是兄弟,咱们是姊妹,又不是外人,只管上来。'尤二姐反不好意思起来。贾珍得便就要一溜,尤三姐那里肯放。贾珍此时方后悔,不承望他是这种为人,与贾琏反不好轻薄起来。

这尤三姐松松挽着头发,大红袄子半掩半开,露着葱绿抹胸,一痕雪脯。底下绿裤红鞋,一对金莲或翘或并,没半刻斯文。两个坠子却似打秋千一般,灯光之下,越显得柳眉笼翠雾,檀口点丹砂。本是一双秋水眼,再吃了酒,又添了饧涩淫浪,不独将她二姊压倒,据珍琏评去,所见过的上下贵贱若干女子,皆未有此绰约风流者。二人已酥麻如醉,不禁去招她一招,她那淫态风情,反将二人禁住。那尤三姐放出手眼来,略试了一试,他弟兄两个竟全然无一点别识别见,连口中一句响亮话都没了,不过是酒色二字而已。自己高谈阔论,任意挥霍洒落一阵,拿他兄弟二人嘲笑取乐,竟真是她嫖了男人,并非男人淫了他。一时她的酒足兴尽,也不容他弟兄多坐,撵了出去,自己关门睡去了。

自此后,或略有丫鬟婆娘不到之处,便将贾琏、贾珍、贾蓉三个泼声厉言痛骂,说他爷儿三个诓骗了她寡妇孤女。贾珍回去之后,以后亦不敢轻易再来,有时尤三姐自己高了兴,悄命小厮来请,方敢去一会,到了这里,也只好随她的便。谁知这尤三姐天生脾气不堪,仗着自己风流标致,偏要打扮的出色另式,作出许多万人不及的淫情浪态来,哄的男子们垂涎落魄,欲近不能,欲远不舍,迷离颠倒,她以为乐。她母姊二人也十分相劝,她反说:'姐姐糊涂。咱们金玉一般的人,白叫这两个现世宝沾污了去,也算无能。而且他家有一个极利害的女人,如今瞒着他不知,咱们方安。倘或一日他知道了,岂肯干休,势必有一场大闹,不知谁生谁死。趁如今我不拿他们取乐作践准折,到那时白落个臭名,后悔不及。'因此一说,他母女见不听劝,也只得罢了。那尤三姐天天挑拣穿吃,打了银的,又要金的;有了珠子,又要宝石;吃着肥鹅,又宰肥鸭。或不称心,连桌一推;衣裳不如意,不论绫缎新整,便用剪刀剪碎,撕一条,骂一句,究竟贾珍等何曾随意了一日,反花了许多昧心钱。"

你看这个尤三姐是何等人物,将个情窝兜了个底朝天,闹得是天翻地覆、鸡飞狗跳,将珍、琏二宝治得是服服帖帖。他们又束手无策,又不好怎样,只能任由她胡闹了,反正"偷来的锣敲不得"。

"尤三姐思嫁柳二郎"。柳湘莲,前面也分析过了,他代表的是江湖文化之中的江湖侠艺之人。江湖文化行走于江湖之上,居无定所,到处游荡,所以作者给这种文化定了一个性,姓"柳"。一个"柳"字,既点出了这种文化的性质,又点出了这种文化的形式。江湖艺人,有的会吹箫,有的会杂耍,有的会唱曲,有的会唱戏,有的会耍刀,有的卖狗皮膏药,等等,形形色色,五花八门。这尤三姐特别羡慕这种江湖文化。

作者说这柳湘莲:"又称冷二郎,原系世家子弟。他父母早丧,读书不成。性情豪爽,酷好耍枪舞剑,赌博吃酒,以至眠花宿柳,吹笛弹筝,无所不为。他生得又美,最喜串戏,擅演生旦风月戏文,不知他身份的人,都误作戏子一类。"这就将江湖文化揭了个底朝天。江湖艺人行走于江湖之上,靠卖艺为生,但他讲的是一个"义"字;而"艺妓"行走于上流社会,也靠卖"艺"为生,但最终难免不卖身。古语讲:"婊子无情,戏子无义。"一个艺妓,她是不可能讲情义的,所以,"江湖文化"与"交际花文化",其性质完全不一样,做不得夫妻。可这尤三姐非柳湘莲不嫁,这大概就是书中所说的孽缘吧,悲剧的产生也就是自然。

贾二舍在偷娶尤二姨,尤三姐在思念柳二郎,各种文化都在离经叛道,这就是一个文化社会毁灭的前奏。

"二舍",字典解释为"二少爷"。这个"二",也就是傻子、有点儿二的意思。

第六十六回　情小妹耻情归地府　冷二郎一冷入空门

"情小妹耻情归地府"。情小妹尤三姐,别看她"原来不堪",最是"淫奔无德"的,自从决定要嫁给冷二郎柳湘莲之后,她痛改前非,立志于"义"。古人曰:"婊子无情,戏子无义。"这个无情无义的交际花——"艺妓",却要与江湖"义士"柳湘莲结为连理,实为难得。但柳湘莲嫌弃尤三姐的过去,并说:"这事不好,断乎使不得了。你们东府里除了那两个石头狮子干净,只怕连猫儿狗儿都不干净。我不做这剩忘八。"当尤三姐听到柳湘莲要毁婚时，书中有这样的一段描写："好容易等了他来，今忽见反悔，便知他在贾府中得了消息，自然是嫌自己淫奔无耻之流，不屑为妻……"于是拔剑自刎，了此一生。当这个冷郎君亲眼看见尤三姐是如此刚烈，自觉悔恨，这才有了"冷二郎一冷入空门"。

乱情的最终为情而死，无情的最终为了情而遁入空门，我不知是该赞美呢，还是该叹惜。

第六十七回　见土仪颦卿思故里　闻秘事凤姐讯家童

"见土仪颦卿思故里"。远离故土，背井离乡，父母双亡，睹物而伤情，这是人之常情，又客居他家，哪有不伤悲者。

这里就要说说这个薛宝钗了，明知林黛玉之病，平时无故都会哭鼻子，抹眼泪，你怎么能把这些她家乡的土物送给她呢？而且是加倍的，这岂不是在故意招惹林黛玉的思乡之情吗？书中这样写道："姑娘的身子多病，早晚服药，这两日看着比那些日子略好些。虽说精神长了一点儿，还算不得十分大好。今儿宝姑娘送来的这些东西，可见宝姑娘素日看得姑娘很重，姑娘看着该喜欢才是，为什么反倒伤起心来。这不是宝姑娘送东西来倒叫姑娘烦恼了不成？……"

不要看到宝姑娘送东西就是好意，她是阴谋诡计的代表人物，时时刻刻都在算计着林黛玉，伤害着林黛玉；她时时刻刻都想要取林黛玉而代之，置林黛玉于死地。表面上看不到她的一点儿破绽，而实里都是套路。

"闻秘事凤姐训家童"。贾琏偷娶尤二姐之事终于东窗事发，一场暴风骤雨即将到来。

第六十八回　苦尤娘赚入大观园　酸凤姐大闹宁国府

"苦尤娘赚入大观园"。我们说凤姐阴狠歹毒，是"凤辣子"，是个"泼皮破落户"，在这一回中描写得是淋漓尽致、入骨三分矣。一个"赚"字，真乃点睛之笔。

"酸凤姐大闹宁国府"。那是一场精心设计、软硬兼施、杀人诛心的毒局。书中有一段话，最能体现王熙凤的品性。"凤姐都一一尽知原委，便封了二十两银子与旺儿，悄悄命他将张华勾来养活，着他写一张状子，只管往有司衙门里告去,就告琏二爷'国孝家孝之中,背旨瞒亲,仗财依势,强逼退亲,停妻再娶。'"这可不是小罪,如果真要按此办起来,那是要置贾琏于死地的。后面的一连串操作,勾来张华、假告旺儿、引出贾蓉、买通官府,最后是大闹宁府。一环套一环,环环相扣;一环比一环毒,一环比一环狠;一环比一环凶,一环比一环恶。怎一个"机关算尽"了得? 王熙凤之歹毒,无出其右矣。如果我们要全面了解王熙凤此人,这一回就是一个很好的窗口。

第六十九回　弄小巧用借剑杀人　觉大限吞生金自逝

"弄小巧用借剑杀人"。"贾蓉打听得真了,来回了贾母凤姐,说:'张华父子妄告不实,惧罪逃走,官府亦知此情,也不追究,大事完毕。'凤姐听了,心中一想:若必定着张华带回二姐去,未免贾琏回来再花几个钱包占住,不怕张华不依。还是二姐不去,自己相伴着还妥当,且再作道理。只是张华此去不知何往,他倘或再将此事告诉了别人,或日后再寻出这由头来翻案,岂不是自己害了自己。原先不该如此将刀把付与外人去的。因此悔之不迭,复又想了一条主意出来,悄命旺儿遣人寻着了他,或讹他作贼,和他打官司将他治死,或暗中使人算计,务将张华治死,方剪草除根,保住自己的名誉。"你看,末世"凤"文化狠毒如此,真是让人心惊肉跳。

"凤姐虽恨秋桐,且喜借他先可发脱二姐,自己且抽头,用'借刀杀人'之法,'坐山观虎斗',等秋桐杀了尤二姐,自己再杀秋桐。"列位看官,你看杀一个人在凤姐眼里就跟玩儿似的,就如杀鸡一般。看到这里,不禁让人毛骨悚然。巧舌如簧还可谅,弄巧杀人不可恕!

"那尤二姐原是个花为肠肚雪作肌肤的人……夜来合上眼,只见他小妹子手捧鸳鸯宝剑前来说:'姐姐,你一生为人心痴意软,终吃了这亏。休信那妒妇花言巧语,外作贤良,内藏奸狡,他发狠定要弄你一死方罢。……此亦系理数应然,你我生前淫奔不才,使人家丧伦败行,故有此报。……你虽悔过自新,然已将人父子兄弟致于麀聚之乱,天怎能容你安生。'"

像"交际花"这类下流文化,到后来虽悔过自新,誓改前非,但那下流身子岂是洗刷得干净的? 即使你从良了,但污点总在,难免落人口实。尤二姐之死虽是凤姐借刀所杀,但根子还是自己不干净,蒙羞吞生金而死,一个"羞"字,可谓是大彻大悟,不然,一个娼妓连灵肉都卖了,哪还有什么羞不羞的?

"内子墙"。内子,在古代是对卿大夫的嫡妻的称谓。《左传·僖公二十四年》:"(赵姬)以叔隗为内子,而已下之。"杜预注:"卿之嫡妻为内子。"《国语·楚语上》:"司马子期欲以妾为内子,访之左史倚相。"所以,这个"内子"是指嫡妻。墙,这里指背景,或是指倚墙,引申为"名分"。"内子墙",是贾琏给尤二姐的一个名分,这个名分就是将尤二姐以"嫡妻"之名分厚葬。且用的是八抬之榻(喻高规格);停灵于"梨香院",取"梨花洁白生香"之意。可见贾琏对尤二姐的一片真情。没有停灵于贾府(假府),是因尤二姐不够格。她虽乱情乱性无德,但她痛改前非,弃恶从良,特别是与贾琏结情后,更是一改前情,真心在做人。

第七十回　林黛玉重建桃花社　史湘云偶填柳絮词

"林黛玉重建桃花社"。由于林黛玉咏了一首《桃花行》,所以就想建一个桃花社。桃花虽未有吟成,但最终因湘云偶吟了一首柳絮词,倒是起了一局柳絮社。

书中所有人物所咏之诗,其实都出自作者之手,其中之取材立意,堪称经典,真乃咏絮之绝唱也,其精妙之处也胜于前人无数矣,不用多赘述。

第七十一回　嫌隙人有心生嫌隙　鸳鸯女无意遇鸳鸯

"八月初三日乃贾母八旬之庆"。"八月初三"是个什么日子呢?怎么就成了这个"假母"的生日了呢?本回用了大量的篇幅描写了"假母"(贾母)的八旬生日,那种排场与奢华自不必说了,单说"假母"(贾母)的生日。前面讲过贾母代表的是"道"文化,但这个"道"文化到了末世,由两种文化支撑,第一种是"鸳鸯",第二种是"琥珀"。何谓"鸳鸯"呢?即"阴阳"与"阴阳五行"也。作者在书中所说的阴阳,是指由阴阳所派生出来的(阴阳)八卦和由以阴阳为基础所衍生出来的带有封建迷信色彩的封建迷信文化。如,卜卦、堪舆、占星、抽签、算命、测字、排八字、相面等。

第二种是"琥珀"。"琥珀"是"唬魄"的谐音,指吓唬人魂魄的封建迷信文化。这种文化有供神、敬祖、烧香、祷告、捉鬼、去邪、招将、飞符、洒符水、过阴、下马、跳大神等。这种文化分两大类,一类是以道士为核心的正统道教文化,一种是流行于民间的巫觋文化。巫觋文化也属道教的范畴,它的核心还是"神鬼之道"。所以,所谓的"假母",是指阴阳(鸳鸯)文化和巫觋(琥珀)文化这两种封建迷信文化。

古人讲"一阴一阳谓之道",所以阴阳文化的核心是"道"。"阴阳"文化属道,"巫觋"文化也属道,这两种文化虽表现形式不同,但它们的核心都是"道",所以,书中所说的"假母"(贾母),其实指的就是末世"道文化"。

所有封建迷信所依托的基础与核心是什么呢?那就是"鬼神崇拜",所以,由"假母"(贾母)所代表的"道",而延伸出来的"封建迷信"文化,其核心都是"鬼神崇拜",它所拥有的权力,就叫作"神权"。什么是"假母"(贾母)?她是指一切封建历史文化的糟粕,和一切封建迷信文化。作者将一切封建历史及封建迷信文化,称作是万假之源,万假之母——假母。

书中有这样的描写,说这个"假母"本姓"史",是金陵史侯家的小姐。这个"史",就是指封建历史文化,作者认为,封建历史文化就是"假母",就是最大的假,她是所有假文化滋生的母体。而这个"史侯家的小姐",就是指封建历史文化中的"小姐",这个"小姐"就是"道"。作者认为,"道文化"是中国封建历史文化这个大家族中的"小姐"。所谓的"小姐"用来比喻在封建历史文化中处在高贵地位的"道文化"。

现在,我们将一切鬼神崇拜文化,统称为封建迷信文化,所以这个"假母"也就是指"封建迷信文化"。

"嫌隙人有心生嫌隙"。谁是嫌隙人?尤氏也。什么是"嫌隙事"?书中这样写道:"且说尤氏一径来至园中,只见园中正门与各处角门仍未关,犹吊着各色彩灯,因回头命小丫头叫该班的女人。"这是产生嫌隙事的根源,后面的所有风波都是因此而产生的。尤氏是宁府之人,而大观园是荣府地盘,按道理来说轮不到尤氏来说三道四,所以才有"嫌隙人有心生嫌隙"一说。"鸳鸯女无意遇鸳鸯"。"鸳鸯女"指的是鸳鸯,"遇鸳鸯",遇的是司棋与她的表哥潘又安这对野鸳鸯。

"司棋",在琴棋书画中代表的是"棋"文化。司棋,就是司职棋文化的人。贾迎春代表的是棋运,而司棋就是司职棋运的人。但这个司棋却干起了有伤风化的事,与表哥潘又安私通,可见棋文化到了末世变得伤风败俗了。

"鸳鸯"就是"阴阳",指阴阳文化。这种文化到了末世却包庇了司棋的不轨行为,帮他遮掩私情,这就是阴阳文化的衰变。

第七十二回　王熙凤恃强羞说病　来旺妇倚势霸成亲

"王熙凤恃强羞说病"。凤姐所代表的"凤"文化姓"王"（指霸道），这种文化的哥哥是王仁（谐音"忘仁"，指忘记了仁德），她的两个叔叔一个是王子腾（指此子好折腾），一个是王子胜（指此子争强好胜），她的陪房是旺儿（谐音"妄儿"，指妄为，胡作非为儿），小丫鬟"丰儿"（谐音"凤儿"，指见风使舵儿）。总之，围绕在王熙凤身边的都是些负面文化。

作者在《红楼梦》中，通过人物与人物的关系，来说明文化与文化之间的关系。说凤姐的两个叔叔，一个好折腾，一个争强好胜，就是在说凤姐的父辈一好折腾，二是争强好胜。受这种文化的影响，凤姐也好上下折腾，也争强好胜。凤姐的哥哥"忘仁"，就是在说凤姐"忘仁"。凤姐的陪房"妄儿"（旺儿）就是在说凤姐是妄儿"，说她胡作非为，狂妄自大。说她的丫鬟"凤儿"（丰儿），就是在说凤姐好见风使舵儿。你看在书中，凤姐不就是一个爱上下折腾、争强好胜、胡作妄为、不仁不义、见风使舵的角色吗？"王熙凤恃强羞说病"，不就是争强好胜的表现吗？

王熙凤所代表的凤文化，也可代表后宫文化。历史上，当政权处在末世时，正是后宫文化肆虐作恶之时，一个政权的毁灭，几乎都有后宫文化的身影。

后宫是一个近乎没有文化的地方，一般女子都是没有文化的，或少有文化，即使贵为皇后、妃子，也不具备多少文化知识；太监一般都是家境贫寒之人，且从小就进了宫，很少识字，他们也是一批无文化的人。所以，后宫文化的层次都不高，他们是由一大批无文化或少文化的群体构成的。这种文化群体，都不具备高文化素养，而他们又处在权力的中心，斗争极为惨烈。久而久之，后宫文化变得特别阴暗与歹毒。由于没有文化，他们考虑问题简单，行事粗暴、目光短浅，只知作恶，而不顾后果。一遇到弱小的皇帝，他们便会纷纷登场，走向前台，把持朝政，祸乱朝纲。不论是女人干政，还是宦官专权，都是由无文化的人在操弄政治。当他们在操弄政治的时候，就后患无穷了。不管什么时候，朝政一旦被后宫所操纵，这个政权就一定会毁灭。历史上这样的例子太多了，所以，只要后宫干政，宦官专权，就是灭亡的先兆。

"王熙凤恃强羞说病"。王熙凤有两个别名，一个是"凤辣子"，一个是"破落户"。"凤辣子"，是说凤文化是一种毒辣的文化；"破落户"的意思是指无赖破败的文化,或是使名门望族败落之后的门户。这就是说,王熙凤所代表的末世凤文化,是一种毒辣的文化,破家败财的文化。但她败的这个家,不是普通的家,是皇家,也是国家。当王熙凤恃强的时候,就是这种毒辣文化与破落户文化恃强的时候。当这两种文化恃强的时候,这个家就会败得越快,越彻底。

"来旺妇倚势霸成亲"。"来",指"向来、历来"。"旺"是从"妄"字上谐音而来的,指狂妄自大、胡作妄为、称王称霸。"来旺",是指向来就狂妄自大,胡作妄为。由于这种文化特别霸道,所以才有"来旺妇倚势霸成亲"这一节。

在《红楼梦》中,王熙凤所代表的凤文化的兴与衰,也有一个分水岭,那就是第五十四回:"史太君破陈腐旧套 王熙凤效戏彩斑衣。"在这回之前,王熙凤始终处于强势地位,但自从与假母("贾母")"斗法"之后,从第五十五回起,就离开了权力中心,被李纨、探春、宝钗所取代,一直到第七十二回也没有恢复原职。这一回她更染了"血山崩"之重症(喻这种文化血崩了),这就预示着这种文化已病入膏肓。所谓的"王熙凤恃强羞说病",即指此也。

王熙凤越是忘我工作,假府(贾府)越是败得更快,因为她是"凤辣子",是"破落户"。

"假母"(贾母)的生日时,贾府财力已成衰竭之势,已是捉襟见肘,拉下不少饥荒,又加上夏太监的勒索,假府(贾府)已是强弩之末,败局已定。在这样艰难的情况之下,王熙凤还不忘盘剥,真是死到临头还不忘财。

"前人撒土迷了后人的眼",这是一句歇后语,什么意思?我查了一下,有各种解释,有人认为是褒意,也有人认为是贬意。"前人栽树,后人乘凉",这是褒意,但前面的人撒了一把土,迷了后面人的眼,这就不是什么褒意了。这句话的意思是说,前人做了坏事,而对后人造成了伤害。

尤二姐代表的是"交际花"这种文化,不知害了多少人,最是无德的,但好歹与假琏(贾琏)有过夫妻之分,她死之后,烧点儿纸祭祀一下也是一个理。所以笔者以为这个歇后语的意思是——"好歹是前人",好也罢,歹也罢,好歹她是死在前头的人。

第七十三回　痴丫头误拾绣春囊　懦小姐不问累金凤

"痴丫头误拾绣春囊"。所谓的"春囊",就是指那个绣有男女交欢图案

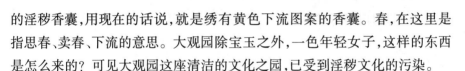

的淫秽香囊,用现在的话说,就是绣有黄色下流图案的香囊。春,在这里是指思春、卖春、下流的意思。大观园除宝玉之外,一色年轻女子,这样的东西是怎么来的?可见大观园这座清洁的文化之园,已受到淫秽文化的污染。

"懦小姐不问累金凤"。这个"懦小姐",指的是懦弱的贾迎春。贾迎春在琴、棋、书、画中,代表的是"棋"文化。棋文化的核心是在棋盘上争一个"输赢",所以这种文化充满着竞争与好胜,贾迎春的谐音,其实指的是"贾赢春",下棋不就是争一个输赢吗?而这个棋文化的代表人物贾迎春太懦弱可欺了,没有一点儿争强好胜的个性,表现得毫无斗志,软弱可欺。

"累金凤"是她的重要头饰,"累金凤",它的谐音其实就是"垒金凤",下棋对垒的"垒"。金(古代是武器的总称),指的是用武器拼杀。"累金凤",就是"对垒拼杀"的凤饰。"对垒拼杀",代表的是棋文化的风格特点,也是棋文化的本质,可这个"垒金凤"却被乳母偷着拿出去当了,作为自己赌钱时翻本的赌资,而她不闻不问,漠不关心,就连旁人都看不过去了,可她好像压根就不曾丢过一般,一副无所谓和与世无争的样子。棋文化衰落至此,真的让人扼腕叹息。

棋文化(迎春)的丫鬟一名"司棋",一名"绣橘"。这两个丫鬟都与棋文化有关。"司棋",就是司职于棋局,推行棋文化;何谓"绣橘"呢?取其谐音"秀局"也,就是"秀一局",也就是下一局的意思。

《感应篇》,乃《太上感应篇》。此书被誉为中国古今第一善书,旨在劝善,宣扬天人感应,劝善惩恶。此书大意是说,天地有司过之神,有三台北斗星君、三尸神、灶神等,录人善恶。行善必降福,为恶必降祸。贾迎春看《感应篇》,就是想释放自己的善意,意味我不惩罚她,自有天神来作法,让天神去惩罚她。

第七十四回　惑奸谗抄检大观园　矢孤介杜绝宁国府

"惑奸谗抄检大观园"。"奸谗"是谁所为?邢夫人的陪房王善保家的(忘记善保)也。在抄检大观园的事情上,王熙凤的意思是先暗访,然后神不知鬼不觉地偷偷处理完事。可这个王善保为报一己之私,偏生出谗言,要抄检大观园。因大观园是一座新兴文化之园,集中的全是一批新人,抄检大观园其实抄检的是新文化之园。而要查抄的主要对象,是王夫人与王善保家的先设定好了的,那就是晴雯。不管她有罪还是无罪,最终都得治她的罪,这是板上钉钉的事。这叫作"欲加之罪,何患无辞"。

为何王夫人、邢夫人、王善保家的等,非要治晴雯之罪呢?王善保家的动机居然是:"素日进园去,那些丫鬟们不大趋奉他,他心里大不自在,要寻他们的故事又寻不着,恰好生出这事来,以为得了把柄。又听王夫人委托,正撞在心坎上。"而理由是:"太太不知道,头一个宝玉屋里的晴雯,那丫头仗着他生的模样儿比别人标致些。又生了一张巧嘴,天天打扮的像个西施的样子,在人跟前能说惯道,掐尖要强。一句话不投机,他就立起两个骚眼睛来骂人,妖妖趫趫,大不成个体统。"而王夫人要治晴雯的理由更为荒唐:"上次我们跟了老太太进园逛去,有一个水蛇腰,削肩膀儿,眉眼又有些像你林妹妹的,正在那里骂小丫头。我心里很看不上那狂样子,因同老太太走,我不曾说得。后来要问是谁,偏又忘了。今日对了槛儿,这丫头想必就是他了。"凤姐道:"若论这些丫头们,共总比起来,都没晴雯生得好。论举止言语,他原轻薄些。方才太太说的倒很像他,我也忘了那日的事,不敢混说。"王善保家的便道:"不用这样,此刻不难叫了他来,太太瞧瞧。"王夫人道:"宝玉房里常见我的只有袭人麝月,这两个笨笨的倒好。要有这个,他自然不敢来见我的。我一生最嫌这样的人,且又出来这个事。好好的宝玉,倘或叫这蹄子勾引坏了,那还了得。"

什么话!"样子长得像西施,说话了得,能说惯道"的倒不好了,而"笨笨的倒好"。为何"笨人"在"王"的眼里倒好了呢?说白了,笨人不会反对她,只会听命于她,不生反心,好统治。这说明封建社会是容不得美的存在的。

"晴雯"的谐音为"晴文"。"晴",顾名思义,是指天晴,与天相关。"晴文",也就是"天文"。而与"天文"相对应的就是"射月"。"射月",就是指观测月夜时的天象,星星的位置,运动的规律。古人就通过观天象,来察天时、制历法、定农时等。后又衍生出了占星学,通过观测天上的星象占卜吉凶祸福,预测灾害、战争、人的命运等。

察日之变化,在白天,有"日";观察星月位置,在夜晚,有"月"。一个为"日",一个为"月"。"日"与"月"正好构成一个"明"字。日又代表"光明",月又代表"黑暗"。所以,晴雯实质指的是"天文";麝月实质指的是"射月",就是观测星星月亮的位置与变化。"射月"也叫"占月"。一个是"太阳学",一个是"星象学"。

晴空万里,蓝天白云,多么美好。又由于"雯"只出现在晴天,因此这种文化又代表着光明。王夫人要治晴雯,将晴雯赶走,以致置之于死地,其实是将光明与美好给治死了。你把光明治死了,社会不就进入黑暗了吗?这两个丫鬟是不能分开的,现在你将晴雯弄死了,不就只剩下"月"了吗?不就只剩下黑暗了吗?所以,当晴雯死后,怡红院从此就进入了至暗时刻。作者在这里是在暗示:

第一,社会之所以黑暗,责任完全在"王",是王昏庸无道而造成的。

第二,一个黑暗的社会,是不会容忍光明的存在的。晴雯无论如何都不会有好下场。

第三,抄检大观园的情景,可谓各种文化末世特征的一次大展示。

晴雯一如既往地孤高自傲,眼里容不得沙子;探春的泼辣、胆识与担当,展露无遗;惜春的胆小怕事,淋漓尽致。"我竟不知道。这还了得!二嫂子你要打他,好歹带他出去打罢,我听不惯的。""嫂子别饶他这次方可。这里人多,若不拿一个人作法,那些大的听见了,又不知怎样呢。嫂子若饶他,我也不依。"一个画林,连画文化都保不了,她还是一个画者吗?惜春的懦弱与冷漠,在此可见一斑。

"矢孤介杜绝宁国府"。这里的"矢孤介"指的是画运的代表人物贾惜春。矢,矢志也。孤介,指"廉介孤独"或"孤独耿介"。通俗的说法就是一种非常孤僻顽固绝情的做法。如果是贾探春(书运)与贾迎春(棋运),杜绝宁国府还是能接受的,但贾惜春却不能,因宁国府是惜春所代表的画运的出生地。一个连出生地都不顾念的人,也就是对母体文化的一种背叛。

"入画",就是入得画境之中也,就是指画文化。画运离开画文化就不能生存,也就是说,贾惜春是不能与入画分开的,可这个贾惜春遇到一点儿小问题,为求自保,恨不能一下子就把入画赶走或打死。画运已糊涂至此,岂有不败之理?最后出家为尼,已是大幸。

此回有:"只是不该私自传送,如今官盐竟成了私盐了。"这句话的含义相当技巧,用到了谐音。这里的"盐",是在"言"上谐音过来的,其实指的是"言",言路的言。"官盐",即"官言";"私盐",即"私言"。这与林如海的官职"巡盐御史"是一种用法,所谓的"盐政",其实指的是"言政"。

此回是大观园这座新文化之园走向毁灭的一个分水岭,拉开了大观园走向毁灭的序幕。其导火索,就是傻大姐拾的那个"私春囊",动因是"忘善保家的"(王善保)之人的奸谗,幕后主使者是"王"(王夫人),执行者是王熙凤和他所带领的团队。而"王"抄检大观园的原因,居然是"他是一个天真烂熳之人,喜怒出于心臆……"一怒之下,仅凭自己的天真好恶和一个臆想,在毫无真凭依据的情况下就抄检了大观园,你看这个"王"是何等的胡作非为与霸道。大概所有的"文字狱"都是在这种情况下发生的吧?!难怪书中作者感叹:"可知这样大族人家,若从外头杀来,一时是杀不死的,这是古人曾说的'百足之虫,死而不僵',必须先从家里自杀自灭起来,才能一败涂地!"

对大观园的抄检,再现的是历史上发生的文字狱的情景。为何会有文字狱?其一是统治阶级的需要;其二是权力斗争的产物。同僚之间的斗争,可以借助文字狱而排除异己;皇上为巩固自己的统治,而借文字狱来铲除文化异己分子。

这样查抄的结果是,走了一个薛宝钗,淡了一个贾惜春,毁了一个司棋,死了一个晴雯,遁了一个芳官,寒了一个宝玉。整个大观园风声鹤唳,人人自危,那一派以往的"花招绣带、柳拂香风"的欣欣热闹气象,已荡然无存,好端端的一个新文化之园,就这样被毁掉了。

第七十五回 开夜宴异兆发悲音 赏中秋新词得佳谶

一个宁国府,本是一座司职教化的文化府第,可在假珍(贾珍)的胡作非为、目无法纪之下,俨然变成了一个藏污纳垢的赌场淫窝。本自国孝家祭在身,但他却照旧吃喝玩乐,聚赌取乐。也难怪祖宗显灵,叹发悲音。"天作孽犹可违,自作孽不可活。"

假母(贾母)就好像是为享乐而生的,整部《红楼梦》无不透露出她的享乐人生。此回,当她听到"真"(甄)家被抄家时没有受到丝毫的警示,而是"咱们别管人家的事,且商量咱们八月十五日赏月是正经"。能乐一天是一天,能享受一日是一日。你可是假府(贾府)这座文化之府的主宰,是假府(贾府)的太上皇,你这样只顾享乐,而不顾家族安危,那还有谁能为假府(贾府)的安危而着想呢?!过一个八月中秋,一府上下人等都得陪着她取乐消遣,深夜都不得安睡,真的是老糊涂了。所以说,假府的毁灭其实是一种必然。

"二难"。二难有几种解释:

第一,《左传》中子产曰:"众怒难犯,专欲难成,合二难以安国,危之道也。"这里的"难"读音为"nán",读第二声。

第二,谓兄弟皆佳,难分高低。《和苗员外寓直中书》:"朝列称多士,君家有二难。贞为台里柏,芳作省中兰。"

第三,指主贤宾嘉,因二者难以并得,故称"四美具,二难并"。

那么,贾政所说的"二难"是何意思呢?应指的是"兄弟皆佳"。贾政认为,人家是兄弟皆佳,可你这两兄弟皆是"下流之货"。为何这样说呢?因这两个人的诗都有"不喜读书之意"。宝玉与贾环各写了一首什么样的诗,而引来贾政的痛斥呢?书中写道:"哥哥(宝玉)是公然以温飞卿自居,如今兄弟又自为曹唐再世了。"

温飞卿,即温庭筠,晚唐词人,极富才华,文思敏捷。但恃才傲物,好讥讽权贵,取憎于时,长被贬抑,终生不得志。作品时涉时政。

曹唐,唐代诗人,初为道士,后还俗,屡试不中。所作大多取材于神话传说,多吟咏神仙仙境、灵禽仙兽、琼花异草之景,意境缥缈瑰奇而多彩,有道骨仙风之气韵。

从以上资料中,可知贾政生气的原因了,这是在说,宝玉的诗,有"恃才傲物"之气韵;贾环的诗,有"道骨仙风"之态度。宝玉、贾环、贾兰每人写了一首诗,但究竟写了些什么,作者并没有抄录下来。虽然三人之诗我们不曾看见,但意境却是可以体会出来的。由于宝玉、贾兰二人诗都没录出,脂批却批:"按:此处有缺文。"同样,贾环之诗也没被录出,如果都是缺失的话,这也太奇怪了吧?我以为这是作者有意而为之,故意不抄录出来,并不是缺失。原因也许是作者想让读者通过意境来猜猜诗的大概意思,抑或是想让我们去体会一下温飞卿与曹唐诗的意境。

"尤氏早捧过一碗来,说是红久字唷,贾母接来吃了半碗,便吩咐:'将这粥送给凤哥儿吃去。'"现在的版本都作"红稻米粥"。什么是"红久字唷",这句话就不是话了,其实这又是作者的一种隐写和曲笔。"久字唷",其实就是"文字狱",作者在这里故意将"文"写成了"久"字,将"狱"字写作近音"唷",其实就是"文字狱"。作者又在"文字狱"前面加上了一个"红"字,这个"红"又是什么意思呢?原来"红"是"血"的颜色,这里的"红"等同于"血"。"红久字唷",其意思是指"带血的文字狱"。还可以理解为"明朝的文字狱",因明朝是朱家的天下,朱乃红也。或者是"明洪武年间兴起的文字狱"。这里是针对抄检大观园这件事情来说的,再现的是历史上一次"文字狱"的场景,或是明朝文字狱的场景。

"红久字唷"是尤氏捧给老太太吃的,这就意味着尤氏将这个"带血的文字狱"的责任,归咎到了老太太身上,是老太太兴的"文字狱"。但老太太只吃了半碗,也就是只担了"文字狱"责任的一半,意思是我只有一半的责任。剩下的半碗给凤哥吃,意味还有一半的责任归咎于"凤哥",归凤哥承担。"凤"是指"王","凤姐"是指女人中的王后,而"凤哥"是指王中的哥,而王中的哥就是"皇上"。意为还有一半的责任要归结到皇上身上。

说来好笑,贾母每天都会收到贾赦等敬上来的菜肴,而这道菜居然被作者当作是一条进言,这就好比是皇上早朝时各位臣工所奏请的奏折。每天敬上,就是每天早朝奉上奏折。像上面的"红久字唷"就是尤氏上奏的进言,这个奏折上讲到了王夫人与王熙凤大兴文字狱,抄检大观园的事。所以,贾母吃了半碗,便吩咐:"将这粥送给凤哥儿吃去。"为何要将这粥吩咐给凤哥儿吃呢?只因这事是凤哥儿干的,责任还须凤哥儿来承担,但我也有一半的责任。

书中如"鸡髓笋""风腌果子狸""一碗肉",都是进言。

"鸡髓笋":鸡髓,指鸡骨头里的骨髓,髓乃骨中之气,寓指有骨气。笋,指竹笋,竹笋有节,寓意节操。前面有一"髓",代表骨气;后面有一"笋",代表气节。加起来就是有骨气、有气节。贾赦所敬"鸡髓笋"的意思是:"您做人做事要有骨气,要有气节。"

"风腌果子狸":风,指风骨;"狸",谐音"理与礼",寓意"有理、守礼"。合起来就表示"有风骨,讲道理,守礼制"。

"一碗肉":"肉"谐音为"柔",寓意太柔弱,太软弱。

这种以物寓意的写作方法是《红楼梦》一书的一大特色,我们可以看出,作者在书中的描写随处可见。

"开夜宴异兆发悲音",写尽了宁府的种种不堪与胡作非为,连老祖宗都发出了一声叹息。这预兆的是败局已定,悲惨将至。

"赏中秋新词得佳谶"。所说新词,其实并没录得一词一句。宝玉、贾环、贾兰三人究竟写了什么?因书中没有明写,永不可知矣,但他们的诗词意境是可知的。

我们虽不知宝玉写的何诗,但温飞卿其人其诗,我们是知道的,所以,知温飞卿之诗韵,而知宝玉之诗境,这是没问题的。这就是说,宝玉的诗有恃才傲物、讥讽权贵、取憎于时的风格。

贾环的诗境:"如今兄弟又自为曹唐再世了"。这说明贾环之诗,意境缥缈瑰奇,有道骨仙风之气韵。

贾兰之诗境:"贾政看了喜不自胜"。贾政,乃"假政"也。"假政"喜不自胜,就说明贾兰之诗境符合"假政"统治者的口味,为"假政"歌功送德,深得这个假政统治者的心。

千万不要听信脂砚斋的话,是"此处缺失"了,不写出这三首诗,是作者有意为之,他是在不写出诗的情况下,让你去猜这三首诗的其中意境。这样的安排,比亲睹此诗的收获还大,这达到了"此处无声胜有声"的效果。

第七十六回　凸碧堂品笛感凄清　凹晶馆联诗悲寂寞

前回写宁府"开夜宴异兆发悲音",此回写荣府"凸碧堂品笛感凄清",宁荣两府的落败已露出先兆。

林黛玉代表的是东南方文化中的诗林,而史湘云代表的是湘楚文化中的《楚辞》。一个代表诗,一个代表辞;一个代表吴越文化,一个代表湘楚文化。这两人的联诗,展示的是"吴越与湘楚"两种文化的才气。你从这次联诗中,可以看出吴越文化之才与湘楚文化之才,都是才华横溢、妙语连珠、锦句叠出,两者又各不相让,势均力敌,各有千秋。在作者的笔下,展示的是一次吴越文化与湘楚文化的大碰撞。作者认为,吴越文化与湘楚文化之才气,不相上下,难分伯仲。

你看妙玉之诗,论其才华,哪一点逊色于林、史? 其见识、气韵、意境,竟是黛玉与湘云之所不及也;扶乱本是道家文化,可妙玉这个佛家女弟子却能;音律是大众娱乐,但妙玉却比世人更通;猫儿交配本是动物行为,常人偶见是平常之事,也并不会引起过多的关注,可她却走火入魔了。争强好胜,虚伪势利,红尘情未了,妙玉哪像是一个完全出家之人? 所以,作者在妙玉的判词之中叹息道:"欲洁何曾洁,云空未必空。可怜金玉质,终陷淖泥中。"六根不净,四大不空,何以出得家,修得佛呢? 最后只能是败坏佛风,身染污泥。

第七十七回　俏丫头抱屈夭风流　美优伶斩情归水月

"俏丫头抱屈夭风流"。别看王夫人整天在吃斋念佛,可心比谁都硬,比谁者狠,比谁都毒。只要是入不得"王"的法眼的人,太聪明伶俐的人,长得太美的人,能说惯道的人,都是她讨厌的对象,她就会毫不犹豫地痛下杀手。这个"王"是容不得美的存在的,她只喜欢那些笨笨的、不伶不俐的人。不仅是"王"不喜欢聪明伶俐的人,就连一众老婆子也不待见她们。这就好比新的文化总是千方百计想从围城之中突围出来,而老的文化又总是千方百计地去制约着他们一样,保守与创新总是会产生碰撞。在一个封建传统文化占绝对优势地位的环境中,新文化的命运就可想而知了。晴雯就是那个能说会道、伶伶俐俐的人,所以,结果注定是悲惨的。

"美优伶斩情归水月"。芳官的"芳",代表着流芳百世的芳,藕官的"藕"指莲藕,寓意"廉洁",都代表着美好的文化。一个个美丽的青年女性,代表着一个个新生的美丽文化,但无一例外都被清理出了大观园。她们在走投无路的情况下,被迫遁入空门,了此残生,这就是封建制下的文化迫害。在那个王权至上的时代,下人是没有人权可言的,他们就像牲口一样,可以被任意处置。

本回写道:"王夫人皆记在心中。因节间有碍,故忍了两日,所以今日特来亲自阅人。一则为晴雯犹可,二则因竟有人指宝玉为由,说他大了,已解人事,都由屋里的丫头们不长进教习坏了。因这事更比晴雯一人较甚,乃从袭人起,以至于极小的做粗活的小丫头们,个个亲自看了一遍。因问:'谁是和宝玉一日的生日?'本人不敢答,老嬷嬷指道:'这一个蕙香,又叫四儿的,是同宝玉一日生日的。'"

前面已讲过,这个"四儿",是指"礼、义、廉、耻"这四种品质。宝玉代表着玉德,玉德是指"礼、义、廉、耻、仁、智、信、孝、悌"等品质,自从有了玉德这种文化,就有了"礼、义、廉、耻"这四德,他俩的属性是相同的,都代表德,所以他们同一天生日。四儿为何又叫蕙香呢? 这是因为"蕙香"是花中四君子"竹、梅、菊、兰"之一——兰蕙。蕙香代表着君子之德的芳泽。

入画、司棋、晴雯、四儿、芳官、藕官、葵官、蕊官、艾官等一众人等,都离开了大观园。宝钗为避嫌而走,迎春因嫁人而离开,这大观园还剩几个人了?

"俏丫头抱屈夭风流,美优伶斩情水月庵"。俏丫头死了,美优伶出家了,剩下的都是些笨笨的,这贾府岂有不败之理?

第七十八回　老学士闲征姽婳词　痴公子杜撰芙蓉诔

"老学士闲征姽婳词"。姽婳，指女子娴静美好。"姽婳将军"就是指女将军。姽婳将军林四娘，是一个有情有义、忠勇无畏的女英雄。林四娘的忠勇，衬托的是一帮文武百官的贪身怕死、屈膝变节。在恒王战死之后，青州城内的文武官员，各各皆谓："'王尚不胜，你我何为！'遂将有献城之举。"在一帮文武官员准备献城投降之时，是一帮女人挺身而出、激战沙场的壮举。

宝玉的一首《姽婳词》已是歌功颂德之奇文，而一篇《芙蓉女儿诔》，可谓是古今凭吊之篇的绝唱。那语风，那词格，那切语，那悲意，那情深，感天动地，鬼神同悲，真乃奇诡莫测之神文也。古之祭文有之，但能与之媲美者有乎？曹公之奇才，古今中外无有矣。

当这篇情深意切的《芙蓉女儿诔》祭文，被小心眼的林黛玉听到之后，一场风波顿起。围绕"红绡帐里，公子多情，黄土陇中，女儿薄命"两人发生了激烈的争论。

黛玉笑道："咱们如今都系霞影纱糊的窗槅，何不说'茜纱窗下，公子多情'呢？""霞影纱"又薄又透，窗里窗外一清二楚，林黛玉是借这个"霞影纱"作喻，表达宝黛之情已如霞影纱一般又轻又薄之意。"茜纱窗"是黛玉的窗户，而"公子"指的是宝玉。这句话的完整意思是说："我们之间的情感正如霞影纱一样又轻又薄，我对你已没有什么感情可言了，你不要自作多情。"

宝玉听了这话是："不禁跌足笑道：'好极，是极！到底是你想的出，说的出。可知天下古今现成的好景妙事尽多，只是愚人蠢子说不出想不出罢了。但只一件：虽然这一改新妙之极，但你居此则可，在我实不敢当。'"这是个什么意思呢？这是说："这是你的一厢情愿，是你的所想所思，可我并无此意啊！"接着连说"不敢"，针锋相对。

听了宝玉这一番话，黛玉笑道："何妨。我的窗即可为你的窗，何必分晰得如此生疏。古人异姓陌路，尚然同肥马，衣轻裘，敝之而无憾，何况咱们。"这里林黛玉是说："没关系啊！说什么你的窗我的窗，不都是茜纱窗吗？不还是又轻又薄，不还是公子多情吗？你不也是与我一样这样想的吗？我与你相交这么长时间，谁不知道谁呀！"这是一段风凉话，带有强烈的讥讽意味。

宝玉笑道："论交道不在肥马轻裘，即黄金白璧，亦不当锱铢较量。倒是这唐突闺阁,万万使不得的。如今我越性将'公子''女儿'改去,竟算是你诔他的倒妙。况且素日你又待他甚厚,故今宁可弃此一篇大文,万不可弃此'茜纱'新句。竟莫若改作'茜纱窗下丫鬟薄命。'"

这段话的意思是说:"论交之道,不在金钱与黄金白璧相赠,亦不是钱多少的问题,他反映的是一片情谊。什么都使得,但唐突闺阁是万万使不得的。现在我把这'公子''女儿'都改了去,就算是你诔他的,可好不好啊?我宁可弃此一篇大文,但万万不可把'茜纱'这新奇的句子丢弃掉了。竟改作'茜纱窗下,小姐多情;黄土陇中,丫鬟薄命。'可好?"虽是语带不甘,但为了不让林黛玉生气多心,还是做了让步,决定改一下。但黛玉还是不依不饶。

黛玉笑道:"他又不是我的丫头,何用作此语。况且小姐丫鬟亦不典雅,等我的紫鹃死了,我再如此说,还不算迟。"这黛玉真有点胡搅蛮缠了,一句话又将宝玉顶个底朝天。在这种情况之下,宝玉显得很无奈,忙笑道:"这是何苦又咒他。"黛玉笑道:"是你要咒的,并不是我说的。"在此,这黛玉不再是尖酸刻薄了,而是刁蛮无理、无理取闹了。这也不行,那也不行,这下终于激怒了贾宝玉,于是才有:宝玉道:"我又有了,这一改可妥当了。莫若说:'茜纱窗下,我本无缘;黄土陇中,卿何薄命。'""茜纱窗"是黛玉的窗。这句话是说:"茜纱窗下,你我本来无缘,黄土陇中,你怎么这样薄命呢。"这可是宝玉在情急之下的一句诅咒黛玉的话,这句话可真伤到黛玉了,以前一切的情缘,在这句话出口之后,那就什么都不存在了。

此时的黛玉当听到这句话时,是"忡然变色,心中虽有无限的狐疑乱拟,外面却不肯露出,反连忙含笑点头称妙,说:"果然改的好。再不必乱改了,快去干正经事罢……"多么的平静,而平静的背后是绝望与伤心,她绝想不到一个对他爱如珍宝、青梅竹马的恋人,居然会出如此的毒口。虽然他俩还会继续的眷恋,但还能相爱如初吗?这种隔阂是永远不会消除了。后面一句,"快去干正经事罢",这就是在委婉地赶贾宝玉走。

看起来是在为"红绡帐里,公子多情,黄土陇中,女儿薄命"在争论,其实,这哪是在争论,是两个人在激烈交锋,在这里还骂上了呢。别看都是在笑着说的,里面却藏着锋芒与针尖呢!这笑有奸笑、坏笑、苦笑、皮笑肉不笑、蔑视地笑、开怀大笑……多着呢!所以这两人的笑总显出讥讽之意。

"老学士闲征姽婳词",凸显出的是一个女将军的爱国情怀,和誓死不屈的民族气节。"痴公子杜撰芙蓉诔",其他我一点儿都不想说,我真的是被这

篇诔文惊到了,古今有好过此诔文的吗?

第七十九回 薛文龙悔娶河东狮 贾迎春误嫁中山狼

前面已分析过,薛文龙是薛蟠的表字,薛蟠所代表的是武文化中的"勇",表字中的"文龙",乃龙王第六子赑屃也,由于赑屃好文贝才,所以被称为"文龙"。古代的碑文一般都文字精美,文辞精深,用词考究,很显文采。他就喜欢背着这些石碑,所以古代的石碑下面都有一个赑屃驮着。后来,人们将这个驮着石碑的赑屃称为"霸下",霸道的霸。所谓的"霸下",是在说薛(血)蟠所代表的"勇"这种文化,是一种霸道的文化。古人云:"勇者必狠",不狠就不是勇者了,所以"勇"是一种有血性的霸道文化。所谓的薛蟠,其实是"血蟠",这个"血",是给"勇"这种文化定性的,说的是"勇"这种文化,是一种带着血性的文化。

"河东狮",乃出自"河东狮吼"之典,指凶猛如狮的悍妇。这个悍妇是指谁呢?乃夏金桂也。何谓"金桂"?"金",指金钱。有钱即为富,所以"金"寓意"富","桂"的谐音为"贵"。"金桂"这个名字的寓意是指"富贵"。

书中又曰:"合长安城中,上至王侯,下至买卖人,都称他家是'桂花夏家'。"何谓"桂花夏家"?"桂花"寓指"贵华",乃"富贵荣华"之意。富贵荣华前面加上一个"夏"姓,"夏"在这里指"热",夏天岂不是热吗?"桂花夏家"乃指"桂花热"。因"桂花"寓意"富贵荣华",所谓的"桂花夏家",即寓指"富贵荣华热"。"夏金桂"这个名字所代表的意思,就是指"大行其道、热度很高的尚富尚贵之风"。书中说长安城里所有人家都喜爱种桂花,这就表示长安城中上至王侯,下至百姓,都崇尚富贵荣华之风。这与历史上所说的长安城中家家户户种"牡丹"是一个意思,因牡丹是富贵花,也代表着富贵荣华,家家户户种"牡丹",就是家家户户喜爱富贵荣华。"河东狮",是用来形容"尚富尚贵之风"的危害,指尚富尚贵之风,如一头河东恶兽,啃噬着这个社会清正廉洁与朴实无华的传统之风。

谁将"金桂"娶回了家,谁就是将尚富尚贵文化娶回了家。尚富尚贵文化是败家灭世的文化,谁娶了尚富尚贵文化,谁家就会败落。所以,当薛(血)家娶回金桂后,闹得是鸡犬不宁,祸事不断,最后一败涂地,这就是尚富尚贵之风给薛家造成的危害。

作者在这一回里是在告诫人们,尚富尚贵之风千万兴不得,否则,轻则败家破财,重则妻离子散、家破人亡。"薛文龙悔娶河东狮",薛蟠(嗜血的蟠龙),名霸下(霸道),这个又血腥又霸道的文化,居然斗不过夏金桂这个"河东狮",可见尚富尚贵之害,比血腥文化还要血腥。

香菱。香菱就是指菱花之香,指菱花散发出来的那股子清香。菱花散发出来的是什么香味呢?书中曰:"不独菱花,就连荷叶莲蓬,都是有一股清香的。但他那原不是花香可比,若静日静夜或清早半夜细领略了去,那一股香比是花儿都好闻呢。就连菱角、鸡头、苇叶、芦根得了风露,那一股清香,就令人心神爽快的。"可见作者是取菱角的那股清香、那股清气。作者将菱之清香,用来比喻清正之气、朴实无华之风。

香菱的前身名"英莲","莲"寓意"廉洁","菱香"寓意为"清正",合则是"廉洁清正"。廉洁清正的性质是属"真"文化的范畴,是"真"文化生养出来的文化,所以英莲的父亲姓"甄",谐音为"真"。这就是说,"廉洁清正"这种文化是"真"文化的产物。可英莲(廉洁)从小就被拐子拐走了,意思是"廉洁"这种文化被拐子拐走了。后来又经常挨拐子的打,被打怕了,以致她不敢承认自己的父母是谁,故乡在哪。这是在说"廉洁"这种文化,忘记了自己的父体与母体,和这种文化的故乡。当这个象征"廉洁清正"的英莲再次出现的时候,就只剩下"清正"而无"廉洁"了,所以,"英莲"就变成"香菱"了。这就是拐走时她的名字叫英莲,而当她再次出现时却变成"香菱"的原因。

其实,"廉洁"与"清正"这两种文化是同根同源的,廉洁的人,自然清正;清正的人,自然廉洁。所以,关于香菱的判词就说:"根并荷花一茎香。"

"清正"这种文化在一个虚假的社会中是一个另类,它不会受到社会的重视与理解,所以这种文化的命运注定是悲惨的。于是判词中又曰:"平生遭际实堪伤。""清正"这种文化的核心是要守得住清正,耐得住贫寒,它与尚富尚贵文化是格格不入的,要清明,就要远离荣华富贵之心;要想过荣华富贵的日子,就清正不了。所以,书中的判词又曰:"自从两地生孤木,致使香魂返故乡。""两地"是个"圭"字,"孤木"是一个单独的"木"字,"两地生孤木"是一个"桂"字,寓意为"贵",指尚富尚贵文化。当人们都崇尚富贵荣华的时候,还有谁会记得这个世上有清正廉洁这种文化的存在呢?所以,清正廉洁这种文化就死了,所以才有"致使香魂返故乡"。你看作者将香菱的那幅画的场景定格为:池上是一株桂花(富贵荣华至上)树,池里是莲枯藕败(廉洁清正文化枯败),尚富尚贵与清正廉洁这两种文化的命运,形成了鲜明

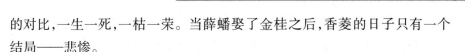

的对比,一生一死,一枯一荣。当薛蟠娶了金桂之后,香菱的日子只有一个结局——悲惨。

宝玉"便怅然如有所失,呆呆的站了半天,思前想后,不觉滴下泪来,只得没精打彩,还入怡红院来。一夜不曾安稳,睡梦之中犹唤晴雯,或魇魔惊怖,种种不宁。次日便懒进饮食,身体作热。此皆近日抄检大观园、逐司棋、别迎春、悲晴雯等羞辱惊恐悲凄之所致……"一病不起了,可见打击有多大。

可叹香菱,还把薛蟠娶金桂当作一件大喜事而自喜,她哪里知道自己已将大祸临头了呢。香菱之愚,已满纸矣;香菱之呆,已跃然矣。

有人在质疑《红楼梦》后四十回时,都拿香菱的判词来说事,书中说她"致使香魂返故乡",这岂不是已经香消玉殒了吗?香菱明明是死了的,可后来却又被甄士隐度脱了出来,这不是前后矛盾吗?如果本书写的是人,那真的就是矛盾,但关键是本书写的是文化。文化的死跟人不一样,人死不能复生,但文化则不同,当一种文化背离了自己的母体与父体,忘记了自己的出身,即为死;当这种文化又回归正轨,就表明这种文化又恢复如初了,此即生。香菱代表的是"清正"之正气,当社会进入虚假与黑暗之时,清明正气生存的土壤就失去了,没有清正之气生存的土壤,这种文化就死去了。当社会重新进入真的时代之时,那这个"清明正气"又回来了,这叫作往复回环。

一个社会,一个家庭,以及世上万事万物,都有其自身运行的规律,这个运行的规律就是"物极必反,否极泰来"。真与假这两种文化也是一样,真去假来,真来假去,真与假相生相克,此消彼长,可真与假这两种文化又何曾真正死去过?你看书中,香菱是怎么出来的?是不是真(真士隐)重新出来之后将她度出来的?当真(甄)重新回到这个世上之时,清正廉洁之气岂不是又有生存的土壤了吗?这种文化岂不是又回来了吗?她怎么可能真正死掉呢?

"贾迎春误嫁中山狼",只一笔带过,无须多言。贾迎春代表棋文化,她的命运是棋文化的命运,即棋运。那"中山狼"是指一个什么文化呢?书中说:"这孙家乃是大同府人氏,祖上系军官出身,乃当日宁荣两府中之门生,算来亦系世交。如今孙家只有一人在京,现袭指挥之职,此人名唤孙绍祖,生得相貌魁梧,体格健壮,弓马娴熟,应酬权变,年纪三十,且又家资饶富,现在兵部候缺提升。"

什么是"大同"?这里指的不是山西大同这个地方,这里的"大",是指

《道德经》中的"大"。《道德经》中曰："有物混成,先天地生。寂兮寥兮,独立而不改,周行而不殆,可以为天地母。吾不知其名,强字之曰道,强为之名曰大。大曰逝,逝曰远,远曰反。故道大,天大,地大,人亦大。域中有四大,而人居其一焉。人法地,地法天,天法道,道法自然。"所谓的大,指的是"道、天、地、人"四大。而在四大之中,道最大。所谓的"大同",即指"道同"。简言之,这个大同就是指的道、天、地、人的四大合一,强调的是天时、地利、人和,天人合一的境界。

是一种什么样的文化要达到天时、地利、人和、道和呢?其一,文中又说"祖上是军官出身",这说明这种文化与军事有关;其二,这种文化与"宁荣"有关,这就是说,安宁要靠他,繁荣昌盛也要靠他;其三,"现袭指挥之职",这说明这种文化能指挥军队,是军队的灵魂;其四,"弓马娴熟,应酬权变。"这说明这种文化与"用武"有关,又事关机谋权变;其五,"现兵部候缺提升",这又说明这种文化与军事有关;其六,这种文化姓"孙"(孙绍祖)。

综合这六点,这种文化已初显端倪,他就是《孙子兵法》。作者给这种文化起了一个名字——孙绍祖。这里的"孙"指的就是《孙子兵法》的孙。

贾迎春代表棋文化,孙绍祖代表《孙子兵法》,也就是军事文化。别看棋文化与军事文化两不相干,但这两种文化有着很深的历史渊源,有着异曲同工之妙。你看"象棋",有将有帅,有兵有卒,有仕有相,有马有车,有炮,有楚河汉界。我们从这里可以看出,棋文化完全是从军事文化中演化出来的,它完全模拟的是战争场面。可以说,战争是真实的战斗,而棋是纸上的战争。但不同的是,棋只不过是在纸上谈兵而已,而实战可是真刀真枪的干。将贾迎春代表的棋文化,嫁给孙绍祖代表的军事文化,把棋文化与军事文化融合在一起,那棋文化恐怕就只有死路一条了。一个会下棋的人,棋下得再好,也是纸上谈兵,她是指挥不了战争的,又加上贾迎春本身就糊里糊涂,她连自己的丫鬟司棋都保不了,还怎么能去参与军事?所以,最后被孙绍祖(指军事)打死了,这也在情理之中。

为何又说孙绍祖是中山狼呢?军事文化是受政权(贾政)所辖制的,受王的节制,但当这个孙绍祖大红大紫、飞黄腾达的时候,他可就六亲不认了。没有王的提携,他能这样显贵吗?但当他飞黄腾达之后却轻薄贾府,凌辱迎春,这岂不是忘恩负义的中山狼吗?

"薛文龙悔娶河东狮",是娶了尚富尚贵这种文化;"贾迎春误嫁中山

狼",是指棋文化误嫁给了军事文化。

第八十回　美香菱屈受贪夫棒　王道士胡诌妒妇方

"美香菱屈受贪夫棒"。香菱所代表的"清明正气",在夏金桂所代表的"尚富尚贵"之风面前,那是不堪一击、甘败下风。夏金桂说向东,香菱不敢向西;夏金桂强要给她改名,香菱不敢说不改。总之,这个香菱在金桂面前是百依百顺、百般俯就。即使是金桂对她百般折磨、百般加害,她也无一点儿抱怨之心。她哪里知道,"尚富尚贵"文化是要置"清明正气"这种文化于死地的。而那个更为糊涂的薛蟠,居然听信谗言,好坏不分,棒打香菱。还有那个对香菱还算有点儿怜悯之心的薛姨妈,居然是"快叫个人牙子来,多少卖几两银子",要将香菱当作物件或牲口一样卖掉。可见"清明正气"这种文化,是何等不受人待见,是何等悲哀。

香菱的命运,是"清明正气"这种文化的命运。金桂的命运,是"尚富尚贵"这种文化的命运。

"王道士胡诌妒妇方"。什么是"妒妇方"? 顾名思义就是治疗"妒妇的药方"。妒妇并不是病,何来药治? 可这个王道士偏就开了一剂良方,现在来分解一下这个药方的含义吧! 看看这个王道士是如何治疗妒妇的。

书中写道:"宝玉道:'我问你,可有帖女人的妒病方子没有?'王一帖听说,拍手笑道:'这可罢了。不但说没有方子,就是听也没有听见过。'宝玉笑道:'这样还算不得什么。'王一帖又忙道:'这帖妒的膏药倒没经过,倒有一种汤药或者可医,只是慢些儿,不能立竿见影的效验。'宝玉道:'什么汤药,怎么吃法?'王一帖道:'这叫'疗妒汤':用极好的秋梨一个,二钱冰糖,一钱陈皮,水三碗,梨熟为度,每日清早吃这么一个梨,吃来吃去就好了。'宝玉道:'这也不值什么,只怕未必见效。'王一帖道:'一剂不效吃十剂,今日不效明日再吃,今年不效吃到明年,横竖这三味药都是润肺开胃不伤人的,甜丝丝的,又止咳嗽,又好吃。吃过一百岁,人横竖是要死的,死了还妒什么! 那时就见效了。'说着,宝玉茗烟都大笑不止,骂'油嘴的牛头'。王一帖笑道:'不过是闲着解午盹儿罢了,有什么关系。说笑了你们,可就值钱。实告诉你们说罢,连膏药也是假的,我有真药,我还吃了作神仙呢。有真的,跑到这里来混?'"

别真以为这是什么真的药方,这里全是在调侃。哪有什么治"妒妇"的药方子呢？现在来看王一帖是怎么调侃的。

"秋梨一个"："秋梨"，是指秋天的梨。作者在这里，是借"梨"与"离"的谐音，表示离开。"极好的秋梨"，就是说："你要好好地离开她一段时间，只有远离，才可避开妒妇的唠叨。"再说距离有助于产生思念之情，时间一长，就会平静那颗妒妇的心，感情也就好了。

"二钱冰糖"："冰糖"的味道怎么样？甜！当人吃了冰糖会是怎么样的？嘴甜。这里是说："你得多给她说说好话，多用甜言蜜语去哄着她。"

"一钱陈皮"："陈皮"，我们并不陌生，它既是药又是调味品。陈皮的皮有两个特点，一是皮厚，二是皮老。"陈皮"的意思是指老旧的厚皮。此句的意思是说："你得厚着你这张老脸皮去俯就她，或者是多厚着脸皮去俯就她。"

"水三碗"："三碗"，是个多少的问题，并不是此句的关键，关键的是在这个"水"字上。古人曰："水，善之善者也"，"上善若水"。这个方子里的"水"，说的是"水"，其实言的是"善"。"水三碗"，是说："你要有善意，用一颗善良的心去感化她。"

综上所述，这个治疗"妒妇"的药方是说："你第一要远离她，当她见不着你的时候，她还怎么妒？第二是要用甜言蜜语去安抚她；第三是要厚着脸皮去俯就她；第四是要用一颗善良的心去善待她、感化她。人心都是肉长的，今天不行，明天再接着来，时间一长，她就不会再妒了。"

四味药，四种方法，如果用此法去安抚一个妒妇的心，即使是铁石心肠的女人，恐怕也被感化了吧！

有人还真的以为这是一个治妒妇的药方，还编出许多理由，什么妒妇容易上火啊！容易发怒啊！容易伤肺啊！这几味药都是润肺的，吃了就能好。殊不知所谓的药方，其实是平复女人妒心的方法。《红楼梦》高明就高明在这里，他从不直接说什么，都是用隐意、曲笔来说事，如果我们不具二心，怎知二意呢？

几十年前，胡适先生等认为《红楼梦》后四十回不是曹雪芹原著，引得红学界一片哗然。在争论与质疑声中，这种观点居然被许多人所接受，这给后来的阅读者造成了严重的影响，都以为后四十回真的不是曹雪芹的原著。还有人认为是高鹗所续，再后来又搞出一个什么"无名氏"续，更有那个续，这个续之说。后四十回，究竟是原创，还是高续？还是无名氏续？还是有别

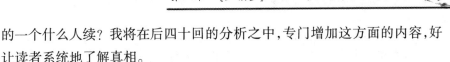

的一个什么人续？我将在后四十回的分析之中，专门增加这方面的内容，好让读者系统地了解真相。

第八十一回　占旺相四美钓游鱼　奉严词两番入家塾

此回开篇紧接前一回写，把上一回还没写完的内容接着续写。"后回开头续写前回的内容"这是《红楼梦》写作的一大特点，这种写作方法在前八十回中，除了第五十九回之外，就有七十九回采用了这一叙写方法，这种方法是：前一回的内容一般不完全写完，留下一部分内容在后一回的开头继续写，待把前一回的结尾写完之后，再写本回的内容。第八十一回的开头完全符合曹雪芹先生一贯的写作手法，如果不是原创，就不会知道这种写作方法。这就是说，第八十回与第八十一回，在写作方式上是无缝衔接的，不存在续写之可能。

"占旺相四美钓游鱼"。谁都钓到了，唯独宝玉不得，可见宝玉后运不好，后福不旺。他不但没有钓到象征旺相的游鱼，连"鱼竿也折作两段，丝线也振断了，钩子也不知往哪里去了"。搞得是狼狈不堪。

"马道婆"，这个"马"，指的是行走于民间的"巫婆马角"；"道"，乃"三姑六婆"中的"道婆"。"马道婆"代表的是"邪魔外道"，是一种流传于民间的极其邪恶的封建迷信文化的糟粕，其装神弄鬼，故弄玄虚，专门用邪术、骗术招摇于民间，还美其名曰是为别人禳灾除祸，这就是流传于民间的巫觋文化。巫觋文化与道教还是有着很大区别的，道教文化虽属封建迷信的糟粕，但它的本质还是以捉鬼降妖、治病救人为前提的，虽为妖术，但不邪恶。但巫觋文化中的"道婆"却是邪魔外道，他们为了钱什么坏事都干，像书中的马道婆，她本是贾宝玉的守护神，寄名的干娘，赚着贾母的钱，可她居然勾结赵姨娘，干起了加害宝玉的勾当，这可是对马道婆所代表的"邪魔外道"文化的辛辣嘲讽和无情鞭挞，深刻揭露了"三姑六婆"这些文化的邪恶本质。

"奉严词两番入家塾"。"贾代儒"代表的是"儒学文化"。封建社会进入宋朝时期，所谓的儒学，是以"四书五经，八股文章"来取士的。这种教育模式严重制约着中华文化的发展，严重羁绊着人们的思想，严重束缚着人们的手脚，其结果是严重制约着社会的进步与发展，不啻于是一种文化的自戕与文化的自残。这种教育模式，是封建中国走向更深层衰落的罪魁祸首。整个文化氛围，无非是《大学》《中庸》《论语》《孟子》《诗》《书》《礼》《易》

《春秋》等内容，更臭名昭著的就是那些设规定矩死教条的八股文章。

作者在书中集中揭露了封建教育体制的偏激、狭隘与腐朽，取士制度的荒谬与无知，归结到了这个不合理的教育制度上。儒家思想固然重要，诗书礼仪固然不可或缺，但整个教育模式非四书五经而不学，非八股文章而不取，这岂是兴旺发达之道？中国是个礼仪之帮不假，但我们总不能困守在礼仪诗书、儒学儒学的死教条的基础之上吧？不道不德，我所不为也；唯道唯德、愚道愚德，又岂是中华之长远的生存之道？

这一回的写作方法完全继承了前面的写作内容与写作风格，与前八十回如出一辙，写的完全是文，而不是人，没有哪一点有前后矛盾之处。

第八十二回　老学究讲义警顽心 病潇湘痴魂惊恶梦

第八十一回与第八十二回，重点侧重了一个关于教育体制的问题，本回书中有这样的一段描写："宝玉接着说道：'还提什么念书，我最厌这些道学话。更可笑的是八股文章，拿他诓功名混饭吃也罢了，还要说代圣贤立言。好些的，不过拿些经书凑搭凑搭还罢了；更有一种可笑的，肚子里原没有什么，东拉西扯，弄的牛鬼蛇神，还自以为博奥。这那里是阐发圣贤的道理。目下老爷口口声声叫我学这个，我又不敢违拗，你这会子还提念书呢。'"

前回，作者借贾（假）政之口，讲述了封建政治下教育制度与科举考试的偏激与荒谬，批判了以四书五经、八股文章为内容的取士制度。这一回，作者又通过宝玉之口深刻揭露了封建教育制度与科举考试制度的虚伪本质。这也从一个侧面反映出贾宝玉厌恶读书是有原因的，是因为儒学教化的全是四书五经，写的是八股文章。宝玉最厌仕途经济，也是因为仕途的黑暗、经济的肮脏。看到这种不合理的教育制度，看到社会的黑暗，看到仕途经济的肮脏，他不愿意同流合污，所以宝玉是叛逆的。

"后生可畏"与"不足畏"，是一个老生常谈的话题，畏与不畏，就在每个人的取舍之间。少小努力，前途无量，这是人们敬畏后生的原因。消极颓废，不求进取，那又何畏之有？这句话是在警示后生，要勇于上进、刻苦读书，留意于功名，不要弄到老大无成。

"吾未见好德如好色者也"。这是天理与人欲的较量，这句话很有哲理，在此抄录如下："宝玉不得已，讲道：'是圣人看见人不肯好德，见了色便好的不得了。殊不想德是性中本有的东西，人偏都不肯好他。至于那个色呢，虽也是从先天中带来,无人不好的。但是德乃天理,色是人欲,人那里肯把天理好的像人欲似的。孔子虽是叹息的话,又是望人回转来的意思。并且见得人就有好德的,好得终是浮浅,直要像色一样的好起来,那才是真好呢?'"

"并且见得人就有好德的,好得终是浮浅,直要像色一样的好起来,那才是真好呢?""你既懂得圣人的话,为什么正犯着这两件病?"这又是一句警示宝玉的话。"成人不自在,自在不成人。"这对于今天的我们,一样有着深刻的启示。

"病潇湘痴魂惊恶梦"。因痴一梦,实乃凶兆也,这为林黛玉之死埋下了伏笔。不仅是黛玉的凶兆,也是宝玉的凶兆。林黛玉代表东南方文化,贾宝玉代表着中原文化,东南方文化客居他乡,依托着中原文化而生。当中原文化面临着大的劫难的时候,东南方文化又何以生存?"皮之不存,毛将焉附?"所以,泪尽魂归、木石分离的时候也快到了。

"蜜饯荔枝":正当袭人来试探林黛玉对妻与妾的看法时,宝钗却派来个婆子送了"蜜饯荔枝"来。所谓的送东西,其实送的是文化,也就是说的话语。这就是说,这个"蜜饯荔枝",就是宝钗给黛玉说的话。我们来看看"蜜饯荔枝"代表的是什么意思?荔枝把皮剥开,呈现出"肉白核黑"的特点,它的寓意是表里不一或是表面清白,内心黑暗。又由于这个荔枝是蜜饯的,所以表面的荔肉会更甜,但其核还是黑的。这就有口蜜腹剑、口是心非、表里不一的寓意。作者的这种写法,所呈现出来的意思是说:"袭人,你不是要试探黛玉的为人吗?我告诉你,林黛玉是一个口蜜腹剑、口是心非、表里不一的人,千万别信她的。"

薛宝钗在书中,一直在用她的阴谋诡计算计着林黛玉,在分析时一定要记住这一点,她所谓的好意,其实都暗藏着杀机。袭人本来是来讨林黛玉的口风的,想了解一下林黛玉对妻与妾关系的看法,以便以后好相处,正在这节骨眼上,薛宝钗送来这么个东西,这样的话,这袭人岂不生疑,她还能指望林黛玉以后对她好吗!于是就千方百计地撺掇薛宝钗与贾宝玉的关系,而她就可就中取利。

作者一如既往地在批判四书五经、八股文的取士制度,一如既往地借用别人之口而表达自己的观点立场,有哪一点是别人续写的痕迹?特别是这个"蜜饯荔枝",更是写文化的铁证。

第八十三回　省宫闱贾元妃染恙　闹闺阃薛宝钗吞声

继续接上回叙写,符合作者一贯的写法。贾母听了自是心烦,因说道:"偏是这两个玉儿多病多灾的。林丫头一来二去的大了,他这身子也要紧。我看那孩子最是个心细的。"两个玉儿? 一是林黛玉所代表的东南方文化中的墨林;一个指贾宝玉所代表的中原文化中的玉德。两人皆病,意味东南方文林与中原文林皆病。

"省宫闱贾元妃染恙"。元春代表的是"宫乐"文化,宫乐文化是一种宫廷享乐主义文化。而这种文化居然青云直上,走上了中华文化圣殿的最高舞台,达到了至高无上的地位,被皇上封为"凤藻宫尚书,加封贤德妃"。何谓"凤藻宫"? "凤藻"指华美的辞藻,"凤藻宫"乃指文化的宫殿。尚书是六部最高官职,"凤藻宫尚书",是指文化宫殿之中的最高主管,统领着文运。

这个皇上可能是昏头了,居然将"宫庭享乐主义文化"的代表贾元春,封为主政文坛的尚书,将享乐主义文化提到了最高度。当享乐主义文化享受着如些殊荣的时候,整个宫廷、整个社会,所有人等,岂有不享乐的? 享乐主义文化之恶,恶于猛兽,它是要毁灭整个世界的。所以曹雪芹先生说,这种文化生于"年"。"年"乃年兽,年兽是吃人的猛兽。作者借贾元妃之生日,来引出"年"这头恶兽,从而达到将宫廷享乐主义文化比作洪水猛兽的目的。

皇上不但加封贾元春为"凤藻宫尚书"之职,还赐封其为"贤德妃"。享乐主义文化是败家祸国的文化,何贤之有? 何德之有? 所以说:社会之病,先病于最高统治者;社会之明,也先明于最高统治者。最高统治者不明,则社会必然陷入黑暗,必然致乱。

贾元妃染恙,就表明这种享乐主义文化病了。享乐主义文化病了,这是社会的福音。享乐主义一天不死,它的危害就一天不会停止。这就是曹公的良苦用心。他写的是一个虚假文化社会的毁灭,随着一个个虚假文化的死亡,这座虚假文化的圣殿"假府"(贾府)就一步步走向灭亡了。

"闹闺阃薛宝钗吞声"。夏金桂代表着狂热的尚富尚贵文化。尚富尚贵之风一天不止,社会就会处于危险之中。可现在,尚富尚贵文化的代表人物夏金桂,正处于癫狂之中,见谁咬谁,见人就撕。"人死三年作恶""多行不义必自毙",夏金桂之死已不远矣。

尚富尚贵之风不死,何来社会的安宁?! 而薛宝钗所代表的"智谋"文

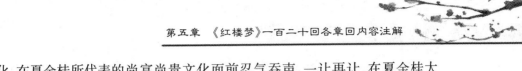

化,在夏金桂所代表的尚富尚贵文化面前忍气吞声,一让再让,在夏金桂大闹闺阃之时一筹莫展,这不能不说是智谋这种文化的悲哀。你的智到哪里去了?你的谋又到哪里去了?

"省宫闱贾元妃染恙,闹闺阃薛宝钗吞声",一切都在朝着毁灭的方向来运笔。贾元妃不死,享乐主义文化不止;夏金桂不亡,尚富尚贵文化不灭。一切都按曹公的写作构思在发展,有哪一点是续写的?从给林黛玉之病的诊断和使用药方来看,完全是从文化入手,完全是从东南方文化入手,不曾有任何的偏离。特别是病因、病理、药方,都切中了东南方文化以及中华文化之病的要害,何来续写之有?

第八十四回　试文字宝玉始提亲　探惊风贾环重结怨

"试文字宝玉始提亲"。试什么文字?《吾十有五而志于学》出自《论语》。子曰:"吾十有五而志于学,三十而立,四十而不惑,五十而知天命,六十而耳顺,七十而从心所欲,不逾矩。"它讲的是人在各个年龄段的知识修为与积淀所达到的人生境界。

《人不知而不愠》出自《论语》第一章《学而》。子曰:"学而时习之,不亦说乎? 有朋自远方来,不亦乐乎? 人不知而不愠,不亦君子乎?"不以不知而不愠者,终是一种境界。要达到这样的境界,无有严于律己、宽以待人、厚道乐德之心,不能为也。

《归则墨》,语出《孟子·滕文公》:"天下之言,不归杨,则归墨。"杨,乃杨朱,杨朱是一个精致的利己主义者,主张"利己""贵生"。"拔一毛而利天下,我所不为也。"拔一根头发而能利天下的事,他都不做,可见这个人的自私自利到了极点,乃"一毛不拔"之人。此也是成语"一毛不拔"的来由。

墨翟子,提倡兼爱、非攻、尚贤、节俭,主张舍身以济世。墨子与杨朱,是两种完全不同的人生境界与人生价值观,一个利己,一个为公,两种主张,两种思想,两种人生,截然不同。"不归杨,则归墨",其实是一种人生选项和社会道德的选择,一个利己主义的社会只能是私欲泛滥、弱肉强食的利己主义的厮杀场。

"始提亲"。凤姐之人真是恶毒可恨,"木石前盟"本是前生所定,生命所系,可她偏生出个"金玉良缘"的鬼点子。虽说最终还是要靠贾(假)府的权威"假"老太太来定夺,但还得要旁人来建言,如果不是王熙凤的毒舌,老太太也不会下定这样的决心。再想想她后来出的那个"调包计",真乃歹毒无比。林黛玉之死的罪魁祸首当属王熙凤也。

"探惊风贾环重结怨"。上一节刚出了一个"金玉良缘"的鬼点子,下一节巧姐就"惊风"了,这也是一种因果报应。作者还是采用对比与因果的写作手法。人太缺德天不佑,事太做绝世不容。贾环虽是一个邪恶文化的代表,但作者让他来掀翻那个"药铫子",也是以恶治恶、以邪治邪,邪恶相杀之法。

"王尔调"的谐音,为"忘饵钓",也就是鱼钩上忘了放鱼饵。忘饵之钓,就等于是"空手套白狼"。这符合相公清客这种文化的特性。王尔调还有一个别名——"作梅",因为他姓王,把"王"姓加上去,就是"王作梅",它的谐音是"妄做媒",意味在给宝玉做媒这件事上,胡作妄为,瞎胡闹。为何说这个王尔调"妄做媒"呢!因为他将一个张老爷的张小姐介绍给了贾宝玉。何为张老爷呢?这是从"脏老爷"上谐音过来的,指的是一个贪赃枉法、肮脏的老爷。张小姐,是从"脏小姐"上谐音过来的,指一个肮脏的小姐。你将一个"脏老爷"的"脏小姐"做媒给贾宝玉,这岂不是"妄做媒"吗?

"南韶道"。这不是指的什么官名,作者是借官名的谐音来说事。"南",谐音"难",指难得。"韶"谐音"苕",湖北方言指"苕气",也就是"傻子"。"苕道"就是指"傻道"。"南韶道",意思是指一个"难得的傻道""难得的傻子"。

谐音是前八十回的重要写作技法,而这一回继续使用,难道这与前八十回不对接吗?如王尔调(忘饵钓)、王作梅(妄做媒)、张老爷(脏老爷)、张小姐(脏小姐)、南韶道(难苕道),不都是采取的谐音吗?

第八十五回　贾存周报升郎中任　薛文起复惹放流刑

薛文起的"起"是错误的,不应该是薛文起,应该是薛文龙。书中说:"薛蟠,字文龙,名霸下。"究竟是"文龙"还是"文起",就在这个"霸下"上。何谓霸下?传说一:说霸下是龙王的第六子,名赑屃,是古代传说中的神兽,其样子似龟,喜欢负重,所以它身上总喜欢驮着一块碑,故称作碑下龟。传说二:说龙王第六子名赑屃,由于它贝财(才)好文,所以称为"文龙"。而古代的碑文,用词精致考究,行文华美简洁,极富文采,所以它特别喜欢驮着刻有优美文辞的石碑,后来人就称这个文龙赑屃为"霸下"。只有"文龙赑屃"才能称

为"霸下",而"文起"与"霸下"没有半毛钱的关系,是不可能被称为"霸下"的。

其实古人也搞混淆了,那个"贝财好文"的是赑屃;那个"喜欢负重"的是负屃。赑屃与负屃分别是龙王的两个儿子,一个喜爱文才,就让他蜿蜒在石碑的两边;一个喜欢负重,就让他驮着石碑。所谓的"霸下",指的是负屃。所谓的文龙,指的是赑屃。而曹雪芹先生将"文龙"与"霸下"也混在了一起。在这个问题上,笔者还是有不同看法的。

不光曹雪芹先生,现在的字典与百度也都将赑屃与负屃混为一谈。其实,如果我们将"赑"与"负"进行比较也能解释这个问题。赑,赑的是"财",而古代"财"与"才"与"材"是相通的。古人认为:"物有用,谓之财。人有用,谓之才。木有用,谓之材。"所以贝财,也是贝才。负,明显就是负重。所以,那个驮着石碑的是负屃,并不是我们所认为的赑屃。你看古代的墓碑,碑与驮碑的"霸下"是连在一块的,所以很难区分,哪是好文贝才的赑屃,哪是好负重的负屃,混作一团,也很自然。

第八十六回　受私贿老官翻案牍　寄闲情淑女解琴书

"受私贿老官翻案牍"。我们从这一回中可以看出旧官场的黑暗,"葫芦僧乱判葫芦案",虽也是一例胡作非为的判决,但其是借"扶乩"这种迷信活动来愚弄百姓的,总还是找到了一点儿借口。但薛蟠殴伤人命一案,可是一桩赤裸裸的金钱案、违法案、大冤案,连一块遮羞布都不用要的,翻手为云,覆手为雨,官场之黑暗令人发指。

"过了两日,只见小厮回来,拿了一封书信交给小丫头拿进来。宝钗拆开看时,书内写着:'大哥人命是误伤,不是故杀。今早用蝌出名,补了一张呈纸进去,尚未批出。大哥前头口供甚是不好,待此纸批准后再录堂,能够翻供得好,便可得生了。快向当铺内再取银五百两来使用。千万莫迟。并请太太放心。馀事问小厮。'"(第八十五回)。

"用蝌出名",是一句异文异句,与前八十回一样,作者又在此回中嵌入了一句异文。这是证明后四十回是出自一人之手的铁证。这句异文是何意思呢?"用",指费用。"蝌",作者是在"科"字上谐音而来的,指"科",指科律、法规、刑律,如"作奸犯科"。"出名",指另出其名,也就是另外虚构出一个罪名。"用蝌出名",意思是:花费钱财费用,买通关系,钻法律的空子,重新拟出一个罪名来。

"寄闲情淑女解琴书"。琴在古代为九德之器,君子之所秉也。古人在操琴,必先正其心,继而正其衣,而后净其手,再而焚其香。非静室高斋、层楼玉台、景和风蕙,而不操也;非高山流水、清风明月、苍松翠柏,而不抚也。与其说是在操琴,还不如说是在修行正德。

《猗兰操》乃孔子所作之琴曲,抒发的是怀才不遇、生不逢时之心境。歌辞曰:"习习谷风,以阴以雨。之才于归,远送于野。何彼苍天,不得其所。逍遥九州,无有定处。兰之猗猗,扬扬其香。不采而佩,于兰何伤。……"

"那宝玉此时却一心只在琴上,便说:'妹妹有了兰花,就可以做《猗兰操》了。'"林黛玉代表的是东南方文化之才,而她来到假(贾)府时,却是忧郁而不得志,不被假(贾)府所重用。刚来到假(贾)府时,老太太将她束于碧纱橱之中。假(贾)赦不见她,假(贾)政不理她。国家(赦)不用她,政府(政)也不重用她,最后还将她圈禁在大观园中的潇湘馆里,过着"一年三百六十日,风刀霜剑严相逼"的日子。这说明,在一个虚假的世道之中,是不允许"才人"的存在的,用王夫人的话说,就是"笨笨的倒好"。而孔子"过隐谷之中,见芗兰独茂",作《猗兰操》,正抒发的是生不逢时、怀才不遇,见茂兰而志君节的情感,此时一曲《猗兰操》,正合时合景。

风萧萧兮秋气深,美人千里兮独沉吟。望故乡兮何处?倚栏杆兮涕沾襟。

山迢迢兮水长,照轩窗兮明月光。耿耿不寐兮银河渺茫,罗衫怯怯兮风露凉。

子之遭兮不自由,子之遇兮多烦忧。子之与我兮心焉相投,思古人兮俾无尤。

人生斯世兮如轻尘,天上人间兮感夙因。感夙因兮不可惙,素心如何天上月。

用妙玉之言:"何忧思之深也""音韵可裂金石矣"。用宝玉之言:"但听他音调,也觉得过悲了。"一种文化发如此之悲忧之音,何能长存?

"用蝌出名",异文一句。曹雪芹先生在前八十回中,像这样的异文异句,镶嵌了六十五条之多。在文中镶嵌、穿插异文异句,是《石头记》的一大特色,而这一回又穿插了一句异文,除曹公以外,谁还能为也?仅凭这句异文,就可断定后四十回乃一人所写也,曹雪芹先生真迹无疑。

第八十七回　感深秋抚琴悲往事　坐禅寂走火入邪魔

"感深秋抚琴悲往事"：

悲时序之递嬗兮，又属清秋。感遭家之不造兮，独处离愁。北堂有萱兮，何以忘忧？无以解忧兮，我心咻咻！

云凭凭兮秋风酸。步中庭兮霜叶干。何去何从兮，失我故欢！静音思之兮，恻肺肝！

惟鲔有潭兮，惟鹤有梁。鳞甲潜伏兮，羽毛何长！搔首问兮茫茫。高天厚地兮，谁知余之永伤。

银河耿耿兮，寒气侵。月色横斜兮，玉漏沉。忧心炳炳兮，发我哀吟。吟复吟兮，寄我知音。

林黛玉本自多愁善感，薛宝钗心知肚明。期逢黛玉生日，你却写来几首悲吟哀叹之词，是何居心？林黛玉如何经受得起？这不是要置林黛玉于死地吗?! 再说，哪有别人过生日时送此哀音悲吟的？

薛宝钗明知贾薛两家已经联姻，她与宝玉的婚事已是板上钉钉的事，结婚已是水到渠成之事，她也知道这对林黛玉来说意味着什么。可她何曾为林黛玉思想过？惺惺作态的表面下是一颗邪恶的心，阴谋家的本质昭然若揭矣！"吟复吟兮，寄我知音。"这难道是一个知音之所为吗?!

更可悲的是林黛玉，自己将要大祸临头了，还全然不知，而一如既往认这个薛宝钗为姐，当薛姨妈为娘，视假（贾）母为救星，可见东南方文化到了末世时，显得是何等糊涂，又是何等悲哀，已是好坏不分，是非不明了，身处虎狼窝中，而毫无防范之心。

林之"才"，薛之"智"，才与智相逢，究竟鹿死谁手？一目了然矣，这就是作者设定林黛玉与薛宝钗这两个人物的初衷。才子有一个通病，那就是恃才而傲物；而智者呢？也有一个通病，那就是多谋而诡诈。古贤曰："勇者必狠，武者必杀，谋者必忍，智者必诈。"薛宝钗所代表的谋，总能在你不经意之间，通过智谋轻而易举地降伏于你，置人于危难之中。你看林黛玉在薛宝钗那里，可曾占到一点儿便宜？吃亏的总是她。林黛玉与贾宝玉相爱相守到了九十六回，可在第九十七回，这个与贾宝玉结婚的人却是她薛宝钗，而不是林黛玉。哭干眼泪又如何？耗尽心力又怎样？白忙活。才与智都很有文化底蕴，在才华上不分伯仲，但要使起心眼来，一个才者岂是一个智者的对手？其实，才与智、智与才两者合一，才是无敌的。一个人又有才又有智，才是一个最完美的人生。这也是作者将林黛玉与薛宝钗放在同一幅画、同一首判词里的原因。何为兼美？又有才又有智，这才是兼美。只有才，或只有智，那就只是一只跛脚鸭。

"感秋深抚琴悲往事"，这是一个才者的悲音。林黛玉短暂的一生，郁郁而不得志，悲愁苦楚而成重疾。作为一个智者，薛宝钗在贾府是左右逢缘，八面玲珑，深得上下之心。人们都妒忌才，疏远才，"王"只喜欢"笨笨"的人，伶牙俐齿的，稍美一点儿的，不是被驱逐就是被圈禁。林黛玉的死，代表的是天下才人的死。天下才人的死，就是社会毁灭的真因。

琴词之悲切已至极，感天动地；琴声之高亢激越，几能裂金石矣。"君弦崩断"已预示性命将归，可叹可悲！

"坐禅寂走火入邪魔"。"妙玉"乃"庙玉"也，代表佛教文化，而妙玉是佛家女信徒。男为僧，女作尼。男信徒修行之所为寺，女尼修行之所为庵，所以妙玉代表的是尼庵文化。但是，妙玉却以一种特殊的方式自立于尼姑之中，那就是"带发修行"。

谈起出家，一个人一旦入了空门，就得了断红尘，孤守古佛青灯，断却人间七情，缘绝人生六欲。像妙玉这种带发修行又算什么呢，一心两恋，一情双寄，僧不僧、尼不尼，空不空、俗不俗，脚踩两只船，可谓是不伦不类。说白了，就是红尘情未了，七情六欲还未灭。当她看到宝玉时，立马"忽然把脸一红"；继而"宝玉尚未说完，只见妙玉微微把眼一抬，看了宝玉一眼，复又低下头去，那脸上的颜色渐渐的红晕起来"。这种情感的始发，岂是一个尼姑所能有的？

"单说妙玉归去，早有道婆接着（奇了怪了，一个尼庵之中，怎么会有道婆呢？），掩上庵门，坐了一回，把'禅门日诵'念了一遍。吃了晚饭，点上香拜了菩萨，命道婆自去歇着，自己的禅床靠背俱已整齐，屏息垂帘，跏趺坐下，断除妄想，趋向真如。坐到三更过后，听得屋上骨碌碌一片瓦响，妙玉恐有贼人，下得禅床，出到前轩，但见云影横空，月华如水。那时天色尚不很凉，独自一个凭栏站了一回，忽听房上两个猫儿一递一声厮叫。

那妙玉忽想起日间宝玉之言，不觉一阵心跳耳热。自己连忙收摄心神，走进禅房，仍到禅床上坐了。怎奈神不守舍，一时如万马奔驰，觉得禅床便恍荡起来，身子已不在庵中。便有许多王孙公子要来娶他，又有些媒婆扯扯

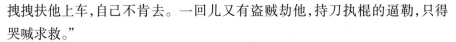

拽拽扶他上车,自己不肯去。一回儿又有盗贼劫他,持刀执棍的逼勒,只得哭喊求救。"

东南方文化之才的代表林黛玉,在发悲音;尼庵文化的代表人物妙玉,又走火入魔,每种文化都在朝毁灭的方向运行。

作者一如既往写薛宝钗之阴,林黛玉之悲,如果不是作者本人,谁还知道薛宝钗代表着智谋这种文化呢? 对妙玉的描写,更是贴切,与八十回前情毫无偏差,何来续写之可能?

第八十八回　博庭欢宝玉赞孤儿　正家法贾珍鞭悍仆

"博庭欢宝玉赞孤儿"。老太太为八十一岁寿辰,许下三千六百五十零一部《金刚经》,又要写三百六十五部《心经》。于是发动所有文化人来帮她抄写。探春的书林要写,惜春的画林要写,黛玉的诗林要写;宁府要写,荣府也要写。两府人等都放下正事不干,就帮着她抄写《心经》,陪着她一起做这无聊的事情。前面分析过了,老太太代表的是"道"文化,道文化的核心是"神",神所拥有的权力是"神权"。道文化到了它的末世,主要表现特征是阴阳之道,巫觋之道。"道"到后来,就完全演变成了"封建迷信"的东西。既然是"道"文化,那它的核心就是"道",但假(贾)母在做什么? 她在信奉佛教,《金刚经》与《心经》都是佛教经典。可见,道文化到了它的末世,也是离经叛道,背离其道教本旨,而信奉起了佛教。

"正家法贾珍鞭悍仆"。这悍仆有两个人,第一个是"鲍二",第二个是"何三"。作者在这里巧用了两个谐音。鲍二,是从"暴二"上谐音过来的。何谓"暴二"呢? 暴,指的是暴政。所谓的暴政,是指残暴的政治,残酷的盘剥,横征暴敛。二,指的是一次又一次、二次、多次的意思。"暴二",就是指一次又一次地横征暴敛。何三,是从"荷三"上谐音过来的。何谓"荷三"呢? 荷,指负荷、赋税。三,指的是一而再,再而三。"荷三",指的是多次增加人民的赋税,或一而再,再而三地增加人民的赋税。

书中说这个何三(荷三)是周瑞(租税)的干儿子,什么意思? "周瑞"的谐音,乃"租税"也。租税,就是收租收税。这就是说,"荷三"是"租税"的干儿子。你想,无休无止的苛捐杂税,一而再,再而三地收租收税,这个"荷三"岂不就是"租税"的干儿子吗? 这里是说,一而再,再而三的赋税,与"租税"是一对干亲母子,师出同门。

书中又说这个鲍二(暴二)是贾琏(假琏)的仆从。这又是何用意呢? 贾琏是一个皇上,(前面分析过)这个皇上与"暴二"是主仆关系,就是在说这个假皇上与"暴二"紧密联系在一起。皇上与"暴二"连在一起,就等同于是在说这个皇上在搞暴政。

鲍二与何三打起来了。一个是"暴二",一个是"荷三";一个是一次又一次地横征暴敛;一个是一而再,再而三地赋税盘剥,两者互不相让。你一次次地横征暴敛,我一而再,再而三地收租收税,看谁更厉害,结果就是分赃不均,打起来了。两个名字,隐含着如此深意,真乃神鬼莫测之奇思。

作者竟然用这样的写作技巧,来辛辣讽刺一个"假政"对人民强取豪夺、横征暴敛的残暴行径,诙谐之中透露的是心酸与痛恨。所谓的"鞭悍仆",即鞭笞的是横征暴敛的暴政,苛捐杂税的苛政。

仅就"鲍二"与"何三"这两个名字的用意,和鲍二与贾琏、何三与周瑞之间的关系来衡量,这就是一个最有力的铁证,有了这个铁证,就无须再证了。一如之前的谐音梗,且精妙深刻之致,除前作者,又有何人能知此写作技巧? "暴二"是"假琏"的奴仆,"荷三"是"租税"的干儿子,何其精妙! 亏作者想得出来。

"博庭欢宝玉赞孤儿"。兰哥儿乃是独根孤种,为何呢? 因为"兰"代表着君子。在一个虚假的社会里,小人遍地,而君子难觅,这个"贾兰"岂不就是独根孤种吗? 所以这个代表君子的"兰蕙",就是一个无兄无弟的孤儿。又是一次辛辣的嘲讽。

第八十九回　人亡物在公子填词　蛇影杯弓颦卿绝粒

"人亡物在公子填词"。这里的"人"指晴雯,这里的物指"雀金裘"。

这件"雀金裘"曾经被烧了一个洞,是勇晴雯带病而补好的,而现在物在人亡。宝玉睹物生情,也在情理之中。

"蛇影杯弓颦卿绝粒"。话说东南方文化的代表人物林黛玉,决心一死而绝粒,但你总得把事情搞清楚吧,本来是一件捕风捉影的事,可由于自己疑神疑鬼,弄得差点儿丢了性命,可见进入末世时的东南方文林,疑心病太重了。他首先疑贾宝玉所代表的中原文化,是不是一如既往地爱着自己;再疑薛宝钗所代表的北方文化,是不是要与她争夺中原文化的代表贾宝玉。疑来疑去,疑出了满身的病,最终疑死了自己。假如林黛玉豁达一点儿,包

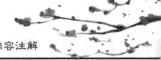

容一点儿、豪气一点儿,也许贾宝玉就是自己的,她也不会早死。

从"雀金裘"之物,而喻末世中原玉文化之特征,正切中末世时中原文化的要害;用"杯弓蛇影",而影射东南方文化之疑病,这不也正中末世东南方文化的要害了吗?除曹雪芹先生本人,还有谁知此写作技法?

第九十回 失绵衣贫女耐嗷嘈 送果品小郎惊叵测

"失绵衣贫女耐嗷嘈"。贫女,乃邢岫烟也。嗷嘈,乃嘈杂刺耳之杂声,噪声也。邢字,古通"井"。《易经》曰:"井,德之地也。故邢人崇尚圣德。"邢,在作者笔下指代"德",而"德"是邢地的核心。邢,古代是指诸侯国——邢国,现指邢台地区。传古邢台地区百泉竞流,故称为井方。上古时期黄帝曾居住在邢台轩辕之丘一带,黄帝亲率邢人开发利用井水,建井田,筑邑而居,史称"皇帝凿井,聚民为邑",开启了邢地繁荣富庶的新格局。后世邢人为纪念黄帝的凿井筑邑之德,合井、邑二字为一字,即"邢"也。所以,邢岫烟的邢代表着"德",邢夫人之"邢"也指"德"。

邢岫烟所代表的"德"来到"假府"(贾府),岂能有好结果?所谓的"假府",是没有德的,所以邢岫烟在假府(贾府)的生活就会很艰难。

"送果品小郎惊叵测"。"薛蝌",是"血科"的谐音。"血科",意指"带血的科律、科举、苛政"。这个金桂为何死缠着"血科"不放呢?原来,在金桂这个名中,有一个"桂"字,金桂的丫鬟名"宝蟾",有个"蟾"字。"桂"与"蟾"合起来就有"蟾宫折桂"的隐意。

一个人要想"蟾宫折桂",就离不开科举考试,所以这个宝蟾与金桂就想方设法去接近"血科"(薛蝌),因为不接近"带血的科考",又怎么能蟾宫折桂呢?于是这主仆二人,先以果品美酒为赠,后又以美色勾引,但这个"血科"就是不为所动。

薛蝌,又谐音"血苛",指带血的苛政。那这个金桂与宝蟾为何死缠着"血苛"呢?金桂代表尚富尚贵之风,要尚富尚贵就得手中有钱,但钱从何来呢?就要靠带血的苛捐杂税来供自己所用,就得采取苛政、暴政。宝蟾,传说宝蟾的嘴里能不断吐出钱财来,所以生意人店里都会放一只玉蟾,以寓意财源广进,财源滚滚。当这只宝蟾嘴里再也吐不出钱财的时候,怎么办?就通过带血的苛政来搜括民财。

在书中,作者首先用一"桂"字去谐音荣华富贵之"贵",做了一篇尚富尚贵的大文章。后又用蟾宫折桂的"桂"字的意思，又演绎了一部贿赂考官、色相勾引，而索取功名的闹剧。一字多用是曹雪芹先生写作的又一大特色。书中如"王"字，一指"王者"（王夫人），二指"霸王"（王熙凤），三指"忘记"（王仁，乃"忘仁"）。中国的汉字多音又多义，词性复杂，有的字可做名词、动词、形容词，又可做数词、量词、介词。再加上寓意、谐音与引申，还有言外之言、意外之意，这虽给解析增添了无尽的难度。但作者就是利用汉字的这一特色，在《红楼梦》中随机应变、信手拈来、翻云覆雨，徜徉在这博大精深的文字游戏之中，来实现自己"陶情适性、游戏笔墨"的初衷。一如既往地游戏笔墨，这与前八十回完全一样，无任何不同，怎么可能前后不一呢？就凭金桂与宝蟾要与薛蝌接近，构成"蟾宫折桂"这一点来讲，如不是作者本人，又有谁能知道，又有谁能写得出？

第九十一回　纵淫心宝蟾工设计　布疑阵宝玉妄谈禅

"纵淫心宝蟾工设计"。意思很明确，不用再说，但夏金桂的过继兄弟"夏三"这个名字需要解释一下。这个"夏三"，是从"下三烂"这个词中简化谐音而来的。这个"下三烂"（夏三）与谁接近，谁就是个"下三烂"。现在这个夏三与夏金桂混在一处，就说明夏金桂是一个"下三烂"。就是一个"夏三"，他不但与夏金桂鬼混，还为夏金桂出生入死，帮夏金桂转移财物，那毒死夏金桂的砒霜就是他买的，他是一个地地道道的"下三烂"，流氓小人。

"布疑阵宝玉妄谈禅"。宝玉与宝钗订亲之事，几乎瞒过了所有人，宝玉还是一如既往地将情感寄托在黛玉身上，而黛玉也对宝玉一往情深，可哪知大祸即将临头呢！看起来好残酷，完全不知情的两个人，还在那里通过禅语表达忠心。

书曰：宝玉豁然开朗，笑道："很是，很是。你的性灵比我强远了，怨不得前年我生气的时候，你和我说过几句禅语，我实在对不上来。我虽丈六金身，还借你一茎所化。"黛玉乘此机会说道："我便问你一句话，你如何回答？"宝玉盘着腿，合着手，闭着眼，撅着嘴道："讲来。"黛玉道："宝姐姐和你好你怎么样？宝姐姐不和你好你怎么样？宝姐姐前儿和你好，如今不和你好你怎么样？今日和你好，后来不和你好你怎么样？你和他好，他偏不和你好你怎么样？你不和他好，他偏要和你好你怎么样？"宝玉呆了半晌，忽然大笑道："任凭弱水三千，我只取一瓢饮。"黛玉道："瓢之漂水奈何？"宝玉道："非瓢漂水,水自流,瓢自漂耳!"黛玉道:"水止珠沉,奈何?"宝玉道:"禅心已作沾泥絮,莫向春风怨鹧鸪。"黛玉道:"禅门第一戒是不打诳语的。"宝玉道:"有如三宝。"黛玉低头不语。

三宝,乃佛教三宝佛、法、僧。两个人所说的禅语,其实是借谈禅而表露宝黛的感情。黛玉的设问,宝玉的表白,一问一答,将两人的内心独白表露得清楚明白。一个是满腹的狐疑,一个是坚定的内心,此情此景、此言此语,作为一个读者,总觉得莫名心酸,很想为宝黛一哭。

黛玉的一连串的"你怎么样?"虽是一种无尽的担心和害怕,但总觉着有一点儿太琐细了。一个人对你好不好,爱不爱你,其实是一看便知的事,难道自己就没有一点儿感知吗? 说她聪明,她又糊涂,说她糊涂,她又聪明,好难缠的一个人。

有人说后四十回文笔欠佳,仅凭这禅语,高深莫测,这可不是随便一个什么人就能写得出来的。黛玉之疑,宝玉之心,都表露无遗。

第九十二回 评女传巧姐慕贤良 玩母珠贾政参聚散

"评女传巧姐慕贤良"。巧姐,前面已分析过,代表"乞巧"这种文化,也就是传统的"七夕节"文化。由于"乞巧节"是传统的女儿节,所以乞巧的都是些青年女性,所以名"巧姐"。古代的"乞巧"主要是乞求巧艺,乞求针黹女红的技艺。但后来则演变为女儿们乞求金玉良缘、寻找如意郎君、追求美满婚姻的一种风俗。随着时间的推移,"乞巧"这种文化就越来越变味了,变得低俗而下流。

"玩母珠贾政参聚散"。曹雪芹先生笔下的这个母珠与小珠,很像现在的磁铁。世上万事万物的发展与演化,都有着其内在的运行规律,有兴就有衰,有聚就有散。什么是万事万物的运行规律呢? 这就是老祖宗所说的"物极必反,否极泰来"。那什么是物之极呢? 老祖宗又给我们打了一个比方,这就是"月满则亏,水满则溢"。他们用"月满"与"水满"来说明"物之极",当圆得不能再圆,满得不再满了,这便是极点。一旦事物到了极点,它就开始向相反的方向运行。当事物逐渐变坏,坏得不能再坏了的时候,它又开始向好的方向运行。万事万物的运行,就这样周而复始,往复循环,这便是万事万物的运行规律。

第九十三回　甄家仆投靠贾家门　水月庵掀翻风月案

　　"甄家仆投靠贾家门",乃是指"真家仆投靠假家门"。整部《红楼梦》描写的是一个假的文化社会毁灭的过程。作者的写作构思是:首先是以"真隐假来",而宣告社会正式进入虚假时代,也就是进入了末世时期。然后,作者就描写这个虚假时代由兴起到兴盛,再由兴盛到衰落,最终走向彻底毁灭的过程。当"假"开始盛极而衰时,"真"慢慢就朝着好的方向在转化,最终是"假隐真来",社会又重新归入真境。这个真(甄)家仆的到来,就预示着"假家"这个"假"开始败落,"真家"的"真"开始萌芽,这就为"真"(甄)老爷与"真"(甄)家夫人和"真"(甄)家仆妇等之后的到来,为"真"的到来埋下了伏笔。真隐假就来,假去真就生,当假开始走向毁灭的时候,真就慢慢在滋生,最终,真彻底走上了社会的历史舞台,一个尚真的社会便产生了。作者在写作中,先让这个"假"与"假世",慢慢朝着"真的世道"过渡,最终让"真"完全占领整个社会,完全恢复一个真的世界,这才有第一百二十回中,甄士隐离开觉迷渡口的草庵,出来渡脱"甄英莲",而贾雨村却来到觉迷渡口,困睡在了草庵之中,真与假正好来了一个位置的调换。从此,一个虚假的社会便消失了,一个尚真的社会便产生了。这与第一回甄士隐(真世隐)隐去,贾雨村(假语村)发迹,遥相呼应,正好是真与假,假与真的一个回环。

　　当真慢慢回归于社会之时,就是假败落之日。"水月庵掀翻风月案",正是假走下神坛的一个缩影。贾芹,乃谐音"假情"也。贾芹去管理水月庵的,就等于是用"假情"去管理水月庵。尼庵是容不得"情"的存在的,更容不得"假情"的存在。一旦尼庵被情所困,那还成何体统?

　　贾芹(假情)是托王熙凤之情而进水月庵的,所以,王熙凤就有重大责任。这里说的是"假情"已渗透进了僧庙尼庵,渗透进了宗教文化之中,你说这个假的世道还有什么地方是不假的,连寺庙僧尼都幸免不了。正应了书上的那一句话:"你们东府里,除了那两个石头狮子还干净罢了。"

　　更让人痛恨的是,以贾琏为首的贾府权贵在处理"风月案"这件事情上的胡作非为。该罚的没有受罚,而不该罚的却不分青红皂白地一起罚了,好个"假府"! 这样的假府,就是死一百遍都是应该的,假(贾)府不亡,天理难容!

　　水月庵之案,揭露的是假府(贾府)的肮脏与邪恶。"西贝草斤年纪轻,

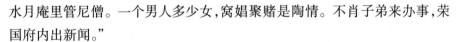

水月庵里管尼僧。一个男人多少女,窝娼聚赌是陶情。不肖子弟来办事,荣国府内出新闻。"

"西贝",乃一"贾"字。草斤,上一"草字头",下一"斤"字,乃一"芹"字。"西贝草斤",乃"贾芹"也。

一如既往使用拆字法,有哪点与前八十回不合?曹雪芹先生《红楼梦》,写的是"真隐假现",然后写这个"假"的毁灭。假毁灭了,真就出现了,这就叫"假去真来"。最终,《红楼梦》的结局是以整个假(贾)府的毁灭,真(甄)的到来为结局的。这里的真(甄)仆、真(甄)家人,陆陆续续都来到了假(贾)府,而假(贾)家正处于风雨飘摇之中,真假交替正在进行之中。这种写法,完全合乎原作者的构思,无缝衔接,又有哪一点是另有其人续写的?

第九十四回 宴海棠贾母赏花妖 失宝玉通灵知奇祸

"宴海棠贾母赏花妖"。海棠花应在四五月开,而如今已是十一月,它却开了,即使是老太太说的:"节气迟,还算十月,应着小阳春的天气,因为和暖,开花也是有的。"再怎么迟也迟不了六个月吧?再怎么暖和也是十月了,能暖和到哪里去?所以这花开得奇。还是探春心内想得明白:"必非好兆。大凡顺者昌,逆者亡。草木知运,不时而发,必是妖孽。"我们虽不信什么妖孽,但十一月海棠花开却是怪事。作者是想借海棠不时而开,来兆示怡红院将大祸临头,果然贾宝玉失了通灵宝玉。

"失宝玉通灵知奇祸"。"通灵宝玉"是宝玉的生命,是命根子,是千万丢不得的,丢了就预示着宝玉将会大祸临头。尽管千方百计去寻找,但还是石沉大海。从这一回起,接二连三,贾府将祸事不断,此回正式敲响了贾府毁灭的丧钟。

"扶乩",本是道教的行当,属道教文化,可妙玉这个佛教徒却能为之,可见佛教到了妙玉这个时期,早已是佛道不分了。

"不多时,只见那仙乩疾书道:'噫!来无迹,去无踪,青埂峰下倚古松。欲追寻,山万重,入我门来一笑逢。'"

书中又说:"但是青埂峰不知在哪里?""……咱们家里那里跑出青埂峰来……"究竟什么是青埂峰呢?青埂峰是这块"通灵宝玉"的来处,从哪里来,还到哪里去,所以这块通灵宝玉是归入了青埂峰了。"青埂峰",顾名思义,是一座常青常绿的山峰,得此山峰之石,定能永葆人生无虞,山河无恙。

为什么呢？只因这块通灵宝玉代表的是玉文化，代表的是玉文化中的"玉德"。丢了通灵宝玉就等于丢掉了德，德丢了你上哪里找去？只有重新修德，才能将德找回来。德是需要慢慢修复的，要建立一个道德社会是需要时间的，所以书中说："一时要找是找不着的，然而丢是丢不了的，不知几时不找便出来了。"

"青埂峰"的谐音为"情更讽"，就是一个更具讽刺意味的人间社会。这块玉就是消失在了一个更具讽刺意味的人间社会之中。

第九十五回　因讹成实元妃薨逝　以假混真宝玉疯癫

"因讹成实元妃薨逝"。自从海棠花不时而开，就预示着贾府将大祸临头。宝玉失玉，元妃薨逝，接二连三。所以，后二十五回集中描写的就是贾府毁灭的过程。贾元妃乃是贾府引以为荣耀的顶梁柱，这根柱子一折，整个贾府也就轰塌了。贾元妃代表的是"宫乐文化"。宫乐文化是一种享乐主义文化，贾元妃之死，代表的就是"享乐主义文化"之死。

关于贾元妃的薨逝时间，争论不休，理解上存在很大偏差，现解析如下。

贾元妃薨日是："是年甲寅年十二月十八日立春，元妃薨日是十二月十九日，已交卯年寅月，存年四十三岁。"

甲寅年：属寅年，寅年即虎年。十二月：中国农历的腊月。十八日立春：古代的年，是以立春纪年的，什么时候立春，什么时候就是年。"立春"，即是年。十八日立春，这一天就是大年三十。十二月十九日：十二月十八日相当于是大年三十，那十二月十九日就相当于是大年初一。

已交卯年寅月：寅年即虎年，虎年之后便是卯年，卯年即兔年。卯年寅月（正月），也就是兔的正月。"已交卯年寅月"，就是时间已从寅年（虎年）过渡到了卯年（兔年）正月，也就是寅卯之交。

从上面的分析可以看出，贾元妃薨于卯年（兔年）正月初一。这就是说，贾元春生于大年初一，也死于大年初一，只因为她是"年兽"，是吃人的猛兽。又因为她代表的是"享乐主义文化"，享乐主义是危害社会的毒瘤，是吃人的猛兽，所以也是年兽。贾元妃之死，就是如年兽一样的宫乐文化之死，是如年兽一样的享乐主义文化之死。她生是吃人的年兽，她死也是吃人的年兽，她死于大年初一，也就算是死得其所了。

生于年，而死于年，除了本作者，谁能知道这种写法？这叫作有始有终。

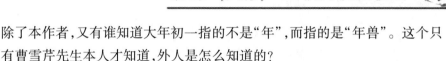

除了本作者,又有谁知道大年初一指的不是"年",而指的是"年兽"。这个只有曹雪芹先生本人才知道,外人是怎么知道的?

第九十六回 瞒消息凤姐设奇谋 泄机关颦儿迷本性

"瞒消息凤姐设奇谋"。凤姐,是"凤辣子",是"泼皮破落户",是贾府败落的罪魁祸首,如果不是凤姐管理贾府,也许贾府不会败得这样彻底,这样快速。"掉包儿"这样恶毒的计谋,不知她是如何想出来的,她这一计,不但害死了林黛玉(东南方文化),也害苦了贾宝玉(中原文化),同时害惨了薛宝钗(北方文化),最终害苦了整个贾府。

"泄机关颦儿迷本性"。有感于斯,胡诌几句话:本以为宝黛能成姻,本以为木石能天成。本以为花好月圆良宵美,本以为山盟海誓终成亲。却原来,竹篮打水一场空,百般殷情化烟尘。呀!一场欢喜勿悲辛。

林黛玉所代表的东南方文化的毁灭,真的让人痛心。东南方文化是中华文化的引领者,是中华文化的风向标。文运与国运相牵,文脉与国脉相连,文化之死所带来的就是国家的灭亡。

书云:到了正月十七日,王夫人正盼王子腾来京,只见凤姐进来回说:"今日二爷在外面听得有人传说,我们家大老爷赶着进京,离城只二百多里地,在路上没了。太太听见了没有?"

当这个"好折腾"的王子腾死了之后,这个"王"就再也折腾不起来了。这个王折腾不起来了,王气就断了。这王气一断,这个贾府就要"树倒猢狲散,食尽鸟投林,落得个白茫茫大地真干净"了。

书又云:"那年正值京察,工部将贾政保列一等。二月,吏部带领引见。皇上念贾政勤俭谨慎,即放了江西粮道。即日谢恩,已奏明起程日期。……"

贾政,乃"假政"也。现在将这个"假政""放了江西粮道",这可不是将贾政这个人放了"江西粮道",他是将一个假的政权流放了,把一个"假政"放出去了,让这个假政权远离了政权的中心。这个"假政"放了"江西粮道",就表明这个"假政"又在江西之地安家落户了。江西在历史上从未有过政权在此建都过,所以这个"江西"不是指江西之地,他指的是"汉江以西",简称为"江西"。这个在"江西"所建立的"假政"就是南宋。北宋被金国所灭之后,北宋大将宗泽等拥护康王在应天府(今河南商丘)称帝,始为南宋初期。这个商丘之地，正好在汉江以西，这就是"江西"。

作者借"京察"，而实察的是"假政"；借贾政"放江西粮道"，而将这个"假政"逐出了政权的中心，于是这个"假政"又在商丘建立起了一个新的政权，这个政权就是南宋。作者在这里隐写的是北宋灭亡，南宋新立的这段历史。

这样别具匠心的写作技法，与前八十回如出一辙，这怎么可能是另有其人所能续写的呢？

第九十七回　林黛玉焚稿断痴情　薛宝钗出闺成大礼

"林黛玉焚稿断痴情，薛宝钗出闺成大礼"。这一回是以林黛玉所代表的东南方文化的彻底失败，和以薛宝钗所代表的北方文化的彻底胜利而结束的；又是以林黛玉所代表的东南方文化之"才"的彻底毁灭，和以薛宝钗所代表的北方文化之"谋"的彻底胜利而结束的；又是以"木石前盟"的分崩离析，和以"金玉良缘"终成眷属而彻底结束的。而造成这一恶果的罪魁祸首就是王熙凤，以及以贾母、王夫人为首的贾府的当权派们。一个"偷梁换柱"之计，害得是死的死、离的离、出家的出家，真是惨绝人寰。

"林黛玉焚稿断痴情"，一边是合，一边是别；一边是生，一边是死。娶的是热热闹闹，死的是凄凄惨惨。这自不必多说，就贾府上下对林黛玉之死所表现出来的那种冷漠与无情，是人都会潸然泪下、痛彻心扉。恰是书中紫鹃所叹："但这些人怎么竟这样狠毒冷淡！"

林黛玉之死，是符合关于林黛玉的判词"玉带林中挂"这一点的。林黛玉代表的是文林中的诗林。这个"诗林"的代表人物到了绝望的时候会怎样？就会把自己所有的诗稿烧掉，所以书中才有"焚诗稿"这一节。如果不是本作者，谁又能知道林黛玉指的是诗文之林呢？这前前后后照应得是相当完美，无任何纰漏，哪有什么前后矛盾之处？

第九十八回　苦绛珠魂归离恨天　病神瑛泪洒相思地

"苦绛珠魂归离恨天，病神瑛泪洒相思地"。作者在这里写的是"绛珠"与"神瑛"，并未用林黛玉与贾宝玉这两个名字。"绛珠草"指的是"毛笔"，毛笔是木质的，它是"木石前盟"中的"木"。在中华文化中，不论是什么文化都要用毛笔来书写，所以这支笔也代表着文化。"神瑛"指的是"神印玉玺"，玉玺是用玉石雕刻而成的,他是"木石前盟"中的"石"。玉玺这个物件在玉石文化中非常显赫,他不仅代表着皇权,也是权力的象征、国家的象征、民族的象征。林黛玉与贾宝玉一个代表文化,一个代表国家,他俩的关系,既是"木与石"之间的关系,也是"文化与国家"之间的关系。"文运同国运相牵,文脉同国脉相连",文化与国家之间的关系,是生死相依的关系,这两者之间,非同寻常。

"苦绛珠魂归离恨天",这就是说这支毛笔魂归了离恨天。毛笔归入了离恨天,文化也就随着死去了。文化死了,国家岂能独存?所以就留下了一个不死不活、疯疯癫癫的"病神瑛"(国家)。文化死去了,国家岂有不病之理呢?这才有"病神瑛泪洒相思地"。

"到家,宝玉越加沉重,次日连起坐都不能了。日重一日,甚至汤水不进。薛姨妈等忙了手脚,各处遍请名医,皆不识病源。只有城外破寺中住着个穷医,姓毕,别号知庵的,诊得病源是悲喜激射,冷暖失调,饮食失时,忧忿滞中,正气壅闭:此内伤外感之症。"

"姓毕,别号知庵的"。我们现在把姓与别号连起来,就是"毕知庵"。"毕知庵"的谐音是什么呢?就是"必知安",意思是"必能知道安与不安"。为何要把这个"毕知庵"专门拿出来说呢?这是因为他的谐音梗。有了这个谐音梗,就能证明《红楼梦》前后的写作技法完全一样,不存在续写之可能。

生为"绛珠草"(毛笔),归魂"绛珠草"(笔)。前后呼应,严谨有序,除非本作者,无人能知晓这种写法。

第九十九回　守官箴恶奴同破例　阅邸报老舅自担惊

"守官箴恶奴同破例"。官箴,乃百官各为箴辞,劝诫君王之意。引申为做官的戒规。书中正是指做官的戒规。"恶奴同破例",破的就是做官的戒规,规矩。贾家是让他们守护贾家的,可他们却招来闲杂,吃酒聚赌,不问府事,遭致府盗。外卖巧姐,祸害贾家,无恶不作。

"阅邸报老舅自担惊"。这个"老舅"指的是贾政,贾政是谁的老舅?他是林黛玉的老舅,但这个案件跟林黛玉没一点儿关系,而与那个有关系的人是薛蟠。但贾政与薛蟠是姨父与姨子之间的关系,这有点儿混乱不清了。字典里有一种解释:舅,古代称丈夫的父亲为舅,这就合理了。薛宝钗的丈夫是宝玉,宝玉的父亲是贾政,所以贾政是薛宝钗的老舅,当然也是薛蟠的

"老舅"。

李十儿,谐音为"理十儿"。指歪理邪说一大堆,总是自己有十足的理儿,老强词夺理。

詹会,谐音为"钻贿"或"沾贿"。指钻营受贿,或指沾上了受贿的毛病。

周琼,谐音为"舟穷","穷"在这里指山穷水尽,意味这条舟行到了山穷水尽的地步。

这一回连续用到了几个谐音梗,完全继承了前八十回的写法,且用得是恰到好处,除了本作者曹雪芹先生,你能说是别人写的吗?

第一百回 破好事香菱结深恨 悲远嫁宝玉感离情

"破好事香菱结深恨"。"金桂"的"金"代表"富","桂",谐音"贵","金桂"代表着"尚富尚贵"之风。书中将金桂写得越是疯狂,就预示着"尚富尚贵"之风越疯狂。"香菱",指的是"菱角花散发出来的香气"。菱香是一种清香,代表着"清正之气"。"尚富尚贵"之风与"清正之气",这两种文化是水火不容的文化。如果你崇尚荣华富贵,你就清正不了;如果你要守住清正之气,就不能有尚富尚贵之心。所以,在作者笔下她俩就是一对矛盾体。更可笑的是这个"清正之气",坏了"尚富尚贵"之风的好事,岂有不生恨的?

我们看这样的一段描写,就知道这与原作者所设定的内容的路线图完全吻合,这哪是后来者所能做到的? 如果把香菱与金桂两人的关系写得非常融洽,那就有违原作本意,那就有续写之嫌。

"悲远嫁宝玉感离恨"。贾探春代表的是"书法"文化,而这个书法文化的代表人物是赵姨娘养的。这就说明,这个书法文化的代表人物与"赵"姓有着母女关系,有着不解之缘。书法文化中有姓赵的人吗? 有! 他就是赫赫有名的人物,宋徽宗赵佶和宋太祖之玄孙赵孟頫也。作者将末世书运定格在了这两个人身上。探春的远嫁,就是这个书法文化的代表人物赵佶"远嫁"了。赵佶怎么可能远嫁呢,再说他又不是女人,又不是一般的人。这里是通过书法文化中的代表人物探春的远嫁,来影射"靖康之难"中徽、钦二皇帝被金人掳去的史实。所谓的嫁,隐指的是徽、钦二帝被金人所掳,而远离故土,流亡番外的这一重大历史事件。贾探春判词中的"清明涕送江边望,千里东风一梦遥",正是描述的这样一段历史场景。

作者将贾探春所代表的书法文化的末世命运,影射在了皇帝书法大家赵佶身上。由于宋徽宗赵佶酷爱书画,沉迷于花鸟龙蛇之中,荒废朝政,以致北宋灭亡。而第二个代表人物就是大书法家赵孟頫。你看书中,贾探春只认"王夫人"(只认王),而不认她的亲母赵姨娘(而不认母)。她的亲母再怎么不好,"儿不嫌母丑,狗不嫌主贫",世上哪有女儿不认亲生母亲的道理?但探春就不认,这是从侧面在说贾探春"数典忘祖"。探春的舅舅赵国基死了,按惯例可以给四十两银子,但她只给了二十两,而且还不认这个亲舅舅,这是在说贾探春"吃里扒外,六亲不认"。

第一百零一回　大观园月夜感幽魂　散花寺神签惊异兆

这一回开篇就直接写"大观园月夜感幽魂",没有像前回一样,对前回之后没有写完的内容进行铺垫,写前回没写完的事。出现这种情况,大概就存在着修补的嫌疑。作者在修补时,将上一回的内容全补完整了,没有像前回一样,留下一部分内容在下回的开头接着写,这与第五十九回是一样的。

曾经那个"花招绣带,柳拂香风"的大观园,死的死,嫁的嫁,走的走,撵的撵,配人的配人,出家的出家。现在已是死气沉沉,夜感幽魂,不禁让人唏嘘。你会深感一句古话:"其兴也勃焉,其亡也忽焉。"此谁之过?贾府的统治者们也。

"散花寺神签惊异兆"。王熙凤深夜感幽魂,是敲响了她死亡的丧钟。古语讲,"多行不义必自毙",对于这样一个恶贯满盈的人物,是时候归入地府了。

"散花寺","散花"的谐音为"散华",指繁华散去。

"散花寺的姑子大了来了",何谓"大了"?"大了"就是"大了结"。"大了结"就是人生走到了尽头,该了结了,该结束了。书中写道,这个散花寺的姑子大了,"给贾母请安,见过了凤姐"。就预示着贾母与王熙凤将要"大了"了,她给谁请安,谁就该"大了"了。

"王熙凤衣锦还乡",这里的"衣锦还乡",就是指王熙凤魂归她的出生地,从哪里来,还到哪里去,走完了她辉煌又罪恶的一生。

裘世安,谐音是"求世安",指祈求世道平安。如果求着了,就"平安"了;如果求不着,就遭难。

王忠,谐音"忘忠",指忘记了忠诚。

鲍音,谐音"报应",指因果报应。

贾化,谐音"假话",指说假话。

李孝,谐音"礼孝",指守礼而尽孝道。

贾范,谐音是"假犯",指姓假(贾)的犯人。

在这一回,可谓继前八十回"谐音梗"之后的一次"谐音梗"的集中大暴发,用到了好多的谐音梗,且都信手拈来,恰到好处。一如既往地谐音,如果不是本作者,又有谁能为之。如果说也有一个人会"谐音梗",但这个"谐音梗"是有文化背景的,是符合当时的写作需要的。比喻这个"散华"、比喻这个"大了"、比喻"报应",这可不是随便用的,它是在暗示贾母与王熙凤将荣华散尽,人生大了,最终得到了应有的报应。这哪是续作者所能掌握的?

第一百零二回　宁国府骨肉病灾祲　大观园符水驱妖孽

荣府的王夫人,"身子是十病九痛";王熙凤,"三日好两日不好"。宁府的尤氏、贾珍、贾蓉,先后染病,整个宁荣两府都被病魔困扰着,闹得是人人疑神疑鬼,人心惶惶。此时的大观园犹如人间地狱,鬼魅之地,凄清万分。那样一个热闹繁华的大园子,败落得是如此之迅速,真是让人感慨万千,难掩一哭。

"大观园符水驱妖孽"。古语道:"世上本无鬼,都是人在闹。"大观园的衰落都是人祸,岂是神鬼妖孽所为?

第一百零三回　施毒计金桂自焚身　昧真禅雨村空遇旧

"施毒计金桂自焚身"。夏金桂代表的是"尚富尚贵"文化之热,夏金桂的死,是"尚富尚贵"这种文化的死亡。现在,所有假、恶、丑的文化,都陆陆续续相继遭殃,不是死就是病。假、恶、丑不死,假的文化社会就不会消亡。

"昧真禅雨村空遇旧"。贾雨村姓"假",甄士隐姓"真",《红楼梦》写的就是一个"真与假"的问题。只不过写的是"真隐假来"这一特定时间段的事情。真隐假来,社会便进入假的阶段。一个假的社会,就是一个行将灭亡的社会,所以作者将这个行将灭亡的社会称作"末世"。是末世就一定会毁灭,所以《红楼梦》一书写的就是这个末世社会毁灭的过程,也就是这个假的文化社会毁灭的过程。

一个假的文化社会的毁灭,必然会伴随着一个真实社会的产生,社会就在这"真来假去""真隐假来"之间往复循环着。本书开头,是"真隐假来",

一个假的社会便产生了。本书结尾,是"假去真来",一个真的社会回归了。这就是一次真与假的往复循环,也就是真与假的一次回环。社会便在这一次次真与假的相互交替之中发展着。如果《红楼梦》的结尾没有"贾雨村(假语村)心中恍恍惚惚,就在这急流津觉迷渡口草庵中睡着了"这一段描写;如果书中没有这一句:"士隐道:'老先生草庵暂歇,我还有一段俗缘未了,正当今日完结。'"(甄士隐的"真"重续俗缘,归入红尘)这一段描写,《红楼梦》后四十回的作书者也许还有些许的疑问。一旦有了这两个情节的描写,《红楼梦》一百二十回必是一人所写无疑,绝对的完璧,绝不存在有谁续写之可能,这是一个铁证。因为《红楼梦》一书,写的是一个虚假文化社会和一个虚假社会的毁灭。一个虚假社会的毁灭,取而代之的一定是一个真实社会的回归。

本书开头是"真隐假来","假"来了,假的社会便产生了。作者就开始写这个假的社会从兴起到毁灭的过程。一个假的社会毁灭了,一个真的社会就会应运而生。所以书的结尾是贾雨村(假语村)睡在了急流津觉迷渡口的草庵之中,而甄士隐(真世隐)又重新回归于社会。

有人说《红楼梦》是悲剧,但它是假的社会的悲剧,而不是真的社会的悲剧。假的社会的悲剧,正是真的社会的福音,是真实社会的喜剧。你说《红楼梦》究竟是悲剧,还是喜剧?

贾(假)雨村已经来到了"急流津",意味着"急流永退,迷途知返"。可他还是舍不下红尘中的富贵荣华,最终还是与佛缘擦肩而过,错过了一次真与假位置的交替。《红楼梦》最终是以贾雨村的"假"的隐去,而以甄士隐的"真"的归来为结局的。这一回,是"假隐真归"的一次预演。

急流津:指急流勇退之津,渡过去,就算是急流勇退;渡不过去,那就是尘心未眠。

觉迷渡口:指迷途觉醒的渡口,渡过去,则是迷途觉醒;渡不过去,则是知迷不悟。

仅就"急流津"与"觉迷渡口"的应用,就是《红楼梦》一书出自一人之手的铁证。

第一百零四回 醉金刚小鳅生大浪 痴公子馀痛触前情

"醉金刚小鳅生大浪"。这个"醉金刚",是指倪二。倪二,是"利二"的谐音。"利二",指放高利贷这种文化。这里的"二",指的是一次又一次利中生利,利中取利,高利放贷。别看这个"醉金刚"不怎么样,但掀起贾府灭亡惊涛骇浪的正是这一条小泥鳅。这就是说,这个让贾府被抄的罪魁祸首,就是"利二",指高利盘剥,横征暴敛,搜刮民脂民膏。书中贾府被抄的首罪,就是"重利盘剥,放债取利"。

"贾存周在江西粮道任上被参了回来,在本月内谢罪。"贾家荣府可谓已遇奇祸,但这里宁府贾珍又有不是。剧情继续朝着贾府败落的方向发展。

"存周",乃谐音"沉舟"也。因他名"政",字"沉舟"。这里的"政",指的是政权。这里的意思是说,这个"假政权"就像一条快要沉下去的小舟。现在参的不是"假政",而是"沉舟",这叫作"屋漏偏逢连夜雨",这样一参,这个"假政"就没了。

"痴公子馀痛触前情"。这里的痴公子是指"宝玉"。宝玉与宝钗的"金玉良缘",是一桩宝玉极不愿意的姻缘。由于失去"灵玉"之后,宝玉就处于一种心志迷失的状态,这就为王熙凤、贾母、王夫人"调包计"的成功创造了条件。但后来稍微清醒一点儿,一但触碰到林黛玉的事情,就会旧情盈怀,痛彻心扉。

前面讲过,薛宝钗代表的是北方文化中的"智谋"。"智谋"这种文化到了末世,则变成了阴谋,所以薛宝钗在书中是以"阴谋"这种文化而存在的。因为"谋"这种文化的产生,离不开智慧,所以她又以"智"这种文化而出现。简单说,在薛宝钗这个人物的身上,体现出的是"智谋"这种文化的特征。由于阴谋诡计是杀人的文化,所以宝钗姓"血",指带血的文化。薛,是在"血"字上谐音过来的,作者本来要写的是"血"。

贾宝玉与薛宝钗的联姻,是中原文化与北方文化的联姻;薛宝钗住进贾府,就等于是北方文化住进了中原之府;贾府娶进了"薛宝钗",就等同于娶进了北方文化。

"江西"这一写作技法,可谓曹雪芹先生的独门绝技,任何人都不可能知晓,怎么会有续写的可能呢?

第一百零五回　锦衣军查抄宁国府　骢马使弹劾平安州

"锦衣军查抄宁国府"。"锦衣军"就是"锦衣卫",它的前身是朱元璋设立的"拱卫司",后改称"亲军都尉府",统辖仪鸾司,掌管皇帝仪仗和侍卫。

明洪武十五年(1382年)改"亲军都尉府"为"锦衣卫",作为皇帝侍卫的军事机构,司职"直驾侍卫、巡查缉捕"。

宁荣两府这个家,代表的是国家,锦衣军查抄宁荣两府,就等于查抄了整个国家。抓走了"赦"老爷,就等于把"江山社稷"给拿走了;抓走了琏二爷,就等于将管理贾府的"瑚琏之臣"抓走了;抓走了"珍"老爷,就等于抓走了"朕"老爷。这就是说,这一次的查抄,等于把整个皇宫给抄了,把整个政权给抄了。

这个首先带头查抄贾府的人,是赵老爷带的锦衣军,接着西平王爷也来了。正当西平王爷查抄了一遍之后,北静王又来查抄了一遍。这就是说,这个西平王与北静王(北境王)各查抄了一遍。

第一百零六回　王熙凤致祸抱羞惭　贾太君祷天消祸患

"王熙凤致祸抱羞惭"。贾府被抄虽有贾珍、贾琏、贾赦几款罪,但王熙凤"重利盘剥、放账取利"却是大罪。其实王熙凤之罪何止这些,她无恶不作、坏事干尽,可以说贾府毁灭的罪魁祸首就是王熙凤这个"破落户"。身为贾府主管,耍阴谋,使诡计,两面三刀,徇私枉法,贪得无厌,作恶多端,坏事做绝,贾府的败落她有推脱不了的责任,她怎么不感到羞愧呢!但我要追究责任,贾母与王夫人才是贾府败落的真正始作俑者,正是这些贾府的当权者们昏庸不明,用人不当,明知凤姐是"凤辣子、破落户",可他们还是坚持让她来管理贾府,这不能不说是自掘坟墓的行为。而贾府被抄家的导火索,居然是一个阴沟里的小泥鳅的告发,都说阴沟里的小泥鳅翻不起大浪,可他直接掀起了贾府败落的惊涛骇浪。

"贾太君祷天消祸患"。这个贾府的太君"假母",一天不死,"假"就一天不会消亡。"假"一天不消亡,一个假的社会就一天不会毁灭。"贾太君祷天",她是想抓住这最后的一根救命稻草,从而来挽救贾府灭亡的命运。

贾府被查抄时的清单是如此之详细,如果不是亲历此事者确有实据,不可能写得那样详细的,也许与曹雪芹先生家被抄时的情况差不多。对于《红楼梦》这样一部鸿篇巨制,如果没有可取的写作素材做参照,要写出这样的一部著作,那绝对是不可想象的。那《红楼梦》一书的写作素材究竟取自何处?笔者以为应该是大量取材于曹雪芹先生家。一房一瓦、一亭一阁、一室一厅、一草一木,无不翔实细微,如不真有此实,无能为也。你看这份查抄清单,好翔实,我认为就是查抄曹雪芹先生家时的清单。

但一定要注意,作者只是取材于曹家,而并不是写曹家的家事,也不是曹雪芹的自传,他只是作为一个写作素材而已。既然作者将曹家的一些实情作为素材,那我们还是可以通过这些描写,寻找出一些曹家家事的蛛丝马迹的,但千万不要一一对照,诸事寻迹。

"……方才琏儿所说更加诧异,说不但库上无银,而且尚有亏空。这几年竟是虚名在外,只恨我自己为什么糊涂若此?倘或我珠儿在世,尚有膀臂,宝玉虽大,更是无用之物。"

这段话深刻之至。"珠儿"代指"真儿",指"真",前面已说明过。宝玉代指玉文化。贾政叹的是:"真儿"虽好,但他却早死了,指望不着;玉文化虽在,但他却是一个无用之物,帮不上忙。换个方式来说:"就是如果'真'不死,'真'就是政权存在的膀臂。一个政权求真、尚真、务真,这个政权就会长盛不衰。现在这个玉文化虽在,但他却是个无用之物,没什么用,指望不上。"

为何说玉文化是无用的文化呢?用玉做个玉器、挂件、项链、手链、镯子、扳指、手把件……它只能是一种玩物,作为玩物而被人欣赏,不会对政权的建设起任何作用。北宋之前,玉是王公贵族的专属。北宋时期,玉已走进百姓人家,此时的玉文化更是邪气,各种吉祥图案、美好寓意,都刻在了玉件上,什么马上封侯、五子登科、一鸣惊人、玉堂富贵、松鹤延年、早生贵子、多子多福、福寿如意、并蒂莲花、年年有余、金玉满堂……像这样的一些吉祥用语,也许数一天也数不过来。你想这样的一些东西,除了图个不切实际的心里安慰,什么用没有。玉,无比金贵,高贵无比,但它对国家治理有用吗?好不容易雕刻成一枚玉玺,你抢过去,我抢过来,抢来抢去,把个国家抢得四分五裂,山河破碎;抢得"累累白骨忘姓氏,无非公子与红妆";抢得民不聊生,搞得家破人亡。玉文化之中有个"玉德",可在一个虚假的社会里,又有多少人又会讲仁德呢?就连贾政也将宝玉看作"淫魔色鬼",王夫人称他是"混世魔王"。不但不把玉看得高贵,还将他视作恶魔,你说这个玉文化悲催不悲催。

如果不是原作者,这样的内容是如何能写得出来?

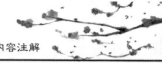

第一百零七回　散余资贾母明大义　复世职政老沐天恩

"散余资贾母明大意"。"多行不义必自毙",虽说查抄贾府的理由有虚有实,但毕竟是抄了。贾赦发往了"台站",贾珍发配到了"海疆",贾府从此一败涂地。这个"假"老太太享乐了一生,舒服了一生,可最终落得个被抄家的下场。看到贾府(假府)家破人亡,妻离子散,树倒猢狲散,不免大彻大悟,她将贾府的生存希望寄托在了"祷神"上,她到死还不知道,"假府"就是因为太假太虚才导致灭亡的。

第一百零八回　强欢笑蘅芜庆生辰　死缠绵潇湘闻鬼哭

这里又是一次强烈的对比,活着的蘅芜,有人给她庆生,给予了她极大的尊重;而死去的苦绛珠的鬼魂,却在潇湘馆中哭泣。除了宝玉,现在还有谁把林黛玉当回事呢? 还有谁会记得她呢? 那曾经的一朵"阆苑仙葩",那曾经俏丽活泼、风趣楚动的美少女,随着她的香消玉殒,她的一切都随风而化了。而这个时间距离林黛玉之死还不到一年,所谓的人情冷暖、世态炎凉可见一斑了,读到这里,让人万分失落悲叹。

一个贾府,现在已经落得妻离子散、家破人亡了,可这个贾府的最高统治者贾母,居然还有心情开生日庆祝活动,我不知道她的这个好心情是从哪里来的? 也许就是人们常说的:"今朝有酒今朝醉,明日愁来明日忧吧!"这也许就是贾府最后的晚餐。"假母"(贾母)不死,天下难安。

"商山四皓":商山在今陕西商县东南。皓,指皓首,也就是指白头。四皓,就是指四个白首老人。"商山四皓"是指秦时的四位黄老道学的博士,他们结伴隐居商山。现在贾府也有"四皓",贾母、薛姨妈、邢夫人、王夫人。这是鸳鸯投掷的四个幺儿,所表达的意思是说:"这里也有四个皓首老人。"

薛姨妈便道:"临老入花丛。"其实这首诗的后面一句是:"乐极忘高龄。"什么是"临老入花丛"呢? 其实后面贾母的一句话做了回答:"将谓偷闲学少年。"这里的"花",指的是花季少女。当鸳鸯掷出了"商山四皓"后,薛姨妈说:"我们虽然老了,这叫作'临老入花丛,乐极忘高龄'。"贾母的回答更直接:"将谓偷闲学少年。"出自宋程颢的《春日偶成》:云淡风轻近午天,傍花随柳过前川。时人不识余心乐,将谓偷闲学少年。

"刘阮入天台"乃晋刘晨、阮肇入天台山遇仙之典故,言"桃源"故事。传汉明帝永平五年,刘晨、阮肇素有仙风道骨,因晋室衰颓,奸谗窃柄,甘入山林之下,修真炼药,以度春秋。一日上山采药,迷其归路,后与二仙子相见,结成良缘。李商隐的《无题四首》有:刘郎已恨蓬山远,更隔蓬山一万重。寻得桃源好避秦,桃红又是一年春。

"二士入桃源",同指刘、阮之故事。

李纨道:"花飞莫遣随流水,怕有渔郎来问津。"出自宋代谢枋得的《庆全庵桃花》。

"江燕引雏":凤姐冒冒失失说了一句话:"雏是雏,倒飞了好些了。"贾府的子孙都是贾母的"雏",而现在贾赦发往了台站,贾珍发往了海疆,贾府的女儿们死的死、嫁的嫁、出家的出家,现在的贾府已是人去楼空,人口凋敝。此句出自唐殷遥的《春晚山行》:野花成子落,江燕引雏飞。暗草薰苔径,晴杨扫石矶。

"闲看儿童捉柳花":出自南宋杨万里的《闲居初夏午睡起》:梅子留酸软齿牙,芭蕉分绿与窗纱。日长睡起无情思,闲看儿童捉柳花。

"张敞画眉":张敞,平阳人,宣帝时京兆尹。张敞替妻子画眉之典,在过去比喻夫妻情投意合、两心相悦。此典暗讽宝玉的不忠。

"浪扫浮萍":出自宋程颢的《题淮南寺》:南去北来休便休,白苹吹尽楚江秋。道人不是悲秋客,一任晚山相对愁。

你看上面的酒令,无不应时应景。说的是每个人的酒令,引用的是古诗词与古典,但作者是借这些诗与典来表达每个人的内心。每一句诗都含有很强的个人情感,表达的都是每个人的内心与每个人想说的话。从他们每个人的话里,能体会出不和谐的声音。若非原作者本人,无有能为者也。

有感:已是荼蘼正开处,强颜欢笑闲看花。金陵雪月风花路,说尽六朝悲与秋。

第一百零九回 候芳魂五儿承错爱 还孽债迎女返真元

"候芳魂五儿承错爱"。情之切,思之切,梦候黛玉芳魂,真一往情深也。"悠悠生死别经年,魂魄不曾来入梦。"

柳五儿,"柳",指"柳活"。柳活,是相声艺术中以学唱为主要内容的专用术语,属于说、学、逗、唱中的"学"的范畴。有戏柳、歌柳和杂柳。"五儿",作者用的是"舞"的谐音,指的是"柳活"中的跳舞,简称为"舞儿"。柳五儿

这个名字的含义,是指柳活文化中的"舞蹈"文化。

宝玉想在梦中遇到林黛玉,一连在外睡了两夜而不得,到第三晚还要到外面去睡,书中有这样一段描写:"宝钗素知袭人稳重,便说道:'他是跟惯了我的,还叫他跟着我罢。叫麝月、五儿照料着也罢了。况且今日他跟着我闹了一天,也乏了,该叫他歇歇了。'"

柳五儿,指的是一个扭来扭去的舞者儿,你用一个"乐舞"文化陪着宝玉,那宝玉还怎么能入睡呢?还怎么进入梦境去梦到林黛玉呢?这不把宝玉的梦搅黄了吗?不但把"舞儿"给了他,还把麝月也给了他。什么是麝月?麝月指月亮。你想想,天上一轮明月高挂,地下又有一个舞者在跳舞,你说这宝玉还能睡得着吗!这梦还能做得成吗?这薛宝钗就是要搅了宝玉的好梦,让你梦见不到黛玉,你看这薛宝钗是多么阴险。

看到这里就连肚皮都快笑破,此书竟是如此诙谐与幽默,这作书者是如何能想得出、写得出。这支笔就是在"陶情适性,游戏笔墨"。你不是要梦见黛玉吗?我就偏不让你梦想成真,偏要搅黄了你的梦。

"还孽债迎女返真元"。贾迎春在琴、棋、书、画中代表"棋"文化。下棋争的是输赢,所以"迎春"的"迎",即输赢的"赢",迎春,即"赢春"也,并不是有些人所认为的什么"原应叹惜"。"迎春返真元",就等同于是"棋"文化返真元。所谓的真元,字典解释为"玄妙""本性""元气"。徐朔方校注:"真元,本性。""还孽债迎女返真元",就是指贾迎春所代表的棋文化回归了最初的本元,或本真,也就是指真境与本我的状态,或是指棋文化回归到了初始的本真状态。棋文化的核心是争"输赢",棋文化的本真就是争强好胜、永不服输、顽强拼搏、争取胜利,具有强烈的求胜欲望与追求胜利的本性,如果用一个字来概括棋文化的核心,那就是一个"争"字。而在书中,贾迎春是一个与世无争、懦弱无能的人,一点儿锋芒都没有,这岂是棋文化所应有的样子?作者所描述的就是末世中华棋文化的末世特征,它的最大问题就在于它丧失了棋文化的本真。一个丧失了本真的文化,就进入了死胡同,这就等于这种文化死了。

妙玉,代表的是"庙玉",就是指佛教文化中的"尼庵"文化。贾母代表的是"道文化"。道及道教文化,是很少与佛教中的尼庵文化发生交集的,所以在《红楼梦》中,老太太与道士、道婆走得很近,而与妙玉(庙玉)并无太多接触。而在这一回里,妙玉却主动找上门来,这叫作"不是东风压倒西风,就是西凤压倒东风",当贾母所代表的"道"文化病入膏肓之时,妙玉(尼庵文化)就乘虚而入,急于想占领贾府这块文化阵地。

书中写道:一时宝玉请了安,贾母便喜欢道:"你过来,我给你一件东西瞧瞧。"宝玉走到床前,贾母便把那块汉玉递给宝玉。宝玉接来一瞧,那玉有三寸方圆,形似甜瓜,色有红晕,甚是精致……"这块玉便是鸳鸯从贾母箱子中取出来的那块祖上传下来的汉玉玦。

玉玦,什么是玉玦? 战国时期著名思想家荀况在《荀子·大略》中说:"聘人以圭,问士以璧,召人以瑗,绝人以玦,反绝以环。"所以这个"玉玦"代表着诀别。老祖宗将这块"玉玦"送给宝玉,就表示老祖宗在临终之前与宝玉进行诀别。作者是在借用"玉玦"所代表的"诀别"的含义,与她最疼爱的孙子,进行临终前的最后诀别。这与第二十八回中"蒋玉菡情赠茜香罗"时,宝玉送给蒋玉菡的"玉玦扇坠"是一个意思。

同一种物件,同一种寓意,不曾有丝毫的偏差,你能说这是出自两个人之手? 仅凭这块"玉玦"的运用,就能证明后四十回与前八十回是出自一人之手的铁证。老祖宗要死了,想与宝玉诀别,于是作者拿出一块象征诀别的"玉玦",在贾母临终前送给宝玉,以表达诀别之意,如果不是前作者,又有谁知道这样写?

第一百一十回　史太君寿终归地府　王凤姐力诎失人心

"史太君寿终归地府"。贾母即"假母",是产生假的母体。她是假府(贾府)当之无愧的权威。而假府(贾府)是一座假的文化之府,那假母(贾母)就是假府(贾府)这座文化之府的绝对核心。

"王凤姐力诎失人心"。常言道:"巧妇难为无米之炊"。当"人"与"钱"与"势",都不济的时候,王凤姐的"能"就崩塌了。

作者将那些危害社会的虚假文化,一个一个写死,只有它们都死了,社会才会重新归入真实。"贾、史、王、薛"四大家族,乃"假、史(史巫)、王(霸王)、血"四大家族。当这些给社会造成极大危害的四大家族文化都灭亡的时候,就是社会回归真实的时候。

第一百十一回　鸳鸯女殉主登太虚　狗彘奴欺天招伙盗

"鸳鸯女殉主登太虚"。"鸳鸯",在作者笔下指的是"阴阳",也就是阴阳文化。鸳鸯是一雄一雌两种鸟的合体,鸳为雄,鸯为雌。在古文化中,雄为阳,雌为阴,所以"鸳鸯"即"阴阳"。为何这样理解呢? 因为贾母代表的是"道",古先贤讲:"一阴一阳谓之道。"也就是说,道这种文化是建立在阴阳基础之上的,所以道文化的运行一刻也离不开阴阳这种文化的支撑,所以作者将阴阳文化比作贾母所代表的"道文化"的大丫鬟,时时刻刻服侍着这个道文化。

现在"道"死了(即贾母死了),阴阳(鸳鸯)文化就失去了一个重要的载体,所以"阴阳"文化就会随之而死去,这就是鸳鸯殉主的真因。作者在这里讲的是道文化与阴阳文化的辩证关系。你看在《红楼梦》一书中,贾母何曾一刻离开过鸳鸯(阴阳)? 不管什么事"都得要鸳鸯提着"。

"狗彘奴欺天招伙盗"。何三,就是那个猪狗不如的"狗彘奴"。"何三"前面已分析过了,指"荷三"。何谓"荷三"? "荷",是指租税负荷、负担。"荷三",是指一而再,再而三的赋税盘剥。为何书中说这个"荷三"是周瑞的干儿子呢? 这是因为周瑞的谐音为"租税",指收租收税。你想这个一而再,再而三地盘剥劳动人民的"荷三",岂不就是租税的近亲(干儿子)吗? 作者在这里讲的是一个"收租收税"与"横征暴敛"的关系,讲的是封建社会繁重的赋税与重利盘剥。这个"狗彘奴"之前是"再三收税",而现在却改成明抢暗偷了。当贾府无人时,这个"荷三"(何三)就无法无天疯狂起来,居然勾结外匪,打劫了贾府。

这个代表横征暴敛、重税盘剥、聚众打劫的"狗彘奴",最终被"真"(甄)家的仆人给打死了,从此劳苦人民就不会受到再三的重利盘剥了。没有了苛捐杂税的日子,人民的生活才会慢慢好起来,多么浪漫主义。

鸳鸯兑现了她的承诺,这与前八十回高度契合,并无矛盾之处。且"荷三"被打死,绝对是对"何三"这个名字所包含的内容有着绝对的了解,不然的话,是怎么也不会有此一回的。

第一百十二回　活冤孽妙尼遭大劫　死雠仇赵妾赴冥曹

"活冤孽妙尼遭大劫"。妙玉代表的是"尼庵"文化,深刻揭露了末世尼庵文化虚伪的本质和肮脏的灵魂。

"死雠仇赵妾赴冥曹"。"赵姨娘"在书中指的是"赵地"的文化,周姨娘指的是"周地"文化,而中原文化中的魏文化,处于这三者文化的中心,在这三者文化之间处在王者的地位,正统的地位,是名副其实的王者,所以称作"王夫人",而周、赵两种文化则处于次要地位,这就相当于妾。周姨娘与赵姨娘同为妾,但周文化(其实指三国分晋时的魏、赵、韩。由于韩地后来成为东周的首都,所以韩地也为周地)特别周到,历朝近八百年。而赵文化在曹公眼中,就像赵姨娘一样,特别阴暗歹毒。

"雠仇",词典做"仇敌"讲,这个解释应该是有问题的,说不通,最起码不适用于本书中。雠,有几种解释,但在这里应该是同"酬"的意思。"雠仇",在这里应该就是指"报应""酬于仇"的意思。她干了许多的坏事,结下了许多的仇恨,自己酿的苦果自己吃,因此就招致了这样的结局,这就叫作"雠仇"(酬仇)。

三国分晋后的魏、赵、韩(周),以魏为正统,赵韩次之,作者将这三者之间的关系形象地比作一妻二妾。在这二妾之中,周与赵相互对立,周文化善,而赵文化恶;周文化周到,而赵文化暴躁;周文化不闹事,而赵文化和赵文化所生养出来的儿子贾环,可是无恶不作,坏事做绝。

赵姨娘的死写得是如此悲惨,是符合曹雪芹先生本意的。赵姨娘这个角色,在作者笔下是一个纯反面的角色。这个角色太过阴暗,太过歹毒,将她的死写得是这样悲悲惨惨、凄凄切切也在情理之中。

妙玉的判词与结局,高度吻合,与前八十回无缝衔接,不存在续写这种可能。

第一百十三回 忏宿冤凤姐托村妪 释旧憾情婢感痴郎

"忏宿冤凤姐托村妪"。"凤姐",代表的是"王后"这种文化群体,由于这种文化生活于后宫,所以也叫"后宫文化"。"凤姐"专权就代表着"女人干政"。"女人干政"是末世政权普遍存在的一种现象,是政权之大忌,它的出现会直接导致政权的毁灭。

王熙凤的诡计多端,阴险恶毒,无恶不作,正是后宫文化的具体体现,在王熙凤的身上,看到的是后宫文化对政权的危害。

"凤姐托村妪",有点儿像是"托孤"的意思。

"释旧憾情婢感痴郎"。紫鹃终是理解了宝玉的真心。

此回继续顺着曹雪芹先生所设定的路线写下去,一丝不乱。"偶因济刘氏,巧得遇恩人。"这是作者最先所设定的巧姐的结局,在后面的描写中都体

现了出来,你能说是"狗尾续貂"?

第一百十四回　王熙凤历幻返金陵　甄应嘉蒙恩还玉阙

"王熙凤历幻返金陵"。王熙凤代表恶俗"凤文化",也就是"后宫文化"。王熙凤"返金陵",就代表着末世"后宫文化"返回了金陵。金陵是她的出生之地,也是她的归宿之地,生于斯,而死后归于斯,这也在情理之中。

王熙凤的死为何说是"返金陵"呢? 这是因为作者在书中对"金陵"有一个特殊的定义,"金陵"并不是指金陵之地,而是指金陵在中华文化中的特殊地位。这个特殊地位是什么呢? 第一点,古金陵是一座文化名城,它是中华文化的隆兴之地;第二点,古金陵是一座帝王之都,它孕育了六朝古都;第三点,古金陵又是一座末世之都,在此建都的王朝都很短命,没有一个是长久的。综合以上三点,本书中的"金陵"指的是一个"末世文化之都",它是作为"末世文化之都"来使用的,简言之就是,"金陵"就等于"末世文化之都"。凡是从这里而来的人,都是从末世文化之都而来的,都代表着末世文化,"金陵十二钗",就代表着末世时的"十二钗"。在书中,每一钗都代表的是一种文化,并不是指十二个美丽的女子,所谓的"金陵十二钗",就是指末世时的十二种末世文化。"王熙凤历幻返金陵",就是指王熙凤所代表的"末世凤文化"返回到了她的出生之地,这个出生之地就是末世文化之都——金陵。王熙凤所代表的末世凤文化,来自斯,而后归于斯,最后回归到她的真元之境。

历史上的西晋、北宋、北明三朝,在失败后都在东南方建立过政权,都有"哭向金陵事更哀"的命运结局。由于王凤姐代表的是后宫文化,在这种文化的末世,她会随着政权的迁移而来到南方,所以王熙凤的命运也是后宫文化的命运。

第一百十四回"王熙凤返金陵",是本书的最后结局,它的时间点指向了"南明"的灭亡。当一个北方政权覆灭之后,这个政权就带着无限的悲哀逃到了南方,在南方又建立起了一个更加悲哀的南方政权。这就是"哭向金陵"的含义。当这个南方政权建立之后,所面临的是一个更加悲哀的结局,这就是在王熙凤判词中所说的"哭向金陵事更哀"的含义。当"王熙凤"死后,就预示着这个更加悲哀的南方政权死去了。王熙凤所代表的这个末世凤文化,生之于文化末世之境,死后当应归入文化的末世之境,而这个文化的末世之境就是——金陵。

贾府(假府)里最大的"假"就是"假母"(贾母),但"假母"已经死了,贾府(假府)最恶毒的凤文化也死了。此时,"甄应嘉蒙恩还玉阙"。这个甄应嘉中的"真",就重出了江湖,还入了玉阙(皇都)之中,从此以后,社会便又重新归入真境之中,一个崇尚"真"的社会便应运而生了。

"甄应嘉"乃谐音为"真应嘉",意味"真"这种文化应该受到嘉奖。"甄应嘉"还有一个字号叫"表字友忠",何谓"友忠"?乃谐音为"有忠"也,即有忠孝、有忠心。"玉阙",一指传说中天帝、仙人所居之所;二指皇宫、朝廷。书中指的是第二种意思,指皇宫、朝廷。当"真"重新被朝廷起用的时候,就是"假"被抛弃的时候,所以"假府"的命运就只剩下最后六回了,"假"的毁灭指日可待。

《红楼梦》开头即"真隐假来",这本书的结局一定是"真来假隐"。而此回"假"已完全失败,"真"已初露峥嵘。一个"假"的时代马上就会完结了,一个"真"的时代很快就会到来。

仅凭"甄应嘉"这个名字的内涵,就是《红楼梦》出自同一人之手的铁证,谁说后四十回不是曹雪芹先生所写?如果谁坚持这样认为,首先得将这一回抹去。《红楼梦》就是描写一个社会进入虚假(末世)时期的场景,写的就是这个虚假(末世)社会毁灭的过程。"真隐"必定导致"假来","真来"必定导致"假隐",这就是作者笔下的"回环",也是作者构思此书的本旨。

这一回作者也采取了对比的手法。王熙凤所代表的恶毒、阴暗、低俗的后宫文化不死,"真"又怎么能重新回归社会呢?一切都在按部就班地运行着,不曾有丝毫的改变。

第一百十五回　惑偏私惜春矢素志　证同类宝玉失相知

"惑偏私惜春矢素志"。书写到这里,"金陵十二钗"只剩下薛宝钗、惜春、李纨与巧姐了。现在惜春又"矢素志",要出家为尼了。到此就只剩下薛宝钗与一个寡嫂李纨和一个年幼的巧姐了。

惜春代表的是四大才艺中的"画运",她的命运代表的是画文化的命运。画文化的末世命运,居然是以惜春的出家为结局的,不禁让人唏嘘感叹。

"证同类宝玉失相知"。"甄宝玉",乃"真宝玉"也;"贾宝玉",乃"假宝玉"也。他们俩同属宝玉,但一真一假,一实一虚。"真宝玉"身上体现出来的是积极向上、务实进取的人生态度。而"假宝玉"却一如既往地厌恶仕途经济、不喜读书、清高自傲、乖僻邪谬。两宝玉名同而姓不同,绝非同道之人。这与《西游记》中的真假美猴王的写法如出一辙,应是借鉴而来。这里讲的还是一个"真假"的问题。

随着假府(贾府)的毁灭,"假(贾)宝玉"也会随之消失,贾宝玉出家反映的正是这一点。随着甄(真)应嘉"真"老爷"蒙恩还玉阙",(真)家老小一家全部返京,"真宝玉"也来到了京城,这个"真"又重新返回到了社会舞台的中央,所以,一个真的世道就这样回归了。

贾家(假家)一点点在消亡,甄家(真家)一点点在回归。"假去真来"已成定局。作者的目的是要将所有的假文化都要归入消亡之境,只有所有的假文化都消失了,真的文化才会回归,真的社会才会到来。这种写法有哪一点儿不接榫?又有哪一点会成为我们怀疑后四十回不是同一作者所写的理由?

第一百十六回 得通灵幻境悟仙缘 送慈柩故乡全孝道

"得通灵幻境悟仙缘"。贾宝玉第一次幻游的是"太虚幻境",预知了"金陵十二钗"的命运与结局。这一回贾宝玉又一次历幻境,却游的是"真如福地",是去感知"金陵十二钗"返回"太虚幻境"的真实。作者在一百二十回中讲:"太虚幻境即是真如福地。"所以,前后两次游的是同一个地方,只不过是一前一后,一生一死。

生前人生皆是幻,死后冥界皆为鬼。"木石前盟"的一对生死情侣,苦苦思念的梦中情人,可真的梦见她时,却只是卷帘一缘;昔日的鸳鸯,也只有招手一面;尤三姐提剑斩宝玉,居然是对贾府的恨;勇晴雯幻境不相认,可曾念得换袄之情;秦氏的冷漠无情,可还记得那同梦一境;贾迎春等一干亲人,竟变成厉鬼来索命。可见人世间的一切,只不过是梦幻一缘。看过这一回,如堕深渊,陡感人生一世,只不过是镜花水月,梦幻一场。

贾宝玉这次历幻境,牌楼的对联是:"假去真来真胜假,无原有是有非无。"宝玉第一次历幻境时,牌楼上的对联是:"假作真时真亦假,无为有处有还无。"这两副对联反映的是真与假的两种境况,第一次是"假作真时""无为有处";第二次是"假去真来""无原有是"。从这里可以看出,第一次是"假作真时",第二次是"假去真来",正好是"真"与"假"的一次换位,这和甄家(真家)与贾家(假家)的换位是遥相呼应的。

469

原来的"太虚幻境"已经消失,取而代之的是"真如福地"。真隐便是幻境,真来便是福地,只有尚真的社会,才能给众生带来幸福。

"福善祸淫"是作者写作的一个重心。人生为善,自有福报;人生多淫,必遭祸殃。这是给贾府的毁灭做了一个总结,也是对人生处世哲学的一种警示。一个坏事做尽的假的政府,岂有长久生存之理?"多行不义必自毙",这是亘古不变的真理。作者还在这个牌楼西边写了一联,告诫世人:"过去未来,莫谓智贤能打破;前因后果,须知亲近不相逢。"

作者是在告诫人们,为善、重德、遵纪、守法,人就能平安、吉祥、快乐、无忧。否则,就会招祸。福来自善,祸来自淫。请牢记这四个字——福善祸淫。

"引觉情痴"之境中,也有一副对联:"喜笑悲哀都是假,贪求思慕总因痴。"理虽是理,却太过了悟了,照这样一看,人生还有什么意义? 这样一种人生感悟,反映出的是作者的一种真实心境,究竟有多少的人生悲苦情愁,真情实感,才能幻化出如此超悟的人生。

人生一世,好也是一生,坏也是一生;贵也是一生,贱也是一生。莫较此生得与失,留得冰心耀乾坤。虽有万千艰与辛,月下我曾弄清影,莫虚此行。如果人人都悟了,都觉了,那这个世界还有谁去追梦逐情。

"送慈枢故乡全孝道"。贾政送慈枢回金陵,就代表这个"假政"返回了金陵,也就是这个假的政权又跑到金陵去了,作者是借贾政(假政)送慈枢,来影射这个"假政"又跑到"金陵"去了。在历史上,一个北方政权灭亡之后,到南方又建立起另一个政权的情况有三次。第一次是东晋,第二次是南宋,第三次是南明。而这一次,这个"假政"返回金陵,所对应的正是"南明"时期。

如果不知道"贾政"乃"假政",就不可能理解作者的真实写作意图。上面所有的写作内容,不论是写作手法、写作结构、写作技巧,都完完全全与前八十回高度吻合,除了作者本人,还有谁能写出这后四十回?

第一百十七回　阻超凡佳人双护玉　兴聚党恶子独承家

"阻超凡佳人双护玉"。宝玉这个名字,是因他出生时口衔"宝玉"所起的,他本身是"赤瑕宫神瑛侍者"。何谓"赤瑕宫神瑛侍者"呢? 即"赤色宫殿中那块神瑛的陪侍者"。赤,指赤色。词典的意思是指"忠孝"。神瑛,谐音为"神印"。前面分析过了,指"神印玉玺"。玉玺可不是一件普通的玉器,它代表着君权。

追溯中华玉文化的历史,在七千年以前,也就是说在新石器时代中晚期,玉文化就诞生了。在河南的黄山遗址中,就发现了制玉作坊,里面有大量的制玉工具。玉文化从来不曾断过,一直传承到今天。它从实用玉到神玉,从神玉到礼玉,从礼玉到瑞玉,从瑞玉到德玉,从德玉到玉玺,从玉玺到葬玉,从葬玉到世俗玉,一直到今天,玉又作为财富与吉祥的象征而存在着。

这个"赤瑕宫神瑛侍者",口里衔着这块玉降生到了哪里呢?这是读《红楼梦》至关重要的一点。"神瑛侍者",就是"神印玉玺的侍者"。你说这枚"神印玉玺"还会降生到哪里呢?除了皇宫他还能降生到别的地方去吗?你看他的父亲是"政",指政权;他母亲姓"王",指王道;他的哥哥是"珠",指瑚琏之臣皇帝;他的嫂子是"凤",指王后。从这里可以看出,他生在了中华民族的政治文化中心,也就是书中所说的,"昌明隆盛之邦,诗礼簪缨之族,花柳繁华之地,温柔富贵之乡。"这个地方就是以中原为中心的文化政治的中心——皇宫。

在中华五千年历史长河之中,中原长期处在这个中心之中,它的建都史达到了3700年左右。八大古都就有五大古在中原。所以,这个"赤瑕宫神瑛侍者",带着那块通灵神玉,是降生到了中原之地。由于他降生时,正逢时代的末世,所以,在贾宝玉身上体现出来的是中原与中原文化的末世特征。不仅仅是贾宝玉,所有书中之人所代表的文化都体现出的是本文化的末世特征,因为《红楼梦》本就是写的一个末世社会与末世文化社会的毁灭。

古圣先贤曰:"无德必亡,唯德必危。"现在这个贾宝玉看破了红尘,一心想遁入空门,要将这块象征中华民族生命的"通灵宝玉"送给"僧人",大有疯傻之状。"双护玉"倒是正义之举,若玉丢失,国将不固,所以护得应该。

"兴聚党恶子独承家"。现在的贾府发配的发配、流放的流放、送棺的送棺,就只剩一个贾琏。可贾琏在这节骨眼上,又去看望他病危的父亲,这一走,贾府就真的没人了。只好托了远房的贾蔷(谐音贾强,指强盗)与贾芸(谐音贾云,指说假话。云,说也。),他俩算是恶子。再加上一个姓赖的(好赖的赖)后生,又加上一个外戚王仁(王仁乃"忘仁"也,指忘了仁德。),还有那个"邢大舅"等一干败类。但真正的恶子是指那个吃里扒外的"贾环",他带着这帮无耻之徒,把个贾府糟蹋得是家翻宅乱,差一点儿将侄女巧姐卖给了外藩王爷。

而这个贾家的后孙——贾宝玉,除了困在温柔富贵乡中,就是念念不忘道学与出世,在自己家大难临头,面临着最危难的时刻,他居然跟没事人一样,什么忙都帮不上,什么忙也不想帮,什么忙也帮不了,这样的一个子孙要他何用?他除了"无故寻愁觅恨,有时似傻如狂"。之外,他什么都不是,只是一个外表美丽,却"原来腹内草莽"的一个无用之辈。

如果对宝玉还有一丝好感的话,还有一丝同情的话,那就是他坎坷的人生。你看,在宝玉身上发生了多少劫难,赵姨娘"魇魔法",差点儿要了他的命;贾环的"手足眈眈小动唇舌",使宝玉遭到无情的毒打;更有贾环故意推翻蜡烛烧了他的脸;紫鹃的"试忙玉"又差点儿令他气绝;失通灵宝玉后整个人处于疯癫与失神状态;偷梁换柱,娶了个自己最不爱的薛宝钗,而心爱的林黛玉却为他而死;自己最喜爱的丫鬟晴雯被逼死;亲眼目睹贾府被抄,妻离子散、家破人亡;亲眼目睹老太太"归地府",王熙凤"归真元";亲眼目睹树倒猢狲散、食尽鸟投林……一桩桩,一件件,历历在目,如何不悟?如何不醒?如何不看破红尘呢?所以说宝玉的出家实属事出有因。书中说宝玉是来历劫的,所以整部《红楼梦》就围绕"宝玉历劫"进行铺叙,待他历劫完成后,最后的出家就是他的归宿。

写宝玉,一如既往地无能与好道;写贾环,一如既往地恶毒;写贾蔷,像强盗;写贾芸,一如既往地说假话;写王仁,一如既往地做无仁无义之事……有哪一点是前后不一的?

第一百十八回　记微嫌舅兄欺弱女　警谜语妻妾谏痴人

"记微嫌舅兄欺弱女"。正所谓"势败休云贵,家亡莫论亲"。身为舅兄的王仁竟然伙同贾环、贾芸、贾蔷等,要偷卖亲外甥女巧姐换钱,什么叫"忘仁"(王仁),这就叫"忘仁"。一个连自己亲外甥女儿都要卖的人,不就是忘仁,忘记了仁德吗?

第一百十九回　中乡魁宝玉却尘缘　沐皇恩贾家延世泽

"中乡魁宝玉却尘缘"。贾兰在学习上可谓是下足了功夫,但他在乡试中只考了个第一百三十名举人。而贾宝玉极厌读书与作八股文章,平时用功极少,但只稍稍用了一点儿功,临时抱了一下佛脚,却考了个第七名举人,可见宝玉之聪敏少人能及也。只可惜这个痴儿悟上了"道",参上了"禅",终究没能跳出佛网,脱得道性,最终出家做了和尚。毁了自己,也毁了贾家。

书中有"西江月"二首,把一个宝玉批得是体无完肤,痴傻无能,一无是处。难道中原文化如此不堪吗? 你通过宝玉这一次的科考,就能体会到中原文化其实是非常有智慧、非常聪明的文化,他只稍微用了一点儿心,就考了一个第七名举人,如果他再刻苦一点儿,考上一个一二名这完全是有可能的。用贾政的话说"你们那里知道,大凡天上星宿,山中老僧,洞里的精灵,他自具一种性情。你看宝玉何尝肯念书? 他若略一经心,无有不能的。他那一种脾气也是各别另样"。(第一百二十回)。作者在这里就是在给中原文化正名,不是中原文化不聪明智慧,不是中原文化没有才气,而是中原文化入了邪道,进入一个疯傻的状态,掉入"道"文化的魔道之中。见了鱼儿跟鱼儿说话,见了燕子跟燕子说话……种种怪诞行为,体现出来的都是末世中原文化的种种不端。正是由于中原文化进入了一个"似傻如狂,无故寻愁觅恨"的怪诞状态,才导致了贾宝玉的出家。

"沐皇恩贾家延世泽"。贾家的毁灭是"假"的毁灭,是指一个假的文化社会的毁灭,一个假的时代的毁灭。一个假的时代的毁灭,必然会导致一个真的时代的到来。有人会问,这个"假府"不是毁灭了吗? 不是"树倒猢狲散,食尽鸟投林,落了个白茫茫大地真干净"了吗? 怎么又"延世泽"了呢? 因为本书写的是一个真假变化的问题。真隐假来,假去真现。真隐,真的社会就隐去了;假来,假的社会便产生了。反之,假去,假的社会便消失了;真现,真的社会便产生了。社会便在这真与假的变换之中相互交替着,历史便在这真与假的交替之中而演进着,此起彼伏,此消彼长,往复循环。假(贾)完了,真(甄)不就回归了吗? 假的社会毁灭了,真的社会不是回归了么? 尽管真假在交替,但社会是永远存在的啊? 并不会因为"假"的毁灭,人类生存的社会就毁灭了啊!

真与假,就如阴与阳。阴阳有三性,一是阴阳互体;二是阴阳对立;三是阴阳消长,但阴阳是一种事物的两个面,用作者曹雪芹先生的话说:"不是有一个阳,而另外又有一个阴。"比喻真与假,真到了极点,就朝着假的方向转变;假到了极点,就朝真的方向转变。历史的发展规律告诉我们,当一个尚真的社会发展到一定的阶段,就会慢慢朝着假的方向演变;当一个假的社会发展到一定的阶段,也会慢慢朝着真的社会演变。社会就在这真与假的往复循环之中不断变化,不断更替,留下一个个的朝代。不要以为贾府(假府)灭亡了假就不存在了,只是这个假遭遇到了灭顶之灾后,痛定思痛,痛改前非,慢慢又朝真的方向转变(真假互体)。书中借甄士隐之口说:"善者修缘,恶者悔祸,将来兰桂齐芳,家道复初,也是自然的道理。""善者修缘",则更善;"恶者悔祸",则恶变善,这不是一切都朝着一个真实的社会变化着吗!

真也死不了,假也死不了,该出现时,它就会自然出现,当消亡时,它就会自然消亡。社会还是那个社会,但只是真假顿易了。真隐假就来,真来假就隐,所以"假(贾)府"是不会消亡的。不知什么时候,真又消失了,假又会卷土重来。

假(贾)宝玉的消失,取而代之的是真(甄)宝玉的到来;假(贾)府的毁灭,取而代之的是真(甄)府的回归;假(贾)老爷的发配,取而代之的是真(甄)老爷重新被招入宫阙。此一百一十九回,正式完成了一次"真"与"假"的交接,从此社会便正式进入了一个崭新的"真"的新时代,但"假"却又在孕生之中。

作者在这一回里,写的就是假的灭亡,真的回归。写的是一个"真假顿易"的问题,这完全符合《红楼梦》的写作主旨。因为作者的目的就是写假的毁灭,假的文化社会的毁灭。200多年来,人们都不曾知道《红楼梦》写的是一个真假的问题,如果真有一个什么人续写了后四十回,他又怎么会知道作者写的是一个真假的问题呢?他又怎么会这样准确地安排甄(真)家的回归,贾(假)家的毁灭呢?

第一百二十回　甄士隐详说太虚情　贾雨村归结红楼梦

"甄士隐详说太虚情"。什么是"太虚"?太虚,汉语词典的解释是:"一指天空,二指空虚寂寞的境界,三指僧名。"但书中的"太虚"很显然不是这三种意思,它指的是一个虚伪无情的世界,一个太虚假的世界。所谓的情,指的是情感。"太虚情"指的是一个特别虚假无情的世界,也就是一个虚假、黑暗、冷酷、无情的世界。

《红楼梦》将"真"与"假"这两种文化,分别用甄士隐(真世隐)与贾雨村(假语村)这两个人来替代。书的开篇用"甄士隐梦幻识通灵,贾雨村风尘怀闺秀"这个楔子做引导,引出一个真的世道的隐去,这就是"真世隐"。当一个真的世道隐去之后,一个假的世道便产生了。

一个假的世道人们都爱说假话,人人都爱办假事,虚情假意,所以这个社会就成了一个虚假的社会,成为一个说假话的村社,这就是"假语村"。作者通过写甄士隐的出家,来影射"真"的消失,与一个真的世道的消失;通过写贾雨村的发迹,来影射"假"的发迹,与一个"假语村"的形成。从此,社会便正式进入了一个虚假时期,作者写的就是这个"假语村"的形成与毁灭的过程,和这个"假"的形成与毁灭的过程。

《红楼梦》描写的就是这个"假语村"从兴起到毁灭的全过程。从这个"假"家破人亡之后,又被困在了葫芦庙里,穷困潦倒开始写起。然后得到"真"(甄士隐)的资助,进京高中,其后一路平步青云。接着就是官拜"本府知府",后钦点为"金陵应天府知府",再后来官至"京兆府尹,监管税务",最后居然官至"大司马,协理军机,参赞朝政",集军政大权于一身,可谓一人之下,万人之上矣。这个"假"一路飞黄腾达、平步青云,官至大司马就是这个"假"的顶峰时期,也就是社会最假的时候。最终写到这个"假"归隐于激流津觉迷渡口的草庵之中为止,这个"假"与"假语村"才宣告消失。这就是这个"假"的人生轨迹。

"水满则溢,月满则亏。物极则必反,登高必跌重"。"官拜大司马",是这个"假"盛极而衰,走向毁灭的一个分水岭。后来由于犯了婪索的罪,被革职查办,致枷锁加身,最终来到"急流津觉迷渡口"出家为僧,从此这个"假"就消失了。"假"消失了,一个"假语村"便消失了。

贾雨村(假)来到急流津觉迷渡口,而后困于草庵之中而不醒。而与之相反的是甄士隐的"真"离开了草庵,归入尘世。此时"真"与"假"正好调了一个个儿,换了一个位置。现在的"真"又正式走上了社会的舞台,这就预示着一个真实社会的到来。

书中第一回开头,从"真隐",而真世隐,到"假来",而"假语村"来。到一百二十回结尾,变为"假隐",而"假语村"隐,到"真来",而"真世"来。正是"真"与"假"的一个循环。从此"天外书传天外事,两番人作一番人"。这是一个完整的来回,书就在这个完整的来回之后而结束。

"贾雨村归结红楼梦"。"贾雨村归结红楼梦",是与"甄士隐详说太虚情",一问一答所完成的,并没有单独描写。现就几点重要内容做如下解释。书中有一段重要的描写,关乎本书要旨,需要仔细解读。

"老先生从繁华境中来,岂知温柔富贵乡中有一宝玉乎?雨村道:'怎么不知？近闻纷纷传述，说他也遁入空门。下愚当时也曾与他往来过数次，再不想此人竟有如是之决绝。'士隐道：'非也，这一段奇缘，我先知之。昔年我与先生在仁清巷旧宅门口叙话之前，我已会过他一面。'雨村惊讶道：'京城离贵乡甚远，何以能见？'士隐道：'神交久矣。'雨村道：'既然如此，现今宝玉的下落，仙长定能知之。'士隐道：'宝玉，即宝玉也。那年荣宁查抄之前，钗黛分离之日，此玉早已离世。一为避祸，二为撮合，从此凤愿一了，形质归一。又复稍示神灵，高魁贵子，方显得此玉那天奇地灵煅炼之宝，非凡间可比。前蒙茫茫大士、渺渺真人携带下凡，如今尘缘已满，仍是此二人携归本处。这便是宝玉的下落。'雨村听了，虽不全然明白，却也十知四五，便点头叹道：'原来如此，下愚不知。但那宝玉既有如此的来历，又何以情迷至此，复又豁悟如此？还要请教。'士隐笑道：'此事说来，老先生未必尽解。太虚幻境即是真如福地。两番阅册，原始要终之道，历历生平，如何不悟？仙草归真，焉有通灵不复原之理呢？'"

"昔年我与先生在仁清巷旧宅门口叙话之前，我已会过他一面。"

"仁清巷"，乃"仁义清和之巷"。这与《水浒传》中的"清河县"用意一样，"清河"是"清和"的谐音，指"清和太平"。何为"仁义清和之巷"呢？因为这个地界有"真"（甄）住在这里。"真"在这里，"真理"就在这里。真理在这里，这里就是个仁义清和的太平世界。而与之相反的是"假"（贾），这个假寄居在了葫芦庙里，淹塞其中。"真"在外，而"假"被困在葫芦庵中，所以才会产生一个"仁义清和"的地界。

"葫芦庙"，不是如葫芦一样很小的庙，这里的葫芦指的是葫芦在中华文化中所象征的作用。葫芦又有个什么象征作用呢？还记得《西游记》中金角大王的宝葫芦吧，它可以将"妖魔鬼怪"装在其中，然后将他关起来镇住。《红楼梦》中的这个"葫芦庙"正是这个意思，它将人世间一切危害社会、危害人类的如妖魔鬼怪一样的坏的文化都关在其中，将这些坏的东西镇在其中，这里就包括"假语村"中的这个"假"。这个葫芦庙，就像《水浒传》中镇妖降魔的"伏魔殿"，又像西方世界里所说的"潘多拉魔盒"，它把一切假的东西，坏的东西都关了里面，使它们不能危害社会。可是这个"假"被甄士隐这个"真"亲手放跑了，后来这个葫芦庙又遇到庙里炸供被烧毁了，此时，所有被镇在葫芦里的妖魔鬼怪便倾巢而出，从此，社会便出现了一个群魔乱舞的局面，一个虚假的社会，黑暗的社会正式开启。

葫芦庙被毁了,仁义清和的太平之巷也就不存在了,社会便正式进入了污水横流、豺狼当道、虎豹同群的黑暗之中。

"京城离贵乡甚远,何以能见?""京城",乃指京都。"贵乡"不是指人的家乡,是指甄士隐"真"的家乡。"真"岂不是来自"真的家乡"吗?"京城离贵乡甚远",就是指京城这座首都离"真"、离"真境"甚远。实际上是说皇城与皇城里的皇族,还有皇城里的那些官僚,都离"真"很远。离"真"很远,就是在说他们都是些假东西。

士隐道:"宝玉,即宝玉也。"

书中的宝玉有两个,第一个是指"赤瑕宫神瑛侍者",也就是红色宫殿中的"神印玉玺",这是第一个宝玉;第二个宝玉是"大荒山无稽崖青埂峰下的那块补天之石"。这块补天之石,经过一僧一道"念咒书符,大展幻术,将一块大石登时变成了一块"五示莹的玉",且又缩成扇坠大小的可佩可拿的宝玉,这便是第二块玉。

玉石本生在荒山野岭,如果人不识它,它就是一块无用的石头,但我们的祖先却偏偏钟爱于它,对这些玉石情有独钟,将它视为天地的灵物而崇拜它。他们用这些精美的玉石打造出了各种各样的器物,又赋予每种器物神圣的功能,比如说苍璧用来礼天,黄琮用来礼地,青圭、赤璋、白琥、玄璜,分别礼东、南、西、北四方。什么神玉、礼玉、瑞玉、德玉、葬玉、世俗玉,品种繁多,功能多样。在玉文化这个大家族中,有一块特别神圣的器物,它可是玉文化中当之无愧的第一神品,它就是用玉石雕刻而成,象征着君权的玉器——玉玺;第二种就是春秋战国时期的孔子,根据玉石温润而泽、精光内蕴、至密至坚、宁折不弯的特点,于是突发奇想,赋予了玉石"仁、义、礼、智、信"等五德的意涵,于是,玉就有了"德"的属性。古代就有"君子比德于玉""君子无故玉不离身"的说法。

"形质归一",是指这两种玉文化"形质归一"。形,是指玉文化的形式;质,是指玉文化的象征意义。"玉玺"是玉文化的形,"玉玺"所象征的君权与国权是它的质;"扇坠"是玉文化的形,"善坠"所象征的仁、义、礼、智、信等善德是它的质。

"那年荣宁查抄之前,钗黛分离之日,此玉早已离世。一为避祸,二为撮合,从此凤缘一了,形质归一。"

"荣宁",什么是"荣"?什么是"宁"?读者一般都会认为是荣府与宁府,其实作者不是这个意思,他指的是荣宁两大文化门派,即荣文化一派与宁文化一派。什么是荣与宁两大文化门派呢?"荣",是指能使人"荣身"的文化,也就是人类生活的方方面面,用现在的话说,就是"物质生活文化";"宁",是指能使人身心"安宁"的文化,也就是指"教化"方面的文化,涉及的是人类精神与灵魂的化育,用现在的话说就是"精神文化"。如果把"宁荣"两府抄了,也就等于将贾府这座文化的王国抄了,这也等于将国家给抄了。

"钗黛分离之日,此玉早已离世",其真实的意思是说:"当北与南、武与文、智与才这两大文化分离之日,此玉所代表的中原文化及中原文化所蕴含着的善德的品行,就早已经离世了。"古圣贤讲:"无德必亡。"当一个国家失去了善德这种文化的滋养,就会导致文与武、南与北两大文化体系的分崩离析。此两大文化的分崩离析,就预示着国家将危。这也从另一个侧面反映出善德是维系南北、文武两大文化体系的核心。

"一为避祸,二为撮合"。当灾祸将要来临时而躲避,这好理解,但"撮合"就难解了。撮合谁?那当然是撮合宝玉与宝钗了。薛宝钗代表北方文化,贾宝玉代表中原文化,这两者文化的撮合,影射的是中原地区与北方地区两大文化的撮合。当东南方文化的代表人物林黛玉死去之后,北方文化就一家独大,入主中原与中原联姻就成了必然,成就了这桩所谓的"金玉良缘"。所以,中原文化的末世,是以北方文化的彻底胜利,以东南方文化的彻底失败而宣告终结的。

正是由于这块代表玉德的"玉"的消失,才促成了中原与北方的"联姻",如果中原文化不丢掉象征命根子的"玉德",其他文化是很难入主中原的。这也从一个侧面反映出,中华文化的衰落与失败,其主因是失了"善德"。

"前蒙茫茫大士、渺渺真人携带下凡,如今尘缘已满,仍是此二人携归本处,这便是宝玉的下落。""茫茫大士渺渺真人",即"茫茫大世,渺渺真人",意思是:"偌大一个茫茫大世界,只有少之又少(渺渺)的几个真人。"言外之意就是说,除了少之又少的几个"真"人,其他都是虚假的人。

"玉石"产自什么地方?大山也。这个大山就是作者笔下所说的:"大荒山,无稽崖,青埂峰。"这块顽石在故事开头,是由一僧一道携带到红尘中来的,而后在造劫历世之后,又被这一僧一道携归本处。从哪里来,还到哪里去,这便是石头的下落。书中第九十五回,妙玉扶乩中这样写道:"不多时,只见那仙乩疾书道:'噫!来无迹,去无踪,青埂峰下倚古松。欲追寻,山万

重,入我门来一笑逢。"也说这块补天之石的下落是:"青埂峰下倚古松。"

一百二十回:"我所居兮,青埂之峰。我所游兮,鸿蒙太空。谁与我游兮,吾谁与从。渺渺茫茫兮,归彼大荒。"不但"补天之石"回归到了"青埂峰",就连"赤瑕宫神瑛侍者"这块"红色宫殿中的神印宝玺",也归入了"青埂峰"。它们都是"石头",是石头就都来自山上,都来自"青埂峰"。

"大荒山",乃"大为荒唐的江山社稷"。

"无稽崖",乃"荒唐无稽之天涯(崖)"。

"青埂峰",乃"情更讽"。

连起来就是:"一个大为荒唐的江山社稷;一个荒唐无稽的人间社会(天涯);一个更具讽刺意味的人间真情。"

"太虚幻境,即是真如福地。"

总结这段话,其核心意思是:"真如非真如,无我见真如。"从这里可以看出,所谓的"真如",强调的就是"无我",无我就是真如,有我就是非真如。"福地",指神仙居住之所,亦指幸福安乐的地方。"真如福地",即指:"一个真如非真如,无我见真如的神仙安乐之境。"

"仙草归真,焉有通灵不复原之理?"

"仙草",指的是"绛珠草",指的是"毛笔"。毛笔书写着中华文字,描绘着锦绣文章,所以一支毛笔也代表着"文化"。书中的"通灵宝玉",代表着石玉文化。

"仙草"代表着文化,玉石文化中的"玉玺"代表着君权与国家。"文运同国运相牵,文脉同国脉相连",文化与国家是生死相依的关系,仙草毛笔归入真境,通灵宝玉也必归入真境;仙草所代表的文运归入真境,通灵所代表的国运也必归入真境,这是一种必然。这就是这句话所包含的意思,强调的是文化与国家之间的密切关系。黛玉与宝玉的关系,其实代表的是文化与国家之间的关系。

"宝玉之事,既得闻名,但是敝族闺秀如此之多,何元妃以下,算来结局俱属平常呢?"

作者将宫乐享乐主义文化称作"元春",称作"年兽",是危害社会的吃人猛兽。享乐主义是社会的毒瘤,享乐主义文化盛行,必然会导致社会的毁灭。

甄士隐叹息道:"老先生莫怪拙言,贵族之女,俱属从孽海情天而来。大凡古今女子,那'淫'字固不可犯,只这'情'字也是沾染不得的。"

"贵族",指的是哪个族呢? 就是指"假语村"(贾雨村)的这个"假"族,指的是"假府"(贾府)这个"假"的文化一族。简单说,"贵族"指的就是"假族",假的文化一族。什么是假的文化? 作者认为,假的文化有两个特点:不是犯了"淫"字,就是犯了"情"字。通俗一点儿讲,凡是涉于淫乱、情爱的文化,都是假的文化。但凡一种文化,如果陷入"淫"字之中,字里行间就免不了渲染淫乱的内容,一旦一种文化步入下流之中,这种文化就离死不远了;如果一种文化虽没有渲染"淫"字,却困于"情"字之中,过度渲染儿女私情,堕入情网之中而无法自拔,这种文化也就死了。"假府"这座文化的殿堂,所有文化都从"孽海情天"而来,他们会有一个什么好结果呢? 所以作者在书中说:"凡是情思缠绵的,那结果就不可问了。"

曹雪芹先生告诫我们:每一种文化都要紧抱其母根,坚守住初心,不可犯"淫",也不可犯"情",否则就会死掉。

"福善祸淫,古今定理。现今荣宁两府,善者修缘,恶者悔祸,将来兰桂齐芳,家道复初,也是自然的道理。"

"福善祸淫,古今定理"。"福"来自"善","祸"招自"淫",这是古今定理,也是我们要永远牢记的,它不受时间所局限,不受空间所影响,不受人群的不同而改变。要想修福多为善,多行不义必自毙,万恶之源淫为首。

文化是生生不息的,但文化会随时间的改变而改变。荣、宁这两大类所有的文化,经过假府(贾府)的被抄已深受打击,到了毁灭的边缘。一个文化社会,也会像一个家庭、一个人一样,历经磨难而求得重生。这种改变就是"善者修缘,恶者悔祸,痛改前非,而重塑自我"。这样的一种转变,必将迎来重生的起点,所以书中才说"将来兰桂齐芳,家道复初,也是自然的道理"。

什么是"兰桂齐芳"呢? 兰,在古代是花中四君子之一,寓意着"君子之道"。桂,在古代寓意富贵。君子之道,是善德之道,是名;富贵荣华,是荣耀,是利。所以,这个"兰桂其芳",其实指的是名与利、美德与荣耀、精神与物质的双丰收,简言之就是"名利双收"。

有人认为后四十回不是原作者所著,其理由之一就是这个"兰桂其芳,家道复初"。他们认为,既然前八十回中批曰:"树倒猢狲散,食尽鸟投林,落了片白茫茫大地真干净。"这后面怎么说"兰桂其芳,家道复初"了呢? 偌大一个贾府,那么多的人,哪能就全都死绝了呢? 只要还有人在,家道复初不是很正常的事吗? 请记住"善者修缘,恶者悔祸"这句话。当善者修缘、恶者悔祸之后,家道复初也是很正常的事啊!再说,贾府乃"假府"也,是一座假的文化之府。文化之死,不像人一样,死了就永远消失了,文化的死,是指该文化背离其母根,离经叛道了即为死,但就文化本身是不灭的,当善的文化修缘,恶的文化悔祸,各种文化都回归到它的本真时,这种文化就又复原如初了,这不也是很自然的事情吗?

"尘梦劳人,聊倩鸟呼归去;山灵好客,更从石化飞来。"

此句的意思是说:"红尘一梦劳人,何不像飞鸟归入山林一样,而一同归入山林之中呢;山有灵气而好客,何不像'飞来峰'那会飞的石头一样,而化作石头一同飞入山中。"这里宣扬的是一种超脱与了悟的人生态度,是一种避世与归隐的处世哲学。这副对联,大有彻悟之心,反映的是一种归隐于泉林,流恋于山水,超脱于尘世的心境。此联浓缩后就两个字——"悟""隐"。

世传浙江杭州西湖西北,有一飞来峰,山石奇幻多变,如腾龙,如奔象,如卧虎,如惊猿。明人袁道曾盛赞道:"湖上诸峰,当以飞来为第一。"北齐刘昼的《新论·荐贤》曰:"玉无翼而飞,珠无胫而行。"

"食毕,雨村还要问自己的终身,士隐便道:'老先生草庵暂歇,我还有一段俗缘未了,正当今日完结。'……士隐说着拂袖而起,雨村心中恍恍惚惚,就在这急流津觉迷渡口草庵中睡着了。"

从上面的描写中可以看出,甄士隐这个"真","俗缘未了,佛袖而去",而进入世俗之中;而恰恰相反的是贾雨村这个"假",他"恍恍惚惚,就在这急流津觉迷渡口的草庵之中睡着了",出家了。从这里可以看出,"真"又重新回归到了世间,而"假"却出家了,困在了草庵之中。此时,"真"与"假"正好换了一个位置。贾雨村的出家,就是"假"的出家。"假"的出家,一个假的社会便消失了。一个假的社会消失了,一个真的社会便会重新回归,此时此刻,社会便进入了一个"尚真"的社会之中。

第一回是"真隐",而"真世隐"(甄士隐);"假存",而"假语存"(贾雨村)。第一百二十回是"假隐",而"假世隐";"真归",而"真世归"。这个"真"与"假"正好是一次完整的回环,如果不是本作者,他怎么可能知道这样写?他哪里知道《红楼梦》写的是一个真假的问题?他又怎么能知道作者写的是一个"假"的社会的毁灭,和一个"真"的社会的回归?如果他什么都不知道,他怎么可能写出这样的一个结尾?就凭这一点,不管他是谁,都无法推翻后四十回是原作者所著这样一个事实。

"空空道人复又使劲拉他,才慢慢的开眼坐起,便接来草草一看,仍旧掷下道:'这事我已亲见尽知。你这抄录的尚无舛错,我只指与你一个人,托他传去,便可归结这一新鲜公案了。'那人道:'你须待某年某月某日某时,到一个悼红轩中,有个曹雪芹先生,只说贾雨村言,托他如此如此。"

为何贾雨村说"这事我已亲见尽知"呢?只因此书写的是"假家"的事。贾雨村之"假",与贾府之"假",虽有区别,但天下"假家"都是一家,天下"假家"都同祖同宗。贾雨村为何对贾府的事"亲见尽知",这样清楚呢?只因为他们是一家——假家。

关于"贾雨村言"这句话,书的最后连续出现了几次,但意思各不相同,现解释如下。

那人道:"你须待某年某月某日某时,到一个悼红轩中,有个曹雪芹先生,只说贾雨村言,托他如此如此。"

"空空道人便将贾雨村言了"。

那曹雪芹先生笑道:"果然是贾雨村言了!"

"既是贾雨村言,但无鲁鱼亥豕以及背谬矛盾之处。"

第一,"只说贾雨村言"。意思是:"只说是我贾雨村说的。"

第二,"便将贾雨村言了"。意思是:"便将贾雨村说的话,对曹雪芹先生说了。"

第三,"果然是贾雨村言了"。意思是:"果然描写的都是'假语村'人所言的话,记录的都是'假语村'人所做的事。"因为"假语村"的人,一定都说假话,然后作者就把这些假话真实地记录了下来;因为"假语村"的人,都爱办假事,作者又把这些假事记录了下来。"假府"之人不都说的是假话,办的是假事吗?于是作者就将它记录了下来。

第四,"既是假语村言"。意思是:"果然是假借之语,粗俗之言。"

那空空道人听了,仰天大笑,掷下抄本,飘然而去。一面走着,口中说道:"果然是敷衍荒唐!不但作者不知,抄者不知,并阅者也不知。不过游戏笔墨,陶情适性而已。"

"敷衍荒唐"。再次出现了"荒唐"一词,可见作者真敷衍的是一件荒唐的事。而这件荒唐的事就是作者没有按常理出牌,没有按常理著作,而是运用一种近乎荒唐的手法书写了一部《红楼梦》。这种荒唐的写作手法,就是将"文"当"人"来写,写"人"是为了写"文",写"文"是为了写"理",寓情于

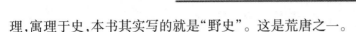

理,寓理于史,本书其实写的就是"野史"。这是荒唐之一。

"游戏笔墨,陶情适性"。这才是作者的写作目的与写作意图。《红楼梦》不是写的什么人的故事,他完全是在"游戏笔墨",徜徉在文字的游戏之中。他所谓的游戏笔墨,不是随心所欲地胡编乱写,而是通过这种文字游戏,达到说野史、讲理治的目的。这是荒唐之二。

"作者不知,抄者不知,并阅者也不知"。作者——石头,抄者——空空道人,评阅者——脂砚斋、畸笏叟等。唯一能知道的就是那个"批阅十载,增删五次"的人——曹雪芹先生。

"石头",乃青埂峰下一顽石尔。一块石头能"编述历历"吗?其实作者是在欲盖弥彰,借石头而自佩,拐弯抹角在告诉世人,这个所谓的"石头",乃是那个"批阅十载,增删五次"的曹雪芹先生也!

满纸荒唐言,一把辛酸泪。都云作者痴,谁解其中味。

说到辛酸处,荒唐愈可悲。由来同一梦,休笑世人痴。

之所以把这两首开篇诗与结尾诗放在一起,一是想强调一下本书前后呼应的同一性,从而让人们感知本书的完整性;二是想着重强调一下"荒唐"二字的实际性,从而增强人们对本书认知的趋同性。

破解《红楼梦》就是对"荒唐"之言的追索,如果不知作者所说"荒唐"的缘由,与作者所敷衍的"荒唐"的故事,我们将很难解开《红楼梦》的真实。

第一回,是甄士隐出家,而贾雨村则归入风尘之中;第一百二十回,则是贾雨村在草庵之中睡着了,而甄士隐则归入了尘世之中,这里的真与假正好来了一次回环往复。如果前后不是一个作者所写,谁又能如此准确把握住作者的本意呢?如果不知道本书写的是一个真假的问题,如果不知道本书写的是一个假的社会与一个假的文化社会的毁灭,又怎么能这样准确把握住本书的写作宗旨呢?

这后四十回回回都有实证能证明其就是同一人所著,其著作者就是曹雪芹先生本人!这样挖空心思的笔力,且开篇与结尾高度契合,从笔力、心力、结构、语言、情理、技法、前后照应,没有哪一点是后续的。

说荒唐,衍荒唐。莫谓荒唐真荒唐,荒唐里有大文章。一部荒唐一世界,一个世界一荒唐。千头万绪荒唐事,千情万理荒唐出。欲知荒唐机中理,且与荒唐同梦痴。